Markus Heitz

BLUT-PORTALE

Roman

Knaur Taschenbuch Verlag

Das einleitende Zitat des Fechtmeisters Rudi van Oeveren stammt aus dem *NZZ-Format*-Beitrag *»Fechten – Mit Hieb, Stich und Schnitt«*, ausgestrahlt am 23. August 2008 auf VOX.

Besuchen Sie uns im Internet:
www.knaur.de

Gerne informieren wir Sie über weitere spannende Highlights aus unserem Programm – schreiben Sie einfach eine E-Mail unter dem Stichwort »Blutportale« an:
fantasy@droemer-knaur.de

Erweiterte Taschenbuchausgabe Januar 2010
Knaur Taschenbuch.
Ein Unternehmen der Droemerschen Verlagsanstalt
Th. Knaur Nachf. GmbH & Co. KG, München.

Ein Projekt der AVA International GmbH
Autoren- und Verlagsagentur
www.ava-international.de
Umschlaggestaltung: ZERO Werbeagentur, München
Umschlagabbildung: FinePic®, München
Satz: Adobe InDesign im Verlag
Druck und Bindung: GGP Media GmbH, Pößneck
Printed in Germany
ISBN 978-3-426-63687-9

2 4 5 3 1

»Es ist eine reinigende Handlung. Duellieren reinigt die Seele, man wird alle Rachegelüste, den ganzen Hass los dabei. Das ist das Wunderbare am Duellieren.
Heutzutage ist Duellieren verboten, und trotzdem, täuschen Sie sich nicht, es wird immer noch praktiziert.«

Rudi van Oeveren, Maître (Fechtmeister),
Ex-Fechtchampion

PROLOG

Und die Erde war wüst und leer. Und es war finster.

Diese Zeilen waren das Erste, was ihr einfiel, als sie zu sich kam. Allgegenwärtige, undurchdringliche Schwärze umgab sie; obwohl sie die Augen weit aufgerissen hatte, erlaubte ihr die Dunkelheit keinen Blick.

In ihren Ohren rauschte es wie nach einem zu lauten Konzert. Sie fühlte Benommenheit, ein Ziehen in den Schläfen, das Atmen fiel ihr schwer. Ihre Gedanken ließen sich nicht richtig anordnen, sie schwirrten durcheinander. Bilder und Erinnerungen aus den Stunden zuvor, die sie einfach nicht in die korrekte Reihenfolge bekam. Als würde man einen Diavortrag betrachten, bei dem jemand die Rähmchen durcheinandergebracht hatte; der Projektor jagte gnadenlos eines nach dem anderen durch, zog zwei auf einmal ein und schuf noch Verwirrenderes: eine Party, dichtgedrängte, lachende Menschen, indische Dekoration, Kellner in einheitlicher Kleidung, ein üppiges Büfett und bunte Cocktails, eine Tänzerin, ein gutaussehender Mann mit kurzen blonden Haaren, der sie über die Köpfe der anderen hinweg betrachtete ...

Die hektischen, tonlosen Bilder jagten ihr Furcht ein. Sie versuchte, sich davor zu schützen, indem sie die Augen fest zusammenkniff, doch es nutzte nichts; aufstöhnend hob sie die Lider wieder und starrte verzweifelt in die Dunkelheit. Erst als das Bombardement aus aufgeschnappten Eindrücken endlich zu verblassen begann, wichen der Schwindel und das Ziehen aus ihrem Kopf.

Ihr wurde bewusst, dass sie am Boden lag, auf dem Rücken. Um sie herum war es schwülwarm, beinahe tropisch. Sie verspürte einen tonnenschweren Druck auf dem Brustkorb, atmete hektisch ein und musste husten, gleich danach würgen; es roch nach Eisen, nach Rasierwasser, nach Erbrochenem, nach verdunstetem Alkohol, nach Essen und nach Exkrementen. Eine schreckliche Mischung. Noch dazu fühlte sie sich, als habe sie sämtliche Drogen der Welt in einer Nacht zu sich genommen.

Aber das hatte sie nicht, so viel wusste sie.

Etwas Licht würde die Angst vertreiben, zumindest mindern. Sie musste nur in ihre Tasche greifen, um den Schlüsselanhänger mit der kleinen Taschenlampe daran herauszuziehen! Doch sosehr sie es auch versuchte, es war ihr nicht möglich, sich schnell zu bewegen; sie stöhnte leidvoll auf. Die Kontrolle über ihre Hand kostete sie enorme Kraft und Konzentration.

Zu ihrem Entsetzen spürte sie, wie die Finger über zerfetzte, feuchte Kleidung glitten, eine nackte Hüfte streiften und schließlich auf ihren nackten Oberschenkel trafen. Kein Schlüsselanhänger. Keine Lampe.

Die Erkenntnis, dass sie halbnackt und zur Regungslosigkeit verdammt dalag, war neue Nahrung für ihre Angst; mehr Adrenalin wurde ausgeschüttet – und schwemmte endlich die Langsamkeit aus ihr heraus. Ihr Körper erwachte.

Sie spürte einen Luftzug, ein leises Quietschen erklang.

»Hilfe ...«, murmelte sie und hob den Kopf.

Eine Tür war spaltbreit nach innen aufgedrückt worden. Durch den Schlitz flackerte gelbliches Licht und beleuchtete ... einen Körper, der quer über ihr lag! Der Druck auf ihrer Brust!

»Nein, nein!«, keuchte sie, stemmte ihre Arme gegen die Last, schob sie mit Mühe von sich und spürte die warme Luft auf ihrer klebrigen, feuchten Haut.

Der Körper des Mannes fiel nach links … doch sein abgetrennter Kopf rollte über ihren schlanken Bauch hinweg und landete zwischen ihren Beinen auf dem Boden.

Kreischend fuhr sie hoch und wollte sich so schnell wie möglich mit den Fersen rückwärtsschieben, weg von der Leiche. Dabei rutschte sie mehr als einmal aus, der schlüpfrige Untergrund bot nicht genügend Halt.

Als sie eine Wand an ihrem Rücken spürte, starrte sie immer noch nach vorn, unfähig, den Blick abzuwenden. Der Kopf war mit dem Gesicht nach oben zum Liegen gekommen und zeigte ihr ein bekanntes Profil, das im unregelmäßigen Aufblitzen erschien und verschwand, erschien und verschwand. Die Augen waren weit geöffnet, die Gesichtszüge zeigten das Grauen, das den Mann im Moment des Todes befallen hatte. Das flackernde Licht verstärkte den Schrecken.

Aus den wirren Erinnerungen und durch das immense Entsetzen wühlte sich ein Name bis an die Oberfläche ihres Verstands: »Patrick«, schrie sie mit überschlagender Stimme, ein Ruck ging durch ihren Körper – und doch konnte sie sich nicht überwinden, nach vorn zu kriechen. Mit dem Rücken gegen die merkwürdig warme Wand gepresst, hockte sie da und atmete viel zu schnell.

Es war der Gestank des Todes, der sie schließlich von ihrer Erstarrung befreite; er klebte überall an ihr, und sie riss sich die blutgetränkte Kleidung panisch vom Leib. »Hilfe«, brüllte sie verzweifelt. »Hilfe! Ist denn niemand hier?« Der Hall gab ihrer Stimme etwas Fremdes, Unheimliches. Sie hatte plötzlich das Gefühl, nicht allein in der Dunkelheit zu sein.

Wieder war es die Angst, die sie antrieb. Sie sprang unbeholfen auf, rannte in einem Bogen an dem zerstückelten Leichnam vorbei und riss die Tür auf, um in die zuckende Helligkeit zu treten. Eine der vollgesogenen Mullkompressen, die mit Tape an ihrem Oberkörper befestigt waren, löste sich. Sie beachtete es nicht.

Sie stand in einem fensterlosen Gang, der etwa zwei Meter breit war; an den Wänden hingen abstrakte Bilder. Das Grün darauf bildete einen Kontrast zu den zahlreichen dunklen Blutspritzern, die sich auf dem beigefarbenen Putz abzeichneten und daran herabliefen. Die getönten Lampen im Gang flackerten und erzeugten dieses gewitterartige Licht.

Sie hielt unwillkürlich den Atem an, als sie nicht weit vor sich einen Mann und eine Frau auf dem Boden liegen sah, der Herr im Smoking, die Dame im hellgrünen Abendkleid. Die Körper waren wie mit einem gigantischen Skalpell in mehrere Teile geschnitten worden.

Ihr erster bizarrer Gedanke war, dass das Blut die beiden umgab wie ein unvollständiger Soßenspiegel aus Erdbeersirup. Dann strömte unsagbares Entsetzen in sie hinein. Sie rannte wimmernd in die entgegengesetzte Richtung davon, weg vom surrealen Tod, strauchelte, rutschte und musste sich immer wieder abstützen. Sie nahm nicht wahr, dass sie von Kopf bis Fuß mit Blut beschmiert war, doch ihre Handabdrücke blieben an den Wänden und Türrahmen haften.

Unvermittelt stand sie in der Küche, die derart sauber und weiß vor ihr lag, dass sie ungläubig und hysterisch auflachte. Das Zimmer war aufgeräumt, alles stand an seinem Platz und wartete darauf, von einem Koch benutzt zu werden. Auf der Anrichte stand ein mit Zellophan umhülltes Tablett voller Canapés.

Die Sauberkeit der weißen Kacheln und der Anrichte täuschte Unberührtheit vor, als hätte das Verderben vor der Schwelle haltmachen müssen. Es war ein anderes Universum. Mit einem Mal hatte sie das Gefühl, in Sicherheit zu sein, und das Gefühl ließ sie ebenso straucheln wie kurz zuvor noch das Entsetzen.

Die Polizei, zuckte ein Gedanke durch ihren Kopf, *ich muss die Polizei rufen, damit sie mich aus diesem Alptraum befreit.* Sie wollte keinen Schritt mehr aus der rettenden Küche tun.

1-1-0.

1-1-0.

Zwei kleine Ziffern, dreimal tippen. Es klang so einfach.

Aber ihr Handy war dort, wo sich ihre Kleider befanden. In dieser Kammer ...

Schluchzend wankte sie weiter in die Küche hinein und sank an einem Schrank nieder, legte die Hände schützend vors Gesicht – und atmete dadurch den Geruch, der von ihren Fingern ausging, intensiv ein: den metallenen Duft genommenen Lebens.

Sie schreckte davor zurück, stieß sich dabei den Kopf am Schrank, ohne es zu bemerken, und betrachtete ihre Hände: Sie waren tiefrot und glitzerten feucht. *Patricks Blut!*

Würgend übergab sie sich, immer und immer wieder, bis nichts mehr kam. Hustend und weinend zog sie sich an der Arbeitsplatte in die Höhe. Noch immer weigerte sich ihr Verstand, Informationen aus den vergangenen Stunden preiszugeben. Wollte sie die überhaupt noch?

Erst jetzt bemerkte sie die Geräusche, die aus der Welt des Grauens zu ihr in die schützende Helligkeit der Küche drangen: Telefone läuteten mit verschiedenen Melodien und aus unterschiedlichen Entfernungen. Die Töne gingen ineinander über und schwebten verhallend durch den Raum.

Sie zuckte mit einem unterdrückten Schrei zusammen, riss die Augen weit auf und lauschte mit angehaltenem Atem. Die Rettung!

Ein nostalgischer Schellenton war ihr am nächsten. Er befand sich außerhalb der sicheren Küche, doch jedes *Rrring* lockte und gab ihr Hoffnung auf Erlösung – wenn sie den Hörer abnahm und ihre Ängste hineinschrie.

Dazu musste sie den Raum verlassen. Den sicheren weißen Raum ... Sie atmete wieder schneller, roch das Blut. Das nächste Klingeln ließ sie losrennen, den Blick nach unten gerichtet, damit sie so wenig wie möglich von dem Horror um sich herum mitbekam, und immer dem Ton folgend.

Es ging durch einen Korridor in ein weiteres, großes Zimmer, mehr eine Vorhalle, wie sie annahm. Der Teppich, über den sie lief, war sehr dick und musste teuer sein; das aufwendige Muster war hübsch, und sie versuchte, sich darauf zu konzentrieren, um all das Schreckliche, was sie um sich herum vermutete, ausblenden zu können. Doch dann unterbrach etwas die Unendlichkeit des Musters: Blutspuren, Spritzer und verschieden große Flecken bildeten eigene Formen, die gegen das Teppichmuster verliefen.

»Mein Gott«, ächzte sie, wich dem schrecklichen Hindernis aus und folgte dem Klingeln stolpernd bis zu einer angelehnten Tür.

Dahinter war das Telefon!

Sie schluckte, stand zögernd vor der Klinke und schaute sich selbst zu, wie sie die Hand danach ausstreckte, obwohl alles in ihr *Nein* schrie. Sie traute sich nicht, auf die andere Seite zu gehen. Welcher Anblick wartete dort auf sie? Würde sie noch mehr ertragen können?

Ein Zittern breitete sich in ihr aus, ihr wurde schlagartig kalt. Sie konnte das Beben nicht länger unterdrücken; jede ihrer Gliedmaßen vibrierte in hoher Frequenz.

Rrrring!

Sie müsste lediglich die Tür öffnen, über die Schwelle treten und abnehmen ... den Anrufer anflehen, um Beistand bitten und warten, bis die Helfer kamen ...

Rrrring. Das Telefon klingelte noch immer.

Ihre Finger krampften sich um die Klinke, die sich in ihrer Hand erwärmte.

Sie erstarrte, als das nächste Klingeln ausblieb; stattdessen erklang ein elektronisches Klicken, und eine melodische, tiefe Männerstimme sagte: »Sie haben meine Nummer gewählt, aber anscheinend bin ich gerade beschäftigt. Hinterlassen Sie Ihre Nachricht und Ihre Nummer. Vielen Dank.«

Dann piepste es.

»Nein, nein! Dranbleiben! Dranbleiben!« Die Aussicht, dass der Anrufer auflegen könnte und sie wieder allein in diesem Haus war, verschaffte ihr den nötigen Mut, die Tür aufzustoßen und hineinzustürmen.

Nach zweieinhalb Schritten musste sie stehen bleiben: Was sie sah, folterte ihren Verstand. Wo auch immer sie hinschaute, überall erwartete sie ein Anblick, der sie zum Schreien brachte und einen Würgereflex hervorrief.

Sie richtete den Blick schnell weg vom Erdgeschoss, von den Greueln hinauf zur rettenden Decke. Das riesige Zimmer war acht Meter hoch, eine geschwungene Freitreppe aus hellem Marmor führte in den oberen Bereich, von dem aus man wie von einem herrschaftlichen Balkon nach unten blicken konnte.

Sie wusste unvermittelt: Dort hatte der DJ seine Mischpulte und seine ganze Ausrüstung aufgebaut, eine kleine Bar befand sich ebenso da oben wie ein Chill-out-Bereich in weißem Leder. Als sie sich zwischen den Gästen im ersten Stockwerk bewegt hatte, waren etwa zehn Leute dort gewesen. Jetzt sah sie lediglich eine Hand zwischen den hölzernen Gitterstäben der Empore herausragen. Am Zeigefinger haftete eine rote Blutperle, die sich beharrlich der Schwerkraft widersetzte.

Gebannt verfolgte sie, wie der Tropfen lang und länger wurde, bis er wie in Zeitlupe schließlich doch nach unten stürzte und mit einem überdeutlich vernehmbaren Geräusch in einer Blutlache einschlug. Die sanften Wellen, die er durch sein Eintauchen auslöste, zitterten gegen eine verstümmelte Leiche – eine von so unendlich vielen in diesem Raum!

Es fiepte laut, und sie schrak zusammen.

»Vielen Dank«, sagte die Männerstimme. »Ich rufe Sie vielleicht zurück, wenn Sie gutes Karma haben. Die Götter seien mit Ihnen.«

Während die letzten Worte verklangen, wurde ihr Blick von etwas zu ihrer Linken angezogen. An der Wand erhob sich eine zwei Meter hohe Statue, die einige rote Spritzer abbekommen hatte, und schaute ungerührt aus den Bronzeaugen auf die Toten hinab. *Kali,* erkannte sie, *die Göttin des Todes!* Fast schien es, als wäre sie für dieses Massaker verantwortlich. Als sei sie von ihrem Sockel gestiegen, mit ihren vielen Armen und ihrem Dolch durch die Menge gerast und habe wahllos getötet.

Die letzten Reste ihres klaren Denkens setzten aus. Der Fluchtinstinkt ließ sie zurückweichen, zurück in die Vorhalle, dann rannte sie tränenblind und verstört durch das Haus, vorangepeitscht von blanker Panik. Auf einmal schien es um sie herum zu flackern. Alles, was sie sah, wurde in helles Blau getaucht, das waberte, wie eine Flammenwand wallte und auch ihr entgegenbrandete, um sie lautlos zu umspielen.

Sie kreischte und wimmerte, schlug um sich und versuchte, die allgegenwärtige Farbe zu verscheuchen. *Raus! Nur raus!* In ihrer Angst und Verzweiflung merkte sie gar nicht, dass sie gegen Scheiben rannte und sich Prellungen zuzog, auch nicht, dass sich tiefe Risse im Glas bildeten, die trotz der Wucht ihres Aufpralls nicht zu erklären waren. Sie hämmerte gegen verschlossene Türen – und hinterließ tiefe Kratzer im Holz. Sie stieß schmerzhaft gegen Möbel und stürzte, um sofort wieder aufzustehen und weiterzujagen, so gut es ihr noch möglich war, ohne zu bemerken, wie Schubladen und Türen zerbarsten.

Plötzlich stand sie vor einer uralten hölzernen Tür, die eher in ein Schloss als in ein modern eingerichtetes Haus gepasst hätte – und ihre Sicht klarte auf. Die rasend machende Kopflosigkeit zerfloss, das wogende Indigo, in dem sie gerade noch gefangen schien, war verschwunden.

Sie blickte auf polierte Eisenbeschläge, dicke Nieten, eingebrannte Symbole und Zeichen im dunklen Holz, mit denen sie nichts anfangen konnte, schimmernde Zierelemente aus Silber und Gold in halbkreisförmigen Mustern. Der angelaufene Silberknauf war dem Kopf und Hals eines Fabelwesens nachempfunden, einer Mischung aus Bär und Ziege, mit weit aufgerissenen Augen, herausgestreckter Zunge und vier Hörnern auf dem Schädel.

Das Portal stand zu einem Viertel offen, und als sie den Blick nach unten sinken ließ, auf ihre blutigen, zerkratzten Schienbeine und Füße, erkannte sie blutige Abdrücke, die aus der Kammer herausführten.

Ihre Abdrücke!

Hier hatte ihr Fluchtversuch begonnen.

Dahinter lag Patrick. Zerstückelt.

Und abrupt erinnerte sie sich, in dieser Nacht schon einmal vor dieser Tür gestanden zu haben.

Die Bilder einer Vitrine stiegen in ihrem Geist auf. Danach verblasste die Erinnerung wieder – bis auf den heißen Schmerz, den sie unvermittelt wie Flammen am ganzen Körper empfunden hatte und der von ihren frischen Verletzungen ausgegangen war. Sie lagen unter der dünnen Schicht aus Mull und Tape verborgen.

Sie senkte den Kopf und betrachtete ihren Bauch, tastete nach dem Klebestreifen und zog ihn ab. Der feine Gazestoff, der sich mit Patricks Blut vollgesogen hatte, löste sich, und darunter kamen ihre Wunden zum Vorschein.

Ein Laut, in dem ihre ganze Ungläubigkeit lag, drang aus ihrem Mund: Aus den rötlichen Schnitten waren pechschwarze, eingebrannte Bahnen geworden, als habe jemand sie mit einem Brandeisen nachgezogen. Und wenn sie sich nicht täuschte, war der Schnitt, den sie als Letztes erhalten hatte, gerade eben silbrig aufgeglüht!

An der Tür blitzte es ebenfalls. Sie hob den Kopf und sah, dass die Symbole auf dem Kammereingang schimmerten.

Knarrend und ohne dass sie sich gerührt hatte, schwang die Tür zurück. Sie blickte auf die Vitrine.

Sie war leer.

I.
Buch
EN GARDE

I.
KAPITEL

31. Oktober
Deutschland, Hamburg, Ohlsdorf

Aber finden Sie nicht, dass rosafarbene Rosen ein bisschen *zu* schwul aussehen?« Der Mann in dem sehr teuren dunkelgrauen Anzug betrachtete den Blumenstrauß mit Perlenschnüren und Federn. Ein atemberaubendes Werk vollendeter Floristikkunst.

Will seufzte und wischte sich die Finger an seiner schwarzen Schürze ab. Eine Stunde hatte er damit verbracht, die Anordnung zu überdenken, und sich Mühe gegeben, den Ansprüchen des anstrengenden Kunden gerecht zu werden. Und dann das! »Sie wollen zu einer gleichgeschlechtlichen Hochzeit, Herr Trenske. Und als ich Sie fragte, welche Farbe Ihr Bräutigam ...«

»Ja, ja, ich weiß, was ich gesagt habe. Und dass ich mir Perlen und Federn wünsche.« Trenske zog hilflos die Schultern hoch, das weiße Hemd und der hellgelbe Schlips verrutschten leicht. »Aber ich bin mir nicht mehr sicher.«

»Rosafarbene Rosen stehen für Jugend und Schönheit«, beruhigte ihn Will.

Trenske sah auf die Uhr. »Mein Gott! Noch eine Stunde, bevor ich zum Standesamt muss.« Unglücklich betrachtete er den Strauß. »Was machen wir denn jetzt?«

Will hasste solche Aussprüche. Mit »wir« meinte der Kunde ihn, und es war die kaum versteckte Aufforderung, alles neu zu arrangieren. Aber er zwang sich zu einem Lächeln. »Ich denke, dass wir bei den Perlenschnüren zurückschrauben sollten. Machen Sie sich keine Sorgen, das geht ganz schnell.« Will nahm seine Kreation, drehte sich um und eilte durch den Laden.

Das *India* erinnerte durch seine verwinkelte Anordnung mehr an einen Garten als an einen Blumenladen. Will hatte seine Pflanzen- und Blumenauswahl in Regalen, Vitrinen und Hängekästen so arrangiert, dass der Kunde immer etwas Neues entdecken konnte. Ein Farben- und Geruchsmeer mit bunten Inseln; lediglich die Rosen und andere Schnittblumen lagerten geordnet in Eimern, damit er sie schneller greifen konnte.

Will entfernte die Perlen, integrierte mit geschickten Handgriffen verschiedene weiße Blüten, gab etwas Grün und ein feines Gazeband dazu und schaffte es innerhalb von fünfzehn Minuten, dem Strauß eine neue Ausrichtung zu geben.

Seinen eigenen Ansprüchen wurde das Werk nicht zu einhundert Prozent gerecht, aber hier handelte es sich schließlich um einen Notfall. »Bitte sehr. Vierzig Euro, Herr Trenske.«

Trenske sah nun sehr zufrieden aus, legte einen Fünfziger und einen Zehner auf den Tisch. »Hier, für Ihre Kosten und Ihre Zeit. Sie können ja nichts dafür, dass ich ein unentschlossener Mensch bin. Aber Sie sind und bleiben eben mein Lieblingsflorist, Herr Gul. Sie haben Wundervolles geleistet!« Er schnupperte an den weißen Rosen und den Lilien. »Ich könnte so etwas nie.«

»Deswegen sind Sie der Investment-Banker und ich der Florist«, gab Will zurück und begleitete den Mann zur Tür. »Beehren Sie mich bald wieder, und dann möchte ich Fotos von der Hochzeit sehen, Herr Trenske. Und von der Torte.«

»Es wird ganz zauberhaft«, seufzte Trenske und trat hinaus auf den Gehweg. »Schönen Tag, Herr Gul!«

»Ihnen auch!« Will entbot ihm den Gruß mit den zusammengelegten Handflächen vor der Brust. Dann kehrte er in den Laden zurück, nahm die Thermoskanne aus einer Schublade unter der Theke und goss sich seufzend Chai in seinen Becher. Es roch nach grünem und schwarzem Kardamom, Nelken und Zimt. Der Duft entspannte ihn sofort und passte hervorragend in das Blütenbouquet des Ladens, den er seit vier Jahren führte.

Will setzte sich auf seinen Hocker, nippte am Becher und betrachtete zufrieden sein Geschäft. Er drückte den Play-Knopf des MP3-Spielers; leise erklang *So soll es bleiben* von Ich&Ich.

»Lord Ganeesha, auf dich«, murmelte er dem elefantenköpfigen Gott des Wohlstands zu, hob seinen Becher und versprach ihm in Gedanken weitere Opfer, um sich seine Zuneigung zu erhalten. Gegen Geld auf dem Konto war nichts einzuwenden. Jetzt vielleicht noch eine nette Frau ...

Der schwarze Tee, der mit Gewürzen, Milch und Honig gekocht worden war, floss warm und süß seine Kehle hinab. Will fühlte, wie sich Ruhe in ihm ausbreitete.

Er fuhr sich mit der rechten Hand durch die nackenlangen schwarzen Haare, um sie nach hinten zu streifen. Danach betrachtete er sein Gesicht in der spiegelnden Vitrine gegenüber. Er hatte den Eindruck gehabt, dass Trenske ihm auffällig lange auf den kurzen Bart geschaut hatte, der schwarz um Mund und Unterkiefer stand. »Shit!« Hatte er es doch geahnt: Er war schief rasiert.

Will stand auf, stellte den Becher ab, nahm sein schärfstes Messer und ging in das kleine Arbeitszimmer, wo er Gestecke und Sträuße komponierte. Vor dem Spiegel über dem Handwaschbecken korrigierte er mit geübten Bewegungen die Linie des Bartschnitts. Er hasste es, wenn etwas nicht symmetrisch war, keine Ordnung hatte.

Die Türglocke erklang.

»Ich komme«, rief Will, stutzte eine letzte Kontur und ging

hinaus. Allerdings sah er niemanden, der darauf wartete, von ihm bedient zu werden.

»Kann ich etwas für Sie tun?« Er ging langsam durch sein verwinkeltes Geschäft und suchte nach demjenigen, der die Schelle hatte erklingen lassen. Doch er war allein, wie er bald darauf feststellen musste. Er hatte selbst im entlegensten Winkel niemanden entdecken können.

Ein sehr ungeduldiger Kunde, dachte er schulterzuckend, nahm die Sprühflasche und benetzte damit die Umgebung der Orchideen, damit sie sich mit ihren Luftwurzeln das Wasser ziehen konnten.

»Ach, hier stecken Sie«, sagte plötzlich eine Frauenstimme hinter ihm.

Will zuckte erschrocken zusammen und machte einen Schritt zur Seite, während er herumfuhr und instinktiv einen Arm zur Abwehr hob.

»Hoppla«, lachte ihn eine blonde, etwa vierzigjährige Frau an, die in einem schicken hellbraunen Kostüm steckte. Um ihren Hals trug sie eine Doppelkette aus runden schwarzen Edelsteinen. Sie sah auf seinen halberhobenen Arm. »Wollen Sie mich etwa schlagen?«

»Verzeihen Sie«, sagte er und stellte die Sprühflasche ab. »Ich trainiere wohl zu viel.«

»Ach ja, was denn? Karate?«

»Nein. Kalari.«

Sie schaute erstaunt. »Kalahari? Hat das etwas mit Beduinen zu tun?«

Will lächelte, auch wenn er sich dazu zwingen musste. Er kannte diese Reaktion, und er hasste sie. »Nein, es ist eine Abkürzung und hat nichts mit der Kalahari zu tun.« Meistens äußerte er sich nicht genauer dazu, welchen Kampfsport er betrieb, aber sein Gegenüber sah ihn so auffordernd an, dass er um eine Antwort nicht herumkam. »Die vollständige Bezeichnung lautet

Kalarippayat. Es ist eine indische Verteidigungskunst, mit und ohne Waffen«, erklärte er. »Man sagt, dass es der Ursprung aller asiatischen Kampfsportarten ist, und es dient mit seinen zahlreichen Übungen vor allem der mentalen Stärke.«

»Aha. Für Meditation sind die Inder ja bekannt. Die ganzen Gurus, dazu noch ein paar Drogen, und schon geht man ins Nirwana ein.«

Will fasste nicht, was er da hörte; sie lächelte übertrieben, als sei das, was sie von sich gegeben hatte, witzig. Solche Leute mochte er nicht.

Die Dame musste schon einen *sehr* großen Strauß haben wollen, um diesen Fehlstart vergessen zu machen. »Wie kann ich Ihnen helfen?«, fragte er frostig.

»Verzeihen Sie den flapsigen Scherz über Ihr ... Kalaharidings.« Sie räusperte sich verlegen. »Wie war die Bezeichnung noch mal?«

»Kalarippayat.«

»... Kalarippayat. Davon habe ich noch nie gehört«, räumte sie ein und streckte die Hand aus. »Mein Name ist Mira Hansen. Ich bin Maklerin. Immobilienmaklerin.«

Er schlug ein und spürte, dass ihre Haut gepflegt und weich war. »Was kann ich Gutes für Sie tun?«, fragte er deutlich freundlicher. »Blumen für einen Kunden?« Er deutete auf den Tresen, um sie dazu zu animieren, in den helleren, geräumigeren Teil des Geschäfts zurückzukehren.

Sie bewegte sich nicht und betrachtete stattdessen die Orchideen. »Nein, es geht mir nicht um Blumen.«

Will kniff die Augen zusammen. »Sind Sie von der Hausverwaltung? Wenn es sich um eine Mieterhöhung dreht, dann ...«

»Nein, nein«, wehrte sie erheitert ab und nahm eine Visitenkarte aus ihrer kleinen schwarzen Handtasche. »Es geht um etwas anderes. Um Ihr Haus.«

»Mein Haus? Ich habe kein Haus.«

»Ihr Haus ... im weitesten Sinne.« Sie nickte und versuchte sich an einem gewinnenden Lächeln. »Die Villa. Ich weiß, dass Sie als Verwalter eingestellt wurden und dafür kostenlos dort wohnen dürfen. Deswegen komme ich heute zu Ihnen, um im Auftrag meines Mandanten ein lukratives Angebot zu unterbreiten.«

»Sie wollen es kaufen?«

»Mein Auftraggeber hat sich zuerst an einen anderen Makler gewandt, aber der hat ihn hängenlassen«, erklärte sie. »Ich hingegen bin niemand, der so schnell aufgibt, Herr Gul. Sie wissen, dass Ihr Arbeitgeber ein sehr scheuer Mensch ist, den man nur schwer erreicht. Aber ich vermute, mit Ihnen tritt er in Kontakt, um über die Belange der Villa zu sprechen, oder nicht?«

»Fragen Sie bei der Anwaltskanzlei nach, die ihn vertritt.«

»Da war ich schon. Aber man zeigte sich dort nicht ... kooperativ. Anwälte scheinen genug zu verdienen, um sich nicht durch Geld beeindrucken zu lassen.«

Will blickte sie missbilligend an. »Sie denken, dass es bei mir gelingt?«

Sie merkte, dass sie schon wieder einen Fehler begangen hatte. »Ich möchte, dass Sie dem Besitzer von unserer Absicht berichten und positiv auf ihn einwirken. Und für dieses Entgegenkommen möchte mein Auftraggeber sich bei Ihnen erkenntlich zeigen. Wir werden Ihnen natürlich kurzfristig ein eigenes Haus zur Verfügung stellen, damit Sie weiterhin ein Dach über dem Kopf haben, und darüber hinaus auch ... etwas Taschengeld, das ein Mann wie Sie doch sicher gut gebrauchen kann.«

Er fixierte sie. Zuerst riss sie schlechte Witze, dann gestand sie die versuchte Bestechung eines Juristen, und schließlich machte sie ihm ein Angebot, das vor Herablassung nur so strotzte: *Taschengeld?* Hätte nur noch *Scheißblumenverkäufer* gefehlt, um die Beleidigung perfekt zu machen. Sollte er so etwas ernst nehmen? »Eigentlich steht es nicht zum Verkauf«, sagte er herablassend.

»*Eigentlich* heißt, dass es Ausnahmen gibt«, sagte Hansen fröhlich. Sie schien irritierenderweise guter Dinge zu sein, ihr Ziel zu erreichen. »Zudem müssen Sie das nicht entscheiden. Es geht uns darum, dass Sie Ihren Arbeitgeber kontaktieren und ihn ... empfänglich machen.«

Will musste über so viel Ignoranz lachen. »Ich habe mich falsch ausgedrückt, verzeihen Sie. Es steht *gar nicht* zum Verkauf. Das weiß ich ziemlich genau. Der Sir liebt das Anwesen ... und ich auch.«

Hansens Laune sank sichtbar. »Es macht Ihnen gar nichts aus, dort zu leben, wo ein Mensch ermordet worden ist und in der Vergangenheit einige andere ihr Leben gelassen haben?«

Will hob die Augenbrauen. »Von dem Selbstmord, der vor einem halben Jahr passiert ist, wusste ich. Aber *Mord?* Was ist denn geschehen?«

»Sie sehen plötzlich neugierig aus.« Sie wandte sich mit einem siegessicheren Lächeln zum Tresen, und er folgte ihr. Anscheinend war sie noch immer der Ansicht, ihn bestechen und zu ihrem Fürsprecher machen zu können.

Hansen schnupperte und fächerte sich mit der rechten Hand Luft zu. »Was riecht hier so köstlich nach Gewürzen?«

»Oh, das ist mein Chai. Möchten Sie einen?«

»Sehr gern. Da erzählt und verhandelt es sich gleich viel besser.«

Will würde sie in dem Glauben lassen, weil er die Geschichte von den Todesfällen hören wollte. Sein Gesichtsausdruck hatte ihn anscheinend verraten: Er empfand eine morbide Faszination für Geschichten über menschliche Schicksale, die mit dem Tod der Betroffenen endeten. Seine Mutter hatte dies früher immer seine »melancholische Ader« genannt, die er von seinem indischen Vater geerbt hatte.

Hansen machte es sich auf einem Hocker bequem, während er ihr einschenkte. »Danke sehr.« Sie nahm den Becher in beide Hände. »Was wissen Sie denn von dem Selbstmord?«

»Dass es die Nichte meines Arbeitgebers war. Die Polizei fand sie erhängt im Garten und ging von Selbstmord aus, aber die Zeitungen spekulierten, dass mehr dahintersteckt. Sie soll zwei Einbrechern zum Opfer gefallen sein, die sie überrascht hatte.«

»Das ist *eine* Theorie.« Hansen nickte. »Aber es war auch von einem Fluch die Rede ...«

»Und daran glauben Sie?«, wollte Will herausfordernd wissen.

»Ich weiß nur eins mit Sicherheit: Die Arme war erst neunundzwanzig«, erklärte Hansen mit Unschuldsblick. »Und sie war nicht nur die Nichte des Hausbesitzers, sondern hat sich auch für ihn um das Anwesen gekümmert, so wie jetzt Sie.« Die Frau blies über den heißen Tee. »Ein gefährlicher Job, Herr Gul.«

Der Unterton machte Will aufmerksam. Hatte er da eben eine leise Drohung vernommen?

»Das Haus hat als einziges dem Feuersturm des Zweiten Weltkriegs getrotzt«, erzählte die Maklerin weiter. »Die einen sagten, es sei das Werk Gottes, andere betrachteten es als die schützende Hand des Teufels. Wussten Sie das?«

Will goss sich ebenfalls nach. Nein, *das* hatte er nicht gewusst. »Kommen jetzt Geistergeschichten, die ich meinem Chef erzählen soll, damit er nachgibt?«

»Nun, er kennt sie sicher – aber wie ist es mit Ihnen?« Sie zwinkerte Will zu. »Sie müssen wissen: Es gibt alte Aufzeichnungen, die mein Kunde gefunden hat. In denen steht zu lesen, dass jedes Jahr ein Mensch in dem Haus verschwindet, oder im Garten. Man findet immer wieder Tiere, die in der Umgebung des Anwesens verendet sind, ohne dass sie an erkennbaren Krankheiten litten. Andere wiesen Knochenbrüche auf, waren aber nachweislich nicht geschlagen worden. Das Anwesen sei verflucht, heißt es. Vielleicht ist es ein Geist oder gar noch Schlimmeres.«

Will stieß mit ihr an. »Darauf trinke ich.«

»*Freut* Sie das?« Hansen zeigte ihre Verwunderung offen. »Sind Sie ein Hobby-Parapsychologe?«

»Nein. Ich bin einfach nur … morbide, schätze ich.«

»Sie sehen eigentlich nicht wie jemand aus, der sich nach dem Tod sehnt.«

»So ist es auch nicht.« Er dachte nach, wie er es am besten erklären konnte. »Ich mag das Leben. Aber wo Leben ist, ist auch der Abschied. Und je brutaler dieser vonstattengeht, umso mehr interessiert er mich. Schieben Sie es auf meine indische Seite. Wir haben viele Götter, Dämonen und Geister, die für Tod und Zerstörung zuständig sind – da sind die Christen eindeutig im Nachteil.« Er lehnte sich vor. »Kann ich die Unterlagen zu lesen bekommen? Merkwürdigerweise habe ich nämlich keine toten Tiere gefunden, seit ich den Job mache. Oder«, er schaute sie herausfordernd an, »versuchen Sie etwa nur, mir mit plumpen Geistergeschichten Angst einzujagen?«

»Ich frage meinen Kunden, ob er bereit ist, Ihnen Kopien zukommen zu lassen. Aber dann wird er mich fragen, was Sie als Preis für eine Fürsprache in unserem Sinn verlangen«, gab sie zurück und schaute taxierend über den Rand ihres Bechers.

Jetzt wollte Will aus Neugier wissen, was man ihm bot. »Machen Sie mir ein Angebot«, sagte er und fügte mit einem sarkastischen Grinsen hinzu, »das ich nicht ablehnen kann.«

Hansen beugte sich nach unten und griff nach einer schwarzledernen Aktentasche, die Will zuvor nicht aufgefallen war. Wann hatte sie sie am Tresen abgestellt? Sie holte eine Unterlagenmappe heraus und schob sie ihm hin. »Dies ist der Kaufvertrag inklusive aller Formalitäten, die ich für Ihren Boss erledigen werde, wenn er unterzeichnet hat. Sie leiten die Unterlagen weiter, bringen die Sache zu einem guten Abschluss, und mein Mandant zeigt sich mit fünfzigtausend Euro erkenntlich, steuerfrei auf einem Konto Ihrer Wahl, Herr Gul. Liechtenstein, Luxemburg, irgendwelche Insel-Banken.« Gespannt betrachtete sie sein Gesicht.

Will räusperte sich, um seine Überraschung zu überspielen, und nahm einen Schluck Tee. Er überlegte schweigend. *Fünfzigtausend Euro!* Das war viel Geld ... und weckte zwangsläufig seine Neugier. »Warum möchte Ihr Mandant denn das Haus? Wer einem Vermittler wie mir so viel anbietet, muss einen ziemlich guten Grund haben.«

»Der Grund ist ganz einfach: Sentimentalität«, antwortete sie leichthin. »Einer seiner Vorfahren hat darin gelebt. Kein direkter Verwandter leider, sonst hätte er von seinem Erbrecht Gebrauch machen können.«

»Verzeihen Sie mir, aber das hört sich doch eher nach einer etwas dürftigen Erklärung an.«

Sie musterte ihn und versuchte zu ergründen, welche Botschaft er ihr damit übermitteln wollte. Dann öffnete sie die Mappe, riss die erste Seite heraus und legte eine neue hinein, die sie aus der Aktentasche nahm. »Herr Gul, ich sehe einen sympathischen Mann vor mir, dem ich es durchaus zutraue, Menschen von Dingen zu überzeugen. Damit ich mir sicher sein kann, dass Sie das tun, erhöhe ich das Angebot an Sie: hunderttausend Euro. Zu den gleichen Konditionen.«

»Hunderttausend Euro?«, rief er beinahe erschrocken. Aus seiner Neugier wurde Misstrauen. Dazu kam, dass Hansens Art ihm immer unsympathischer wurde. Sie belog ihn, das fühlte er, um etwas Wichtiges zu verheimlichen.

»Hunderttausend Euro, Herr Gul.« Sie klappte die Mappe zu. »Ich weiß, dass Ihr Unternehmen nicht schlecht läuft. Aber eine Eins mit fünf Nullen dahinter – das ist viel Geld. Machen

Sie schon! Greifen Sie zu – oder wollen Sie ein solcher Idiot sein?«

Mit jedem Euro, der ihm mehr geboten wurde, stand Wills Entschluss, seinen Arbeitgeber nicht zu beeinflussen, unumstößlicher fest. Hier stimmte etwas nicht. Und beleidigen lassen musste er sich auch nicht. »Es wäre besser, wenn Sie jetzt gehen.«

»Sie sind ein geschickter Verhandler.« Hansen öffnete den Mund ein wenig, und er sah, dass sie mit der Zunge gegen die Schneidezähne drückte, eine kleine Pause einlegte und sagte: »Zweihunderttausend Euro und ein kleines Haus in unmittelbarer Nähe zu Ihrem Blumenladen, damit Sie morgens nicht mehr so weit fahren müssen.«

»Nein, Frau Hansen!«, wies er entschieden, aber halbwegs freundlich zurück, auch wenn ihm das Angebot noch in den Ohren klingelte. »Sagen Sie Ihrem Kunden, dass es mir sehr leidtut, aber dass ich keine Rücksicht auf seine ... Sentimentalitäten nehmen kann.«

Sie sah ihn beleidigt an. »Ab welchem Betrag kommen wir ins Geschäft, Herr Gul?« Hansen nahm erneut Anlauf, und ihrer kalten Stimme nach zu urteilen, war es das letzte Angebot. »Ich rate Ihnen, es nicht zu übertreiben.«

»Bei keinem Betrag«, kam es rasch über seine Lippen. »Es tut mir leid, aber Sie beißen bei mir auf Granit. Wenn Sie meinem Arbeitgeber das Haus abkaufen möchten, versuchen Sie es direkt bei ihm.«

»Sie wissen, dass das nicht funktionieren wird. Er reist durch die Weltgeschichte, und lediglich *Sie* haben seine Nummer.«

»Da haben Sie recht – Pech für Sie und Ihren Kunden.« Da er sich stets bemühte, sein Karma positiv zu beeinflussen, fügte er hinzu: »Seien Sie mir nicht böse.« Er nahm zwei weiße Rosen aus dem großen Bündeleimer und streckte sie ihr entgegen. »Hier, als kleine Entschädigung.«

»*Ich* bin Ihnen nicht böse.« Die Frau sah ihm über die Blumen hinweg direkt in die Augen. »Aber mein Auftraggeber ist es nicht gewohnt, zu verlieren.«

»Einmal ist immer das erste Mal, Frau Hansen – und dieses Mal *hat* er verloren.«

»Glauben Sie das wirklich? Mein Besuch ist, nun ... nennen wir es die erste Runde«, warf sie ein. »Ich habe Ihnen ein Angebot gemacht, das Sie nicht überzeugen konnte – nun werden wir den Einsatz erhöhen müssen.«

Will seufzte und deponierte die Rosen vor ihr auf der Theke. »Haben Sie immer noch nicht verstanden, dass Sie mit Geld nicht bei mir weiterkommen?«

»Ihnen wird das Prinzip von Zuckerbrot und Peitsche bekannt sein?«, fragte Hansen und leerte ihren Becher. »Die neue Offerte wird natürlich eher Ihren Neigungen entsprechen. Meinem Auftraggeber ist es nicht nur wichtig, Sie finanziell abzusichern – sondern auch, Ihr Geschäft vor Schaden zu bewahren ...«

Jetzt war es genug! Und er schiss auf sein Karma. Er atmete tief ein. »Drohen lasse ich mir nicht! Das haben schon ganz andere nicht geschafft. *Raus!«*

Sie lächelte. »Sie scheinen ein netter Mann zu sein. Deswegen habe ich Sie gewarnt. Ihr Geschäft ist viel zu schön, um zu Bruch zu gehen. So viel Glas ...«

Will konnte kaum glauben, was ihm die Frau da unverblümt ins Gesicht sagte. »Ich fürchte mich nicht vor Schlägern.« Er kam um den Tresen herum und griff nach ihrem Ellbogen, um sie auf die Straße zu setzen.

Sie machte einen Schritt zurück. »Das wäre aber besser. Mein Auftraggeber hat einige Angestellte, die Sie um zwei Köpfe überragen und wenigstens zwanzig Kilo mehr Muskelmasse auf die Waage bringen als Sie. Ihr Kalahari wird Ihnen nichts nützen.« Hansen nickte ihm zu, bevor er etwas erwidern konnte.

»Ich verabschiede mich jetzt, Herr Gul. Wenn ich meinen Fuß über die Schwelle gesetzt habe, bleibt Ihnen eine Stunde, es sich zu überlegen und sich bei mir zu melden. Danach muss ich meinem Mandanten Bescheid geben, wie es sich mit Ihrer Vermittlungsbereitschaft verhält.« Hansen schnappte die Rosen und ging betont langsam zur Tür; sie gab ihm die Gelegenheit, seine Meinung doch noch zu ändern.

Doch Wills Widerstand war aus vielen Gründen geweckt. Er hatte das Geschäft aus eigener Kraft aufgebaut, es mit viel Schweiß zu einem wahrlich blühenden Laden gemacht. Er kam von ganz unten, und er wusste, was Herausforderungen waren. »Ich bin vor der hiesigen Schutzgeldmafia nicht eingeknickt, da werde ich es auch nicht vor Ihren Leuten tun«, sagte er. »Mit Shivas Beistand werde ich allem trotzen, wenn es nötig ist.«

Mit ernstem Gesicht verfolgte er, wie die Maklerin das *India* verließ und ihm durch die Scheibe einen mitleidigen Blick zuwarf, an den Rosen roch und zur Uhr über dem Tresen deutete. Dann stieg sie in einen geparkten Porsche 911. Sekunden darauf war sie weggefahren.

Will schaute zur Statue des Gottes Ganeesha neben der Uhr. »Ist das eine deiner Prüfungen für mich, mein Lord«, fragte er und überlegte, was er tun sollte, während er ein ganzes Bündel Räucherstäbchen vor dem Figürchen entzündete.

Polizei? Nein, das wollte er selbst regeln. Ein paar Freunde aus dem Kalari-Club anrufen? Schon eher. Das Angebot doch annehmen? Niemals!

»Eine Stunde.« Will betrachtete den kräuselnden Rauch und sandte Gebete an Kali, Shiva und Ganeesha. Danach goss er sich neuen Chai ein und betrachtete die weißen Lilien ihm gegenüber. Lilien. Todesblumen.

Er dachte an die von Hansen angerissene Geschichte des Anwesens. Wie viel davon hatte sie erfunden? Vor dem Teufel, der das Haus angeblich schützte, fürchtete er sich jedenfalls nicht. Der christliche Teufel war für ihn nicht mehr als ein böser Geist; vor seinem Einzug hatte er ein indisches Reinigungsritual im Anwesen und im Garten zelebriert, um solche zu verjagen und der Seele der verstorbenen Nichte Ruhe zu geben. Dennoch blieb er auf der Hut und achtete auf kleine Anzeichen für ungewöhnliche Vorgänge. Bemerkt hatte er nichts, auch nicht die von Hansen erwähnten Kadaver.

Will erinnerte sich daran, wie er zur Anstellung als Housesitter gekommen war: Vor der Eröffnung des *India* hatte er einige Zeit für verschiedene Landschaftsarchitekten gearbeitet. Das feste Einkommen fehlte ihm schmerzhaft, als der Laden nicht gleich so erfolgreich anlief, wie er sollte. Das über einen seiner alten Auftraggeber und eine Anwaltskanzlei vermittelte Angebot war genau im richtigen Moment gekommen – und selbst wenn er das Geld nicht dringend gebraucht hätte: Beim Anblick des prächtigen Anwesens und des Gartens war an ein *Nein* gar nicht zu denken gewesen. Das Haus hatte wirklich etwas von einem Palast – und war zudem größtenteils in einem üppigen, indischen Stil eingerichtet, in dem Will sich sofort ausgesprochen wohl fühlte. Es war fast so, als wäre das alles extra für ihn hergerichtet worden, auch wenn dies natürlich nicht sein konnte. Zudem waren die Konditionen beinahe unanständig gut.

Seufzend machte sich Will wieder an seine Arbeit; er musste noch einen Grabschmuck fertigstellen, der am späten Nachmittag abgeholt werden sollte. Dabei konnte er sich auch eine Taktik zurechtlegen, was beim Auftauchen der Schläger zu tun war. Klein beigeben würde er nicht. Will nahm einen grünen Steckschaumstoffblock und fing an, das Gesteck zusammenzusetzen, das er vor seinem inneren Auge sah. Dabei verblasste alles andere, seine Konzentration galt allein seiner Kunst; indische Farbenlehre, Ikebana, sein ganz eigenes Bauchgefühl und deutsches Handwerk flossen ineinander. Schlicht und stilvoll zugleich erwuchs aus Tannenzweigen, zarten Ranken, weißen Lilien und dezenten blauen Trockenbeeren ein letzter Gruß der Arbeitskollegen an Arnold Wengert, sechsundfünfzig Jahre alt, gelernter Busfahrer. Auf dem schwarzen Trauerband, das er von Hand mit schönster Kalligraphie und weißem Lackstift verzierte, sollte der Spruch stehen: *Rechts vor links – wo immer du bist, Arnold!* Kopfschüttelnd schrieb Will. Nachdem er das Ausrufezeichen gemalt hatte, streckte er sich, blickte auf die Uhr – und erstarrte: Die Stunde, die ihm Hansen eingeräumt hatte, war viel zu rasch verstrichen. Die Türglocke schrillte; und noch einmal, und gleich darauf erneut. Schließlich ein viertes und fünftes Mal.

Will merkte, wie ihm ein Schauer über den Rücken lief. Er spähte aus dem kleinen Zimmer über den Arbeitstisch in den Verkaufsraum.

Vor dem Tresen standen fünf breitgebaute Männer, die alle schwarze Anzüge, weiße Hemden und Sonnenbrillen trugen. Eindeutig nicht die Trauergäste von Arnold Wengerts Beerdigung, die erschienen, um das Gesteck abzuholen.

Der Mann in der Mitte hielt einen Schnellhefter in den behandschuhten Fingern. *Handschuhe gegen Abdrücke,* schoss es Will durch den Kopf. Er stand auf, wischte sich die Finger an einem Tuch ab und behielt es in der rechten Hand. Durch die Scheibe sah er einen dunkelgrünen Transporter mit getönten Fenstern vor dem Laden stehen.

Sein Kalarippayat betrieb er in erster Linie wegen des meditativen Charakters, weniger zur Verteidigung. Gebraucht hatte er diese Kunst in einem echten Kampf bisher nur einmal, gegen die beiden Typen mit den Baseballschlägern, die vor einiger Zeit versucht hatten, Schutzgeld von ihm zu erpressen. Die hier waren zu fünft, aber immerhin unbewaffnet.

»Guten Tag. Was kann ich für Sie tun, meine Herren?«

Der Mann legte den Schnellhefter vor sich, dann schob er ihn langsam auf Will zu. »Sie können etwas für sich selbst tun, Herr Gul«, bekam er zur Antwort. »Leiten Sie den Kaufvertrag weiter, und wir sind wieder verschwunden.« Dann grinste er, die Drohung blieb unausgesprochen, schwebte aber so deutlich im Laden wie der Qualm der Räucherstäbchen.

Will lächelte und wusste, dass es nicht echt aussah. Seine Mundwinkel fühlten sich vollkommen verkrampft an, als würden sie mit Plastikhaken nach hinten gezogen. »Gehen Sie.«

»Das werden wir, Herr Gul«, der Mann tippte auf die Mappe, »aber nicht ohne eine Antwort.«

»Verschwinden Sie!«

Sein Gegenüber legte den Kopf etwas schief, erwiderte nichts, sondern steckte die Hände in die Taschen. »Brauchen Sie eine Entscheidungshilfe?«

Ein zweiter Mann trat vor, nahm die schwere elektronische Kasse mit beiden Händen – und schleuderte sie, ohne hinzuschauen, hinter sich. Sie krachte in eine Standvitrine und brachte sie zum Einsturz. Die darin präsentierten Deko-Artikel polterten zu Boden.

»Hey, nein!«, rief Will und langte nach den Unterlagen, ohne nachzudenken. »Ich mache es, bevor Sie meinen Laden vollständig zerlegen«, sagte er, um Zeit zu gewinnen. »Wie viel bekomme ich?«

Der Schlägerboss fasste unter sein Jackett und reichte ihm gönnerhaft einen silbernen Umschlag. »Dreißigtausend Euro. Hier habe ich eine kleine Anzahlung für Sie und eine Entschädigung für die Folgen unseres ... Gesprächs. Mehr werden Sie von Frau Hansen erfahren. Ihre Nummer haben Sie. Und jetzt, Herr Gul, unterschreiben Sie hier die Erklärung, dass Sie unseren Auftraggeber mit allen Ihnen zur Verfügung stehenden Mitteln unterstützen werden.«

So viel zum Thema Zeit gewinnen. Er würde ganz sicher nicht

durch eine Unterschrift bezeugen, dass er sich einschüchtern ließ. Also lief es doch auf eine körperliche Auseinandersetzung hinaus – und zwar *jetzt.*

Eine Strategie war ihm beim Gesteckanfertigen nicht eingefallen, also musste er improvisieren. Er benötigte einen Vorteil, um es mit der Übermacht aufnehmen zu können. Bei fünf Männern, die wahrscheinlich genügend Erfahrung im Geschäft des professionellen Überredens besaßen, würde er rasch an seine Grenzen gelangen, wenn er sie nicht überraschend ausschaltete. Sein Herz schlug schneller.

»Ein gutes Geschäft. Aber vorher«, sagte er, wandte sich um und nahm ein neues, unterarmdickes Bündel Räucherstäbchen zur Hand, das er mit einem Minigasbrenner entzündete, »möchte ich erst noch das Wohlwollen Ganeeshas herbeirufen.« Will schwenkte die glimmenden Enden derart, dass ihn der Rauch einnebelte – dann stieß er unvermittelt zu, zielte auf das Gesicht des Anführers und traf, wie er am Schrei und am Zischen hörte.

Will ließ die Stäbchen los, flankte mit einem Mutschrei über den Tisch, trat dabei nach zwei Gegnern, die er am Kinn und gegen die Brust traf. Beide gingen zu Boden, während der Anführer im Gang tobte und sich das verbrannte, mit zahlreichen schwarzen Punkten übersäte Gesicht hielt. Seine Sonnenbrille hatte ihn vor der Blindheit bewahrt.

Wills Puls raste, trotzdem war er hochkonzentriert. Kalarippayat allein würde ihm nicht helfen; er trainierte vorwiegend Tritt- und Kampfstock-Techniken, weil er im Laden viel mit den Händen arbeitete und es sich nicht leisten konnte, sie zu verletzen. Sein Kampfstock lag zu Hause, Tritte waren dank der Schürze, die er immer noch trug, nur eingeschränkt möglich – und abgesehen davon, ging es gerade auch nicht um den meditativen Charakter eines Sports, sondern um Selbstverteidigung. Zum Glück konnte sich Will auf seine Reflexe und sein Improvisationstalent verlassen; als der Fausthieb des Angreifers, der rechts von ihm stand, auf ihn zuraste, griff Will instinktiv nach der langen Holzlatte, die er normalerweise benutzte, um Geschenkpapier gerade abzureißen. Ein guter Kampfstockersatz! Er wehrte die heranfliegende Hand mit der Latte ab, rammte dem Gegner zuerst das Knie in den Magen und trat ihm dann, als der Kerl ächzend zusammenbrach, frontal auf das Kniegelenk. Dann drosch er mit der Latte gegen den Kopf des linken Feindes, der den Hieb zwar blockte, dafür aber einen weiteren gegen die Brust erhielt, der ihn keuchend zu Boden sinken ließ, wo er ohnmächtig wurde.

Will keuchte und riss den Knoten der Schürze auf, die seine Bewegungsfreiheit zu sehr einengte. Noch war die Gefahr nicht gebannt. In der Zwischenzeit hatten sich die anderen zwei Schläger, die er nach dem Anführer angegriffen hatte, wieder hochgerappelt und zogen ihre Waffen. Sie sahen aus wie abgesägte Pistolengriffe mit einem dicken, kastenförmigen Ende plus Abzug. Es knallte. Will spürte einen Stich in der Brust, dann schien sie zu explodieren – und sein Körper wurde zu einem einzigen Krampf. Gurgelnd kippte er um, ließ die Latte fallen und rutschte am Tresen entlang, bevor er aufschlug. Das Brennen in seiner Brust blieb, und er meinte zu sehen, wie sich dünne Kabel von seinem Oberkörper bis zu der merkwürdigen Waffe spannten.

»Was sagst du zu dem Taser, Arschloch?«, höhnte der Mann, der sie hielt. »Steck dir deinen Kung-Fu-Scheiß sonst wo hin!«

Ein unkontrollierbares Zucken, das vom Kiefer bis zu den kleinen Zehen reichte, setzte Will außer Gefecht. Das geschundene, pünktchengezierte Gesicht des Anführers tauchte vor ihm auf. »Du scheiß Reiskocher!«, schrie er, schnappte sich eine Vase und goss sich das Wasser ins Gesicht, um die Asche der Räucherstäbchen abzuspülen. Danach schmetterte er das Gefäß mit Wucht auf Will nieder. Der Aufprall auf der Hüfte tat verflucht weh und überlagerte fast den Schmerz, den der Strom verursachte. »Indischer Wichser«, wurde er angebrüllt. »Du hast ein Scheißglück, dass wir genaue Anweisungen haben, wie mit dir zu verfahren ist, sonst würdest du ...« Der Anführer ballte die Hände zu Fäusten und rang mit der Beherrschung. »Der Vertrag liegt auf dem Tresen. Ruf die Hansen an, wenn du ihn übergeben hast.« Er nickte und hieß einen seiner Mitarbeiter, sich um den ohnmächtigen Kameraden zu kümmern; die anderen zwei zertrümmerten routiniert die Regale, bis alles, was einmal gestanden hatte, zerborsten auf der Erde lag. Die Hängekästen landeten ebenfalls auf dem Boden, sogar die Schaufenster gingen zu Bruch.

Will kauerte auf dem Boden, die Kabel verbanden ihn nach wie vor mit dem Taser. Der Mann, der ihn bediente, hielt die Hand am Regler, als Drohung, die Voltzahlen jederzeit wieder hochjagen zu können. Schließlich endete das Brennen in Wills Brust und das Muskelzucken; der Taser war abgeschaltet worden.

»So, Inder, du weißt Bescheid. Wir kommen so oft vorbei, bis du das machst, was man von dir erwartet.« Der Anführer beugte sich zu ihm herab und riss ihm mit einem brutalen Ruck die dünnen Widerhaken aus dem Körper.

Will holte tief Luft und konnte sich immer noch nicht rühren. Menschen mit schwachem Herzen würden einen Taserangriff wohl nicht überleben. Er atmete tief ein und aus, richtete seinen Oberkörper behutsam auf und hielt sich ächzend die Brust, in der sein Herz raste.

»Wenn du nun so freundlich wärst, hier zu unterschreiben«, sagte der Anführer und hielt ihm ein Blatt Papier unter die Nase.

»Ve... verpiss dich!«, stieß Will hervor.

»Aber gerne doch«, hörte er zu seinem Erstaunen. »Dann haben wir doch direkt einen Grund mehr, dich noch einmal besuchen zu können.«

Der muskulöseste der Schläger packte Will und schleuderte ihn in das nächste Regal, das daraufhin zusammenbrach und ihn mit Orchideen bedeckte.

Passanten blickten schaulustig herein, einer telefonierte dabei; hoffentlich rief er die Polizei und erzählte nicht nur einem Freund, was er gerade Cooles beobachten konnte. Will lehnte den schmerzenden Kopf gegen ein Regalbrett. »Scheiße«, flüsterte er und musste husten. Mit Qualen im ganzen Leib zog er sich in die Höhe, während die Männer bis auf den Anführer abrückten; der Kräftige nahm grinsend einen Behälter mit roten Rosen mit. Einer nach dem anderen stiegen sie durch die Schiebetür in den Transporter. Die Passanten machten einige Schritte zur Seite, manche flüchteten vorsichtshalber auf die andere Straßenseite. Der Chef riss seelenruhig einen großen Bogen Klarsichtfolie von der Rolle ab und legte sie über den Vertrag auf dem Tresen. »Schönen Tag, Inder«, sagte er und steckte den Umschlag mit dem Geld ein, ehe er zum Transporter ging. Glas knirschte und knackte unter seinen dicken Sohlen.

Will wischte sich das Blut, das ihm ins rechte Auge lief, mit dem Finger weg und wunderte sich über die Folie. Was sollte das nun wieder?

Eine Flasche mit einer Flüssigkeit darin und einem brennenden Lappen im dünnen Hals flog in einem flachen Bogen aus dem Transporter und zerschellte im Eingang. Sofort loderten Flammen auf und leckten über die zerstörten Regale, über die Blumen und anderen Pflanzen.

Der VW donnerte davon, als der Rauchmelder anschlug. Gleich darauf setzte sich die Sprinkleranlage in Betrieb und durchnässte Will mit eiskaltem Wasser. Nun begriff er auch, was die Klarsichtfolie über der Mappe zu bedeuten hatte.

11. Oktober
Russland, Sankt Petersburg,
Theaterplatz, Mariinski-Theater

Andreji Smolska, ein zweiunddreißigjähriger Nachwuchssänger, der aussah wie ein junger Peter Hofmann mit schwarzen Haaren, hatte mit seiner eindrucksvollen Bassstimme ein Lied nach dem anderen geschmettert. Nun wartete er im Schutz eines künstlichen Hügels auf seinen nächsten Einsatz, wie ein König, dessen Erscheinen das einfache Volk herbeisehnte.

Smolska beherrschte die Massen, verzauberte sie mit seiner Stimme, dem Timbre und dem Ausdruck seines Gesangs. Er dosierte sein Können sehr genau, gewährte den Zuschauern seine Gunst und gab ihnen doch immer das Gefühl, Bittsteller zu sein. Er bekam jeden Menschen dazu, dankbar für jeden einzelnen Ton zu sein, der ihm über die Lippen kam. Er war eine Ausnahmeerscheinung, und er wusste dies zu seinem Vorteil einzusetzen.

Die zweitausend Zuschauer verfolgten gebannt den vierten Akt der Oper *Ein Leben für den Zaren*, die von dem Kämpfer Sussanin handelte, der im Jahre 1613 durch eine heldenhafte Täuschung eine Truppe polnischer Angreifer in die Irre geleitet und den schutzlosen Zaren vor ihnen gerettet hatte. Smolska hatte selbstverständlich die Rolle des Sussanin übernommen.

Die Petersburger hatten Glinkas Stück aus dem neunzehnten Jahrhundert immer schon gern gesehen, und damit das so blieb, hatte der neue Intendant des Mariinski-Theaters die Inszenierung kräftig modernisiert. Auf der Bühne wurde nun mit rasanten Säbelkämpfen und filmtauglichen Prügeleien reichlich Action geboten. Aus dem Klassiker war beinahe ein Musical geworden, ohne aber seinen Charme zu verlieren.

Smolska betrachtete das Theater stolz, seine Augen kamen mit dem schummrigen Licht hervorragend zurecht. Auch wenn der prachtvolle Saal nicht ihm gehörte, war es doch seine Welt, sein Ersatzreich, in dem er unangefochten mit seiner Stimme und seiner Präsenz herrschte.

Der herrlich dekorierte, mehrstöckige Zuschauerraum mit seinen Logen war beinahe noch original erhalten. Die leuchtend weißen Skulpturen, das blitzende Gold überall, die hellblauen Polster und Gardinen machten das Mariinski zu einer Art kleiner Zeitmaschine. Wenn er zur Zarenloge hinaufsah, rechnete er fast damit, jeden Moment einen der glorreichen Herrscher aus der Vergangenheit dort zu erblicken. Er selbst würde auch sehr gut in diese Loge passen, dachte er. Eines Tages, am Ende einer seiner Arien, würden sie ihn freiwillig dorthin tragen und ihm huldigen.

Manche behaupteten, es sei der romantischste Theatersaal der Welt. Für Smolska war er weit mehr als das.

Jetzt stand der Höhepunkt an: Sussanin würde den polnischen Feinden ihre Täuschung eingestehen und nach einem langen Zweikampf mit dem Anführer sein Leben verlieren. Ein Leben für den Zaren.

Smolska zog den stumpfen Säbel, sein Blick richtete sich ein letztes Mal auf die prächtige dreistufige Deckenleuchte in Form der Monomachkrone der russischen Monarchen, die unter der italienisch gestalteten Decke schwebte. Tausend Kristallhängeleuchten glänzten und funkelten daran. Wenn nun noch die Besucher andere Kleidung trügen, wäre die Illusion, sich in einem anderen Jahrhundert zu befinden, perfekt.

Wie gern hätte er zu dieser Zeit gelebt, als gefeierter Bass und hochbezahlt. Nicht wie heute. Aber noch viel lieber wäre er an einem anderen, weit entfernten Ort ...

Smolska überprüfte die Spitze seiner Theaterklinge, die sich bei leichtem Druck einzog und federte. Er dachte an die guten alten Errol-Flynn-Streifen, in denen sie ebenso gekämpft hatten wie er: heroisch, fürs Auge und abseits vom echten Degen-

oder Säbelkampf, den er in seiner Freizeit praktizierte. Doch dem Publikum gefiel es.

Sein Einsatz kam. Es war an der Zeit, dem Volk einen wahren König zu zeigen. Smolska schritt aus seinem Versteck, ganz langsam und getragen. Der Spot beleuchtete ihn, und sofort brandete ekstatischer Zwischenapplaus auf. So etwas hatte es in einem Theater noch niemals gegeben. Er genoss es, lächelte dem Publikum zu, freundlich, doch selbstherrlich, wie es sich für ihn gehörte, ehe er mit seinem Spiel begann.

Smolska lief vor dem Kulissen-Unterholz hin und her, bedachte die polnischen Kämpfer mit Beschimpfungen und sang dann sein Gänsehaut erzeugendes Loblied auf Russland und den Zaren, während die Musiker im Orchestergraben dazu aufspielten und die Lautstärke immer weiter anschwellen ließen; aufnehmen konnten sie es mit ihm und seiner bombastischen Stimme nicht. Smolska war immer zu hören und dominierte alles. Er war ein Souverän.

Laut Regieanweisung stand jetzt das Gefecht gegen mehrere Gegner an, das für Sussanin zunächst siegreich verlaufen sollte. Smolska legte los und sprang den ersten falschen Polen an, von dem er wusste, dass er Paranov hieß und aus Moskau stammte. Er sang konzentriert und plänkelte mit seinem Gegner zwischen den falschen Bäumen herum, bis er Paranov den Todesstoß versetzte und sich dem nächsten Feind zuwandte.

Atemlos vor Glück, verfolgte das Publikum Gesang und Gefecht.

Smolska schaute über die Schulter und eilte seinem zweiten Feind entgegen. Sein Kontrahent war viel schneller als erwartet heran. Das Klingenkreuzen begann, während Smolska sang ... und nach dem zweiten Schlag realisierte: Die zustoßende, peitschende Dreikantklinge seines Gegners war solide und *ohne* einfahrende Spitze! Außerdem lag die Geschwindigkeit der Hiebe bei weitem über der eines Bühnengefechts. »Sie hätten die

Forderung nicht zurückziehen sollen«, raunte ihm sein Gegner unerwartet zu. Trotz der Musik und des Gesangs verstand Smolska ihn sehr deutlich. Das Gesicht unter dem Schlapphut und dem falschen Bart kannte er nicht, aber die Frage des Mannes erklärte, um *wen* es sich handelte.

»Sie *wagen* es, mich in meinem Reich herauszufordern?«, gab er während einer kurzen Pause im Lied so zurück, dass nur sein Gegner ihn hören konnte. Noch unterbrach er sein Spiel nicht für eine Sekunde; das hätte dem anderen das Gefühl geben können, dass er Angst hatte. Und allein dieses Wort existierte für ein Wesen wie Smolska nicht.

»Es macht Ihnen doch sicher nichts aus, wenn wir unser Gefecht auf der Bühne nachholen?«, wisperte der Mann und langte mit der anderen Hand auf den Rücken, um einen zweiten Degen zu ziehen und ihn Smolska zuzuwerfen. »Sich vor Publikum zu duellieren, ist mir eine willkommene Abwechslung.«

Smolska fing die Waffe. Die Forderung hatte er auf Anraten seines besten Freundes zurückgezogen. Dieser hatte ihn vor seinem Gegner gewarnt, besser gesagt, vor den *Fertigkeiten* des Mannes, dessen Ursprünge sie erst näher ergründen wollten, bevor er ihm gegenübertrat.

Smolska schleuderte seine Attrappe davon – und musste sich so auf die überschnellen Bewegungen seines Gegenübers konzentrieren, dass er unwillentlich verstummte. Kalte Wut überfiel ihn. Diesen Einbruch in seine Domäne, noch dazu mitten in seinem Stück, würde er nicht verzeihen! Das Orchester spielte weiter, um dem Sänger die Möglichkeit zu geben, den Part wieder aufzunehmen; der Souffleur fuchtelte aufgeregt mit den Armen und pochte gegen das Skript. Die Statisten sahen erstaunt zu Smolska hinüber, und im Zuschauerraum begann das Tuscheln. Bühnentricks und Kämpfe waren schön und gut, wenn die Qualität des Gesangs nicht darunter litt – und ganz abbrechen durfte er erst recht nicht!

»Hochverehrtes Publikum«, sagte Smolska laut in den Zuschauerraum und zeigte auf seinen Gegner, »wir bieten Ihnen ein kleines, eigens für den heutigen Abend einstudiertes Duell, zu Ehren der fünfundzwanzigsten Aufführung in diesem Theater. Behalten Sie Platz, verehrte Herrschaften, und genießen Sie, wie Sussanin seinen Herausforderer *tötet.«* Er blitzte seinen Feind an und grüßte. Der Mann tat es ihm nach, dann griff er an.

Die Attacken, gegen die sich Smolska zur Wehr setzen musste, wichen natürlich von den üblichen Säbelbühnenfuchteleien ab. Er erkannte die klassischen Manöver einer Parade Riposte, eines Klingenschlags oder einer Flèche, des Laufangriffs. Es handelte sich hier um einen Meister des Fechtens. Smolska schwitzte.

»Das Komitee mag es nicht, wenn Vereinbarungen einseitig und ohne Absprache gebrochen werden«, sagte sein Gegner leise und doch verständlich. Er sprang unvermittelt vor, täuschte mehrere Angriffe an, bis er – den rechten Arm ausgestreckt und mit der Spitze auf Smolskas linke Schulter zielend – sprang. »Übrigens: Ich auch nicht!«

»Sie handeln nicht mit Wissen des Komitees!« Smolskas Parade war zu schwach und richtete nichts gegen die brachiale Wucht des anderen aus, die nicht allein von körperlicher Kraft herrühren konnte. Gleich darauf brannte es in seinem Gelenk, als der dünne Stahl durch sein Fleisch in den Knochen fuhr und stecken blieb. Sofort darauf hörte er das lauteste Geräusch, das er bislang in seinem Leben vernommen hatte: seinen eigenen Schrei.

Viele der Kristallleuchten an der Decke barsten durch den Schall, die glitzernden Splitter regneten klirrend auf die Besucher herab. Erschrocken sprangen viele Zuhörer auf; und das Orchester brach das Stück ab. Jemand im Saal rief nach dem Sicherheitsdienst. Die Starre war gebrochen. Die ersten Schauspieler wollten Smolska zu Hilfe kommen und sich zwischen die Kämpfenden werfen.

»Halt! Wenn sich jemand einmischt, zünden ich und meine Leute die Bomben, die wir an uns tragen«, rief der Unbekannte laut und hob den linken Arm. Er zeigte den Umstehenden etwas, das an einen Fernzünder erinnerte; mit seinen Worten erhoben sich fünf Männer an verschiedenen Stellen des Saals, legten ihre Sakkos ab und zeigten Sprengstoffgürtel: rote LEDs blinkten an den Zündern. Ein Aufschrei brandete durch das Theater, doch niemand wagte mehr, sich zu bewegen. Die Drohung wirkte. »Verstanden? Niemand greift ein, oder es geht alles in die Luft!«

Smolska starrte zuerst in den Raum, dann auf seinen Kontrahenten. Und zum ersten Mal seit langer, langer Zeit beschlich ihn ein Gefühl, das er noch kurz zuvor nicht zu kennen glaubte …

Der Unbekannte riss den Degen aus der Wunde, wodurch er Smolska auf sich zuzog, bevor sich Knochen und Metall trennten. »*Sie* haben mich gefordert, Battuta, und ich sagte zu! Ich bin kein x-beliebiger Fechtpartner. Ihr Rückzug war eine maßlose Beleidigung. So etwas vergesse ich nicht. Niemals!« Er stieß Smolska vor die Brust, so dass er zurücktaumelte, aber sofort wieder den Arm mit der Waffe hob.

»Sind Sie verrückt?«, zischte Smolska und starrte fassungslos auf sein Blut. »Was Sie hier tun, wird man Ihnen nicht durchgehen lassen!« Er beherrschte sich, um nicht zu laut zu sprechen. Interna gingen die Besucher nichts an. »*Ich* werde es Ihnen nicht durchgehen lassen!«

Die Klingen schlugen gleich mehrmals rasant gegeneinander, während die Männer umeinanderkreisten. Dann belauerten sie sich, ehe sie erneut aufeinander losgingen und versuchten, den Gegner zu treffen. Für die Zuschauer war das alles nicht mehr nachvollziehbar, zu schnell und abrupt erfolgten die Bewegungen und Schläge.

Auch der Unbekannte wurde getroffen, was Smolska mit einem höhnischen Auflachen kommentierte: Die Klinge riss einen Schlitz in den Rücken des Kostüms, so dass man blanke Haut sah.

Smolska erkannte etwas darauf ... und stutzte. Das Brennen in der Schulter nahm immer weiter zu, als stünde sie in Flammen. »Haben Sie Gift benutzt?« Er startete eine blitzartige Mehrfachfinte, um schließlich einen geraden, eruptiven Stoß gegen die linke Körpermitte folgen zu lassen. Seine beste Taktik! Er sah die Spitze bereits im Herzen des Gegners stecken und setzte zum Jubel an.

»Nein. Kein Gift.« Der andere parierte im wirklich allerletzten Moment, umlief ihn – und stach ihm seitlich unter die Achsel und von dort quer durch den Oberkörper. Er trieb die Klinge mit so viel Gewalt in den Körper, bis das geschliffene Ende auf der anderen Seite heraustrat. »Das brauche ich auch nicht, wie Sie bemerken.« Rasch zog er den Degen wieder zurück, wich einen halben Schritt zur Seite und führte die Waffe wie eine Peitsche einmal über den Kopf, bevor er einen Hieb gegen den Hals des röchelnden, zusammenbrechenden Smolska setzte.

Die Spitze schlitzte ihm die Kehle auf, und ein Strom von Blut ergoss sich über die Bühnenbretter.

Jetzt hallte ein kollektiver Schrei durch das Mariinski-Theater. Die Darsteller wichen bis an die Ränder der Bühne zurück.

»Du hättest die Erhöhung nicht verdient.« Der Unbekannte beugte sich zu dem Sterbenden hinab und hielt seinen Waffenarm mit der feuchtschimmernden Klinge drohend in die Höhe gereckt. »Es war mir keine Ehre, doch ein Vergnügen, Feigling!«, sagte er in Smolskas Ohr, dann sprang er in den Orchestergraben.

Es knallte laut, als er auf den Boden traf, und die Musiker stoben auseinander wie ein Rudel panischer Rehe vor einem Bären. Der Mann verschwand unbehelligt durch den Zugang, die Fernzündung für die Bomben ließ er achtlos fallen. Die LEDs an den Bomben erloschen. Es schien ihm egal zu sein, was mit seinen Leuten und den Sprengsätzen geschah, aber weitere Opfer sollte es keine geben. *Eins* hatte ihm genügt.

Smolska röchelte, seine mehrfach perforierte Lunge fiel in sich zusammen und konnte ihm keinen Sauerstoff mehr verschaffen. Dazu quoll sein kostbarer Lebenssaft aus ihm heraus und tünchte die Bretter, die ihm alles bedeutet hatten. Sein Königreich wurde mit seinem Blut getränkt. Die Hände scharrten über den Boden, die Fingerkuppen rissen auf und hinterließen rote Striche auf dem harten Holzboden.

Zwei der Statisten eilten zu ihm und versuchten, die Blutung zu stillen. Keiner hatte daran gedacht, den Bühnenvorhang herabzulassen, um den Zuschauern diesen Anblick zu ersparen.

Und keiner besaß in dem Schrecken die Abgebrühtheit, auf Details zu achten. So entging den Helfern, dass Smolskas rechter Zeigefinger versuchte, ein Zeichen in die stetig größer werdende Blutlache zu malen. Doch das nachdrängende Rot schloss sich wieder um die Linie und verschlang die Anfänge des Symbols, ehe der Sänger es zu Ende führen konnte.

Bis die Sanitäter auf der Bühne eingetroffen waren, hatte Andreji Smolska sein junges Leben ausgehaucht.

II. KAPITEL

31. Oktober
Deutschland, Hamburg, Speicherstadt

Saskia Lange stieg aus ihrem verbeulten, angerosteten VW Passat Kombi, ging ans Heck und öffnete den Kofferraum, in dem sie eine überlange, sehr voluminöse Sporttasche in Dunkelgrau verstaut hatte.

Im Auto roch es nach vielen verschiedenen Kräutern und Gewürzen, in erster Linie nach solchen aus der Provence, von denen sie heute Morgen einige Kilo gekauft und in ihr Restaurant gebracht hatte. Die Salzwiesenlammkeule, die sie mit zwei Handvoll getrocknetem Thymian, Rosmarin, Majoran, unterschiedlichen Blüten sowie bestem Öl eingerieben hatte, würde dadurch ein wunderbares Aroma erhalten. Sie war der Renner auf der Speisekarte des *Bon Goût*, seit Saskia dort nicht nur die Inhaberin war, sondern auch als Köchin arbeitete. Doch heute hatte sie frei, ausnahmsweise. Ihr Souschef Patrick würde den Abend ohne sie bewältigen müssen.

Saskia atmete den Duft von Regen und Diesel ein. Eine Schiffssirene gab einen langen, lauten Ton von sich, eine zweite antwortete ihr, dann sah Saskia nicht weit von sich ein Rundfahrten-Boot auf einem Kanal vorbeiziehen. Auf dem Wasser war um diese fortgeschrittene Uhrzeit immer noch was los.

Saskia schulterte die schwere Tasche, schloss die Klappe und wollte den VW mit einem Knopfdruck auf die Fernbedienung verriegeln. Weil nichts geschah, musste sie den Wagen mit dem

Schlüssel absperren. Die Batterien waren am Ende. Das war typisch für sie; profane Dinge wie Batterien vergaß sie vollkommen, wenn sie sich im Restaurant dem Kochen hingab – oder, so wie jetzt gleich, ihrem Hobby.

Wer sie zum ersten Mal sah, konnte Saskia für farbenblind halten. Die Kombination einer dunkelgrünen Hose und einer gelben Jacke in Verbindung mit der hellroten Baseballmütze, die auf den halblangen, dunkelblonden Haaren saß, wirkte auf die Augen der meisten Menschen mindestens irritierend. Dabei zählte das, was sie heute trug, zu den harmloseren Zusammenstellungen. Saskia mochte es bunt und durcheinander, was Kleidung anbelangte. Umso erstaunter war man als Restaurantgast, wenn man ihre Gerichte kostete und sie alle formidabel schmeckten. Chaos und Kreativität hingen doch irgendwie zusammen.

Sie näherte sich dem Eingang zu einem der unzähligen Backsteingebäude in der Speicherstadt entlang der Elbe. Ihre Stiefelsohlen platschten in flache Pfützen und gaben danach bei jedem Schritt auf dem Pflaster leise quietschende Geräusche von sich.

In der Nähe befand sich der *Hamburg Dungeon*, eine Art stadthistorische Geisterbahn für Erwachsene, die den Nervenkitzel suchten. Saskia mochte den Spukkram nicht besonders, auch wenn er künstlich war und sie wusste, dass Schauspieler und viel Elektronik dahintersteckten.

Vor der Tür stand ein schlechtrasierter Mann in einem langen schwarzen Mantel und rauchte ein Zigarillo. Kantiges Gesicht, kurze Haare, ein ausgebildeter Eintrittsverhinderer. Lächelnd blieb Saskia vor ihm stehen und wunderte sich insgeheim, warum er gleichzeitig rauchte und Kaugummi kaute. Kein Geld für parfümierten Tabak? »Moin, moin.«

»Hallo.« Er beachtete sie kaum. »Zum *Dungeon* geht es da drüben rein. Der Bühneneingang für die Darsteller ist irgendwo um die Ecke.«

Sie schüttelte den Kopf. »Ich bin hier schon richtig. Man erwartet mich auf der Planche.« Sie nahm einen sehr alt anmutenden Silberknopf aus der Jacke und zeigte ihn vor; das Zeichen darauf waren drei gekreuzte Dolchpaare, eins oben, zwei darunter. »Fröhlich soll die Klinge singen«, zitierte sie, »Schutz und Leib des Gegners durchdringen.«

Der Mann spuckte erstaunt seinen Kaugummi aus und schnippte das Zigarillo weg, während er sie von oben bis unten musterte. Sie war nur ein bisschen kleiner als er, aber wesentlich schmaler gebaut. Seinem kritischen Scanner-Blick hielt sie spielend stand. Dann nahm er ein Handy aus der Manteltasche und telefonierte in einer Sprache, die Saskia nicht verstand. Er beendete das Gespräch und hielt das Display zu sich gewandt auf ihre Höhe; es klickte leise. »Abgleich«, sagte er karg und tippte auf die Tastatur ein.

Saskia blieb geduldig. Es war der übliche Ablauf bei einem Duell der *union des lames*, der Vereinigung der Klingen: Sie wurde zu einer gewissen Uhrzeit an einen bestimmten Ort bestellt. Der historische Spruch und der nicht minder alte Knopf waren die erste Kontrollinstanz, um dem stets wechselnden Wachmann am Eingang zu zeigen, dass sie sich nicht zufällig hierhin verirrt hatte; danach wurde ihr Bild an das Komitee geschickt, um ihren Anspruch, Eintritt zu verlangen, zu verifizieren. Die Zweikämpfe der verschworenen Gemeinschaft waren international, sie konnten an jedem Ort stattfinden; das Komitee kam für die Reisen auf. Niemand wusste, wie es sich finanzierte, und niemand stellte Fragen. Als Anhänger der Vereinigung der Klingen lebte man gefährlich, konnte dafür aber die Welt sehen. Saskia hatte bereits in Venedig, in Dubai, in New York und Nairobi ihre Klinge geführt, doch sie zog es – wegen des Restaurants – vor, in Hamburg anzutreten. Es gab nur wenige, denen dieses Privileg zugestanden wurde.

Leider wurde sie nicht überall derart hofiert. Während sie auf ihre Verifikation wartete, musste sie an Groening denken, den Gourmetkritiker, der ihre Küche bei anderen Kollegen und in der Szene schlechtmachte. Sie hatte ihn mit seinen billigen, widerlichen Avancen abblitzen lassen, und seitdem war es sein erklärtes Ziel, das *Bon Goût* zu vernichten. Seine Website brachte einen Verriss nach dem anderen, und auch verschiedene Journale und Tagesblätter druckten seinen Unfug. Saskia ärgerte sich und war doch hilflos. Das *Bon Goût* und der Gedanke an Groening gehörten inzwischen irgendwie zusammen, und Saskia hasste sich selbst dafür.

Das Handy des Wachmanns piepste, er las die eingegangene Nachricht und nickte. »Sie wurden bestätigt.« Er sah sie noch einmal prüfend an. Das war ein deutlicher Verstoß gegen das Protokoll; die Einlasskontrolle sollte nichts weiter tun, als Unbefugten den Eintritt zu verwehren; selbst die Handys, mit denen sie arbeiteten, gehörten dem Komitee, damit niemand die Möglichkeit hatte, später einen Beweis vorzulegen, wer zu einer Zusammenkunft erschienen war.

»Sonst noch was?«, fragte Saskia patzig.

»Verzeihung«, beeilte er sich zu sagen. »Ich bin nur ...«

»Überrascht?«, vollendete Saskia nun breit lächelnd, dankbar, von Groening abgelenkt zu werden. Es war nicht das erste Mal, dass ihr Aussehen jemanden überraschte, der vorher andere Teilnehmer an sich vorbeigehen gesehen hatte.

»So in etwa«, gab er zu und zeigte auf ihr Gesicht. »Sie haben grünes Zeug zwischen den Zähnen«, meinte er amüsiert.

Rasch schloss Saskia den Mund. »Mist!« Sie lutschte und bewegte die Lippen, bis sie das Stückchen erwischt hatte und es schluckte. »Schnittlauch«, befand sie. »Ich musste Frankfurter Soße abschmecken.«

Er öffnete die Tür für sie, und sie huschte hinein. Im Vorbeigehen tippte sie an den Schirm ihrer Mütze, und der Mann grinste sie schief an. Wahrscheinlich hielt er sie für ein besseres Opferlamm.

Sie folgte den aufgestellten Teelichtern am Boden und marschierte den Gang entlang, dabei warf sie den Silberknopf hoch, bis er fast die Decke berührte, fing ihn geschickt wieder auf und ließ ihn erneut in die Höhe schnellen. Das tat sie jedes Mal, wenn sie auf dem Weg zur Umkleide war. Es beruhigte sie und half ihr, die Gedanken auf das Kommende zu fokussieren. Das Menü des Abends verblasste, Groenings nerviges Gesicht verschwand, die Einkaufsliste für den morgigen Tag wurde nach hinten gedrängt, während sich eine Spannung in ihr ausbreitete, die nichts mit der gemein hatte, die sie an einem hektischen Abend am Herd des *Bon Goût* befiel.

Dieser Abend heute war etwas Besonderes.

Sie würde den Kampf bekommen, nach dem sie sich schon lange gesehnt hatte: gegen den ungeschlagenen Maître der Planche, der – wie man sich berichtete – seit dreißig Jahren der *union des lames* angehörte, gleich bei seinem ersten Kampf gewonnen und seitdem niemals mehr verloren hatte. Das war nahezu unmöglich. Und darum genau die Herausforderung, der sie nicht widerstehen konnte! Saskia hatte ein ähnliches Wunder vollbracht und sich in kurzer Zeit an die zweite Stelle des weltweiten Rankings gekämpft, ohne nennenswerte Gegentreffer erhalten zu haben. Eine *tour de force* für eine junge Frau wie sie, anstrengend, aber ungemein lohnenswert. Deswegen war es aus ihrer Sicht dringend nötig, dass die Vereinigung eine neue Ranglistenführende benötigte. Die erste *Maîtresse* ihrer langen Geschichte.

Die Spur aus Teelichtern lotste sie zu einer Tür, auf der ein Klebstreifen mit der Aufschrift *Garderobe* haftete. Glamour brauchte die *union* nicht, die Schauplätze der Duelle wurden kurz vorher festgelegt. Es zählte nur die Qualität der Kämpfe.

Sie betrat den kleinen Raum, in dem sich ein Kleiderhaken an der Wand befand sowie ein Spind für ihre Sachen. Auf einem kleinen Tisch standen eine Schüssel mit Obst und drei Flaschen Mineralwasser, eine Kanne mit Tee und das passende Gedeck samt Milchkännchen und Zuckerschale. In der linken Ecke befand sich eine Dusche ohne Vorhang, gleich daneben lag die Tür, auf die jemand mit Klebstreifen und Edding den Hinweis *salle d'armes* geschrieben hatte.

Sie steckte den Silberknopf in die Jacke zurück, zog ihre Kleidung bis auf den Slip aus und öffnete die Sporttasche.

Zuerst legte sie den weißen Sport-BH an, danach schlüpfte sie in die engen weißen Fechthosen, in die gleichfarbigen Socken und knöchelhohen Schnürstiefel. Schließlich nahm sie das Springseil hervor und hüpfte auf der Stelle, um sich warm zu machen. Anschließend dehnte sie sich und wischte den Schweiß mit dem Handtuch von Gesicht und Oberkörper. 21.45 Uhr. Noch fünfzehn Minuten.

In dem Augenblick klopfte es.

Saskia legte das Handtuch in den Nacken und bat den Besucher herein. Ein älterer Mann mit einem langen Schmiss auf der linken Wange trat ein. Die metallene Fassung seiner runden Brille blitzte im Lampenlicht auf, sein rundlicher Körper steckte in einem Arztkittel, und in der Rechten hielt er eine braune Schweinsledertasche, die zum Bersten gefüllt war.

»Guten Abend, Rapier«, grüßte er sie lächelnd. Seine schwarzen Haare waren mit Gel nach hinten gelegt, der akkurate Mittelscheitel und der ausrasierte Nacken ließen ihn wie einen Arzt aus den zwanziger Jahren erscheinen. »Sie sehen gut aus.«

»Guten Abend, Professor. Danke sehr«, gab sie freundlich zurück und kam auf ihn zu, während er die Tasche abstellte, öffnete und ein Stethoskop hervornahm. Sie mochte ihn und seine väterliche Art. Die Eingangsuntersuchung stand an. Kein Kämpfer durfte mit einer Beeinträchtigung antreten, egal ob es eine Erkältung oder eine schwere Verletzung war. Ihr entging nicht, dass auf der Vorderseite seines Kittels rote Spritzer zu sehen waren. »Ihr Kugelschreiber ist ausgelaufen, kann das sein?«, fragte sie mit ironischem Unterton.

Der Professor, dessen Namen sie nicht kannte und der ebenfalls nicht wusste, wie ihr bürgerlicher Name lautete, schaute an sich herab. »O nein, das ist keine Tinte«, erklärte er lapidar und hörte sie ab.

»Gab es schon einen Kampf?« Gehorsam atmete Saskia ein und aus und ließ die Prozedur über sich ergehen. Sie wurde mit einer Gründlichkeit abgeklopft und abgetastet, wie es sich jeder Kassenpatient wünschte. Der Professor besaß mehrere Titel im Bereich der Chirurgie sowie der Inneren Medizin und stand – seit er seine aktive Laufbahn in der *union* beendet hatte – der Vereinigung als medizinischer Betreuer zur Verfügung.

Es dauerte, bis er erwiderte: »Zwei Forderungen ohne Ranglistenbedeutung.«

»Davon wusste ich gar nichts.« Saskia wunderte sich: Abgesehen von den regulären Plazierungsduellen, durften untere Ränge die höher Stehenden zwar jederzeit zu einem Zweikampf fordern, um zu lernen und Erfahrung zu sammeln, wofür sie oft genug mit Verletzungen bezahlten. Die höher Stehenden mussten die Forderung jedoch nicht annehmen, wenn sie den Gegner als unter ihrer Würde erachteten. »Gegen wen?«

»Die Neulinge Florette und MainGauche haben den Maître zum Lehr-Duell gefordert. Und verloren, wie Sie an meinem Kittel sehen«, resümierte er knapp und richtete sich auf. »Alles in Ordnung. Sie können antreten, Rapier.«

Saskia wusste nicht, ob sie sich freuen sollte. Ihren wichtigen Ranglistenkampf bestritt sie gegen einen Kontrahenten, der sich bereits an zwei Gegnern ausgetobt hatte? Sie wollte nichts geschenkt – oder betrachtete der Maître sie als eine dermaßen einfache Kontrahentin? Das grenzte an eine Beleidigung. »Wie lange gingen sie?«

»Wer?«, meinte der Professor und verstaute sein Stethoskop.

»Die Kämpfe. Wie lange haben sie gefochten?«

Der Arzt wandte sich zu ihr um, schob die Hände in die Taschen und betrachtete zuerst ihre Züge, dann glitt sein Blick an ihrem Leib herab. »Sie sollten es sich vielleicht noch einmal überlegen, Rapier.« Er sagte es väterlich und leicht besorgt.

»Wie meinen Sie das?«

»Sie sind zu hübsch und zu jung, um sich vom Maître entstellen zu lassen. Plastische Chirurgie vermag heute viel, aber dennoch wird sie kaum alles in den ursprünglichen Zustand zurückversetzen können. Und glauben Sie mir: Der Maître schont niemals einen Gegner.«

Saskia nahm die Dehnübungen wieder auf. »Sie wollen damit sagen, dass Sie auch einmal gegen ihn angetreten sind und verloren haben?« Sie deutete auf seine Narbe. »Ich dachte, die rührt von einer schlagenden Verbindung her. Ihr Studierte habt das damals doch so gemacht.«

»*Damals?* Meine Liebe, ich bin vielleicht nicht ganz so alt, wie ich aussehe!« Der Professor lachte auf. »Nein, ich war niemals bei einer Studentenvereinigung. Das hier«, er berührte den alten verheilten Schnitt mit seiner rechten Hand, »stammt von ihm.« Er zögerte, dann zog er den linken Ärmel in die Höhe und zeigte ihr weitere Narben. »Ebenso wie diese und diese.« Er zog sein Shirt am Kragen unter dem Kittel nach unten, so dass sie ansatzweise die Narben auf seiner Brust erkannte. »Mein Bauch sieht aus, als hätte sich ein phantasievolles, wütendes Kind mit einem Federmesser daran ausgetobt.«

Saskia konnte nicht verhindern, dass ihr ein Schauer über den Rücken lief. »Und heute waren die Neulinge an der Reihe, ihre Lektion zu erhalten?«

Der Professor nickte. »So ist es. Und es schien ihm Spaß zu machen, seine Angriffe auf die verwundbarsten Punkte zu richten. Das ist seine Art, mit der … der Anmaßung umzugehen, als die er es sieht, wenn er von jemandem gefordert wird, der nicht an sein Niveau heranreicht.«

»Womit Sie nun aber nicht mich meinen können?«, fragte Saskia ernst.

»Nein, Rapier, sicher nicht.« Er zwinkerte ihr aufmunternd zu. »Achten Sie trotzdem auf Ihre Kehle und das Handgelenk, das Ihre Waffe führt«, deutete er an. Damit verstieß er gegen die Regeln der *union*, aber anscheinend konnte er sie zu gut leiden. Er schloss die Tasche, sah auf die Uhr, ging durch die Tür, die in den *salle d'armes* und zur Kampfbahn führte. »Es ist bald so weit, Rapier. Man wird Sie rufen, sobald die Spuren der Kämpfe weggew... beseitigt worden sind.« Bevor sie nachfragen konnte, was genau er damit meinte, war er hinausgegangen. Kaum hatte er die Tür hinter sich geschlossen, öffnete er sie aber noch einmal einen Spalt: »Die reine Kampfzeit betrug siebenundvierzig Sekunden. Beide Gefechte zusammen. Aber glauben Sie mir, Rapier: Mehr Zeit brauchte er nicht.«

Klack. Die Tür fiel ins Schloss, und er war weg.

Saskia geriet ins Grübeln, während sie sich langsam in den Spagat absenkte und spürte, wie sich die Sehnen und Muskeln streckten. Siebenundvierzig Sekunden waren nicht viel.

Sie stand auf, zog die weißen Lederhandschuhe aus ihrer Sporttasche, streifte sie über und zurrte den Klettverschluss am hinteren Ende sehr fest. Dabei fiel ihr Blick auf die Kendo-Ausrüstung, die sie ebenfalls in der Tasche mit sich herumschleppte. Seit sie denken konnte, betrieb sie unter Anleitung ihres Vaters das klassische europäische Fechten und hatte nach einiger Zeit auch ihre Faszination für die japanische Art entdeckt. Es war mehr als ein Sport für Saskia. Sie lebte und liebte das Kämpfen, die Veranlagung steckte in ihrem Blut, und wenn sie auf der Planche stand, schien ein anderer Geist in sie zu dringen und sie zu beseelen. Ein Kampfgeist im wahrsten Sinne des Wortes: Mut, Furchtlosigkeit, Geschwindigkeit, Präzision und vor allem Intuition, von der sie annahm, dass sie sie von ihrem Vater geerbt hatte.

In ihrem Fechtverein war sie rasch aufgestiegen und hatte alle internen Wettkämpfe mit einer nahezu unheimlichen Überlegenheit gewonnen. Sie hatte es mit der Florett-Mannschaft in die oberste Liga geschafft und wurde sogar gebeten, dem deutschen Olympiateam beizutreten. Saskia erinnerte sich sehr genau daran, wie sie abgelehnt hatte und welche Verachtung ihr alter Verein ihr danach entgegengebracht hatte. Es war einem Verrat gleichgestellt worden, und das ließen die meisten sie deutlich spüren.

Saskia hatte absurderweise gewusst, dass sie bei Olympia gewinnen würde, aber es scherte sie nicht. Aus einem Gefühl heraus war ihr klar gewesen, dass sie enttäuscht zurückgekehrt wäre. Enttäuscht, weil sie bei dem Wettkampf niemanden gefunden hätte, der sich mit ihr messen konnte. Niemand verstand, dass es für sie keine Herausforderung war; zugleich war sie jedoch nicht in der Lage, zu formulieren, durch was ihr Ehrgeiz geweckt wurde.

Aber das sollte sich ändern.

Nach dem Vereinswechsel war ein Unbekannter zu Besuch gekommen und hatte sich lange mit ihrem Vater unterhalten, bevor man sie dazugerufen hatte. Ein denkwürdiges Gespräch bei Kerzenschein.

Sie war damals achtzehn gewesen. Ihr Vater hatte ihre Hand genommen und den silbernen Knopf mit den drei gekreuzten Dolchpaaren hineingelegt. »Unsere Familie hat seit vielen Jahrhunderten gute Fechter in die Welt geschickt«, hatte er mit einer Feierlichkeit in der Stimme erklärt, die Saskia wunderte; sie kannte ihren Vater nur als sehr heiteren, wenig theatralischen Menschen. »Unsere Kunst war auf den Schlachtfeldern einmal sehr begehrt. Wir haben die besten Kämpfer und den einen oder anderen Attentäter ausgebildet, der später Geschichte schrieb. Heute braucht man dieses Handwerk nicht mehr, die Mächtigen verlassen sich auf High-Tech-Waffen und Wissenschaft. Aber wir und alle, die etwas auf die Tradition geben, halten eine Vereinigung am Leben, welche die Schönheit und die Ehrlichkeit des Fechtens bewahrt. Mit *scharfen* Klingen.« Durch seine Arbeit als Ingenieur reiste er viel in der Welt umher, und die Schrammen, die er mit nach Hause brachte, waren immer als Arbeitsunfälle auf Baustellen deklariert worden. Doch nun schien es so, als würde es für sie eine wesentlich aufregendere Erklärung geben.

Fasziniert von seinen Worten und der veränderten Stimme hatte Saskia gelauscht und dabei abwechselnd zwischen ihm und dem Unbekannten hin- und hergeblickt. Ihr Ehrgeiz, ihr Kampfgeist regte sich *gewaltig!* Sie wusste sofort: Auf so etwas hatte sie gewartet.

»Es gibt mehr von uns, als die moderne Welt weiß, Saskia«, hatte er ihr eröffnet. »Nun bist du gut genug, um der *union des lames* beizutreten. Wenn du möchtest.«

»Die *union* ist geheim. Niemand kennt ein Mitglied mit seinem wahren Namen«, hatte der Unbekannte eingeworfen und dabei bedrohlich geklungen. An sein Gesicht konnte sie sich nicht mehr erinnern, nur an seinen eindrucksvollen dunkelbraunen Vollbart. »Die Wettkämpfe werden von einem Komitee organisiert und überwacht. Du wirst mit niemandem darüber sprechen können, auch nicht mit deiner Mutter, verstehst du? Es gibt von der *union* keine Pokale, keine hübschen Siegerfotos in den Zeitungen, keine öffentliche Anerkennung. Du fechtest einzig der Ehre wegen und um in der Rangliste nach oben zu steigen. Nur wer sich die Spitze sichert, erhält eine stattliche Summe, Jahr für Jahr. Solange – aber auch sofern – er sich oben halten kann.« Er sah sie fest an. »Du stehst an einem Scheideweg, Mädchen.«

Saskia hatte die Hand um den Silberknopf geschlossen und mit dieser Geste stillschweigend sämtliche Regeln akzeptiert. Ihre Augen, so erzählte ihr Vater später, leuchteten dabei.

»Ein Kampf noch, und ich bin an erster Stelle«, flüsterte sie nun in die Stille des Umkleideraums und band ihre Haare mit dem weißen Kopftuch zurück. »Der Maître wird fallen.«

Saskia legte den metallenen Schnittschutz über ihre Brüste an und schloss ihn auf dem Rücken. Er war das einzige Zugeständnis, das für Frauen gemacht wurde. Zu guter Letzt nahm sie den Säbel und die Fechtmaske hervor, die Saskia immer an ein überdimensionales Insektenauge erinnerte. Es handelte sich um die klassische Variante aus VA-Stahldraht, die das Gesicht für den Gegner fast unsichtbar machte.

Für den heutigen Kampf hatte sie den leicht geschwungenen Säbel gewählt. Nicht weil sie mit ihm am besten zurechtkam, das Rapier lag ihr weitaus mehr; nein, der Säbel hatte ihrem verstorbenen Vater gehört. Ihm wollte sie ihren Sieg widmen und ihn durch die Waffe am Gefecht teilhaben lassen. Die Schneide schimmerte frisch geschliffen, der eiserne Korb um den Griff glänzte.

Sie setzte die Maske auf, nahm den Säbel in die linke Hand und starrte ungeduldig auf die Tür, hoffte, dass sie bald in den *salle d'armes* gerufen wurde. Nach einer kleinen Ewigkeit hörte sie, wie sich Schritte durch den Flur näherten, dann trat eine brünette Dame ein, die ein dunkelrosafarbenes Abendkleid mit einer schwarzen Stola trug; bei Ranglistenkämpfen war stilvolle Kleidung unter den Schiedsrichtern Pflicht. Saskia kannte das Gesicht der Frau von vielen vorangegangenen Kämpfen, ohne je ihren Namen gehört zu haben. »Rapier, Sie sind an der Reihe«, verkündete sie und ging voraus.

Saskia folgte ihr und glaubte, auch auf dem Stoff ihres Kleids kleine dunkelrote Spritzer zu sehen. Der Maître schien mit sehr viel Schwung geschlagen zu haben. Viele hätte dieser Gedanke erschreckt; Saskia sah dies als wertvolle Information an, die sie nutzen konnte, um ihren Gegner zu schlagen.

Sie war gespannt, welche Waffe er führte. Es war nicht sicher, dass auch er einen Säbel gewählt hatte; die *union des lames* bevorzugte nichts, sondern setzte auf alle Klingenwaffen, mit denen man stechen und schlagen konnte. Anders als bei normalen Wettkämpfen gab es kaum einschränkende Regeln. Als Trefferzone war der gesamte Körper freigegeben. Abgesprochen wurde lediglich, ob mit einer oder zwei Waffen gekämpft wurde. So konnte es geschehen, dass sich ein Mann mit zwei Schwertern und einer mit zwei Dolchen gegenüberstanden. Das wiederum bedeutete allerdings nicht, dass zwangsläufig derjenige gewann, der die Schwerter führte. Saskia hatte die Chroniken der *union* aus den alten Tagen gelesen. Voller Ehrfurcht wurde dort von einem Frans Hohentgar erzählt, einem Kampfmeister, Söldner und Attentäter im siebzehnten Jahrhundert, der den Umgang mit den Messern so perfektioniert hatte, dass er jedem Angreifer überlegen war. Ihr eigener Stammbaum ließ sich bis zu ihm zurückverfolgen; der Silberknopf stammte von seiner Landsknechtjacke, wie ihr Vater einmal gesagt hatte.

Sie trat in einen langen, rechteckigen Raum, in dem viele Kerzen in Standleuchtern und Laternen brannten. Dies war noch eine Maxime der *union*: Bei einem Duell durfte kein elektrisches Licht eingesetzt werden.

Obwohl man sie geholt hatte, schien sie zu früh gekommen zu sein, denn gerade wurde die vierzehn Meter lange Planche eingerollt. Als sie das viele Blut darauf sah, wusste sie den Grund: Es war unmöglich, darauf ein gutes Gefecht zu führen. Ein Fleck auf der Matte genügte für einen Ausrutscher, und schon war eine effiziente Verteidigung oder ein guter Angriff nicht mehr möglich.

Wollte man sie warnen, indem man ihr diesen Anblick nicht vorenthielt?

Ungefähr in der Mitte des Raumes stand der Tisch, hinter dem die fünf Kampfrichter saßen, drei Frauen und zwei Männer, die in eleganten Smokings und edlen Kleidern ihren Dienst verrichteten. Auch ihre Namen waren nicht bekannt, das Komitee bestimmte sie und organisierte alles. Ansonsten war der Raum leer.

Einer der Männer stand auf und kam auf Saskia zu. »Es tut mir leid, aber wir mussten die Kampfbahn entfernen lassen«, sagte er. »Es wäre verantwortungslos gewesen, Sie und dem Maître die Erlaubnis zu erteilen, darauf anzutreten.«

»Heißt das, das Duell findet nicht statt?« Saskia spürte eine riesige Enttäuschung. Die Ungeduld und der Wunsch, endlich an die erste Stelle zu rücken, waren übermächtig. »Gibt es keine Ersatz-Planche?«

»Nein.« Der Richter sah sie an. »Doch wir wissen um die Brisanz des Duells. Wenn Sie und der Maître sich einigen, können wir auch ein freies Gefecht zulassen.«

»Sehr gern«, stimmte sie zu.

Der Richter nickte der Frau zu, die Saskia hereingebeten hatte, und sie ging los, um den Maître zu holen. »Ihr Gegner hat bereits zugestimmt.« Er wies den Helfer an, schneller zu arbeiten. »Das kann Ihr großer Tag werden, Rapier«, sprach er leiser und sah dorthin, wo er das Erscheinen ihres Gegners erwartete. »Wir sind alle gespannt, ob Sie es endlich schaffen, den Maître vom Thron zu stoßen. Es laufen einige Wetten auf Sie; müßig, zu erwähnen, dass seit langem überhaupt wieder auf einen Gegner des Maître gesetzt wurde.« Er lächelte aufmunternd und kehrte zu seinem Platz am Tisch zurück.

Saskia horchte bei den Worten auf. Anscheinend besaß der ewige Champion wenige Sympathien bei den Offiziellen und in der *union*. Das motivierte sie noch mehr, ihn zu schlagen. Ihn, der seit dreißig Jahren nichts anderes als Siege kannte. Drei Dekaden; eine sehr lange Zeit.

Der Professor kam in den Saal und stellte sich schräg neben den Tisch. Die medizinische Versorgung war damit gesichert. Alsdann erschien durch eine andere Tür, hereingeführt von der Dame im dunkelrosafarbenen Kleid, der Maître.

Er hatte ungefähr Saskias Größe, sie schätzte ihn auf etwas unter eins achtzig. Auch er trug die engen weißen Fechthosen sowie weiße Schnürstiefel, die Finger steckten in hellen Handschuhen. Sein nackter Oberkörper beeindruckte sie weniger, weil er perfekt definiert war – sondern weil sie auf seiner Haut keine einzige Narbe entdecken konnte, nicht einmal einen winzigen Kratzer. Saskia musste schlucken. Es stimmte also, was man sich erzählte: Keiner der Herausforderer hatte es in dreißig Jahren geschafft, ihn ernsthaft zu verletzen und sich für die eigenen Wunden zu revanchieren.

Kaum hatte sie diese Überraschung verdaut, machte sie der Anblick seiner Fechtmaske sprachlos: Sie war aus *verspiegeltem* Kunststoff!

Saskia wusste, dass Fechtmasken aus Plexiglas schon seit längerem in der Liga, bei internationalen Meisterschaften und Olympia im Gespräch waren, doch diese sollten durchsichtig sein, damit die Zuschauer die Gesichter der Kämpfer beobachten konnten. Der Maître hatte sich seine eigene anfertigen lassen, und die wirkte mehr als gefährlich und heimtückisch. Saskia sah die leicht verzerrten Reflexionen der vielen brennenden Kerzen auf der gewölbten Oberfläche, und je näher er ihr kam, umso deutlicher erkannte sie sich selbst darin.

Er blieb drei Schritte von ihr entfernt stehen, hob die linke Hand mit der Waffe zum Gruß und führte die filigrane, gewickelte Parierstange auf die Höhe der Maske, auf der sie seine Lippen vermutete. Er hielt ein einsatzbereites, langes Rapier, dessen beidseitig geschliffene Klinge im Licht rötlich schimmerte. Danach grüßte er das Kampfgericht.

Saskia beeilte sich, ihm und den Richtern ebenfalls ihren Gruß zu entbieten. Sie unterstellte dem Maître, seine Waffe mit voller Absicht ausgewählt zu haben: ein Rapier gegen *Rapier*. Es erschien ihr dazu noch überlang. Ein Reichweitenvorteil, den sie nur mit Schnelligkeit wettmachen konnte. Der Kampf würde interessant werden. Es war die Herausforderung, nach der sie suchte, und die Vorfreude brachte sie zum grimmigen Lächeln.

Der Schiedsrichter, der sich mit ihr vorhin kurz unterhalten hatte, stand auf. »*L'union des lames, unique, secrete et éternelle. Ni bonne, ni mauvaise, mais mortelle pour nos ennemis et les traîtres*«, sprach er getragen die jahrhundertealte französische Formel, mit der jedes Duell eröffnet wurde. »Die ehrenwerte, altehrwürdige *union des lames* und das Komitee grüßen die Kämpfer Maître und Rapier.« Das Kampfgericht erhob sich und verbeugte sich vor ihnen, nur einer blieb am Tisch sitzen und notierte, was gesagt wurde. »Die beiden Kontrahenten haben sich einverstanden erklärt, ohne Planche zu kämpfen und ein freies Gefecht zuzulassen. Gewonnen hat, wer seinem Gegner gemäß den Statuten der *union* zuerst fünf sichtbare, blutende Wunden schlägt oder den Sieg von seinem Gegner geschenkt bekommt. Bei einem Unentschieden geht der Kampf weiter. Stets gilt: Der Tod des Gegners ist kein erstrebenswertes Ziel, mag jedoch geschehen.«

Saskia kannte diese Floskel auswendig. Niemals war sie auf den Gedanken gekommen, dass ihre Gegner der letzten Jahre mit der Absicht angetreten waren, sie zu töten. Aber im Angesicht des Maître erhielt der Zusatz plötzlich etwas Reales und sehr Bedrohliches. Der Sprecher bedeutete den Richterinnen und Richtern, ihre Plätze im Raum einzunehmen, um das Gefecht aus verschiedenen Winkeln verfolgen zu können. »Sobald ein Treffer erzielt wurde, nehmen die Duellisten wieder ihre Ausgangsposition ein. Gehört und verstanden?«

Saskia und der Maître nickten zum Zeichen, dass sie die Regeln kannten und annahmen.

»Combattants, en garde!« Der Mann hob die Hand und senkte sie abrupt. Der Maître nahm die klassische Fechtposition ein und wartete, Saskia duckte sich etwas, um ein kleineres Angriffsziel zu bieten, und streckte ihren Säbel vor.

Beide verharrten regungslos.

Saskia spürte, dass ihr unter dem Tuch der Schweiß ausbrach. Der Blick auf die spiegelnde Maske verunsicherte sie, weil sie gezwungen war, sich selbst zu betrachten. Also konzentrierte sie sich stattdessen auf die trainierten Schultermuskeln des Gegners und wartete auf ein verräterisches Zucken. Dabei entdeckte sie graue, kaum sichtbare dünne Symbole auf seiner Haut, die Ausläufern einer großen, verblichenen Tätowierung glichen.

Ansatzlos führte der Maître einen abrupten, harten Schlag gegen ihre Klinge, um ihren Schutz zur Seite zu schieben und Platz für den eigenen Stoß zu schaffen.

31. Oktober
Deutschland, Hamburg

Nachdem Will bei der Polizei die Ereignisse zu Protokoll gegeben und die ersten Aufräumarbeiten im *India* in die Wege geleitet hatte, erhielt er einen beunruhigenden Anruf des Wachschutzes. Sie hatten ein Signal aus der Villa erhalten – kein Einbruchssignal, sondern eine technische Störung – und wollten wissen, was sie tun sollten. Unter normalen Umständen wäre dies für Will kein Grund zur Besorgnis gewesen; es konnte schließlich passieren, dass die High-Tech-Alarmanlage einen Aussetzer hatte. Aber an einem Tag wie heute?

Als Will kurze Zeit später zusammen mit den beiden Uniformierten des Wachschutzes und einer Tüte unter dem Arm das Anwesen betrat, merkte er sofort, dass es kühler war als sonst.

Nicht etwa, weil er vergessen hatte, die Heizung anzustellen, sondern weil Durchzug herrschte. Wills innere Alarmsirenen schrillten. »Sehen wir uns um«, schlug einer der Objektschützer vor, zückte die massive MagLite und hielt sie wie einen Schlagstock.

Rasch unternahm Will mit den beiden Männern einen Rundgang und entdeckte bald den Grund für den Durchzug: Die Tür seines Arbeitszimmers zum Garten stand sperrangelweit offen. »Ich bin sicher, dass ich sie heute Morgen geschlossen habe«, versicherte er.

»Das war die Arbeit eines Profis«, kommentierte der Uniformierte nach einem Blick. »Samt der Sperre aus der Verankerung gedrückt.«

Sein Begleiter hob die Lampe, sandte den gebündelten Strahl hinaus in den Garten – und erfasste eine muskulöse Gestalt in schwarzer Kleidung, die versuchte, sich in den Hecken zu verbergen. »Da ist der Mistkerl!« Der Einbrecher rannte sofort in Richtung Auffahrt; die Wachschutzleute hetzten hinterher. »Sie bleiben, wo Sie sind, Herr Gul!«, brüllte der eine noch über die Schulter.

»Shiva, warum prüfst du mich so?« Will fasste es nicht: Die Schläger, die Untersuchung im Krankenhaus, das Protokoll bei der Polizei, sein zerstörter Laden – und nun auch noch das! Das Wort *Fluch* geisterte durch seinen Verstand. Hatte diese Hansen womöglich recht? Oder war es einfach nur schlechtes Karma? Welchen der vielen indischen Götter musste er besänftigen?

»Scheiße!«, sagte Will wütend. Er ließ die Plastiktüte, in der sich seine immer noch klammen Klamotten befanden, auf den Boden fallen und schaltete die Lampen ein. Dann begann er, sich genauer im Arbeitszimmer umzusehen, um feststellen zu können, was der Einbrecher angerichtet hatte.

Es gab keine Spuren von Vandalismus – keine ausgekippten Schubladen, keine Bilder, die von den Wänden gerissen worden waren. Alle Bücher standen noch fein säuberlich in ihren Regalen. Der alte Wandtresor war offen, aber auch das sah reichlich professionell aus und nicht nach einem brutalen Aufbrechen. Wer auch immer hier eingedrungen war, wusste, was er wo suchen musste – und kannte sich so gut mit der teuren Alarmanlage aus, dass er wusste, wie er sie ausschaltete, ohne einen Einbruchsalarm auszulösen.

»Gibt es denn so etwas?«, murmelte Will und nahm das Satellitentelefon, mit dem er die Verbindung zu seinem Chef herstellen konnte, aus der Ladehalterung im Schrank. Den Namen des Mannes kannte er nicht. Er redete ihn auf dessen Wunsch mit *Sir* an und meinte, immer einen englischen Akzent in seiner Stimme zu hören. Aufgrund des Klangs nahm er an, es mit einem Mann um die fünfzig zu tun zu haben; gesehen hatten sich die beiden noch nie. Der Anstellungsvertrag als Verwalter war über eine Kanzlei abgeschlossen worden. Er hatte den Auftrag bekommen, alles Außergewöhnliche, was die Villa betraf, mit dem Besitzer direkt zu klären; alles andere besprach er mit dessen Anwalt. Der Einbruch war eindeutig außergewöhnlich, und deswegen telefonierte er zuerst mit seinem Boss anstatt der Polizei.

Will drückte die Kurzwahltaste, die Nummer wurde automatisch gewählt, ohne auf dem Display angezeigt zu werden. Er hatte keine Ahnung, wohin er verbunden wurde.

Das Freizeichen erklang.

Während er wartete, dachte er daran, dass er niemals zuvor zweimal am gleichen Tag bei seinem Arbeitgeber angerufen hatte.

Das erste Mal war heute kurz nach dem Besuch der Schläger gewesen, um ihm von den Ereignissen und den brutal vorgebrachten Kaufinteressen zu berichten; Will hatte auch im Laden ein speziell modifiziertes Telefon, mit dem er seinen Auftraggeber erreichen konnte, ohne eine Nummer zu sehen. Dabei war etwas geschehen, womit Will nicht gerechnet hatte.

»Kein Wort zur Polizei, was das Anwesen betrifft«, hatte der Sir von ihm verlangt, und seine Stimme klang unangenehm hell; ein deutliches Zeichen von Aufregung. »Ich komme für Ihren Schaden auf, Herr Gul, aber halten Sie die Polizei aus der Sache raus.«

»Das ist leider nicht so einfach möglich«, erklärte er. »Passanten haben die Polizei gerufen, und die wird kaum glauben, dass es sich bei diesem Angriff um ... um einen Streit unter Freunden ohne echten Grund gehandelt hat.«

»Sie werden den Beamten sagen, Sie seien Opfer einer Schutzgelderpressung geworden«, befahl der Sir nun wieder mit der für ihn typischen ruhigen Stimme. »Geben Sie der Polizei nicht den Namen der Maklerin oder den Vertrag. Ich kümmere mich selbst darum. Haben Sie mich verstanden?« Also hatte Will brav auf der Polizeiinspektion gelogen.

Ein Klicken erklang. »Ja?«

»Sir, hier spricht noch mal Gul. Entschuldigen Sie die erneute Störung. Sie werden es nicht glauben, aber es ist in die Villa eingebrochen worden.« Er sah aus dem Fenster. Die beiden Uniformierten suchten inzwischen im Gebüsch nach Spuren, offensichtlich war ihnen der Dieb also entkommen. »Auf den ersten Blick würde ich sagen, dass sie nur den Tresor in meinem Arbeitszimmer aufgebrochen haben, von dem Sie sagten, es sei nichts drin. Die Männer vom Wachschutz haben einen Dieb verjagt; keine Ahnung, ob er allein war oder seine Komplizen sich schon vorher aus dem Staub gemacht haben. Soll ich die Polizei rufen?«

»Das können Sie, Herr Gul«, sagte die Männerstimme. »Aber vergessen Sie nicht: kein Wort über die Erpressung durch die Maklerin. Machen Sie eine Liste von Dingen, die fehlen, und schicken Sie sie mir per Fax.« Er nannte eine merkwürdige

Nummer, die sich keinem Land zuordnen ließ. Will notierte sie und betrachtete noch einmal kritisch sein Arbeitszimmer. Dabei fiel sein Blick auch in den Tresor – und er stutzte.

»Mir ist etwas aufgefallen, Sir«, sagte er aufgeregt. »Die hintere Wand des Geldschranks ist verschoben, und ... Moment!« Er trat näher heran. »Da ist ein weiteres Fach!«

»Was?« Sein Boss klang ebenso erstaunt. »Der Tresor ist sicher hundert Jahre alt, niemand hat den Schlüssel dafür, nicht einmal der Auktionator, bei dem ich das Haus ersteigerte.«

»Der oder die Einbrecher scheinen im Gegensatz zu uns genau gewusst zu haben, dass der Panzerschrank ein Geheimnis hat.« Will musste daran denken, was Hansen ihm über das Haus erzählt hatte, über die Morde, das rätselhafte Verschwinden von Personen. Und jetzt wurde noch etwas aus dem Tresor geklaut, von dem er und sein Chef immer gedacht hatten, er wäre leer. »Warten Sie, ich werde mir das genauer ansehen.« Er nahm die Mini-Taschenlampe aus der Schreibtischschublade und leuchtete in das Fach. »Es ist leer, Sir.«

Beim Zurückziehen der Hand rutschte ihm die Lampe aus den Fingern und fiel hinter das Bänkchen, das vor dem Tresor stand. Als er sie wieder hervorziehen wollte, machte er einen unerwarteten Fund. »Hier ist etwas! Es sind ... zwei Seiten Papier sowie drei Postkarten, die irgendwie zusammenkleben. Sie lagen auf dem Boden. Wahrscheinlich sind sie dem Einbrecher aus der Hand gefallen, als wir ihn überrascht haben.«

»Und? Was erkennen Sie?« Der Mann am anderen Ende der Leitung klang aufgeregt.

»Auf den Blättern stehen handschriftliche Aufzeichnungen, die unten links durchnumeriert worden sind. Es sind die Seiten achtundneunzig und neunundneunzig, und auf Letztere ist *ENDE* geschrieben worden. Den Rest haben die Einbrecher wohl mitgenommen.«

»Hören Sie, Gul, Sie werden mir die Blätter faxen, danach

schicken Sie sie per Express zusammen mit den Postkarten an folgende Adresse.« Der Mann nannte ihm einen Namen, ein Postfach und eine Stadt in Mexiko. »Machen Sie das so schnell wie möglich, Herr Gul.«

In diesem Moment kehrten die Wachleute zurück. »Der Kerl ist uns entwischt, er war einfach zu schnell«, entschuldigten sie sich. »Wir haben uns nun im Haus und auf dem Grundstück umgesehen; hier ist nun niemand mehr außer uns. Sollen wir die Polizei anrufen, Herr Gul?«

»Ja. Und wenn Sie das bitte von draußen machen – ich muss hier ein dringendes Gespräch führen.« Will wartete, bis die Männer sich wieder entfernt hatten, dann wandte er sich wieder an seinen Auftraggeber. »Sir, was soll ich den Beamten sagen?«

»Sagen Sie, dass im Tresor zehntausend Euro lagen. Kein Wort von den Blättern und Karten.«

»Verstehen Sie mich nicht falsch«, sagte Gul, der sich um sein Karma sorgte, »etwas verschweigen ist eine Sache, aber eine weitere Lüge ...«

»Im Tresor waren zehntausend Euro, nichts anderes«, sagte der Sir scharf. »Haben Sie mich verstanden?«

Einen Moment überlegte Will, ob er widersprechen sollte. »Ja, habe ich, Sir.«

»Gut. Sehr gut, Herr Gul. Ich kann mich wie immer auf Sie verlassen.« Der Mann klang erleichtert. »Machen Sie alles so, wie wir es besprochen haben, und versuchen Sie, nach diesem Tag doch noch etwas Ruhe zu bekommen.« Das Gespräch wurde beendet.

Will wunderte sich. Früher hatte er geglaubt, der Mann sei ein reicher Exzentriker, der aus Spaß um die Welt jettete, aber nach der Sache mit Hansen und der Schlägertruppe und dem Tresor dachte er anders darüber. Der Mann hatte einen Grund, sich zu verbergen; es musste etwas Persönliches und Geheimnisvolles sein. Das Haus spielte dabei anscheinend eine Rolle.

Eine ungewohnte Aufregung packte Will. Er war in etwas hineingeraten, das von Unerklärlichem strotzte und auch etwas unheimlich war ... genau das Richtige für ihn! *Waren die Unterlagen im Safe der Grund für das Kaufangebot?* Er würde herausfinden, was auf den gefundenen Seiten stand; es war besser, vorbereitet zu sein, wenn er schon unfreiwillig an die vorderste Front geraten war.

Will ging zum Faxgerät und versandte die Seiten. Bevor er sie in den Umschlag steckte, kopierte er sie für sich. Die Postkarten entpuppten sich als Fotografien. Die obere zeigte das Innere eines Raumes mit einer merkwürdigen Mustertapete, aber ohne eine digitale Aufarbeitung war so gut wie nichts mehr zu erkennen. Mit Gewalt wollte er die zusammenklebenden Fotos nicht voneinander trennen, um sie nicht zu beschädigen. Er lichtete das obere Foto mit seinem Handy ab, gab es, wie es war, zu den Seiten und klebte den Umschlag zu. Danach machte er mit einem Kurierdienst einen Termin für den nächsten Morgen aus.

Motorengeräusche ließen ihn aufblicken. Will sah einen Streifenwagen die Auffahrt hinaufkommen und eilte zum Eingang. Er öffnete die Haustür für die Polizisten und die beiden Wachschutzleute, die, gerade aus dem Garten kommend, zu ihnen stießen. Die Polizisten stellten sich vor und erklärten, dass ihre Kollegen von der Spurensicherung bereits auf dem Weg waren. Will bat sie herein, und als er von einem Beamten gefragt wurde, ob er schon wisse, was gestohlen worden sei, sagte er: »Zehntausend Euro.«

III.
KAPITEL

31. Oktober
Deutschland, Hamburg, Speicherstadt

Saskia hatte den Eindruck, dass sich der Maître schneller als ein normaler Mensch bewegte. Gleichzeitig flackerte ihr eigenes Spiegelbild auf dem Helm des Kontrahenten vorwärts und gaukelte ihr vor, dass sie sich zur Seite beugte – was sie aber in Wirklichkeit nicht tat.

Sie war geistesgegenwärtig genug, dem ihr entgegenspringenden Mann nach links auszuweichen und das Rapier mit ihrem Säbel aus der Stoßbahn zu lenken. Dabei erblickte sie eine verschnörkelte, verworrene Tätowierung in Grau und Schwarz auf seinem Rücken, deren rankenhaften Ausläufer sie vorhin schon gesehen hatte.

Ohne hinzuschauen, schlug der Mann nach ihr, schräg nach hinten.

Ihre brillanten Fechtinstinkte retteten Saskia. Klirrend trafen die Klingen aufeinander, und sie machte zwei schnelle Schritte rückwärts, um sich außerhalb der Reichweite des langen Rapiers zu bringen. Saskia wollte Ruhe in den Kampf bringen und nicht nur reagieren. Agieren, das brachte ihr Vorteile.

Der Maître blieb stehen und nahm die reguläre Fechtposition ein: ein Fuß gerade nach vorn, die Zehen zum Gegner, der hintere im rechten Winkel dazu versetzt, die Beine leicht gebeugt. Dann senkte er das Rapier und stützte die andere Hand in die Hüfte. Provozierend wartete er auf sie.

Die Kerzenflämmchen tanzten auf seinem Spiegelgesicht und machten ihn zu einem überirdischen, unwirklichen Wesen, vor dem man in früheren Zeiten schreiend Reißaus genommen hätte. Wie er so dastand, glich er einem Engel oder einem Dämon – und hatte wenig Menschliches.

Saskia spürte etwas Warmes, das an ihrer Brust herablief, und tastete irritiert danach. Als sie einen schnellen Blick auf ihre Finger warf, sah sie erschreckt, dass sie rot gefärbt waren. Jetzt spürte sie auch das Brennen der Wunde, die unterhalb der Kehle lag. Nur eine sehr scharfe Schneide hinterließ Verletzungen, deren Schmerz erst viel später kam; sie hatte keine Ahnung, wie der Maître es geschafft hatte, sie zu treffen.

»Touché«, sagte eine Männerstimme am Richtertisch. *»Un point pour le Maître.«*

Saskia biss die Zähne zusammen, verdrängte das Ziehen und hob den Säbel. Sie würde den Beweis antreten, dass sie nicht das Opfer war, für das er sie hielt! Saskia unternahm einen stürmischen Ausfall und trieb den Maître mit angetäuschten Hieben zurück, wobei sie nicht umhinkam, für einen Sekundenbruchteil seine perfekte Haltung und den trainierten Körper zu bewundern. Er glich mehr einem Dreißigjährigen als einem Fünfzigjährigen, und seine Paraden erfolgten sehr ökonomisch, sehr genau und keineswegs hektisch.

Doch sie erkannte bei seinen Manövern, dass es eine Lücke in der Deckung gab. Eine winzige Lücke, eine ungedeckte Stelle, wenn er das Rapier nach links oben hob. *Ihre* Chance auf einen Punkt! Saskia täuschte wieder zwei Stöße gegen die Körpermitte an, die er nicht mehr ganz so souverän abwehrte – und schlug plötzlich nach oben zur Schulter.

Zwar erkannte der Maître den Wechsel, doch die Säbelspitze erwischte ihn über dem linken Schlüsselbein und zog eine lange rote Linie. Hinter dem Visier erklang ein hohles, tiefes Schnauben.

»Touché«, sagte einer der Richter, und sie meinte eine gewisse Begeisterung darin zu hören. *»Un point pour Rapier.«*

Saskia grüßte, indem sie den Säbelgriff vors Gesicht hob und abrupt senkte.

Doch ihr Kontrahent ging ansatzlos zur Attacke über und führte mit ausladenden, raumgreifenden Schritten Stöße gegen ihren Oberkörper. Sie folgten so rasch aufeinander, dass Saskia nichts anderes tun konnte, als beinahe schon rückwärts zu rennen und dabei mit dem Säbel nach vorn zu schlagen, um das Rapier abzuleiten. Der Boden vibrierte unter seinen Schuhen, wenn er auftrat. Mit eiskalter Gewissheit erkannte Saskia: Ihrem Gegner ging es nicht nur darum, sie zu verletzen und zu besiegen – er wollte sie töten! Die brachiale Wucht, die hinter den Angriffen steckte, hätte sie dem Mann nicht zugetraut. Auch wenn er einen definierten Körper besaß, war diese Gewalt, dieser Druck mit Muskelkraft allein nicht zu erreichen. Sie realisierte, dass der Holzboden unter seinen Füßen ächzte und knirschte, als würde er viele hundert Kilogramm wiegen.

Der Maître schien nicht erlahmen zu wollen, während Saskia in gefährliches Straucheln geriet. Schließlich rettete sie sich hinter einen der großen schweren Standleuchter, den er jedoch mit einer Armbewegung zur Seite fegte, darüber hinwegsprang und nach ihrem Oberschenkel schlug. Die Klingen berührten sich zwar, und sie schaffte es noch, unelegant weiter nach hinten zu hüpfen, aber ihr Säbel wurde weggedroschen, und gleich darauf fuhr die Spitze des Rapiers zentimetertief in ihren Oberschenkel. Saskia stöhnte auf.

»Touché«, kam die Meldung. *»Un point pour le Maître.«*

Noch während der Verkündung des neuen Zwischenstands hieb Saskia nach dem rechten Arm des Gegners. Die Schneide sirrte durch die Luft – und schnitt so tief in den Oberarm, so dass es heftig blutete. Ein wütender Schrei drang unter der Spiegelmaske hervor.

»Da Sie die Gesetze brechen, Maître, warum ich nicht auch?«, schnaubte Saskia, machte zwei Schritte zurück und grinste herausfordernd, als das nächste *Touché* zu ihren Gunsten angesagt wurde. Sie richtete die gerötete Säbelspitze auf ihn. »So einfach ist das.«

Der Hauptkampfrichter mahnte sie beide, sich an die Regeln zu halten, danach gab er das Gefecht wieder frei.

Das Spiegelvisier verhinderte, dass Saskia die Emotionen des Maître ablesen konnte, aber so, wie seine Muskeln zuckten, musste er sich mächtig ärgern und spürte Qualen. Das war gut! Sie hörte am Tuscheln des Kampfgerichts, dass sie bereits jetzt ein kleines Wunder vollbracht hatte: *zwei* Wunden auf der makellosen Haut des ungeschlagenen Meisters der *union!* Das würde ihr einen Platz in den Chroniken sichern.

Gleichzeitig wusste sie: Die Beschädigung seines Mythos durfte er ihr nicht durchgehen lassen. Saskia rechnete mit allem – und verspürte einen Anflug von Angst. Zum ersten Mal, seit sie der *union* angehörte.

Der Maître richtete sich auf und schenkte der Wunde keinerlei weitere Beachtung. Er schlug mit dem Rapier über Kreuz vor sich durch die Luft. Dann näherte er sich ihr halbgeduckt, die traditionelle Kampfhaltung des Fechtens aufgebend. Unvermittelt begann er seine Attacken, und die Schläge folgten keinerlei regulärem Muster. Mal zuckten sie aus dem Handgelenk und peitschten, dann wurden sie gestoßen, mit Kraft und brachialer Gewalt. Saskia fand stets im letzten Moment eine passende Parade oder brachte sich durch einen Sprung in Sicherheit, aber Zeit für einen eigenen Angriff hatte sie nicht mehr. Niemand, den sie kannte, vermochte ein derart langes, schweres Rapier so zu führen. Der Maître trotzte den physikalischen Gesetzen von Masse und Schwerkraft!

Sie schwitzte fürchterlich, überall rannen die Tropfen den Oberkörper herab, tränkten den Büstenhalter unter der Panzerung, an dessen sichtbaren Rändern Blut haftete. Ihre Wunden brannten höllisch, als Schweiß hineingeriet.

Mitten im Hieb wechselte der Maître unvermittelt die Führhand, Saskias Block ging fehl, und das Rapierende tanzte über ihren Oberkörper und ritzte einen weiteren geschwungenen Strich vom Brustbein abwärts, bis die eiserne Panzerung die Spitze mit einem hässlichen, metallischen Geräusch abfälschte.

»Touché«, hörte sie durch ihren Schmerzensschrei. *»Un point pour le Maître.«* Doch er gewährte ihr keine Pause, sondern setzte sofort nach. Er stieß sie mit der anderen Hand zurück und holte zum Hieb aus, den sie unterlief. Somit stand sie in seinem tätowierten Rücken und stach, ohne zu zögern, zu, auf die Niere zielend.

Sie wusste nicht, *wie* er es machte, doch er zuckte herum und parierte, wirbelte seine Klinge um ihre eigene und ließ den Druck auf ihr Handgelenk steigen, bis sie den Griff beinahe losgelassen hätte. Sie musste nachgreifen! Diese winzige Sekunde genügte ihm: Die Spitze zerschnitt erneut ihre Haut oberhalb der Brust.

Wütend schrie Saskia auf. Die Wunden brannten stärker als alle Verletzungen, die sie jemals in ihrem Leben erhalten hatte. Das lag nicht nur am Schweiß. In ihr stieg der Verdacht auf, dass der Mann seine Schneide mit einer Substanz präpariert hatte. *Gift!*

Sie kam jedoch nicht dazu, sich beim Kampfgericht bemerkbar zu machen. Jegliche Unaufmerksamkeit würde zu einem weiteren Treffer führen, und der konnte tödlich ausfallen.

Saskia gab sich ganz ihrem Fechtinstinkt hin, der sie so weit gebracht hatte, und drosch mit viel Kraft und Schnelligkeit los.

Zwar hatte der Maître mehr Schwierigkeiten als zuvor, ihre Schläge zu parieren, doch sie erreichte nichts. Und weil sie sehr genau sah, dass ihre hervorragendsten und besten Attacken in kein Resultat mündeten, begann eine immer größer werdende Unsicherheit, ihr zu schaffen zu machen. Das hatte sie schon sehr, sehr lange nicht mehr erleben müssen.

Ihr Duell ging quer durch den Raum. Es war ein wildes Klingenkreuzen, das kaum noch etwas mit der Eleganz eines Fechtturniers gemein hatte. Saskias Schnittwunden schmerzten bei jeder Bewegung, und ihr Oberschenkel fühlte sich geschwollen an, als sei ihr ein Fußball unter die Haut geschoben worden. Ihr Säbelarm wurde schwer und schwerer. Der Maître dagegen erlaubte sich den Spaß, die Hand ständig zu wechseln, was es für sie noch kniffliger machte, seine Attacken vorherzusehen. Umso erstaunlicher war es, dass es ihr doch immer noch gelang; Saskia verließ sich fast vollständig auf ihre Reflexe und ihre Gabe.

Der Gegner setzte zu einem Hieb auf ihren Hals an, vor dem der Professor sie gewarnt hatte. Der Ansatz dazu war schlecht verborgen, und sie wich aus, schlug seinen Arm zur Seite – und schlitzte seine linke Seite auf. Sie sah die dünne Fettschicht unter der Haut schimmern, ehe das Blut hervorquoll, und stieß einen triumphierenden Schrei aus ...

... aber der Maître kümmerte sich gar nicht darum! Das Rapier zischte mit einem peitschenhaften Sirren heran und traf ihre Fechtmaske mit solcher Wucht, dass Saskia zur Seite stolperte und nur den Säbel nach oben reißen konnte. Dass ihr Punkt gegen ihn gewertet wurde, nahm sie gar nicht mehr wahr. Wenn der Gegner eine schwere Holzkeule in der Hand gehalten hätte, wäre der Einschlag mindestens von gleicher Heftigkeit gewesen. Sie hatte keine Erklärung für die ungebrochene Kraft in diesen Armen. Ein Wunder, dass das Metall des Rapiers und der Stahldraht ihres Helms hielten!

Die Heftigkeit eines erneuten Aufpralls schleuderte sie zu Boden. Sie fiel auf den Ellbogen, es stach im Gelenk, und die Finger öffneten sich. Scheppernd fiel die Waffe auf die Dielen; sofort zuckte die Spitze der feindlichen Waffe auf ihre Brust zu.

Saskia schnappte sich ihren Säbel mit der anderen Hand, schlug das Rapier weg und verhinderte den tödlichen Stoß gegen sie. Aber schon sirrte die Klinge des Maître wieder heran. Eine neue Abwehr war ihr nicht mehr möglich!

»Aufhören! Ich ergebe mich!«, schrie Saskia in Todesangst und reckte den Säbel nach oben.

Die Spitze fuhr dennoch blitzartig nieder, schnitt über ihre Haut, zerschlug sogar die eiserne Panzerung über ihren Brüsten und zeichnete sie peinigend bis zum Nabel hinab mit einer unruhigen Linie. Der Maître erlaubte sich, die Kontrahentin für ihre Anmaßung, ihn gefordert und dreimal verletzt zu haben, zu bestrafen. Wieder hatte er sich übermenschlich schnell bewegt.

»Aufhören!« Saskia lag trotz der Angst, durchbohrt zu werden, vor Schmerzen regungslos auf den Dielen. Sie fühlte, dass ihr Oberkörper entblößt worden war, Blut lief über ihren Bauch. Sie keuchte und starrte auf das blutige Rapierende, das einen Millimeter vor ihrer Kehle schwebte. Dann erkannte sie auf dem verspiegelten Plexiglas ihr eigenes bleiches Gesicht. Sie sah verängstigt aus, glich nicht mehr im Entferntesten der Saskia Lange, die ausgezogen war, um an die Spitze der *union* zu gelangen.

»Nein«, schrie der Mann, der dem Kampfgericht vorsaß. Die Männer und Frauen waren aufgesprungen.

Der ausgestreckte Arm des Maître verlor die Spannung, der Kämpfer richtete sich auf, grüßte zuerst sie, dann die anderen Männer und Frauen, und verließ, ohne sich noch einmal umzusehen, den Saal durch die Tür, durch die er eingetreten war. Eine Spur aus roten Tropfen markierte seinen Weg.

Der Professor eilte zu ihr, kniete sich neben sie und griff in seine Tasche. »Bleiben Sie liegen, Rapier«, befahl er, streifte Latexhandschuhe über und holte ein Desinfektionsmittel aus der Tasche, mit dem er ihre Wunden auswusch.

Saskia streifte die Maske ab und ließ ihren Säbel los, stützte sich auf die Ellbogen und wurde gleich wieder vom Arzt nach unten gedrückt. Ohne darüber nachzudenken, wollte sie die Hände vor ihre Brüste legen, um sie vor den Blicken der Fremden zu schützen.

»Liegen bleiben«, fuhr er sie an. »Und seien Sie vor mir nicht genant, Rapier. Ich bin Arzt.«

Sie nahm die Hände weg und wunderte sich selbst über ihre Reaktion. Dennoch war sie froh, dass er so saß, dass das Kampfgericht sie nicht sah. »Ich glaube, er hat Gift benutzt«, flüsterte sie und spürte Schwindel. »Die Schnitte ... brennen so sehr.«

Der Professor lächelte beruhigend. »Kein Gift. Das ist der Schweiß, Rapier. Und Desinfektionsmittel.« Er begutachtete ihre Wunden, dann setzte er eine Spritze für die lokale Betäubung. »Das kann ich klammern, und da müssten es ein, zwei Stiche tun«, erklärte er und wirkte beim Sprechen merkwürdig abgelenkt. »Es gibt gute Salben, die eine Narbenbildung verhindern.«

Er klammerte die Wunden, nähte, bedeckte die Stellen mit einer Lage Mullbinden, und sie hielt geduldig still. Schließlich nahm er eine Karte aus seiner Tasche und schob sie ihr heimlich in den Schuh. »Meine Telefonnummer. Wenn Sie die Nummer eines Schönheitsspezialisten haben wollen, der sicherheitshalber nach den Wunden schauen soll, oder es Komplikationen gibt, rufen Sie mich an.«

Sie legte sich die Reste des BHs um, und er tackerte die durchtrennte Stoffstelle mit einem Lächeln. »Gut. Versuchen Sie, sich aufzurichten«, sagte er dann, und sie tat es. Es schmerzte wie die Hölle, aber es ging. Auch an ihrem Bein hatte er nähen müssen.

Saskia erhob sich mit seiner Hilfe, ihre Knie fühlten sich wacklig an. »Danke, Professor«, sagte sie und nahm das Glas Wasser, das ihr von der Dame im dunkelrosafarbenen Kleid gereicht wurde, entgegen.

»Keine Ursache. Ich schaue nach dem Maître.« Er nickte ihr zu, ließ den Verschluss seiner Tasche einrasten und ging hinaus.

Der Leiter des Kampfgerichts schaute sie mitleidig an. »Sie hatten das Wunder beinahe geschafft. Und dann das.«

Saskia leerte das Glas und glaubte, dass das Wasser auf dem Weg in den Magen in ihrer Kehle verdampfte, so heiß war ihr. »Ich weiß nicht, was Sie meinen.«

»Es war gegen die Regel.« Die Frau reichte ihr noch mehr zu trinken. »Er hat Ihren Schnittschutz zerstört, und das ist nicht erlaubt. Der Treffer wäre nicht gezählt worden, und nach genauer Prüfung hätten wir ihm den Sieg aberkennen müssen.«

»Da Sie jedoch aufgegeben haben«, sprach der Vorsitzende weiter, »sind Sie uns zuvorgekommen. Damit ging der Sieg an den Maître.« Aus dem Mitleid wurde ein Vorwurf. »Sie standen so dicht davor, Rapier. *So dicht!* Sie hätten ihn geschlagen!«

»Beim nächsten Mal ...«

»... wird alles anders? Glauben Sie das *wirklich?*« Er schüttelte den Kopf. »Gehen Sie nach Hause, und ruhen Sie sich aus. Die Behandlungskosten erstattet Ihnen die *union* gegen Vorlage der Rechnungen. Bringen Sie sie das nächste Mal mit.« Er reichte ihr die Hand, dann verschwanden er und die anderen. In ihren Blicken war deutlich ihr Bedauern und ihre Enttäuschung zu sehen.

Saskia blieb allein im Saal zurück und schaute zu ihrer Maske und zu ihrer Waffe hinab, die auf den Dielen lagen. Der Säbel ihres Vaters. Die Traditionsklinge hatte ihr kein Glück gebracht.

Sie spürte, dass ihr eine Träne die Wange hinablief. Vor

Schmerz? Vor Wut? Vor Enttäuschung und Frustration? Zu viele Gefühle tobten in ihr.

Eines wusste sie: Sie hätte den geschenkten Sieg, der durch einen Regelverstoß des Maître erlangt worden war, niemals angenommen. Und dieser Gedanke weckte ihren Ehrgeiz von neuem. Saskia wollte eine Revanche, sie wollte ihn erniedrigen und ihm ihre Initialen in die Haut schneiden! Sie würde ihn zeichnen, wie er es mit ihr getan hatte. Sie wusste nun, wie er kämpfte, und sie konnte daraus eine Taktik entwickeln, um beim nächsten Kampf gegen ihn zu bestehen.

Es war keine Schande, gegen einen solchen Kämpfer zu verlieren, aber bei einem weiteren Duell würde das nicht mehr geschehen. Zuerst musste sie jedoch den Zweifel an ihren Fertigkeiten abschütteln, den sie verspürte. Zum ersten Mal, seit sie mit dem Fechten begonnen hatte, war sie unsicher.

Ächzend hob sie ihre Sachen auf, um in die Umkleide zu gehen. Der Weg dorthin erschien ihr viel weiter als auf dem Hinweg; die Verletzungen, der Blutverlust und die lokale Betäubung machten ihr zu schaffen.

Es dauerte lange, bis sie ihre Straßenkleidung trug. Sie zerrte die Tasche hinter sich her, aus der Garderobe, durch den Gang, bis zum Ausgang und von dort zu ihrem Passat. Der Aufpasser war verschwunden, nur der Zigarillostummel in der Pfütze erinnerte an ihn.

Saskia atmete die frische Luft tief in ihre Lungen und stellte sich gerade hin, so gut es die Wunden zuließen. Die Betäubung der behandelten Stellen ließ nach. Der Professor hatte scheinbar Salzsäure zum Reinigen benutzt, und sie keuchte vor Schmerzen. Mit der Linken musste sie sich am Wagendach festhalten.

Eine silberfarbene Limousine fuhr in Schrittgeschwindigkeit vorbei; die Scheinwerfer blieben ausgeschaltet. Im Inneren brannte ein schwaches Leselicht, in dessen Schein sie einen

Mann erkannte, den sie auf vierzig Jahre schätzte. Die kurzen, blondgelben Haare saßen ohne erkennbare Frisur auf dem Kopf, er trug einen weißen Bademantel, und das Gesicht unter der halb nach hinten geschobenen Kapuze sah gut aus. Attraktiv und männlich. Der neugierig-abschätzende Blick, der sie aus diesen Augen traf, erinnerte sie an den eines Wolfs oder eines anderen Raubtiers.

Im selben Moment wusste sie, dass es sich dabei um den Maître handelte.

Dann war die Limousine vorbei und gab Gas, die Scheinwerfer flammten auf und schnitten blendende Schneisen in das diffuse Nachtlicht aus schwachen Elektrolaternen und den bunten Neonleuchten der Umgebung.

Saskia öffnete die Heckklappe und wuchtete die Tasche hinein, die mit einer Tonne Backsteinen beladen zu sein schien. »Jetzt weiß ich wenigstens, wie du aussiehst, Maître«, sagte sie an der Klappe vorbei hinter dem Nobelwagen her, dessen Marke sie nicht kannte. »Beim nächsten Mal besiege ich dich«, versprach sie ihm und schloss den Kofferraum.

Sie fragte sich, wie viele Liftings er hatte machen lassen, um trotz seines Alters noch so jugendlich zu wirken, und dachte an das Symbol auf seinem Rücken, das ihm bis in den Nacken reichte. Anfangen konnte sie damit nichts. Ihr stand ohnehin nicht der Sinn danach, sich näher damit zu befassen.

Behutsam nahm sie hinter dem Lenkrad Platz und fuhr sachte los. Bloß kein Ruckeln oder Holpern auslösen, jede Erschütterung riss an den Klammern und Nähten.

Saskia würde nicht mehr im *Bon Goût* vorbeischauen. Sie wollte nach Hause, vielleicht ein Glas Wein gegen die Schmerzen trinken und schlafen. Je eher die Wunden verheilt waren, desto früher konnte sie mit dem Fechttraining beginnen.

Und sich die Revanche erstreiten.

31. Oktober
Deutschland, Hamburg, Speicherstadt

Der blonde Mann im seidenen Bademantel wies den Chauffeur aus dem Fond des silberfarbenen Chrysler 300C SRT8 an, langsam an der jungen Frau vorbeizufahren, die ihre große Tasche eben zu dem schäbigen Kombi zerrte.

Gehorsam drosselte der Fahrer die Geschwindigkeit und schaltete in den Leerlauf. Die weit über vierhundert Pferdestärken sorgten für ein sanftes Blubbern und ließen erahnen, mit welcher Kraft der SRT8 vorwärtspreschen konnte, wenn er durfte. Ein als Limousine getarnter Sportwagen.

Der Blonde starrte aus dem Fenster zu der jungen Frau und prüfte ihr Gesicht, jede einzelne Kontur. »Da geht sie, meine Herausforderin.« Er betrachtete voller Erregung das ansprechende Antlitz seiner Gegnerin, der er beinahe seine erste Niederlage seit Dekaden verdankte – wenn sie nicht zuvorkommenderweise aufgegeben hätte. Aber die Disqualifikation wäre es wert gewesen.

Sie wandte den Kopf, und ihre Blicke trafen sich.

»Sie ist es!«, raunte der Blonde. »Sie ist es ohne Zweifel!« Aufgeregt und glücklich sank er in das Polster und schloss für einen Moment überwältigt die Augen. *»Endlich.«*

»Verzeihen Sie, dass ich nachfrage, aber sind Sie sich absolut sicher?«, kam es vom Sitz neben ihm.

Die Lippen des Blonden formten ein Lächeln, das gelöst wirkte. »Sicherer geht es nicht mehr. Wir standen uns gegenüber, so nahe, wie Sie mir gerade sind. Ihr Gesicht hat sich in mein Gedächtnis eingebrannt. Für alle Zeiten. Und sie sieht immer noch so aus wie damals. Es wird also bald geschehen!«

»Sie haben lange darauf warten müssen?«

»Nach christlicher Zeitrechnung fünftausendsiebenhundertelf Jahre, zwei Monate, eine Woche und zwei Tage«, gab er zur

Antwort, drehte sich um und sah zu der jungen Frau, die dem Chrysler an der Heckklappe vorbei nachblickte. »Ich habe sie gefunden«, flüsterte er. »Nach so vielen vergeblichen Versuchen habe ich sie gefunden.«

Der Chauffeur schaltete in den zweiten Gang und gab behutsam Gas, der SRT8 beschleunigte.

Der Mann neben ihm bewegte sich, wie er am Stoffrascheln hörte. »Dann wird es Zeit, alles in die Wege zu leiten?«

»Ja, das wird es. Dringend!« Er wandte sich ruckartig nach vorn, als habe man einen Schalter betätigt, der ihn aus seiner Ruhe riss. Es war ein Energieschub sondergleichen.

Er öffnete eine Klappe in der Rückwand des Beifahrersitzes vor sich und zog die Tastatur heraus. Augenblicklich erwachte ein kleiner Monitor in der Kopfstütze zum Leben, der eingebaute Computer war einsatzbereit.

Dieser Moment hatte nicht nur in den letzten Jahren seine Gedanken beherrscht, sondern in den letzten Jahrhunderten: Vor fünfhundert Jahren hätte er Boten zu Pferde losgehetzt, vor einhundert Jahren Telegramme verschickt, bis vor wenigen Jahren hätte er telefoniert – nun konnte er ganz einfach eine E-Mail schicken. Er startete sein Netzwerk, das im Lauf der vielen Generationen immer größer und mächtiger geworden war, er hauchte ihm Leben ein, um das Ziel zu erreichen, nach dem er trachtete und dem er nie zuvor näher gewesen war. Rasch rief er das Mail-Programm auf und versandte eine Nachricht über den besonderen Verteiler. Damit erwachten einige Auserwählte aus ihrer Starre, die andere das »normale Leben« nannten. Mit dem Erhalt der Nachricht gab es für sie keinen Alltag, kein normales Leben mehr – und keine menschlichen Gesetze. Ein höheres Ziel wurde für sie maßgeblich und stand von dieser Sekunde an über allem.

Glücklich verstaute der Blonde die Tastatur und nahm sich aus einer anderen Klappe eine Mineralwasserflasche, aus der er sich in ein Glas goss. Der Moment war gekommen, hatte neue Ereignisse ausgelöst. Das spürte und genoss er.

Weder er noch sein Begleiter sprachen; beide sinnierten über das Kommende, das Unerwartete, das Wunder nach fünftausendsiebenhundertelf Jahren, zwei Monaten, einer Woche und zwei Tagen.

Der SRT8 glitt nun mit sechzig Stundenkilometern durch die Speicherstadt. »Wohin darf ich Sie bringen, Herr Levantin?«, fragte der Chauffeur, ohne sich zu seinen Passagieren umzudrehen.

»Mir ist nach Feiern.« Der Blonde sah zum Fenster hinaus und betrachtete die hohen Backsteingebäude. »Sankt Pauli.«

»Sie wollen sich doch in einer Nacht wie heute nicht mit diesem Gesindel einlassen«, lehnte sein Nebenmann ab.

Der Blonde lachte auf. »Sie meinen Unterprivilegierte? Sie irren, mein Freund. Der Kiez wird schon lange von Menschen aller Art bevölkert.«

»Gesindel«, erwiderte der andere herablassend. »Das hat nichts mit dem sozialen Status zu tun.«

Die gelblichen Augen des Blonden richteten sich auf die Passanten, an denen der Chrysler vorbeihuschte. Menschen. Niedere Kreaturen, insektenhafte Wunscherfüller, beliebig und austauschbar. Und doch waren einige davon liebenswert und erstaunlich klug, wenn man sich länger mit ihnen beschäftigte. Diejenigen, die er mochte, hatte er unterrichtet und sie erhöht, sie zu Führern gemacht. Andererseits waren sie jedoch nicht so liebenswert, dass man Fehler nicht mit dem Tode bestrafte. Sie blieben immer niedere Kreaturen.

»Warum kein Gesindel, alter Freund? Es sind meine letzten Tage hier. Dann weiß ich wenigstens, was ich hinter mir lasse.« Er wies den Chauffeur an, ihn zuerst in die Hafen-City zu fahren, wo er seine Wohnung hatte, in der er sich umziehen wollte.

»Ich warte hier auf Sie«, sagte sein Begleiter und öffnete die Minibar, »Herr Levantin.«

Levantin stieg aus, betrat das Haus und fuhr mit dem Fahrstuhl, der ihn direkt in sein Appartement brachte, nach oben. Er streifte den weichen, glatten Bademantel ab, unter dem er bis auf einen schwarzen Slip nackt war. Die Wunden des Duells hatten sich bereits geschlossen und waren verschwunden. Gedankenverloren streifte sein Blick die Wände dieser Unterkunft, die erlesenen Bilder, die teure Einrichtung, luxuriös und komfortabel – und doch nicht im Ansatz das, was er ein Zuhause nennen würde. Eine saubere, aufgeräumte und gepflegte Durchgangsstation. Eine von vielen, die er in der Vergangenheit besessen hatte.

Aus dem Kleiderschrank nahm Levantin schwarze Socken, ein weißes Hemd und einen eleganten dunkelgrauen Anzug. Nacheinander legte er die Sachen an; vervollständigt wurde das geschmackvolle Outfit durch eine nachtfarbene Krawatte aus reiner Seide. Die passenden Schuhe wählte er aus einer Vielzahl von Modellen aus, die unter den Sakkos akkurat aufgereiht standen. Dann kehrte er in den Wagen zurück.

»Sehr elegant«, kommentierte sein Begleiter das Erscheinungsbild aus dem Dunkel des Fonds heraus, »wie immer.«

Levantin lächelte seiner Reflexion auf dem Monitor zu, doch sie bewegte sich nicht, sondern wirkte tot und eingefroren. »Spieglein, Spieglein an der Wand – wer ist der Schönste, Beste, Schnellste im ganzen Land?«

Die Spiegelung seines Gesichts formte mit den Lippen deutlich das Wort *du.*

Levantin grinste, und sein Ebenbild tat es ihm dieses Mal nach, wie es sich gehörte.

»Nette Spielerei«, sagte der Mann neben ihm.

»Perfekt, um Menschen zu beeindrucken«, erklärte Levantin amüsiert. »Aber in der Tat nichts weiter als eine Spielerei. Die

Zeit, in der die Spiegelbilder ihren eigenen Willen durchsetzen und die Menschen damit in den Wahnsinn treiben, kommt noch.« Er nahm ein Etui aus der Innentasche des Sakkos und holte eine graugetönte Brille hervor, die er auf seine schlanke Nase setzte.

Noch immer blieb sein Begleiter im Schatten. Die vorbeischnellenden Straßenlampen schienen sich zu weigern, ihn zu beleuchten, als er nun auflachte. »So, wie Sie es sagen, könnte man meinen, dass Sie wirklich glauben, dass so etwas irgendwann passiert.«

»Sie werden sehen, mein Bester. Und ich kann Ihnen dann nicht beistehen. Doch wenn Sie sich an meine Ratschläge halten, wird Ihnen nichts geschehen.« Levantin lehnte sich zur Seite und setzte sich bequemer hin. »Wie schnell können Sie die Frau finden?«

Das Display des Mobiltelefons des anderen leuchtete auf, schien in einer behandschuhten Hand zu ihm herüberzuschweben, und Levantin erkannte die Züge der Frau, mit der er vorhin die Klingen gekreuzt hatte. Das Bild war nicht alt und offensichtlich vor dem Kampf in der Speicherstadt aufgenommen worden. »Saskia Lange. Ihre Adresse haben wir. Es sollte keine Schwierigkeit für uns bedeuten, sie abzugreifen.« Der Konturenmann atmete tief ein. »Es müsste bald so weit sein. Ich habe die Verletzungen gesehen.«

»Lassen Sie unsere kleine Freundin in der Zwischenzeit überwachen.«

Der Mann hob sein Handy, wählte eine Nummer und führte gleich darauf eine Unterhaltung. Weitere Rädchen setzten sich in Bewegung.

Levantin betrachtete sich in der Scheibe und fand, dass er gut aussah. So gut, wie es menschliche Vierzigjährige tun konnten. Allerdings hatte er schon immer diese Gestalt getragen. Unverändert, von Geburt an. Geburt nicht im klassischen Sinn. Nicht im menschlichen Sinn.

Sein Spiegelbild hatte nicht gelogen: Keine Spur von Alterung, kein Hinweis auf die vielen Jahrhunderte, die auf seinen Schultern ruhten und ihn doch nicht nach unten gedrückt hatten.

Ganz im Gegenteil.

In den Jahrtausenden, die er unter dieser Sonne verbracht hatte, hatte er sich mehr Wissen angeeignet, als nötig wäre, um eine Bibliothek zu füllen. Und doch nutzte es ihm nichts. Nichts ohne die Frau, die von heute an nicht mehr zu den niederen Kreaturen zählte. Sie hatte die Weihe erhalten, ein Geschenk, das mehr bedeutete als eine simple Gabe.

IV. KAPITEL

3. November
Deutschland, Hamburg, Reesendamm

Mira Hansen saß unter einem Sonnenschirm und genoss einen Cappuccino mit Amaretto. In ihrer Nähe plätscherte die Alster durch das Wehr und schuf ein beinahe schon mediterranes Flair. Es war ein sonniger, angenehmer Spätherbsttag. Nur die Tatsache, dass sie von fünf Männern abgeschirmt wurde, konnte eventuell erahnen lassen, dass es sich bei ihr nicht um eine ganz normale Müßiggängerin handelte. Trotzdem würde ein flüchtiger Betrachter nicht sofort bemerken, dass Hansen und ihre Begleiter kugelsichere Westen trugen; die Männer waren außerdem mit Pistolen und Tasern bewaffnet.

Bei aller Entspannung kam Mira Hansen nicht umhin, sich über die erzwungene Untätigkeit zu ärgern. Solange sich Gul nicht meldete und auf ihr Angebot einging, konnten sie nichts machen. Hansen beschloss, die Taktik zu ändern. Die Demolierung seines Ladens hatte seinen Widerstand geweckt, nicht gebrochen. Alles geriet ins Stocken. Durfte sie ihm eine Prise Wahrheit gönnen, um ihn zu überzeugen und das Schlimmste zu verhindern?

Die fünf Männer um sie herum waren ausländische Söldner; zwei von ihnen stammten aus Osteuropa, die anderen konnte sie nicht einordnen. Nur einer von ihnen, der sich als Mike vorgestellt hatte, sprach Deutsch ohne Akzent. Von ihm erfuhr sie, dass die Männer sich im Irak kennengelernt hatten, ihnen das Pflaster dort aber zu heiß geworden war; nun wollten sie als Team ungefährlichere Jobs übernehmen. Hansen wusste, dass dieser Job nicht in diese Kategorie fiel. Das konnten die Männer nicht ahnen.

Chris, der Größte von ihnen, schien – seinen kindischen Bemerkungen nach zu urteilen – sein Hirn gegen noch ein paar eindrucksvollere Muskeln mehr ausgetauscht zu haben. Wenn sich die Söldner unterhielten, herrschte ein rauher Ton, meistens militärisch kurz. Mehr als einmal war Chris das Ziel ihrer Spötteleien, doch er ertrug es schweigend. Sein Sold ließ ihn die Würde vergessen, auch wenn seine dicken Oberarme ab und an drohend zuckten.

Hansen nippte an der Tasse und wünschte sich seufzend weniger Komplikationen in ihrem Leben. Söldner, Waffen, brutale Gewalt – das war nicht ihre Welt, und sie hatte die Truppe nur unter Protest akzeptiert, nachdem man sie überstimmt hatte. »Es ist ungerecht, dass wir nach Regeln spielen müssen und die andere Seite nicht«, hatte sie aufbegehrt, doch ihre Verbündeten konnten dies natürlich so wenig ändern wie sie. Die Gegenseite schlug immer unberechenbarer zurück, also musste man sich schützen und ihr mit ihren eigenen Mitteln begegnen.

Hansen sah auf ihr Handy, als könnte sie damit den erlösenden Anruf Guls herbeizwingen. Die Hoffnung starb zuletzt. Sie fand, dass man diese Volksweisheit in *Die Verzweiflung verhindert die Erkenntnis* umschreiben sollte. Sie nahm einen weiteren Schluck Cappuccino, spürte, wie der Alkohol sie wärmte, und stand auf. »Ich bin gleich wieder zurück.«

Chris sprang sofort auf die Beine, aber Mike hielt ihn mit einer Handbewegung zurück. »Sie geht zur Toilette, Dicker«, übersetzte er ihre Ankündigung. »Da braucht sie wohl kaum deine Gesellschaft. Setz dich, die Umgebung ist safe.«

Der Muskelmann wurde rot und ließ sich im Zeitlupentempo wieder auf seinen Stuhl sinken, während die anderen grinsten.

Hansen schenkte ihm ein entschuldigendes Lächeln und ging

durch die Tür ins Innere des kleinen Cafés. Nach einem kurzen Orientierungsblick schritt sie die Stufen nach unten, wo sich die WCs und ein weiterer kleiner Gastraum befanden.

Als sie die Toilette ein paar Minuten später verließ, um an ihren Tisch zurückzukehren, versperrte ihr ein Mann in einem billigen, dunklen Polyesteranzug den Weg die Stufen hinauf. Er hatte lange braune Haare, einzelne Strähnen fielen ihm ins Gesicht und ließen es durch die Schatten düsterer wirken. Schweißgeruch ging von ihm aus.

Hansen runzelte die Stirn. »Sie entschuldigen?«

Er nickte an ihr vorbei in den Gastraum, der bis eben noch leer gewesen war.

Hansen drehte den Kopf und schaute dorthin. Am Tisch saß eine schwarzhaarige Frau, die sie von einem Dutzend Begegnungen unter äußerst unerfreulichen Umständen sehr gut kannte. Heute trug sie einen schwarzledernen Gehrock über einem hellgrauen Pullover, dunkelgraue Hosen, schwarze Stiefel. Tee dampfte im Glas vor ihr, ein Stück Schokoladentorte war zu einem Drittel aufgegessen. Ein im Grunde friedliches Bild, wenn der unübersehbare Pistolengriff unter ihrem Gürtel nicht gewesen wäre.

Die Frau lächelte freundlich. »Ah, Mira. Komm zu mir.«

»Warum sollte ich?«, fragte Hansen scheinbar gelassen.

»Weil ich mit dir sprechen möchte.« Sie deutete auf den Platz ihr gegenüber.

Hansen traute dem Frieden nicht. »Nur *sprechen*, ja?«

»Nichts weiter. Auch wenn ich dich lieber umbringen würde.« Sie sprach die Wahrheit erfrischend gelassen aus.

»Ich wüsste nicht, warum ich deine Einladung annehmen sollte, Valesca.« Hansen wandte sich wieder dem Mann zu und hob den linken Arm, um ein magisches Zeichen zu formen und ihn zur Seite zu zwingen. Das war regelkonform; wenn sie bedroht wurde, durfte sie handeln.

»Bist du sicher?« Die Kuchengabel schabte leise klirrend über das Porzellan. »Wegen der Nacht vor Allerheiligen.«

Hansen ließ die Hand sofort sinken, machte kehrt und schritt, entgegen ihres festen Vorhabens, nun doch auf den Tisch zu. Sie setzte sich Valesca schweigend gegenüber und sah fest in die blassblauen Augen der anderen. Dabei stützte sie die Ellbogen auf den Tisch und das Kinn gegen die geschlossenen Fäuste. Sie wartete.

»Du hast es gespürt«, sagte Valesca nach einer Weile lächelnd. »Du und deine Freunde haben die Veränderung ebenso gespürt wie unser Hohepriester.«

Hansen sah auf den Teedampf, verfolgte ihn, bis ihr Blick auf den Zügen der Frau hängenblieb. »Wir sind Todfeinde. Ich dürfte nicht mit dir reden.«

»Dass du es dennoch tust, freut mich umso mehr. Bei all den Feindseligkeiten der letzten Jahre haben wir beide doch eine Art Kodex aufgebaut, an den wir uns hielten.« Sie goss etwas Milch in den Tee, rührte um und trank davon. »Sogar jetzt, da es vor allem um die Villa geht. In den harten Zeiten.«

»Du sagst es: Die Zeiten sind hart. Deswegen haben wir angefangen, von euch zu lernen.« Hansen sah zur Treppe. »Ich schätze, dass meine Söldner gleich nachschauen kommen, wo ich bleibe. Ich frage mich, ob ich ihnen rechtzeitig Einhalt gebieten kann, bevor sie dich und deinen kleinen Freund als Gefahr einstufen und ausschalten ...«

»Wir brauchen nicht länger als fünf Minuten«, sagte Valesca mit einem freundlichen Lächeln und fügte dann ein spöttisches »Ich dachte, die Umgebung sei safe?« an, um zu zeigen, dass Hansens Söldner nicht so gründlich waren, wie sie sollten. Dann wich alle aufgesetzte Freundlichkeit aus ihrem Blick. »Ihr setzt diesen Gul unter Druck, um in den Besitz der Villa zu kommen.«

»Das kommentiere ich nicht.«

»Das brauchst du nicht – das weiß ich schon. Was mich allerdings wundert: Warum seid ihr bei ihm eingebrochen? Es ist doch gegen die Statuten der Consciten, etwas gegen den Willen der Unbeteiligten zu tun, wenn es vermeidbar ist ... Ihr müsst also sehr verzweifelt sein.«

»Was bezweckst du damit, mir so etwas zu unterstellen«, erwiderte Hansen kalt. »Es ist doch eindeutig, dass ihr es gewesen seid. Nachdem unser Schutzzauber um das Anwesen vor Allerheiligen zusammengebrochen ist, hat euch nichts mehr daran gehindert.«

»Glaubst du das wirklich?« Valesca sah sie scharf an. »Wir sind nicht so wahnsinnig und versuchen es auf gut Glück. Die Magie von euch Consciten ist stark, das hat uns schon etliche gute Leute gekostet. Selbst unser Hohepriester hat Respekt vor eurer Kunst. Darum haben wir abgewartet, um sicher sein zu können, dass die Aufgebung der Zauber kein Täuschungsmanöver ist.«

Hansen schaute sie skeptisch an. »Und wir dachten, es sei ein Trick von euch!«

»Das würde bedeuten, dass ... dass es einen *dritten* Mitspieler gibt!« Valesca lachte auf. »Gut zu wissen.« Sie schob ihr den Teller mit dem Kuchen hin und reichte ihr eine frische Gabel. »Den musst du kosten. Höllisch gut.«

Hansen versuchte ihn wirklich. Sie fürchtete sich nicht vor einem Giftanschlag; das war nicht Valescas Art. Nicht in ihrem gemeinsamen Kodex des Erlaubten. »Himm-lisch«, sagte sie provozierend langsam. »Ich werde mir ein Stück davon mitnehmen.« Sie schob den Teller zurück. »Was möchtest du noch?«

Valesca trank schlürfend von ihrem Tee. »Dich warnen. Wenn du von diesem Stuhl aufstehst und gehst, wird es unsere stillschweigenden Abmachungen nicht mehr geben.«

Hansen nickte. »Es ist besser so. Somit muss sie keiner brechen.«

Valesca stellte das Glas ab. »Wir sind dann *echte* Todfeinde, Mira. Keine Spielchen mehr, keine Machtproben. Echter Krieg.«

Hansen sah das Bedauern in den Augen der anderen. Sie fühlte das Gleiche. Nicht, dass sie Valesca als Freundin betrachtete, wohl aber als aufrichtige Gegenspielerin. Das hatte sie zu einer Ausnahmeerscheinung auf der anderen Seite gemacht. »Wir werden unser Bestes tun, um die Villa weiterhin gegen euch zu schützen.«

»Ich bin gespannt, wann wir uns gegenüberstehen. Ich freue mich nicht, aber ich bin wirklich gespannt.« Valesca seufzte. »Kannst du mir zum Abschied sagen, was in der Nacht vor Allerheiligen geschehen ist? Unser Hohepriester weiß es nicht.«

»Wir auch nicht.« Sie hob beide Hände und zeigte ihre gespreizten Finger. »Ich lüge nicht, Valesca. Wüssten wir es, könnten wir etwas dagegen unternehmen und den alten Zustand wiederherstellen.« Nachdenklich genoss sie für einen Moment den Schokoladengeschmack, den sie immer noch im Mund hatte. »Wir dachten, ihr hättet einen Spruchbrecher in euren Reihen.«

»Dann säßest du nicht hier, die Villa wäre schon längst gestürmt, und unser Herr weilte auf Erden, um die Menschen zu seinen Sklaven zu machen.«

»Seid ihr das nicht schon?«

»Wir sind seine *Diener*. Diener werden belohnt für das, was sie tun. Die Consciten dagegen«, sagte Valesca verächtlich, »werden seine niedersten Sklaven abgeben.«

»Dafür wirst du sorgen?« Jetzt sah Hansen auf die Uhr und erhob sich. »Dann beruhigt es mich doch sehr, dass ihr ebenso ratlos seid wie wir.« Sie streckte ihr die Hand hin. »Lebe wohl.«

Valesca schlug sofort ein. »Lebe wohl.« Sie hielt Hansens Hand fest, der Druck wurde unvermittelt stark. »Du bist aufgestanden, Mira. Damit bist du meine Todfeindin geworden.« Langsam richtete sie sich auf und beugte sich vor. Parfümgeruch, ein sehr sportlicher grüner Duft, wehte herüber. »Ich könnte dich jetzt umbringen«, flüsterte sie.

»Versuch es nicht«, retournierte Hansen und sog den Duft der anderen ein, als Erinnerung für spätere Stunden. »Du würdest dabei sterben.«

Mehrere Sekunden verharrten die beiden Frauen, und ein Außenstehender hätte meinen können, dass sie sich gleich küssen würden. Dann richteten sie sich gleichzeitig auf, die Finger lösten sich langsam und glitten zögernd auseinander. Eine zärtliche, liebevolle Geste.

Hansen ging zur Treppe, und der Mann gab den Aufgang sofort frei. Ohne sich umzuwenden, kehrte sie ins Erdgeschoss zurück.

Chris und Mike kamen ihr mit besorgten Gesichtern entgegen, blieben dann aber im Eingang stehen, als sie ihre Chefin wohlbehalten sahen, und liefen zurück zum Tisch, wo die anderen drei Männer standen und sich umschauten. Es herrschte Alarmbereitschaft. »Wir haben befürchtet, dass Sie ...«

»Sie sollen nicht fürchten«, sagte Mira Hansen mit eiskalter Stimme, »Sie sollen *wissen*, was zu tun ist. Enttäuschen Sie mich nicht ein zweites Mal, haben wir uns verstanden?« Dann setzte sie sich und nippte an ihrem Cappuccino. Er war kalt. Sie winkte den Kellner zu sich und bestellte einen neuen, mit doppelt Amaretto.

Sie grübelte über den Krieg um die Villa, der seit Allerheiligen eine neue Stufe erreicht hatte. In den letzten Jahren hatten Valescas Leute immer wieder versucht, die Barriere zu brechen, welche die Consciten mit ihrer Magie aufrecht hielten; Opfer, auch Unschuldige, hatte es dabei immer gegeben, und die Geschichte über den Fluch war entstanden. Wie sonst sollten sich die Menschen so etwas erklären? Niemand wusste mit letzter

Gewissheit, welche Rolle der stets verreiste Hausbesitzer spielte; soweit Hansen informiert war, handelte es sich bei ihm aber einfach nur um einen gelangweilten Millionär, der sich nur deswegen nicht von dem Anwesen trennte, weil er zur Unterschrift der Verträge sein unbeschwertes Jet-Set-Leben für einen Moment unterbrechen müsste. Der Mann hatte keine Ahnung, was er damit anrichtete! Die wechselnden Hausverwalter wussten ebenfalls nichts von dem, was vor sich ging, und gerieten deswegen immer wieder zwischen die Fronten. Sosehr sich die Consciten um deren Wohlergehen bemühten, die andere Seite nahm den Tod Unschuldiger ohne ein Wimpernzucken in Kauf.

Die Nacht vor Allerheiligen hatte die Magie um die Villa gebrochen. Ein Sturm war über Hamburg gefegt, für normale Menschen unsichtbar, doch für alle mit einem Gespür für das Übersinnliche tobte er wie ein Zyklon. Hansen konnte nicht sagen, was für eine Art Entladung das gewesen war, aber es hatte ausgereicht, um sie in höchste Panik zu versetzen.

Hansen bedankte sich bei dem Kellner, der ihre Bestellung brachte. »Wir gehen gleich«, verkündete sie in die Runde ihrer Bodyguards. Ein neues Treffen der Consciten war notwendig geworden, um einen Angriffsplan vorzubereiten. Der Gedanke gefiel Mira Hansen nicht, aber Angriff war die beste Verteidigung. Und in diesem Fall auch nicht durch die Gesetze verboten, denen sich die Consciten freiwillig unterworfen hatten.

Sie rührte sich Zucker in ihren Kaffee und stürzte ihn heiß hinunter. Es wäre alles so viel einfacher, wenn sie zerstören statt beschützen dürften. Aber allein der Versuch des Zerstörens zog verheerende Konsequenzen nach sich, wie die Historie gezeigt hatte: Sechzig Millionen Bäume umgeknickt, zweitausend Quadratkilometer Vernichtung, und der Feuerschein war noch in fünfhundert Kilometern Entfernung zu sehen gewesen. Von der Sprengkraft her war die Detonation vergleichbar mit mehr als elfhundert alten Atombomben. Die Consciten hatten aus dem Tunguska-Debakel gelernt und nie mehr einen zweiten Zerstörungsversuch unternommen. Sollte die Wissenschaft weiter darüber rätseln, was 1908 in Russland geschehen war, und an einen Meteoriten glauben. Es war besser so.

Hansen sah zum Stauwehr der Alster, dann über den benachbarten Platz. Wenn sich eine solche Katastrophe im Herzen Hamburgs zutragen würde, wäre die Stadt samt Umland nichts weiter als ein entvölkerter Fleck auf Deutschlands Landkarte. Daher blieb ihnen nur das Bewachen.

»Schnecke auf elf Uhr«, sagte Chris plötzlich und wurde wieder rot, weil die anderen über ihn lachten. Sein Mund war einmal mehr schneller als sein Verstand gewesen. Es war unschicklich, Bemerkungen über Frauen zu machen, solange ihre Klientin am Tisch saß.

Gemeint war Valesca, die in diesem Augenblick das Café verließ, eine breite Sonnenbrille auf der Nase und den Kopf in ihre Richtung gewandt. Sie verriet mit keiner Geste, dass sie Hansen kannte. Langsam schritt sie am Tisch der Conscitin vorbei, dann ging sie um die Gassenecke und war verschwunden.

Hansen roch ihr Parfüm. »Es könnte alles so einfach sein«, summte sie leise einen alten Grönemeyer-Song und stand auf. »Ist es aber nicht.«

Die Söldner folgten ihr.

7. November
Deutschland, Hamburg

Will hatte die Pulverspuren, welche die Spurensicherung auf dem Tresor und am Fenster hinterlassen hatte, auch nach einer Woche nicht überall entfernen können; diese zwar feinen, ihn aber ungemein ärgerlich machenden schwarzen Pulverspuren, die er immer erst dann bemerkte, wenn er das Deckenlicht einschaltete oder die Sonne in einem bestimmten Winkel durchs Fenster schien. Da er die Putzfrau prinzipiell nicht in sein Arbeitszimmer ließ, waren sie geblieben und fielen ihm immer dann auf, wenn er keine Zeit hatte, sich darum zu kümmern.

Natürlich hatte man nur seine Abdrücke gefunden. Bei dem Einbruch waren Profis am Werk gewesen, die bei aller Erfahrung jedoch nicht frei von Pech waren: Die Kopien der zurückgebliebenen zwei Seiten sowie der obersten Fotografie lagen an einem sicheren Ort im Haus versteckt; er hatte das Bild von seinem Handy überspielt und ausgedruckt. Noch hatte ihm die Gelegenheit gefehlt, sich das alles genauer anzuschauen. Die Renovierung des *India*, die Regelung des Schadensfalls mit der Versicherung, der Einbruch ... zudem war die Schrift auf den Blättern sehr alt, für Will kaum mehr als mal geschwungene, mal krakelige Linien, in denen er hier und da einen Buchstaben zu erkennen glaubte. Die Originale hatten den Sir inzwischen erreicht; ob er und seine Leute mehr damit anfangen konnten? Will wusste es nicht – und war im Moment auch mit anderen Dingen beschäftigt. Und auch die sorgten nicht unbedingt dafür, dass sich seine Laune besserte.

»Wo sollen wir die Disco aufbauen?« Einer der DJs, die an diesem Abend für die adäquate Beschallung sorgen sollten, streckte den Kopf ins Arbeitszimmer.

Hatte er dem Kerl das nicht alles schon ausführlich erklärt? »Oben, auf der Galerie«, wies Will ihn gereizt an, ohne sich umzuwenden. »Haben Sie die Bollywood-CDs, um die ich Sie gebeten habe?«

»Sicher.«

»Sehr gut. Die müssen natürlich nicht den ganzen Abend laufen; Sie können zwischendurch wechseln.« Will drehte sich nun doch um. »Ach ja, die Tänzerin wird Ihnen ein Zeichen geben, wann Sie ihre eigene CD für den Auftritt auflegen sollen. Stimmen Sie sich dazu noch mit ihr ab?«

»Okay.« Der DJ betrachtete die Sammlung indischer Statuetten in dem großen Wandschrank. »Wow! Sieht aus wie in einem Tempel.«

»Nein, sieht es nicht.« Will scheuchte ihn mit einer Handbewegung zu seiner Arbeit zurück. Dann stand er auf, entzündete vor der kleinen Shiva-Statue zwei sehr teure Räucherstäbchen, um sich das Wohlwollen des Gottes zu sichern, und verließ den Raum ebenfalls.

Die Nervosität und die Unruhe hatten ihn schon in der Nacht heimgesucht und würden erst weichen, wenn der Tag samt der Party vorbei war. Ihm war fast danach, die Veranstaltung abzusagen; doch das kam natürlich nicht in Frage. Seine indische Party, die er schon vor Monaten seinen Freunden, Bekannten und guten Kunden versprochen hatte, war schließlich eine Tradition. Der eigentliche Veranstaltungsort war bislang das *India* gewesen – beziehungsweise der Innenhof des Gebäudes, den er dafür nutzen durfte –, aber dorthin konnte er derzeit niemanden einladen. Auf die Schnelle eine neue Location für knapp zweihundert Gäste zu finden, war nicht leicht ... und der Gedanke, in der Villa zu feiern, einfach zu verführerisch. Inzwischen hatte er kein gutes Gefühl mehr bei der Sache: Er hinterging seinen Arbeitgeber. Aber abblasen konnte er die Party nicht mehr. Zu viele wichtige Geschäftskunden, auf die er angewiesen war, hatten ihr Kommen zugesagt, was mit Sicherheit auch zu einem Teil an der Villa selbst lag. Der Ruf des Ortes machte die Party zu etwas Besonderem.

Will betete zu Shiva, dass der Sir nicht auf Umwegen davon erfuhr; dass nichts zu Bruch ging; dass alle früh nach Hause gingen. Will versprach dem Gott, noch ein paar Opfer zu bringen.

Im Gang kamen ihm die Angestellten des Catering-Service

entgegen, trugen die großen Behältnisse mit den indischen Köstlichkeiten an ihm vorbei und hinterließen eine so verführerische Duftspur, dass ihm das Wasser im Mund zusammenlief.

In der Eingangshalle ging Will die Liste mit den gelieferten Waren kurz mit Anil durch; er war der Chef des Unternehmens, Will kannte ihn aus dem Kalari-Club. »Und danke für den Sonderpreis. Ich mache es mit ein paar extra schönen Gestecken bei der nächsten Büfettdeko wieder gut.«

»Wie immer«, grinste Anil und schüttelte Will die Hand. »Ich muss weiter. Zwei Hochzeiten stehen noch an, und alle wollen meine Hühnchen Tandoori. Und mit *was?*« Er eilte zur Tür.

»Mit Recht«, rief ihm Will lachend nach. Anil hob noch einmal grüßend die Hand, dann war er verschwunden.

Will sah den umherwuselnden Gestalten beim Arbeiten zu. Wie gerne würde er entspannen, die Last und den Frust der letzten Tage abstreifen und sich zusammen mit seinen Gästen daran erfreuen, wie sie gemeinsam Indien in Hamburg lebendig werden ließen. Aber es ging nicht. Zu viel beschäftigte ihn, einschließlich des schlechten Gewissens seinem Arbeitgeber gegenüber.

Er streifte unruhig durch das Erdgeschoss, gab Anweisungen, brachte hier und da empfindliche Möbel oder Ziergegenstände in Sicherheit und bemerkte dabei einmal mehr, wie sehr er das Anwesen mochte. Mehr als jeden anderen Ort, an dem er vorher gewohnt hatte. Normalerweise blieb er nie lange zur Miete.

Das Haus war sehr alt, aber der Sir hatte es im Innern modernisieren und renovieren lassen, so dass man – kaum dass man eingetreten war – die altehrwürdige Fassade aus Backstein und verwittertem Granit vergaß und den Eindruck hatte, es mit einem brandneuen Bau zu tun zu haben, der noch dazu mit vielen Versatzstücken aus der indischen Kultur eine ganz besondere Note bekam. Eigentlich gab es im Haus nur ein besonderes Relikt, das von der langen Geschichte des Ortes kündete, ein dunkelgrauer Wandteppich mit schwarzen Ornamenten darauf, in dessen oberem Drittel die blutspeiende Fratze eines Phantasiewesens prangte. Der Wandteppich befand sich zum Schutz gegen Beschädigung hinter einer Plexiglasscheibe. Es gab für das Stück – wie für diverse andere, aber unauffälligere Besonderheiten der Villa – genaue Instruktionen: Der Teppich durfte unter keinen Umständen bewegt oder berührt werden, da schon die kleinste Spur von Feuchtigkeit auf schwitzenden Fingern die Fasern ruinieren würde. Zweimal die Woche musste die Scheibe trocken gereinigt werden, obwohl der Wandschmuck, der vermutlich sogar deutlich älter als das Haus war, in einem Flur hing, den sonst so gut wie nie jemand betrat.

Will stutzte, als er unvermittelt einen Mann im Overall des Catering-Unternehmens aus einem Zimmer kommen sah, in dem er ganz sicher nichts zu suchen hatte – aus dem Schlafzimmer. Der Angestellte hatte in diesem Bereich des Hauses nichts verloren.

»Hey, Sie. Sie haben sich verlaufen«, rief er ihm zu. »Sie …«

Der Mann schaute über die Schulter – und rannte los!

Hatte er einen weiteren Dieb auf frischer Tat überrascht? Will nahm sofort die Verfolgung auf. Im Vorbeieilen sah er in sein Zimmer, das durchwühlt worden war.

Der Mann flüchtete sich schließlich in einen Vorratsraum, aus dem es außer dem kleinen Fenster hoch oben an der Wand kein Entkommen gab. Will kam gerade noch rechtzeitig, als der Dieb versuchte, sich durch den bereits geöffneten Durchlass zu schieben.

»Sofort runter!« Will packte den Unterschenkel und zog heftig daran; er erhielt einen Tritt gegen die Stirn, der ihn nach hinten schleuderte und gegen das Regal mit den Konserven prallen ließ. Ohne nachzudenken, hob er eine Dose auf und schleuderte sie nach dem Dieb. Das Metall traf in die Nierengegend; der Mann schrie auf und wankte, schob sich aber trotzdem weiter nach draußen. Will kletterte am Regal hinterher und bekam wieder den Unterschenkel zu fassen. »Halt!« Er zerrte so stark, dass er den Mann wieder ganz in den Raum brachte; gemeinsam krachten sie auf den Boden. Doch bevor Will sich aufrappeln konnte, sprang der Kerl auf, griff nach einem Fünf-Kilo-Sack Reis und drosch Will diesen ins Gesicht. Die Wucht genügte, um Wills Kopf nach hinten fliegen zu lassen. Der Aufprall auf den Fliesen raubte ihm für wenige Sekunden den Atem, während die Reiskörner rund um ihn herum zu explodieren schienen. Das genügte, um dem Dieb die Flucht zu ermöglichen.

Schnaubend stemmte sich Will in die Höhe; er war nicht bereit, die Verfolgung aufzugeben! Er kletterte zum Fenster hinaus, sprang auf den Boden und hetzte durch den Garten, aber der Vorsprung des anderen war zu groß. Er sah den Dieb noch durch den Garten rennen und gleich darauf mit routinierten, kraftvollen Bewegungen über die drei Meter hohe Mauer klettern. Dann war er verschwunden.

»So ein Wichser!«, brüllte Will wütend. Er eilte ins Haus zurück, das er diesmal allerdings durch die Tür betrat, und ging auf direktem Weg ins Schlafzimmer, um zu schauen, was der Mann dort gewollt hatte. In dem gehörigen Durcheinander aus umherfliegenden Federn, zerschlitzten Decken, Kissen und der Matratze war es schwierig, eine Bestandsaufnahme zu machen; doch so wie es aussah, fehlte nichts. Hatte der Dieb von neulich einen zweiten Versuch unternommen? War er auf der Suche nach den Blättern oder etwas anderem gewesen? Will rief Anil an und informierte ihn wütend, was einer seiner Leute angerichtet hatte. Nach einem kurzen Abgleich der Personalunterlagen, den Anil am Telefon machte, wurde allerdings klar, dass es sich dabei nicht um ein festes Mitglied des Teams gehandelt hatte; der Dieb musste sich irgendwie eingeschlichen haben. Will hörte den Entschuldigungen seines Kalari-Freundes gar nicht mehr zu, sondern legte einfach auf. Zu viele Gedanken schossen ihm durch den Kopf: War der Dieb von Hansens Mandanten angeheuert worden, um ihm Angst zu machen? Musste er den Sir anrufen? War es schlau, seinen Auftraggeber zu benachrichtigen, wenn er nicht wusste, wie er die Anwesenheit eines Catering-Unternehmens im Haus erklären konnte? Die Polizei konnte er auch nicht kontaktieren, denn dort würde es ein Protokoll geben, das irgendwie seinen Weg zum Sir finden konnte. Damit wäre auch die Party aufgedeckt und er vermutlich seinen guten Job als Verwalter los. Ein Schreckensszenario nach dem anderen tat sich vor Will auf. Was für ein beschissener Tag. Vor der Party graute es ihm inzwischen nur noch.

»Was tun?«, fragte er laut, erhielt aber keine Antwort von der kleinen Götterstatue, die es natürlich auch in seinem Schlafzimmer gab. Will kehrte in die Eingangshalle zurück, wo er sich eine Flasche Sekt aus dem Kühler nahm und sie köpfte. Er brauchte dringend einen Schluck Alkohol. So viel Aufregung, wie er in den letzten Tagen gehabt hatte, erlebten andere Menschen nicht im Verlauf von vier Wiedergeburten!

»Auf dich, Shiva«, sagte er leise und hob die Flasche in Richtung der Statue, die gegenüber der Haustür auf einem Sockel stand. Er hatte beschlossen, weder die Polizei noch den Sir zu informieren. »Lass den Abend zu einem Erfolg werden und gib mir deinen Schutz. Behüte mich und meine Gäste vor den Mächten des Bösen und all seinen Dämonen, in welcher Gestalt sie auch erscheinen mögen.« Er nahm einen Schluck, doch das beständig ungute Gefühl ließ sich nicht hinwegspülen. Den Rest der Flasche wollte er lieber Shiva opfern.

Was war, wenn der Dieb oder die Schlägertruppe es wieder versuchten?

Er wählte ein weiteres Mal Anils Nummer an und ließ sich von ihm einen guten Sicherheitsdienst nennen. Niemand sollte seine Party stören.

8. November
Deutschland, Hamburg

Saskia fühlte sich etwas überdreht und gleichzeitig sehr, sehr gelöst. Die Schmerzmittel, die sie vorsichtshalber vor zwei Stunden genommen hatte, bescherten ihr eine Leichtigkeit, die ihr vortäuschte, über den Boden zu schweben. Es war, als würde sie auf Wolken laufen. Dabei wollte sie sich einfach nur unbeschwert auf der Party bewegen können. Die Wunden waren zwar erstaunlich gut verheilt, aber sie ziepten immer noch sehr fies, vor allem die Schnitte auf ihrer Brust. Manchmal brannten sie so, dass Saskia Angst hatte, sie würden sich doch noch entzünden. Aber auch diese Sorge schien im Moment meilenweit entfernt zu sein.

»Soll ich dir was sagen? Die Nebenwirkungen der Pillen, die ich genommen habe, stimmen zu siebzig Prozent mit den Angaben auf dem Beipackzettel überein.« Sie grinste unentwegt und drückte sich an Patrick, den Souschef des *Bon Goût*. Auf den ersten Blick erinnerte er sie an Josh Hartnett, er war allerdings nicht ganz so schlank und trainiert. »Ich nehme so was normalerweise nie. Halt mich, sonst fliege ich weg«, gluckste sie. »Mann, ich hoffe, das hört bald wieder auf.«

»Du redest, als wärst du beschwipst«, sagte er lachend, während sie die Auffahrt zu dem beeindruckenden Haus hinaufgingen, in dem sie heute zu Gast sein durften. Der Garten, durch den sie schritten, war überwältigend angelegt; mehrere Strahler betonten die Pracht der Bäume und Sträucher und verliehen ihnen in der Nacht ein besonderes Flair. »Bist du wirklich sicher, dass du so kurz nach deinem Unfall schon wieder ausgehen solltest?«

»Ach, du Spaßverderber!«, rief sie schmollend. »Abgesehen davon: Natürlich muss ich mich heute hier blicken lassen, es geht ums Geschäft. Will macht einfach die perfekten Gestecke, und bei der Warteliste, die er normalerweise hat, können wir es uns nicht leisten, ihn zu verärgern. Du weißt, wie viel Lob wir für unser Ambiente bekommen, Patrick, und der Blumenschmuck ist ein wichtiger Teil davon. Gegen den kann noch nicht einmal dieser Widerling Groening etwas sagen. Außerdem sind auf diesen indischen Abenden immer eine Menge Leute, die gerne gut leben und sich das etwas kosten lassen. Nicht nur Blumen – das ist alles potenzielle Kundschaft für uns.« Saskia betrachtete die Anlage. »*Wow!* Unser Florist scheint im Geld zu schwimmen!«

Ihr Blick richtete sich auf das am Ende des breiten Weges aufragende Gebäude, dessen Eingang mit Fackeln beleuchtet war. Sie hörte schon jetzt indische Musik, wie man sie aus Bollywood-Filmen kannte, und hinter den mit Vorhängen verdunkelten Scheiben tanzte buntes Licht. Sie sah die Umrisse von vielen Menschen, die sich im Takt der mitreißenden Rhythmen bewegten.

»Das gehört doch nicht ihm, Saskia – du weißt doch, dass er hier nur der Housesitter ist.«

»Ja, ja«, lachte sie. »Hörst du das?« Sie machte ein paar schlängelnde Tanzschritte. »Das wird eine Party nach meinem Geschmack!«

»Ja, ja. Und ich muss achtgeben, dass du dich nicht überanstrengst«, sagte Patrick gespielt leidend, »mit *dem* Loch im Bein.«

Saskia winkte ab. »Geht schon. Dafür habe ich doch diese Tabletten geschluckt – eigentlich sollen die schließlich gegen die Schmerzen wirken.« Er wusste nichts vom wahren Grund für die Verletzung; offiziell war sie mit einem Küchenmesser abgerutscht und hatte sich dabei selbst am Bein erwischt, und von den Wunden auf ihrem Oberkörper ahnte er nichts. Sie schaute kurz auf ihren hellgrünen Pullover, unter dem sich die Verbände verbargen; die dicke Schicht aus Mullbinden hob sich sogar leicht empor, wenn man wusste, dass sie da waren, doch es ging nicht anders. Sonst wäre die Salbe am Stoff hängengeblieben.

Saskia freute sich, dass Patrick sich sorgte. Leider war er aber nicht ihr Typ, und zudem brachte es kein Glück, wenn man Beruf und Privatleben vermischte. So blieb Patrick – obwohl sie seit einiger Zeit sogar Tür an Tür im selben Haus wohnten – ein guter Freund und ein hervorragender Souschef, der sie würdig vertrat, wenn sie ihre Duelle führte. In ihrem rastlosen Leben gab es im Moment sowieso keinen Platz für eine ernsthafte Beziehung. Gemeinsam traten Saskia und Patrick durch die Tür in die Eingangshalle – und brauchten erst einmal einen Moment, um den Anblick zu verarbeiten, der sich ihnen hier bot: Statuetten der unterschiedlichsten Größen standen in Nischen und auf Podesten, schrill-bunte, kitschige Bilder von indischen Göttern zierten die Wände, zwischen denen Wimpelketten gespannt waren; auf dem polierten beigefarbenen Marmorboden lagen jede Menge Blütenblätter, fast zu schön, um auf sie zu treten. In der Luft hingen der schwere Geruch von Sandelholz und der Duft unzähliger exotischer Gewürze.

»Man könnte meinen, es wäre ein Palast«, entfuhr es Patrick, der sich genauso staunend umsah wie Saskia. Schon kam eine Kellnerin in einem gelben Sari auf sie zu und reichte ihnen zwei Gläser Sekt.

»Namaste«, wurde Saskia von einem Mann gegrüßt, der einen hellen Anzug im indischen Stil trug und eine Gästeliste in der Hand hielt. »Darf ich Ihre Namen erfahren?«

»Saskia Lange und Begleitung vom Restaurant *Bon Goût*«,

stellte sie sich vor und reichte dem Mann die handgeschriebene Einladung. Dabei merkte sie, wie ihr leicht schwindelig wurde; der Farbenrausch und die Nebenwirkung der Schmerzmittel waren vielleicht doch etwas viel für sie? Patrick hakte sich vergnügt bei ihr unter; als sein Arm dabei gegen eine ihrer Wunden drückte, gab ihr dies einen Stich, der nicht mehr enden und sich durch ihren Körper bohren wollte. Saskia zuckte zusammen. Die verdammten Pillen schienen ihre eigentliche Aufgabe viel zu früh zu verlieren, obwohl die Nebenwirkungen keine Anzeichen machten, zu verfliegen. War es vielleicht doch besser, nach Hause zu gehen? *Ach was,* schalt sie sich selbst. *Geht schon.* Saskia stürzte ihren Sekt hinunter und grinste dann den Elefantenkopf einer Gottheit an. Trotz der neuen Schmerzen lag ihr das *Töröö* schon auf der Zunge.

»Seien Sie im Namen von Herrn Gul herzlich willkommen«, sprach der Mann und geleitete sie zu einer hohen Tür. »Haben Sie einen schönen Abend und lassen Sie sich ins Reich der Maharajas entführen.«

Saskia blickte in einen saalähnlichen Raum, der in seinen Abmessungen einer Grundschulturnhalle ähnelte. Rechts führte eine Marmortreppe nach oben zu einer Galerie, von wo ein DJ und Gäste mit Cocktailgläsern in der Hand auf die tanzende Menge schauten. Überall wurde gelacht und geredet, die fröhliche Bollywood-Musik erlaubte keine schlechte Laune. Einige der Männer und Frauen trugen sogar indisch inspirierte Mode; heute Abend fiel Saskia mit ihrer Vorliebe für Buntes nicht weiter auf.

Sofort kam eine nächste Sari-Dame auf sie zu und verpasste ihnen einen roten Punkt oberhalb der Nasenwurzel, Saskia klebte sie noch ein Bindi aus Strasssteinen auf die Stirn.

Nachdem sie sich bedankt hatten, zog Saskia ihren Begleiter in Richtung des eindrucksvollen Büfetts, das sie sofort entdeckt hatte. »Weißt du, wer liefern durfte?«

»Keine Ahnung, aber wahrscheinlich jemand, der auf indische Küche spezialisiert ist«, sagte Patrick und deutete auf einen Aufsteller zwischen den appetitlich angerichteten Platten und Schüsseln. »Anil Singh. Nie gehört.« Er nahm sich einen Teller. »Mal sehen, was die Konkurrenz so gezaubert hat.« Ihr Gastgeber hatte an nichts gespart, und es würde mindestens vier Anläufe brauchen, um von allen Köstlichkeiten zu probieren, die hier angeboten wurden. Kaum hatten Saskia und Patrick ihre ersten beladenen Teller zu einem Stehtisch getragen, wurde ihnen von einer freundlichen Kellnerin indisches Bier serviert. Die beiden stießen gutgelaunt miteinander an, aßen und betrachteten den Trubel. Das Ambiente und das heitere Wirrwarr ließen Saskia die Schmerzen vergessen, ihre Stimmung stieg, und sie lachte vergnügt über die bissigen Kommentare, mit denen Patrick einige vorbeitanzende Gäste bedachte – bis sie die Statue an der Wand sah. Sie hatte viele Arme, zwei Hände hielten einen blitzenden Dolch und einen Totenkopf. Mit dem Fuß drückte sie einen sich windenden Säugling auf den Boden; das grausame Lächeln machte Saskia Angst. Sie wusste, wen sie dort stehen sah: Kali, Göttin der Erneuerung, aber auch der Zerstörung – und des Todes! Es war eine sehr finstere Arbeit; das Material erinnerte an angelaufenes Silber. Die Flecken im Gesicht der Göttin glichen Schatten, welche sie noch finsterer machten, nur die Augen glitzerten im Scheinwerferlicht boshaft und lebendig.

Saskia wandte schaudernd den Blick ab und konzentrierte sich schnell auf die professionelle Tänzerin, die gerade auf der Tanzfläche mit einer Choreographie begann, die in jedem Bollywood-Musical einen Ehrenplatz bekommen hätte. Doch obwohl Saskia nichts lieber wollte, als sich in dem bunten, lebensfrohen Schauspiel zu verlieren, konnte sie den Gedanken nicht verdrängen, dass die Statue von ihrem Platz steigen und ein Blutbad unter den Gästen anrichten würde, wenn sie noch ein einziges Mal hinschaute.

Sie spürte eine aufkommende Beklemmung, schüttelte sich und fasste sich gleich darauf leicht an die Brust. Die Wunden zogen. *Verdammte Pillen!*

»Einen wunderschönen guten Abend«, sagte plötzlich eine warme Stimme hinter ihnen. Eine Hand legte sich auf Saskias Schulter, und sie wandte sich um. »Freut mich, dass du kommen konntest, Saskia.«

Vor ihnen stand Will, der Gastgeber. Er trug eine perfekt sitzende schwarze Stoffhose und ein weißes indisches Sakko; die halblangen Haare waren glatt nach hinten gekämmt. So schick gemacht hatte sie ihn noch nie gesehen, und sie musste gestehen, dass er Eindruck machte. Mehr als in seinen alten Jeans und mit Schürze, die er trug, wenn er Gestecke auslieferte. Saskia war überrascht. *Angenehm* überrascht. *Kleider machen also wirklich Leute,* dachte sie und musste lächeln. »Will – ich hätte dich beinahe nicht wiedererkannt. Das ist ein wunderbares Fest, vielen Dank für die Einladung.«

Er lächelte und schenkte jedem von ihnen einen freundlichen Blick aus seinen braunen Augen. Dann legte er die Hände zusammen und verbeugte sich. *»Namaste.«* Saskia und Patrick erwiderten die indische Begrüßungsgeste, danach reichten sie ihm die Hand.

»Ich habe nicht jeden Tag so berühmte Gäste«, sagte Will. »Kann es sein, dass ich dein Gesicht neulich in der Zeitung gesehen habe? Du wurdest doch für eine Kreation mit diesem Feinschmeckerpreis ausgezeichnet, der Goldenen Gabel, oder täusche ich mich?« Er fuhr sich mit den Fingern nachdenklich über den kurzen Bart an seinem Unterkiefer. »Waren das nicht die Kartoffel-Speck-Käsekroketten mit Muskat und einer Acht-Sorten-Pfeffer-Soße?«

Saskia staunte. »Ja«, sagte sie verblüfft. »Dass du das weißt …«

»Ich freue mich immer, wenn meine Kunden Erfolg haben«, sagte er lachend. »Zum einen fühle ich mich geehrt, zum anderen färbt es ja auch auf mein Geschäft ab. Und«, er zwinkerte ihr zu, »ich habe eine Schwäche für schöne Frauen. Du schuldest mir immer noch einen Kaffee, erinnerst du dich?«

»Wie könnte ich das vergessen.« Saskia lächelte unverbindlich; das war ein Flirt nach ihrem Geschmack, und sympathisch war Will obendrein. Dass er noch keine Frau hatte, wunderte sie. In dem Outfit könnte er selbst sie fast schwach werden lassen. Aber nur fast.

»Das ist wirklich eine tolle Party«, machte Patrick nun auf sich aufmerksam. »Wirklich mit allem Drum und Dran – sogar mit Security.«

»Wissen Sie, bei einem Anwesen wie diesem hier muss man leider Vorsichtsmaßnahmen treffen.« Will war nur mit Saskia per du, ein übliches Geschäfts-Du, das sich irgendwann nach dem zwanzigsten Auftrag oder der fünften Einladung auf einen Kaffee, die dann doch nie wahrgenommen wurde, ergeben hatte.

»Ihren Arbeitgeber hätte ich auch gerne«, lachte Patrick. »Meine Chefin«, er deutete breit grinsend auf Saskia, »würde mich wahrscheinlich nicht einmal in ihre Wohnung lassen, wenn es in meiner brennen würde. Ich muss Ihren also unbedingt mal kennenlernen.«

Auf einmal wirkte Will merkwürdig gedankenverloren. »Das wäre vielleicht nicht die beste Idee. Darf ich Ihnen ein Geheimnis anvertrauen? Er weiß nicht, was hier heute passiert ... und mein schlechtes Gewissen bringt mich um. Ich erwarte sekündlich seinen Anruf und meinen Rausschmiss.«

»Er weiß wirklich nichts?« Saskia lachte. »Das passt gar nicht zu dir, Will.«

Er schüttelte den Kopf, und sie erkannte, dass sein Unbehagen echt war. »Ich möchte lieber gar nicht wissen, welcher Dämon mich geritten hat.«

»Vielleicht ein ehemaliger Bewohner dieses Hauses, der

spukt?«, zog sie ihn auf, um seine düstere Stimmung zu vertreiben.

Er schlug entsetzt die Hände zusammen. »Fängst du auch noch damit an?«

Saskia war verwirrt. »Das ... also, das sollte ein Scherz sein. Entschuldige bitte. Und ich drücke dir die Daumen, dass dein Arbeitgeber hiervon nichts mitbekommt.« Dann räusperte sie sich verlegen.

Patrick rettete die Situation, indem er schnell einwarf: »Es wäre toll, wenn das *Bon Goût* nächstes Mal beweisen dürfte, was wir unter indischer Küche verstehen.«

Dankbar nahm Saskia den Ball auf: »Es wäre mir eine Freude, Will.« Mit einem herausfordernden Lächeln setzte sie dann noch hinterher: »Und eine besondere Freude, die Konkurrenz auszustechen, von der du offensichtlich so viel mehr hältst.«

»Sei bitte nicht beleidigt, dass ich dich nicht gefragt habe«, sagte Will beschwichtigend. »Anil ist ein Freund aus dem Kalari-Club, aber wenn wir nächstes Jahr wieder im *India* feiern, geht der Auftrag an dich, versprochen.«

»Prima!« Saskia strahlte – und entdeckte in diesem Moment Groening in der Menge, der sich gerade mit zwei Frauen unterhielt. Ihre gute Stimmung verflog schneller, als ihr lieb war.

Will bemerkte die Veränderung nicht. »Es war mir doch noch nie möglich, einer schönen Frau einen Wunsch abzuschlagen. Nun entschuldigt mich bitte. Ich komme nächste Woche zu dir essen, einverstanden?« Will nickte ihnen zu, schenkte Saskia dabei einen Blick, der eindeutig zu lang war für jemanden, an dem man ein ausschließlich berufliches Interesse hatte, und schlenderte zum nächsten Tisch.

»Den hast du verzaubert«, meinte Patrick und tunkte ein Stückchen Brot in die Currysoße, die seine Lippen bereits gelblich eingefärbt hatte. »Da könnte man glatt eifersüchtig werden.«

»Ach, lass mich bloß in Ruhe«, erwiderte sie unwirsch. »Ich habe uns schließlich gerade einen Auftrag an Land gezogen, oder hast du das nicht mitbekommen?« Sie wollte sich zur Seite drehen, um den widerwärtigen Gastrokritiker nicht mehr sehen zu müssen, aber das hätte bedeutet, an Patrick vorbei direkt in Richtung von Kali zu schauen – und das wollte sie nicht riskieren. Wütend starrte sie auf den Teller vor sich.

»Was habe ich denn gemacht, dass du mich so anpfeifst?« Er hielt mit dem Kauen inne.

Komm runter, Saskia. »Entschuldige«, seufzte sie, »aber ich habe dieses Arschloch Groening gesehen.«

»Ehrlich? Wo denn? Vielleicht sollte ich mal vorbeigehen und ihm ganz versehentlich meinen Teller übers Jackett kippen?«, fragte Patrick düster.

»Tu dir keinen Zwang an«, grinste Saskia. »Er steht da vorne, siehst d...« Sie deutete in die Menge – und stockte, als sie meinte, in der feiernden Menge ein weiteres bekanntes Gesicht auszumachen. *Der Maître?*, durchfuhr es sie. Ein Abend voller unschöner Überraschungen. *Ist er ein Kunde oder sogar ein Freund von Will?* Egal. Sie würde jetzt sofort zu ihm gehen und ihm sagen, wie knapp es für ihn ausgegangen war und dass sie sich auf eine Revanche freute. Hastig trank sie ihr Bier aus – doch als sie wieder nach dem Mann schaute, war er verschwunden.

Aber Saskia wusste, dass sie sich nicht getäuscht hatte.

»Bin gleich zurück«, murmelte sie und stieß sich vom Tisch ab, um in die Menge einzutauchen.

»Guten Abend, Herr Levantin.« Der Empfangschef deutete eine Verbeugung an. »Ich dachte schon, Sie kommen gar nicht mehr.«

»Wie könnte ich mir das entgehen lassen?«, gab er zurück und reichte einer Sari-Dame seinen schwarzen Mantel. Er beugte sich vor, ließ sich von einer anderen Dame einen roten Punkt auf die Stirn malen und bestand auch noch auf einem funkelnden Bindi.

»Das steht Ihnen gut, Herr Levantin«, fühlte sich der Empfangschef verpflichtet zu sagen.

»Das Bindi?«

»Durchaus. Sie sehen aus wie ein junger Gott.«

Er lächelte. »Das habe ich in der Vergangenheit schon mehrmals gehört«, gab er lachend zurück. »Irgendwann werde ich eingebildet sein.« Er erntete bewundernde Blicke der Sari-Dame, wie es sich gehörte, und nahm sich ein Glas Sekt, dann trat er durch die Tür in den Festsaal.

Er nippte an seinem Glas und schmeckte wie immer ... nichts. Seine Geschmacksnerven reagierten auf andere Substanzen, doch er mochte das Prickeln, das ein anderes war als das von Mineralwasser; feiner und dabei doch durchaus stimulierend.

Während er sich umschaute, schenkte er jedem Betrachter sein gewinnendes Lächeln, dem so leicht niemand widerstand. Und wenn doch, kamen andere Kräfte ins Spiel, so wie gerade eben beim Empfangschef. Natürlich gab es auf dessen Liste keinen Eintrag mit dem Namen Levantin, aber es hatte wenig Anstrengung bedurft, ihn dazu zu bringen, das Häkchen hinter einem ganz anderen zu setzen und hocherfreut zu sein, den unerwarteten Gast wie einen alten Freund zu begrüßen.

Levantin sah sich um und suchte Saskia Lange in der Menge, die gleich einer bunten See wogte und rauschte, umspült von der aufdringlichen Bollywood-Musik, deren Trommeln in seinen Ohren schmerzten. Er war kein Freund von hoher Lautstärke.

Der Blick aus den gelblichen Augen richtete sich auf die Kali-Statue ihm gegenüber an der Wand. Er prostete ihr zu, als sei die Gottheit wirklich seine alte Bekannte, und wandte seine Aufmerksamkeit wieder den Gästen zu.

Seit einer Woche verfolgten er und seine Leute diese Frau auf

Schritt und Tritt, doch noch immer gab es keinerlei Anzeichen dafür, dass die Erhöhung etwas an ihr verändert hatte. Dass sie wirklich seine größte Hoffnung seit Hunderten von Jahren sein durfte. Dabei hätte sich schon längst etwas regen müssen, spätestens nach zwei Tagen. Täuschte er sich doch? War er damals einer anderen Frau begegnet? Saskia Lange hatte keine Zwillingsschwester oder eine Verwandte, die ihr derart glich, um sie miteinander zu verwechseln; Levantin hatte das bereits checken lassen.

Also war er bereit, ihr eine weitere Woche zu gewähren. Sollte sie dann immer noch nicht erwacht sein als das Geschöpf, das ihm dienen konnte, würde sie bei einem der üblichen Unfälle sterben, die seit Jahrhunderten alle Versager ereilt hatten. Oder er würde sie selbst zertreten, bestrafen für ihre Anmaßung, ihn im Duell mehrmals verletzt zu haben. *Ihn!* Er würde ihren Leib langsam, ganz langsam vernichten und ihr erst dann den Tod gönnen, wenn sie selbst schon nicht mehr darauf hoffte, auf diese Art erlöst zu werden.

Levantin bemerkte erneut eine ungewöhnliche Präsenz; also hatte er sich doch nicht geirrt, als er sie in der Auffahrt zum ersten Mal wahrnahm. Erstaunt schloss er die Augen, blendete die Geräusche um sich herum aus und konzentrierte sich. Irgendwo in diesem Haus war etwas Besonderes verborgen. Worum es sich handelte, vermochte er nicht zu sagen, aber es war da. Untrüglich vorhanden und seine Neugier anstachelnd.

Tiere und sehr kleine Menschenkinder hatten noch ein Gespür für so etwas, aber die Erwachsenen nicht. Ausnahmefälle waren sehr selten, die meisten niederen Kreaturen vertrauten ausschließlich ihren fünf Sinnen und den sogenannten Naturgesetzen. Von den Gesetzen der anderen Dimensionen, die ihre zerbrechliche Welt berührten oder gar überlagerten, ahnten sie nichts, obwohl ihre Vorfahren sie einst hatten fühlen können.

Levantin überlegte: Sollte er zuerst Saskia Lange ausfindig

machen und sie im Auge behalten, oder sollte er den Schwingungen folgen?

Als er die Lider hob und einen Platz für sein leeres Glas suchte, näherte sich schon ein hilfreicher, tablettschleppender Kellner in einer dem Kolonialstil nachempfundenen Livree und nahm es ihm ab. Eine Art Wärme brandete gegen Levantins Fingerspitzen, die dem Mann am nächsten gekommen waren: Dieser Mensch verströmte etwas, was ihm gar nicht gefiel; etwas, das in die feine Aura des Besonderen, die diesem Haus anhaftete, wie eine Vergewaltigung hereinbrach. Wie ein fetter pinkfarbener Strich auf einem Gemälde von Turner, wie das Krachen von Explosionen in einem klassischen Konzert oder wie der stechende Geruch von Ammoniumcarbonat in einem duftenden Rosengarten. Unter den harmlosen Gästen tummelte sich etwas, was sich erdreistete, in Konkurrenz mit ihm treten zu wollen.

Der Kellner war schon wieder an ihm vorbei und durch die Tür hinaus verschwunden, um das Tablett mit den vielen leeren Gläsern wegzubringen. Levantin nahm die Verfolgung auf. Er ging durch die Eingangshalle und von dort durch einen Gang in Richtung Küche. Der Kellner verschwand darin und erschien gleich danach wieder ohne sein Tablett, aber er kehrte nicht in den Saal zurück, sondern schritt in die entgegengesetzte Richtung, tiefer hinein in den privaten Bereich des Hauses. Levantin folgte ihm weiter und erkundete so das Anwesen. Er war angetan von dem, was er sah; und er war angetan von dem, was er spürte. Levantin lebte seit so langer Zeit schon in dem, was die Menschen Luxus nannten, dass ihm dies nicht weiter auffiel, aber dieses Haus hatte etwas, was ihn berührte; es fühlte sich an wie ein Stück Heimat, die er schon so unendlich lange nicht mehr kannte.

Sie erreichten einen kleinen Flur, der in schummrigem, abgeschwächtem Licht lag, das hauptsächlich von kleinen Strahlern herrührte, die einige an den Wänden hängende Gemälde in Szene setzten. Levantin wartete an der Ecke und beobachtete von dort, was der Kellner tat. Der blieb gerade vor einem alten grauen Wandteppich mit roten Kreuzen und schwarzen Ornamenten stehen, der hinter einer Scheibe hing und von zwei Lampen beleuchtet wurde. Der Mann löste die zahlreichen Befestigungen, mit denen die Abdeckung an der Mauer festgemacht war, stellte diese zur Seite und hängte geschickt den Teppich ab.

Dahinter kam eine Tür zum Vorschein, die so gar nicht zum restlichen Gebäude passte. Sie schien aus Eichenholz zu sein, war übersät mit Symbolen und eingebrannten Zeichen. Levantin hielt sich nicht mit der Frage auf, warum der Hausherr diese Tür, die für den einfachen Betrachter nicht in das Haus passte, hinter einem Teppich verbarg; er spürte, dass eine besondere Magie von ihr ausging und sich hinter ihr die Quelle jener Aura verbarg, die er spürte.

Die Eisenbeschläge und kräftigen Nieten waren schwarz gestrichen und ohne Rost, die Ziereinlagen aus Silber und Gold wiesen ein halbkreisförmiges Muster auf und glänzten poliert. Um hineinzugelangen, musste ein ausgefallen gestalteter Knauf betätigt werden: ein Chimärenkopf, Bär und Ziege gleichermaßen, mit schrecklichen Augen und einer herausgestreckten Zunge. Auf dem Kopf saßen vier spitze Hörner, an denen man sich sicherlich verletzen konnte. Ein Schloss gab es keines.

Der Kellner kniete sich vor dem Eingang nieder, legte die Hände gegen zwei der Symbole und sprach leise vor sich hin. Er konzentrierte sich dabei so stark, dass schnell einzelne Schweißperlen über seine Stirn rollten; einen besseren Moment, sich ihm unauffällig zu nähern, konnte es nicht geben. Der Mann bemerkte Levantin erst, als unter seiner Sohle eine Marmorplatte mit einem dunklen Knirschen sprang. Erschrocken nahm er die Hände von dem dunklen alten Holz und tat so, als suche er etwas auf dem Boden.

»Kann ich Ihnen helfen?«, fragte Levantin.

»Nein, nicht nötig, danke. Ich bin gestolpert und habe einen Schlüssel verloren. Den für den Weinkeller«, entgegnete der Mann, auf dessen Namensschild *Armin* zu lesen war, haspelnd. Ein schlechter Schauspieler.

»Interessante Tür«, sagte Levantin, ohne auf die Lüge einzugehen. »Ein Fremdkörper im Anwesen, oder was meinen Sie?«

»Ist mir gar nicht aufgefallen.« Armin stand auf und wischte sich die Hände an der Hose ab.

Levantin betrachtete die Zeichen. »Zuerst habe ich gedacht, dass es mittelalterliche Buchstaben sind«, dachte er laut nach und deutete auf eines der weniger verspielten Symbole. »Aber es ist eine Mischung aus verschiedenen Sprachen und Schriften. Das da oben ist Sanskrit, das darunter würde ich als Akkadisch lesen.« Er zeigte auf die Schrift. »Und Latein und Griechisch. Solche Tischler hat man heute nicht mehr, die zuerst Kunstgeschichte sowie Vor- und Frühgeschichte studieren, bevor sie drei Jahre in die Lehre gehen, um das eigentliche Handwerk zu erlernen.« Er bedachte Armin mit einem durchdringenden Blick. »Haben Sie auch studiert, bevor Sie zum Kellner umschulten? Vielleicht Alte Geschichte? Oder ... Anbetungsrituale?«

»Sie, also ... Sie kennen sich ja sehr gut aus.« Der Mann stockte, wirkte nun sehr nervös und schob die Hände in die Taschen. »Sie sind vermutlich Professor oder so etwas.«

»Nein. Ich lebe schon sehr lange.« Ruckartig zuckte Levantins linke Hand vor und packte Armins Kehle mit festem Griff. »Lass mich an deinem Wissen teilhaben. Du weißt, was sich hinter der Tür verbirgt!« An einem anderen Ort zu einer anderen Zeit hätte er einfach einen Befehl erteilt, und die niedere Kreatur hätte ihm gehorcht. Aber in dieser Welt stand ihm nur ein

Bruchteil seiner Macht zur Verfügung, was ihn einmal mehr wütend machte. Sie hätte so vieles erleichtert!

Der Kellner brauchte nur zwei Sekunden, um sich von seiner Überraschung zu erholen, und schlug mit den Fäusten gleichzeitig nach dem Hals und der Nase seines Peinigers.

Levantin staunte. Der Mensch wollte ihn tatsächlich angreifen? Er wehrte die Angriffe mit einer Hand ab, was ihm keine Mühe bereitete, ohne die Klammer um den Hals des Kellners zu lösen. Danach versetzte er ihm drei harte, brutale Ohrfeigen, welche die Haut auf den Wangenknochen zum Aufplatzen brachten. »Was ist hinter der Tür?«, herrschte er ihn an und gab seiner Stimme dabei jene besondere Tonlage, die allen niederen Geschöpfen Schmerzen zufügte; kristallklare helle und erdtiefe dunkle Töne überlagerten sich wie bei einem Verzerrer.

Der Kellner wimmerte vor Schmerzen auf und fing an zu beten. Levantin erkannte einen arabischen Dialekt. Einen sehr, sehr alten arabischen Dialekt. Nun war seine Neugier wirklich geweckt.

Er presste den Mann gegen die Wand, streckte den Zeigefinger der rechten Hand aus und drückte ihn leicht gegen den linken Augapfel seines Opfers. »Ich werde dich töten, wenn du mir nicht verrätst, was du hier willst und was dahinter verborgen liegt.«

Erneut griff der Kellner ihn an und spie dabei wüste Verwünschungen aus, was Levantin über sich ergehen ließ; die Hände wehrte er lächelnd ab, die hastigen Flüche verpufften wirkungslos in der Luft.

»Du hast gewählt«, antwortete er im gleichen arabischen Dialekt, was den Mann erstaunt innehalten ließ – genau in dem Moment, in dem Levantins schlanker Finger durch sein Auge stieß. Die dünnen Häute platzten unter der Wucht, und mit überirdischer Kraft fuhr der Finger bis zum Knöchelanschlag in die Augenhöhle, schräg nach hinten, geradewegs ins Gehirn. Es knirschte, weil der Druck auf den zwischen Wand und Faust eingekeilten Schädel dem eines Schraubstocks glich. Der Mann war auf der Stelle tot.

Levantin hielt den Leichnam am ausgestreckten Finger, als wöge er höchstens hundert Gramm, ging zu einer Tür einige Schritte weiter den Gang hinauf und ließ den Mann in dem dahinterliegenden Raum auf den Boden fallen. Das wenige Blut an seinem Zeigefinger wischte er an der Kellnerjacke ab; dann durchsuchte er die Taschen seines Opfers.

Der Inhalt des Geldbeutels gab nur wenig Aufschluss: nichts Persönliches, lediglich achtzig Euro. Aber dafür leuchtete auf dem Display des Handys eine Nummer. Danach erschien der Hinweis *1 neue Nachricht.* Eine Ines teilte ihm mit, dass sie gerade im oberen Arbeitszimmer sei.

Dann wollen wir doch mal sehen, ob sie weiß, was es mit der Tür auf sich hat, dachte Levantin und steckte das Handy in die Hosentasche. Den Toten warf er wie einen Sack Lumpen in einen offenstehenden Wandschrank und verließ den Raum.

Als er an der geheimnisvollen Tür vorbeikam, betrachtete er sie eingehend und merkte sich einige der Worte und Beschwörungsformeln darauf. Er spürte, dass hinter ihr etwas verborgen lag, was ihn rief; etwas, das ihm vertraut erschien und ein glückliches Gefühl in ihm auslöste, das er schon lange nicht mehr für möglich gehalten hatte. Wie zum Abschied berührte er die Einlegearbeiten versonnen mit der flachen rechten Hand – und erhielt von ihnen einen Schlag, der ihn ohnmächtig auf dem Gang zusammenbrechen ließ.

Saskia schob sich weiter durch den Pulk der Gäste, aber sie hatte den Maître bisher nicht entdecken können. Also änderte sie die Richtung und steuerte auf die Treppe zu, die hinauf zum DJ führte. Das leichte Schwindelgefühl und die unnatürliche Heiterkeit, die sie den Pillen verdankte, waren zum Glück endlich verflogen, aber dafür brannten ihre Verletzungen nun wieder ohne jede Milderung. Umso glücklicher war sie, als sie die kleine Bar entdeckte, wo sie sich sofort einen Mojito bestellte. Alkohol gegen Schmerzen war ein probates Mittel.

Sie nahm zwei, drei tiefe Schlucke, versuchte, sich auf die Musik und die Gäste unter sich zu konzentrieren, und hoffte, dass der Rum bald Wirkung haben würde. Unwillkürlich legte sie die freie Hand sachte auf die Brust. Die Klammern waren heute von ihrem Hausarzt entfernt worden, die Schnitte mit Salbe bestrichen und die Mulllagen wieder angebracht worden. Er hatte ihr eine gute Wundsalbe gegeben, die hoffentlich verhindern würde, dass sich unschöne Narben bildeten; wenn doch – die *union* bezahlte das Weglasern. Die Schmerzen machten sie dennoch unruhig. Saskia schwor sich, dass sie am nächsten Tag wieder zum Arzt gehen würde, um die Verletzungen begutachten zu lassen. Oder noch besser: Sie würde den Professor anrufen.

Der Gedanke an ihn brachte die Erinnerungen an den Kampf und ihren Gegner zurück, der sich hier auf der Party befand. *Oder habe ich mir den Maître nur eingebildet,* fragte sie sich missgestimmt. Sie ging wieder die Treppe hinunter und durch die Menge, um zu Patrick zurückzukehren.

Plötzlich, völlig unerwartet, stand *er* vor ihr!

»Frau Lange«, sagte Groening mit seinem schleimig-unterwürfigen Tonfall, der an Falschheit nicht zu überbieten war. »Wollen Sie heute endlich lernen, wie man ein richtiges Büfett zusammenstellt? Oder sind Sie hier, um Rezepte zu stehlen? Haben Sie etwa ein paar Tupperschalen für die Pröbchen in Ihrer Handtasche?« Er trank von seinem Bier und grinste gekünstelt.

Saskia war normalerweise eine sehr beherrschte Person; das hatte das Fechttraining mit sich gebracht. Aber nicht an diesem Abend. »Lassen Sie mich bloß in Ruhe«, schnarrte sie.

Besser hätte man den Kritiker nicht herausfordern können.

»Ach? Sind wir dünnhäutig, wenn wir auf das eigene Unvermögen angesprochen werden?«

»Wenn Sie von Unvermögen sprechen – meinen Sie damit, dass Sie nicht mehr Geschmack haben als ein Pavian?«, konterte sie lauter als beabsichtigt. Sie hatte den Schlagabtausch nicht gewollt, aber der Alkohol, die Schmerzen, was auch immer, machten sie äußerst gereizt.

Die Gäste um sie herum verfolgten die Auseinandersetzung mit wachsendem Interesse.

»Oh, Frau Lange, manchmal wünschte ich mir wirklich, ein Primat zu sein – anders ist das, was Sie in Ihrem Lokal anbieten, kaum zu ertragen.« Er bleckte die Zähne. »Manchmal glaube ich, dass ich in meiner beliebten Kolumne noch viel zu sanft mit Ihnen umgehe, denn es verirren sich doch immer noch einige Ahnungslose zu Ihnen, wie ich höre?«

»Ach wissen Sie, man hört so viel – zum Beispiel, dass Sie nie Küchenchef waren, sondern als Patissier aus zwei Restaurants wegen Unfähigkeit rausgeflogen sind«, gab sie zurück. »Ohne den Job als Pseudokritiker wären Sie heute Bratwurstdreher, Groening. Und ein mieser dazu.«

Groening errötete. »Ich kam mit den Inhabern nicht zurecht.«

»Und die nicht mit Ihren Nachspeisen«, setzte Saskia nach und schlürfte laut an ihrem Mojito. »Wie die Gäste, die nach Ihrer *Île flottante* das Kotzen bekamen.« Das Gelächter der Umstehenden tat ihr gut.

»Besser als Salmonellen in der Küche. Oder das uralte Fett in der Fritteuse«, giftete er zurück. »Ganz zu schweigen von den illegal Beschäftigten, die Sie für einen Hungerlohn schuften lassen, und den abgelaufenen Zutaten, die Sie benutzen!«

»Das sind Lügen!«, brauste sie auf. »Sie erfinden ...«

»Ich bin dabei, Beweise dafür zu sammeln, Fotos und Aussagen von Ihren ehemaligen Mitarbeitern.« Er kniff die Augen zusammen. »Glauben Sie mir, ich schreibe Ihr schäbiges, verranztes *Bon Goût* in die Gosse. Sie werden nicht mal mehr in einer Imbissbude stehen dürfen!«

Saskia ballte die Finger zur Faust und hatte das Bedürfnis, Groening auf sein verlogenes Maul zu schlagen. So weit wollte sie sich jedoch nicht herablassen; obwohl es sie immense Beherrschung kostete, ging sie einfach an ihm vorbei. »Sammeln Sie alles, was Sie wollen, Groening«, sagte sie, mehr zu den Umstehenden als zu ihrem Gegner. »Das machen Sie doch besonders erfolgreich. Allein die Abfuhren, die Ihnen alle Frauen, die Sie kennen, bisher erteilt haben, sind doch schon eine beeindruckende Menge!« Damit ließ sie ihn stehen. Aus der Menge ertönten zwei, drei laute Lacher. Doch das heiterte Saskia auch nicht auf. Sie musste dringend frische Luft schnappen, in den märchenhaften Garten hinaus und weg von seinem widerlichen Gesicht. Den Mojito in der Hand, eilte sie auf die Flügeltüren zu.

Ihre Wut kochte hoch, schäumte und brodelte. Das heiße Blut brachte ihre Wunden noch mehr zum Schmerzen. »Scheißkerl!«, rief sie laut, sobald sie einige Meter weit in den Garten gelaufen war, und trat gegen einen Stein.

Sie stapfte missmutig den Weg entlang. Um sich abzulenken, schaute sie sich um.

Will besaß wohl wirklich einen grünen Daumen und auf jeden Fall ein gutes Auge. Alles, die uralten Bäume, die perfekt gestutzten Rasenflächen, die Kies- und Plattenwege, auf denen sie über das Anwesen geführt wurde, die Kunstgegenstände und Sträucher, war aufeinander abgestimmt und ergab ein wunderschönes Gesamtbild, das mit seinen verspielten Formen an ein feudales Indien erinnerte, wie sie es von Bildern in indischen Kochbüchern kannte. Der Garten war perfekt, und wenn hier im Frühjahr und Sommer die Blumen blühten, musste er überwältigend sein.

Doch sosehr sie sich auch ablenken wollte, es gelang ihr einfach nicht, zu innerer Ruhe und Besonnenheit zu finden. Der Name Groening hämmerte in ihrem Verstand. Mit ihrer letzten Bemerkung hatte sie ihn zumindest ein wenig demütigen können; aber das reichte noch lange nicht, um ihr Genugtuung zu verschaffen!

Der Weg führte sie wieder an die Villa heran. Saskia bemerkte, dass ein Teil der Mauer neuer aussah als der Rest; als sei ein Fenster nachträglich verschlossen worden. Aber sie erkannte einen Riss, durch den man spähen konnte. Wie es dahinter wohl aussah? Lagen dort vielleicht Wills Privaträume?

Neugierig ging Saskia näher heran und drückte ihr Gesicht gegen den Stein. Das Licht einer Gartenlaterne spendete einen schwachen, schmalen Streifen Helligkeit. Dahinter erkannte sie ein geschlossenes Fenster und dahinter wiederum eine zweite Mauer, die aus Marmorblöcken hochgezogen war. Es wirkte, als habe dort jemand mitten im Raum eine weitere Kammer bauen lassen. Ihre Neugier verstärkte sich.

Es gab Ornamente und Symbole auf den Steinen zu sehen, die in bestimmten Mustern angeordnet waren. In einigen glaubte Saskia astrologische Zeichen zu erkennen.

»Merkwürdig«, murmelte sie, und ihr Atem ließ die Scheibe beschlagen. Irgendetwas zog sie an diesem Raum an, ohne dass sie zu sagen vermochte, was es war.

Urplötzlich erschien auf dem Glas das geisterhafte Gesicht eines Mannes, der den Mund zu einem Schrei aufgerissen hatte!

Erschrocken sprang Saskia zurück und ließ das leere Cocktailglas fallen. Im gleichen Moment vibrierten die Steine vor dem Fenster, als rüttelte ein Erdbeben an ihnen. Die Schmerzen in ihren Wunden loderten auf, als habe man Benzin in ein Feuer gegossen. Keuchend taumelte Saskia nach hinten. *Bloß weg von diesem Gesicht*, schrie eine Stimme in ihr. Außerdem bekam sie Angst, dass die Wunden aufbrachen.

Ausgerechnet in diesem Moment schien es so, als würden die Nebenwirkungen der Medikamente sich wieder bemerkbar machen: Saskias Sicht trübte sich ein, die Farben um sie herum wichen einem alles überlagernden Grau, und für einige Sekunden hatte es den Anschein, als würde die Welt ihre Dreidimensionalität verlieren. Sie schmeckte unerklärlicherweise Bittermandel auf der Zunge; ihre Nase schien in einer allergischen Reaktion zuzuschwellen.

Knisternd bildeten sich gezackte Linien auf den Steinen, kleine Stücke sprangen heraus und fielen auf die Fensterbank. Dann zerplatzte das neue Mauerstück, zerbröselte zu feinem Sand und rieselte als rötliches Mehl nieder. Gleichzeitig schwangen die Fensterflügel mit Macht nach außen auf und rissen aus den Scharnieren. Das Glas zerbarst, die Scherben regneten klirrend auf den Kiesweg.

Mit einem leisen Schrei rannte Saskia davon. Doch schon nach wenigen Metern musste sie sich gegen einen Baum sinken lassen, um nicht hinzufallen; ihre Wunden taten so dermaßen weh, dass sie einfach nicht weiterkonnte. Aus nun aber immerhin einigermaßen sicherer Entfernung sah sie zum Fenster: Die leeren Rahmen pendelten vor und zurück.

»Was war denn *das?*«, sagte sie laut und verspürte Gänsehaut am ganzen Körper. War sie von dem Spuk ereilt worden, über den sie vorher einen Scherz gemacht hatte? *Saskia, reiß dich zusammen – so etwas gibt es nicht!* Tief atmete sie ein und zwang sich zur Ruhe.

Das Ziehen der Schnitte ließ nach. Sie fasste sich langsam wieder, ohne dass sie das Fenster aus den Augen ließ. Was, um Gottes willen, war dort geschehen? Hatte sie irgendein merkwürdiges Alarmsystem ausgelöst? Oder ohne zu wissen, wie, ein instabiles Mauerstück zum Einsturz gebracht? Und die wichtigste Frage von allen: *Sage ich es Will oder nicht?*

Sie musste sofort mit Patrick sprechen.

Saskia kehrte aufgeregt und so schnell wie möglich in den Saal zurück, nahm sich im Vorbeigehen ein Glas Sekt und steuerte auf Patrick zu, der immer noch kauend und mit einem schon wieder vollen Teller am Stehtisch auf sie wartete.

»Wo warst du denn?« Er sah an ihr herunter und deutete mit der Gabel auf die Schuhe und die Hosen. »Hast du bei deiner Flucht vor Groening Pfützenspringen gemacht?«

Saskia blickte nach unten: Bräunlicher Schlamm und Reste von Mulch hafteten an Kleidung und Stiefeletten. »Ich war im Garten«, sagte sie fahrig und stürzte den Sekt hinab. »Mich beruhigen.«

»Hat nicht geklappt, was?« Patrick grinste. Er schob sich eine Gabel Curry-Nudelsalat in den Mund. »Sag mal: Was sollte das mit Groening? Es wäre besser gewesen, wenn du geschwiegen hättest.«

»Komm mir jetzt nicht mit dem, bitte. Ich muss dir etwas erzählen. Da draußen ...«

»Da sind Sie ja wieder.« Groening schob sich vor sie, eine Schale mit Curry in der Hand. In ihrer direkten Umgebung stand außer Patrick niemand, der ihn hören konnte, als er sagte: »Haben Sie draußen ein bisschen geweint, weil Sie genau wissen, dass Ihre Frechheiten Ihnen nichts nutzen werden und ich Sie jederzeit fertigmachen kann?« Er lächelte wieder schmierig. »Es gibt natürlich eine Möglichkeit, die Katastrophe für Ihr Restaurant zu stoppen.« Dazu machte er eine Bewegung mit dem Mund und den Lippen, die einen Blowjob imitieren sollte.

»Arschloch!«

Ohne nachzudenken, holte Saskia aus – und schlug mit der geballten Faust und all ihrer aufgestauten Wut zu.

Der Hieb traf Groening auf die Lippen; quiekend stolperte er rückwärts, dabei flogen die Schale mit dem Essen und ein einzelner Zahn in hohem Bogen auf den Marmorboden, der dort augenblicklich vom Absatz einer Tänzerin zermalmt wurde. Der

Kritiker hielt sich die Hand an die aufgesprungenen Lippen und wurde bleich. Die Gäste sahen nach ihnen; Getuschel setzte ein.

Jetzt war ihr wesentlich wohler. *Das hätte ich früher tun sollen.*

Groening wimmerte, zog ein Taschentuch heraus, presste es sich gegen den Mund und lief aus dem Saal.

Saskia wurde bewusst, was sie mit ihrer mutigen, aber sinnlosen Tat angerichtet hatte: Groening konnte sie wegen Körperverletzung anzeigen und würde darüber hinaus mit noch mehr Erregung auf dem *Bon Goût* herumhacken, bis es einstürzte.

»Arschloch«, sagte sie trotzig und eilte durch eine andere Tür hinaus. Sie wollte sich den Blicken der Besucher, die alle ein eindeutiges Urteil über sie fällten, nicht länger aussetzen. Die Toilette war dafür der richtige Ort.

Levantin erhob sich und betrachtete seine Hand, die Opfer eines Schutzzaubers geworden war. Die Finger kribbelten noch immer, und die verbrannte Haut war durchzogen von Haarrissen, aus denen sein Blut quoll und sich zu Rinnsalen zusammenschloss. Etwas davon war auch auf die Fliesen getropft. Sein Körper regenerierte sich aber bereits. Einen schwächlichen Menschen hätte diese Energie getötet, ihm hatte sie einige Sekunden Ohnmacht eingebracht. Selbst das war erheblich, wenn er bedachte, was er üblicherweise ertragen konnte, bevor er in die Knie ging.

Sein erstaunter Blick richtete sich auf die Tür. Dass sie ihm derart zusetzen konnte! Das war sein Problem mit der Magie der Menschen: Er bemerkte sie zwar, konnte ihre Macht aber nicht einschätzen, bevor sie ihn traf. An der hölzernen Oberfläche verkohlten soeben letzte Hautreste und vergingen zu weißen Ascheflocken, die sich vom dunklen Untergrund lösten und zur Decke schwebten.

Levantin befestigte den Teppich und die Scheibe in ihren alten Positionen und schwor der Frau namens Ines bereits jetzt, dass sie – im Gegensatz zu Armin – mit ihm sprechen würde. Die Menschen ertrugen Schmerzen unterschiedlich gut, und die meisten Frauen waren aufgrund ihrer physischen Beschaffenheit schneller zum Reden zu bewegen als Männer. Außerdem konnte man mit ihnen spielen und sie stärker in ihrem Innersten verletzen, indem man in sie eindrang. Körperlich *und* geistig.

Levantin lief zurück in den Haupttrakt des Gebäudes. Er stieg über die Absperrung hinweg, mit der verhindert werden sollte, dass sich Partygäste in den oberen Stock verliefen, und sandte Ines von Armins Handy eine SMS, damit sie antwortete und ihm mitteilte, wo genau sie sich aufhielt. Prompt kam die Anweisung: *Korridor rechts, zweite Tür. Dreimal klopfen.*

Es dauerte nicht lange, bis er das Arbeitszimmer ausfindig gemacht hatte. Langsam drückte er die Klinke nach unten – abgesperrt. Also verstärkte er den Druck, bis er das Schloss einfach aus dem Holz brach. Er trat ein, als sei nichts passiert.

Eine junge Frau, die ihre langen schwarzen Haare hochgesteckt hatte und den safrangelben Sari des Catering-Service trug, stand über den Schreibtisch gebeugt und fuhr beim Krachen herum. In der Hand hielt sie einen schlanken, metallenen Gegenstand mit einer langen Spitze, auf dem Tisch lag ein aufgeklapptes Etui mit weiterem Feinwerkzeug. Utensilien für einen Einbruch.

»Hallo, Ines«, sagte Levantin ruhig und drückte die Tür zu. Er sah der Frau an, dass sie nicht recht wusste, wie sie mit der Situation umzugehen hatte. Für was sie ihn wohl hielt – für einen Mann vom Sicherheitsdienst? Ihre Unschlüssigkeit amüsierte ihn. »Es gibt in diesem Haus eine Tür. Aus Eiche, schätze ich. Mit sehr vielen Symbolen, welche die meisten Menschen nicht kennen. Sie würden sie auch nicht kennen wollen. Die

Schriften und Bücher, denen sie entstammen, sind sehr gefährlich«, sagte er und spazierte vorwärts. »Ich frage mich, weshalb Armin sie kannte und was du hier im Arbeitszimmer suchst.«

Ines sah zum Fenster; offenbar dachte sie über eine Flucht nach. Bevor sie sich aber in Bewegung setzen konnte, stand er vor ihr und packte sie mit beiden Händen an der Schulter, um sie gegen den gläsernen Schrank zu schleudern.

Die Frau hob ab, als sei sie von einem schnell drehenden Gabelstapler erfasst worden, durchschlug das dicke Glas, fiel zu Boden und riss dabei die gläsernen Einlegeböden mit. Die Figürchen, die in der Vitrine zur Schau gestellt wurden, verteilten sich um sie herum, während ihr Blut aus vielen Schnittwunden lief.

Aber Levantin hatte ihren Widerstandsgeist unterschätzt. Ines sprang auf die Beine, formte ein Zeichen mit den Fingern und riss die Arme nach oben. Unvermittelt umspielte sie ein grelles Leuchten, dann schnappte Ines nach Levantins Handgelenk und artikulierte eine einzelne Silbe. In seinen Fingern tobte ein Schmerz, der sich von den Kuppen nach oben ausbreitete. Seine Haut alterte in Sekundenschnelle, verlor ihre Spannkraft und verschrumpelte.

Nachdem Levantin die erste Überraschung abgeschüttelt hatte, kostete es ihn kaum Mühe, den Verfall zu stoppen. Das hier war keine menschliche Magie, sondern eine verwandte Kraft, die er nur zu gut kannte. Bei niederen Kreaturen wäre die Zersetzung fortgeschritten, hätte sich über den ganzen Leib ausgebreitet und nach wenigen Augenblicken nichts anderes als ein Skelett zurückgelassen, an dem noch faulendes, stinkendes Fleisch haftete.

Ines starrte ihn an, als sie erkannte, dass ihr Gegenschlag pariert worden war. »Was …?«, ächzte sie und ließ seinen Arm los.

»Den Fluch, den du ausgestoßen hast, kenne ich von anderen

Wesen«, sagte er. »Was treibt ihr hier in dem Haus? Weiß Gul davon, oder weswegen schützt er diese Kammer mit der Tür?« Dann benutzte er ein Wort in seiner Sprache, weil er wusste, wie schmerzhaft es in menschlichen Ohren klang.

Ines kreischte und malte ein weiteres Schutzsignum in die Luft. »Ich bin die ergebene Dienerin meines Herrn, und er hat mich gesegnet!«, schleuderte sie ihm mit Verachtung entgegen. »Wem immer du auch gehorchst: *Verlasse das Haus!* Wir wollen dich nicht zum Feind, und du willst uns nicht zum Feind.«

Levantin schenkte ihr ein Lächeln – und ließ seine Augen hell aufleuchten; in ihrem Innern schienen winzige Blattgoldfetzen zu treiben. »*Ich* diene niemandem, Ines. Welchen Schluss ziehst du daraus?«

Sie setzte zu einem Schrei an.

Saskia stand im Vorraum der Gästetoilette, die in klassischer schwarz-weißer Kachelung gehalten war. Während sie mit einem nassen Papierhandtuch neben dem Handwaschbecken die Schuhe vom Dreck reinigte, dachte sie nach. Nicht mehr über den Maître oder Groening, sondern über das aufgesprengte Fenster mit dem Raum dahinter.

Mit etwas zeitlichem Abstand kehrte ihre Neugier zurück. Dazu war das Erlebte zu einschneidend gewesen. Sie hielt sich nicht für abergläubisch, hatte aber keine vernünftige Erklärung für das Geschehen.

Allerdings beabsichtigte sie nicht, nochmals in den Garten zu gehen. Dazu hätte sie den Festsaal durchqueren müssen, vorbei an den vielen erwartungsvollen Augenpaaren. Erst wollte sie sich beruhigen, ehe sie sich Will stellte und ihm erklärte, warum sie Groening einen Zahn ausgeschlagen hatte. Sie musste sich auf alle Fälle bei ihm entschuldigen. Saskia verließ die Toilette, wartete, bis niemand in ihre Richtung schaute, und ging einfach einen Gang entlang, der weg von der Halle führte.

Sie gelangte in einen menschenleeren Korridor mit einigen Türen. An den Wänden hingen abstrakte Bilder eines ihr unbekannten Malers, dem es Freude bereitet hatte, Farben wild durcheinander auf die Leinwand zu schmieren. Sie passten nicht wirklich in diese Villa.

Wenn sie sich richtig orientiert hatte, müsste sich auf dieser Seite des Gebäudes der Raum mit der zweiten Innenmauer befinden. Ihr Herz schlug schneller, als sie einen Türgriff nach dem anderen ausprobierte.

Sie entdeckte ein kleines Bad, ein Schlafzimmer mit einem Wandschrank, dessen Tür aussah, als wäre sie von einer Dampfwalze nach innen befördert worden, einen Work-out-Raum, aber nicht die Kammer, die sie zu finden gehofft hatte.

Enttäuscht trat Saskia den Rückweg an. Sie passierte einen hässlichen, finsteren Wandteppich, der von einer Glasplatte geschützt wurde – und roch plötzlich verbranntes Fleisch.

Ihre Nase war geschult, sie täuschte sich nicht: Es war der graue Stoff mit den roten und schwarzen Ornamenten, der den wunderlichen Geruch absonderte. Sie schaute sich das genauer an.

Der Teppich entwickelte unversehens eine regelrechte Anziehungskraft auf sie, als wollte er von ihr berührt werden. Die Ornamente schienen in Bewegung zu geraten, lösten ihre Knoten, verschlangen sich neu und lockten sie auf unerklärliche Weise. War das gar kein Teppich, sondern irgendein moderner Bildschirm mit einer merkwürdigen Oberfläche?

Saskia rieb sich die Augen, ignorierte das Brennen ihrer Wunden, blickte den Korridor entlang und lauschte.

Als sie sicher war, allein zu sein, streckte sie die Hand aus und löste die Bolzen, bis sie das Plexiglas entfernen konnte. Nun spürte sie die Wärme des Gewebes und berührte den Stoff. Aber sie fühlte keine Befriedigung dabei, nicht den erlösend-mitreißenden Effekt, den sie erwartet hatte.

Vielleicht kam die Wärme von der Wand *hinter* dem Teppich? Ihre Finger griffen nach dem rechten Rand, um ihn zur Seite zu schieben. Sie atmete unbewusst schneller.

»Ach, hier steckst du!«

Sie schreckte zusammen, zog den Arm zurück und erkannte Patrick. »Meine Güte«, stöhnte sie erleichtert. »Musste das sein?«

»Ich habe mir Sorgen gemacht und dich gesucht.« Er kam näher. »Was treibst du hier?« Er sah interessiert aus, musterte die Bolzen und die zur Seite gestellte Glasscheibe. »Du willst den doch wohl nicht klauen?«

Sie wusste nicht recht, was sie sagen sollte. Patrick lupfte den Teppich und pfiff leise. »Da ist eine Tür!« Er grinste dreckig. »Ist bestimmt was Besonderes dahinter. Zweifellos die Treppe zum Sexkeller!«

Saskia kämpfte mit der Neugier und dem immer weiter anwachsenden schlechten Gewissen. Der Drang, die Tür öffnen zu wollen, war stärker; deswegen legte sie kein Veto ein, als Patrick den Teppich von den letzten Halterungen löste.

Er berührte die uralte Tür. »Die sieht irgendwie falsch aus. Passt nicht zum Rest des Hauses, oder?« Er legte die Hand auf den Türknauf und rüttelte daran. »Abgeschlossen. Mist.«

Saskias Wunden begannen wieder, stärker zu schmerzen, und je länger sie vor der Tür stand, umso mehr kam es ihr vor, als sei diese der Grund dafür.

Patrick bückte sich, um den Knauf zu betrachten. »Es gibt kein Schloss.« Er riss wieder dran, doch es geschah nichts. »Sag mal, ist was mit dir? Du guckst so komisch.« Er wandte sich ihr zu.

Hinter seinem Rücken schienen die Zeichen und Einlegearbeiten aufzuflammen, die Symbole gerieten in Bewegung und ordneten sich neu an, wie auf dem Teppich. Saskia starrte das merkwürdige Schauspiel an, das sie einerseits anzog, sie aber auch einschüchterte; sie spürte die gleiche Angst und Beklemmung wie beim Anblick der Kali-Statue oder dem zerbrechenden Fenster.

Und doch verspürte sie diesen Zwang! Saskia schob Patrick zur Seite und hob die Hand.

»Was denn? Denkst du, du bist stärker als ich?«

Sie fasste den Griff an – und die Zeichen schienen vor ihren Augen zu explodieren! Eine Hitzewelle rollte über sie, umspielte sie vom Kopf bis zu den Füßen, verbrannte sie; sie hatte Bittermandelgeschmack im Mund, der sich Übelkeit erregend mit dem von intensivem, hochprozentigem Essig mischte und ihre Zunge verätzte; sie roch heißes Wachs, auch wenn es keine Kerzen in ihrer Umgebung gab, und doch schien Wachs wie aus dem Nichts in ihre Nase zu laufen, in die Mundhöhle, den Rachen hinab in die Kehle! Saskia wollte panisch aufschreien, aber kein Laut kam über ihre Lippen. Das Licht veränderte sich, machte die Welt zweidimensional und grau –

– und dann war es vorbei.

Der Korridor lag da wie zuvor.

Saskia rang laut nach Luft. Es gab kein Wachs, das sie erstickte. Sie blinzelte, wollte etwas sagen ... und bemerkte, dass die Tür einen Spaltbreit geöffnet war. Ihre rechte Hand lag noch immer auf dem Knauf.

»Prima!«, rief Patrick, als sei nichts passiert. »Wenn in Zukunft im *Bon Goût* irgendwas klemmt, rufe ich dich.« Er schob sich voller Tatendrang an ihr vorbei und drückte den Eingang weiter auf. »Los, komm. Mal sehen, auf was Gul so steht.« Er nahm sie am Ärmel und zog sie mit sich in den dunklen Raum.

Dabei kam es Saskia vor, als würde etwas sie berühren – etwas Kaltes, Wütendes und sehr Boshaftes –, ehe es an ihr vorbei zur Tür hinausfuhr.

V.
KAPITEL

8. November
Deutschland, Hamburg

Will hielt einen alkoholfreien Cocktail in der Hand und stand neben dem DJ auf der Galerie. Er betrachtete die Partygäste, die sich an einer weiteren Darbietung der Tänzerin erfreuten und den Takt mitklatschten. Sie hatten ihren Spaß; ihm hingegen war nach literweise Gin zumute, und am liebsten hätte er alle nach Hause geschickt. Wenn sie gegangen waren, würde er saufen! Vorher nicht.

Heute wollte offensichtlich alles schiefgehen. Erst hatte er Groening einladen *müssen*, nachdem der Kritiker von dem Fest gehört hatte, und nun hatte Saskia ihm »auf die Fresse gehauen«, wie es so schön hieß. Nicht, dass er Groening das nicht gönnte; seine Sympathien lagen voll aufseiten der netten Köchin, mit der er nur zu gerne ein bisschen flirtete und die er wirklich mochte. Vielleicht ein bisschen zu sehr für eine profitable Geschäftsbeziehung. Aber bei aller Wertschätzung für Saskia, ihr Schlag konnte verheerende Nachwirkungen für das *India* haben. Groening war eine nachtragende Dreckschleuder; der Mann besaß die Macht, ihm Kunden zu vergraulen. Eine geringschätzige Bemerkung in einer Kolumne hier, ein abfälliges Wort da, und schon setzte sich die Abwärtsspirale in Bewegung.

Das misslungene Fest hatte dazu geführt, dass er den Ärger der vorangegangenen Tage weder vergessen noch verdrängen konnte, sondern zusätzliche Belastung verspürte. Ein sehr unschöner Effekt. Es würde ihn viele Opfer an die Götter kosten, bis sich alles wieder im Lot befand.

Will nahm einen Schluck und klopfte dem DJ auf die Schulter, danach schritt er die Treppe nach unten und nickte in alle Richtungen. Wo steckte Saskia?

Sein Handy machte sich mit Vibrieren in der Hosentasche bemerkbar, der Klingelton hatte gegen die laute Musik keine Chance. Will nahm es heraus und betrachtete die unbekannte Nummer. Sein Argwohn erwachte: Was kam nun schon wieder?

»Ja?«

»Hier ist die Eingangskontrolle, Herr Gul«, hörte er undeutlich. »Würden Sie zu uns kommen? Wir möchten etwas klären.«

»Bin unterwegs.« Fluchend steckte er das Handy ein und ging zum Eingang, während er mit dem Schlimmsten rechnete. Er konnte seinen Gedanken nicht verbieten, zu Hansens Schlägertruppe zurückzukehren. Will versuchte, sich damit zu beruhigen, dass der Sicherheitsmann für eine Katastrophe aber viel zu ruhig geklungen hatte.

Er kam nur sehr langsam voran. Viele Gäste nutzten die Gelegenheit und beglückwünschten ihn unterwegs nochmals zur Veranstaltung, versprachen ihm, Werbung für das *India* zu machen, und lobten das Büfett. Schwitzend erreichte er den Einlass, wo ihn der Empfangschef erwartete. »Was ist los, Herr Vransmann?«

Der grauhaarige Hüne grinste und deutete den Korridor hinab. »Kommen Sie mit, Herr Gul. In die Küche. Das müssen Sie gesehen haben.« Er winkte einen seiner Leute herbei, der sich an der Tür positionierte.

Will war beruhigt, dass es offenbar nichts Schlimmes war. »Sie mögen es geheimnisvoll.«

Sie gelangten in die Küche. Auf der Anrichte stand ein kleiner Metallkoffer, und als Vransmann ihn öffnete, erkannte Will Geldscheine; gebündelte, fein säuberlich gestapelte Geldscheine.

Will sah Vransmann an. »Ich dachte, dass ich Sie bezahlen muss, und nicht umgekehrt«, sagte er mit einem schiefen Lächeln.

»Müssen Sie auch. Der«, sagte der Mann und drehte den Koffer so, dass Will das Geld besser sehen konnte, »wurde von einem Mann für Sie abgegeben, zusammen mit einer Nachricht.« Er langte in sein Jackett und reichte sie Will. »Um sicherzugehen, dass nichts Gefährliches darin ist, habe ich ihn abseits des Hauses öffnen lassen. Aufgrund des Inhalts dachte ich, ich zeige Ihnen den Koffer unter Ausschluss der Öffentlichkeit.«

Will hörte die Neugier in der Stimme des anderen und riss den Umschlag auf. Eine saubere Schrift mit fast weiblichem Schwung.

Lieber Herr Gul,
nehmen Sie bitte meine Entschuldigung für das an, was Ihnen bislang ohne mein Wissen, aber in meinem Namen angetan wurde. Es wird nicht wieder vorkommen. Als Entschädigung erlaube ich mir, Ihnen anbei ein Schmerzensgeld zukommen zu lassen.
Außerdem möchte ich nun noch einmal an Sie appellieren, den Kontakt mit Ihrem Arbeitgeber herzustellen. Es ist wirklich wichtig, denn es steht mehr auf dem Spiel, als Sie ahnen. Solange Sie sich in der Villa befinden, schweben Sie in großer Gefahr – und diese, Herr Gul, droht Ihnen nicht von meiner Seite, wie ich Ihnen versichere.
Sollten Sie bei der Unterredung den Eindruck erlangen, Ihren Arbeitgeber nicht vom Verkauf überzeugen zu können, möchte ich Ihnen folgenden Vorschlag machen: Bitte ver-

lassen Sie die Villa für drei Wochen, und ermöglichen Sie Frau Hansen den ungehinderten Zutritt. Ich kann mir vorstellen, dass dies für Sie einen Gewissenskonflikt bedeuten kann; hierfür möchte ich Ihnen meinen Respekt aussprechen. Ich schwöre Ihnen, dass in Ihrer Abwesenheit nichts im Anwesen zerstört wird. Bei Ihrer Rückkehr werden Sie alles unverändert vorfinden; außerdem, als Entgegenkommen meinerseits, die Summe von 100.000 Euro.
Man wird Sie übermorgen wieder kontaktieren. Begehen Sie keinen Fehler!

Hansens Mandant hatte die nächste Runde eingeläutet, mit Zuckerbrot und Peitsche. Will hob den Kopf. »Gab es nur diese Nachricht?«

Vransmann nickte. »Das war alles.« Er sah auf die Uhr. »Brauchen Sie uns noch, Herr Gul? Sie wissen, dass wir aufgrund der kurzfristigen Buchung in unserer Terminfreiheit etwas eingeschränkt sind ...«

Er dachte nach. Man räumte ihm zwei Tage Bedenkzeit ein, also benötigte er den Sicherheitsdienst heute nicht mehr. Und falls doch: Es war ihm derzeit herzlich gleichgültig. Viel schlimmer konnte sein Tag sowieso nicht mehr werden.

»Ist schon gut, Herr Vransmann, Sie können gehen«, entschied Will. Er klappte den Deckel zu und nahm den Koffer an sich.

Er war verwundert über den Wechsel der Vorgehensweise von Hansens Mandanten. Was verbarg sich in der Villa, das ihm bisher entgangen war? Es musste eindeutig um mehr gehen als nur um diese zwei Blätter aus dem uralten Tresor. Was genau wusste der Sir darüber? Für Will stand außer Frage, dass er seinem Chef gegenüber loyal bleiben würde, auch wenn die hunderttausend Euro sehr verlockend waren, wenn er daran dachte, welche Probleme demnächst eventuell auf das *India* zukommen konnten. Aber hatte der Sir seine Ehrlichkeit wirklich verdient? Und was meinte Hansens Mandant damit, dass ihm Gefahr noch von anderer Seite drohte?

Der Sicherheitschef nickte und gab eine kurze Anweisung in sein Headset-Telefon. »Dann bedanke ich mich für den Auftrag, Herr Gul. Und mich freut es, dass wir nichts zu tun bekamen. Die Sache mit der Schlägerei im Saal ist mir unangenehm, aber Sie hatten uns als Doorsecurity engagiert, und ...«

»Glauben Sie mir: Mir ist es auch unangenehm.« Will reichte ihm die Hand. »Kann ich Sie in zwei Tagen nochmals buchen? Personenschutz?«

»Sehr gern, Herr Gul.«

»Gut.« Er fühlte sich sofort erleichtert. Gegen echte Sicherheitsprofis hatten Hansens Schläger keine Chance. Den Sir würde er morgen über die aktuellen Ereignisse in Kenntnis setzen und neue Anweisungen erbitten.

Will schaute an Vransmann vorbei in den Garten – und erkannte im Licht der Außenscheinwerfer einen torkelnden Gast, den er bei genauerem Hinschauen als seinen Freund Oliver identifizierte. Der wollte es sich trotz der kühlen Temperaturen gerade mitten in einem Beet bequem machen. Eine sprichwörtliche Schnapsidee.

»Passen Sie kurz darauf auf«, sagte Will seufzend, drückte Vransmann den Koffer in die Hand und öffnete die Tür. »Ich bin gleich wieder da.« Er lief hinaus, Olivers Namen auf den Lippen. Der breitete eben schwankend den Mantel auf der Erde aus und fiel vornüber.

»Na, war der Gin gut?« Will packte Oliver unter den Achseln und zog ihn in die Höhe. Er legte ihm einen Arm um die Hüfte und nahm mit der anderen Hand die Linke des Freundes, um sie festzuhalten. »Komm, ich rufe dir ein Taxi. Zeit, nach Hause zu fahren, Olli.«

»Sicher«, lallte der. »Dein Garten ist zu kalt zum Schlafen. Frieren einem die Eier ab.«

Will stand im warmen gelben Licht der Gartenlampen und betrachtete die Villa. Sie war einzigartig, prachtvoll, einfach zum Verlieben. Nein, er würde niemals den Handlanger von Hansens Mandanten geben. Das Haus durfte nicht verkauft werden, denn er wollte sehr, sehr lange darin wohnen bleiben.

Sein Freund wurde allmählich zu schwer. »Los, Olli«, sagte er und machte den ersten Schritt vorwärts. »Bringen wir deine Eier in Sicherheit.«

Schritt für Schritt näherten sie sich dem Eingang zur Küche, wo Vransmann mit dem Geldkoffer in der Hand als schwarze Silhouette stand. »Herr Gul! Soll ich Ihnen nicht lieber ...«

Ohne Vorwarnung flammten hinter den zahlreichen Fenstern grellblaue Explosionen auf. Vransmann verschwand in einer indigofarbenen Lohe, die brüllend meterweit aus der offenen Tür schlug.

»Bei den Göttern!«, entfuhr es Will. Dann brandete die Hitzewelle gegen ihn, er ließ Oliver fallen, warf sich schreiend auf die kalte Erde und legte die Arme als Schutz vors Gesicht.

Als die Flammenwolke verpufft war, hob er vorsichtig den Kopf. Sein Herzschlag pochte laut in seinen Ohren. Obwohl ihn Grauen erfasste und alles in ihm danach schrie, aufzuspringen und so schnell wie möglich davonzulaufen, zwang er sich, auf dem Boden liegen zu bleiben und abzuwarten.

Düstere Feuerwalzen rollten durch die Zimmer, die Ausläufer schlängelten und waberten durch die Räume, bis hinauf zur Decke, und ließen dabei nicht den kleinsten Winkel aus. Aber wie war das möglich? Hatte sich unbemerkt Gas im ganzen Anwesen verteilt und durch einen Funken entzündet? Oder war in dem Koffer, den er gerade noch selbst in Händen gehalten hatte, eine Bombe versteckt gewesen?

Will dachte entsetzt an die vielen Gäste, seine Freunde und Bekannten, die sich in dem Inferno befanden. Wenn dieser furchtbare Brand wirklich alle Zimmer erfasst hatte, dann ...

nein, der Gedanke, dass über zweihundert Menschen vor seinen Augen zu Asche verbrennen würden, war unerträglich!

»Mächtige Kali, verschone sie!« Will zog mit zitternden Fingern sein Handy und wählte die Notrufnummer der Feuerwehr. Erst nach vier vergeblichen Versuchen las er auf dem Display den Hinweis *Kein Signal*. Dabei hatte er sonst guten Empfang im Umkreis der Villa.

Unvermittelt steigerte sich die Hitze wieder, Will meinte das Splittern von platzendem Glas zu hören und Qualm zu riechen. Er machte sich noch kleiner; an Flucht war nun nicht mehr zu denken, die Furcht lähmte ihn. Dann setzte ein lautes Tosen ein, ein kräftiger, machtvoller Wind brachte die Bäume im Garten zum Schaukeln. Sie verbogen sich im Sturm, Laub und Erde wurden umhergewirbelt, Zweige und Äste brachen krachend ab, doch all das bekam Will nur am Rande mit; er starrte in die bizarren Flammen, die vor den Fenstern tobten und ihm die Sicht auf das verwehrten, was im Inneren des Hauses geschah. Hilflos und verzweifelt wartete er darauf, dass wenigstens einige seiner Gäste ins Freie flüchteten.

Doch niemand kam schreiend aus der Villa gerannt oder sprang aus den Fenstern; sie waren alle von dem Feuer überrascht worden.

»Nein!« Will musste Hilfe herbeischaffen. Er überwand seine Angst und kroch weg von der Villa und dem bewusstlosen Oliver, erhob sich nach ein paar Metern und rannte quer durch den Garten zur Auffahrt, dem Platz mit dem besten Mobilfunkempfang. Der Sturm hatte sich nicht gelegt; ächzend neigten sich die alten Bäume, überall knarrte es unheilverkündend.

Die Lampen im Haus und im Garten flackerten und erloschen, so dass das Inferno die einzige Lichtquelle bildete. Die blauen Flammen tauchten den Garten und die Umgebung in geisterhafte Helligkeit, sie wüteten im Haus und fraßen alles, was sie fanden.

Will stürzte mehrfach, der heftige Wind peitschte ihm Erde, Staub und spitze Sandkörner in die Augen.

Endlich erreichte er den Kiesweg der Zufahrt. Er starrte auf den Eingang und glaubte eine Bewegung in der Halle gesehen zu haben. Er wollte zurücklaufen und rufen – da gab das Handy einen Piepslaut von sich: Das Display leuchtete auf und verkündete *Dienst möglich.* Sofort tippte er den Notruf und musste sich wegen der intensiven Winde und der Hitze abwenden.

In dem Moment erhielt er einen Schlag gegen den Hinterkopf. Er sah noch, wie ein vom Wind abgerissener Ast neben ihm zu Boden krachte, dann stürzte er benommen nieder.

Aber er wurde nicht ohnmächtig.

Will befand sich in einem quälenden Zwischenstadium, halb wach und doch nicht in der Lage, sich zu rühren, während um ihn die Gewalten tobten. Er hörte die Stimme der Notrufzentrale, eine weibliche Stimme, und konnte ihr nicht antworten.

Es klickte, und das Display erlosch.

Nein! Will begann, gegen das Taubheitsgefühl anzukämpfen; er wusste, dass er für lange Zeit nicht mehr zu Bewusstsein kommen würde, wenn er jetzt die Augen schloss. Er kämpfte dagegen an – und tatsächlich: Das watteartige Gefühl in seinem Schädel wurde schließlich schwächer und schwand.

Wie lange er so dagelegen hatte, wusste er nicht. Will stützte sich etwas auf, riss das Handy erneut an sich, wählte zitternd die 110 und wartete.

Summend erwachten die Lampen im Garten und entlang des Wegs zum Leben. Der Sturm verebbte so plötzlich, wie er begonnen hatte, und die Gluthitze, die gerade noch wie ein wütendes Raubtier mit feurigen Klauen nach ihm schlug, zog sich schlagartig zurück.

Will wandte sich langsam um und stierte verständnislos auf die ausladende Fassade der Villa: Nichts, aber auch gar nichts deutete darauf hin, dass blaues Feuer hinter den Fenstern getobt hatte.

»Das gibt es ... doch ... nicht!«, stammelte er.

Oliver erschien wankend an der Hausecke und drehte sich um die eigene Achse. »Ey, Will! Da biste ja! Du hast mich fall'n lass'n! Scheiße, voll ins Nasse«, protestierte er. »Soll'n das?«

»Notrufzentrale«, sagte eine Frauenstimme aus dem Lautsprecher des Handys.

Will achtete nicht darauf und konnte den Blick nicht von der Villa abwenden: kein Ruß, keine zerstörten Scheiben ... von außen deutete nichts auf einen Brand hin!

»Bin ich verrückt geworden?«, murmelte er, stand auf und eilte zum Haupteingang. Die Notrufzentrale hatte er in seiner Aufregung vergessen. Er musste sich ein eigenes Bild machen, sich von der Sinnestäuschung selbst überzeugen. Was sollte es sonst gewesen sein?

Will steckte das Handy ein und trat vorsichtig durch den Windfang ins Innere. Was ihm sofort auffiel: Es war totenstill. Viel zu ruhig für eine Party oder eine Feuerkatastrophe. Mit dieser Stille stimmte etwas nicht.

Was er in diesem Moment sah, raubte ihm den Atem und das letzte bisschen Fassung, das er sich bewahrt hatte.

Direkt vor seinen Schuhspitzen lag eine Kellnerin in einer Blutlache. Ihr Gesicht war vor Entsetzen entstellt – und ihr Körper wie mit einem riesigen Messer in zwei Hälften geschnitten. Als er entsetzt nach links schaute, entdeckte er eine weitere Tote, der die rechte Schulter abgeschlagen worden war.

Er riss sich von dem grausigen Anblick los, taumelte einen Schritt zur Seite, stützte sich mit beiden Händen an der Wand ab – und musste den Anblick zahlreicher Blutspritzer darauf ertragen. Will rang nach Luft. Mit dem Einatmen bekam er einen aufdringlichen feuchtwarmen Eisengeruch in die Nase; dazu mengte sich der Gestank nach Fäkalien.

Der Fluch, von dem Hansen gesprochen hatte? Gab es einen Dämon, der die Villa in seinem Bann hielt? Fragen jagten durch seinen Verstand. Warum hatte er nicht viel früher etwas davon bemerkt? Wie hatte der Dämon seinem Reinigungsritual widerstehen können? Vorsichtig begann Will, sich umzusehen – und entdeckte sofort noch mehr Leichen, noch mehr Bilder des Schreckens. *Das kann nicht echt sein,* schoss es ihm durch den Kopf. *Das sind nichts anderes als Halluzinationen!* Ja, so musste es sein. Eine Täuschung wie der Brand. Blaue Flammen, der Sturm aus dem Nichts, ein Gemetzel innerhalb von wenigen Minuten, so etwas *konnte* einfach nicht real sein! Was aber wollte der Dämon mit diesen Trugbildern hier erreichen: ihn in den Selbstmord treiben wie die Nichte des Sirs? Würgend ging Will vorwärts, um zu erkunden, ob die Illusion nach einigen Metern enden würde. »Dämonisches Blendwerk!«, rief er trotzig in die Stille des Raums hinein.

Will stand in einer roten Lache vor dem abgeschlagenen Unterarm einer Frau, wie er am Schmuck um das Handgelenk erkannte. Die Wundränder waren völlig glatt. Er bückte sich und nahm all seinen Mut zusammen, um das Fleisch zu berühren. »Es ist nur eine Einbildung«, wiederholte er unentwegt und spürte gleich darauf die noch warme Haut.

Die vollkommene Lautlosigkeit, die unnatürliche Ruhe machte ihm zu schaffen. Sie zerrte an seinen Nerven und steigerte nur die Erwartung, einen Schrei oder einen schrillen Laut zu hören, der zu dem Horror um ihn herum passte.

»Verflucht seist du, was immer du bist!«, rief er. »Geist oder Dämon, das ist mir egal! Mich wirst du nicht verjagen oder in den Tod treiben!«

Will ging auf den Durchgang des riesigen Wohnzimmers zu, in dem die Party stattgefunden hatte.

Er trat hinein – und blickte auf ein Massaker: Geschäftspartner, Bekannte und Freunde, von scharfen Klingen zerteilt, am

Boden liegend und in absurden Posen gefangen, tot, im eigenen Blut regelrecht schwimmend. Der Gestank war fürchterlich.

Will wich zurück, sein Kreislauf sackte ab, und er wurde fast ohnmächtig vom Schock.

Und was, wenn die übernatürliche Macht ihn nicht mit einer Illusion narrte, sondern tatsächlich all diese Menschen umgebracht hatte? Ein noch viel schrecklicheres Wort als *Dämon* tauchte in seinem Denken auf und kristallisierte sich in aller Deutlichkeit: *Realität!* Das hier war Realität! Deswegen die Stille, deswegen das täuschend echte Blut und die täuschend echten Leichen – weil sie *allesamt wirklich tot waren!*

Will schluckte und raufte sich die Haare. Eine Klammer legte sich um sein Herz und presste es zusammen. Er brauchte Hilfe, sofort! Er wollte, dass Polizisten, Sanitäter, Feuerwehrleute kamen und ihm in diesem Schrecken beistanden, ihn vor dem Grauen retteten.

Er fummelte das Handy aus der Tasche und ließ es fallen; hastig ging er in die Knie, um es aufzuheben. Dabei entdeckte er eine blutrote Fußspur: Ein nacktes Paar Füße war aus dem Festsaal hinaus und den Korridor entlanggegangen.

Hatte er vorhin von draußen nicht eine menschliche Gestalt gesehen? Lebte hier noch jemand? Will konnte nicht anders, er musste dieser Spur einfach folgen. Sie war das einzige Zeichen von Leben in diesem schauderhaften Totenhaus, die einzige Hoffnung, die er noch haben durfte. Sie führte ihn vorbei an weiteren verstümmelten Leichen in seinen eigenen Trakt, in den Korridor, in dem das Licht der Strahler noch immer flackerte, als sei die Leitung defekt.

Die Spuren lotsten ihn bis exakt vor die Stelle, an welcher der Wandteppich normalerweise hing. Aber er war zusammen mit der Scheibe abgehängt worden; dahinter befand sich eine rätselhafte Tür.

Sie stand offen!

Und die zierlichen Fußspuren einer Frau führten hinein und wieder hinaus.

Ein Schauder raste ihm vom Nacken den Rücken hinunter: Hatte sich der Dämon all die Jahre hinter dieser Tür versteckt – oder war er dort gefangen gewesen? Was hatte ihn befreit? Viel wichtiger: Wie wurde er ihn wieder los? Welches Ritual benötigte er? Und war es möglich, dass er nun einer Macht gegenüberstand, gegen die seine Reinigungsrituale aussichtslos waren?

Will schob vorsichtig die Tür auf. Das zuckende, unruhige Licht fiel auf die zerstückelte Leiche eines Mannes, dessen abgetrennter Kopf auf dem Boden lag: Patrick, der Souschef des *Bon Goût!*

Will bemerkte ein goldenes Schimmern, das unmittelbar aus den Wänden der Kammer drang – und ihn magisch anzog. Gegen alle Widerstände seines Verstands setzte er einen Fuß über die Schwelle und trat ein, wobei er darauf achtete, nicht in die Blutlache zu treten. Es war ihm nicht möglich, sich gegen die Faszination zur Wehr zu setzen, die ihn lockte. In den Fugen und Ritzen zwischen den Steinen glühte es, als brenne auf der anderen Seite ein Feuer. Die Wärme brachte ihn zum Schwitzen; und mit dem Schweiß, der in seinen Augen brannte, kam die Erkenntnis: *Das alles war wirklich real!*

In der Mitte der sechseckigen Kammer stand eine Vitrine aus Glas, die ihn unangenehm an einen Kindersarg erinnerte; ihre einzelnen Segmente waren mit dicken Bleigraten miteinander verbunden. Will umkreiste sie atemlos. In der Mitte gab es ein kleines Podest, das mit schwarzem Samt eingekleidet war.

Und was immer sich dort befunden hatte, war nicht mehr da.

Ein heiseres Raunen ließ ihn herumfahren. In den Steinen leuchteten Symbole auf, und es schien ihm, als würden sie von einem Unsichtbaren leise vorgelesen, auch wenn er kein Wort dieser Sprache verstand. Falls es überhaupt eine menschliche Sprache war.

Immer schneller erklangen die Laute, immer schneller wurden die Zeichen sichtbar und strahlten in die Kammer, wo sie wie Flammen über den Leichnam des Gastes flackerten. Das goldene Schimmern, das den Raum vorher erfüllt hatte, wechselte seine Farbe zu intensivem Blau – zu dem gleichen Indigo wie die Feuersbrunst!

Hinter dem Flüstern begann ein tiefes Echo zu dröhnen, das weitere Symbole erweckte und rot glänzend in der Wand aufleuchten ließ; schließlich fiel ein schrilles, fieberhaftes Rufen in die Kakophonie ein, das gelbe Runen zum Glimmen brachte, deren Kraft sich steigerte und steigerte.

Die Angst packte Will wie eine riesige Faust, die ihm die Luft aus dem Körper zu drücken schien; mühevoll, als müsse er tatsächlich stählerne Finger aufbiegen, versuchte er, aus der Kammer zu flüchten. Doch gerade, als er den ersten Schritt machen wollte, versperrte ihm eine schemenhafte menschliche Gestalt den Weg. Sie stieß sich ab – und flog auf ihn zu, einen länglichen Gegenstand in der Hand schwingend.

»Dämon!« Mit einem Aufschrei wich Will aus und duckte sich hinter die Vitrine, die gleich danach vom Hieb des Geists zertrümmert wurde.

Will sprang mit dem Mut der Verzweiflung zur Seite, aber das Wesen erwischte ihn dennoch! Ein sengender Schmerz stach in seinen Rücken; nein, er schnitt ... er bohrte ... er drohte ihn zu zerreißen. Will brüllte vor Qualen und hörte trotzdem, wie es in seinem Rücken knackte. Ihm wurde kurz schwarz vor Augen. Er stolperte vorwärts, verlor das Gleichgewicht, fiel in Patricks Blut, rutschte bis an die Schwelle und wälzte sich halb auf den Rücken; wieder brachten ihn die Schmerzen zum Schreien, wie er niemals zuvor geschrien hatte.

Will sah das Geistwesen auf sich zukommen. Der Gegenstand, den es mit beiden Händen hielt, war ein Schwert, das aber immer durchsichtiger wurde, je heller die Symbole in den Wänden aufleuchteten. Die Zeit schien plötzlich zäher zu verlaufen; Will sah den Schlag, der gegen seinen Kopf gerichtet war, wie in Zeitlupe, das Zischen der Waffe glich einem weit entfernten Echo, mit quälender Langsamkeit erhoben sich seine Arme zum Schutz vor Kehle und Kopf ...

... und dann ging auf einmal wieder alles ganz schnell.

»Mächtige Kali, verschone mich!«

Das Schwert raste heran!

Aber es geschah nichts.

Will blickte über die Deckung hinweg, er sah das flirrende Gesicht des Geistes – und leere Finger: Die Klinge war verschwunden! Der Geist stieß ein Heulen aus, während auch er immer durchscheinender wurde, zerstob und sich restlos auflöste.

Will kroch, so schnell er konnte, aus der Kammer auf den Gang und zog die Tür hinter sich zu. Die Zeichen darauf entflammten blendend grell, dann klackte es mehrmals hintereinander; doch da hatte Will sich bereits an der Wand auf die Füße gezogen und war den Korridor entlanggetaumelt, dem Ausgang entgegen.

Er tastete auf seinen Rücken und fühlte einen langen Schnitt, der quer zum Rückgrat verlief und stark blutete. Will spürte, dass etwas in der Wunde steckte, das wie Säure brannte. Nun wusste er, was in der Villa passiert war: Der Geist oder Schwertdämon hatte unter seinen Gästen gewütet!

Während er die Nummer der Polizei wählte, stürzte er in die kühle Nacht hinaus und sank in den weißen Kies der Auffahrt. »Hier ist Gul«, stieß er hervor und kämpfte gegen die Bewusstlosigkeit an, die sich wie eine Welle in ihm ausbreitete, »kommen Sie schnell ... ich ... sterbe.«

Das Handy wog von einem Moment auf den anderen viele hundert Kilo; es glitt ihm aus den Fingern. Will sackte in die kleinen Steinchen, seine Augen schlossen sich langsam. »Hilfe«, ächzte er und hievte den ambossschweren Arm wenige Millimeter in die Höhe, ehe sein Kreislauf zusammenbrach.

8. November
Deutschland, Hamburg, Wandsbek

Der Professor betrachtete Saskia freundlich und zog die Einweghandschuhe wieder aus. Sie landeten auf dem Tischchen neben ihrem Bett. »Sie können sich anziehen, Frau Lange.« Sie hatte ihm ihren wahren Namen verraten müssen, damit er ihre Wohnung überhaupt fand; ein weiterer Verstoß gegen die Regeln der *union*, aber sie fühlte sich gut dabei.

Saskia lag auf dem weißen Laken, frisch geduscht und mit nassen Haaren. Sie zog das Shirt herab. »Danke. Ich wusste nicht, wen ich sonst anrufen sollte, und ins Krankenhaus wollte ich nicht, weil ...«

Der Arzt hob die Hand. »Ich verstoße in diesem Fall mit Freude gegen die Regeln der *union*. Ich helfe Ihnen gern.«

Sie richtete sich auf. Ihr ganzer Körper schmerzte noch immer, und die eingebrannten Wunden zwischen Hals und Nabel pochten und fühlten sich heiß an. Sie glaubte von innen zu brennen, hatte aber kein Fieber, die Temperatur war normal. »Das war alles so ... unwirklich. So ...« Sie zuckte ratlos mit den Schultern. »Ich kann es nicht beschreiben. Was würden Sie dazu sagen?«

»Für die Veränderung Ihrer Schnittwunden habe ich keine Erklärung, außer der Maître hätte seine Klinge doch vorher mit einer Substanz behandelt, die langsame Verätzungen verursacht. Aber warum sollte er das tun?« Der Professor drehte sich wieder zu ihr um. »Die Vorkommnisse in der Villa sollten Sie der Polizei überlassen. Wer es schafft, einen solchen Massenmord zu begehen, hat Ziele, die jenseits von allem Vorstellbaren liegen.« Er setzte sich ihr gegenüber. »Und es müssen mehrere Täter gewesen sein. Sie erwähnten, dass der Gastgeber Inder war?«

»Will? Ja, soviel ich weiß.«

»Dann kann es durchaus etwas Religiöses gewesen sein. Dieser Herr ... Gül?«

»Gul.«

»Herr Gul könnte Anhänger einer radikalen Sekte sein, die mit einer anderen religiösen Gruppierung verfeindet ist.« Der Professor griff nach einem Glas Mineralwasser. »Wichtig ist, dass Sie unverletzt geblieben sind.«

Sie legte aufstöhnend die Hand auf die Brust. »Unverletzt? Ja, mag sein, aber ...« Tränen stiegen ihr in die Augen. »Patrick ist tot! Sie haben ihn umgebracht und ... und *zerstückelt!* Wir hatten doch damit gar nichts zu tun!« Sie schluchzte. »Ich muss zur Polizei. Ich will wissen, was mit Patricks Leiche geschehen wird, und ... ich muss eine Aussage machen ...« Sie nahm sich die Mineralwasserflasche und trank, bis sie keuchend absetzen musste.

»Nein, Frau Lange, das müssen Sie nicht.« Der Professor trommelte mit den Fingern auf seinem Bein. »Und wenn Sie es unbedingt wollen, sollten Sie so vage wie möglich bleiben. Sagen Sie, dass Sie sich an nichts erinnern können. Ein Trauma, Schock. Das ist aus medizinischer Sicht vollkommen nachvollziehbar«, empfahl er langsam und bedächtig. »Sagen Sie, dass Sie in Ihrer Wohnung wieder zu sich gekommen sind. Aber die Sache mit den Zeichen und der Tür und das rätselhafte Leuchten unterschlagen Sie besser. Am Ende hält man Sie für geisteskrank und möglicherweise mitschuldig. Die Medien werden sich auf den Fall stürzen, und sollte einer von diesen Aasgeiern

Ihren Namen und auch nur einen Teil Ihrer Aussage herausbekommen, werden Sie belagert werden. Man wird in Ihrer Vergangenheit und in Ihrem Umfeld wühlen. Das ist auch für die *union* nicht gut.«

»Vielleicht ... vielleicht haben Sie recht, ob es mir gefällt oder nicht.«

Saskia bereute es nicht, den Professor angerufen zu haben, weil sie ihm vertraute, aber sie schalt sich dennoch selbst, dass sie ihm von all ihren verrückten Erlebnissen berichtet hatte, inklusive dem Geistergesicht auf der Scheibe. Sie schob es auf das dringende Bedürfnis, sich alles von der Seele zu reden, bevor sie den Verstand verlor. Es half sogar und würde hoffentlich lange vorhalten. Welche Folgen diese Nacht auf sie haben würde, war noch nicht absehbar.

Der Professor lächelte mitfühlend und legte ihr sanft die Hand auf die Schulter; die Geste hatte etwas ungemein Tröstendes, und Saskia fühlte sich geborgen. »Denken Sie bei Ihrer Aussage daran: Sie standen unter Schock. Beschränken Sie sich auf das, was unverfänglich ist, und man wird Sie schnell in Ruhe lassen.«

»Und was ist mit diesen ... mit diesen Zeichen auf meiner Haut?«

Er betrachtete sie nachdenklich. »Ich werde meine Vermutung in einem nachgeschobenen Kampfbericht der *union* melden.«

»Wird man es wieder hinbekommen?«

Sein Schweigen sagte alles, und Saskia schwor sich, den Maître bei der Revanche schwer zu verletzen. Und wenn er es wirklich darauf anlegte, sie zu töten, würde sie ihm zuvorkommen. Der Gedanke erschreckte sie nicht einmal, nur ihre eigene Kaltblütigkeit brachte sie zum Staunen.

Der Professor erinnerte sich an etwas anderes, was sie ihm erzählt hatte. »Sie haben den Maître in dem Haus gesehen, sagten Sie? Oder war das möglicherweise Einbildung?«

»Nein. Er war dort! Und wenn diese Terroristen, Fanatiker, oder wer auch immer diese Morde begangen hat, das Schwein erwischt haben, umso besser.«

Saskia zog ihre Stiefel an und streifte sich die Jacke über. »Danke für Ihre Hilfe, Professor. Ich gehe zur Polizei.« Ein ansatzloser Flashback zeigte ihr Patricks abgetrennten Kopf, und sie musste sich beherrschen, um nicht aufzuschreien. Ihr wurde schlagartig kalt, und ihr Kreislauf sackte nach unten.

Der Arzt nickte. »Halten Sie sich an meinen Rat, Frau Lange.« Er stand auf und langte nach seiner Tasche; dann reichte er ihr die Hand. »Rufen Sie mich bitte jederzeit an, wenn Sie meinen Beistand benötigen. Was Sie und mich angeht, so werde ich ab sofort die Regeln der *union* außer Acht lassen.« Er lächelte, weil er das Erstaunen in ihren Augen erkannte. »Fragen Sie nicht. Es ist einfach so, dass ich Sie mag, Frau Lange. Meine Tochter wäre jetzt genauso alt wie Sie.«

Saskia schüttelte seine Hand; deren Wärme tat ihr gut. Sollte sie nachfragen, was mit seiner Tochter geschehen war? »Sie haben etwas gut bei mir«, sagte sie stattdessen.

Er zwinkerte ihr zu und verließ das Zimmer; gleich danach fiel die Tür der Wohnung ins Schloss.

Saskia atmete tief ein und betrachtete sich im Spiegel gegenüber. Ihr Gesicht war bleich und wirkte geschätzte fünf Jahre älter, unter ihren Augen lagen tiefe Ringe, und sollte sie am nächsten Morgen mit grauen Haaren erwachen, würde sie sich nicht einmal wundern. »Solange ich meinen Verstand nicht verliere.«

Mit neuer Entschlossenheit stand sie auf. An den Wänden und in Vitrinen bewahrte sie ihre eindrucksvolle Sammlung von Klingen aus Meisterschmieden auf, einige uralt, andere neu. Saskia suchte einen ihrer Lieblingsdolche aus der Vitrine und clippte ihn sich mit einem Schnellziehholster am Gürtel auf dem Rücken fest; einen zweiten, kürzeren steckte sie in ihr

Unterarmhalfter. Mit den vertrauten Waffen ausgestattet, fühlte sie sich wesentlich besser.

Sie verließ ihre Wohnung und ging zum Fahrstuhl; dabei musste sie an Patricks Tür vorbei, und dieses Mal war es mit ihrer Beherrschung vorüber. Obwohl sie mit eiserner Disziplin einen Fuß vor den anderen setzte, strömten Tränen über ihre Wangen. Sie hatten sich so lange gekannt; er hatte sie immer unterstützt, ihr den Rücken freigehalten und war eine Stütze des Restaurants gewesen. »Ach, verflucht!«, stieß Saskia zwischen zusammengebissenen Zähnen hervor. Wem wollte sie hier etwas vormachen, etwa sich selbst? Patrick war nicht nur eine Stütze gewesen, sondern ein Freund. Ihr bester Freund. Der wichtigste Mensch in ihrem Leben, der ihr immer das Gefühl gegeben hatte, alles schaffen zu können. Dessen Gegenwart für sie bedeutet hatte, dass sie zu Hause war.

Es würde Monate oder Jahre dauern, bis sie das Geschehen bewältigt hatte. Doch als Saskia den Aufzug erreicht hatte, wischte sie zuerst die Tränen aus dem Gesicht und drückte erst dann den Knopf. »Aber ich werde es bewältigen«, sagte sie laut, als die Türen vor ihr zur Seite glitten.

Saskia begab sich in die Kabine und drückte den Knopf für das Erdgeschoss, und während der Lift sie nach unten brachte, versuchte sie, aus ihren Erinnerungen einen Hinweis auf die Täter zu finden. War ihr etwas aufgefallen? Hatten sich Gäste auffällig benommen? Der Professor hatte von religiösen Fanatikern gesprochen, aber Saskia war nur einer Menge feierlustiger Mitteleuropäer begegnet. Sie erinnerte sich an nichts Ungewöhnliches, abgesehen von ihrer kleinen Prügelei und dem Maître.

Der Fahrstuhl kam zum Stehen, die Türen öffneten sich, und Saskia ging mit festen Schritten durch den kurzen Gang zur Haustür.

Zwei der Neonröhren flackerten und weckten sofort die Erinnerungen an den Gang vor der Kammer, in der sie vor wenigen Stunden nackt und blutverschmiert erwacht war. Sie sah Patricks Kopf vor sich auf dem Flurboden, die Augen aufgerissen, das Gesicht von grässlicher Angst verzerrt, schlimmer als ihr eigenes auf der verspiegelten Oberfläche der Fechtmaske des Maître. Saskia blieb stehen. Der Kopf auf dem Boden vor ihr sah so echt aus! Sie zitterte und konnte sich nicht rühren, während sie immer schneller atmete ... und sogar das Blut roch! Dann kam ein fingerdickes Rinnsal aus dem Stumpf hervorgekrochen und rann auf sie zu ...

Sie musste die Augen schließen, hastete blind bis zum Eingang und öffnete die Lider erst, als sie die Klinke in der Hand spürte. Rasch trat sie an die frische Luft.

Wie sie nach Hause gekommen war, wusste Saskia nicht mehr. Sie hatte blutbesudelte fremde Sachen getragen; ihren Schlüsselbund sowie das Handy hatte sie in den verkrampften Fingern gehalten, als sie vor der Haustür stand und wie aus einer Trance erwachte. Der Professor war ihr als Erster eingefallen. Nach dem telefonischen Hilferuf war er erstaunlich schnell zu ihr gekommen; er musste sämtliche Verkehrsregeln der Stadt gebrochen haben. Er hatte sie, die sie bis zu seiner Ankunft wie ein zitterndes Bündel neben der Tür gekauert hatte, beruhigt, unter die Dusche geschickt und untersucht. Körperlich war sie in Ordnung, geistig ... Sie wusste es nicht.

»Lass mich nicht vollkommen verrückt werden«, bat sie Gott halblaut und ging die Treppe hinunter zu ihrem Auto. Die Wunden auf ihrer Brust taten nicht mehr weh, sie spannten nur noch wie Haut nach einem starken Sonnenbrand. Saskia wunderte sich, wie rasch sich der Zustand der Verletzungen veränderte. Hoffentlich würden sie nicht wieder anfangen, so höllisch zu brennen.

Saskia schloss den Passat auf und stieg ein, als ein Mann aus dem Gebüsch sprang und schnurgerade auf sie zuhielt. Sein Gesicht war hinter einer Strumpfmaske verborgen – und in der rechten Hand hielt er einen Elektroschocker.

Saskia erschrak, fasste sich aber blitzschnell. Sie startete den Wagen und betätigte gleichzeitig die Lichthupe, um den Angreifer für einige Sekunden zu blenden. Mit dem linken Ellbogen drückte sie den Knopf der Türverriegelung nach unten und legte fluchend den Rückwärtsgang ein.

Ein schwerer Gegenstand prallte gegen die Beifahrerscheibe, splitternd zerbarst das Sicherheitsglas. Der Oberkörper eines zweiten Maskierten zwängte sich herein, die ausgestreckte Hand zielte auf ihren Hals.

Saskia gab Vollgas. Die Hand schnellte zurück, und sie hörte einen Schmerzensschrei. Das Manöver hatte ihr den Angreifer vom Leib gehalten; im Licht der Scheinwerfer sah sie ihn zu Boden stürzen.

Ihr erster Gegner zog eine Pistole.

»Verschwindet!«, schrie sie, schaltete in den ersten Gang und trat das Gaspedal ganz durch, duckte sich hinter dem Lenkrad zusammen und hielt auf die Ausfahrt des Parkplatzes zu.

Der Mann wich mit einem Sprung aus, aber der Angreifer, der sich gerade erst vom Boden erhoben hatte, konnte sich vor der Kühlerhaube des Passats nicht mehr in Sicherheit bringen. Mit einem brutalen Scheppern prallte er gegen die Wagenschnauze, rollte durch die Beschleunigung des VW die Haube hinauf und schlug mit dem Kopf gegen die Windschutzscheibe. Blut spritzte, und er versuchte, sich an den Scheibenwischern festzuhalten. Sie rissen ab, und er flog nach rechts.

Es knallte und klirrte mehrmals hintereinander; die Kopfstütze neben Saskia zerfledderte unter dem Einschlag eines Projektils. Schaumgummistücke flogen umher, und in der Frontscheibe waren plötzlich zwei Löcher.

Saskia fühlte sich wie in einem Kriegsfilm und schlug das

Lenkrad hart ein, um in die Kurve zu fahren. Ein gehetzter Blick in den Rückspiegel zeigte ihr, dass sie nicht verfolgt wurde.

Ihr Herz raste, und sie versuchte, die aufsteigende Panik mit lauten Flüchen niederzuringen. Das konnten nur die gleichen Leute sein, die Guls Party in ein Massaker verwandelt hatten. Es gab niemanden sonst, der sie angreifen würde.

Was wollen die von mir? Mich umbringen, weil ich es überlebt habe? Das war der einzig denkbare Grund: Die Mörder hatten Angst, dass sie der Polizei etwas verraten konnte. Dabei wusste sie nicht einmal, was das sein sollte!

»Verfickt!«, schrie Saskia und drosch mit der flachen Hand gegen das Armaturenbrett; der Schmerz, der ihren Arm hinaufschoss, tat ihr merkwürdig gut und half ihr, die Panik abzuschütteln. Sie donnerte mit Vollgas durch die Rüterstraße; ihre Verfolger hatten sich offenbar abschütteln lassen.

Aber die Erleichterung währte nur einige hundert Meter, dann bemerkte sie ein Scheinwerferpaar, das im dünnen Verkehr hinter ihr Haken um langsamer fahrende Fahrzeuge schlug und den Anschluss zu ihr hielt. Die Jagd ging weiter!

Zur Hölle mit euch! Mit einer Hand zog Saskia ihr Handy aus der Jacke und wählte den Notruf. Sie drückte gerade das kleine Telefon ans Ohr, da bemerkte sie neben sich einen Streifenwagen auf der Abbiegespur. Einer der Polizisten schaute sie an, dann war sie vorbeigeschossen und rechts in die Wartenau gefahren.

Los, verhaftet mich, bat sie und sah nun tatsächlich den Streifenwagen hinter sich herkommen. Das Blaulicht erwachte, und der silbern und blau lackierte Mercedes schloss zu ihr auf. Der Beifahrer bedeutete ihr, sofort an die Seite zu fahren, dann zog der Mercedes an ihr vorbei und setzte sich vor sie. *Folgen,* stand auf dem Display auf dem Wagendach, und der Beifahrer hielt seine Kelle aus dem Wagen. *Nichts lieber als das,* dachte sie.

Als Saskia kurz in den Rückspiegel blickte, sah sie einen

schwarzen Ford Mondeo Kombi, der auf das Heck des Passats zuraste. Sie versuchte noch, den Angreifern auszuweichen, aber der Mondeo krachte in sie hinein und schob sie in den Mercedes. Der Airbag löste aus und versetzte ihr mit dem lauten Knall einen zusätzlichen Schreck.

Erst nach mehreren Metern kamen die verkeilten Autos auf einer Kreuzung zum Stehen. Benommen tastete Saskia nach dem Türgriff und hörte das tiefe, bedrohliche Hupen, das sich rasch näherte. Das Kreischen von Bremsen mischte sich darunter. Ein Lkw raste von links heran und erwischte den hinteren Wagen voll in der Seite. Er schob ihn mehrere Meter über den Asphalt, schrammte an anderen Autos vorbei, riss Stoßstangen und Kotflügel ab. Das Gummi der Reifen qualmte, ein Rad des Fords platzte mit lautem Knall, dann endete die Fahrt an einem Laternenmast, der umknickte und auf drei parkende Fahrzeuge krachte.

Saskia schaffte es, mit wackligen Beinen aus dem Auto zu steigen; die beiden Polizisten hatten ihr Fahrzeug ebenfalls verlassen. »Alles in Ordnung?«, rief der eine ihr zu und merkte wohl nicht, dass seine Nase blutete. »Bleiben Sie, wo Sie sind. Wir müssen zu dem anderen Wagen.«

»Nein, nicht«, sagte sie schwach und musste sich auf der zerbeulten Motorhaube abstützen. »Diese Männer sind ...«

Zwei Schüsse fielen, und der Kleinere der Polizisten stürzte getroffen auf die Straße. Er hielt sich aufschreiend die rechte Schulter, robbte aber geistesgegenwärtig in den Schutz eines Wagens. Sein Kollege schoss sofort auf den Mondeo, aus dessen Seitenfenster ein Maskierter feuerte. Die Menschen auf der Kreuzung, die von dem Unfall angezogen worden waren, stoben schreiend in verschiedene Richtungen davon, und die Leute in den Wagen warfen sich zwischen die Sitze, um kein Ziel für Querschläger zu bieten.

Saskia schrie leise auf, machte sich hinter dem Passat klein und zog den Dolch, auch wenn sie sehr genau wusste, dass ihr der gegen Schusswaffen wenig helfen würde. *Was mache ich?*, dachte sie verzweifelt. *Was mache ich nur?*

Einer der Maskierten rutschte aus dem anderen Fenster auf die Straße und feuerte unter dem Kombi hindurch auf den zweiten Beamten. Ein lauter Schrei zeigte allen, dass mindestens eine Kugel ihr Ziel gefunden hatte. Dann rannte der Maskierte geduckt durch das Chaos der zerstörten Fahrzeuge, bis er sich aus Saskias Sichtfeld bewegt hatte.

Nur weg, bevor sie mich entdecken! Saskia hatte sich entschieden, nicht zu warten. Keine einhundert Meter von ihr entfernt war eine Polizeiwache, ein Hinweisschild verriet, dass es sich um das *Polizeikommissariat 31* handelte. Gerade stürmten zwei Männer mit erhobenen Waffen aus der Eingangstür. Sie rannte los, immer das rettende Schild vor Augen, und atmete erst auf, als sie die Tür aufstieß und vor einer Treppe stand.

In dem Moment kamen ihr fünf Polizisten mit gezogenen Waffen und kugelsicheren Westen entgegen, die ihren Kollegen zu Hilfe eilen wollten. Schnell verbarg sie den Dolch hinter dem Rücken. »Da wird geschossen!«, rief sie ihnen entgegen. »Auf der ...«

»Gehen Sie rein«, wurde sie im Vorbeihasten angeschnauzt. »Warten Sie, bis es vorbei ist.«

Das hatte sie ohnehin vorgehabt. Sie eilte die Treppe des Kommissariats nach oben. So schwungvoll sie hereingekommen war, so abrupt hielt sie nun inne.

Saskia traute ihren Augen nicht: Auf der anderen Seite der dicken Glasscheibe an der Anmeldung wartete ...

... der Mann, der verantwortlich war für die Schrecken der letzten Stunde!

VI. KAPITEL

8. November
Deutschland, Hamburg

Als Will zu sich kam, sah er als Erstes blaugrauen Linoleumboden.

Er befand sich bäuchlings auf einer Liege und spürte, dass ihn Hände auf dem Rücken berührten; mehrere Leute um ihn herum unterhielten sich. Er versuchte, etwas zu sagen, doch sein Mund war zu trocken, es kam nur ein Krächzen heraus. Seine Arme waren festgezurrt, wie er feststellte.

»Der Patient erwacht«, meldete eine Frau und wandte sich dann an ihn. »Alles in Ordnung, Herr Gul. Gleich dürfen Sie aufstehen, wenn Sie möchten.« Eine Hand hielt ihm einen Becher mit einem Strohhalm hin. »Durst?«

Will nahm einen Schluck. »Was ...«

»Sie sind im Aesculap-Klinikum, Herr Gul. Der Rettungswagen hat Sie zu uns gebracht«, erklärte ihm die Frauenstimme. »Ich bin Schwester Renate, und Doktor Freisen kümmert sich um Ihre Verletzung. Wir haben Sie sicherheitshalber fixiert, damit Sie nicht während der Behandlung aufschrecken.«

»Ich ... möchte es ... sehen«, sagte er mühsam. »Spiegel?«

»Sie müssen noch einen Moment Geduld haben«, vertröstete sie ihn. »Gleich dürfen Sie aufstehen.«

Will schlürfte den Becher leer und wartete ungeduldig. Dann, endlich, löste jemand die Schnallen. »Versuchen Sie, aufzustehen, Herr Gul«, sprach ihn eine Männerstimme an. »Wir stützen Sie, falls notwendig.«

»Werden die Nähte nicht reißen?« Noch wagte er nicht, sich zu bewegen.

»Es ist eine sehr kurze Naht.«

Will zog die Arme an und stemmte den Oberkörper in die Höhe. Er hatte Schmerzen erwartet – aber er spürte nichts, lediglich ein leichtes Brennen und eine taube Stelle in seinem Kreuz, die sicher von einem Lokalanästhetikum herrührte. Also richtete er sich weiter auf, bis er saß und den Arzt und die Krankenschwester ansehen konnte. Der Mann war jung, Ende zwanzig vielleicht, hatte die Haare modisch blondiert und trug eine randlose Brille. Die ergraute Schwester sah dagegen nach Urgestein aus, die ihren Dienst hier bestimmt schon dreißig Jahre verrichtete.

Schuhe, Socken und Hose hatten sie Will gelassen, sein Oberkörper war nackt. Die blutigen Reste seines Jacketts lagen in einer Plastiktüte zu seiner Rechten.

»Sehr schön«, lobte Freisen. »Geht es? Schwindel? Übelkeit?«

»Eine leichte Benommenheit«, sagte Will langsam.

Schwester Renate reichte ihm einen Spiegel, und damit wiederum reflektierte er das Bild des Spiegels hinter sich. Er sah eine rote, waagerecht verlaufende Linie im unteren Drittel seines von Desinfektionsmittel orangegefärbten Rückens. Jeweils an den Enden bemerkte er dunkelblaue Fäden, ansonsten schien der Schnitt nahtlos geschlossen zu sein. Will blickte genauer hin.

Freisen erkannte die Verwunderung auf seinem Gesicht. »Wir haben ebenso gestaunt wie Sie, Herr Gul. Was war es denn, das Ihnen diesen Schnitt zugefügt hat?«

Schwester Renate sah zur Tür, bevor sie flüsterte: »Und was ist denn mit Ihnen passiert? Draußen stehen zwei Polizisten!«

Will antwortete lieber nicht; den Dämon würde ihm keiner

glauben. Umgeben von Sterilität, Kunstlicht und nüchterner Krankenhausatmosphäre und gegen das rationale Denken eines Schulmediziners hatte das Unheimliche und Übernatürliche keine Chance. »Ich ... ich glaube, dass mich jemand mit einem Schwert angegriffen hat.«

»Niemals«, entgegnete der Arzt sofort. »Es sei denn, das Schwert wäre so heiß gewesen, dass es die Wunde sofort kauterisiert hat. Gegen Darth Vader werden Sie ja nicht angetreten sein, oder, Herr Gul?«

»Nein«, sagte Will knapp, ohne auf den Scherzversuch einzugehen. »Aber ich dachte wirklich, es sei eine Art Schwert gewesen.«

»Wenn überhaupt, dann war es eine glühende Klinge. Die Schnittstellen waren nicht ganz von der Hitze versiegelt worden, die mussten wir nähen. Aber ansonsten gab es wenig zu tun, außer etwas Salbe daraufzugeben. Schwester Renate versorgt Sie noch mit einer schönen Kompresse, Herr Gul, und dann sind Sie erlöst, was uns angeht.« Er sah zur Tür. »Die Herrschaften von der Polizei baten mich, ihnen mitzuteilen, ob Sie transportfähig sind. Wollen Sie transportfähig sein, Herr Gul, oder lieber noch etwas Ruhe haben, ehe man Sie zur Zeugenaussage auf die Wache bringt?«

Will wollte zwar nicht, aber das Schicksal seiner Gäste, des Hauses und vor allem *sein* Schicksal verlangten, dass er sich mit der Polizei zusammensetzte. Am besten sofort. Und danach musste er dringend den Sir anrufen.

»Ja. Hilft ja nichts.« Er rutschte von der Liege, Schwester Renate stützte ihn dabei. Obwohl ihm etwas flau war, stand er fest auf seinen Füßen. Will schaute auf die Plastiktüte. »Hätten Sie ein Hemd für mich?«

»Ich kann Ihnen nur das anbieten.« Freisen nahm aus dem Schrank hinter ihm ein kurzes OP-Hemd, dann einen weißen Kittel vom Haken. »Bringen Sie den Kittel bitte wieder zurück.«

»Danke.« Will nickte und streckte die Hand aus – da zuckte ein Blitz aus seinem Lendenwirbel das Rückgrat hinauf und hinunter wie ein Stromschlag! Keuchend ließ er sich auf die Liege sinken. Er spürte einen Fremdgegenstand in seinem Kreuz stecken, irgendwo zwischen den Wirbeln, der rieb und scheuerte und Schmerzen verursachte, die ihn den Atem anhalten ließen.

Freisen packte ihn alarmiert am Arm. »Was ist, Herr Gul?«

»Haben ... Haben Sie was ... übersehen, Doktor?«, schnaufte er und deutete auf den Rücken. »Da steckt etwas drin! Zwischen den Wirbeln.«

Der Arzt nickte Schwester Renate zu, die ihm einen Umschlag mit Röntgenbildern reichte. Er nahm eins nach dem anderen heraus und begutachtete sie akribisch im Schein der starken Lampen.

Will sah seinen durchleuchteten Oberkörper, aber auch er erkannte mit seinen unkundigen Augen, dass es keine Auffälligkeiten gab, die auf einen Gegenstand in seinem Leib schließen ließen.

»Ich finde nichts, Herr Gul«, befand Freisen. »Kann sein, dass der Schlag die Bandscheiben auf eine harte Probe gestellt hat, aber eine Beschädigung Ihres Rückgrats kann ich nicht erkennen. Und auch keine Splitter. Zum Glück.« Er öffnete eine Schublade und nahm eine Packung Pillen hervor. »Nehmen Sie die dreimal am Tag. Wenn die Kreuzschmerzen bleiben, schieben wir Sie in den Kernspin.«

Vorsichtig richtete Will sich wieder auf – und fühlte keinerlei Beeinträchtigung mehr. Die Wirbel schienen wieder in ihre richtige Position gesprungen zu sein. Sicherheitshalber nahm er die erste Pille trotzdem sofort.

Schwester Renate sah ihn besorgt an. »Sind Sie immer noch sicher, transportfähig zu sein, Herr Gul?« Sie legte eine Kompresse über die Naht und fixierte sie mit einigen Streifen Tape.

Will winkte ab und schenkte ihr ein freundliches Lächeln. »Geht schon.« Er zog das Hemd an, das er sich in die Hose stopfte, und warf den weißen Kittel darüber. Er sah jetzt bestimmt aus wie ein Arzt ... oder doch mehr wie ein entflohener Patient, der sich bemühte, nicht allzu sehr in seiner Verkleidung aufzufallen.

Freisen öffnete die Tür zum ambulanten Behandlungszimmer; davor stand ein breitgebauter Zivilpolizist und unterhielt sich mit einem Kollegen. Noch hatten sie Will nicht bemerkt. Der Arzt reichte ihm die Hand. »Wenn es schlimmer wird, Herr Gul, kommen Sie unverzüglich zu uns.« Will versprach es.

Die Polizisten wandten sich um, zeigten ihm ihre Dienstausweise und nahmen ihn in die Mitte. »Guten Tag, Herr Gul. Mein Name ist Kapler, ich bin Kriminaloberkommissar«, stellte sich der rechte vor. Er war breit gebaut und etwa fünfzig Jahre alt, hatte kurzes schwarzes Haar und machte einen sympathischen Eindruck. »Das ist Kriminalhauptkommissar Wanger. Sehr nett, dass Sie sich bereit erklären, uns zu begleiten, trotz Ihrer Verletzung. Wir würden Sie gern gleich befragen, Herr Gul. Auf der Wache.«

»Sicher«, sagte Will und nickte.

»Mit einem solchen Fall hatten wir bisher noch nicht zu tun«, gab Kapler unumwunden zu, »und wir müssen schnell handeln, ehe sich die Presse darauf stürzt und Hamburg bald nur noch über diesen Massenmord redet.«

Will merkte, dass er keinerlei Beschwerden mehr hatte; diese Pillen mussten ein wirklich gutes und vor allem schnelles Schmerzmittel sein. »Haben Sie schon etwas herausgefunden?«

»Nein«, sagte Wanger, dessen Augen zu dicht beieinanderstanden, um besonders vertrauenerweckend zu wirken. Die blonden Haare lagen in strähnigen Wellen auf seinem Kopf, die Stoppeln standen unterschiedlich lang im Gesicht. Er räusperte sich. »Denken Sie auf dem Weg zum Kommissariat nach, machen Sie sich Notizen«, er reichte Will ein Blöckchen und einen Kugelschreiber, »und dann reden wir.«

»Haben Sie nicht irgendeinen Hinweis, wer die ...«

Wanger hob die Hand. »Herr Gul, wir dürfen Ihnen nichts sagen, um Ihre Aussagen und Erinnerungen nicht zu beeinflussen, verstehen Sie das bitte. Erst wenn wir fertig sind, können wir Ihnen mehr erklären. Gehen Sie aber bitte davon aus, dass wir Sie derzeit nicht als Verdächtigen betrachten. Es gibt Hinweise auf mehrere Täter.«

»Aha?« Will war gespannt, welche Erklärung sie ihm liefern würden. Vorher aber musste er sich sehr genau überlegen, was er den Polizisten verraten konnte. Den Brand und den Dämon würde er auf jeden Fall verschweigen, man sollte ihn nicht für verrückt halten. Und eine innere Stimme sagte ihm, dass es besser war, auch Hansen und ihren Bestechungsversuch zu verschweigen. Somit blieb nicht viel, was er zu Protokoll geben konnte; aber notfalls würde er es auf den Schock schieben, dass ihm nichts mehr einfiel.

Sie nahmen den Fahrstuhl nach unten; die sanfte Abwärtsbewegung verursachte ein Stechen in seinem Lendenwirbel. Ein unangenehmes, blödes Gefühl. Wie konnte diese eine Stelle der Wirkung der Pillen trotzen?

Will wandte sich an Kapler. »Mit mir war noch ein Freund im Freien, Oliver Sattler. Wissen Sie, was aus ihm geworden ist?«

»Tut mir leid. Wir haben niemanden sonst außerhalb des Hauses gefunden.«

Wanger tippte auf einem PDA herum. Übergangslos fragte er: »Sind Sie Anhänger einer religiösen Sekte?«

»Wir werden mit dem Verhör erst anfangen, wenn wir auf der Wache sind«, bremste ihn Kapler und verließ den Lift. Will sah, dass der Polizist eine Hand locker am Griff seiner Dienstwaffe hatte. Sie gingen durch den Korridor bis zum Ausgang des

Krankenhauses, von dort direkt zu dem Polizeifahrzeug, das in der Wendeschleife parkte, und stiegen ein.

Will spürte dieses Mal keine Schmerzen, auch wenn er sich bücken musste, um in den Fond zu gelangen. Wanger nahm neben ihm Platz, Kapler fuhr.

Es ging quer durch Hamburg. Will achtete nicht sonderlich auf die Umgebung. Stattdessen machte er sich Notizen über das, was er sagen konnte, weil die Polizei es über andere Zeugen sowieso erfahren würde: dass sich ein Einbrecher mit dem Catering-Unternehmen eingeschlichen hatte beispielsweise. Oder dass Saskia den Widerling Groening geschlagen hatte. *Saskia!* Der Gedanke an sie ließ ihn zusammenzucken. Lag sie auch, furchtbar zugerichtet, irgendwo in der Villa? Schnell konzentrierte er sich wieder auf das, worüber er nichts erzählen wollte: den Geist. Und das grellblaue Feuer, das er im ganzen Haus gesehen hatte, und die Kopien der Blätter aus dem Safe. Die merkwürdige Tür ... das war eine schwierige Frage. Die blutigen Fußspuren, die in die Kammer hinein- und hinausführten, würden die Polizisten inzwischen gefunden haben. Er seufzte und starrte auf sein Gekritzel.

Kurze Zeit später hielt der Wagen vor der Rückseite des Polizeigebäudes. Sie stiegen aus, dann folgte Will Wanger und Kapler die Stufen zu einer unscheinbaren Tür hinauf, über der eine Videokamera angebracht war. Sie betraten die Wache durch den Hintereingang – als sie von der anderen Seite des Gebäudes plötzlich etwas hörten, das sich verdächtig nach Schüssen anhörte. »Warten Sie hier auf uns«, sagte Kapler, während er und Wanger ihre Dienstwaffen zogen und durch die Halle auf den Vordereingang zustürmten.

Will stand etwas verloren vor dem Tresen und sah die alarmiert wirkende Polizistin auf der anderen Seite an. »Guten Tag. Kommissar Wanger und ...«

»Die Kollegen haben Sie angekündigt. Setzen Sie sich, Herr

Gul.« Die Frau richtete den Blick wieder auf das Funkgerät vor sich und lauschte angespannt.

»Was ist denn da draußen los?« Will blieb stehen und versuchte, etwas von den verzerrten Gesprächen zu verstehen.

»Es gibt einen Schusswechsel ... und jetzt setzen Sie sich bitte, Herr Gul, man wird sich gleich um Sie kümmern.«

Widerstrebend ging Will zu der Bank hinüber. Er sah, wie eine Gruppe Polizisten mit gezogenen Waffen durch die Haupteingangstür nach draußen stürmte. Wenige Augenblicke später wurde sie mit viel Schwung aufgestoßen.

Er erkannte die Frau sofort.

»Saskia?«

Sie starrte ihn an.

»Bei den Avataren von Kali, du hast überlebt! Was bin ich froh, dich zu sehen!«

Die junge Polizistin sah auf und musterte die Frau, die jetzt rückwärtsging, bis sie gegen die Tür stieß.

»Bleib, wo du bist, Will!«, verlangte sie hitzig. In der Linken hielt sie einen langen Dolch. »Du bist schuld an allem!«

Die Polizistin kam um den Tresen herum, die Hand am Pistolengriff. »Beruhigen Sie sich, Frau ...«

»Lange«, half Will aus, »sie heißt Saskia Lange und war auf meiner Party.« Er hob die Arme. »Saskia, bitte, ich bin ebenso ein Opfer wie du. Man hat versucht, mich zu erstechen! Nur durch ein Wunder habe ich das überlebt.«

»Ein guter Freund von mir nicht!«, schrie sie und lief nun auf ihn zu, den Dolch erhoben. »Wegen deiner Scheißparty ist er tot!«

Bevor sie ihn erreichte, schob sich die Beamtin vor sie. »Beruhigen Sie sich, Frau Lange«, sagte sie mit leiser Stimme, legte aber ihre Hand deutlich sichtbar auf ihre Waffe. »Legen Sie das Messer weg.«

»Irgendwelche Spinner haben eben auf mich geschossen und

knapp verfehlt!«, brüllte sie. »Ein Kollege von Ihnen ist vor meinen Augen abgeknallt worden, und ich soll *ruhig* sein?«

»Frau Lange, bitte! Sie sind in Sicherheit, und ...«

Die Tür wurde erneut aufgestoßen, und ein maskierter Mann kam herein. Bevor die Polizistin noch ihre Pistole aus dem Holster ziehen konnte, ruckte sein Arm mit einer Waffe hoch und ...

Saskia schrie auf, als die Kugel durch die Stirn der Polizistin schlug und auf der gegenüberliegenden Seite austrat. Blut sprühte aus dem Loch und traf Wills rechte Schulter, dann brach die Frau ohne einen Laut zusammen.

»Mitkommen«, befahl der Mann und zielte abwechselnd auf Will und Saskia. »Beide.«

Saskia starrte ihn an. »Mein Gott! Das ist einer von den Typen, die mich hierhin verfolgt haben!«

Will dachte fieberhaft nach. Es waren nicht mehr als zweieinhalb Meter bis zu dem Unbekannten. Wenn der Kerl doch nur für einen Moment abgelenkt würde ... Er hörte, wie sich hinter ihm eine Bürotür öffnete, und der Maskierte schoss augenblicklich zweimal. Die Geschosse flogen an Will vorbei, ein Schrei erklang – aber die sekundenkurze Ablenkung genügte.

Will sprang geduckt nach vorn und attackierte den Mann mit einer Reihe von schnellen Kalari-Tritten gegen die Leibesmitte. Die Pistole schleuderte davon.

Der Maskierte blockte Wills nächsten Angriff ab, wich dem nachfolgenden Tritt aus, zog ein Messer aus einer Unterarmhalterung und setzte zu einem Sichelschnitt gegen Will an. Die Klinge zielte auf den Hals.

Etwas sirrte knapp an Wills Nase vorbei – und traf den Feind in die Schulter. Saskia hatte ihre Waffe geschleudert, um ihm das Leben zu retten!

Hinter Will knallte es plötzlich mehrfach, und der Maskierte wurde in die Brust und in den Hals getroffen. Schreiend fiel er gegen die Tür, drückte sie mit dem Gewicht auf und rutschte zu

Boden. Will fuhr zu Saskia herum, neben der zwei weitere Polizisten aufgetaucht waren. Sie hielten ihre Waffen im Anschlag, die Mündungen rauchten. »Bleiben Sie, wo Sie sind«, brüllte der eine Uniformierte. »Schön langsam jetzt!« Aber Saskia stürmte bereits über den Sterbenden hinweg zum Ausgang.

»Nein! Warte«, rief Will und griff nach ihr, aber seine Hand fasste ins Leere.

»Auf den Boden!«, brüllte der Uniformierte ihn an. »Los!«

Will wusste, was zu tun war: Er sprintete los. Er musste Saskia einholen, koste es, was es wolle!

Als Will auf die Straße sprang, sah er, dass Saskia schon einen ordentlichen Vorsprung hatte. Aber immerhin, er sah sie noch – und er würde sich nicht abhängen lassen.

»Warte doch, Saskia!«, brüllte er und lief los.

8. November
Deutschland, Hamburg

Levantin betrachtete das Anwesen aus dem Schutz eines Baumstamms heraus. Er sah die Polizisten hin und her gehen, Flutlichter waren aufgestellt worden, Suchmannschaften liefen mit starken Taschenlampen durch den Garten, um Spuren ausfindig zu machen. Was Levantin bislang mitbekommen hatte, ließ ihn zu dem Schluss kommen, dass die Menschen trotz aller künstlichen Lichtquellen gänzlich im Dunkeln tappten.

Er besaß im Gegensatz dazu wenigstens eine Ahnung, was hier passiert war – und sie brachte sein Blut dazu, schneller durch die Adern zu fließen. Um Gewissheit zu erlangen, würde er nicht umhinkönnen, noch einmal in die Villa zu gehen und die rätselhafte Tür mit der dahinterliegenden Kammer genauer zu untersuchen. Eine der lateinischen Inschriften hatte ihm immerhin schon verraten, dass es ein *defensorium* war, ein Schutzraum für etwas, an das niemand herankommen sollte und das keinesfalls entweichen durfte. Wenn er sich den Spruch auf der Tür richtig eingeprägt hatte, war es ein *defensorium* gegen die *inferi* und die *caelestes* – gegen die Unterwelt und die Himmelsgötter. Einem solchen Bann war er noch nie begegnet; die Menschen neigten dazu, stets Partei zu ergreifen und nur einen Feind zu kennen. Es musste etwas sehr Bedeutendes in der Kammer verborgen sein, wenn es weder den »Bösen« noch den »Guten« in die Hände fallen sollte, ganz egal, von welcher Seite man es betrachtete. Außerdem verwunderte es Levantin, dass die magische Kraft ihn angegriffen hatte, denn auch, wenn man ihn in den vergangenen Jahrhunderten oft für *inferi* oder *caelestes* gehalten hatte, war er doch keins davon. Also mochte es möglich sein, dass das, was verborgen bleiben wollte, genau das war, was er finden musste.

Vor ihm raschelten die Zweige eines halbhohen Busches, und Levantin trat der Frau zu seinen Füßen ganz vorsichtig in die Seite, woraufhin sie stöhnte. »Lieg still, Ines«, flüsterte er und stellte seinen Absatz leicht auf ihren Nacken. Durch die Gewichtsverlagerung sank der andere Fuß tief in das Beet ein. »Hab etwas Geduld, um dich kümmere ich mich gleich.«

Sie wimmerte, ihre Hände gruben sich in die Erde, aber sie gehorchte.

Levantin versicherte sich noch einmal, dass die Beamten sich nicht seinem Versteck näherten, dann nahm er den Fuß von Ines' Nacken und ging neben ihr in die Hocke.

»Ines, wir führen nun unsere Unterhaltung fort, die wir vorhin begonnen haben, bevor dieses Wesen auftauchte und uns angegriffen hat«, sagte er so freundlich, als würde er einem kleinen Kind erklären, dass es heute schon genug Süßigkeiten bekommen hätte. »Wenn ich merke, dass du lügst, stampfe ich dich in die Erde«, erläuterte er. »Das meine ich, wie ich es sage.«

Der gelbe Sari war schmutzig und mit Blutflecken besudelt,

Ines' Gesicht war voller Kratzer und Schnitte. Die Glasscherben der Vitrine hatten sie gezeichnet, und weitere waren dazugekommen, als er sie während des Angriffs des Geisterwesens aus dem Fenster werfen musste. Sie hatte geschrien und wahrscheinlich gar nicht begriffen, dass er so ihr jämmerliches Leben rettete; Levantin hatte sofort gewusst, dass ein Mensch gegen das Wesen nicht bestehen konnte, auch nicht, wenn Ines von ihrem Herrn gesegnet worden war. Trotzdem war ein Sturz aus dem ersten Stock für einen normalen Sterblichen kein Vergnügen, selbst wenn er vom lockeren Kies des Wegs abgefedert wurde. Dennoch war ihre rechte Schulter gebrochen, wie er an der unnatürlichen Haltung erkannte, und das linke Knie hatte es ebenfalls schwer erwischt.

»Gib dich keiner Illusion hin: Dein Herr hat dein Schicksal in meine Hände gegeben. Deswegen überlege dir gut, was du mir sagen möchtest. Wenn es dein Wunsch ist, zu sterben, dann schweige oder lüge. Ich stelle meine Fragen genau ein Mal.«

Sie sah ihn aus angstvoll aufgerissenen Augen an. »Ja«, flüsterte sie.

»Wem dienst du?«

»Dem mächtigen Bēlua«, erwiderte sie mit Stolz in der Stimme.

Levantin lachte beim Klang des Namens auf. »Sieh an, Bēlua. Wie viele wart ihr heute Nacht?«

»Vier.«

»Und was habt ihr in der Villa gewollt?«

»Die Tür. Wir müssen sie endlich öffnen, um den Weg für den Herrn vorzubereiten.«

Bēlua will in diese *Welt kommen?* Das war ebenso unverständlich wie unerfreulich – Ersteres für Levantin, Letzteres für die Menschheit. »Wie lange versucht ihr das schon?«

»Ich bin erst seit vier Jahren in der Jüngerschaft, doch es gibt einige von uns, die seit einer Dekade und länger danach streben«, antwortete sie. »Wir haben alles versucht, um in dieses

Haus zu kommen. Aber die verfluchten Consciten konnten uns stets daran hindern, sooft wir sie auch bei anderen Aufgaben geschlagen haben. Aber dann, vor einer Woche, brachen ihre magischen Schutzschilde – und wir bereiteten uns vor. Heute sollte der große Tag sein. Wir wollten nach Hinweisen im Haus suchen, wie wir das Bannsiegel des Portals brechen und in das *defensorium* gelangen können.« Sie warf ihm einen scheuen Blick zu.

An dem Glitzern in ihren Augen erkannte Levantin, dass sie – trotz aller Angst – fasziniert davon war, einem höheren Wesen zu begegnen. *Menschen.*

»Und was verbirgt sich hinter dem Portal?«

»Ein Ar...«

Der gebündelte Strahl einer Taschenlampe fiel erst auf sie und schwenkte dann auf Levantin. »Hey! Wer sind Sie, und was machen Sie hier?«

Levantins Rechte schnellte in die Höhe, packte die Gürtelschnalle und riss den Mann zu sich, während die Linke zuschlug und den Kopf so weit nach hinten schnappen ließ, dass das Genick mit einem trockenen Knacken brach. Der zuckende Leichnam fiel neben Ines zu Boden.

So ruhig, als wäre nichts geschehen, schaltete Levantin die Lampe aus. »Du wolltest mir eben sagen, was sich hinter dem Portal befindet, Ines.«

»Ein Artefactum«, antwortete sie, nun wieder unter Tränen. »Wir benötigen es, um die Sphäre unseres Herrn zu öffnen und Bēlua in diese Welt zu bringen.«

Levantin spürte die Erregung, die Besitz von ihm ergriff. Saskia Lange war eine Option; hier tat sich eine zweite auf. Das Schicksal meinte es endlich wieder gut mit ihm! »Wie setzt man es ein?«

Sie presste die Lippen zusammen.

»Ines, glaubst du, deine Seele wird an mir vorbeigelangen,

wenn ich dir das Leben nehme?« Er ließ das gelbe Leuchten in seinen Augen aufflammen.

Ines wimmerte; Krümel der schwarzen Erde hingen auf ihren Lippen und wurden von Blut aus ihrem Mund geschwemmt. »Allein nützt es nichts. Es ist eines von fünfen.« Sie bedachte ihn mit einem hasserfüllten Blick. »Die Dinge nehmen ihren Lauf. Nichts mehr wird uns aufhalten. Auch du nicht. Bēlua wird dich als Ersten vernichten, wenn er in diese Welt gelangt.«

»Wer sagt denn, dass ich euch aufhalten möchte?«, gab er belustigt zurück. »Es hat den Anschein, dass ihr gerade dabei seid, mir einen Gefallen zu tun. Aber wer sind diese Consciten? Nach was trachten sie?«

Das Funkgerät des toten Polizisten begann zu piepsen. Levantin richtete sich auf, um durch die Zweige des Buschs zu schauen. Die Taschenlampen näherten sich dem Versteck.

»Rasch, Ines!« Levantin beugte sich hinab zu der Jüngerin, der er noch weitere Fragen stellen wollte. Als sie nicht antwortete, packte er sie im Nacken, um sie mitzunehmen.

Ines riss den Mund auf – und der war plötzlich angefüllt mit azurfarbenem Strahlen! Gleich darauf schien eine Sonne in ihr zu vergehen und sie aus der Mitte heraus zu zerreißen; das Gleißen verstärkte sich und drang durch jede einzelne Pore ihrer Haut, die sich aufblähte und aufplatzte. Der Sari verbrannte, und Levantin erkannte ein Zeichen auf ihrem linken Schulterblatt, das besonders grell erstrahlte. Einen Teil der Kraft, die in ihr loderte, verdankte sie Bēlua – ein anderer aber war eindeutig Teil dieser Welt und konnte für ihn ausgesprochen unangenehm werden.

Levantin sprang auf die Füße und rannte los, weg von der Frau. Er hörte Stimmen, die laut riefen und zweifellos ihn meinten. Er schnappte das Wort »Schießen« auf und kümmerte sich nicht darum. Vor harmlosen Pistolenkugeln fürchtete er sich nicht, aber wenn gleich das geschah, was er vermutete, wollte er sich nicht unbedingt in der Nähe von Ines aufhalten.

Levantin erreichte mit enormer Geschwindigkeit die drei Meter hohe Mauer – und rannte, ohne abzubremsen, dagegen, die Arme ausgestreckt und die Hände zu Fäusten geballt. Die Steine barsten unter der Gewalt des Einschlags, er durchbrach das Hindernis wie ein mit Höchstgeschwindigkeit fahrender Zug. Kaum befand er sich auf der anderen Seite, hörte er gellende Schreie aus dem Garten.

Levantin hetzte den Gehweg entlang, durchquerte zwei weitere Gärten bis zur zweiten Querstraße. Hier war alles still, und sein Chrysler stand am Straßenrand, keine vier Meter entfernt.

Er wischte sich Staub und Mörtelreste von der Kleidung, während sich die gerissene Haut über den Knöcheln bereits geschlossen hatte und die angebrochenen Knochen in Händen und Unterarmen leise knirschend miteinander verwuchsen.

Levantin stieg in seinen Wagen, gab dem Chauffeur die Anweisung, ihn nach Hause zu bringen – eine Dusche war jetzt dringend nötig –, und zückte sein Handy.

Nach dem Wählen und kurzem Warten meldete sich eine Männerstimme mit einem knappen »Ja«.

»Hier ist Levantin«, sagte er und nahm sich etwas zu trinken aus der Ablage. Cola, eiskalt. »Erhöhen Sie die Sicherheitsstufe für Saskia Lange – ich will nicht nur wissen, wo sie ist, sondern ich muss gewiss sein können, dass sie vor dem Zugriff anderer geschützt wird. Außerdem brauche ich die Personaldaten des Party-Service, der im Hause Gul gestern Abend die Arbeiten verrichtet hat. Vor allem die Angaben zu einem *Armin* und einer *Ines* sollen mir sofort gemailt werden; suchen Sie nach Querverbindungen zu anderen Mitarbeitern, und durchleuchten Sie ihr Privatleben. Und informieren Sie mich, sobald die Polizei etwas zu den Vorgängen ermittelt hat.«

»Sehr wohl«, lautete die diensteifrige Antwort.

Levantin genoss einen Schluck Cola, auch wenn er wie immer nur das Prickeln und nicht den Geschmack spürte. Die Kohlensäure in Erfrischungsgetränken besaß im Unterschied zu der in Champagner etwas Künstliches, weniger Filigranes, doch er bevorzugte die Abwechslung. Ab und zu war ihm nach etwas Robustem.

»Vor einer Woche sind die magischen Schilde zusammengebrochen«, sagte er leise, als er sich an Ines' Auskunft erinnerte. Da hatte sein Zweikampf mit Saskia Lange stattgefunden, aus dem sie erhöht hervorgegangen war. Mit ihrer Weihe war mehr in Gang gesetzt worden, als er beabsichtigt oder vorhergesehen hatte – und das gefiel ihm nur bedingt.

Levantin wusste, dass sie heute Abend auf Guls Party gewesen war. Wenn die Diener Bēlua die Kammer nicht geöffnet hatten, kam dafür nur sie in Frage. Etwas war daraus entstiegen und hatte gewütet. Nicht, weil das *defensorium* und das Portalsiegel auf Saskia Lange gewartet hätten, sondern weil *er* mit seinem Rapier etwas Neues aus der Frau gemacht hatte. Etwas Einmaliges und sehr, sehr Kostbares. Also war er für die vielen Toten in der Villa verantwortlich. Levantin nahm einen weiteren Schluck Cola.

Er fühlte keine Betroffenheit. In der Vergangenheit hatte er viel mehr der niederen Kreaturen auf einen Schlag getötet, wenn ihm danach gewesen war.

8. November
Deutschland, Hamburg

Saskia rannte, so schnell sie konnte. *In was bin ich hineingeraten? Ob mir die* union *helfen kann, wenn die Polizei versagt? Der Professor?*

»Saskia! Warte!«, schrie ihr jemand nach.

Der Stimme nach konnte es nur Will sein, dem sie die schrecklichste Nacht ihres Lebens zu verdanken hatte. Für ihn würde sie auf keinen Fall anhalten!

In diesem Teil Hamburgs kannte sie sich nicht aus, und so glich ihre Flucht mehr dem planlosen Rennen durch ein Labyrinth. Schnelle Schritte hinter ihr ließen sie ahnen, dass Will ihr nach wie vor an den Fersen klebte.

»Jetzt bleib doch bitte stehen!«, rief er wieder. »*Bitte!* Ich muss mit dir sprechen!«

Saskia merkte, wie ihre Beine schwerer wurden; es war besser, eine kurze Pause einzulegen und sich nach einem sicheren Platz umzusehen, an dem sie sich verstecken konnte, bis sie wusste, was sie tun sollte. Sie bremste ab und fuhr herum. »*Halt!* Nicht näher kommen«, befahl sie und streckte den Arm aus. »Gehörst du zu *denen,* Will?«

»Weißt du denn, *wer* das ist?« Will schien dank seinem Kalari eine gute Kondition zu haben, sonst hätte ihm die Verfolgung den Schweiß auf die Stirn getrieben.

»Nein, zum Teufel!«, rief sie. Ihre Beinwunde schmerzte. »Und bleib, wo du bist, verstanden? Ich will nicht, dass du mir zu nahe kommst.« Sie bemerkte erst jetzt, was er trug: ein OP-Hemd und einen Kittel darüber. »Was hast du da eigentlich an?«

»Aber Saskia, ich tue dir doch nichts. Du kennst mich, und ...«

»Halt, verdammt!« Sie wandte sich halb um und riss ihren Ersatzdolch hervor. »Du bringst Gestecke und Sträuße in mein Restaurant. *Kennen* ist der falsche Ausdruck.«

Er blickte auf die schmale, ruhige Straße, auf der kaum Autos vorbeifuhren. »Komm mit mir zurück auf die Wache. Da sind ... da sind wir sicher.«

»Bist du *verrückt?* Da ist gerade ein Kerl reinmarschiert, der zwei Bullen erledigt hat und uns mitnehmen wollte!«

Hilflos hob Will die Hände. »Ich ... ich weiß doch auch nicht, was sich hier abspielt!«

Sie starrte ihn feindselig an. »Was war auf deiner Party los?«

Er zuckte mit den Achseln. »Ich weiß es wirklich nicht. Nicht genau.«

»Ein solcher *Massenmord* geschieht nicht zufällig, Will«, brüllte sie ihn an. »Das war alles geplant! Und es ist auch ganz sicher kein Zufall, dass nun auf mich Jagd gemacht wird!« Die grässliche Kali-Statue blitzte aus der Erinnerung auf. »Was weiß ich denn, was deine verrückten indischen Götter alles von ihren Anhängern verlangen?« Saskia schluckte. Sie musste an Patrick denken, an den grauenhaften Anblick seiner leblosen Augen, an all die anderen Toten ... Aber sobald Will Anstalten machte, sich ihr zu nähern, riss sie sich zusammen. »Nein, bleib, wo du bist!« Ihr Dolch deutete drohend auf ihn.

»Hör mir zu, Saskia«, sagte er in beruhigendem Tonfall. »Ich weiß absolut nichts von dem, was sich *in* der Villa zugetragen hat. Ich stand davor und sah sie in Flammen stehen ...«

»Es gab kein Feuer«, unterbrach sie ihn.

»Stimmt, ja, das weiß ich jetzt auch. Aber es ist alles so ... das kann alles nicht wahr sein, oder?« Er blickte sie nun fast flehend an. »Sagst du mir, was du gesehen hast?«

»Das glaubt mir keiner!«

Ihr Atem wurde langsamer, und der Nieselregen kühlte ihr erhitztes Gesicht. »Du zuerst«, verlangte sie.

»Das wird eine längere Geschichte. Sollen wir das wirklich auf dem Bürgersteig besprechen?«

»Warum nicht?«

Will atmete tief ein. Es bereitete ihm anscheinend ebenfalls Schwierigkeiten, sich der blutigen Erinnerung zu stellen. »Ich bin aus dem Haus gegangen, weil ich etwas erledigen musste. Dann ... dann war da auf einmal dieses merkwürdige, alles verschlingende Feuer und ein schrecklicher Sturm. Irgendwann hat beides aufgehört, ich bin in die Villa gelaufen und sah die vielen Leichen. Sie ... sie waren ... zerschnitten, wie von einem

Rasiermesser, das Knochen und Fleisch geteilt hat wie Salzstangen und Wachs. Dann habe ich die Spur gesehen, die zu der absonderlichen Kammer führte. Ein Paar nackte Frauenfüße. Und die Kammer war offen, Saskia!«

Saskias Mund wurde trocken. »Was ist daran so bemerkenswert?«

»Es war das erste Mal, dass ich sie gesehen habe. Ich wusste nicht, dass sie hinter dem Teppich verborgen ist. Ausgerechnet an dem Abend, an dem es massenweise Tote gibt, hat sie sich geöffnet.« Will wischte sich das Wasser aus dem Gesicht. »Was immer der Kammer entstiegen ist, es trägt die Schuld an allem.«

»Es waren meine Fußabdrücke«, sagte Saskia so leise, dass er es nicht hörte. Er redete einfach weiter.

»Ich ging hinein, und ... etwas griff mich an. Mit einem Schwert.« Er zeigte auf seinen Rücken. »Ich habe gedacht, dass es mich umbringen wird, aber nun sagen die Ärzte, es sei nur ein Kratzer.«

Wie gern hätte sie das auch von Patricks Verletzungen sagen wollen. »Und dann?«

»Bin ich nach draußen geflüchtet, habe übers Handy die Polizei gerufen und bin zusammengebrochen. Sie haben mich an der Auffahrt gefunden«, endete er. »Das war's, Saskia. Mehr weiß ich nicht. Und jetzt du – was hast du gesehen?«

Saskia schwieg zunächst. »Nichts«, raunte sie tonlos. »Ich bin mit Patrick in die Kammer ...«

»Aber woher wusstest du, wo sie war?« Will kam auf sie zu, in seinen Augen schimmerte die Aufregung. »Wie hast du die Kammer gefunden?«

»Es ... es war ein Zufall, wirklich. Patrick hat gedacht, dahinter wäre irgendetwas versteckt, ein Sexkeller oder so etwas. Er ... er ... er hat sie nicht aufbekommen, Will.« Sie legte eine Hand gegen die Stirn. »Hätten wir es doch bloß dabei belassen!«

»Hast du die Tür geöffnet?«, fragte Will vorsichtig.

Sie hob die rechte Hand. »Meine Finger schlossen sich um den Knauf, und ... sie ging auf. Einfach so.« Saskia wich Wills Blick aus und schaute zur Seite; dabei bemerkte sie einen dunkelgelben Transporter, der langsam die Straße entlangfuhr und seine Geschwindigkeit weiter drosselte. Es gab keinen Grund dafür, weder ein Hindernis auf der Fahrbahn noch einen Parkplatz noch eine Einfahrt, in die er einbiegen konnte.

Will hatte ihren Blick bemerkt und schaute über die Schulter. In diesem Moment wurde die Seitentür des Wagens geöffnet – und zwei maskierte Bewaffnete sprangen heraus!

Saskia rannte sofort los; auch Will versuchte nicht, den Helden zu spielen. Nebeneinander hetzten sie den Gehweg hinunter.

Der Transporter gab Gas, zog an ihnen vorbei und stellte sich einige Meter vor ihnen mit quietschenden Reifen quer auf das Trottoir. Noch zwei weitere Vermummte sprangen heraus.

»Da rüber!«, befahl Saskia und deutete auf einen Gartenzaun. Sie flankte über das Hindernis, Will folgte ihr.

Die vier Verfolger waren nicht weit hinter ihnen und bahnten sich ihren Weg durch die Vorgärten ebenso rücksichtslos wie Saskia und Will.

»Zur Hölle mit denen«, keuchte sie zwischendurch. »Sie jagen mich schon zum dritten Mal.«

»Hoffentlich zum letzten Mal«, entgegnete Will angestrengt und bog in einen anderen Garten ab. »Komm! Wir versuchen, sie in einem der Hochhäuser da drüben abzuhängen.«

Saskia sprang über das Mäuerchen. Ihr Fuß streifte die Krone, und sie fiel der Länge nach auf den Rasen, anstatt sicher zu landen, und verlor dabei den Dolch. Die Wunden auf ihrer Brust erwachten mit neuem Schmerz. Sie fühlte sich wie gelähmt und musste sich sogar zwingen, nach Luft zu ringen.

»Hier, meine Hand!« Will streckte sie ihr entgegen, und als sie sie nicht ergriff, packte er sie kurzentschlossen am Arm. *»Los!«*

»Nein!«, schrie Saskia und wollte sich wehren, während er sie am Arm in die Höhe zerrte. Gleichzeitig wallte Glut in ihr auf, und es roch unvermittelt nach heißem Wachs, während sich ein intensiver und zugleich saurer Bittermandelgeschmack in ihrem Mund ausbreitete. Wie vor der Tür in der Villa ... *»Weg!«* Sie versuchte, ihn wegzustoßen, und traf ihn dabei am Hals.

Die Umgebung wurde zu einer farblosen Scherenschnittwelt, in der Will wie eine graue Silhouette schwebte. Aus ihrer Hand, mit der sie ihn am Hals berührte, sprang im Kontrast dazu leuchtendes Feuer! Es sprang auf Will über – und gab ihm mit einem Schlag die Dreidimensionalität zurück, die ihn merkwürdig aus der grauen Umgebung hervorstechen ließ. Aber etwas war immer noch anders an ihm; es schien ihr so, als könne sie in ihn hineinsehen! Saskia verfolgte erstarrt, wie ihr Feuer durch das Fleisch in seine Adern schoss und sich so überall in ihm ausbreitete – er wurde eine einzige glühende Lohe, ohne zu verbrennen. Will krümmte sich, brach in die Knie, aber immer noch konnte er seine Hand nicht von ihrem Arm lösen.

Der saure Bittermandelgeschmack intensivierte sich und drang in Saskias Nase, brannte in den Schleimhäuten, ehe heißes Wachs wie aus dem Nichts in ihre Nase schoss und sie ausfüllte, in den Rachen lief und sich weiter ausbreitete. Saskias Wunden auf dem Oberkörper brannten wie Feuer und schienen zu pulsieren. *Sieh, was du angerichtet hast,* wollte sie schreien, *sieh es, SIEH!*

Schlagartig wurde es pechschwarz um Will. Er hatte das Gefühl, zu fallen, immer schneller und immer tiefer, wobei er gleichzeitig spürte, dass er immer noch auf dem Boden kauerte. Er meinte Saskias Stimme zu hören, doch er verstand nicht, was sie ihm sagen wollte.

Dann klarte die Sicht langsam auf ... und zu seinem Entsetzen erkannte er tief unter sich eine von Kanälen durchzogene Stadt bei Nacht, mit vielen Lichtern und kleineren Feuern auf Plätzen; es roch nach brennendem Wacholder und Rosmarin. Will wollte schreien, doch es kam kein Laut über seine Lippen; erst dann merkte er, dass er sich nicht im freien Fall befand: Er *schwebte* über der Stadt.

Was geht nun wieder vor?

Die gewaltige Siedlung war umgeben von Wasser und erinnerte ihn frappant an Venedig, wenn auch nicht so, wie er es kennengelernt hatte: weniger Lichter, keine Motorboote, und die Kleidung der Menschen, die er von so hoch oben entdeckte, passte gar nicht. Auch die vielen Segelschiffe unterschiedlichster Bauart machten ihn stutzig. Sah er etwa das alte Venedig vor sich? Und wenn ja: Zu welcher Zeit?

Sein traumgleicher Flug, den er nicht zu steuern vermochte, führte ihn zu einer Insel, auf der größere Feuer brannten. Dichte Qualmwolken stiegen auf, und Will erkannte, dass auf den Scheiterhaufen Leichen verbrannt wurden! An anderer Stelle warfen Helfer die Toten in Massengräber und streuten sackweise weißes Pulver darüber, ehe sie die nächsten Leiber hineinschleuderten. Die meisten der Leichen hatten Geschwüre und schwarz verfärbte Finger und Zehen.

Will tauchte durch das Dach in einen großen Bau, in dem Hunderte Menschen auf dreckigen Laken lagen, mit schwärenden Wunden am Körper und faulenden Gliedmaßen; Pestopfer, die zum Sterben hierhergebracht worden waren. Will wurde übel, weil er sich den Geruch lebhaft vorstellen konnte, der hier herrschte.

Und im selben Moment *roch* er ihn.

In den Gestank der Fäulnis und des Eiters mengte sich der Qualm von Schwefel und Pech, der aus in den Ecken aufgestellten Räucherpfannen drang. Kranke krochen auf der Suche nach Wasser über den Boden, schleppten sich durch Exkremente und Eiterpfützen. Man hatte sie alleingelassen.

Ein Pfleger in einem Lederkittel betrat den Saal, einen Hut auf dem Kopf und eine merkwürdige, schnabelhafte Maske vor dem Gesicht. Will sog einen schwachen Hauch Lavendelduft ein.

Sofort riefen die Menschen nach dem Pfleger, mal schwach, mal verzweifelt, mal wütend, und ihr Chor war erschütternd. Der Mann hielt ein leeres Fläschchen in der Hand und schritt durch die tobende Szenerie, bis er einen Toten entdeckt hatte. Er streifte sich die Ärmel seines Mantels hoch und ging vorsichtig in die Hocke; dabei meinte Will, auf seinem Handgelenk ein aufwendig tätowiertes Zeichen zu sehen. Mit einem spitzen Messer stach der Mann die Pestbeulen in der Leiste und unter den Armen nacheinander auf und fing die Flüssigkeit in dem Behältnis auf, bis es voll war. Er verkorkte es achtsam und verließ den Saal, ohne sich um die Kranken zu kümmern. Wie an einer unsichtbaren Schnur wurde Will wieder in die Höhe gezogen, er glitt durch die Decke und fand sich wenig später über der Stadt wieder.

Er flog durch die verschlungenen Gässchen, über Kanäle und Brücken hinweg, bis er im vornehmen Salon eines Palazzo an einem der großen Kanäle landete, in dem zwei Männer miteinander sprachen. Ihnen sah man den Reichtum an; Kleidung und Schmuck waren von ausgesuchter Qualität. Will verstand kein Italienisch, aber sie klangen sehr zufrieden. Einer der Männer holte ein Fläschchen aus seinem Wams hervor und reichte es dem anderen. Es war gefüllt mit dem Inhalt der Pestbeulen, schmierig rot und hochgefährlich!

Will erkannte das Zeichen, das der Empfänger trug – es war das gleiche wie die Tätowierung des Maskierten, allerdings auf einem Amulett, das er um seinen Hals trug. Der Mann bedankte sich, entfernte den Korken ...

... und *trank!* Danach reichten die Männer sich die Hände, und Will hörte ein tiefes, böses Lachen. Ohne dass er es zu erklären vermochte, fühlte er eine Zufriedenheit in sich. Und Bosheit.

Mit merkwürdiger Gewissheit wusste er, was diese Männer machten: Sie hatten sich infiziert, um die Krankheit weiterzuverbreiten. Und zwar nicht nur bei den einfachen Menschen, sondern auch bei den Patriziern, bei den Wohlhabenden. Ein höheres Ziel im Namen von dem, dessen Zeichen sie trugen.

Das Bild begann, vor seinen Augen zu zerfließen; Dunkelheit umfing ihn. Zurück blieb das erschreckende Gefühl größter Zufriedenheit, einer Stadt beim Sterben zugesehen zu haben. Als hätte er deren Untergang selbst in Auftrag gegeben!

VII. KAPITEL

8. November
Deutschland, Hamburg

Saskia riss sich von Will los, der wie betäubt in sich zusammensank. Erschrocken machte sie einen Schritt auf ihn zu; was war passiert? Und warum sah sie alles um sich herum immer noch grau und flach, als würde sie mitten in einem Zeitungsfoto stehen? Doch ihr blieb keine Zeit, darüber nachzudenken – denn der erste der Maskierten kam in diesem Moment über die Mauer gesprungen.

»Nein!«, schrie Saskia. »Verschwinde!« Panisch sah sie sich um; ihr Dolch musste irgendwo liegen, und wenn sie bewaffnet war, konnte sie sich wehren und mindestens einen der Angreifer töten. Da! Sie sah den Dolch, aber die merkwürdige Zweidimensionalität machte ihr zu schaffen; es fiel ihr schwer, abzuschätzen, ob er nur einen Schritt neben ihr lag oder Meter entfernt war. Ohne weiter nachzudenken, warf sie sich in seine Richtung, segelte zu ihrer Überraschung über ihn hinweg, krabbelte sofort zurück und fühlte endlich, wie sich ihre Hand um den Griff schloss. Sie sprang auf und wandte sich dem Maskierten zu.

»Verschwinde!«, schrie sie und spuckte gleich darauf aus, weil der ekelhafte Geschmack mit neuer Heftigkeit in ihren Mund zurückkehrte.

Der Maskierte machte einen Hechtsprung in ihre Richtung, um sie zu Boden zu werfen! Saskia riss den Dolch hoch, sie hatte nur noch einen Gedanken, sie musste zwei, drei saubere Hiebe führen, um ihn abzuwehren, sie ... stutzte. Es war fast so, als würde der Angreifer im halben Flug gestoppt – und mit unnatürlicher Wucht durch einen Ring aus Klingen nach hinten geschleudert; lange, tiefe Schnitte rissen sich in seine Schultern, Arme, das Gesicht und den Hals! Mit einem unmenschlichen Schrei, der gurgelnd abbrach, stürzte der Gegner tödlich verletzt auf den Boden.

»Mein Gott«, sagte Saskia mit kaum hörbarer Stimme. Auf diesen Anblick war sie nicht vorbereitet gewesen. »Wie ...«

Da erschienen die nächsten Angreifer.

»Zurück«, schrie Saskia außer sich und hob den Dolch. »Lasst mich in Ruhe!« Blitzartig wandte sie die Hand abwehrend dem Mann zu, der vorneweg spurtete; gleichzeitig keuchte sie, weil sie glaubte, ihre Wunden würden reißen.

Und wieder schlugen unsichtbare Kräfte zu: Der Brustkorb des Gegners wurde samt der Kleidung aufgerissen und nach hinten aufgebogen, so dass Saskia fassungslos die berstenden Rippen und blutigen Innereien sah, ehe sie herausfielen und auf dem Rasen landeten. Der Mann, der nicht einmal Zeit gefunden hatte, einen Laut von sich zu geben, stürzte in seine eigenen Gedärme. Mit einem Aufschrei blieben die anderen Maskierten stehen.

»Warst du das?«, hörte Saskia Wills schwache Stimme hinter sich. »Wie hast du das gemacht? Und was hast du *mit mir* gemacht?«

Sie wandte sich zitternd zu ihm um. »Ich ... ich weiß es nicht, Will!«

Er erbrach sich krampfartig.

Wills Kopf fühlte sich an, als sei er von etwas Schwerem getroffen worden; außerdem schien ihm ein Riese mit Stahlkappenschuhen in den Rücken getreten zu haben. Sein rechter Arm hing taub und nutzlos an ihm herab. Ein Griff in einen Stromkasten hatte sicherlich die gleiche Wirkung.

Die anderen beiden Maskierten waren stehen geblieben und wagten sich nicht über die kleine Mauer, als könne diese sie vor Saskia schützen.

»Was hast du getan?«, fragte Will fassungslos. Er musste an den Dämon aus der Villa denken; hatte er ihr diese Kräfte verliehen, als Dank für seine Befreiung aus der Kammer? War er sogar in sie eingefahren?

Saskia schüttelte hilflos den Kopf – und rannte wieder los. Die Köpfe der Maskierten wandten sich Will zu.

Er zögerte. Sollte er kämpfen? Keine gute Idee in seinem Zustand! So rappelte er sich auf und lief, so schnell er konnte, ein Stoßgebet an Shiva schickend, dass der grässliche Tod ihrer Kumpanen die Männer davon abhalten würde, ihnen weiter zu folgen.

Er sah Saskia vor sich über den Parkplatz und den schmalen Vorgarten dahinter rennen. Sie rüttelte an der verschlossenen Eingangstür eines der Hochhäuser, schlug panisch auf Klingelknöpfe ein, dann rannte sie die Einfahrt einer Tiefgarage hinab und verschwand hinter der Biegung.

Will versuchte, seine Geschwindigkeit zu erhöhen, doch überall in ihm kribbelte es, seine Muskeln zuckten und brachten ihn aus dem Tritt.

Er hielt auf die abschüssige Zufahrt zu, als er den Transporter am anderen Ende der Straße sah. Hinter sich konnte er schnelle Schritte hören, die deutlich aufholten.

Will trieb sich an, so gut er konnte, und raste in die Einfahrt. Er meinte zu hören, wie vor ihm jemand immer wieder gegen etwas schlug. Als er um die Kurve bog, sah er Saskia vor der Gitterabsperrung der Tiefgarage stehen und daran rütteln. Die Verstrebungen der Sperre federten zurück, aber öffnen würden sie sich gewiss nicht. Sie saßen in der Falle.

Will entdeckte eine Überwachungskamera an der Wand, ein rotes Lämpchen daran blinkte. »Machen Sie auf!«, schrie er in die Linse und deutete mit Armbewegungen an, dass das Gitter hochgefahren werden sollte. »Helfen Sie uns, *bitte!*« Er erreichte Saskia und sah, dass sie sich die Haut von den Fingern geschabt hatte, so sehr zerrte sie an dem Metall. »Saskia, hör auf. Das bringt nichts! Du verletzt dich.«

Keuchend hielt sie inne, sah zu ihm, dann wieder auf das Hindernis. »Hoch damit!«, kreischte sie, als könnte ihre Stimme etwas bewirken. Nach den Vorkommnissen im Garten war sich Will nicht einmal sicher, dass sie damit keinen Erfolg haben würde.

Ein Motor dröhnte in der Enge der Einfahrt, ein Lichtkegel fiel gegen die graue Betonwand, dann bogen ihre Verfolger um die Kurve und blendeten sie. Der Transporter hielt an.

Will überlegte fieberhaft, was er unternehmen konnte; mit seinem Kalari würde er unter normalen Bedingungen etwas gegen die Maskierten ausrichten, aber die Nachwirkungen des rätselhaften Schlags, den er von Saskia erhalten hatte, ließen seine Muskeln noch immer nicht richtig funktionieren.

»Helfen Sie uns«, rief er wieder in Richtung Kamera. »Rufen Sie die Polizei!«

»Hände hoch und rüberkommen«, befahl eine wütende Männerstimme, die durch die Maske dumpfer wirkte.

»Geh auf!«, schrie Saskia, zog ihren Dolch und hob den rechten Arm zu einem weiteren verzweifelten Schlag gegen das Eisen. *»Öffne dich!«*

Ein lautes Fauchen erklang, das von den Wänden abzuprallen schien und sich dadurch vervielfachte und immer schriller wurde. Ein heißer Wind, der in Wills Nacken brannte, schoss aus der Schwärze der Tiefgarage. Papier, Staub und loser Unrat wurden durch die Sperre geblasen, dann wurden Saskia, Will und auch ihre Angreifer in ein tiefrotes Licht getaucht. Erschrocken fuhr Will herum. Genau wie Saskia starrte er dorthin, wo die Realität einen blutfarbenen Riss bekommen hatte, der immer weiter und weiter aufsprang. Der heiße Wind schoss daraus hervor und trug einen undefinierbaren, ätzenden Gestank mit sich, der in den Lungen brannte.

Will wusste nicht, was er da anstarrte, aber es löste in ihm gleichzeitig höchste Panik aus – und gleichzeitig ein grausam endgültiges Gefühl von Resignation, als bliebe ihm nichts übrig, als sich zusammenzukauern und still ein unbestimmtes Schicksal zu erdulden.

Die blutrot glühende, mittlerweile zwei Meter breite und hohe Spalte war wie ein Fenster in eine andere, groteske Welt, in der alles aus Grautönen und sinistren Schatten bestand. Will sah Wesen, die sich darin bewegten und entfernt menschlich waren, doch sobald sie in die Schatten gerieten, barsten sie schreiend und versprühten hellrotes Blut und andere bunte Flüssigkeiten. Andere Schatten zerliefen wie Tinte und sickerten vorwärts, rannen durch die graue Welt und versuchten, die Wesen zu berühren; sobald sie eines zu fassen bekamen, schossen lange Tentakel aus dem Schwarz und durchbohrten es, um es danach auseinanderzureißen. Saskia gab ein unverständliches Wimmern von sich und ließ den Arm sinken. Augenblicklich verschwand die Grauwelt. Will starrte nun in ein ... in ein Nichts? In ein weißes, reines Nichts, dessen Anblick im ersten Moment reinigend und tröstend auf ihn wirkte – und im nächsten Moment pure Angst auslöste! Will meinte, die Präsenz zahlreicher verängstigter Lebewesen in der blendenden Helligkeit zu fühlen, aber er erkannte sie nicht; das strahlende Licht hielt sie gefangen. Es erschien Will absurd, dass solche Reinheit derartige Empfindungen auslöste. In was blickte er? War es überhaupt Licht?

»Saskia, was ...«

Sie ächzte und sank auf die Knie.

Eine unendliche Landschaft erschien im Riss, mit sanften Wiesen und einem hohen Himmel, über den kleine Wolken zogen; doch das Gras war blau, der Himmel grün und die Wolken von einem merkwürdigen, grellen Gelb!

Noch bevor Will länger staunend hinschauen konnte, wechselte das Bild zu einem unendlichen, dunklen Ort, angefüllt mit wirbelndem Staub und zuckenden Stichflammen, die aus dem Nichts emporschossen. Darin trieben gewaltige Blasen aus rotgefärbtem Quecksilber, in denen Menschenleiber schwammen. Hände griffen heraus, Gesichter zeichneten sich an der Oberfläche ab, doch sie hatten die Münder nicht aufgerissen, um vor Schmerzen zu schreien. Will schauderte: Die vermeintlich Unglücklichen befanden sich in einem Zustand größter Ekstase. Arme reckten sich ihm entgegen, und Will erschien es, als wollten sie ihn anlocken, ein Teil dieser wogenden Masse zu werden. Zu seinem eigenen Entsetzen spürte er auf einmal den tiefen Wunsch, zu ihnen zu gelangen, aufzugehen in dieser brodelnden Glückseligkeit. Gegen seinen Willen machte Will einen Schritt nach vorne – und sah, dass die Menschenleiber immer, wenn die Flammen sie berührten, aufloderten und zu Staub verbrannten, der zu den aufgepeitschten Wolken am Himmel stieg. Nun erkannte er auch monströse schwarzrote Schemen, die um die Sphären kreisten und mit langen Dornenschwänzen hineinschlugen. Die Leiber, die getroffen wurden, schnellten aus dem orgastischen Kreis heraus. Andere Wesen schnellten aus der Dunkelheit hervor, schlugen ihre Zähne in die schutzlosen Körper und verschlangen sie; doch trotzdem klangen die Schreie, die Will zu hören meinte, nicht im Mindesten nach Schmerzen. Ihm wurde wieder übel. »Bei den Avataren Shivas!«, krächzte er. Doch sosehr er sich anstrengte, er konnte seinen Blick nicht abwenden. Etwas Derartiges hatte er sich niemals vorstellen, geschweige denn einbilden können! Keiner seiner Alpträume wurde dem gerecht. Es war ein ungekannter Horror, der auf seine verstörende Art sogar den Anblick der Toten in der Villa übertraf. Unbegreiflich, erschütternd und dabei doch auf eine düstere Art anziehend, die ihm den Verstand zu zerreißen drohte.

Will schien innerlich zu erfrieren, als sich eines der Schattenwesen in seine Richtung wandte. Schreckliche weiße Augen schimmerten ihn an, und dann stieß es ein Heulen aus, das ihn zum Zittern brachte – vor Angst, vor Entsetzen.

Saskia ächzte und brach zusammen. Die pulsierenden roten Ränder der Spalte begannen sofort, sich zu schließen.

Will atmete auf; die Männer hinter ihm hatte er gänzlich verdrängt. Wichtiger war, dass keines dieser Wesen es in ihre Welt schaffte. Diesen Kreaturen hatten sie nichts entgegenzusetzen!

Aus der Spalte war wieder ein schmaler Riss geworden, hinter dem Will in schneller Reihenfolge Bilder aufstrahlen sah, die ihm andere Welten zeigten, ohne dass er sie erkennen konnte; er war dankbar dafür. Nur noch wenige Augenblicke, dann war der Spalt geschlossen.

Doch genau in diesem letzten Moment flog ein Körper durch die Lücke und stürzte zwischen Will und Saskia auf den Asphalt. Zischend schloss sich das Portal und ließ nichts zurück, als hätte es niemals existiert. Lediglich die nackte Frau mit den nackenlangen blonden Haaren war als Beweis dafür geblieben, dass sich Will die Ereignisse nicht nur eingebildet hatte. Sie hatte eine tiefe Wunde in der linken Seite, aus der Blut floss, und ihre Haut war mit einem dünnen, orangefarbenen, silbrigen Film überzogen. Aus welcher der Sphären, die Will gesehen hatte, mochte sie gekommen sein?

Unschlüssig sah er hin und her. Er wusste nicht, wem er zuerst helfen sollte, Saskia oder der Unbekannten.

»Habt ihr das gesehen?«, jubelte einer der Maskierten. »Alles, was die Prophezeiungen uns versprechen, kann wahr werden, und ...«

»Steig ein und ruf Valesca an«, lautete der knappe Befehl des anderen, der nun auf Will zukam, eine Pistole in der Rechten. »Du – los! Bring die Frau in den Transporter.«

»Welche?«, stellte Will sich begriffsstutzig, um Zeit zu gewinnen.

Der Maskierte richtete die Mündung auf die Nackte – und drückte dreimal rasch hintereinander ab, die Kugeln schlugen durch ihren Hinterkopf. »Die andere. Los, mach schon! Oder ich trage sie selbst.« Die Waffe schwenkte auf ihn. »Dann bräuchte ich dich allerdings nicht mehr.«

Will machte einen zitternden Schritt über die Tote hinweg und beugte sich über Saskia. Dabei bemerkte er verblüfft, dass sich die Wunde in der Seite der Nackten soeben mit einem leisen, feuchten Laut schloss. Das war unmöglich ... eigentlich. Aber er hatte es aufgegeben, für irgendwas von dem, das gerade um ihn herum geschah, nach einer logischen Erklärung zu suchen.

Er hob Saskia auf, was ihm wegen seiner verrücktspielenden Muskeln nicht ohne weiteres gelingen wollte. Als er ein leises Klirren hörte, blickte er verstohlen zu der Erschossenen und sah drei deformierte Projektile neben ihrem Kopf liegen. Die Schusswunden hatten sich ebenso geschlossen wie die Wunde in ihrer Seite!

»Wird's bald?«, brüllte der Maskierte.

Ein »Äh« bekam Will gerade noch heraus – dann sprang die Nackte auf und warf sich mit einem lauten Knurren gegen den ersten Feind, dem sie ihre Faust krachend ins Gesicht schlug; gleichzeitig spross Fell aus ihrer makellosen hellen Haut, die Gliedmaßen wurden länger, die Muskeln kräftiger.

Der zweite Schlag traf den Maskierten nicht mit einer Hand, sondern mit einer nagelbewehrten Klaue, die dem Mann spielend leicht die rechte Gesichtshälfte wegriss. Er fiel – und löste dabei mehrmals die Halbautomatik aus. Die Kugeln störten die Frau nicht weiter, die jetzt einem Wolfsmenschen glich. Ihr Fell war rötlich, entlang des Rückgrats verlief ein dunkler Streifen, und die Augen in dem sich knackend immer weiter verändernden Raubtierkopf glommen rot vor Hass und Wut.

Die nun starken Kiefer schnappten nach dem Arm des zweiten Angreifers und zerbrachen Elle und Speiche mühelos. Die Hand mit der Pistole fiel auf den Asphalt, und der Mann starrte im Schock auf seine Wunde; eine Sekunde darauf trennte ihm ein Hieb der Klaue den Kopf von den Schultern.

Eine Werwölfin! Will konnte sich nicht rühren, wurde zum erstarrten Beobachter. Eine solche Kreatur kannte er allenfalls aus dem Nachtprogramm der Privatsender, und auch dann schaltete er lieber um. *Das ist nicht möglich.* Aber es gab keine Fernbedienung für die Realität!

Die Wolfsfrau schwang sich knurrend in den Transporter und wütete darin. Der Wagen schaukelte heftig, ein Mann schrie. Plötzlich färbte sich die Frontscheibe von innen rot, und das Wippen endete.

Etwas sprang aus dem Innenraum und rollte eiernd die abschüssige Auffahrt hinab, bis es neben den Leichen der Maskierten zum Stillstand kam. Will erkannte einen weiteren abgetrennten Kopf. Der blutige Halsstummel sah aus, als sei er durchgebissen worden.

Eine tödliche Stille senkte sich über den Einfahrtschacht.

Will schluckte und starrte zitternd durch die zurückgeschobene Seitentür in die Dunkelheit. Er vernahm das leise, zufrieden klingende Grollen der Bestie und sah das Blut, das aus dem Innern des Transporters lief und zu Boden tropfte. Fraß sie da drinnen gerade? Wills Übelkeit wuchs, und er musste sich schwer beherrschen, um Saskia nicht fallen zu lassen. Sie mussten weg von hier, weg von der Werwölfin, die sie von einem Ort befreit hatten, der jenseits seiner Vorstellungskraft lag. *Sofort!*

Saskia hustete und hielt sich den Kopf. Ihre Augen standen offen, aber sie fokussierten sich auf nichts. »Das kann ...« Sie blickte zu Will auf, und er erkannte in ihnen die unausgesprochene Bitte, ihr zu sagen, das hier sei bloß ein Traum, aus dem sie bald erwachen konnte.

»Leise!«, flüsterte er und deutete auf den Transporter. »Wir müssen hier weg, schnell!«

»Was?«, flüsterte sie zurück, ließ sich absetzen und stützte sich an der Betonwand ab. Sie schüttelte energisch den Kopf, als könne sie damit den Anblick der Toten, die sie gesehen haben musste, verscheuchen; dann ging sie vorsichtig in die Hocke und griff wie in Zeitlupe nach ihrem Dolch.

»Saskia, wir haben keine Zeit!« Will zeigte die Auffahrt hinauf und scheuchte sie mit einer Geste. »Leise!« Er bemühte sich, seine Angst nicht vor ihr zu zeigen.

Sie eilten die leichte Steigung hoch und waren schon hinter der Kurve, als Will die Werwölfin aus dem Transporter springen hörte. Laut und wild knurrend, schoss sie Sekunden später hinter den beiden Menschen her und riss sie zu Boden.

Will spürte die harte Klaue mit den Krallen an seinem Hals, die erbarmungslos zudrückte und seine Haut an fünf Stellen gleichzeitig punktierte. Seine gezielten Schläge gegen die blutige Schnauze brachten keinen Erfolg; in Erwiderung seines Angriffs hob sie ihn am Hals einmal an und schmetterte ihn mit Wucht auf den Boden. Seine Arme und Beine versagten den Dienst. Er drehte den Kopf, so gut es ging, und sah Saskia neben sich. Die andere Klaue der Werwölfin hatte ihren Hals gepackt; Saskia schlug ihre Hände unter das triefende Kinn der Bestie, um sie wegzudrücken. Dabei stach sie mit dem Dolch zu und schrie laut, das Echo brandete gegen die Wände und kehrte hohl aus der Tiefgarage zurück. Die Klinge fuhr der Kreatur durch die Kehle, Blut quoll augenblicklich aus dem Schnitt. In Saskias Schrei mischte sich das Aufbrüllen der Werwölfin, und dieses Mal klang es verzerrt – verzerrt vor Schmerzen! Ein grelles Blitzen lief über ihren Körper, und Wills Hals wurde von der eisenharten Klammer erlöst. Er meinte ein leichtes Kitzeln zu spüren, als hätte sich die Energie des Stichs durch die Bestie auch auf ihn übertragen.

Zuckend fiel die Werwölfin nach hinten und verwandelte sich vor seinen Augen in eine Frau zurück, die nackt und schwer atmend vor ihnen auf der Straße lag und sie hasserfüllt anblinzelte. Die offene Stelle an ihrem Hals hatte sich geschlossen; nur ein roter Strich war geblieben, der mehr und mehr verblasste.

»Merde!«, fluchte sie krächzend und stand schwankend auf. Dann sah sie sich verwundert um, so als wäre die schlichte Betoneinfahrt etwas, das sie noch nie gesehen hatte. Das viele Blut auf ihrer Haut mischte sich mit dem zerfließenden, orangefarbenen Film, der sie überzog. Dann starrte sie auf ihre Hand, drehte sie hin und her. *»Qu'est-ce que tu as fait, hein?«* Sie sah sich um und warf einen Blick auf das Nummernschild des Transporters. »Deutschland?«, fragte sie Will misstrauisch.

»Deutschland«, gab er zurück und tastete an seinem Hals herum; er spürte Blut und kleine Löcher, die von ihren Nägeln stammten. Saskia trug dunkle Druckstellen an der Kehle.

»Wer ... was sind Sie? Ein Dämon ... oder ...« Seine tausend Gedanken ließen sich nicht ordnen.

»In welcher Stadt sind wir?«, verlangte sie zu wissen.

»Hamburg. Aber ...«

»Welches Jahr?«

»Zweitausendneun«, antwortete er gehorsam.

»Merde!«, fluchte sie. Seit wann lag Frankreich in der Hölle? Und wie passte das zu dem, was er gesehen hatte? »Dann habe ich ein bisschen Zeit verloren, während ich einsaß.« Sie entspannte sich und wischte sich mit dem Unterarm über die Augen. »Wer von euch beiden hat mich befreit?«

Will sah zu Saskia. »Ich bin mir nicht sicher ... Woraus haben wir Sie befreit? Was bei allen Avataren des mächtigen Shiva war *das?*«

»Sie hat jedenfalls gemacht, dass ich mich nicht mehr verwandeln kann.« Wieder betrachtete die Blonde mit einem Ausdruck von Schmerz und Trauer ihre Hand.

»Aber ... aber sind Sie nicht froh, kein Monster mehr ...«

»Ich bin nie ein Monster gewesen«, antwortete sie aggressiv. »Sie hat mir einen wertvollen Teil meiner Seele geraubt. Ich will sie zurück! Vorher werdet ihr mich nicht los«, schnarrte sie und sah Saskia böse an.

»Das ... das kann ich nicht«, erwiderte Saskia.

Die Frau kam mit geballten Fäusten auf sie zu. »Keine Witze. Los, mach schon!«

»Ich *kann* es nicht«, wiederholte Saskia.

»On verra!« Die Frau stieß sich ab und warf sich auf sie, packte sie mit einer Hand in den Haaren und zog ihr den Kopf nach hinten; die andere Hand legte sie um Saskias Kehle. *»Alors*, wird es jetzt gehen, bevor ich ...«

Will langte beherzt zu und riss die Nackte von Saskia herunter, die nach Luft rang. »Es funktioniert nicht so einfach«, herrschte er die Unbekannte an und schob sie weg von sich. »Glauben Sie uns.«

Die Nackte maß ihn mit abschätzenden Blicken, dann drehte sie sich mit hocherhobenem Kopf um und verschwand erneut um die Kurve.

»Lass uns abhauen!«, flüsterte Will. »Wenn sie auftaucht...«

»Nein«, zischte Saskia. »Vielleicht kann sie uns endlich verraten, was hier vorgeht!«

»Aber ...«

In diesem Moment kam die Frau zurück; sie trug einen Mantel, der bisher einem der Maskierten gehört hatte, und durchwühlte gerade die Taschen, bis sie eine Schachtel Zigaretten und ein Feuerzeug fand. Sie steckte sich eine Kippe an und inhalierte den Rauch tief. Genießerisch schloss sie die Lider. *»Ah, quel plaisir«*, stöhnte sie, und es klang fast, als sei sie erregt. Dann deutete sie hinter sich. »War ich das?«

Will und Saskia nickten synchron.

Die blonde Frau rülpste. »Oh, *mon Dieu*. Ich war es wirklich«, fügte sie leise hinzu. »Das kommt davon, wenn man zu hungrig ist ...« Die braunen Augen mit dem gelben Ring um die Pupille betrachteten ihre unfreiwilligen Retter. »Also, kann mir einer erklären, warum ...« Sie brach ab, ihre Knie knickten ein, und sie musste sich an der Wand abstützen.

»Was ist mit Ihnen?«, fragte Will erschrocken.

»Mir ... mir geht es nicht gut. Und wir sollten von hier verschwinden. Habt ihr irgendwo ein Auto?«

»Wir könnten den Transporter nehmen«, schlug Will vor.

»Den würde ich an eurer Stelle nicht mehr benutzen wollen, *je suis désolée*. Meine Tischmanieren waren noch nie die besten ...« Sie schloss die Augen, ihre Hände ballten sich zu Fäusten. »Verdammt, der Übergang in diese ...« Sie krümmte sich, stöhnte und richtete sich mit rotem Kopf wieder auf.

Von weitem erklang ein Signalhorn. Polizei, Rettungswagen oder Feuerwehr – irgendwer rückte an. Der Mann an der Überwachungsanlage schien gehandelt zu haben.

»Zum Transporter, los«, entschied Saskia. »Wir haben keine andere Möglichkeit. Ich habe keine Lust, den Polizisten Dinge zu erklären, die ich selbst nicht verstehe.«

Sie ging zum Wagen und wies Will an, die Leichen hinauszuwerfen, während sie die Innenseite der Frontscheibe so weit mit einem Lappen säuberte, dass sie durchschauen konnte. Dann setzte sie sich ans Steuer, und sie fuhren los. Gerade rechtzeitig: Als sie um die Ecke bogen, sahen sie Blaulichter in die Straße einbiegen.

Will bewunderte Saskias Kaltblütigkeit. In ihr steckte viel

mehr, als es auf den ersten Blick den Anschein hatte. Dann wandte er sich der Unbekannten zu. »Wie fühlen Sie sich?«

»Ich kämpfe noch immer mit der Umstellung ... die Schwerkraft hier, die Luft ... es ist so vieles anders als ... dort.« Sie sog an der Zigarette.

»Sollten Sie dann nicht die Qualmerei lassen?«

Obwohl ein neuer Krampf ihr den Atem raubte, schaffte sie es immer noch, Will herausfordernd anzugrinsen. »Mit wem habe ich das ... Vergnügen?«

»Will, Will Gul. Das hier ist Saskia Lange. Aber wer sind Sie – und woher kommen Sie?«

»Mein Name ist Justine Marie Jeanne Chassard.« Sie nahm einen weiteren tiefen Zug. »Und ich komme direkt aus der Hölle.«

8. November
Deutschland, Hamburg, Bergedorf

Will fuhr mit dem Finger über die Anrichte und zog einen Strich in den feinen Staub. »Sie sind wohl lange nicht mehr hier gewesen, Justine.« Dann wurde ihm bewusst, wie unsinnig seine Anmerkung war.

Sie befanden sich in der Chrysanderstraße. Den Transporter hatten sie vierzig Meter weiter stehen lassen und waren durch ein Seitenfenster in das Gebäude eingestiegen. Justine behauptete, dass das Haus einst ihrer Mutter gehört hatte, ein Geschenk eines Liebhabers; Justine hatte Teile ihrer Kindheit in dem Haus verbracht. Wem es nun gehörte, wusste sie nicht, aber die aktuellen Mieter waren wohl gerade dabei, ein- oder auszuziehen. Überall standen gepackte Kartons herum. Die wenigen Möbel und das bisschen an sonstiger Einrichtung kannte sie nicht.

Saskia saß auf der Couch, die mit einem Tuch abgedeckt gewesen war. Ein Glas mit Whisky stand vor ihr. Will bevorzugte Gin; das war er seinen indischen Wurzeln schuldig. Gut, dass sie in einer der Kisten die Bar gefunden hatten.

Justine hatte geduscht, sich durch die fremden Kleider gewühlt und umgezogen. Sie trug eine weiße, etwas zu weite Hose, darüber einen schwarzen Pullover. An ihren Füßen saßen feste, flache Stiefel. Sie schaffte es sogar, beim Ankleiden zu rauchen und den Stoff nicht zu versengen.

Danach war sie kurz tiefer im Haus verschwunden und mit einer großen Metallkassette zurückgekehrt, während Will und Saskia die Gelegenheit genutzt und sich ebenfalls neu ausstaffiert hatten.

»*Mon Dieu,* natürlich war ich schon lange nicht mehr hier«, sagte sie und lachte. »Es sollten um die fünf Jahre sein.« Sie nahm zwei halbautomatische Pistolen aus der Metallkassette, begutachtete sie und schob die Magazine in den Schacht. Sie lud einmal durch, und klickend rasteten die Schlitten ein, die Waffen waren einsatzbereit. »Aber es ist noch alles an seinem Platz.« Sie lächelte. »Wer auch immer sich mein Eigentum unter den Nagel gerissen hat, war nicht so clever, meine Verstecke zu finden.« Sie nahm ein Achsel- und ein Rückenholster heraus und legte beide an.

Will atmete tief durch. »In den letzten Stunden ist so viel geschehen, was ich ...«, er sah zu Saskia, »was wir beide nicht verstehen. Helfen Sie uns, die Sache zu begreifen? Sie scheinen über gewisse ... Vorkenntnisse zu verfügen.«

Justine steckte die Pistolen feixend in die Holster. »Es tut mir leid, aber ich weiß nicht, was ich tun kann. Dass mich einer von euch aus meiner kleinen persönlichen Hölle befreit hat, dafür bin ich dankbar. Ich kann euch Geld geben – vorausgesetzt, mein Bruder hat meine Konten nicht aufgelöst. Wir können das also alles ganz freundlich regeln.« Sie fixierte Saskia. »Aber du hast mir einen Teil meiner Persönlichkeit geraubt, und das wirst du rückgängig machen«, fügte sie schärfer hinzu und gab einen kehligen Laut von sich, der sie selbst stutzen ließ. »*Merde!* Ich kann nicht einmal mehr richtig knurren, um Menschen einzuschüchtern!« Justine ballte die Fäuste und trat auf Saskia zu. »*Alors,* ich gebe dir *einen* Versuch. Entweder ich kann mich wieder in einen Loup-Garou verwandeln, oder ich ...«

Saskia sprang auf und zog den Dolch. »Versuch es«, raunte sie. »Du wirst dich wundern!«

Will löste sich von der Anrichte und wagte sich zwischen die beiden. Wieder fiel ihm auf, dass sich Saskia nicht wie eine Köchin, sondern wie eine geschulte Kämpferin bewegte. »Warten Sie, Justine!«

»Auf was?« Sie funkelte ihn an und richtete sich auf. »Möchtest *du* die Prügel für deine kleine Freundin einstecken, Will?«

Er hob die leeren Hände. »Sie helfen uns, die Rätsel zu lösen, vor denen wir seit dieser Nacht stehen, und dann schauen wir, was wir für Sie tun können.« Er konnte kaum glauben, dass er mit einer Frau oder vielmehr einem Wesen schacherte, das aus einer Dimension gestiegen war, die es eigentlich gar nicht geben sollte. Konnte. Was auch immer! Er zeigte auf Saskia. »Sie hat diese ... diese Kräfte noch nicht lange ...«

Saskia nickte. »Seit dem Duell«, flüsterte sie und entspannte sich etwas. Sie griff nach dem Glas, leerte es und schüttelte sich. »Nach dem Duell hat es angefangen.«

Justine seufzte. »Welches Duell?«

»Gegen den Maître.«

Justines Augenbrauen zuckten nach oben. »Gegen einen *Küchenchef?*«, spottete sie und hielt die Zigarette aufreizend lässig abgespreizt. »Über wie viele Gänge?«

»Mit Blankwaffen«, erwiderte Saskia ungerührt. »Bei einem ... bei einer Art Turniersport.«

Justine sah zu Will. »Und du, Will, bist nicht der Liebhaber von Madame, sondern …?« Sie zog an der Kippe und wartete auf eine Erklärung. *»Bon«,* sagte sie nach einer kleinen Pause. »Ich werde unsere kleine *combattante* vorläufig in Ruhe lassen. Erzählt mir genau, was vorgefallen ist.«

Will berichtete aus seiner Sicht, was in der vorangegangenen Nacht in seinem Haus geschehen war, und Saskia ergänzte das, an was sie sich erinnern konnte.

Justine musterte sie jetzt genauer. »Zeig mir das Zeichen, das dieser Maître dir verpasst hat.«

Saskia blickte die Französin verwundert an. »Was denn für ein Zeichen?«

»Die Schnitte auf deiner Brust und dem Bauch.« Justine nickte herrisch. »Los, Bluse auf.«

Saskia kam dem Befehl nach und zeigte ihre Narben. Dabei erschrak sie selbst: Die Krusten waren abgefallen, und zurückgeblieben waren unterschiedlich dicke Linien in ihrem Fleisch, die eher einer Tätowierung als Schnitten glichen und ein komplexes Muster bildeten, dessen Bedeutung ihr verborgen blieb. Es erinnerte sie aber an das Zeichen auf dem Rücken des Maître. »Er hatte ein sehr ähnliches«, sagte sie halblaut. »Aber es war viel größer und verschlungener.«

Justine ging vor ihr auf die Knie, schlug die Ränder der Bluse weiter auseinander und fasste den BH-Verschluss. Noch bevor Saskia reagieren konnte, hatte sie die Haken gelöst, und das nur mit zwei Fingern und einer sehr souveränen Bewegung. »Nicht festhalten, Madame. Ich möchte das Zeichen in Gänze sehen, und das Ding stört.« Sie sah zu Will, der sich bereits abgewandt hatte. »Aha, ein *cavalier«*, sagte sie belustigt. Langsam fuhr sie die geschwungenen Zeichen mit dem kleinen Finger der linken Hand nach und schloss die Augen.

Will schenkte sich Gin nach. »Was hat das Duell mit alldem zu tun?«

Justine antwortete ihm nicht, sondern setzte die sehr zarte

Untersuchung fort; schließlich roch sie – ohne die Augen zu öffnen – an der Haut und den Linien. Dabei wanderte sie tiefer und tiefer, Saskias Schritt entgegen.

Saskia spürte den Atem und die Wärme des Gesichts und glaubte fast, die Französin wolle sie dort unten küssen!

»Das Zeichen kenne ich nicht«, sagte Justine bedächtig, richtete sich auf und schaute Saskia an. »Doch man hat dich nicht nur geschlagen, sondern auch *gezeichnet.*« Sie zog die Bluse wieder zusammen. »Den BH brauchst du nicht.«

»Das ist alles?«, platzte es aus Saskia heraus.

»Du siehst die Linien, Madame, aber du erkennst die Tragweite nicht.« Justine nahm sich ein Glas und goss sich Whisky ein. »Wer auch immer sich hinter dem Titel *Maître* verbirgt, er ist der sehr potente Diener eines Dämons und hat dir etwas ... etwas angehängt. Die einen würden es sicher einen Fluch nennen, die anderen eine Gabe.« Sie trank und strahlte. »Das gab es auch nicht da, wo ich herkomme. *Quel délice!*«

Saskia sah sie entgeistert an. »Dass ich Menschen platzen lassen kann, soll eine *Gabe* sein?«

Justine atmete tief durch, legte die Hand an die Schläfe und biss die Zähne so fest zusammen, dass sie es knirschen hörten. Die Umstellung auf die Welt der Menschen war noch immer nicht abgeschlossen. Sie spuckte aus, und Will sah einen orangefarben-silbrigen Klumpen Speichel in der Zimmerecke landen. Schließlich musterte sie Saskia.

»*Médiatrice*«, erwiderte sie nachdenklich, spreizte den Mittelfinger der Hand, die das Glas hielt, ab und zeigte auf sie. »Das hat er aus dir gemacht.«

»Eine ... eine *Médiatrice?*« Saskia schnappte sich die Ginflasche. »Was bedeutet das?« Sie setzte sie an die Lippen und trank.

»Eine Vermittlerin zwischen den Welten und, wenn man so will, eine Öffnerin. Ich weiß, ein schnödes Wort, aber es trifft es sehr gut«, begann Justine. »Die Zeichen sind eine Art Beschwörungsformel, die du trägst und aktivieren kannst. Jedenfalls vermute ich das. Sobald du es getan hast, öffnet oder schließt sich etwas für dich: Gegenstände, Portale und scheinbar auch Menschen ...« Sie warf Will einen ironischen Blick zu. »Ich wäre an deiner Stelle sehr, sehr vorsichtig – diese Frau kann *wirklich* Herzen brechen. Sagt man nicht so?«

»Und Türen zu versteckten Kammern öffnen«, fügte Will hinzu.

»Kammern?« Justine musste nachdenken und die Geschichte Revue passieren lassen. »Ach ja! Die Kammer mit den Schriftzeichen an der Wand, die geleuchtet haben.« Sie ließ den Whisky im Glas kreisen und betrachtete die Schlieren am Rand. »Hat der Maître gewusst, dass du zu dieser Party gehst, und dich deswegen gezeichnet, weil er hoffte, dass du die Kammer entdeckst und öffnest?« Sie schaute zur Decke. »Nein, das erscheint mir doch zu unwahrscheinlich. Ich habe den Eindruck, dass es ein Zufall war.« Justine betrachtete Saskia. »Er hatte sicher etwas anderes mit dir vor. Bereite dich darauf vor, dass du ihm wieder begegnen wirst.«

»Ich habe ihn auf der Party gesehen«, sagte Saskia. Dabei spielte sie mit ihrem Dolch, was für Will sehr gefährlich und gleichzeitig routiniert aussah. Er revidierte sein Bild von Saskia mehr und mehr: Sie war in der Tat eine Kämpferin und verarbeitete die Geschehnisse wohl deutlich schneller als er. »Etwas kam aus der Kammer«, flüsterte sie. »Ich habe es gespürt, aber ich hielt es für Einbildung. Es war wie ...« Sie hielt inne und sah zu ihm. »Es war wie ein eiskalter Wind, der Schlechtigkeit in sich trägt, der töten will und ...«

Er nickte. »Du hast ihn gespürt – ich habe ihn gesehen, bevor er mich angriff. Es war der Dämon.«

»*Bon.* Madame hat dem Dämonendiener anscheinend den Gefallen getan, etwas zu befreien, was auch immer es war – für mich hört sich das allerdings eher nach einem Geist an. Damit ist das Rätsel gelöst, *ou je ne m'y connais pas.* Nun möchte ich meine andere Hälfte wieder zurück, *s'il te plaît.*«

»Seien Sie doch froh, dass Sie das Tier in sich verloren haben«, sagte Will. »Wie geht das vonstatten, diese Verwandlung? Und wie sind Sie in diese andere ... Dimension geraten?«

»Es war eine *Hölle,* jedenfalls für mich. Glaub mir: *Du* bist der Letzte, mit dem ich darüber sprechen würde, Will. Nichts für ungut, aber wir kennen uns nicht.« Justine steckte sich ein Zigarillo an, das sie wohl ebenfalls in ihrem Versteck gefunden hatte. Angewidert verzog sie das Gesicht. »Zu alt.« Sie rauchte dennoch weiter. Die Frage nach der Hölle schien sie zu beschäftigen, und Will hatte den Eindruck, dass sie die zu demonstrativ zur Schau getragene Überheblichkeit nur spielte. Nun schloss sie sogar die Augen, als würde sie versuchen, eine schlimme Erinnerung auszublenden; dabei rieb sie über ihr Handgelenk, und Will meinte dort die Ausläufer einer Tätowierung zu sehen. Eines Mals, wie es Saskia und wohl auch der Maître trugen. Welchem Dämon diente sie?

Er trank einen Schluck Gin. »Könnte es nicht mit Ihrer Flucht zusammenhängen? Dass Sie sich nicht mehr verwandeln, meine ich. Kann es eine Strafe sein?«

Die Französin schüttelte den Kopf. »*Non, non.* Ich habe es deutlich gespürt, dass es von *ihr* ausging. Sie hat die Bestie in mir ... verbannt, weggeschlossen. Du«, das glimmende Ende des Zigarillos zeigte anklagend auf Saskia, »wirst diese Tür wieder öffnen. Oder ich zeige dir, dass ich die Kraft der Wölfin nicht benötige, um dich fertigzumachen.«

»Ich *kann* es nicht!« Saskia seufzte. »Glauben Sie mir, ich würde Ihnen gerne helfen, aber es geht nicht. Oder können Sie mir verraten, wie ich diesen Fluch kontrolliere?«

Will dachte nach. »Die Schriftzeichen in der Kammer!«, sagte er schließlich. »Vielleicht verraten sie uns mehr über das, was der Maître mit dir gemacht hat?« Er wandte sich an Justine, die mit ihrer Körperhaltung unmissverständlich machte, dass sie durchaus gewaltbereit war. »Lassen Sie uns gemeinsam herausfinden, was passiert ist. Davon profitieren wir doch alle!«

Justine bedachte ihn mit einem falschen Lächeln. »Du bist ein kleiner Friedensengel, Will, oder? Kann man davon leben?«

»Ich bin Florist«, antwortete er lahm – und Justine lachte laut auf: *»Mon Dieu!* Das erklärt es natürlich«, gluckste sie. *»Un marchand de fleurs – c'est chou!«* Sie warf den Zigarillorest auf die Dielen und trat ihn mit dem Absatz aus. »Also los. Sehen wir uns an, was die Schrift an der Wand verkündet. Sehr biblisch, *n'est-ce pas?«*

Sie verließen das Haus durch das Fenster. Will nahm sein Handy heraus, um die Polizei sicherheitshalber vorab in Kenntnis zu setzen, dass er sich zu Hause umsehen wollte; irgendwie musste er es hinbekommen, dass sie ihn danach nicht sofort zum Verhör mitnahmen. Aber plötzlich hielt er sein Telefon nicht mehr in den Fingern – Justine hatte es mit einer blitzartigen Bewegung gestohlen.

»Un moment«, bat sie und hob abwehrend die rechte Hand, als er protestieren wollte, während sie mit der anderen bereits wählte. »Ich muss nur meine ...« Sie stockte, lauschte und drehte sich weg. Offenbar war der gewünschte Gesprächspartner nicht zu erreichen; sie tippte eine weitere Nummer ein.

Diesmal wurde es ein längeres Gespräch. Justine wanderte auf dem Plattenweg auf und ab, rauchte ein Zigarillo nach dem anderen und gestikulierte, als stünde sie leibhaftig vor einem Menschen und müsste ihn damit beeindrucken.

Will sah verstohlen zu Saskia, die sich gegen den Zaun gelehnt hatte und auf ihre Fußspitzen starrte. Er wusste nicht, was in ihr vorging. Verarbeitete sie das Geschehen? Trauerte sie? Stand sie kurz davor, den Verstand zu verlieren? Den Gedanken verwarf er wieder; sie machte einen starken Eindruck.

Er wunderte sich selbst, wie er das, was mit ihm geschah,

wegsteckte. Womöglich war es der konstante Stress. Würde er, sobald ein bisschen Ruhe einkehrte, unter der Last des Erlebten zusammenbrechen?

Will stellte sich neben Saskia. »Frag nicht, ob alles in Ordnung ist«, warnte sie ihn mit spröder Stimme.

»Tue ich nicht. Ich wollte gar nichts sagen«, gestand er.

Sie wandte ihm langsam den Kopf zu; die graugrünen Augen suchten seinen Blick. »Wie machst du das?«, fragte sie.

»Was?«

»So ruhig und gefasst zu bleiben.« Saskia schauderte. »Ich kenne ein paar ordentliche Horrorfilme ... aber was ich gestern und heute gesehen habe, das übersteigt alles!«

»Weil es echt war und du nicht einfach die DVD abschalten konntest, wenn es dir zu viel wird«, führte Will ihren Gedanken fort und zeigte ihr so, dass es ihm ähnlich ging.

Sie fuhr sich mit der Linken über den Arm. »Ich war voller Blut! Blut meines Freundes!«, erzählte sie leise. Dann gab sie sich einen Ruck und atmete tief durch. Hastig wischte sie eine Träne weg. »Also, wie machst du das?«, wiederholte sie.

Will versuchte ein aufmunterndes Lächeln, aber es fiel wahrscheinlich nicht so positiv aus, wie er hoffte. »Ich akzeptiere es«, gab er zur Antwort und roch plötzlich den Gestank aus dem Pestlazarett. Es war so echt gewesen! »Vielleicht habe ich auch einen Vorteil, weil ich eine andere Religion habe als du. Die Schar der Götter, Geister und Dämonen im Hinduismus ist nahezu unüberschaubar. Natürlich ist das, was uns geschehen ist, schrecklich, aber ... also ... es bestätigt auch das, an was ich seit vielen, vielen Jahren glaube.« Er konnte nicht verhindern, dass ihm dabei ein Schauer über den Rücken lief. Ganz so leicht fiel es ihm nicht, souverän mit dem Übernatürlichen umzugehen. Doch Will merkte, dass ihm das Reden darüber mehr von der Selbstsicherheit gab, die er jetzt brauchte. Und Saskia ebenso. »Wir haben es mit Mächten zu tun, die normale Menschen nie zu Gesicht bekommen. Was nutzt es, sich dem zu verschließen und sich eine vermeintlich rationale Erklärung aufzuzwingen? Ich konzentriere mich auf unser nächstes Ziel, die Kammer.«

»Das sollte ich wohl auch tun.« Saskia atmete erneut durch und wirkte nun gefasster. Sie lächelten sich an und sahen einander in die Augen; Will wurde klar, dass sie gerade ein Bündnis schlossen.

»Was hatte Groening eigentlich auf deiner Party verloren?«, fragte sie unvermittelt.

»Der hat sich aufgedrängt, und ich konnte ihm nicht vor den Kopf stoßen, auch wenn ich es gerne getan hätte.« Will musste lachen. »Hey, richtig! Du hast ihm ja einen Zahn ausgeschlagen. Ist auch eine Art, vor den Kopf zu stoßen.«

»Das war nicht clever, ich weiß.«

»Aber sie haben dich alle verstanden.«

»Tja«, seufzte sie, »wegen des Vorfalls mit dem Idioten bin ich in den Korridor gelaufen. Und damit hat alles angefangen.« Sie sah ihn fragend an. »Du hattest wirklich nicht die leiseste Ahnung, was hinter dem Teppich lag?«

»Nein. Der Sir meinte nur, dass der Teppich nicht bewegt werden darf. Wenn ich geahnt hätte, was dahinter lauert ...« Er biss die Zähne zusammen.

»Gib dir keine Schuld. Du hättest nicht verhindern können, was geschehen ist. Schuld hat der Maître! Ohne ihn und diese Gabe, die er mir aufgezwungen hat, wäre nichts geschehen. Bis auf den Schlag auf Groenings Maul vielleicht.« Sie schaute zu Justine, die immer noch telefonierte. »Aber du solltest deinen Chef zur Rede stellen. Hast du seine Nummer im Kopf?«

»Nein. Sie ist in einem Satellitentelefon gespeichert, das in der Villa liegt.« Will kratzte sich am Kopf. »Ich hoffe, sie führt kein Auslandsgespräch.«

»Glaubst du ernsthaft, das würde sie stören?« Saskia grinste, ohne die Frau aus den Augen zu lassen. »Sie sieht ganz normal aus, dabei ist sie eine Werwölfin, ein Fabelwesen, das aus der Hölle kommt ... Wobei: Sagte sie nicht, dass es *mehrere* Höllen gibt?« Sie schloss die Augen. »Akzeptieren, das klingt so einfach. Aber wie soll ich dabei meinen Verstand bewahren?«

»Es wäre wohl das Beste, nicht darüber nachzudenken«, sagte Will sanft. »Auch wenn es schwerfällt bei so vielen Fragen.« Er beobachtete die Französin nun auch. »Woher stammt sie? Wie ist sie in die Hölle gekommen? Wie entkommt man der Hölle lebend? Wie viele Höllen gibt es, und aus welchem Grund kommt man in welche?« Er schmunzelte. »Und was ist mit den Atheisten?«

Saskia nahm den Ball auf. »In der Hölle zu landen, wäre doch für einen Atheisten die wahre Hölle.« Sie grinsten beide. »Merkwürdig, über was wir uns plötzlich Gedanken machen.« Sie drehte sich zu ihm und blickte ihn an. Will glaubte, dass sie das zum ersten Mal seit ihrem Zusammentreffen richtig tat. Absichtlich, lange und aufmerksam. »Du hast recht. Akzeptieren ist das einzig Mögliche.« Sie atmete tief ein. »Humor hilft, oder?«

»Humor?«, grinste Will sie an. »Dann pass auf: Ein Kannibale, der in seinem Leben immer artig Feinde gefoltert, geschlachtet und gekocht hat, der seine Frau schlug, sooft er konnte, und seine zwei jüngsten Kinder verkaufte, um Geld für Schnaps zu haben, weil es die Traditionen seiner Gottheit so verlangten, stirbt. Er erwacht im Himmel, und dort wird er von seinem Gott empfangen, der ihn herumführt und ihm die schönsten Geschenke macht, bevor er ihn zu einer Hütte am Strand geleitet. Der Kannibale wundert sich und fragt seinen Gott, warum er denn nicht in der Hölle sei, wie die Missionare, die er gefressen hat, ihm vorhersagten. Sein Gott lacht und meint, er habe ja immer nach seinen Regeln gelebt und dass er dafür belohnt wird. Als sie so den Strand entlanggehen, kommen sie an einem Bretterzaun vorbei. Der Kannibale bekommt von seinem

Gott gesagt, dass sie leise sein müssen.« Will sah Saskia auffordernd an. »Los, frag schon.«

»Warum müssen sie leise sein?«

Will grinste. »Der Gott des Kannibalen sagt: Auf der anderen Seite leben die Christen. Und die sollen weiterhin glauben, dass sie allein im Paradies sind.«

Das Lachen platzte förmlich aus Saskia hinaus.

Als sie sich wieder beruhigt hatten, war es an Will, Saskias Gesicht genau zu studieren. Er hatte sie immer schon attraktiv gefunden, natürlich, aber ihre Flirts waren immer spielerisch gewesen, nie auf ein konkretes Ziel gerichtet. Nun aber merkte er, wie er sich stärker zu ihr hingezogen fühlte, als es unter diesen Umständen möglich schien. Da gab es diese neue, wachsende Verbundenheit mit ihr. Ein Gefühl, das er lange nicht mehr zugelassen hatte.

»Alors«, hörte er Justine unverhofft neben sich sagen und schrak zusammen. »Wir haben ein kleines Problem. *Je suis morte.«* Als sie das Unverständnis in ihren Gesichtern sah, übersetzte sie: »Ich bin tot. *Offiziell.* Mein Bruder hat mich für verstorben erklären lassen und sich mein bisschen ererbtes Vermögen unter den Nagel gerissen.« Sie schnaubte wütend.

»Ist er auch ein Werwolf?«, wollte Will erfahren.

»Angeblich nicht mehr – *quel idiot!«*, rief sie und warf die Hände in die Luft. »Er hat ein wunderbares Geschenk weggeworfen.« Justine drückte ihm das Handy in die Hand und suchte schon wieder nach etwas zu rauchen. »Fahren wir?«

Während sie zum Auto gingen, dachte Will darüber nach, was es wohl noch für Kreaturen in seiner scheinbar harmlosen Menschenwelt gab. Was kam nach Werwölfen: Vampire? Das waren noch die harmlosesten Gestalten, wenn er an die hinduistischen Dämonen dachte. War Kali nicht auch eine Bezwingerin von Dämonen? Es wurde Zeit, ihr mehr Opfer zu bringen. Lord Ganeesha war derzeit nicht für ihn zuständig.

Was er noch immer nicht einzuordnen wusste, war seine Vision des seuchengeplagten Venedig. Wie passte das zu dem, was er gerade durchmachen musste?

Mit solchen und ähnlichen Gedanken beschäftigt, schritt er neben Saskia und Justine her, bis die Französin neben einem älteren Geländewagen stehen blieb. »Ich habe keine Lust, mit meinen neuen Klamotten diesen versifften Transporter zu benutzen«, verkündete sie und schlug die Scheibe des Autos mit dem Pistolengriff ein. »Wir nehmen den hier.« Sie öffnete die Tür und tauchte unter das Lenkrad ab, entfernte eine Plastikverkleidung und riss ein paar Kabel hervor.

Will und Saskia blickten sich an. »Wie wäre es mit einem Taxi?«, schlug er vor.

»Brauchen wir nicht.« Gleich darauf sprang der Motor an. »Einsteigen.« Sie setzte sich hinters Steuer und grinste. »Ich bin das Taxi. Außerdem möchte ich sehen, ob ich es noch kann.«

Widerwillig schwangen sie sich in den Jeep.

Justine fuhr wie der buchstäbliche Henker – oder wie eine echte Bürgerin der Grande Nation. Blinker kannte sie nicht, dafür benutzte sie ständig Hupe und Fernlicht, um sich den Weg zu bahnen. Saskia krallte sich in den Beifahrersitz; Will gab von der Rückbank aus Anweisungen, wie sie zur Villa kamen. Zwischendurch rief er bei der Polizei an und ließ sich zu Kapler durchstellen.

»Endlich«, wurde er begrüßt. »Wo stecken Sie denn, Herr Gul?«

»Ich bin mit Frau Lange auf dem Weg zu meinem Anwesen«, erklärte er.

»Okay. Sie *warten* dort auf mich!«

»Aber natürlich. Justine, da vorne links.« Sie legte den Jeep in die Kurve, als wäre es ein Rennwagen; mehrere Teile quietschten gleichzeitig. »Gibt es etwas Neues, Herr Kapler?«

Der Kommissar schien nachzudenken, wie viel er am Telefon

sagen konnte. »Wir haben zwei weitere Tote in einem Kofferraum gefunden. Beide sind gefoltert worden«, berichtete Kapler knapp. »Einer davon ist Ihr Freund Oliver.«

»Gefoltert?« Will war entsetzt.

»Ich schicke Ihnen eine Streife, Herr Gul. Vier Beamte zu Ihrem und Frau Langes Schutz sollten genügen. Und richten Sie sich bitte auf eine lange Unterhaltung ein. Es gibt zu viele Dinge in diesem Fall, die wir überhaupt nicht zuordnen können. Anscheinend haben wir es doch mit einer radikalen Sekte zu tun. Wir benötigen dringend Ihre Hilfe.« Kapler legte auf.

»Das war nicht klug«, sagte Justine über die Schulter. »Jetzt schauen uns Flics bei der Untersuchung der Kammer über die Schulter.« Sie knurrte. Und dieses Mal klang es bedrohlich.

VIII. KAPITEL

8. November
Deutschland, Hamburg

Auf der rechten Seite der Straße tauchte das Anwesen auf, und Will beschlich ein flaues Gefühl. Saskia wurde ebenfalls bleich, ihre Finger klammerten sich fest in den Mantelstoff. Sie kämpfte genauso mit ihren Emotionen wie er.

»Wow! Was für ein Schuppen.« Justine brauste beim Einbiegen auf den Kiesweg quer durch die angelegten Beete und walzte das winterfeste Grün nieder. Will bewunderte, wie sie es dabei schaffte, sich das nächste Zigarillo anzuzünden.

In den Geruch von brennendem Tabak mischte sich ansatzlos der beißende Gestank von verbranntem Schwefel. Will wurde schwarz vor Augen. Er stützte sich ab –

– doch seine Hände landeten nicht auf der kunstledernen Kopfstütze des Fahrersitzes, sondern auf einer flechtenüberzogenen Steinbrüstung, die aus der Dunkelheit vor seinen Augen auftauchte. Der Gestank nach Schwefel wurde stärker, brannte in seinen Lungen und brachte seine Augen zum Tränen. Trotzdem klarte seine Sicht weiter auf, und Will stellte fest, dass er sich nicht mehr im Wagen befand. Unter sich erkannte er Pflastersteine, vor sich die Steinbrüstung. Er sah seine Hände ... oder? Sie waren viel zu hell und zu behaart, um ihm zu gehören! Erschrocken wollte er zurückweichen – und musste feststellen, dass er keinerlei Kontrolle über seinen Körper besaß. Ihm wurde übel, als er merkte, was hier nicht stimmte: Er steckte in einem fremden Körper! Will sah, was der Unbekannte sah, er fühlte, roch und schmeckte wie er – doch er war erneut dazu verdammt, ein hilfloser Beobachter zu sein. Nur dass er diesmal nicht über der Stadt schwebte, sondern sich in einem Gefängnis aus Fleisch und Knochen befand.

Der Mann machte zwei Schritte zur Seite, raus aus den dichtesten Schwaden, und stieß gegen eine Brüstung. Wenige Meter unter ihm schwappten Wellen gluckernd gegen die Einfassungen eines schmalen Kanals, auf dem eine Lastengondel vorbeizog. Eine Gondel, auf der sich nackte Leichen stapelten und das Gefährt mit ihrem Gewicht beinahe unter Wasser drückten. Der Mann, der sie stakte, trug auf seiner Kleidung ein schwarzes Kreuz und vor dem Gesicht eine der Schnabelmasken, die Will schon zuvor gesehen hatte. Anscheinend dachten die Menschen, sich mit Lavendel und anderen Kräutern vor der Pest schützen zu können.

Es war sehr kalt, und durch die Gassen, in denen die ätzenden Rauchwolken hingen – mal dicht, mal kaum sichtbar, aber immer gegenwärtig –, pfiff ein kalter Wind, der einen anderen, nicht minder ekelhaften Geruch mit sich trug: den von verbranntem Fleisch. Will erinnerte sich an die großen Feuer, die er auf der Insel gesehen hatte, und musste würgen; dem Mann, in dem er steckte, ging es nicht anders.

Während sich langsam und unheimlich eine zweite Gondel aus dem Dunst schob, hörte Will ein Rufen hinter sich. Wenig später packte eine Hand seinen Ärmel und zerrte ihn nach vorn. Jemand redete mit ihm, doch er verstand kein Wort.

Dennoch konnte Will – beziehungsweise derjenige, in dessen Körper er steckte – nicht anders: Er folgte der Aufforderung, lief die kleine Brücke hinab und stand plötzlich vor einer Trage, auf der die nackte Leiche einer jungen Frau lag.

Mehr und mehr gewöhnte er sich an die Umgebung und nahm sie besser wahr. Auch er trug diese Schnabelmaske, und als sein

Wirt die Hände abwischte und dabei an sich hinabschaute, was mit der langen eisernen Nase nicht so einfach war, erkannte Will ein sackähnliches Gewand mit einem roten Kreuz auf der Brust. Er gehörte zu den Totenträgern.

Ein Mann in identischer Kleidung stand vor ihm; er war es wohl gewesen, der ihn von der Brücke gezerrt hatte. Neben der Toten kniete ein weiterer Mann mit einem hohen schwarzen Hut und einem langen Mantel. Als könne er die Gedanken seines Wirtes lesen, wusste Will, dass er einen Medikus vor sich sah. Langsam begannen die ersten italienischen Satzfetzen einen Sinn für ihn zu ergeben, er verstand einzelne Wörter, Ortsangaben.

Der Medikus spreizte die Schenkel der Verstorbenen und tastete die Innenseite ab. Die behandschuhten Finger wanderten fachkundig aufwärts in die Leisten und fuhren über die Beulen. Danach schob er die Arme der Toten nach oben und entdeckte weitere Geschwüre, die sich noch nicht geöffnet hatten. »Die Zeichen sind eindeutig«, verkündete er undeutlich hinter der Maske hervor. Dann rief er, so laut es ihm möglich war: »Anwohner, aufmachen!«

Hätte Will Kontrolle über den Körper besessen, in dem er steckte, wäre er vor Überraschung zusammengezuckt: Er verstand die fremde Sprache plötzlich!

»Die Pest ist im Haus. Öffnet! Ich muss euch untersuchen.« Der Medikus trat an den kleinen Karren, auf dem allerlei Utensilien lagerten, von medizinischen Geräten bis zu mehreren Eimern, Räucherpfannen, Balken, Nägeln und Werkzeug. Von drinnen erklangen erschrockene Rufe und das Weinen mehrerer Frauen.

Will sah ein verräuchertes Straßengewirr um sich herum und überlegte, wo er sich befand. Er hörte seinen Wirt zu dem Begleiter sagen: »Wo sind wir?«

Der sah ihn verblüfft an. »Was?«

Will stockte, versuchte, den Arm zu heben – und er gehorchte ihm! Wie auch immer er es erreicht hatte, er besaß nun die Kontrolle über diesen Körper. Seine Verwunderung überspielend, zeigte er auf den Rauch. »Ich muss zu lange im Qualm gestanden haben. Der Schwefel hat mich verwirrt.«

»Scheint so, Giuseppe«, bekam er zur Antwort. »Wir sind schon lange unterwegs heute.«

Will hob versuchsweise den Fuß und drehte den Kopf. Es fühlte sich schwerfällig an, als sei er noch schlaftrunken, doch es gelang ihm. »Wie lange geht das schon so?«

»Bei den Heiligen, hast du gesoffen?« Sein Begleiter sah ihn böse an. »Woher hast du das Geld?« Als er keine Antwort bekam, spuckte er aus und packte die Bahre an den Griffen. »Nun mach schon! Wir werden nicht fürs Rumstehen bezahlt.«

Sie trugen die Tote zum Kanal, wo eine Gondel auf sie wartete. Beinahe achtlos warfen sie die Frauenleiche zu den Übrigen, danach noch ein Bündel fleckiger Wäsche und benutzter Laken.

Als sie zurückkamen, öffnete sich die Haustür, der Medikus trat als Erster hinein und rief seine Helfer zu sich. Will sah, wie sich zwei ältere Frauen im Schein der Blendlaterne, die der Medikus auf sie richtete, entblößten. Auch sie wurden von ihm akribisch untersucht; zu Wills Erleichterung trugen sie die offensichtlichen Zeichen der Pest noch nicht.

»Ihr werdet mit Franco mitgehen.« Der Medikus deutete auf Wills Begleiter. »Packt eure Habseligkeiten, er wird euch zur Fähre bringen, die zum Lazzaretto Nuovo übersetzt. Dort bleibt ihr, bis sich zeigt, ob ihr der Pest anheimgefallen seid, verstanden? Eine Flucht nützt euch nichts. Wer sich den Anweisungen des Magistrats widersetzt, wird gehängt«, leierte er herunter, als habe er es schon sehr oft sagen müssen. Die Frauen weinten und nickten gleichzeitig.

»Giuseppe?«

»Ja?« Will wandte sich dem Arzt zu.

»Räuchere das Haus aus, danach verbarrikadiere es. Wenn du den Karren zu mir gebracht hast, kannst du nach Hause gehen. Für heute ist es genug. Wir sehen uns morgen wieder, bei Sonnenaufgang.« Der Medikus schaute zu den Frauen, die sich wieder ankleideten und die Treppe zum ersten Stock hinaufgingen. Sein Blick wurde milde. »Möge Gott ihnen beistehen und sie verschonen, wie er uns verschont.«

»Es sind die Juden«, sagte Franco voller Hass. »Ich habe gehört, dass sie kaum einen Todesfall in ihrem Viertel haben. Das geht nicht mit rechten Dingen zu, sage ich! Sie haben uns die Seuche gebracht, um die Stadt zu übernehmen.«

Der Medikus funkelte ihn böse an. »Das ist Unsinn, Franco. Sie sind hier genauso gefangen wie wir.«

»Wie meint Ihr das?«, erkundigte Will sich.

Der Medikus wandte sich zu ihm um. »Giuseppe, fühlst du dich nicht gut? Jeder weiß, dass die Stadt abgeriegelt ist und die Kriegsschiffe jedes Boot versenken, das über die Marke hinwegfährt.«

»Und wer ist es dann gewesen?«, fragte Franco wütend. »Es ist doch bekannt, dass sie ...«

»Wirst du wohl aufhören mit diesem dummen Gerede! Die Ratten sind schuld, wer sonst? Die Ratten von den Schiffen, die aus Indien kommen. Dort ist die Pest doch überall – so wie in dieser Stadt die Diebe!« Der Medikus schüttelte wütend den Kopf und gab Franco mit einer energischen Handbewegung zu verstehen, die Vase, die er an sich genommen hatte, wieder hinzustellen. »Du Tor bist auf das Geschwätz derer hereingefallen, die alles besser wissen. Einmal waren es die Türken, dann die Spanier, dann die Deutschen, dann wiederum haben die Bettler von auswärts die Pest eingeschleppt. Und die Juden. Die sind es immer, egal bei welchem Unglück. Jeder weiß es besser, aber keiner glaubt an das Offensichtliche. Die Dulcissima hat die Pest schon mehr als einmal überlebt.« Er schwieg einen Moment und sagte nachdenklich: »Auch wenn es noch nie so schlimm war wie dieses Mal. Man zählt täglich fünfhundert Tote, von den Palazzi von San Marco und San Polo bis in die Häuser entlang des Rio Marin oder Castello und Cannaregio.«

Will erinnerte sich schaudernd an die Insel mit den Feuern und den Massengräbern.

Der Medikus schritt zum Ausgang. »Der Magistrat rechnet mit fünfzehntausend Toten, wenn der November vorüber ist. Und was noch schlimmer ist: Noch ist kein Ende abzusehen.«

»Sie haben sogar die Bordelle geschlossen«, sagte Franco missmutig. »Und meine Kneipe. Venedig liegt wie tot da. Wie die Pestkranken auf dem Lager.« Er bekreuzigte sich. »Herr, steh mir bei!«

Will sah die Frauen die Treppe hinunterkommen, beladen mit jeweils zwei Taschen, in denen sie ihre Kleidung und vermutlich ihre wenigen Wertgegenstände verwahrten. Franco geleitete sie zur Tür hinaus. Bevor der Medikus ebenfalls in den stinkenden Nebel trat, sagte er: »Giuseppe, du weißt, was zu tun ist. Räuchere das Haus aus, verbarrikadiere es und vergiss den Anschlag nicht.«

Will blieb allein zurück. »Was soll ich hier?«, murmelte er. Seine behandschuhten Hände fuhren über die Möbel und Türrahmen, den schimmeligen Putz an der Wand; er wartete darauf, dass sie durchlässig wurden, wie man es von Traumgebilden erwarten durfte. Doch nichts passierte. *Was ist, wenn ich hier gestrandet bin,* schoss ihm ein beunruhigender Gedanke durch den Kopf, *und nicht in die Realität zurückkehren kann?* Als hätten Wills Gedanken damit die Kontrolle über den Körper wieder an seinen rechtmäßigen Besitzer zurückgegeben, setzte sich der Mann ruckartig in Bewegung. Er trat hinaus auf die Straße, an den Karren, und suchte die Räucherpfannen heraus, die bereits mit Stroh und Reisig sowie dicken Klumpen Pech gefüllt waren. Er entzündete die Pfannen, trug sie nacheinander quer durch das ganze Haus und füllte die Kammern eine nach der anderen mit dem Rauch; dabei hustete und ächzte er unentwegt, und obwohl Will keine der Bewegungen selbst kontrollierte, spürte er doch das Brennen in den Lungen.

Nachdem der Eingang des Hauses mit einem Balken zugenagelt war, trat der Mann erneut an den Karren. Mit »Anschlag« hatte der Medikus ein Stück Pergament gemeint, auf dem zu lesen stand, dass das Haus im Namen des Magistrats von Venedig und des Dogen wegen der Pest unter Quarantäne gestellt war und niemand hineindurfte; auch das Plündern war verboten. Will las das Datum: *November 1630.* Nachdem der Mann das Schriftstück an das Haus genagelt hatte, warf er den Hammer in den Karren und ließ seinen Blick erschöpft schweifen. Es war gespenstisch leer und einsam in den Gassen, in denen viele, erschreckend viele Türen vernagelt waren. Das Wasser plätscherte gegen das steinerne Kanalufer, ein schweigender Gondoliere steuerte sein langes schmales Boot durch den milchigen Schleier, der aus Nebel und Rauch bestand. Charon auf dem Styx, umgeben vom Totenreich.

»Was zum Teufel mache ich hier?« Kaum hatte Will dies gedacht, hörte er es auch aus dem Mund des Mannes. Ohne es zu wollen, hatte er wieder die Kontrolle über diesen Giuseppe an sich gerissen. Immerhin konnte er nun wütend gegen das Rad des Karrens treten. »Wie komme ich wieder zurück?«, fragte er mit der rauhen Stimme des Italieners. Das letzte Mal hatte die Vision von selbst geendet, aber derzeit spürte er nichts, was auf eine Rückkehr hindeutete.

»Psst, Giuseppe!«

Er drehte sich um und sah einen Mann in einem langen grauen Umhang und mit einer schwarzen Maske vor dem Gesicht hinkend auf sich zukommen. Unwillkürlich legte er eine Hand an den Dolchgriff. »Was?«

Der Mann blieb vor ihm stehen, langte unter seinen Mantel

und drückte ihm einen faustgroßen Tiegel in die Hand. »Hier. Heute wirst du im Calle del Paradiso unterwegs sein«, sagte er gepresst. »Streich es diesmal nicht nur auf die Unterseite der Türklopfer und an die Klinken, sondern auch auf die Wände, vor denen es stark nach Urin stinkt; da stützen sich die Männer gern ab. Aber schmier nicht zu dick, sonst fällt es sofort auf.«

Will nahm den Tiegel an sich. »Was ist das?«

»Was das ...?« Der Mann lachte auf, brach abrupt ab und legte eine Hand eng an den Körper, als stützte er sich selbst. »Ist das dein Sinn für Späße?« Er griff erneut unter den Mantel, nestelte daran herum und brachte einen länglichen schmalen Koffer zum Vorschein. »Aber bevor du die Pestsalbe verteilst, bring das hier in die Riva del Carbon zum Palazzo von Partello. Du wirst erwartet.« Der Mann kam ihm ganz nahe, dabei blieb sein Oberkörper leicht vornübergebeugt. »Es ist wichtig, Giuseppe. Verteidige es mit deinem Leben und liefere es unter allen Umständen dort ab«, stöhnte er mehr, als er sprach.

Will wagte nicht weiter zu fragen. Er nahm auch die große Kassette an sich, legte sie auf den Karren und breitete ein Tuch darüber. Dabei fiel sein Blick auf das Pflaster. Um die Schuhe des Mannes hatte es sich rot gefärbt. Der Maskierte verlor Blut! »Du bist ...«

»... so gut wie tot. Die Wandler haben mich erwischt.« Der Maskierte schlug den Mantel zurück und zeigte seine Wunde; scharfe Krallen hatten seine rechte Seite aufgeschlitzt, aus unzähligen Schnitten rann der Lebenssaft. »Sie haben die Blockade durchbrochen und sind hier. Deswegen musst du das Schwert zu Partello bringen! Nur dort ist es in Sicherheit!« Er brach zusammen und hielt sich an Wills rechtem Oberschenkel fest. »Ist es nicht eine Ironie des Schicksals? Das Wasser hat uns alle vor den Blutsaugern beschützt, aber jetzt macht es uns zu Gefangenen dieser Stadt und zur leichten Beute für die Wandler, die die Rückkehr des Herrn verhindern wollen.«

Hinter sich hörte Will leises Trappeln. *Das* waren keine menschlichen Schritte.

»Sie kommen! Sie haben meine Spur aufgenommen«, röchelte der Unbekannte und ließ Wills Bein los. »Lauf, Giuseppe! Riva del Carbon, rasch!«

Will starrte in den Nebel, mit dem eine Veränderung vonstattenging: Er schien sich zu verdichten und sich langsamer und träger zu bewegen, als gerinne er zu etwas Festem. Der perfekte Schutz für einen hinterhältigen Angriff! Ein langgezogenes Heulen erklang – und inmitten des dichten Graus flammte ein Paar rubinfarbener Augen auf. Ein schwarzer Schatten flog aus dem Dunst heran.

Will wartete nicht, bis er genau erkennen konnte, was ihm ans Leben wollte. Er packte die Kassette, sprang über den Maskierten und rannte die Gasse entlang, während hinter ihm das heisere, drohende Brüllen eines Raubtiers erklang. Dann schrie jemand schrill auf.

Will sah im Laufen über die Schulter. Ein riesiger schwarzer Hund oder etwas Ähnliches zerbiss den Hals des Maskierten, zerrte daran und riss ihn auseinander. Gleichzeitig tauchten zwei weitere Tiere auf, jagten an ihrem fressenden Artgenossen vorbei – und hielten auf Will zu!

Er rannte weiter, so schnell, wie es ging, hörte hinter sich ein Hecheln, versuchte verzweifelt, schneller zu werden – und stürzte! Will fiel nach vorne, ein Schrei entrang sich seiner Kehle, und ...

8. November
Deutschland, Hamburg

Justine musste hart auf die Bremse steigen, damit sie den Polizeibeamten in der dunkelblauen Uniform, der auf dem Kiesweg stand, nicht überfuhr. Sichtlich bleich umrundete er den Jeep und leuchtete mit der Taschenlampe in den Innenraum.

Will war benommen; er blinzelte in das helle Licht und hätte sich am liebsten übergeben. Die Gegenwart hatte ihn wieder! Er wollte etwas sagen, aber seine Sinne waren noch zu verwirrt, der Mund klappte einfach auf und zu.

»Wir warten hier auf Kommissar Kapler«, sagte Saskia laut, damit sich der Polizist auf sie anstatt auf die Französin konzentrierte. »Mein Name ist Saskia Lange, das dahinten ist Will Gul – man erwartet uns bereits.« Sie hielt ihm ihren Ausweis hin. »Meine Bekannte hier hat sich bereit erklärt, uns zu fahren. Wir wollten so schnell wie möglich kommen, um Ihre Ermittlungen nicht unnötig aufzuhalten. Bitte entschuldigen Sie, wenn wir ... etwas stürmisch hereingeprescht sind.«

Der Polizist betrachtete die Plastikkarte, dann warf er Justine einen strafenden Blick zu. »Fahren Sie langsam weiter, und parken Sie vor dem Rondell.«

Justine lächelte – und fuhr mit so viel Gas an, dass ein Kiesschauer gegen den Mann prasselte. An den Bewegungen der Taschenlampe erkannte Will durch die Rückscheibe, dass der Polizeibeamte eindeutige Gesten machte.

Als Kapler davon gesprochen hatte, ihnen eine Streife zu schicken, hatte er ihnen verschwiegen, dass beim Haus noch etwa dreißig Beamte der Spurensicherung damit beschäftigt waren, das Anwesen auf den Kopf zu stellen. »Wie kommen wir denn jetzt in die Kammer?«, grübelte Saskia und ärgerte sich, dass sie daran nicht selbst gedacht hatte: Tatortsicherung, Beweisaufnahme, das ganze kriminaltechnische Programm kannte man doch aus dem Fernsehen. »Die werden uns das niemals erlauben.«

»Wir lassen uns etwas einfallen«, beschwichtigte Justine und drosch den Geländewagen die Auffahrt entlang, um ihn mit einem gekonnten Sidedrift neben einem Polizeitransporter zu parken. Wieder hagelte es Steinchen. Sie blickte auf die Villa. »Sagte ich schon *wow?*«

»Sagt man das als Werwölfin nicht andauernd?«, meinte Saskia trocken. Will lachte, und auch Justine warf ihr einen erheiterten Blick zu.

»Verzeihung, aber ich … bin schrecklich aufgeregt«, entschuldigte sich Saskia.

»Kein Grund, sich zu entschuldigen. Glaub mir – wenn man es mit dem Übernatürlichen zu tun bekommt, hilft nichts so gut wie ein bisschen Humor.« Justine stieg aus; Will und Saskia folgten ihr.

Sie steuerten auf den Eingang zu und blieben vor dem Trassierband stehen, bis sich ihnen ein Polizist näherte und grüßend die Hand an den Schirm legte. Das Auffälligste an ihm war der große, blond gefärbte Schnauzbart. Er trug eine schusssichere Weste und eine Maschinenpistole mit dem Gurt über der Schulter. »Guten Morgen. Frau Lange, Herr Gul, richtig? Mein Name ist Dottke. Kriminalkommissar Kapler schickt mich und drei Kollegen zu Ihrem Schutz. Ich soll Sie umgehend zur Wache bringen.«

»Danke«, sagte Will und schlüpfte unter dem grün-weißen Band hindurch. »Ich müsste aber noch mal rein, um mein Satellitentelefon zu holen und den Besitzer des Hauses anzurufen. Wir sind gleich bei Ihnen.« Saskia und Justine folgten ihm, aber Dottke setzte ihnen nach und stellte sich vor sie.

»Tut mir leid«, sagte er. »Solange die Kollegen von der Spurensicherung am Werk sind, dürfen Sie nicht rein. Sagen Sie mir, wo das Telefon liegt, und ich lasse es bringen.«

»Ich weiß es ja selbst nicht mehr«, warf Will rasch ein.

»Tut mir leid, Herr Gul, aber …«

»Aber bitte, Monsieur Dottke, Sie können das doch einrichten«, bat Justine mit einer für sie irritierend weichen Stimme und einem so starken französischen Akzent, dass Saskia sie ungläubig anschaute. »Wissen Sie, meine Freundin und ich, wir möchten uns kurz umziehen. Wir haben in diesen Kleidern in der letzten Nacht so schreckliche Dinge erlebt, dass ...« Sie brach ab, schaute wie ein verwundetes Reh und schaffte es gleichzeitig, ihre Brüste gekonnt in Szene zu setzen. »Ich flehe Sie an, Monsieur. Vorschriften können einen Mann wie Sie doch nicht aufhalten! Und bitte begleiten Sie uns, allein fühlen wir uns nicht sicher!«

»Werde ich wohl«, sagte der Polizist und sprach in das Funkgerät, wobei seine Barthaare das Mikro fast berührten. Justine warf Saskia unauffällig ein breites Grinsen zu.

Dottke führte sie durch die Halle, vorbei an Menschen in weißen Schutzanzügen, die Fundorte von Leichen markierten und die Toten für den Abtransport vorbereiteten, Fotos machten oder sich leise unterhielten und auf die kleinen Bildschirme ihrer Laptops deuteten. Die Untersuchungsmaschinerie lief. Den Gesichtern sah man an, dass ein solcher Tatort auch für die Profis ein schreckliches Novum darstellte.

»Hier entlang«, sagte Will. Zu viert gingen sie durch das Haus. Saskia blickte stur nach vorn und richtete die Augen stets auf einen ungefährlichen Punkt an der Wand vor sich. Sie wollte keine Flashbacks; nicht schon wieder und vor allem nicht jetzt.

Will sah sich etwas genauer um, um das Ausmaß des Massakers besser begreifen zu können. Aber der Mut verließ ihn bald, und er teilte Saskias Strategie. Justine dagegen drehte den Kopf neugierig hin und her und sog den Anblick in sich auf. Dann besann sie sich wieder auf ihre Taktik. »Monsieur Dottke, bitte erklären Sie mir das«, sagte sie mit vor Angst leicht zitternder Stimme, »die Polizei geht also davon aus, dass dies hier das Werk einer Sekte ist?«

»Keine Ahnung.«

»O bitte, Monsieur, Sie dürfen mich nicht in dieser schrecklichen Ungewissheit lassen«, lockte ihn Justine. »Haben Sie Mitleid mit einer Frau, die sonst schon Angst vor der Dunkelheit hat ... bitte!«

Saskia und Will tauschten vielsagende Blicke.

Dottke seufzte. »Ich weiß auch nichts Genaues. Damit haben wir einfachen Polizisten ja normalerweise nichts zu schaffen. Aber man hört, dass an zwei Leichen, die Klamotten des Catering-Service trugen, identische Tätowierungen gefunden wurden. Und es gab noch einen Toten nahe der Einfahrt, ebenfalls mit diesem Symbol. Erschossen, mitten durch den Kopf. Der war komplett in Schwarz gekleidet. Die Kripo vermutet, dass sie einer Sekte angehörten.«

»Was für ein Symbol ist das gewesen?«, säuselte Justine.

»Weiß ich nicht.« Dottke zuckte mit den Achseln. »Sind wir gleich da, Herr Gul?«

»Ich glaube, das Telefon war in der Küche.« Will setzte sich an die Spitze und schritt den Korridor entlang. Nach einem kurzen Aufenthalt in der Küche behauptete er, es doch im Bad gelassen zu haben. »Es ist dahinten.«

Die Markierungen der Spurensicherung am Boden, die Lache und die roten Spritzer erinnerten an das Leichenpaar in den teuren Klamotten, das man bereits weggebracht hatte.

Sie näherten sich der Tür; der Wandteppich lag neben ihr auf dem Boden. Will bemerkte, dass Justine ihm mehrmals zuzwinkerte und sich dann abrupt bückte, so dass der hinter ihr laufende Dottke gegen ihren Hintern prallte. Sie ließ sich sofort fallen. »Oh, wie ungeschickt von mir.«

Der Polizist entschuldigte sich auf der Stelle und wurde rot. »Warten Sie.« Er beugte sich vor, um ihr auf die Füße zu helfen. Justine ließ sich von ihm hochziehen, tat so, als habe er dies mit zu viel Schwung getan, warf sich regelrecht in seine Arme – und rammte ihm dabei mit voller Wucht den Kopf unter das Kinn. Es krachte laut. Dottke wurde gegen die Wand geworfen, verdrehte die Augen und fiel ohnmächtig auf die Fliesen.

»Das hat weh getan«, sagte Justine, rieb sich den Schädel und verpasste dem Beamten noch einen Hieb gegen den Kopf. »Nur zur Sicherheit. Wenn er später fragt: Ihr habt gesehen, dass es ein bedauerlicher Unfall war, richtig?«

Von ihrem Aufpasser befreit, kümmerten sie sich nun um die Tür. »Sie ist wieder zu«, stellte Will fest und rüttelte an dem Fabeltierkopf. »Das gibt es doch nicht!«

Justine schob ihn zur Seite, als sei er ein Fliegengewicht. »Lass das die Médiatrice machen. Dann sehen wir, ob ich mit meiner Theorie richtigliege.« Sie sah fast schon befehlend zu Saskia. »*Vas-y!* Bevor die anderen Flics auftauchen.«

Es kostete Saskia sehr viel Überwindung, die Hand auszustrecken; Bilder aus der Partynacht zuckten aus ihrer Erinnerung hervor, überfielen sie wie Blitze, doch sie führte die Bewegung zu Ende. Sie versuchte, den Knauf zu drehen, doch nichts passierte – der Eingang blieb verschlossen.

Irritiert begann sie, an dem Fabelwesenkopf zu rütteln. Bestürzt sah sie zu Justine. »Es geht nicht.«

Die Französin hatte schon wieder ein Zigarillo im Mundwinkel. »Warum nicht? Was ist anders?«

»Ich weiß es nicht.« Saskia nahm die Finger vom Metall.

»Was hast du denn vor ein paar Stunden anders gemacht?«

»Nichts. Patrick und ich sind hierher, er hat es versucht, ich habe es versucht, und die Tür ist aufgegangen.«

»Merde.« Justine dachte nach. »Warum wolltest du in die Kammer?«

»Ich weiß es gar nicht mehr richtig ... Aus ... Neugier.«

Will schaute den Korridor entlang. »Wir müssen hinein«, drängte er Saskia. »Es können jeden Moment Polizisten auftauchen. Kannst du nicht versuchen, deine Neugier zu imitieren?«

Sie stieß die Luft aus. »Keine Ahnung.«

»Was hattest du überhaupt hier hinten zu suchen?«, fragte Justine.

»Ich hatte Streit mit Groening, diesem Arsch. Ich wollte hier hinten ein bisschen runterkommen, um ihm nicht noch einen Zahn auszuschlagen.«

Nachdenklich formte Justine einen Schmollmund. »*Bon.* Emotionen sind vielleicht der Auslöser, bis du gelernt hast, die Gabe ...«

»Den Fluch«, verbesserte Saskia sofort.

»... *mon Dieu,* den Fluch bewusst einzusetzen. Der Maître hat dir keine Anleitung mit eingeschnitzt, was eindeutig hilfreich gewesen wäre.« Saskias böse Blicke prallten an ihr ab. »Also los, Madame, werde wütend.«

»Ich bin aber nicht wütend«, sagte Saskia bissig – und bekam eine Ohrfeige von Justine verpasst, nach der sie einen Ausfallschritt nach links machen musste, um die Wucht abzufangen. Ihre Wange brannte; die zierliche Figur der Französin täuschte über ihre tatsächliche Kraft hinweg.

Justine sah zufrieden auf die gerötete Stelle in Saskias Gesicht. »*Alors,* wütend genug?« Sie gab ihr einen Stoß, der sie hart gegen die Wand beförderte; ihr Hinterkopf prallte gegen die Mauer. »Kein Wunder, dass dich der Maître besiegt hat. Du bist ja kaum mehr als ein kleines Mädchen, das jeder herumstoßen kann, wie es ihm passt ...«

»Bist du wahnsinnig?«, fauchte Saskia wütend.

Sie spürte, wie Wut in ihr emporschoss wie aus einem Geysir. Ohne nachzudenken, holte sie aus ...

... aber Justine fing ihre nach vorne schnellende Faust in der Luft ab, bog die Finger auseinander und drückte sie blitzschnell gegen den Türknauf.

Saskias Brust brannte, der Geruch von heißem Wachs war wieder da; saurer Bittermandelgeschmack flutete in ihren Mund, und die Welt verwandelte sich in einen zweidimensionalen grauschwarzen Scherenschnitt. Energie strömte feuerfarben aus ihren Fingern in das Metall. Synchron entflammten die Zeichen auf der Tür und überschütteten die drei mit silbernem und goldenem Schein. Es klickte vernehmlich, während Saskia wieder das Gefühl hatte, das Wachs würde sie ersticken. Saskia konnte sich nicht rühren und kämpfte mit den Schmerzen auf ihrem Oberkörper, während sich Justine an ihr vorbeidrängte und die einen Spalt aufgetretene Tür vollends auftrat. Der Kontakt zum Knauf wurde jäh unterbrochen – und die Welt mit einem Schlag wieder normal. Der Wachsgeruch und Mandelgeschmack ließen nach, ihre Nase war frei.

»Du hast es geschafft, Saskia«, sagte Justine und huschte hinein. *»Toutes mes félicitations.«*

»Ich ... sie hat«, stammelte Saskia fassungslos. Will schob sie mit sanfter Gewalt in die dunkle Kammer und drückte die Tür so weit zu, dass man sie von außen für geschlossen halten konnte.

Ein einzelner kaltblauer Lichtstrahl erwachte zum Leben und fächerte auseinander, um möglichst viel vom Inneren zu erhellen. Justine hielt eine Taschenlampe in der Hand, die sie wohl Dottke abgenommen haben musste. »Ich sehe hier keine Zeichen an der Wand«, meinte sie und richtete die Helligkeit auf die längliche, zerstörte Vitrine. »Was war hier drin?«

»Ich schwöre«, rief Will verwundert, »ich schwöre, dass die Wände geleuchtet haben und voller Schriftzeichen waren!« Er schaute zu Saskia. »Du hast sie doch auch gesehen?«

»Ich kann mich nicht erinnern«, antwortete sie matt. »Es kommt mir alles fremd vor.«

»Nun, sicher nicht alles«, sagte Justine. »Ich nehme an, das dort ist dein Freund?«

Saskia funkelte sie wütend an und vermied es, auf den Boden zu blicken. »Decken Sie ihn zu«, bat sie Justine mit erstickter Stimme.

»Ich kann den Deckel der Glasvitrine über ihn legen, aber das wird nichts bringen, *ma chère*«, sagte Justine sarkastisch.

»Tun Sie es!«, entgegnete Saskia barsch und machte ein paar Schritte rückwärts. »Oder Sie bekommen Ihre Bestie niemals zurück!«

Justines Augen verengten sich, und schließlich zog sie den Mantel aus, scharrte die Leichenteile mit dem Fuß zusammen und deckte sie sorgsam zu. *»Voilà, ça suffit. D'accord?«*

Saskia bemerkte, dass das Feuer auf ihrem Oberkörper im Moment ihres Ausbruchs heiß aufgeflackert und ihre Umgebung für die Dauer von etwa zwei Sekunden zum Scherenschnittland geworden war. Starke Emotionen schienen in der Tat der Auslöser des Fluchs zu sein.

Justine betrachtete das Samtkissen und die Vitrine sehr eingehend. »Haben Sie eine Vermutung, was sich darin befunden hat?«, fragte sie Will.

»Nein. Der Kasten war schon leer, als ich reingekommen bin.«

Die beiden suchten gemeinsam im Schein der Lampe auf dem feinen Stoff nach Hinweisen, ohne jedoch etwas auszumachen.

Will richtete sich auf. »Die Fotos!«

»Welche Fotos?« Justine leuchtete in sein Gesicht. »Von der Partynacht?«

»Nein, aus dem Wandtresor. Das hatte ich vergessen.« In aller Kürze berichtete er von dem Einbruch und seiner Entdeckung und schirmte dabei die Augen mit der Hand vor dem Strahl ab. »Das oberste Foto könnte in der Kammer aufgenommen worden sein. Das, was ich für eine Tapete gehalten habe, war gar keine, es handelte sich dabei um die Symbole.«

»Was machen wir dann hier?« Justine schwenkte mit der Lampe auf den Ausgang. »Holen wir sie. Wo sind sie?«

»In der Küche. Ich habe sie gut versteckt.« Will ging rasch zur

Tür, öffnete sie einen Spalt und überprüfte, ob ein Polizist davorstand. »Okay, wir können«, sagte er und lief los.

Saskia senkte den Blick; das Licht fiel durch den Spalt auf den Mantel, unter dem Patricks sterbliche Überreste lagen. »Es tut mir leid«, flüsterte sie und ging daran vorbei. »Ich lasse den Maître dafür bezahlen, das schwöre ich dir.« Der Gedanke genügte, um die eingeritzten Zeichen auf ihrer Haut warm werden zu lassen. Sie hatte den Eindruck, dass die Symbole immer schneller auf ihre Stimmung reagierten, als lernten sie, ihre Trägerin zu verstehen.

Saskia zog die Kammertür zu und folgte Will und Justine, die gerade an dem immer noch bewusstlosen Polizisten vorbeiliefen. Ihre Schuhe verursachten klebrige Geräusche und hinterließen schwache rote Abdrücke.

In der Küche angekommen, ging Will zum Kühlschrank, öffnete ihn und nahm eine Plastikbox aus dem Gefrierfach. »Okay, wir haben sie.«

Justine lächelte. »Cleveres Versteck, wirklich. *Alors,* fahren wir zurück in mein Haus ...«

»Wir haben doch einen Termin mit Kapler und seinem Kollegen«, fiel ihr Will ins Wort. Sie verlor ihre Heiterkeit und blies wie zur Strafe Rauch in seine Richtung. »Ich möchte meine Persönlichkeit in Gänze wiederhaben, Will. Vor allem möchte ich das rasch! Also lösen wir das Rätsel, und wir alle sind glücklich. Ich nehme dabei sicherlich keine Rücksicht auf andere, schon gar nicht auf Flics.«

»Wir machen uns verdächtig, wenn wir nicht erscheinen«, gab er zu bedenken. »Und dann wird es noch schwieriger, der Sache auf den Grund zu gehen.«

»Pas de discussion!«, beharrte Justine. »Ich möchte das Material sofort sichten.« Es war nicht schwer, ihr anzumerken, dass sie kurz davorstand, Gewalt anzuwenden. In dieser Frau lauerte eine Wut, die durch Saskia wohl doch nicht ganz einge-

schlossen worden war. Die Werwölfin musste möglicherweise gar nichts damit zu tun haben.

»Ich bin dagegen«, sagte Will mit fester Stimme. »Sie werden nach mir und Saskia fahnden.«

Justine seufzte und warf die Arme in die Luft. »O là là, dann fahren Sie *hinterher* zu den Flics. Ist das ein Kompromiss?« Sie schnappte sich die Box mit den Seiten und den Fotos und hob sie in die Höhe. »Das hier zuerst.«

Saskia nickte. »Machen wir es so. Ich möchte endlich mehr erfahren und nicht ständig auf Vermutungen angewiesen sein.«

Die Französin grinste Will an. »Du willst doch nicht einer Werwölfin und einer Frau mit solchen Kräften, wie Madame Saskia sie hat, trotzen, *n'est-ce pas?«*

Beim Gedanken an Werwölfe blitzten die Bilder des alten Venedig auf, die er mit aller Macht zur Seite schob. Nicht jetzt. »Okay, gehen wir. Ich muss noch ins Arbeitszimmer, das Satellitentelefon holen.«

8. November
Deutschland, Hamburg

Levantin beobachtete aus seinem Chrysler, wie Gul, Lange und eine ihm unbekannte Frau im Jeep aus der Einfahrt fuhren und auf die Straße einbogen.

Er lauschte in sich hinein. Die Ausstrahlung des Hauses hatte sich seit dem Massaker verändert, und was immer sich darin befunden und für die Aura gesorgt hatte, war verschwunden. Doch wohin?

Dafür strahlte Saskia Lange inzwischen deutlich Macht aus, sehr viel ungenutzte Macht, die sie wohl kaum zu kontrollieren vermochte. Sie glich einem hochgefahrenen Versuchsreaktor und bedeutete für ihre Umgebung eine nicht geringe Gefahr. Wenn der Reaktor hochging, bevor Levantin sein Ziel erreicht hatte, wäre das nach einer Wartezeit von fast zweitausend Jahren die höchste Steigerungsform von »ärgerlich«. Er würde die junge Frau bald unter seine Kontrolle bringen müssen. Andererseits reizte ihn der Gedanke, herauszufinden, wie lange sie brauchen würde, um die Gabe nach ihrem eigenen Willen einzusetzen.

Und noch etwas anderes weckte seine Neugier: Die unbekannte blonde Frau, die Lange und Gul begleitete, hatte ebenfalls mehr Geheimnisse, als ihr attraktives Gesicht vermuten ließ. Levantin hatte sie mehrmals fotografiert und das Bild via Handy zu seinen Kontakten gesandt, damit sie eine erste Überprüfung vornahmen. Außerdem waren zwei Telefonate mit Guls Handy geführt worden, die aus dem bisherigen Gesprächsraster fielen: eine Nummer in Rom, danach eine in München. Diese Überprüfung lief ebenfalls noch.

Der Chrysler nahm die Verfolgung auf, hielt aber einen gebührenden Abstand. Saskia Lange hatte seinen Wagen in der Speicherstadt gesehen, und auf die Schnelle konnte er keinen neuen beschaffen; jedenfalls keinen, der seinen Ansprüchen gerecht wurde, zum Beispiel der Spezialfederung wegen des hohen Gewichts.

Sein Handy klingelte. »Ja?«

»Wir haben die Nummer in Rom identifiziert«, sagte eine Frauenstimme in sein Ohr. »Sie ging über mehrere Umlenkstationen, aber wir haben sie verfolgen können. Der Anschluss befindet sich in einem Anwesen in Genzano di Roma, einem Haus, das offiziell als Museum gelistet ist. Schalten Sie Ihren Computer an, ich sende Ihnen die Daten. Im Netz gibt es gute Satellitenaufnahmen von der Region, die ich Ihnen zukommen lasse.«

Levantin fuhr den in den Chrysler eingebauten PC hoch und

rief die Mails ab. »Eine schöne Lage am See«, sagte er ins Telefon. »Sehr idyllisch.«

»Wir holen gerade weitere Erkundigungen ein, doch nach ersten Informationen gehört das Museum einem katholischen Frauenorden, der Schwesternschaft vom Blute Christi.« Die Anruferin hackte auf eine Tastatur ein. Levantin erinnerte sich, dass er mit den Schwestern in der Vergangenheit zu tun gehabt hatte, wenn auch nur am Rande. Eine Marginalie für ihn.

»Herr Levantin, wir bekommen soeben neue Angaben. Danach wurde mit Guls Handy nach dem ersten Gespräch ein Festnetzanschluss in München angerufen. Die Adresse lautete Liebigstraße 11, das Haus gehört einem Herrn de Lavall.«

Er betrachtete das nächste Satellitenbild, das die Straße in München zeigte. Ein fast ebenso prächtiges Anwesen wie das Museum in Genzano. Die Bekannten der Frau verfügten über ein gehobenes Einkommen.

»Danke. Ich ...« Er wollte eben auflegen, als der Jeep anhielt und die drei ausstiegen. »Überprüfen Sie rasch die Hausnummer 21 in der Chrysanderstraße, Hamburg«, sagte er ins Handy.

»Einen Augenblick, Herr Levantin.« Die freundliche Frauenstimme verstummte, das Klicken der Tastatur beschleunigte sich.

Das Trio verschwand um die Ecke des Hauses; bald darauf sah er gelegentlich Schemen an den Fenstern vorbeigehen. Es gab keinen Zweifel, dass sie sich da drinnen berieten. Über was?

Eine nächste E-Mail ergab, dass nach Gul und Lange gesucht wurde. Sie hatten sich ohne Erlaubnis des ermittelnden Beamten aus dem Anwesen abgesetzt. Es war noch keine Fahndung, wohl aber eine intensive Suche. Man vermutete, dass sie Opfer eines Gewaltverbrechens werden konnten.

»Herr Levantin, hören Sie?«

»Ja, ich höre.«

»Das Haus gehört dem gleichen Herrn de Lavall, mit dem telefoniert wurde«, eröffnete ihm die Frauenstimme. »Und zwar seit dem 10. Dezember 2006. Vorherige Besitzerin war eine Claire Jeanne Chassard, die es von einem Johann Christian Hans von Kastell vor mehr als dreißig Jahren überschrieben bekommen hatte. Diese Frau ist die Mutter jener Justine Marie Jeanne Chassard, die Sie fotografiert haben. Allerdings wird sie im System als verstorben geführt.«

»Interessant. Wie kann das sein?«

»Hier steht, dass der Sohn des Herrn von Kastell seine Halbschwester Justine Anfang 2006 für tot erklären ließ.« Die Frauenstimme verstummte. »Das ist merkwürdig«, sagte sie kurz darauf, und er hörte die Verwunderung deutlich heraus. »Auch er ist kurz danach verstorben.«

Levantin sah durch das Fenster zum Haus. »Überprüfen Sie alles, was mit den Chassards, den Kastells und diesem Herrn de Lavall zu tun hat. Ich möchte *jedes* Detail. Und stellen Sie mir ein Dossier über diesen Orden zusammen.«

»So schnell wie möglich, Herr Levantin.«

Er legte auf. Es hatten sich Entwicklungen ergeben, die gar nichts mit ihm zu tun hatten, aber doch von Bedeutung für sein Vorhaben waren. Levantin war unschlüssig, wie eindringlich er diese neuen Rätsel verfolgen sollte. Er würde sich entscheiden, wenn seine Agenten mehr Informationen für ihn hatten. Wenn man dazu gezwungen war, sich so lange auf der Erde zu bewegen wie er, konnte man ein Netzwerk flechten, das Jahrhunderte überdauerte und ein Vermögen besaß, das sich mit dem Bankkonto eines Ölscheichs messen ließ.

Levantin nahm sein Handy und fuhr mit den Daumen über das Display. Er hinterließ einen Abdruck, aber keine feinen, in sich gedrehten Linien, wie man sie von einem Menschen erwartete.

Sollte er die zweite Stufe zünden?

Levantin legte das Telefon zur Seite und wählte eine Flasche

Champagner aus dem Kühler, das Getränk, das mit Abstand am schönsten prickelte, wie er fand. Geschmack und Alkoholgehalt waren für ihn unerheblich; von beidem bekam er nichts mit.

»Wir warten«, sagte er zu seinem Fahrer und goss sich ein. Früher oder später würden sich Ines' Freunde blicken lassen. Sie würden nicht einmal bis zur Tür des Anwesens gelangen. Über wen er wachte, dem konnte nichts Irdisches Schaden zufügen.

Sein Blick schweifte die Straße hinauf. Einige Meter von ihm entfernt sah er eine dicke Frau, die mit einem Mops an der Leine tippelnd den Bürgersteig entlangging. Auf Höhe des Chryslers geriet sie ins Stolpern und knickte um, dann stürzte sie neben Levantins Tür.

Er nippte amüsiert an seinem Glas und beobachtete, wie sie versuchte, sich aufzurichten, während der Mops hechelnd vor ihr stand und sie anglotzte.

Menschen, dachte Levantin verächtlich und mitleidig zugleich. Mal bewunderte er sie für ihre Zielstrebigkeit und die Ausdauer, ihre Hartnäckigkeit selbst in ausweglosen Situationen, dann wiederum ekelten sie ihn an. Die Krone der Schöpfung waren sie sicherlich nicht. Niemand, der sich einen Titel selbst verlieh, besaß diesen zu Recht.

Die Frau strengte sich an, wieder hochzukommen, und er hatte das Bild eines Käfers vor Augen. Eines trägen, fetten Käfers. Man konnte Insekten mögen, sie ignorieren und als Teil der Welt begreifen oder sie in Terrarien halten und gut für sie sorgen. Oder auf sie treten, wenn sie zu sehr nervten. Das alles hatte er schon getan. Menschen und Insekten standen für ihn auf derselben Stufe.

Er leerte das Glas in einem Zug und öffnete die Tür. Heute hatte das Mitleid gesiegt. »Darf ich Ihnen helfen?«

Sie hob umständlich den Kopf, der auf dem feisten Hals saß, und keuchte: »Ich ... habe ... Asthma.«

8. November
Deutschland, Hamburg, Bergedorf

»Die sind miteinander verbacken.« Will betrachtete den Ausdruck der alten Fotografie sowie die kopierten Seiten. »Deshalb haben wir nur die oberste.« Er langte nach dem Satellitentelefon, drückte die Wahlwiederholung, doch wie bei den letzten zehn Versuchen auch kam der Hinweis, dass die Verbindung nicht möglich sei. Wo steckte der Sir?

Bei der nächsten Bewegung fuhr ein Stechen durch sein Rückgrat, jagte ihm einen heißen Schmerz bis hinters Auge und ließ ihn keuchen. Das Andenken an die Dämonenattacke. Vorsichtig senkte er den Arm und drehte den Oberkörper; der Schmerz verschwand.

Justine stand zwischen den Kisten, wühlte darin herum und lachte schließlich auf. »Na also, eine Lupe.« Sie warf sie Will zu. »Vielleicht kannst du damit mehr sehen?«

Er fing sie auf und betrachtete das Foto sorgfältig. Es zeigte einen dunklen Raum, aber die Aufnahme war verwischt. In der Mitte konnte er eine spiegelnde Glasvitrine erahnen, in der sich ein länglicher Gegenstand befand; dahinter meinte er etwas zu sehen, was wie ein Schatten aussah und doch wieder nicht. »Das ist wohl der Dämon«, murmelte er zu sich selbst. Er erkannte viele seltsame Symbole, die an den Wänden und auf dem Boden glühten und leuchteten. »Wie gestern«, flüsterte er.

Justine aschte auf den Boden. »Was?«

»Das hier, die leuchtenden Zeichen! Wie in der Partynacht«, erklärte er aufgeregt.

»Und die wir nicht gesehen haben, als wir zu dritt drinnen standen«, ergänzte Saskia. »Das ist doch schon mal ein Anfang. Vielleicht ist es eine alte Schrift?«

Justine warf einen Blick über seine Schulter. »Man sieht nicht genug«, befand sie.

»Ich habe einen Freund, der das mit einem Computer aufarbeiten kann«, sagte Will. »Wir müssen uns ein Internetcafé suchen, wo wir die Sachen scannen und per Mail verschicken können.«

»Gute Idee. Ich leite die Scans dann auch an Freunde von mir weiter. Niemand kennt sich so gut mit alten Schriften und so einem Kram aus wie sie.«

Saskia sah sie an. »In die Hölle? Ich wusste nicht, dass der Teufel einen Account besitzt – 666@ewigeverdammnis.net?«

Justine legte den Kopf in den Nacken und lachte schallend. »Ausgezeichnet, Saskia! Der war gut. Du lernst dazu.«

Will grinste ebenfalls und spürte, dass ein Teil der Anspannung von ihnen wich. »Dann sollten wir uns gleich auf den Weg machen.« Sein Handy klingelte, die Rufnummer war unterdrückt. Nach kurzem Zögern ging er ran. »Gul?«

»Hallo, Herr Gul«, sagte eine bekannte Frauenstimme. »Wie geht es Ihnen? Sie haben das Morden in der Villa glücklicherweise überlebt.«

»Frau Hansen ... oder wie immer Sie heißen mögen«, sagte er verdutzt. »Mit Ihnen habe ich nicht mehr gerechnet.«

»Sehen Sie?«, gab sie lachend zurück. »Sie werden sich denken können, weshalb ich bei Ihnen durchklingle. Zum einen wollte ich mich persönlich bei Ihnen entschuldigen. Es gab ein Missverständnis in der Kommunikation zwischen mir und den Männern, die Sie so unschön überfallen haben. Wir kommen für die Renovierungskosten des *India* auf.«

Will wusste nicht, wie er darauf reagieren sollte. »Nun, also ... ja, das ist aber auch das Mindeste.«

»Und Sie, Herr Gul, haben Sie auch das Mindeste für mich getan? Vielleicht möchte Ihr Chef das Anwesen *jetzt* verkaufen?«

Will fielen spontan extrem viele Schimpfworte ein, aber er stoppte sie, ehe sie ihm über die Lippen kamen. Er wollte herausfinden, wie ihre Reaktion ausfiel, wenn sie die jüngsten Neuigkeiten vernahm. »Möglicherweise befindet sich das Haus nicht mehr in dem Zustand, den Sie sich erhoffen.«

»Die Spuren der Polizei und das Blut stören meinen Kunden nicht.«

»Das freut mich. Ich lasse die Kammer jedoch auch gern säubern«, fügte er unschuldig hinzu und presste das Handy fest ans Ohr, um jeden Atemzug zu hören. Saskia und Justine sahen neugierig zu ihm hinüber, und er stellte auf Lautsprecher, damit sie die Unterhaltung verfolgen konnten.

»Kammer, Herr Gul?«, fragte Hansen scheinheilig. »Welche Kammer meinen Sie?«

»Die hinter der alten Eichentür mit den Zeichen darauf.«

»Sie ist *offen?*«

Er grinste. Also *hatte* sie davon gewusst. »Jawohl, Frau Hansen. Seit jener Nacht. Man könnte fast meinen, der Mörder habe sich dort herausgeschlichen.« Will interpretierte ihr Schweigen als Bestürzung. »Sind wir dennoch im Geschäft?«

»Sicher.« Hansen klang gequält und aufgewühlt. »Zu einhundert Prozent.« Sie tippte auf einer Tastatur herum. »Ich schreibe meinem Kunden rasch eine Mail, um ihn in Kenntnis zu setzen. Können wir uns die Kammer ansehen? Was befand sich darin?«

»Die Polizei ist noch bei den Ermittlungen, tut mir leid. Sie haben mich nicht hineingelassen«, log er. »Sobald die Leute weg sind, rufe ich Sie an. Diese Besichtigung wird Sie extra kosten.«

»Das heißt, Sie überlassen uns die Villa für drei Wochen?«

»Ja. Für zweihunderttausend Euro.« Nicht dass er das jemals tun würde. Er zählte innerlich bis drei, bis er den nächsten Testballon aufsteigen ließ. »Und würden Sie bitte dafür sorgen, dass Ihr Auftraggeber mir keine weiteren Einbrecher ins Haus schickt?«

»Es tut mir leid, dass Sie Ärger mit ihnen hatten«, sagte Hansen und klang dabei überraschenderweise ehrlich. »Aber glauben Sie mir, diese Leute arbeiten nicht für meinen Auftraggeber. Haben die Einbrecher vielleicht etwas mit der geöffneten Kammer zu tun?«

»Nein. Zu dem Zeitpunkt war sie noch verschlossen. Sie haben sich komischerweise nur auf den alten Wandtresor konzentriert.«

Hansen lachte. »Ach ja, der alte Keepmaster. Steht in den Unterlagen.«

»Sie haben ihn ganz elegant aufgemacht und sogar das geheime Fach darin gefunden. Stand darüber auch etwas in den Unterlagen? Dann könnte ich annehmen, dass Ihr Kunde mir die Einbrecher doch auf den Hals gehetzt hat.«

Hansen gab einen Laut von sich, der einem unterdrückten Husten glich. »Ich kann Ihnen sagen, dass ich es nicht war.« Das Klackern endete, sie hatte die Mail anscheinend versandt. »Wann treffen wir uns?«

Will stutzte. Sie ging über den Umstand, dass sich ein Geheimfach in dem alten Tresor befand, sehr leicht hinweg. Will ließ einen letzten Ballon fliegen. »Die Einbrecher waren allerdings schlampig. Sie haben ein paar alte Fotos und die letzten zwei Seiten von handschriftlichen Aufzeichnungen liegenlassen. Vermutlich sind sie gestört worden.«

Justine gestikulierte, und er hielt das Mikro am Handy zu. »Bestell sie an einen öffentlichen Ort«, sagte sie. »Wir können sie uns greifen und befragen.« Will wusste nicht, ob das eine gute Idee war.

»Nur zur Sicherheit, Herr Gul, mache ich Sie darauf aufmerksam, dass mein Kunde das Haus mit allem Inhalt sehen beziehungsweise kaufen möchte«, sagte Hansen. »Lassen Sie die Seiten und die Fotos bitte dort.«

Will grinste. Justine und Saskia sah man an, dass sie das Gleiche dachten wie er: *Also doch!* »Sicher. Was soll ich auch schon damit anfangen können. Oder mein Chef. Ich muss jetzt Schluss machen, Frau Hansen.« Justine fuchtelte wieder und erinnerte ihn nachdrücklich an das Treffen. »Sagen wir, gegen achtzehn Uhr am Reesendamm? Und bringen Sie mein Geld in bar mit.«

»Wohl eher nicht. Höchstens eine Anzahlung von einhunderttausend. Den Rest überweisen wir Ihnen, sobald wir in der Villa sind. Einverstanden?«

»Sehr gern.« Will legte auf. »Das war doch mal etwas«, sagte er in die Runde.

Justine verschränkte die Arme vor der Brust. »Wir nehmen sie uns vor, und sie schleppt uns zu ihrem Mandanten – der wird wissen, was es mit dem Dämon oder Geist auf sich hat. Das geht schneller, als dieses alte Geschreibsel zu deuten.«

»Scheint mir auch so.« Saskia nickte ihr zu. »Aber wir sollten dennoch versuchen, die Fotos und Symbole entschlüsseln zu lassen.«

»Suchen wir uns ein Internetcafé.« Will packte die Sachen zusammen. Sie verließen das Haus und stiegen in den Jeep; noch war niemandem aufgefallen, dass sie sich an fremdem Eigentum vergangen hatten.

Saskia sah einen auffälligen Wagen ein paar Meter vom Haus entfernt am Bürgersteig parken – und blieb stehen. Ihre Hand wanderte an den Dolchgriff. »Wartet! Das ist das Auto des Maître!«

»Der schicke Chrysler? Das Modell kenne ich gar nicht«, sagte Justine. »Ach, ich vergaß, dass auf der Erde mehr Zeit verstrichen ist.«

Will hatte die Beifahrertür des Jeeps bereits geöffnet. »Er verfolgt dich? Warum?«

Justine zwinkerte ihnen vergnügt zu. »Ich gehe ihn fragen. Bin gleich wieder da.« Sie spurtete los, quer über die Straße.

Saskia konnte nicht anders, als ihr zu folgen. Sie wollte den

Maître mit eigenen Augen sehen und ihn stellen. Den Dolch hielt sie mit der Klinge entlang des Unterarms verborgen. Damit würde sie ihn zum Sprechen bringen: Dämonendiener oder nicht, wenn man ihn schnitt, blutete er. Keiner wusste das besser als sie.

Als Justine den Wagen fast erreicht hatte, schwang die Fahrertür auf, und ein Chauffeur stieg aus. »Wie kann ich ...«, setzte er an.

»Tais-toi.« Sie packte ihn blitzschnell am Kragen und versetzte ihm drei schnelle Faustschläge gegen die Nase, die knackend brach und Blut hervorsprudeln ließ. Wimmernd sackte der Mann auf den Asphalt. Saskia riss die Tür des Fonds auf.

Eine Frau in einem weißen Pelzmantel starrte sie entsetzt an und hielt einen Mops an sich gepresst, entweder um ihn zu schützen oder ihn als lebendigen Schild zu benutzen. Neben ihr stand eine hässliche weiße Lederhandtasche mit goldenen Applikationen. »Was wollen Sie?«, keifte sie Saskia an. Die Dame bemühte sich, einen unerschrockenen Eindruck zu machen, aber die Blicke verrieten ihre immense Furcht. Dazu war sie noch extrem kurzatmig. Justine öffnete die andere Seite, und mit einem leisen Schrei fuhr die Dame zurück, der Mops röchelte aufgeregt und streckte die Zunge heraus.

»Bonjour.« Sie schaute verwundert an der Frau vorbei zu Saskia. »*Das* soll er sein?«

»Nein, das ist er nicht. Es ist ... eine Frau.«

»Und eine fette, alte, hässliche noch dazu.« Justine nickte der Dame freundlich zu, schlug die Tür zu und schaute übers Wagendach hinweg zu Saskia. »Falscher Wagen, *n'est-ce pas?«*

»Ich hätte schwören können ...« Sie machte einen Schritt zurück.

»Es muss wohl ein paar Chrysler dieser Bauart und Lackierung geben. Hamburg ist groß.« Justine befand sich schon wieder auf dem Rückweg zum Geländewagen.

Saskia betrachtete den Wagen noch einmal, während sie rückwärtsging, dann rannte sie zu dem beigefarbenen Jeep. Sie stiegen ein und fuhren los.

Levantin kam aus dem Haus, in dem die beim Gassigehen verunglückte Dame lebte, und sah seinen Chauffeur benommen neben dem Chrysler auf dem Boden sitzen; Blut lief aus seiner Nase.

Eine knappe Minute nur war er verschwunden gewesen, um in aller Eile das Asthma-Medikament der Frau zu holen, und schon war etwas vorgefallen? Erstaunt sah er die Straße hinauf – der Jeep war verschwunden!

Augenblicklich kochte die Wut in Levantin hoch. Wut auf sich selbst, weich geworden zu sein und einer niederen Kreatur geholfen zu haben. Dabei war ihm die Zielperson entwischt! Was hatte ihn dazu veranlasst, diesen dicken, fetten Käfer vom Boden aufzuheben, anstatt ihn zu ignorieren oder zu zerstampfen?

»Gut, dass Sie kommen!«, keuchte die Frau. »Zum Glück konnte Hemingway«, sie hob den Mops leicht an, »das Gesindel in die Flucht schlagen, bevor ...«

Weiter kam sie nicht.

Levantin griff nach ihrem weichen, fetten Hals, packte zu und riss sie aus dem Wagen. Die Frau wurde in hohem Bogen über den Vorgarten hinweg gegen die Wand ihres Hauses geschleudert und blieb dort mit seltsam verrenkten Gliedern liegen. Der Hund war auf dem Boden gelandet und watschelte zu seiner Herrin.

Levantin wandte sich zu seinem Chauffeur um.

In Zukunft würde er keinerlei Mitleid mehr zeigen.

Wie in den alten Zeiten.

IX. KAPITEL

8. November
Deutschland, Hamburg, Innenstadt

Will drückte die *Enter*-Taste, und die letzte Mail machte sich auf den Weg zu Schmitti, seinem Kollegen aus früheren Tagen, der als Mediengestalter arbeitete und sich entsprechend mit passender Software auskannte. Eine Kopie ging jeweils an ein italienisches Museum, in dem Freunde von Justine arbeiteten. »Und jetzt bleibt uns nur eins«, sagte er seufzend.

»Warten«, vollendete Saskia den Satz.

Sie saßen im ersten Stock des *Cable*, in dem sich außer ihnen niemand sonst befand. So konnten sie ungestört vorgehen und sich dabei unterhalten, ohne dass ihnen jemand zuhörte. Saskia saß neben Will, wo sie den Scanner bedient hatte; Justine surfte an einem anderen PC im Internet und brachte sich Klick für Klick mit allem, was während ihres Höllentrips geschehen war, auf den aktuellen Stand.

Will lehnte sich in dem quietschenden Stuhl zurück und starrte auf die Postfachanzeige. »Keine Ahnung, wie lange das dauern wird«, sagte er, um Saskias Frage zuvorzukommen. »Schmitti hat gesagt, er kümmert sich gleich darum.« Er nahm seinen Becher, in dem der Kaffee schwappte, und nippte daran. »Gehen wir in der Zwischenzeit zur Polizei? Kapler ist sicher ungeduldig geworden. Die Umstände unseres Verschwindens aus der Villa waren nicht die besten.« Er deutete verstohlen auf Justine.

Saskia lächelte. »Sagen Sie, Justine, was passiert, wenn die Polizisten Ihre Fingerabdrücke untersuchen und durch das Strafregister laufen lassen?«

»National oder international?«, fragte sie gelangweilt. Sie hatte sich über das Rauchverbot im Café hinweggesetzt, und nach einem kurzen drohenden Blick in Richtung Aufsicht kam auch niemand, der sie bat, das Zigarillo auszumachen.

Allein ihre Rückfrage bewies Saskia, dass es besser war, keine weiteren Fragen zu stellen. »Also sollten wir uns Sorgen machen.«

»Immerhin ist sie wegen ihrer Taten in der Hölle gelandet.« Will drehte sich mitsamt dem Drehstuhl zu ihr.

»Du vergisst, dass ich tot bin«, sagte Justine zu Saskia. »Man hat mich zweifellos aus den Dateien gelöscht.« Sie kniff die Augen zusammen und schaute durch die Qualmwolke auf den Bildschirm.

Will erhaschte einen Blick auf die Anzeige; es war keine Nachrichten-Website, sondern die Online-Plattform einer ausländischen Bank, deren Namen er niemals zuvor gehört hatte. »Wozu brauchen Tote Geld?«

»Früher benötigten sie es für den Fährmann. Und wenn man nicht ganz so tot ist, wie alle denken – so wie ich –, hilft es ungemein, sich frei bewegen zu können. Aber mein Notgroschen ist futsch«, gab sie zurück und legte die Füße auf den Tisch.

»Darf ich dazu noch etwas fragen?«, fragte Saskia vorsichtig. »Eigentlich heißt es doch, dass man stirbt und die Seele dann entweder in den Himmel oder die Hölle kommt. Aber Sie sind offensichtlich körperlich auf der anderen Seite gewesen ... und wir haben durch dieses ... durch dieses Portal ganz verschiedene Welten gesehen, die alle nicht unbedingt mit dem übereinstimmten, was ich mir unter Himmel oder Hölle vorgestellt habe. In welcher davon waren Sie?«

»Ah, die große Frage: Himmel *oder* Hölle«, sagte Justine mit einem amüsierten Unterton. »Nichts anderes als Namen für das, was die einfachen Menschen sich nicht erklären können. Und glaub mir, wenn du dort bist, kannst du trotzdem nie genau sagen, ob es das eine oder das andere ist.« Sie schwieg einen kurzen Moment. »Ich war in einer sehr speziellen *Hölle*, zu der nicht alle Zutritt bekommen. Ihr beiden beispielsweise niemals. Ich würde sie euch allerdings auch nicht empfehlen. Wenn ihr aber unbedingt wollt, nun, dann kann ich vielleicht etwas bei ihm arrangieren ...«

»Bei *ihm?«*, hakte Will nach. »Beim Teufel der Christen selbst?«

»Teufel ... noch so ein Name, den die Menschen benutzen, ohne zu wissen, wer sich alles dahinter verbergen kann. Es sind ... nun ... Dämonen. Jenseitsfürsten. Aber andere als der, der dich angefallen hat, Will. Mächtiger, anders ...« Sie suchte nach Worten. »Es ist schwierig zu beschreiben, weil ihr beiden keine Ahnung von der dunklen Seite unserer Welt habt, geschweige denn von den anderen Welten«, erklärte sie. »Lasst es mich der Einfachheit halber so zusammenfassen: Ich bin Saskia sehr dankbar, dass sie für mich ein Tor geöffnet hat, um von dort zu entkommen.«

»Warum sind Sie überhaupt dort hingekommen?«, wollte Will wissen. »Was haben Sie gemacht, bevor Sie ... nun ja, gestorben sind Sie ja offensichtlich nicht ...«

»Ich war eine Jägerin«, antwortete sie in einem Tonfall, der zwischen gelangweilt und cool lag.

Saskia grinste. »Scheint mir für eine Werwölfin irgendwie passend zu sein. Großwild?«

»Menschen.« Justine grollte, wenn auch nicht sehr überzeugend. »Und wenn du nicht auch zu meiner Beute werden willst, solltest du ein wenig mit deinen Fertigkeiten üben, während wir auf die Antworten von Schmitti und den Schwe... – meinen Freunden warten. Es könnte sein, dass wir die Bestie noch benötigen. Sie hat ... gewisse Vorteile.«

Will sah, dass Saskia zu einer Erwiderung ansetzte, und ging schnell dazwischen; außerdem interessierte er sich sehr für den Hintergrund der Französin. »Wie wurden Sie zur Werwölfin? Sind Sie gebissen worden?«

»*Non.* Ich bin als Bestie geboren worden. Meine Familie hat diese Gabe vor langer Zeit erhalten«, erzählte sie, tippte etwas auf der Tastatur und rief eine Website auf, die als Überschrift *Gévaudan et la bête* trug.

»Sie nennen es also eine Gabe«, sagte Saskia mit einem angespannten Ton in der Stimme; vermutlich dachte sie an das, was ihre neuen Kräfte den Maskierten angetan hatten, »dass Sie harmlose Menschen wie Tiere jagen können?«

Justine seufzte. »*Ma chère*, du hörst nur, was du hören willst. Denkst du denn, ich sei kein Mensch?«

»Harmlos sind Sie auf jeden Fall nicht«, stellte Will fest.

»Und das wird sich hoffentlich *niemals* ändern!« Justine schnalzte mit der Zunge. »*Alors*, ich habe Wandler gefangen, die ihre Bestie nicht unter Kontrolle haben, und sie zu meinen Freundinnen gebracht. Zu denen im Kloster. Dort wurden sie zum Schutz der Menschen von dem Bösen in sich befreit. Es gibt eine spezielle Prozedur, welche die meisten überleben. Meine Freundinnen sind dagegen, dass man Wandler einfach abschlachtet. Sie wollen Seelen retten, nicht vernichten.«

»Die Nonnen haben Sie also gehalten wie einen Bluthund«, sagte Saskia, »weil Sie Ihresgleichen erkennen.«

Will zuckte zusammen. Wie würde Justine auf diese offensichtliche Beleidigung reagieren? Aber zu seiner Überraschung bekam ihr Gesicht einen weichen Ausdruck, der – anders als gestern in der Villa – nicht gespielt war. »*Non, pas comme ça.* Mich verbindet mehr mit ihnen. Sie sind meine Familie. Sie waren in sehr schlimmen Zeiten die Ersten, die an mich glaubten, und sie haben bis heute nicht damit aufgehört. Hoffe ich zumindest. Das werde ich so bald wie möglich bei einem Besuch herausfinden.« Sie grinste. »Um es so auszudrücken, dass du es verstehen kannst: Ich bin der schwarze Wolf unter den weißen.«

Will lachte. »Heißt es nicht Schaf?«

»Nein. *Diese* Nonnen sind keine Schafe, das kannst du mir glauben.«

»Flüche, Dämonen, Werwölfe, die für Nonnen in die Schlacht ziehen ...« Saskia schüttelte den Kopf. »Ich bin mitten in eine Welt geraten, die es eigentlich nicht geben kann.«

»So darfst du das nicht sehen, *ma chère*. Die Welt war schon immer so. Aber dir bietet sich nun eine Möglichkeit, die Augen zu öffnen und zu sehen, was anderen verwehrt bleibt. Das Dunkel, den Schrecken ... aber auch all die Schönheit.«

Mit diesen Worten drehte sie sich um und schrieb eine weitere E-Mail.

Einen Moment lang sahen die beiden anderen sie sprachlos an. Dann nahm Will seinen leeren Becher und erhob sich. »Jemand noch einen Kaffee?« Die Frauen verneinten im Chor. »Gut. Bis gleich.«

Er ging die schmale Treppe aus Riffelblech ins Erdgeschoss hinab und steuerte auf die Kaffeemaschine zu, deren Benutzung im Preis fürs Surfen eingeschlossen war.

Will hatte einen Vorwand gebraucht, um sich abzusetzen. Im Beisein von Saskia und Justine hatte er nicht mit Kapler telefonieren wollen; sie würden es sicherlich nicht gutheißen.

Er plazierte den Becher unter dem Ausgießstutzen der vollautomatischen Maschine und drückte auf *Moccachino*, dabei nahm er sein Handy heraus und rief Kapler an, dessen Nummer er im Kurzwahlspeicher fand. Justine hatte die Nummern, die sie angerufen hatte, gelöscht. »Hallo, Herr Kommissar«, sagte er. »Hier ist Gul. Bei uns ist alles in Ordnung, wir wollten nur nicht ...«

»Sind Sie noch bei Trost, Gul?«, wurde er sofort angeschrien.

»Wieso sind Sie und Lange abgehauen? Wie kommen Sie dazu, mit einem gestohlenen Jeep durch die Gegend zu fahren, und wer ist diese Frau bei Ihnen, die meinen Beamten niedergeschlagen hat?«

Will bereute sofort, dass er angerufen hatte. »Das ist ein bisschen komplizierter ...«

»Sie sagen mir sofort, wo Sie stecken, und ich schicke Ihnen einen Wagen. Sie *warten* dort, Herr Gul«, brüllte Kapler. »Wenn Sie sich noch ein einziges Mal absetzen, ohne mir Bescheid zu sagen, lasse ich Sie zur Fahndung ausschreiben, haben Sie das verstanden?«

»Ja, aber ...«

»Kein *Aber*, Gul!«, plärrte es aus dem Lautsprecher. »Ich habe zwei Vorgesetzte, die mir wegen Ihnen die Hölle heißmachen. Ich habe immer noch zweihundert Leichen und eine Handvoll vermisster Personen, die nach und nach in den Kofferräumen von gestohlenen Wagen auftauchen. Seit neustem gibt es noch einen Koffer voller Geld, den wir bei Ihrem Freund gefunden haben. Sie, Herr Gul, und Frau Lange sind derzeit meine einzigen Zeugen in dieser ganzen Scheiße! Dass die Leute, die das Massaker angerichtet haben, Sie umbringen wollen, muss ich nicht noch mal betonen.«

Will konnte sich gut vorstellen, wie Kapler gerade tobend in seinem Büro herumsprang. »Ich verstehe, dass Sie aufgebracht sind«, versuchte er den Beamten zu beruhigen, »doch gestatten Sie mir ...«

»*Gar nichts*, hören Sie? *Gar nichts* gestatte ich Ihnen noch, bevor Sie nicht Ihre Aussage gemacht haben!« Er sprach kurz mit jemand anderem und knarzte Will dann an: »Wo sind Sie?«

Er wusste, dass er sich Kapler nicht stellen konnte. Die Polizei hatte kein Dezernat für Straftaten, die dem Übersinnlichen zuzuordnen waren. Jede Minute, die er und Saskia im Verhörraum saßen, war eine verlorene Minute bei der Jagd auf des Rätsels Lösung.

Plötzlich erklang der Klingelton des Satellitentelefons.

»Wir kommen, wenn wir ein paar Dinge erledigt haben«, versprach er nervös. »Herr Kapler, ich muss los.«

»Unterstehen Sie sich und ...«

Will drückte das Gespräch weg, aber sofort darauf verstummte das Satellitentelefon. Auch ein Rückruf brachte kein Ergebnis. Hatte der Sir ihm auf diese Weise nur zeigen wollen, dass es ihn noch gab?

Der Kaffeeautomat gab ein elektrisches Geräusch von sich, und dann rieselte so viel weißes Pulver in Wills Becher, dass er überlief. »Was ist denn ...?« Er blickte zur Aufsicht. »Kommen Sie, bitte? Ich glaube, hier ist etwas kaputt.«

Der junge Mann von höchstens zwanzig Jahren sah von seinem Computerheft auf. Er trug schwarze Jeans und ein pinkfarbenes Shirt mit dem Aufdruck *Yuck Fou.* Die Haare standen ihm wild vom Kopf ab. Er sah nicht gutgelaunt aus. »Was haben Sie denn gedrückt?«

»Den Moccachino.«

»Fuck, der ist doch gesperrt!« Er stand auf und kam zu Will, danach zeigte er auf die Taste, die mit Edding schwarz angemalt war. »Sehen Sie das nicht?«

»Was soll mir denn eine angemalte Taste sagen?«, hielt Will dagegen. »Ein Schild mit *defekt* wäre sinnvoller gewesen.«

Beide sahen zu, wie die letzten Reste des Kaffeeweißers aus dem kleinen Stutzen rannen. Im Abfluss der Maschine hatte sich ein beachtlicher weißer Hügel gebildet.

»Das setze ich Ihnen auf die Rechnung!«, versprach die Aufsicht genervt.

»Vergessen Sie's.« Wills Blick fiel auf die Fensterfront – und durch diese direkt auf die zwei Polizisten, die sich dem Internetcafé zielstrebig näherten. Er wollte zur Treppe gehen, um den Frauen Bescheid zu sagen, aber die Hand des Jungen legte sich auf seine Schulter.

»Moment mal! Ich habe Ihre Personalien.«

Will drehte sich um, wischte die Hand mit seiner weg – und stöhnte auf, als ein plötzlicher Schmerz durch seinen Rücken bis in den Kopf schoss! Für einen kurzen Moment fürchtete er, sich wieder im alten Venedig wiederzufinden, doch stattdessen sah er vor sich etwas, was einem merkwürdig abgehackten Stummfilm in dunklen, pulsierenden Farbtönen glich: *Der junge Mann stand nicht mehr neben ihm, sondern hinter seinem PC, den Telefonhörer in der Hand. Plötzlich riss er die Augen auf – und wurde von einer unsichtbaren Macht gegen die Wand geschleudert. Er spuckte Blut.* Will keuchte auf, als die Vision ihm ein letztes Bild zeigte: *Auf einmal lag der Mann zerstückelt im Erdgeschoss zwischen weiteren Leichenteilen.* Will glaubte Teile von blauen Polizeiuniformen zu erkennen, doch dann zerstob das letzte Bild vor seinem inneren Auge und entließ ihn wieder in die Realität.

Die Aushilfe stand immer noch vor ihm und sah ausgesprochen zufrieden aus. »Sprachlos geworden vor Schiss?«

Die Polizisten waren inzwischen in das Café gekommen. Der Ältere der beiden sprach Will sofort an. »Herr Gul, Hauptkommissar Kapler schickt uns. Kommen Sie bitte mit.«

»Und Sie sind?«, fragte Will, um Zeit zu gewinnen.

Sein Gegenüber streckte ihm freundlich die Hand entgegen. »Mein Name ist Frenzler. Ist Frau Lange auch in der Nähe?«

Will schlug ein – und schrie auf, als ihn der Schmerz erneut durchzuckte, sein Gehirn wie eine Blase aufpumpte und schier zum Platzen zu bringen schien: *Die Beamten zogen ihre Waffen, sie schrien, gestikulierten – und lagen im nächsten Moment in Stücke gerissen auf dem Boden!*

»Herr Gul, um Gottes willen!« Der Polizist war zurückgewichen. »Geht es Ihnen nicht gut?«

»Nein«, krächzte Will, ließ den Kaffeebecher fallen und taumelte auf die Treppe zu.

Justine hatte die Füße auf den Tisch gelegt und betrachtete die Kopie der handgeschriebenen letzten Seite. »Das könnte so etwas wie Sütterlinschrift sein, was meinst du? Ich kann einzelne Worte lesen, mehr aber auch nicht.« Sie reichte das Blatt an Saskia zurück. »Dahinter liegen die Umrisse einer schwachen Zeichnung. Da hat jemand auf einen alten Bauplan geschrieben.«

Saskia stimmte ihr zu. »Werden Ihre Freunde etwas damit anfangen können?« Der Ehrgeiz hatte sie gepackt, mehr von dem zu erfahren, was darauf geschrieben stand, doch ihre Augen waren das uralte Schriftbild nicht gewohnt, so klar die Zeilen auch zu erkennen waren.

Saskia murmelte die Buchstaben, die sie erkannte, vor sich hin und versuchte, anhand des Klangs auf das ganze Wort zu schließen. Es funktionierte nicht, bis auf den Namen eines Mannes: *Friedrich Ottmar von Wencke*, und das Datum neben der Unterschrift, das *1801* lautete. In Saskias Hose vibrierte es. Sie nahm ihr Handy hervor. »Ja?«

»Hallo, Frau Lange«, vernahm sie die Stimme des Professors.

»Das ist eine schöne Überraschung«, sagte Saskia und war wirklich erfreut.

»Ich wollte mich nur nach Ihren Verletzungen erkundigen. Und wie es Ihnen derzeit geht.«

»Das ist sehr nett von Ihnen, aber wirklich nicht nötig.«

Der Mann lachte freundlich. »Sie wissen ja, erstens erinnern Sie mich an meine Tochter – und zweitens ist auch die *union* darum bemüht, dass ihre Mitglieder nach den Duellen schnell wieder eine Waffe halten können. Also: Wie geht es Ihnen?«

»Danke, es geht«, schwindelte sie.

»Hat Sie die Polizei schon in die Mangel genommen?«

»Nein. Es kam ... etwas dazwischen. Professor ... ich habe eine Bitte. Helfen Sie mir?« Saskia hatte beschlossen, den Professor ein Stück weit in das Drama einzubeziehen; immerhin teilten sie eine Gemeinsamkeit: Sie hatten ein Duell mit dem Maître überstanden und waren gezeichnet worden. »Können Sie mir alles zukommen lassen, was Sie über den Maître finden?«

Es herrschte eine kurze Stille. Saskia sah ein Polizeiauto auf der anderen Straßenseite anhalten. Zwei Uniformierte stiegen aus und kamen auf das Café zu.

»Was haben Sie vor?«, fragte der Professor. »Sie wissen, dass es nicht erlaubt ist, private Informationen über die Mitglieder der *union* einzuholen. Allein das Komitee ...«

»Der Maître hat mir mehr angetan, als Sie erahnen können, Professor«, antwortete sie aufgebracht. »Er hat mir ... etwas angehängt. Vielleicht bin ich nicht sein erstes Opfer und nicht sein letztes.«

Mit einer Geste machte sie Justine auf die Beamten aufmerksam. Die Französin nahm sofort die Füße vom Tisch, erhob sich, rollte mit den Schultern und dehnte die Finger. Es sah nach Kampfvorbereitungen aus, und sie formte mit den Lippen ein lautloses: *Verschwinden wir.*

»Ich verstehe, ehrlich gesagt, nicht, was Sie meinen, Frau Lange. Die Narben?«

»Nein, nicht die Narben!«, rief sie lauter als gewollt.

»Sie hören sich sehr angespannt an, Frau Lange. Stecken Sie in Schwierigkeiten?«, erriet er. »Kann ich Ihnen behilflich sein?« Die Verbindung wurde auf einmal schlechter. »Brauchen Sie einen sicheren Ort zum Untertauchen?«

»Die Flics sind drin«, zischte Justine ihr zu und stand am Treppenaufgang.

Saskia hielt das Mikrofon zu. »Justine, bleiben Sie hier! Wo ist Will?«

»Ich kann ihn nicht sehen«, murmelte die Französin und hielt die linke Hand auf dem Rücken, wo eine ihrer Pistolen verborgen im Holster steckte.

Von unten erklang das Klirren eines zerschellenden Bechers. Plötzlich wurden reihum die Monitore grau und begannen zu flackern. »Was zum ...«, entfuhr es Saskia.

»Frau Lange?« Das Rauschen nahm zu.

»Professor, wir sollten uns wirklich treffen. Haben Sie einen sicheren Ort?«

»Ja. Kommen Sie in die Hafen-City, Sandtorkai 56. Klingeln Sie bei Froemanns. Ich warte dort auf Sie.«

Will kam die Treppe hinaufgestürmt, blass wie der Tod. »Raus! Sofort weg von hier!«

Saskia und Justine fragten nicht nach. Die Französin riss die Blätter an sich. *»Qu'est-ce qui se passe?«*

Knallend brannten die Netzgeräte der Monitore und der Computer durch, die Neonröhren an den Decken platzten und ließen Scherben wie einen Schauer über Tische und Boden niedergehen; Kabel im Innern der PC-Gehäuse fingen Feuer und sandten schwarze Rauchwolken und Flämmchen durch die Lüftungsschlitze. Innerhalb von Sekunden stank es intensiv nach verbranntem Plastik.

Ein schriller Ton erklang, der so laut war, dass die drei mit schmerzverzerrtem Gesicht die Hände auf die Ohren pressen mussten. Mit einem gewaltigen Knall zerplatzte alles Glas um sie herum, einschließlich der Fensterfront! Aus dem Erdgeschoss hörte man aufgeregte Schreie.

»Merde alors«, fluchte Justine. »Warst du das, Saskia?«

»Nein!«, schrie sie. *Oder doch?* Sie spürte schreckliche Aufregung und Furcht. Kam der Dämon, um sie zu töten? Prompt hatte sie das Gefühl, dass ihre Narben sich erwärmten.

Justine zog die Pistolen und sicherte ihren Rückzug. »Raus!« Hastig eilten sie quer durch das Stockwerk zum Notausgang.

Sie rannten ins Treppenhaus, Will stolperte auf dem Weg

nach unten, aber Saskia bewahrte ihn mit einem raschen Zupacken vor einem Sturz. Dabei berührte sich ihre blanke Haut.

Will ächzte und riss sich von ihr los, griff mit beiden Händen an seinen Kopf, sank vor der Tür ins Freie zu Boden und wand sich unter Schmerzen. Saskia wollte ihn festhalten, damit er sich nicht verletzte; aber was, wenn sie durch den Kontakt noch mehr Schaden anrichtete? »Justine!«

Die Französin warf sich den immer noch zuckenden Will über die Schulter, als wöge er nicht mehr als ein Kind, und spurtete hinaus. *»Vite, vite!«*

Saskia hetzte hinterher, die Straße entlang, bis sie ein Taxi fanden. Auf die zaghaften Proteste des Fahrers gegen den vermeintlich Volltrunkenen in seinem Wagen reagierten sie nicht. Justine warf Will einfach auf den Rücksitz und stieg vorn ein, während Saskia sich neben Will quetschte.

»Sandtorkai 56, so schnell wie möglich, bitte«, sagte sie, atmete tief durch und zog vorsichtig Wills Kopf auf ihren Schoß. Dabei achtete sie sorgsam darauf, dass die Ärmel ihrer Jacke als Puffer zwischen seiner Haut und ihrer lagen. Was hatte sie nun schon wieder angerichtet?

In der schwarzen Unendlichkeit schwebte eine riesige Brille vor Will und drehte sich dabei langsam um die eigene Achse. Das Gestell erinnerte ihn an Fotografien vom Beginn des zwanzigsten Jahrhunderts; eines der Gläser war zur Hälfte gesplittert.

In dem zerstörten Glas wurde ein fellbehängter Mann sichtbar; er hüpfte hin und her, schrie etwas in einer unbekannten Sprache, schwang einen Lederbeutel und warf sich schließlich auf den Boden. Es schien ein Anbetungsritual zu sein, in das hinein unvermittelt das Harfenspiel eines Wahnsinnigen erklang, zu dem ein Mann mit einer verführerischen Stimme etwas rezitierte.

Will schwebte inmitten dieses Bild- und Klanggewitters, gegen das er sich nicht wehren konnte. Er versuchte, die Hände schützend über die Ohren zu legen, aber er spürte seinen Körper nicht.

Auf einmal erschlug der dröhnende Bronzedonner einer tiefen Kirchenglocke sämtliche Geräusche und Stimmen, fegte durch Will hindurch und ließ ihn taub und zitternd zurück. Die Brille verschwand. Er blieb allein in der Dunkelheit zurück, hilflos, und fürchtete sich schrecklich. Aus weiter, unendlich weiter Ferne näherte sich langsam, ganz langsam lauter werdend, die dunkle Stimme eines Mannes, der in einer fremden Sprache betete, die Will russisch vorkam. Es klang monoton, sich unentwegt wiederholend; doch nach und nach fielen weitere Männer ein, und aus dem schlichten Gebet wurde ein vielstimmiger, bewegender Gesang.

Will ahnte, dass das, was er gerade wahrnahm, für ihn von Bedeutung sein würde. Er rang seine Furcht nieder und versuchte, sich so viel wie möglich einzuprägen: Geräusche, Wortfetzen, Begriffe, so fremd und bedeutungslos sie ihm auch erschienen.

Während der Gesang weiter anschwoll, begann hinter Will ganz sacht Wasser zu rauschen, dann sirrte etwas durch die Luft. Will schauderte: Genau so hatte das zuschlagende Schwert des Dämons geklungen!

Nun drängten sich die Harfentöne wieder in den Vordergrund, dieses Mal melodischer und vertrauter, irisch angehaucht. Doch einer der Töne verursachte ihm Übelkeit und Furcht, jedes Mal, wenn die Saite angeschlagen wurde.

Aus der Dunkelheit vor ihm formte sich ein Bild: Ein junger Mann saß in einer großen Halle an einer Harfe und spielte sie hingebungsvoll mit geschlossenen Augen und einem Lächeln auf den Lippen, während um ihn herum Männer in Kettenhemden aufeinander einschlugen und sich aufs grausamste abschlachteten. Die Sprache, in der sie sich anbrüllten, identifizierte Will als eine Art Englisch. Am Gürtel eines der Ritter meinte Will den Lederbeutel zu erkennen, den eben noch der Fellbehängte getragen hatte.

Das Harfenspiel wurde leise und leiser, dann vernahm Will eine Frauenstimme, die etwas rezitierte. Und dieses Mal verstand er die Worte:

Geliebte!
Möge der Mond über dich wachen,
mögen die Sterne dir den Weg leuchten,
der dich zu mir führt.
Entgehe dem Dolch der falschen Freundin
und kehre keinem den Rücken.
Sie wollen unsere Liebe vernichten,
sie wollen unsere Herzen versteinern.
Nichts soll von uns bleiben.
Doch damit machen sie uns umso stärker.
Und töten sie uns,
sind wir bei den Toten glücklicher
als bei den Lebenden.
Möge der Mond über dich wachen,
mögen die Sterne dir den Weg leuchten,
der dich zu mir führt,
Geliebte.

Während er lauschte, sah er, wie eine mächtige nächtliche Stadtsilhouette sich aus einer Wüste erhob, über der ein Blatt Papyrus schwebte, das vom Wind auf ihn zugetrieben wurde. Die Buchstaben darauf leuchteten zum Klang der Frauenstimme nacheinander auf.

Der Papyrus wirbelte und segelte auf Will zu, doch dann wurde es schlagartig Tag. Eine behaarte Männerhand mit einer

Schriftzeichen-Tätowierung packte die Seite, doch er fing sie nicht aus der Luft, sondern riss sie achtlos aus einem Rucksack hervor, in dem sich viele altertümliche Gegenstände befanden. Will erkannte, dass er mitten in einer antiken Ruinenstadt stand, Hunderte von atemberaubenden Säulen um sich herum. Unvermittelt senkte sich die Nacht herab, und dann war es wieder so dunkel, dass er nichts mehr erkennen konnte.

Plötzlich erschien die Brille wieder. Zwei Hände griffen nach ihr und brachen die Fassung auseinander, und aus der intakten Hälfte formte sich ein Monokel, durch das Will eine feiernde Gesellschaft in Kleidern der Belle Époque erkannte. Musik erklang, es wurde gelacht und getanzt.

Die Szenerie wechselte, und er sah durch das Glas die Flure eines Varietés, dann den Eingangsbereich, in dem es von Gästen und Livrierten nur so wimmelte. Auf einem Plakat erkannte er das Wort *Wintergarten*, die Namen *Grock* und *Rivel*, dann heulten Sirenen wie bei einem Bombenalarm.

Er sah einen Mann und eine Frau in eleganter Robe, die sich durch die Menge kämpften und zielstrebig auf ihn, den Monoklelträger, zubewegten; ihren entschlossenen Gesichtern nach zu urteilen, hatten sie etwas vor. Die Frau hob die Hand und deutete mit einem Brillantring auf ihn, die andere Hand vollführte eine Bewegung in der Luft und formte ein Zeichen. Eine gewaltige Explosion zerriss den Raum, und das Bild schwankte hin und her. Das Monokel fiel zu Boden, als sein Träger nach hinten geschleudert wurde …

X. KAPITEL

8. November
Deutschland, Hamburg, Sandtorkai

Als Will zu sich kam, dröhnten seine Ohren. Alles um ihn herum schien sich zu bewegen. Vorsichtig öffnete er die Augen – und sah Saskias Kinn über sich schweben. Sein Kopf lag auf ihrem Schoß. Er hatte einen unangenehmen metallischen Geschmack im Mund, schluckte schwer und blinzelte, weil ihn das Licht blendete. Langsam begriff er, dass sie sich in einem Auto befanden. »Ich bin wach«, sagte er heiser und richtete sich mühsam auf.

Fast gleichzeitig hielt der Wagen an, sie waren am Hafen angekommen. »Bitte sehr, Sandtorkai, das hier müsste die 56 sein.« Der Fahrer schaute Justine an. »Das macht dann siebenunddreißig Euro.«

Sie deutete wortlos auf Will. »Er macht das.«

Immer noch benommen, zückte Will seinen Geldbeutel und bezahlte den Fahrer. Sie stiegen aus. Als er strauchelte, legte Saskia sich schnell einen seiner Arme über die Schulter, um ihn so zu stützen. Langsam gingen sie zu dem Haus hinüber, das zu den Projekten in Hamburgs Hafen-City gehörte, die bereits fertiggestellt waren; andere Hochhäuser befanden sich noch im Bau, ebenso wie die Elbphilharmonie.

»Was war los?« Justine nahm ein Päckchen Kippen aus dem Mantel. Gleich darauf hatte sie eine Zigarette zwischen den Lippen und rauchte.

»Wo haben Sie die herbekommen?« Saskia staunte.

»Die Schachtel lag im Taxi. Und das Feuerzeug steckte direkt mit drin.« Sie grinste. »Für siebenunddreißig Euro ist das im Preis inbegriffen.«

»Sie sind unglaublich.« Will hielt sich mit seiner linken Hand an Saskias Schulter fest und mit der rechten seinen Kopf, fuhr sich mit dem Finger in die Ohren und unter der Nase entlang. Der Geschmack in seinem Mund schien Blut zu sein, und er wollte sichergehen, dass er keine Verletzungen hatte. Die Explosion, die er in seiner Vision erlebt hatte, hallte immer noch in seinen Ohren nach, und er meinte Staub zwischen den Zähnen knirschen zu hören.

»Das ist gut so.« Justine marschierte mit einem zufriedenen Lächeln auf den Eingang zu. *»Alors?«*

»Wir sollen bei Froemanns klingeln, aber damit warten Sie, bis wir bei Ihnen sind, verstanden?«, gab Saskia Anweisung, bevor sie Will deutlich sanfter fragte. »Geht es dir wieder besser?«

»Ich ... ich hatte ... eine Vision, glaube ich«, berichtete er abgehackt. »Deine Berührung hat sie ausgelöst.« Er dachte an das Wort *Médiatrice*, das die Französin benutzt hatte.

»Von was? Dem Dämon?«

»Nein, es war etwas anderes ...« Will legte seine rechte Hand auf den Rücken, der zu schmerzen begonnen hatte. »Verschiedene Orte und Gegenstände. Eine Brille, eine Harfe, ein Monokel, das jemand bei einer Explosion in Berlin verloren hat ...« Er sah sie ratlos an. »Keine Ahnung, was es zu bedeuten hat, doch es hängt mit dem Dämon zusammen, da bin ich mir sicher.«

»Lass uns darüber sprechen, wenn wir uns hinsetzen können.« Saskia merkte, wie sein Arm auf ihrer Schulter schwerer wurde, sie aber auch wärmte – und ein Gefühl in ihr auslöste, das sie nicht einordnen konnte. *Habe ich ihm das angetan?*, fragte sie sich schuldig.

Wenige Schritte später kamen sie vor der Tür an. Was die

Architektur des Gebäudes schon vermuten ließ, wurde durch die Klingelschilder bestätigt: In dem Gebäude schienen sich ausschließlich Firmen zu befinden. Über der Gegensprechanlage war eine Videokamera angebracht worden.

Justine warf Saskia einen ungeduldigen Blick zu, während sie begann, mehrmals lange auf den Knopf neben dem Schild zu drücken, auf dem *Froemanns Inc.* stand. *»Merde,* was dauert denn da oben so lange?« Justine versetzte dem Klingelknopf einen regelrechten Schlag und fluchte in ihrer Muttersprache. Endlich summte es, die Tür sprang ein Stückchen weit auf. *»En gueulant, ça marche«*, kommentierte sie zufrieden und ignorierte das *Rauchen-Verboten*-Schild in der Halle.

Während sie auf den Fahrstuhl warteten, sagte Will nachdenklich: »Ich fürchte, du hast mir auch eine Gabe verpasst.« Er berichtete den beiden Frauen von der Vision über das Gemetzel an den Polizisten und der Aushilfe des Internetcafés.

»Das ist dort also passiert, meinst du?« Justine legte den Kopf schief und wischte sich die Haarsträhnen aus den Augen. »Es wäre eine logische Erklärung für das Platzen der Scheiben. Wir sollten herausfinden, ob in dem Café wirklich geschehen ist, was Will gesehen hat. Auch wenn das keine guten Nachrichten wären.«

»Für die Menschen dort ganz sicher nicht«, sagte Saskia.

Justine verdrehte die Augen. Sie schien sich nicht um die Toten des Cafés zu kümmern. »Wenn dem so ist, hat uns der Dämon verfolgt, Saskia. Wir sollten beten, dass er unsere Spur verloren hat.«

Saskias Schuldgefühle wuchsen ins Unermessliche. »Entschuldige bitte vielmals, Will«, sagte sie. »Verdammt, ich richte nur Unheil an!«

»Hör auf damit, dir Vorwürfe zu machen – du hast diese Leute nicht getötet, du hast Will nur sehen lassen, was passieren wird«, stellte Justine richtig.

»Aber ...«

»Nichts *aber,* Madame«, unterbrach die Französin sie scharf. »Je schneller du dich damit abfindest, desto besser ist es für dich. Für uns alle.« Die Kabine hielt an, und sie schaute vorsichtig hinaus, eine Pistole unauffällig am langen Arm und halb im Mantel verborgen.

»Ich ... ich würde es wahrscheinlich anders ausdrücken, aber sie hat recht, Saskia«, beruhigte Will sie. »Der Mann, der dich gezeichnet hat, trägt die Schuld an allem, was uns bislang widerfahren ist. Nicht du.«

Justine gab den beiden ein Zeichen, dass die Luft rein war. »*Ich* bin diesem Maître allerdings sehr dankbar. Ohne ihn wäre ich noch immer in der Hölle.« Sie übernahm die Führung, jederzeit bereit, die Waffe zum Einsatz zu bringen. »Da vorn ist es.«

Saskia klopfte gegen die Tür; sie wurde sofort vom Professor geöffnet. Er trug einen dunkelbraunen Cordanzug. Die Hände steckten in Handschuhen. »Herein mit Ihnen.« Justine sicherte ihnen den Rücken und steckte die Pistole schließlich in die Manteltasche. »Und Sie sind?« Er richtete seine dunklen Augen auf sie.

»Eine Freundin von Madame Lange. Ich schulde ihr etwas, *en fait.«*

»Es freut mich, Sie kennenzulernen«, sagte der Professor.

»Tut es das?« Sie verschränkte die Arme vor der Brust und schenkte dem Professor ein Lächeln, von dem Will nicht wusste, ob es gespielt oder echt war. »Man kann die gute Saskia derzeit nicht alleine lassen. Sehen Sie in mir einen *ange gardien venu de l'enfer.«*

»Ein Schutzengel aus der Hölle?« Der Professor zeigte einladend auf einen Sessel. »Das ist ein ungewöhnlicher Herkunftsort für einen Engel.«

»Ah. Luzifer war auch ein Engel, bevor er sich einen neuen

Platz gesucht hat. Insofern ...« Justine hob vieldeutig die Schultern.

»Und Ihr Name, Mademoiselle, ist ...?«, fragte er.

»... nicht von Bedeutung, Monsieur.« Nein, das Lächeln war eindeutig nicht echt. Und daher wohl auch alles andere als freundlich.

»Ich bin Will Gul«, stellte sich Will schnell vor, um von Justine abzulenken, und reichte dem Professor die Hand.

»Ich habe schon von Ihnen gehört, Herr Gul. Die ersten Nachrichten von Ihrer Party sind im Fernsehen.« Er ging zur Tür. »Ich muss gleich wieder los, Frau Lange, um mich um die Informationen zu kümmern, um die Sie mich gebeten haben. In knapp zwei Stunden sollte ich zurück sein. Machen Sie es sich bequem, und entspannen Sie sich. Hier wird Sie niemand finden. Die Wohnung gehört der *union*; wir bringen hier Gäste unter, denen daran gelegen ist, sich unentdeckt in Hamburg aufhalten zu können.« Er nickte in die Runde und verließ die Wohnung; der Schlüssel steckte von innen.

»War das nötig?«, fragte Saskia Justine wütend. »So mit ihm zu reden?«

»Er ist dein Freund – niemand hat gesagt, dass ich ihm trauen muss«, sagte sie unbekümmert.

Will öffnete den Mund, um etwas zu sagen, als das Satellitentelefon klingelte. »Endlich«, stöhnte er. »Jetzt erfahren wir hoffentlich mehr über das Haus und seine Geheimnisse.« Schnell nahm er das Gespräch entgegen und aktivierte den Lautsprecher für die Frauen. »Sir?«

»Was ist vorgefallen, Herr Gul?«, fragte der Sir. Wie immer fiel Will der starke britische Akzent in der für einen erwachsenen Mann eher hellen Stimme auf. »Ich muss Ihnen leider sagen, dass ich enttäuscht bin, was Ihre Aufsichtspflicht betrifft.«

»Sie wissen es schon, Sir?«

»*Natürlich* weiß ich es. Und wenn ich nicht mitten in einer sehr heiklen Mission stecken würde, wäre ich schon längst selbst in Hamburg. Warum höre ich so ein hohles Geräusch bei Ihnen – haben Sie den Lautsprecher angestellt?«

»Ja, Sir.« Will merkte, wie er einen heißen Kopf bekam und sich wie ein ertappter Schuljunge fühlte. »Ich bin nicht ...«

Justine schüttelte energisch den Kopf, zeigte auf sich und Saskia und machte mit der Hand eine eindeutige Geste – sie hielt es für besser, sie nicht zu erwähnen.

»... sicher, ob ich im Moment den Hörer längere Zeit am Ohr halten kann«, improvisierte Will. »Ich habe eine Verletzung am Rücken.«

»Das tut mir leid«, sagte der Sir und klang nun nicht mehr ganz so vorwurfsvoll. »Also, fangen Sie an. Ich will genau wissen, was sich auf meinem Grund und Boden ereignet hat!«

Will setzte sich in den Sessel, Saskia und Justine nahmen so leise wie möglich rechts und links von ihm auf Stühlen Platz. Er berichtete von den Geschehnissen der Nacht.

Justine schaltete derweil den Fernseher ein, den Ton fast auf null reduziert, und zappte durch das Programm. Zur besten Nachrichtenzeit wurde den Zuschauern von der unvorstellbaren Tat berichtet, mal öffentlich-rechtlich nüchtern, mal privat, bunt und reißerisch. Will berichtete seinem Auftraggeber auch davon. Dann herrschte auf der anderen Seite der Leitung Schweigen.

»Sir, sind Sie noch da?«

»Wie ist die Tür geöffnet worden?«, fragte er bebend.

»Ich weiß es nicht, Sir«, log Will, um Saskia nicht mit hineinzuziehen.

»Es kann nur einer der Gäste Ihrer unerlaubten Party gewesen sein.«

»Vermutlich, Sir.« Dann nahm er seinen Mut zusammen und stellte die Frage, die ihm auf der Seele brannte. »Sir, darf ich ganz offen sein? Sie haben nicht im Mindesten überrascht reagiert, als ich Ihnen berichtet habe, dass ich in der Kammer von etwas angegriffen wurde, das ich für einen Dämon halte. Jeder andere würde mich deswegen für verrückt halten. Kann ich eine Erklärung dafür haben? Was ist mit dieser Villa?«

»Seien Sie froh, dass er Sie am Leben ließ«, sagte der Sir, ohne auf Wills Frage einzugehen. »Aber Sie müssen darauf vorbereitet sein, dass derjenige, der die Kammer geöffnet hat, noch am Leben sein kann – und wenn das so ist, wird er die Person höchstwahrscheinlich suchen.«

Saskia hatte den Mund schon geöffnet, doch Justines Hand schoss nach vorne und verschloss sie. Will sagte schnell: »Um was zu tun?«

»Um Sie zu töten«, erklärte der Sir kalt.

Eiseskälte durchfuhr Will. Er wusste, dass ihm von Saskia keine Gefahr drohte – also gab es nur eine Erklärung: »Der Dämon ist also auch hinter mir her.«

»Das Wesen, dem Sie begegnet sind, ist kein Dämon, Herr Gul, sondern ein Schutzgeist.«

Will sah aus dem Augenwinkel, dass Justine ausgesprochen zufrieden aussah, so als wollte sie sagen: *Hab ich's doch gewusst.*

»Er ist der Hüter des Artefakts, das seit langem von meiner Familie in dieser Kammer geschützt wird. Sein Auftrag ist es, jeden zu töten, der das Artefakt stehlen will oder auch nur Kenntnis davon erlangt.«

»Dieser Geist hat all die Menschen für ... für Räuber gehalten?«, rief Will entsetzt. »Es war ein harmloses Fest, nichts weiter als ein harmloses Fest!«

»Für ihn spielte es keine Rolle, ob es sich um zwei oder zweihundert Menschen handelte. Die Kammer ist geöffnet worden, und er tat das, wofür er vor langer Zeit sein Leben gelassen hat.«

»Aber er hat Unschuldige ...«, begehrte Will bestürzt auf, wurde aber sofort unterbrochen.

»Versuchen Sie nicht, Ihre Schuld auf jemand anderen zu übertragen, Herr Gul«, donnerte ihn der Sir an. »Das Blut dieser Menschen klebt an Ihren Händen, Sie sind für ihren Tod verantwortlich!«

Will spürte, wie sich ihm vor Entsetzen die Kehle zuschnürte. Saskia wollte ihm mitfühlend eine Hand auf den Arm legen, riss sie aber kurz vorher zurück, als habe sie einen elektrischen Schlag erhalten; wahrscheinlich befürchtete sie, dass sie ihm wieder eine Vision schicken würde. Will sah sie hilfesuchend an. Noch nie hatte er sich so allein gefühlt wie in diesem Augenblick.

»Wird ... wird es noch mehr Opfer geben, Sir? Der Geist hat sich zusammen mit dem Schwert aufgelöst, bevor er mich damit töten konnte. Wohin ist er verschwunden?«

»Sie müssen sich nicht mehr vor dem Geist fürchten. Wir müssen davon ausgehen, dass er seine Kraft verloren hat.«

»Und das Schwert? Was ist so Besonderes daran, dass man es beschützen muss? Bitte, Sir, Sie müssen es mir sagen!«

Der Mann räusperte sich. »Sie sind entlassen.«

»Aber ...«

»Sie werden mein Haus nie wieder betreten, haben wir uns verstanden?«, fiel ihm der Sir missfällig ins Wort. Jedes seiner Worte traf Will wie eine Ohrfeige, und er merkte, wie er unwillkürlich den Kopf einzog. »Ihre Sachen lasse ich in den Laden bringen. Seien Sie stolz: Sie haben dem Bösen das gegeben, wonach es seit mehr als einhundert Jahren trachtete. Leben Sie w...«

Saskia wollte Will nicht zum alleinigen Sündenbock machen. »Halt! Warten Sie!«, schrie sie. »Ich bin diejenige, die die Kammer geöffnet hat. Was geht hier vor? Sie schulden mir die Wahrheit!«

Stille.

»Hallo? Hallo! Sie *müssen* mit mir reden!«, rief sie aufgebracht. »Ich habe es nicht mit Absicht getan!« Jedenfalls hoffte Saskia dies inständig.

Nach einer weiteren quälenden Ewigkeit räusperte sich der Sir; offenbar hatte er über die neuen Entwicklungen nachdenken müssen. »Es ist gut, das zu wissen«, sagte er, und sie fand, dass er erleichtert klang. »Und solange Sie am Leben sind, haben wir die Möglichkeit, das Schlimmste zu verhindern. Und damit meine ich *das Schlimmste!*«

»*Mon Dieu!* Den Untergang der Welt?«, kam es spöttisch von Justine.

»Das ist doch ...«, donnerte es fassungslos aus dem Lautsprecher. »Wer ist noch bei Ihnen?«, verlangte der Sir zu wissen.

»Es tut mir leid, Sir«, erklärte Will matt. »Ich ... ich wusste nicht, was ich tun sollte. Wir sind zu dritt. Unsere Freundin ist ...« Er sah, dass Justine eine seltsame Grimasse zog, die wohl an einen Wolf erinnern sollte, und dann heftig den Kopf schüttelte. Vielleicht hatte sie recht. »... eine dritte Überlebende und gerade noch rechtzeitig der Hölle entkommen.« Damit log er zumindest nicht. »Bitte, Sir, Sie müssen uns sagen, worauf wir uns gefasst machen müssen.«

»Mit dem Ende der Welt, Gul«, tönte es ihm dumpf entgegen. »Zumindest mit dem Ende unserer Zivilisation und dem Leben, das die Menschheit bisher führen durfte. Aber noch können wir dieses Schicksal abwenden. Mit Hilfe Ihrer Freundin wäre es vielleicht möglich, alle Artefakte in der kurzen Zeit zu finden und sie im Marianengraben zu versenken, dem einzigen Ort, an dem sie endgültig und für alle Zeiten vor Zugriff bewahrt sein werden. Nur so können Sie verhindern, dass die Blutportale geöffnet werden.«

»Wäre es nicht einfacher, diese Dinger zu vernichten? Was versteckt wird, kann auch gefunden werden«, wollte Justine wissen. »Das ist eine Erfahrung, die ich schon mehrmals und sicherlich nicht als Einzige machen durfte.«

»Nein«, kam es sofort barsch aus dem Hörer. »Jeder Versuch führt zu schrecklichen Katastrophen!«

»Demnach *wurde* es schon versucht«, hakte Justine sofort nach und sah die anderen beiden an, als wollte sie sagen: *Der Kerl spielt falsch.* »Was ist geschehen ... *Sir?«* Sie sprach die formale Anrede mit so viel Ironie aus, dass Will zusammenzuckte. Saskia konnte sich trotz der angespannten Situation ein Lächeln nicht verkneifen.

Der so Angesprochene schnaufte. »Ja, es stimmt. Man konnte nicht immer verhindern, dass die Artefakte dem Gegner in die Hände fielen. Viele tapfere Männer und Frauen haben ihr Leben lassen müssen, um zu verhindern, dass sie zusammengefügt werden. Immer wieder hat es darum den Versuch gegeben, die Stücke zu vernichten, doch dies hatte schreckliche Folgen: Explosionen ungeahnter Ausmaße, verheerende Erdbeben und andere Naturkatastrophen. Denken Sie an Pompeji, an den großen Brand von London oder das, was Anfang des zwanzigsten Jahrhunderts in Tunguska passierte.«

»Das Schwert ist also nur eines von weiteren magischen ... Dingen?« Saskia sah zu Will, der sich einen Block und einen Stift genommen hatte und bereits Notizen machte. »Wo finden wir sie?«

»Ich besitze lediglich Hinweise aus den Unterlagen meiner Vorfahren, und die sind sehr vage«, sagte der Sir. »Es sind insgesamt fünf Artefakte, die weit verstreut sind. Ich bin gerade dabei, eine Spur zu verfolgen, die nach Berlin führt, wo ...«

»Das Monokel?« Auf einmal wusste Saskia, was Wills jüngste Visionen zu bedeuten gehabt hatten. Als sie ihn anschaute, erkannte sie in seinen Augen, wie sehr sich ihre Gedanken ähnelten.

»Woher wissen *Sie* davon?«, fuhr der Sir sie an.

»Das tut nichts zur Sache«, sagte Justine, um Saskia und Will einen Moment Zeit zu erkaufen, ihr Erstaunen zu verarbeiten. »Sie haben Ihre Quellen – wir haben unsere. Akzeptieren Sie das, *Sir*, und sagen Sie uns stattdessen, wo wir die anderen Artefakte finden.«

»Ein Hinweis deutet auf Russland, ins Umfeld des Baikalsees. Suchen Sie nach einem Kloster. Dort war einst der Aufbewahrungsort des Schwertes, ehe meine Familie es an sich nahm. Die Kammer war mit einem Zauber belegt, der eine Rückkehr dorthin verhindern sollte.«

Will runzelte die Stirn. »Rückkehr?«

Der Sir stöhnte auf, als sei es unter seiner Würde, den Unwissenden alles haarklein erklären zu müssen. »Ich habe keine Zeit, ins Detail zu gehen, Herr Gul, ich muss ...«

»Ich kann mir vorstellen, was Sie meinen«, mischte sich Justine wieder ein und griff nach einer Zigarette. Für sie bedeutete es anscheinend kaum eine Schwierigkeit, in die Thematik einzutauchen. Will und Saskia lauschten fasziniert. »In dieser Welt gibt es Kraftpunkte, Orte mit starker Strahlung und Anziehungskraft, die von keinem physikalischen Messgerät erfasst werden können. Einige Menschen besitzen ein Gespür dafür, andere merken gar nichts, wenn sie an einer solchen Stelle vorübergehen. Je nach Mythologie erhielten diese Punkte ihre Deutung, es wurden Bauwerke über ihnen errichtet, um sie zu schützen, ihre Einzigartigkeit zu betonen oder sie zu verehren. Manche Punkte sind bis heute unentdeckt geblieben, andere erlangten große Berühmtheit. Denkt an die Wallfahrtsorte, die euch einfallen – einige sind kaum mehr als Touristenattraktionen, aber andere ...«, sie stieß eine Rauchwolke aus, »... vollbringen Wunder!«

»Was haben die Artefakte damit zu tun?«, fragte Saskia.

»Diese Kraftpunkte sind ein ... ein *Nachglühen* von etwas viel Stärkerem, das sich an diesen Orten ereignet hat oder dort aufhielt. Davon werden die Artefakte angezogen«, erklärte der Sir, dessen Stimme nun deutlich anzuhören war, dass ihm die Zeit davonlief. »Man kann sie von dort losreißen und mitnehmen, aber ganz egal, wo sie sind, sie kehren früher oder später immer an die Quelle zurück, wenn man es nicht unterbindet. Mein Vorfahr schaffte es, das Schwert an sich und in die Kammer zu bringen, die über einem anderen, wenn auch deutlich schwächeren Kraftpunkt liegt. Als der Bann über dem Raum gebrochen wurde, konnte es dorthin zurückkehren, wo es eigentlich sein will.« Sie hörten, wie er etwas trank. »Wir müssen es finden. Und wir sind nicht allein auf der Suche nach ihm! Wenn Sie die Artefakte nicht finden, werden sie dem Bösen anheimfallen. Die Welt wird daran zugrunde gehen«, sagte der Mann gedämpft.

»Aber was bringt es, sie im Marianengraben zu versenken«, fragte Saskia nachdenklich. »Haben Sie nicht gesagt, dass die Artefakte immer an ihren Bestimmungsort zurückkehren?«

»Nicht von dort«, erklärte der Sir. »Der tiefste Punkt des Marianengrabens birgt eine Kraftquelle, die größer ist als alles, was man sich vorstellen kann.«

»Sagen Sie uns, mit wem wir uns dieses Rennen liefern. Wer waren die Typen auf der Party mit der Tätowierung?«, warf Justine ein.

»Ich melde mich, wenn es günstiger ist.« Es klirrte leise, das Gespräch war beendet; trotzdem starrten Saskia und Will noch einen Augenblick auf das Satellitentelefon.

»Und ... und was machen wir jetzt?«, fragte Saskia schließlich.

»*Quelle question:* Es wird Zeit, dass wir diese Scheißartefakte finden. Vielleicht bekommen wir einen Wunsch erfüllt, weil wir so artig waren und die Welt gerettet haben«, sagte Justine leichthin. »Stört es jemanden, wenn ich vorher unter die Dusche springe? Ich habe immer noch das Gefühl, den Geruch der

Hölle mit mir herumzuschleppen.« Ohne die Antwort abzuwarten, ging sie ins Bad.

Saskia seufzte. »Du solltest aufschreiben, was du in den Visionen gesehen hast«, trug sie Will auf und zeigte auf den Computer, der auf dem Schreibtisch in der Ecke stand. »Im Netz finden wir sicherlich mehr Informationen. Möglicherweise ja auch etwas über das alte Venedig, was deine Visionen erklären könnte.«

»Klingt gut.« Will setzte sich an die Tastatur und schaltete den PC ein. »Was würdest du dir wünschen?«

»Bitte?«

»Die Sache mit dem Wunsch. Wäre doch schön, wenn das Gute uns belohnen würde.«

»*Zu* schön.« Saskia tippte sich auf die Brust, auf ihre Narben. »Die würde ich mir wegwünschen. Und ...« Sie stockte. »Und ich würde mir wünschen, dass ich Patrick nicht mit zu deinem Fest gebracht hätte. Dass er noch lebt.«

»Wart ihr ... zusammen?«, fragte Will vorsichtig.

Saskia schüttelte den Kopf. »Das wäre nichts für uns gewesen. Aber wir waren Freunde, Will.« Ihre Augen brannten, Tränen kündigten sich an.

»Willst du darüber reden?«

»Nein«, sagte sie mit fester Stimme. »Fang mit der Recherche an. Ich muss noch etwas erledigen.« Sie nahm ihr Handy, rief im *Bon Goût* an und erklärte ihrer aufgeregten Mitarbeiterin, dass das Restaurant wegen eines Trauerfalls auf unbestimmte Zeit geschlossen werden musste. Während sie sprach, sah sie Patricks Leiche vor sich, die vermutlich noch immer unter dem Mantel in der Kammer lag. Zerstückelt, allein. Sie merkte, dass ihre Stimme immer dünner wurde.

Will musste warten, bis das System des Rechners hochgefahren war, und betrachtete die telefonierende Saskia. Das Gefühl, das sich in ihm ausbreitete, wenn er sie länger anschaute, verstärkte sich. Er spürte, dass aus der Sympathie für sie mehr wurde. Es bahnte sich etwas zwischen ihnen an, und obwohl ihm dies ein warmes Gefühl bescherte, irritierte es ihn auch; lag es vielleicht daran, dass sie sich gemeinsam in dieser Zwangslage befanden? Hieß das nicht Stockholm-Syndrom? Wie jeder wusste, schweißten extreme Situationen die fremdesten Menschen zusammen. Er wollte gerne an mehr glauben, denn eine Beziehung aus einer solchen Lage heraus würde wenig Bestand haben; und zu seiner Überraschung stellte Will bei diesem Gedanken fest, dass er sich wirklich eine echte Beziehung zu Saskia wünschte. Etwas, was er lange nicht für möglich gehalten hatte.

Sie war vom Typ her nicht sein Fall, auch wenn sie nicht schlecht aussah. Er mochte mehr die dunkelhaarigen, südländischen Frauen mit großer Oberweite. Das alles war Saskia nicht. Und dennoch war es ihm bei ihr gleich.

Will zwang seinen Blick auf den Bildschirm und ging online. Es schien ihm einfacher zu sein, auf die Suche nach einem Gegenstand zu gehen, der nach rationalen Maßstäben gar nicht existieren durfte, als sich mit seinen eigenen Gefühlen auseinanderzusetzen.

Er tippte die Suchbegriffe *Baikalsee* und *Kloster* ein – und bekam neuntausenddreihundertvierzig Treffer.

Er fluchte leise und klickte sich durch die besten Ergebnisse.

Es gab einige Klöster rund um den See oder etwas weiter davon entfernt; dem Namen Ivolginsk begegnete er sehr oft, auch vom Gandan-Kloster las er ständig in Reiseangeboten. Doch sobald er sich die Bilder dazu herunterlud und sie eingehend betrachtete, wusste er instinktiv, dass es nicht der Ort war, an dem sich das Schwert befand.

Will schloss die Augen und versuchte, sich an den Moment in seiner Vision zu erinnern, in dem er die russischen Gesänge vernommen hatte. Es war eine Liturgie, so vermutete er, und zusammen mit der Kirchenglocke passte das zu einem orthodoxen Kloster. Somit schieden westliche und buddhistische oder sonstige Glaubenseinrichtungen aus. Er gab den veränderten Suchbegriff ein, doch auch hier ergab sich nichts, was ihm weiterhalf.

Wieder horchte er in sich hinein. Einzelne Bilder tauchten erneut vor seinem inneren Auge auf. Er bekam den Eindruck, dass es sich um ein sehr altes Kloster handelte. Demnach müsste es heute entweder eine echte Attraktion sein – oder längst vergessen. Will entschied sich zuerst für die einfachere Suche. Er variierte die Vorgehensweise, wühlte sich durch die Angebote der Reiseveranstalter, durchforstete Rundreiseangebote und stieß bei einem Anbieter, der sich an Ornithologen richtete und das Selenga-Delta als Vogelparadies pries, auf eine Ausflugsroute rund um das Kloster von Posolsk.

Als er das Bild dazu abrief, glaubte er es auf Anhieb zu erkennen. »Das ist es!«, sagte er. »Das ist das Kloster aus meiner Vision.« Ein Gefühl sagte ihm, dass alles passte. Richtig sicher würde er sich jedoch erst sein, wenn er die Glocke schlagen hörte.

Saskia stellte sich neben ihn und beugte sich herab, um besser auf den Monitor sehen zu können. Ihre Haarsträhnen kitzelten seinen Hals und Nacken; er roch ihren Duft. Sie hatte etwas sehr Anziehendes, und Will ertappte sich dabei, dass er den Kopf leicht in ihre Richtung drehte, um mehr von ihr zu riechen. Ihr Hals war nicht mehr als eine Fingerlänge von seinem Gesicht entfernt.

»Das ging schnell«, sagte sie überrascht und erleichtert zugleich. »Das Kloster von Posolsk?«

»Ja«, erwiderte er rasch. »Ich erkenne es. Aber es ist mehr ein Gefühl ... eine Intuition.«

»Das ist doch mal ein guter Anfang!« Saskia lachte gelöst. Sie lachte zum ersten Mal richtig befreit und ehrlich. Ihr warmer

Atem streifte ihn, und Will lächelte. »Welcher Gott ist bei euch Indern für Glück zuständig?« Sie betrachtete den See.

»Für mich ist es eindeutig Ganeesha. Er kennt mich am besten, weil ich oft zu ihm bete«, gab er zurück.

»Schön, wenn man an etwas so glauben kann.« Sie richtete sich wieder auf. »Ich wollte dich schon immer etwas fragen: Woher kommt eigentlich der Vorname *Will*? Ist das auch etwas Indisches?«

»Nein. Es ist das Kürzel von Wilhelm. Eigentlich heiße ich Wilhelm Shiva Arihant Gul. Meine Mutter wollte mindestens einen deutschen Namen für mich haben, Shiva und Arihant suchte mein Vater aus.«

»Shiva ... das ist auch eine Göttin des Todes?« Saskia sah fröstelnd die Statue im großen Wohnzimmer der Villa vor sich.

»Nein, das ist Kali, und die Todesgöttin ist nur ein Aspekt von ihr. Shiva ist ein Mann und gilt als der Gütige, der Herr der Schöpfung und des Neubeginns. Die Gläubigen, die ihn als höchsten Gott verehren, sehen ihn als allgewaltigen Herrscher der Welt. Und er vereint die Aspekte aller anderen Götter in sich. Durch seinen Tanz symbolisiert er den Kreislauf der Zeiten, aber auch den rasenden Tanz der Zerstörung und der Schöpfung. Mein Vater verehrte ihn.« Will lächelte sie an; es gefiel ihm gut, sie an einem Teil seines Glaubens teilhaben zu lassen. »Kali ist übrigens seine Frau.« Auf einmal machte sich sein Magen mit deutlichem Grummeln bemerkbar, gleichzeitig musste er ein Gähnen unterdrücken. »Ich weiß gar nicht, was ich zuerst tun soll, schlafen oder essen.«

Saskia zeigte auf den kleinen Tisch. »Der Professor hat vorgesorgt – da liegen Prospekte von einem Pizzaservice.«

»Gute Idee! Ich nehme Schinken und doppelt Käse. Kein Rind.«

Sie lachte, und ihm wurde warm ums Herz. »Sehr gerne. Und den passenden Wein dazu?«, imitierte sie die Stimme eines beflissenen Kellners und ging dann zum Badezimmer, um Justine nach ihren Wünschen zu fragen.

»Ich suche noch ein bisschen weiter«, sagte Will mehr zu sich selbst als zu ihr. »Vielleicht finde ich mehr über das Kloster heraus. Und die anderen Orte aus meiner Vision.«

Justine stand unter der Dusche und genoss diesen Luxus, auf den sie so lange hatte verzichten müssen. Der Duschkopf war so geformt, dass die Wassertropfen weich und sanft wie bei einem Sommerregen auf sie niedergingen. Weißer, duftender Schaum glitt über ihre Haut und umtanzte ihre Füße. Sie schloss die Augen, legte den Kopf in den Nacken und genoss das Gefühl.

Ich bin der Hölle entkommen! Es war ein wunderbarer Triumph, doch gleichzeitig brachte er all die Bilder zurück, die sich in ihren Verstand eingebrannt hatten, und die Erinnerung an die Schmerzen, die ihren Leib durchzuckten und nicht nur von der Folter stammten, sondern auch von dem, was man ihrem Geist angetan hatte. Justine öffnete den Mund und ließ Wasser hineinlaufen, spülte ihn aus und hoffte, den ranzigen Geschmack so endlich loszuwerden. Aber sie wusste, dass das nicht so einfach war; sie hatte ein Stück ihrer ganz persönlichen Hölle mit sich genommen. Alles, was sie dort erlebt hatte, war widerlich gewesen – und nicht mit dem Wesen vereinbart gewesen, dessen Zeichen sie trug. Justine seufzte gequält. Faustitia hatte sie vor dem Handel gewarnt, hatte sie angefleht, den Tod zu akzeptieren, wenn er unausweichlich war. Und natürlich hatte Justine ihr dies versprochen. Aber dann lag sie da, von Silberkugeln regelrecht durchsiebt, in diesem brennenden Haus – und sie, die sich so viel auf ihre Tapferkeit einbildete, hatte nicht den Mut gehabt, der Verlockung zu widerstehen.

Dafür hatte sie dem Fürsten, dem sie sich ausgeliefert hatte, einen hohen Preis bezahlt. Doch er hatte sie getäuscht, und deswegen hatte der Pakt keinen Bestand. Ihre Flucht war gerechtfertigt gewesen; allerdings würde sie nicht noch einmal mit einer Rettung vor dem Tod rechnen können. Und wenn er sie jemals zu fassen bekam, würde seine Rache an ihr unvorstellbar sein.

Kaum dachte sie an ihn, brannte das Mal, mit dem er sie gezeichnet hatte, feurig auf. Saskia fluchte und starrte auf die Zeichnung, die sie an den Dämon band.

Die Umrisse leuchteten, und Justine meinte fast, seine Stimme zu hören: *Du bist aus meinem Reich entkommen, aber nicht mir.* Ihre makellose Haut rund um das Zeichen wurde dunkler, faltig, verging wie ein Blütenblatt, das auf glühenden Kohlen lag.

Ihre so mühsam aufrechterhaltene kühle Fassade brach in sich zusammen. Justine sank an der Duschwand nach unten, umschlang sich mit den Armen und weinte. Nicht vor Schmerzen, denn sie hatte schon lange gelernt, diese zu ertragen; es waren Tränen der Angst, der Verzweiflung. Sehnlichst wünschte sie sich nach Genzano, um ihre alten Freundinnen zu treffen und mit ihnen über das Erlebte zu sprechen. In diesem Moment fühlte sie sich einsamer als jemals zuvor in ihrem Leben, weil die Menschen, denen sie ihre Verwundbarkeit zeigen durfte, so weit entfernt waren.

Faustitia hatte vermutet, dass es einen Weg gab, sie von dem Pakt zu befreien – doch das würde bedeuten, dass sie die Wölfin in sich aufgeben musste. Justine bekam gerade einen Vorgeschmack, was es bedeutete, ihre zweite Natur, die sie seit Kindesbeinen in sich trug, nicht ausleben zu dürfen. Es war ein taubes, kaltes Gefühl in ihr. Sie fühlte sich noch einsamer, abgeschnitten von allem, was ihr lieb und teuer war. Ob Eric auch so empfand, seit er seine Gabe geopfert hatte?

Das warme Wasser wusch ihre Tränen davon.

Genug. Reiß dich zusammen!

Justine drehte im Sitzen den Hebel der Mischbatterie mit einem schnellen Schwung in den blauen Bereich. Aus dem Sommerregen wurde ein winterlicher Schauer, der ihr Herz schneller schlagen ließ. Die Kälte nahm dem Dämonenzeichen die Hitze, es zischte und dampfte leise, als die eisigen Tropfen es abkühlten. Die verbrannte Haut wurde davongeschwemmt, und darunter kam neue, rosafarbene zum Vorschein. Wenigstens die Selbstheilungskräfte waren ihr geblieben. *Und mein Wille,* dachte Justine. *Den kann mir niemand nehmen.*

Es klopfte an der Tür. »Justine?«, hörte sie Saskias Stimme. »Duschen Sie immer noch? Wir wollen uns etwas zu essen bestellen, eine Pizza – haben Sie Hunger?«

»Sehr«, rief Justine und war erleichtert, dass ihre Stimme fest und entschlossen klang. »Irgendwas mit doppelt Fleisch. Partygröße.«

Sie erhob sich, verließ die Kabine und trocknete sich ab. Mit jeder Bewegung des Handtuchs verschwand etwas von ihrer Schwäche. Schließlich lächelte sie sich im Spiegel zu.

Die andere Justine war wieder zurück.

Die Justine, wie sie fast jeder kannte, weil sie sich nur so der Welt zeigen wollte.

Saskia starrte auf die Bilder, die Will ihr am PC zeigte: historische Aufnahmen von der Tunguska, von der Zerstörung, die dort gewütet hatte, gefolgt von Aufzeichnungen über die erschreckende Vernichtungskraft und Sprengkraftberechnungen. »Das alles ist passiert, als man versucht hat, ein einziges Artefakt zu zerstören?«

Die Tür zum Bad schwang auf. Justine lief nackt an Saskia vorbei ins Schlafzimmer und verschwand hinter einer geöffneten Schranktür. Die Jahre in der Hölle hatten der Französin nicht geschadet; sie war in hervorragender körperlicher Verfassung, wie Saskia eingestehen musste. »Will hat das Kloster gefunden«, rief sie ihr zu. »Posolsk, am Baikalsee.«

»*Très bien!* Dann sollten wir bald los.«

»Justine, Ihre Sachen liegen noch im Bad«, sagte Saskia erstaunt. Aber offensichtlich hatte die Französin in einem der Schränke etwas gefunden, was ihr besser gefiel als das Diebesgut aus ihrem alten Wohnsitz. Sie kehrte zu ihnen zurück und streifte sich einen schwarzen Pullover über; dazu trug sie eine schwarze Stoffhose, die ihr zu lang und zu groß war. »*Ma chère*, warum immer noch so förmlich? *Bon.* Sobald ich meine Pizza bekommen habe, fahre ich los und hole dir etwas zum Anziehen für die Reise aus deiner Wohnung. Will, in der Villa sollte ich mich wohl nicht blicken lassen, ich bringe dir etwas von unterwegs mit.«

»Ich habe Größe zweiundfünfzig«, sagte Will. »Bitte keine hellen Farben, ich mag es gedeckt.«

Saskia warf Justine ihren Schlüssel zu und nannte die Adresse. »Können wir für Sie ... für dich auch irgendetwas tun?«

Die freundlich gemeinte Bemerkung schien Justine wie ein Schlag zu treffen. Sie schloss die Augen, legte die Spitzen von Daumen und Zeigefinger gegen die Nasenwurzel und verharrte so einige Sekunden, ehe sie die Lider wieder hob. Saskia und Will schauten sich erstaunt an.

»Kann der Professor mir einen Reisepass besorgen? Ohne könnte es schwierig werden.«

»Ich frage ihn. Aber er scheint mir ein Mann mit vielen Verbindungen und Talenten zu sein ...«

»Genau der richtige Mann.« Sie zwinkerte Saskia zu und stieg in ein Paar schwarze Slipper, die ihr auch zu groß waren. Es klingelte. »*Ah, la pizza.* Ich bin heute Abend wieder da.«

»Justine, warte«, rief Will und warf ihr sein Handy zu. »Damit bleiben wir in Kontakt. Die Nummer hier ist eingespeichert.«

»*Merci.*« Die Französin drückte auf den Türöffner, steckte sich eine Zigarette in den Mund und verließ die Wohnung.

Er schaute ihr nach. »Sie wirkt so ... ganz sicher nicht normal, aber durch und durch menschlich. Und doch habe ich mit eigenen Augen gesehen, wie sie als Werwölfin diese Kerle getötet hat«, murmelte er. »Unheimlich, das zweite Gesicht unserer Welt zu kennen.«

»Sehr«, sagte Saskia niedergeschlagen. »Du hättest auch gerne darauf verzichtet wie ich, nehme ich an?«

»Kann man so sagen. Ja.«

Die Pizza wurde geliefert, Justine hatte sich ihre bereits vom Boten genommen. Will und Saskia setzten sich an den Tisch und aßen.

Er schaute auf die Uhr. »Das Treffen mit Hansen wird nicht stattfinden«, entschied er. »Nicht, dass ich es überhaupt in Betracht gezogen hätte. Ich habe keine Lust, mich nochmals zusammenschlagen oder sogar entführen zu lassen, damit sie ins Haus kommen kann.«

Saskia stimmte ihm zu. »Ich bin bereit zu wetten, dass wir uns das Rennen um die Artefakte mit ihr liefern. Und es gibt noch die andere Gruppe, die zum Zeitpunkt des Massakers in der Villa gewesen ist. Anscheinend mögen sie sich nicht.«

»Die Dinge ergeben allmählich Sinn.« Er rieb sich die Augen. »Sie werden nicht leichter, aber sie ergeben immerhin einen Sinn.«

Es klopfte. Saskia sprang auf, griff nach ihrem Dolch und ging zur Tür. Ein Blick durch den Spion zeigte ihr, dass der Professor frühzeitig zurückgekehrt war. Sie öffnete ihm, und er trat ein.

»Da wäre ich wieder«, sagte er zur Begrüßung und lächelte sie freundlich an. »Wo ist Ihr infernalischer Schutzengel?«

»Ein paar Besorgungen machen.« Saskia ging auf, dass Justine gar kein Geld mitgenommen hatte. Sie traute ihr jedoch zu, dass sie sich unverfroren durch die Geschäfte stahl und mit reicher Beute zurückkehrte. »Wir sind Ihnen sehr dankbar, Herr Professor«, sagte sie.

»Ich habe nicht gelogen, als ich sagte, dass es mir eine Freude ist, etwas für Sie tun zu können, Frau Lange.« Er nahm im Sessel Platz und nickte Will zu, der zurückgrüßte und sich wieder auf den Bildschirm konzentrierte.

Saskia setzte sich auf den Stuhl neben ihn. »Ich habe schon ein neues Anliegen. Wie sieht es aus mit einem falschen Pass?«

Der Mann legte die Arme auf die Lehne. »Ich bin Mediziner, kein Fälscher.« Er musterte sie intensiver. »In welchen Schwierigkeiten stecken Sie? Wollen Sie mir mehr darüber sagen?«

»Es würde zu lange dauern, das zu erklären, und glauben würden Sie mir auch nicht«, sagte sie seufzend. »Der Pass ist für unsere Bekannte. Sie hat keine Papiere, und wie es aussieht, steht uns dreien eine Reise bevor.«

»Vielleicht glaube ich Ihnen mehr, als Sie denken, Frau Lange«, gab er zurück. »Ich habe Informationen über den Maître. Abseits der Chroniken.« Er langte unter seinen Mantel. Ein Blatt kam zum Vorschein, das er Saskia reichte.

Sie überflog das Geschriebene. »Eine Liste?«

»Eine Liste mit den Namen derer, die im Anschluss an das Duell mit dem Maître gestorben sind.« Der Professor sah besorgt aus. »Ich meine nicht an den Verletzungen, sondern durch Unfälle. Schreckliche Unfälle, die kaum etwas von den Unglücklichen übrig ließen. Sie mussten anhand der Gebissabdrücke identifiziert werden, und selbst diese waren oft nur noch bruchstückhaft vorhanden.« Er deutete zuerst auf sie, dann auf sich. »Und jetzt kommt es: Wir beide, Frau Lange, sind die einzigen Überlebenden.«

Ihre Kehle wurde trocken. »Das ist niemandem aufgefallen?«

»Ich schätze, dass es vom Komitee vertuscht wurde. Ich werde noch herausfinden, weswegen.«

Saskia biss sich auf die Lippen. »Tragen Sie die gleichen Narben wie ich?«

»Nein. Er hat seinen Angriff damals nicht zu Ende bringen können, weil ich vorher aufgegeben habe. Das mag der Grund sein, warum ich noch lebe. Sie erwähnten am Telefon, dass der Maître Ihnen etwas ... angehängt hat?«

Saskia sah zu Will, dessen Blick förmlich *nein* schrie. Der Professor würde nicht verstehen, was sie ihm von ihren neuen Fertigkeiten zu berichten hatte. »Ich dachte es«, sagte sie und schalt sich selbst, so vorsichtig zu sein. »Der ... Gedanke an Gift hat mich nicht losgelassen. Wegen des Schwindelgefühls und der Halluzinationen. Es hat aber aufgehört.«

»Aha.« Der Professor machte mit einem einzigen Wort deutlich, dass er ihr nicht glaubte. »Ich helfe Ihnen, Frau Lange. Dafür erwarte ich etwas mehr Ehrlichkeit.« Abwartend blickte er sie an.

Saskia nickte und begann, stockend zu erzählen. Aus dem Stegreif erfand sie eine Geschichte, die sich einigermaßen an der Wahrheit entlanghangelte, was die Morde anging; dann aber leitete sie zu einer religiösen Sekte über, die es auf alle im Haus abgesehen hatte. Kein Wort über die Kammer, über den Wächtergeist und die Artefakte.

»Ich denke nicht, dass die Polizei uns vor den Fanatikern beschützen kann«, endete sie. »Also müssen wir Deutschland verlassen, und deswegen benötigt unsere Freundin den Reisepass.« Sie sah dem Gesicht des Arztes an, dass er noch immer nicht überzeugt war. »Könnten Sie das in die Wege leiten, Professor? Die *union* kann das sicher, oder?«

Zu ihrer Erleichterung deutete er ein Nicken an. »Nun gut. Ich werde sehen, was ich zu tun vermag. Es wird einen Tag dauern, und so lange sollten Sie hierbleiben. Außerdem brauche ich noch ein Bild. Haben Sie ein hochauflösendes Fotohandy?« Sie nickte. »Machen Sie ein Bild von der Dame, und schicken Sie es mir. Ich leite es weiter.« Er stand auf, legte einhundert Euro in kleinen Scheinen auf den Tisch und ging zur Tür. »Hier, damit Sie die Mittel für kleinere Besorgungen haben. Ich komme morgen im Laufe des Tages wieder vorbei. Passen Sie auf sich auf.«

»Danke! Danke vielmals.« Saskia schloss die Tür hinter ihm ab, dann begab sie sich ans Fenster und betrachtete den Hafen und die Baustelle.

Die Kräne führten ein Ballett auf und hievten und schwenkten Lasten umher. Arbeiter stapften durch den Matsch, Lkws fuhren ihre Ladungen an und ab. In ein paar Jahren würde die Hafen-City vielen hundert Menschen Arbeit und Wohnraum geben – wenn sie es schafften, die Artefakte zu finden und das Ende der Welt zu verschieben.

Noch fiel es Saskia schwer, daran zu glauben, dass ausgerechnet sie dies verhindern konnte. Dennoch sprach, wenn man erst mal das Rationale aus den Gedanken verbannt hatte, viel dafür. Aber sie wusste immer noch viel zu wenig. Über die Artefakte, ihre Gegner, den Sir ...

Saskia sah zu Will hinüber, der auf den Monitor starrte und auf der Suche nach weiteren Orten war. Ihre einzigen Verbündeten waren ein halbindischer Florist und ein Professor für Chirurgie; die Werwölfin zählte sie lieber nicht dazu. Justine folgte ihrem eigenen Weg, der sich zufällig mit ihrem überschnitt.

Will hob den Kopf und lächelte ihr zu. Saskia versuchte, ihm mit einem Lächeln unverbindliche Freundlichkeit zu signalisieren, um ihn nicht zu bestärken. Sie hatte genau bemerkt, dass er vorhin an ihrem Hals gerochen hatte. Begann sie, mehr für ihn zu empfinden? Dafür war nun einfach nicht die richtige Zeit.

8. November
Deutschland, Hamburg, Wandsbek

Justine hatte das Schwarzfahren wieder für sich entdeckt und war ohne eine Kontrolle vor Saskias Wohnhaus angelangt. ÖPNV für lau. Sie schlenderte daran vorbei und sah sich dabei unauffällig um. Doch es fehlte jede Spur von Polizeiautos oder Uniformierten, und sollte sich in einem der Geschäfte ein Zivilbeamter aufhalten, der die Straße durch die Schaufenster überwachte, hatte sie im Moment sowieso keine Chance, diesen zu entdecken.

Justine glaubte allerdings auch nicht, auf Ordnungshüter zu treffen; wahrscheinlicher war es, dass einer von der Gegenseite erschien. Noch hatte sie keine Erklärung, was diese von Saskia wollte. Ihre Gabe als Médiatrice? Eine Beschreibung der Kammer mit den Symbolen? Ihr Leben, damit sie die Artefakte nicht vor dem Zugriff des Bösen retten konnte?

Früher hätte sie getarnte Flics und andere mit Feuerwaffen ausgerüstete Feinde am Geruch erkannt: Waffenöl. Aber nach ihrer Zwangszähmung durch Saskia hatte sie viele ihrer alten Fähigkeiten verloren. Justine ärgerte sich, dass sie – kaum ihrer Hölle entronnen – schon wieder eine Gefangene war, die mehr oder weniger gehorchen musste. Tat sie es nicht, würde sie die Bestie niemals wieder spüren dürfen. Der Verlust und der Entzug schmerzten. Noch konnte sie sich nicht vorstellen, darauf zu verzichten. Sie rieb sich den Unterarm, wo sie das Mal ihres Herrn spürte.

Als sie schließlich Saskias Wohnung betrat, streifte sie neugierig durch die Räume und verschaffte sich einen Überblick über das Leben der Frau, an die sie nun wie mit einer unsichtbaren Kette gebunden war.

Es war *ziemlich* bunt: Jeder Raum war in einer anderen Farbe gestrichen, dazu hingen moderne Gemälde an den Wänden, und auch die Möbel hatten leuchtende und auf den ersten Blick wenig zusammenpassende Farben. So chaotisch das alles aber wirken mochte, die Einrichtung war doch strukturiert und durchdacht.

An der langen hellblauen Wand des Wohnzimmers hingen verschiedene Säbel, Degen, Rapiere und andere Klingenwaffen. Dazwischen hatte Saskia sowohl moderne als auch antike Dolche aufgehängt.

»Sacre bleu«, sie pfiff anerkennend und musste sich eingestehen, dass sie die Frau wohl unterschätzt hatte. »Stattliche Sammlung.« Justine prüfte einige der Schneiden. Sie waren rasiermesserscharf.

Ein Dolch weckte ihre Aufmerksamkeit besonders: In den Ledergriff waren drei gekreuzte Dolchpaare eingebrannt, die Klinge sah alt, aber gepflegt aus. Die Schneide funkelte, als würde sie Justine warnen wollen, bloß nicht die Hand nach ihr auszustrecken.

Justine schlenderte ins grüngestrichene Schlafzimmer, griff nach einer dort stehenden Sporttasche und packte ein Sammelsurium an Kleidungsstücken ein. Sie stellte fest, dass Saskia anscheinend nichts Dezentfarbiges besaß, wenn man von ihrer schwarzen Kochtracht einmal absah. Selbst die Unterwäsche leuchtete zitronengelb, orangefarben und lila. *»Mon Dieu.* Das ist Augenfolter.« Sie stopfte alles hinein und zog den Reißverschluss zu. Danach warf sie einen raschen Blick aus dem Fenster, und als sie immer noch keinen Polizisten oder etwas Auffälliges entdecken konnte, ging sie in die Küche und schaute neugierig in den Kühlschrank. Der entpuppte sich als ein kleines Schlaraffenland, wie es sich für eine Köchin gehörte, und obwohl sie gerade noch eine Pizza verschlungen hatte, ließ Justine es sich wieder schmecken: Roastbeef, raffiniert eingelegte Oliven, marinierter Schafskäse, zwei Kräuterfrikadellen mit zweierlei Frischkäsefüllung und zum Nachtisch etwas von der Mousse, die offensichtlich selbstgemacht war. Zartbitter, genau ihr Geschmack! Jede Nuance schien auf ihrer Zunge und an ihrem Gaumen ein Geschmacksfeuerwerk abzubrennen. Dieses Essen war ein intensives Erlebnis!

Wieder wanderten die Gedanken zu ihrem Höllentrip. Auch dort hatte sie gegessen, und es war nicht immer ekelhaft gewesen. Doch alles, was zur Welt der Dämonen gehörte, war vollkommen anders als das, was man in der Welt der Menschen erlebte. Geschmäcker, Gerüche und Geräusche, aber auch Schmerz, Vergnügen, Lust ... Als geborene Werwölfin wusste Justine nur zu gut, dass die Grenzen zwischen dem, was allgemein für Gut und für Böse gehalten wurde, schwimmend waren; dies potenzierte sich um ein Vielfaches, wenn es darum ging, das Verhalten von Dämonen zu beurteilen. Sie waren durchaus die Monster, für die Menschen sie hielten, aber auch noch viel mehr, so fremdartig und anders, dass es unmöglich war, sie jemals ganz zu begreifen.

Dämonen vermochten vieles ... aber zum Glück nicht, ins Reich der Menschen vorzudringen. Nicht ohne Hilfe jedenfalls. Deswegen war es Justine ein echtes Anliegen, den Missbrauch der Artefakte zu verhindern. Dämonen hatten in ihrer leibhaftigen Form nichts auf der Erde zu suchen. Sie sollten in ihren Höllen bleiben, wo sie hingehörten, und das Spielfeld Erde ihren Getreuen überlassen. Es waren getrennte Welten. Faustitia hatte ihr dies einmal am Beispiel eines Eis erklärt: Dotter und Eiklar waren getrennt und ergaben doch eine Einheit, umhüllt von einer schützenden Schale. Sie ließen sich nur vermischen, wenn die Schale zuvor zu Bruch gegangen war, und eine matschige, schmierige Suppe mit harten Stückchen darin entstand. Chaos. Davon hatte niemand etwas.

Justine sah ihr Spiegelbild in der verchromten Kaffeekanne, die auf der Spüle stand, und betrachtete ihr verzerrtes Antlitz. Sie sah aus wie vor fünf Jahren, als sie während der Schießerei an der Seite ihres Bruders Eric in Rom kurz vor dem Feuertod gestanden hatte.

»Eric«, murmelte sie, nahm einen Löffel von der himmlischen Mousse und wählte seine Nummer ein zweites Mal. »Hallo, ich bin's«, sagte sie, sobald ihr Anruf entgegengenommen wurde. »Es könnte sein, dass ich deine Hilfe doch brauche.«

»Ich sagte es dir schon: Ich bin raus aus dem Geschäft.« Im Hintergrund hörte sie ein Baby schreien. »Andere brauchen meine Aufmerksamkeit dringender.«

»*Mon frère*, es gibt nur diese eine Welt. Mag sein, dass sie wirklich auf dem Spiel steht. Du wirst mit deiner Familie kaum auf den Mond auswandern können und von dort zuschauen.«

Er seufzte. »Ohne die Bestie in mir ist es zu gefährlich, Justine. Die Kräfte des Sanctum reichen nicht aus.«

»O là là, du bist also doch noch einmal auf die Jagd gegangen?«

»Vor knapp zwei Jahren, ja. Es hätte mich beinahe erwischt ... mehr musst du nicht wissen. Außer vielleicht, dass du dich von Leipzig fernhalten solltest.« Er hielt anscheinend die Muschel zu und rief etwas, bevor er sich wieder ihr zuwandte. »Versteh mich nicht falsch, Justine, ich werde dich finanziell unterstützen. Und du hast noch die Schwesternschaft, die sich sehr freuen wird, etwas von dir zu hören. Aber das habe ich dir doch alles schon bei unserem ersten Gespräch gesagt. Warum rufst du mich wieder an?«

»Ich bin eben anhänglich, Eric. Ein bisschen mehr Freude, *mon frère!* Da kommt man nach Jahren aus der Hölle frei, und du würdest mich am liebsten zurückschicken?« Ihr Tonfall wurde freundlich-lauernd. »*Dis-moi:* Habe ich eine Nichte oder einen Neffen?«

»Du wirst sie niemals sehen.«

»*Une nièce* also«, schloss sie daraus mit einem Lächeln. »Sehr schön! Wir werden noch eine richtig nette kleine Familie ...«

»Geh jagen, was immer du möchtest, Justine. Ich gehöre nicht mehr in die Dämonenwelt. Lass mich in Ruhe. Und das meine ich ernst. Für *dich* reichen meine Kräfte noch allemal aus.« Er legte auf.

»Ach, Eric, du bist immer noch ein *trou du cul arrogant«*, sagte sie leichthin, obwohl ihr nicht so zumute war. Auf einmal wollte sie unbedingt noch mehr von der Mousse essen.

Fünf Minuten später klingelte das Handy. »Ja?« Sie leckte den letzten Rest der Süßspeise vom Löffel.

»Hier ist Schmitti, Will. Du musst sofort kommen, bitte!« Er klang aufgeregt und verängstigt. »Da ist doch Will, oder?«

»Ich bin eine gute Freundin. Er ist gerade auf dem Klo«, log sie. »Geht es um die eingescannten Bilder?«

»Fuck, ja! Da stehen zwei Typen vor meiner Tür, die ...« Es krachte laut, als würde Holz brutal bearbeitet und zersplittern. Ein metallisches Klirren folgte, der Mann schrie auf, und die Verbindung riss ab.

»Merde!« Hastig wählte sie Saskias Nummer. »Los, frag unseren indischen Gott, wo Schmitti wohnt!«

»Was?«

»Mach schon! Frag ihn nach Schmitti!« Sie sprang vom Stuhl auf, rannte zur Haustür und schnappte sich unterwegs die Sporttasche mit den Klamotten. »Ich muss sofort hin. Jemand dreht ihn durch die Mangel.«

Justine spurtete hinaus, raus aus der Wohnung und auf die Straße, wo sie sich eiskalt vor ein heranfahrendes Taxi stellte. Quietschend kam der Wagen zum Stillstand, die Stoßstange nicht mehr als vier Zentimeter von ihren Knien entfernt.

Will gab ihr die Adresse. »Los«, fauchte sie den Fahrer an. »So schnell wie möglich!«

Der Fahrer war zu verblüfft, um sich zu beschweren. »Steigen Sie immer so ein?«, wollte er wissen, als er Gas gab.

»Nur, wenn ich in Eile bin.« Justine grinste und steckte sich eine Zigarette an. Kurze Zeit später meldete sich das Handy wieder, der Name *Hansen* leuchtete auf dem Display. *Wie sind wir nur alle früher ohne die Dinger ausgekommen,* dachte sie und nahm das Gespräch entgegen. »Was kann ich für Sie tun, Madame Hansen?«, meldete sich Justine zuckersüß.

Schweigen.

»Madame Hansen?«

»Wer ist da?«, fragte die angebliche Maklerin.

»Die Sekretärin von Monsieur Gul.«

»Geben Sie ihn mir.«

»Er ist beschäftigt, Madame Hansen. Geht es um die Abwicklung des Geschäfts?« Ihre Neugier war zu groß. Sie sah auf den Tacho des Taxis, der nach der ersten Beschleunigung nun wieder gehorsame fünfzig Stundenkilometer anzeigte. *»Bordel de merde!* Schneller! Das ist ein Notfall!«, herrschte sie den Fahrer an, und er trat wirklich aufs Pedal.

»Ich denke, ich möchte das mit ihm selbst besprechen.« Hansen klang unterkühlt.

»Warten Sie. Ich frage ihn.« Sie hielt das Mikro zu und wartete fünf Sekunden. Wie gut, dass sie bei seinem Telefonat mit der Maklerin genau aufgepasst hatte. »Hören Sie? Herr Gul lässt ausrichten, dass alles wie besprochen in Ordnung geht. Achtzehn Uhr, Reesendamm.« Sie legte auf, bevor es Hansen tun konnte.

Justine inhalierte tief und genüsslich. Will würde nicht am Reesendamm sein. Aber sie. Und sie würde sich die Informationen holen, die sie brauchte.

Als das Taxi endlich vor dem Haus anhielt, sprang sie heraus und befahl dem Fahrer zu warten. Schmitti wohnte im zweiten Stock. Justine blockierte als Erstes den Aufzug mit einem Pflanzkübel, den sie mit einem gezielten Tritt vor die Lichtschranke beförderte. Niemand sollte ihr entkommen. Danach flog sie die Stufen regelrecht hinauf, beide Pistolen in den Händen.

Auf dem Korridor des Mietshauses war es still.

Justine pirschte vorwärts und wollte sich auf ihre Bestiensinne verlassen – nur um festzustellen, dass es nichts gab, was diese Aufgabe übernehmen konnte. Wenn sie sich sehr anstrengte, spürte sie noch einen Hauch von Wandelwesen, einen müden Abklatsch von dem, was sie einst beherrscht hatte. *Merde,* dachte sie, *aber dann muss es eben so gehen.*

Die Tür zu Schmittis Wohnung war angelehnt, das Schloss mit roher Gewalt herausgetreten worden. Dahinter vernahm sie leise Stimmen und ein Wimmern, gelegentlich ein lautes Klatschen. Sie trat die Tür auf und streckte die Arme mit den Pistolen vor.

Ein schmaler Flur öffnete sich vor ihr, an dessen Ende ein Mann stand, der sofort zu ihr herumfuhr. Er wollte eine Uzi in Anschlag bringen, doch Justine schoss schon zweimal; die Kugeln trafen ihn in die Brust und in den Hals. Gurgelnd und blutspuckend brach er zusammen. Justine stürmte vorwärts, unzufrieden mit sich selbst – sie hatte eigentlich auf den Kopf des Mannes gezielt! Die Hölle hatte ihre Schießkünste nicht positiv beeinflusst.

Der nächste Gegner erschien und feuerte ununterbrochen aus einer großkalibrigen Pistole nach ihr, dann bückte er sich nach seinem toten Kameraden, hob die Maschinenpistole auf und rief etwas hinter sich.

Justine wich den Geschossen aus, drückte sich an die Ecke des Gangs, ging in die Knie und lehnte sich zur Seite, um mit beiden Waffen das Feuer zu erwidern.

Sie sah einen sehr großen, lichten Raum mit einer Batterie Rechner und Monitore auf einem Schreibtisch, dessen Arbeitsplatte sich unter der Last durchbog; meterlange Kabel verliefen über Boden und Decke. Auf dem Ledersessel saß ein schlanker, junger Mann, dessen Arme mit Tape an die Lehnen gebunden waren und der aus diversen Wunden blutete. Rechts und links von ihm standen ein Mann und eine Frau, die Messer in den Händen hielten; damit hatten sie Schmitti Zeichen in die entblößte Brust geschnitten.

Justine jagte dem Kontrahenten unmittelbar vor sich drei Kugeln in den Leib, schreiend ging er zu Boden und ließ die Uzi fallen.

Fluchend zog sie den Oberkörper zurück und wandte das Gesicht ab. Die Uzi besaß einen entscheidenden Nachteil: Sie verfügte über eine zu anfällige Innenmechanik und löste unter Umständen bereits bei harten Stößen aus, wenn sie nicht gesichert war.

Schon erklang das abgehackte *Brrrt, Brrrt,* einhergehend mit dem Klingeln der leeren Hülsen und den Einschlägen in der Wand. Es klirrte mehrmals, die Frau schrie auf.

Das *Brrrt, Brrrt* ging weiter.

Justine sah im Spiegel, wie die Maschinenpistole hüpfte, als sei sie lebendig, und bei jedem Aufschlag löste sie ein weiteres Mal aus und sandte Garben quer durch den Raum, bis das Magazin endlich leer war.

Sofort drehte sich Justine wieder um, die Pistolen schussbereit.

Schmittis Kopf hing nach hinten, aus Schläfe und Hals quoll Blut. Die Frau hielt sich den Oberschenkel, der andere Gegner hatte das Messer gegen eine abgesägte Schrotflinte eingetauscht und betätigte die Waffe.

Beide Läufe spien die Ladung gegen Justine, die keinerlei Chance hatte, den Schrotkugeln zu entkommen. Der Einschlag warf sie nach hinten und fegte sie von den Beinen. Unvermittelt sah sie nichts mehr auf dem linken Auge, und sie hatte das Gefühl, überall im Körper Dartpfeile stecken zu haben. Dennoch besaß Justine genügend Geistesgegenwart, um die Stecher ihrer Halbautomatischen nach hinten zu ziehen und den Mann mit Silbergeschossen einzudecken. Sie fiel gegen eine Stehlampe, die daraufhin auf sie stürzte und ihr vollends die Sicht raubte, aber sie hörte, wie der Mann aufschrie. Das Klirren und vielfache Splittern ließen sie vermuten, dass die Scheiben hinter ihm durch Querschläger und Fehlschüsse zu Bruch gegangen waren.

Der Schmerz, der durch ihren Körper tobte, war eigentlich unerträglich – aber nichts gegen das, was sie in den letzten Jahren erlebt hatte. *»Même pas mal!«*, stieß sie zwischen zusammengebissenen Zähnen hervor, wälzte sich nach links und rappelte sich mit rauchenden Pistolen in die Höhe. Der Mann lag auf dem Boden, quer vor dem Sessel mit dem toten Schmitti. Die Frau sprang eben aus dem geborstenen Fenster und verschwand.

»Nom de Dieu!« Justine rannte los, während die Sicht in ihrem linken Auge langsam wieder aufklarte und sie verschwommen sah; ihre Selbstheilungskräfte hatten sich in Gang gesetzt! Das erleichterte sie sehr.

Die Unbekannte war auf den Balkon im ersten Stock gesprungen, schaute zu Justine hinauf, feuerte mit ihrer Pistole nach ihr und traf sie in die Schulter. In der anderen Hand hielt die Frau etwas, das wie eine externe Festplatte aussah.

Justine machte durch den Schuss einen Schritt zurück, aber sie fing sich sofort wieder, lud ihre Waffen nach, flankte aus dem Fenster auf den Balkon und von dort auf den Rasen. Sie sah nun wieder vollkommen klar und spürte, wie das sich regenerierende Gewebe die Kugel aus ihrem Körper drückte.

Etwa zwanzig Meter von ihr entfernt sprang die Frau in einen Wagen, einen gelben Opel Tigra, der unverzüglich losbrauste und auf Justine zuhielt.

»Sans moi, mes amis.« Ans Ausweichen dachte sie nicht im Traum, und den kurzen Gedanken daran, dass sie vorsichtiger sein sollte, schob sie von sich. Lässig hob Justine beide Arme und richtete die Waffen auf die Fahrerseite, dann jagte sie dreißig Schüsse in rasender Folge auf den Tigra.

Die Geschosse stanzten fingerdicke Löcher ins Sicherheitsglas, brachten es zum Splittern, so dass die Insassen nichts mehr von der Straße sehen konnten.

Justine sprang auf die Motorhaube, stieß sich ab und feuerte dabei durch das Glas in den Innenraum. Sie machte einen Ausfallschritt auf das unter ihr vorbeirasende Wagendach und stieß sich ein weiteres Mal ab, um sich in der Luft um die eigene Mitte zu drehen. Dabei leerte sie den Rest der Magazine und schoss ohne Unterlass durch das Blechdach und durch die Heckscheibe. Schließlich landete sie auf dem Asphalt – ging aber nicht leicht in die Knie, um den Schwung abzufangen, sondern krachte auf den Boden wie ein ganz normaler Mensch. Mehr vor Wut als vor Schmerz brüllte sie los. Aber immerhin: Zweiundsiebzig Kugeln hatten das Auto durchsiebt und eine eindrucksvolle Spur über die Haube und das Dach gezogen.

Der Tigra prallte, ohne abzubremsen, in einen geparkten Golf. Metall verbog sich kreischend, und die Schnauze des Wagens erinnerte an den gestauchten Korpus einer Ziehharmonika.

Justine lud nach – klappernd fielen die leeren Magazine auf die Straße – und näherte sich, noch etwas humpelnd, dem Wagen, aus dessen Motorraum weißer Qualm aufstieg.

Die Unbekannte hatte eine Wunde am Kopf, entweder von einem Projektil oder dem Aufprall. Der Airbag vor ihr war rot gesprenkelt. Sie versuchte desorientiert, die Tür zu öffnen und zu entkommen.

»Bonjour«, sagte Justine, hob eine Pistole und richtete sie auf den Kopf der Frau. »Die Festplatte, Miststück!«

Es knallte leise irgendwo links neben ihr, dann wurde Justine von mehreren Treffern in den Oberkörper durchgeschüttelt und fiel zu Boden.

Zum Schmerz der Verletzungen kamen die Qualen der eigenen Regenerierungskräfte, die unverzüglich ihre Arbeit aufnahmen, um das Blei aus ihr zu drücken oder aufzulösen. Sie schrie und wälzte sich auf dem Asphalt; ihr menschlicher Körper kam nicht halb so gut mit Kugeln zurecht wie der einer Werwölfin.

Ein Motorengeräusch näherte sich – und im nächsten Moment überrollte sie ein Geländewagen! Das tonnenschwere Gewicht brach ihren rechten Arm und beide Beine.

Sie biss die Zähne fest aufeinander; es war besser, den Gegner denken zu lassen, sie sei tot.

So musste sie von halb unter dem Wagen zusehen, wie zwei Beinpaare ausstiegen, zum Opel rannten, kräftige Arme die Verletzte herauszerrten und drei Beinpaare wieder einstiegen. Der Geländewagen rollte davon und ließ sie zurück.

Justine erlaubte sich nun einen lauten, wütenden und vor allem langen Schmerzensschrei. Sie hoffte, dass ihre Selbstheilung schnell genug funktionierte, damit sie wenigstens wegkriechen konnte, bevor die Polizei erschien, die ein pflichtbewusster Nachbar sicher schon gerufen hatte. Die Pein steigerte sich, und sie schrie noch lauter; knackend richteten sich Justines Knochen und wuchsen zusammen, offene Wunden schlossen sich mit einem weichen, feuchten Geräusch, der Blutfluss stoppte. Ihren rechten Arm konnte sie bereits wieder bewegen.

Früher war der Prozess schneller verlaufen, sie hatte nie lange Schmerzen spüren müssen. Das hatte sich geändert. Wieder brüllte sie wütend – und klang dabei zu ihrer großen Freude beinahe wie eine wahre Bestie.

XI. KAPITEL

8. November
Deutschland, Hamburg, Reesendamm

Alles schien sich zu wiederholen: Mira Hansen saß wie vor fünf Tagen unter einem Sonnenschirm, genoss einen Cappuccino mit Amaretto, die Alster rauschte an ihr vorbei. Heute fühlte sich die Luft allerdings kühler und herbstlicher an als bei ihrem Gespräch mit Valesca. Außerdem schützte ein Paravent sie und ihre Begleiter vor neugierigen Augen; lediglich der Ober konnte einen Blick auf sie werfen, wenn er kam, um die Bestellungen aufzunehmen.

Der Metallaktenkoffer mit der Anzahlung wurde von Chris zu ihrer Linken beschützt, zwei weitere Wachleute saßen um sie herum, ein vierter sicherte ihren Rücken. Hansen rechnete damit, dass Valesca den Verkauf des Gebäudes verhindern wollte. Obwohl die Kammer geöffnet worden war, hatte es seinen Wert noch lange nicht verloren. Hansen ging davon aus, dass sie nur die Spitze des Eisbergs war. Eines schwarzen Eisbergs, den sie in den kommenden Wochen nach Guls Auszug endlich erklimmen konnte. Sie hatte seine Einwilligung mit riesiger Erleichterung aufgenommen und verschwendete keinen Gedanken daran, dass sie nun schon zum zweiten Mal die nicht unerhebliche Summe überreichen würde. Von dem Koffer, den man Gul gestern Nacht zugestellt hatte, fehlte jede Spur. Aber Geld war für die Consciten nichts weiter als bedrucktes Papier: Manchmal brauchte man eben mehr davon, um ein viel wichtigeres Ziel zu erreichen.

Sie schaute auf ihre Armbanduhr: Gul war bereits fünf Minuten zu spät. Hoffentlich hatte Valesca ihn nicht erwischt.

Sie rührte Zucker in den Cappuccino und zerstörte damit das Tannenbaum-Motiv aus Schokoladenpulver auf dem Schaum. Wenn Gul nicht kam, würde sie endgültig auf rohe Gewalt setzen. Das war nicht schön und gegen die Statuten der Consciten, aber unvermeidbar. Dafür war bereits alles zu sehr in Aufruhr geraten.

Chris sah auf ihr Getränk. »Die haben ganz schön Zeit an der Theke.«

Hansen tauchte aus ihren Gedanken auf und zog die Augenbrauen zusammen. »Bitte?«

Er deutete auf den vernichteten Schokoladenpulverbaum. »Die brauchen doch ewig, bis sie das so hinbekommen, oder?«

Entgeistert starrte sie den Söldner an. Versuchte er ungeschickt, einen Scherz zu machen? »Haben Sie schon davon gehört, dass es Aufsätze für die Streubüchsen gibt?«

»Ach so.« Chris zuckte mit den Schultern; Mike grinste und schüttelte den Kopf.

»Was? Was ist?« Chris hatte anscheinend von den Witzen über ihn genug und nahm die Herausforderung an. »Was gibt's zu lachen?«

»Sorry, aber wie blöd kann man denn sein?«, erwiderte Mike. »Denkst du, die haben einen angestellt, der die Muster freihändig streut? Das wäre doch mal ein prima Lehrberuf: Cappuccinoschaumdekorateur.« Jetzt feixten die anderen Männer ebenfalls. »Oder heißt das dann Cappuccinoschaumbeflocker?« Er legte einen Finger an die Lippen. »Man kann auch bestimmt Milchshakes verzieren! Und Latte. Toll! *Eine* Ausbildung und so viele Getränke!«

»Genug«, herrschte Hansen ihn an. »Muss das sein?«

»Ich habe nicht angefangen«, verteidigte sich Chris. »Man wird doch mal eine Frage stellen dürfen.«

»Aber keine so saudämliche«, gab Mike zurück.

»Schluss jetzt!« Hansens Stimme hatte etwas so strafend Autoritäres, dass die massiv gebauten Männer sofort schwiegen. Im gleichen Moment läutete ihr Telefon, und sie nahm das Gespräch an, als sie Guls Nummer sah. »Sie sind spät«, sagte sie statt einer Begrüßung.

»Es gab einen kleinen Zwischenfall«, hörte sie die Stimme einer Frau. »Ich musste mich umziehen, aber das erkläre ich Ihnen gern gleich selbst. Stehen Sie auf, heben Sie den linken Arm, und winken Sie. Rufen Sie dabei *voilà*.«

»Das werde ich ganz sicher nicht tun.«

»Dann wird Herr Gul nicht kommen.«

Hansen stand wütend auf, hob den linken Arm, winkte und rief mehrmals hintereinander: *»Voilà!«*

»Danke, Sie können sich setzen. Schauen Sie nach rechts.« Hansen tat es und sah eine blonde Frau in einem langen schwarzen Ledermantel dreißig Meter entfernt neben einer Werbetafel stehen. Sie hielt ein Handy ans Ohr gedrückt und hob die Hand. »Herr Gul schickt mich, weil es zu gefährlich für ihn wurde. Sagen Sie Ihren Gorillas, dass sie mich nicht beißen sollen. Es sei denn, sie wollen bluten. Ich beiße nämlich zurück.« Sie legte auf und ging los.

»Verdammt«, fluchte Hansen und steckte das Handy ein. »Die Blonde da«, sie deutete in Richtung der Frau, »lasst sie näher kommen und sich setzen.«

Die Männer nickten. Nur einer von ihnen beobachtete sie, die anderen sicherten die Umgebung.

Hansen fand, dass der Gang der Frau etwas von einem Raubtier hatte. Ihr Gesicht war ungewöhnlich, nicht zu hübsch, aber auffallend, wie bei einem Model. Der Mantel klaffte gelegentlich bis zur Hüfte auseinander und zeigte ein Paar schwarze Stoffhosen und flache dunkelbraune Turnschuhe. Am Oberkörper trug sie einen dunkelbraunen Rollkragenpulli, im rechten

Mundwinkel klemmte eine Zigarette. Das sollte die Sekretärin eines Floristen sein? Hansen vermutete, dass Gul einen Profi engagiert hatte; der Mann lernte schnell, und Hansen war verblüfft, dass er solche Kontakte besaß.

Die Blonde hatte den Tisch erreicht, nickte Hansen zu und setzte sich auf den freien Stuhl, eingekeilt zwischen zwei Bodyguards. »*Bonjour.* Ich bin Madame Liberté«, grüßte sie mit starkem französischen Akzent, der hervorragend zu ihr passte. Die braunen Augen mit dem gelben Ring um die Pupillen leuchteten hellwach. »*Alors,* kommen wir zum Geschäft?«

»Was sollte das mit dem Winken?«

Liberté lächelte breit. »Ich musste Sie irgendwie erkennen. Ein Bild gibt es ja von Ihnen nicht.«

Hansen wartete, bis der Kellner die Bestellung aufgenommen hatte und verschwunden war. »Ich denke nicht, dass Sie die Richtige sind, Madame Liberté. Welchen Beweis habe ich denn, dass Herr Gul Sie schickt? Und welche Vorstellung hat er, wie die Sache laufen soll?«

Liberté, die eine Packung Gauloises auf den Tisch legte, dann eine Packung Gitanes Mais und schließlich ein Feuerzeug, zückte ein Handy und wählte. »Kann ich Will sprechen? Ich sitze wie vereinbart bei Frau Hansen, und sie glaubt mir nicht, dass ich in seinem Auftrag hier bin.« Sie wartete. »Ja, hallo, Will. Vor mir sitzen Frau Hansen und ein kleiner Privatzoo, lauter Gorillas. Sagst du ihnen, dass ich für dich zum Verhandeln gekommen bin?« Mit einem Lächeln warf sie ihr das Telefon zu.

»Hansen hier«, meldete sie sich.

»Äh, ja ... hallo«, sagte der Inder.

»Wie stellen Sie sich das vor?«, legte sie los und gab sich keine Mühe, ihre Ungehaltenheit zu verbergen. »Ich verstehe ja, dass es Ihnen zu gefährlich ist, sich durch die Öffentlichkeit zu bewegen, aber ich lasse mich doch nicht von Ihrer ... Sekretärin, oder was immer sie ist, abspeisen!«

»Frau Hansen, ich ... Also, ich kann hier nicht weg. Das stimmt schon.«

Auf sie machte es eher den Eindruck, als sei er von dem Anruf überrumpelt worden. Saß Liberté am Ende ohne Auftrag hier? Am Ende hatte Valesca den Mann bereits in ihrer Gewalt und spielte gerade ein Spielchen mit ihr? »Wäre es Ihnen lieber, dass wir ad hoc an einen von Ihnen bestimmten Treffpunkt kommen?«, schlug sie vor.

Liberté bekam ihren Cappuccino und schlürfte ihn laut, dazu rauchte sie eine Gitanes. Der Gestank des Tabaks war unglaublich.

»Ähm ...«, meinte Gul verlegen. »Es passt mir gerade nicht.«

»Was?« Hansen setzte sich aufrecht hin. »Es *passt* Ihnen nicht? Was geht hier vor, verdammt noch mal! Sie schicken mir zuerst diese Frau, mit der ich gar nichts anfangen kann, und dann habe ich den Eindruck, dass Sie mich reinlegen wollen.« Sie sah Liberté an. »Auf der Stelle nennen Sie mir einen Treffpunkt, oder Ihre Madame Liberté bekommt einen Vorgeschmack von dem, was Sie erwartet, wenn mein Auftraggeber *Sie* aufspürt, Herr Gul.«

»Na schön. Geben Sie mir ... Liberté wieder.«

»Nein!«

»Ich will ihr sagen, wo wir uns treffen, Frau Hansen. Sie wird es Ihnen dann mitteilen.«

Widerwillig kam sie der Aufforderung nach, und die Französin lauschte Gul fast eine Minute lang. Dann steckte sie das Handy betont langsam ein und entzündete den nächsten Glimmstengel. »*Bon.* Ich soll Ihnen sagen, dass er es sich anders überlegt hat«, sagte sie ruhig. »Wissen Sie, er fand Ihre Drohungen unschön«, sie zeigte mit der Zigarette auf Hansen, »und damit sind Sie schuld, dass Sie nicht in die Villa kommen und Ihr Kunde leer ausgeht.« Sie lächelte bösartig und trank von ihrem Cappuccino. »Blöd, *n'est-ce pas?*«

»Das lasse ich mir nicht bieten«, flüsterte Hansen mehr, als sie sprach. »Sie sagen mir, wo ich Herrn Gul finde, damit ich die Verhandlungen auf anderer Ebene fortführen kann. Sofort!« Sie hob den linken Arm etwas an, und ein Ruck ging durch die zwei Bodyguards an der Seite der Französin.

Liberté sah erheitert nach rechts, dann nach links. »Was haben Sie gemacht, Madame? Sie eingeschaltet? Ist da eine Fernbedienung in Ihrem Unterarm eingebaut?« Sie trank die Tasse leer und leckte sich genüsslich den Schaum von der Oberlippe. Mit beiden Händen schlug sie das obere Stück des Mantels auseinander und zeigte ihnen die Achselholster. »Ich werde jetzt gehen. Mich aufhalten zu wollen, wäre äußerst unklug.«

Hansen lächelte bemüht. »Jetzt aufstehen zu wollen, wäre mindestens ebenso unklug, Madame Liberté.« Die Bodyguards öffneten ihre Jacken und zeigten ihre schallgedämpften Pistolen. »Den Waffenvergleich haben wir gewonnen.«

Doch die blonde Frau blieb kühl wie der Wind, der von der Alster herwehte und den Geruch von Wasser mit sich trug. »Sie wissen nicht, mit wem Sie sich anlegen«, grollte sie und neigte den Kopf leicht vor; der gelbe Ring in ihren Augen flackerte wie finsterer Bernstein. »Nehmen Sie Ihre Gorillas, und gehen Sie zu Ihrem Kunden, wo Sie in Sicherheit sind.«

»Führen Sie mich zu Herrn Gul, und keinem geschieht etwas«, entgegnete Hansen angespannt. »Meinetwegen kaufe ich ihm das Satellitentelefon ab, dann spreche ich selbst mit seinem Chef.« Die Französin wirkte von einer Sekunde auf die nächste gefährlich, unberechenbar und einschüchternd. Ohne die Leibwächter hätte Hansen nicht nur den Rückzug angetreten, sondern auch noch den Koffer anstandslos übergeben, ohne damit eine Forderung zu verknüpfen. Sie fühlte sich zu schwach, um ihre magischen Fähigkeiten einzusetzen; die vergangenen Tage voller Rituale waren extrem anstrengend gewesen.

Sie belauerten sich. Die Männer waren zu Statuen geworden.

Liberté wechselte zu Gauloises, rauchte und ließ ihren Blick schweifen, ohne dabei das bedrohliche Lächeln zu verlieren.

Der Kellner kam und räumte die leeren Tassen ab. »Darf ich noch etwas bringen?«, fragte er beflissen. Niemand antwortete ihm. Verunsichert sah er in die Runde. »Die Rechnung, wenn es keine weiteren Wünsche mehr gibt?«

»Frau Hansen zahlt«, sagte die Blonde. »Alles zusammen.«

»Sehr wohl. Ich hole die Rechnung.« Er drehte sich halb um, hielt an und richtete sich an die Maklerin. »Benötigen Sie eine Spesenrechnung fürs Finanzamt, Frau Hansen, oder genügt Ihnen ein einfacher Bon?«

»Spesenrechnung«, sagte sie kurz angebunden. Er nickte und eilte davon.

In diesem Moment stand Liberté auf, und die Leibwächter zogen andeutungsweise ihre Waffen, um sie auf diese Weise zum Bleiben zu überreden.

Blitzschnell trat die Blonde gegen den Tisch und schleuderte ihn auf Hansen und Chris; gleichzeitig hatte sie ihre beiden Pistolen gezückt und sie auf die Gesichter der Bodyguards neben sich gerichtet. »Fallen lassen!«, befahl sie schneidend.

Der Tisch hatte Hansen und Chris zu Boden gerissen, auch der vierte Leibwächter stürzte. Hansen sah kurzfristig nichts und kämpfte mit der Wachstischdecke, als sie plötzlich Hiebgeräusche hörte und Männer ächzen. Ein einzelnes *Plopp* erklang.

Als sie wieder etwas sah, stand Liberté vor ihr, aus der rechten Schulter blutend, aber vollkommen unbeeindruckt von der Wunde. Das Blut fiel auf dem schwarzen Leder kaum auf, und das Rinnsal wurde immer dünner. Blut und Hautfetzen hafteten an den Mündungen ihrer Pistolen, und die anderen beiden Leibwächter lagen am Boden. Offene Stellen an Stirn und Kinn zeigten, wo sie von den Läufen getroffen worden waren.

»*Alors,* Madame Hansen, wie lautet der Name Ihres Kunden?«

Justine steckte eine ihrer Pistolen ein und nahm sich eine der schallgedämpften.

Chris versuchte, seine Waffe zu ziehen, und bekam von der Französin einen Schuss in die rechte Schulter versetzt. Sie hob den anderen Arm und zielte auf einen Punkt hinter Hansen.

Hansen hörte das Ploppen zum dritten Mal, sah das Mündungsfeuer aufblitzen, spürte Wärme und Dreckpartikel in ihrem Gesicht. Dann fiel etwas Schweres auf sie und rutschte von ihr auf den Boden. Es war der vierte Bodyguard, und er hielt sich den von der Kugel zertrümmerten Ellbogen. Er schrie nicht, sondern versuchte stöhnend, das Blut aufzuhalten.

Liberté führte die ausgestreckten Arme zusammen, bis beide Pistolen auf Hansen zeigten. »Höre ich jetzt einen Namen, Madame, oder muss ich Sie mitnehmen, um Sie zu verhören?«

Vorsichtig reckte Hansen ihre Arme in die Luft und zeigte ihre leeren Hände. »Ich kenne ihn selbst nicht. Er meldet sich nur per Telefon oder E-Mail.«

»*O là là,* das können Sie mir nicht erzählen.« Sie steckte die zweite Pistole weg, machte einen Satz auf Hansen zu und umklammerte ihre Kehle mit der rechten Hand. »Würden Sie auch für ihn sterben? Bezahlt er Sie so gut?« Unbarmherzig drückte sie der Maklerin die Luft ab.

Hansen verfluchte den Umstand, dass sie den Tisch hinter dem Paravent ausgesucht hatte. Niemand sah sie und sprang ihr bei – es sei denn, der Kellner kehrte zurück. Ihr wurde schwindlig, das Gesicht der Blonden verschwamm. Ihre magischen Kräfte reichten nicht aus, um sich zur Wehr zu setzen.

»Oder gehören Sie zu denen, welche die Festplatte mit den Daten gestohlen haben und die versuchen, Will und Saskia umzubringen?«, fragte Liberté weiter. »Sie wissen doch etwas über die Artefakte! Wenn Sie weiter schweigen, werden Sie in wenigen Sekunden sterben. Ich zähle für Sie die ablaufende Lebenszeit: zehn ... neun ...«

»Consciten!«, hustete Hansen mehr, als sie sprach, und der Druck ließ nach. Jetzt half nur noch die Wahrheit. »Ich gehöre zu den Consciten!«

»Das bedeutet *was?*«

»Wir sind *die Mitwissenden*«, krächzte sie und nahm einen langen Atemzug, der dem einer Ertrinkenden glich. »Wir sind ein Kreis von Menschen, die um die Geheimnisse in der Villa wissen und sie seit Generationen aus dem Verborgenen heraus vor dem Zugriff der Höllenknechte bewahren.«

»Wie genau?«

Hansen seufzte. »Sie würden mir doch nicht glauben. Sie haben keine Ahnung, was es auf der Erde alles gibt.«

Liberté lachte laut und schallend. »Sie würden mir nicht glauben, was alles in der Hölle los ist«, gab sie zurück und erhob sich, dabei zog sie Hansen mit auf die Füße. Sie nahm das Handy hervor und aktivierte die Aufnahmefunktion. »Sie werden mir alles sagen, was ich über die Consciten wissen muss.« Mit der anderen Hand drückte sie die schallgedämpfte Waffe unauffällig gegen Hansens Seite. »Ich kann Sie immer noch töten. Nehmen Sie den Geldkoffer. Wir gehen ein paar Schritte.«

Und Hansen erzählte tatsächlich, während sie, unbemerkt vom Kellner, das Café verließen und in eine Nebenstraße marschierten.

»Ich rede mit Ihnen, weil ich hoffe, Sie von einer Zusammenarbeit überzeugen zu können, denn Sie verstehen die Dringlichkeit nicht! Das Schwert ist sicher verschwunden, habe ich recht? Die Bēlualiten werden versuchen, es zu finden.«

»Ich frage, Sie antworten«, unterbrach Liberté. »Was ist mit der Villa? Warum möchten Sie das Anwesen noch immer kaufen?«

»Wir wollten es in unseren Besitz bringen, weil wir dort weitere Geheimnisse vermuten, die uns helfen werden, gegen die Bēlualiten zu bestehen und sie daran zu hindern, ein Blutportal zu öffnen, um ihren Herrn ...« Hansen brach ab. »Sie glauben mir das alles?«

»Mais oui«, erwiderte sie. »Kennen Sie alle Artefakte?«

Hansen schüttelte den Kopf. »Nein. Die Familie MacKenzie, der das Haus gehört, ist seit vielen, vielen Jahren auf der Suche nach den Gegenständen. Sie sind die Nachfahren von Mentalisten, *echten* Mentalisten, die sich der Lösung des Rätsels verschrieben haben. Arthur MacKenzie gehörte einst zu uns, bevor er sich von uns und unseren Regeln lossagte, aber nicht von den Artefakten. Er hat ein Ritual durchlaufen, das seinen Geist nach dem Tod in die Kammer bannte. Um genau zu sein, hat er sich darin umgebracht, um das Artefakt zu schützen.«

»Dann war *er* es, der das Massaker angerichtet hat«, unterbrach sie die Frau.

Hansen nickte. »Schrecklich, nicht wahr? So wurde aus einer guten Absicht ein furchtbarer Unfall.« Sie überlegte, wie viel von der Wahrheit sie ausplaudern durfte. »Sie sagten, dass Herr Gul von den Artefakten weiß?«

»Diese andere Seite, gegen die Sie und die Consciten antreten ... wer sind die?«

»Bēlualiten. Sie suchen die Artefakte und wollen sie zusammensetzen, um daraus ein Blutportal zu errichten, durch das ihr Dämonenfürst treten soll. Wenn die Kammer geöffnet wurde, was jetzt geschehen ist, sind sie ihrem Ziel so nahe wie niemals zuvor. Damit können sie endlich alle Gegenstände einsammeln. Sofern sie wissen, wo sie suchen müssen. Deswegen werden Herr Gul und Frau Lange von ihnen gejagt: Die Bēlualiten erhoffen sich weitere Informationen und Einblicke in die Kammer.«

»Wie Sie.«

»Ohne uns wäre die Familie MacKenzie schon lange ausgerottet worden. Wir mussten sie und das Artefakt schützen, auch wenn sie uns hassten. Die Bēlualiten versuchten auf ihre eigene Weise, das Schutzsiegel zu brechen.«

»Der Einbruch in die Villa ging auf das Konto Ihrer Gesellschaft, nehme ich an.«

Sie nickte. »Wir erfuhren von einem Schlüssel, der in dem Tresor verborgen sein soll. Wir durften nicht länger zögern. Aber es war nichts darin, was uns weiterhalf.« Sie versuchte, einem entgegenkommenden Passanten ein Zeichen zu geben, damit er verstand, dass sie Hilfe benötigte.

»Lassen Sie das!«, zischte Liberté. Der Griff an Hansens Arm wurde schmerzhaft. »Es war von Todesfällen in der Vergangenheit die Rede.«

»Die Opfer der Kämpfe zwischen uns und denen. Nicht immer konnten wir die Spuren rechtzeitig beseitigen. Trifft Magie auf dämonische Kräfte, kommt es mitunter zu unvorhersehbaren Ereignissen.« Hansen hielt unauffällig Ausschau nach einem Polizisten. »Vor einer Woche hat sich etwas in Hamburg verändert, das spürten alle, die magiefühlig sind. Der Ursprung befand sich irgendwo in der Speicherstadt. Und als unsere sämtlichen Schutzsprüche gegen die Bēlualiten versagten, ahnten wir, dass Fürchterliches geschehen würde. Wir konnten es dennoch nicht verhindern.«

»Und dieses Blutportal, was genau ist das?«

»Es ist ein Begriff für eine bestimmte Art von Übergang zwischen den Welten. Weil entweder Blut fließen muss, um sie zu öffnen, oder Blut fließen wird, sobald sie geöffnet werden. Meistens recht viel«, erklärte Hansen.

»*Alors*, hören Sie gut zu: Die Consciten werden uns in Ruhe lassen«, knurrte Liberté. »Alles ist bei uns in besten Händen. Wir versuchen, das Ungleichgewicht rückgängig zu machen, und arbeiten dabei mit dem Letzten der MacKenzies zusammen.

Sagen Sie das Ihren Verbündeten.« Sie waren vor einem kleinen Obstgeschäft angekommen, und die Französin nahm den Geldkoffer an sich. »Das ist für meine Unkosten. Munition ist teuer.« Liberté zeigte schneeweiße, kräftige Zähne – und schoss Hansen ansatzlos in den Oberschenkel.

Deren Frage verwandelte sich in einen Aufschrei; sie starrte entsetzt auf das Loch, aus dem nach zwei Sekunden Blut floss, dann kippte sie zur Seite in die Auslage mit den Äpfeln. »Finger weg von Will! Geben Sie meinen Gruß in den Oberschenkel so an Ihre Freunde weiter«, sagte Liberté, wandte sich um und ging entspannt davon. Der Wind brachte ihren Mantel und die Haare zum Wehen.

Hansen wollte etwas erwidern, doch die Zunge lag ihr bleischwer im Mund. Die Welt wurde dunkler, ein Sonnenuntergang im schnellen Vorlauf.

Jemand beugte sich über sie. »Halten Sie durch«, hörte sie den Mann sagen. »Ich kümmere mich um Ihre Verletzung.« Er hob sie spielend leicht in die Höhe und trug sie. »Keine Sorge, ich kenne einen guten Arzt.«

»Wohin bringen Sie mich?«, lallte sie und wusste, dass sie gleich ohnmächtig wurde.

Er lächelte sie nur an.

In größter Beunruhigung verlor sie das Bewusstsein. Das Letzte, was sie sah, waren seine merkwürdig gelb leuchtenden Augen.

8. November
Deutschland, Hamburg, Sandtorkai

Ungläubig starrten Will und Saskia in den geöffneten Koffer, in dem sich die Geldscheine stapelten. Eben waren Hansens letzte Erklärungen aus den elektronischen Innereien des Handys erklungen. Zuvor hatte Justine in salopper Art berichtet, was sie in den letzten Stunden erlebt hatte.

Zurück blieb vorerst atemloses, ungläubiges Schweigen der beiden, an dem sich Justine weidete. »Das müssten in etwa dreißigtausend Euro sein«, sagte sie abgebrüht. Sie betrachtete das Blut auf ihrem Rollkragenpullover und zog ihn aus; darunter trug sie einen schwarzen BH. Das Einschussloch hatte sich schon lange geschlossen, nur das getrocknete Rot auf der Haut wies auf eine Verletzung hin.

»Du bist angeschossen worden?«, sagte Saskia erschrocken.

»Ein Kratzer.« Sie winkte ab.

»Dreißigtausend«, sagte Will verdattert. Auch wenn man ihm vor kurzem schon mal einen Koffer voller Geld hingestellt hatte, an den Anblick würde er sich nicht gewöhnen.

»*Très bien!* Und sie gehören *mir.*« Justine verschwand kurz im Bad, kehrte mit einem angefeuchteten Waschlappen zurück und wischte sich das Blut von der Haut. Dabei klappte sie den Deckel zu und stellte den Koffer auf den Boden. »Und? Was gibt es bei euch Neues?« Sie setzte sich, legte die Füße auf den Tisch und zog die Kaffeekanne und eine Tasse zu sich. »Wo ist mein Pass, und wohin reisen wir zuerst?«

»Du willst das Geld behalten?« Will fand es immer noch unglaublich, wie sie sich benahm.

Justine lachte mit einer Spur Herablassung darin. »Ich habe mir Madame Hansen und ihre Consciten ohnehin zum Feind gemacht. Da kann ich denen ebenso gut das Geld abnehmen.« Sie fuhr sich mit der Linken durch die blonden Haare. »Aber sie wissen, dass ich den Koffer habe und nicht du, Will.« Sie schnalzte mit der Zunge. »Es tut mir leid um deinen Freund.«

»Der arme Schmitti«, sagte Will und schaute niedergeschlagen zu Boden. »Wenn ich ihn nicht ...«

»Du kannst nichts dafür. Es war sein Karma, wie ihr in Indien sagt. Es waren diese Dämonendiener, da bin ich sicher. Diese

Bēlualiten. Sie haben jetzt die Informationen der handgeschriebenen Seiten und des Bildes …«

»Na wunderbar!«, stieß Will ironisch bitter hervor.

»… aber *wir* haben dich und deine Visionen. Einen echten Finder-Inder.« Justine grinste ihn breit an und deutete auf den Bildschirm. »Trotzdem ist es wichtig, dass wir rasch aufbrechen. Wo ist das noch gleich?«

»Am Baikalsee in Russland«, sagte Saskia. »Wir haben auch den Ort ausgemacht, den Will in seiner Vision sah. Es ist ein Kloster.«

Justine klatschte in die Hände. *»Formidable!«* Sie nahm Wills Handy und warf es ihm hin. »Bitte sehr. Wir warten jetzt noch auf die Ausweise, und dann kann es losgehen. Soll ich mich um die Route kümmern?«

Will stieß die Luft aus. »Die muss sehr gut sein. Ich schätze mal, dass die Polizei nach mir fahndet. Und nach Saskia vielleicht auch. Wir sind inzwischen mehr als nur wichtige Zeugen. Wenn uns Kapler in die Finger bekommt, wird er uns garantiert in Untersuchungshaft nehmen.«

Justine stand auf und setzte sich vor den PC, ihre Finger hackten auf die Tastatur ein, diverse Browserfenster öffneten sich. »*C'est vrai. Bon,* wir könnten mit dem Zug oder dem Auto nach Polen und dort ein Flugzeug nehmen. Das senkt das Risiko, von Flics abgefangen zu werden. Die überwachen am Anfang immer nur die Flughäfen.«

»Oder ich frage, was die *union* für uns tun kann«, warf Saskia ein.

»Ist das ratsam?« Will erhob sich und setzte neuen Kaffee auf. »Je weniger Menschen von unserer Route wissen, desto besser. Ich meine, der Maître hat dich gezeichnet und dich mit dem Fluch belegt. Er hat sicherlich ein Interesse daran, zu wissen, wo du bist. Vielleicht stecken er und diese Bēlualiten doch unter einer Decke? Der Professor kann uns hier schützen, aber wenn er noch mehr Räder innerhalb der *union* in Bewegung setzt, wird es bestimmt bis zum Maître vordringen. Vielleicht ist das auch schon geschehen.«

»Possible«, nuschelte Justine, spielte mit ihrem leeren Becher herum und betrachtete dabei die Bilder des Sees und des Klosters in einer verschneiten Umgebung. »Das sieht sehr kalt aus.«

»Derzeit wird es dort noch erträglich sein. Der Winter hat noch nicht richtig angefangen«, erklärte Will.

Saskia hob ihr Handy. »Ich muss ein Foto von dir machen. Für den Ausweis«, erklärte sie. »So, fertig.« Sie sandte die Aufnahmen an die Nummer des Professors. Schweigen senkte sich auf das Zimmer; das Brodeln der Kaffeemaschine und das Summen des Rechners erzeugten eine einschläfernde Stimmung. Will unterdrückte ein Gähnen und rieb sich die geröteten Augen.

»Wenn niemand was dagegen hat, lege ich mich schlafen«, sagte Saskia und stand auf.

»Ihr könnt beide schlafen«, erwiderte Justine. »Ich passe auf und zaubere ein Frühstück, wenn ihr wach werdet. Ein original französisches.«

Will nickte dankbar, und er machte Anstalten, sich auf das zweite Sofa zu legen.

Saskia deutete auf das Schlafzimmer. »Das Bett ist groß genug für zwei.«

Er zögerte, auch wenn ihm der Gedanke, ihr ganz nahe zu sein, sehr gefiel; allerdings hatte er den Eindruck, dass ihr Angebot nicht ganz aufrichtig gemeint war. »Nein«, lehnte er schließlich ab. »Das Sofa ist besser. Wer weiß, was ich träume, wenn du mich aus Versehen berührst.« Es hatte ein Witz sein sollen, aber sie lachte nicht. Schweigend verschwand sie im Zimmer.

Er nahm seinen Schlüsselbund heraus, an dem sich das Medaillon mit Shivas Abbild befand. Er betete zu dem Gott, damit er ihm beistand, auch wenn er gerade nichts besaß, was er als Opfer anbieten konnte. Anschließend legte er sich hin und deckte sich zu. »Gute Nacht.«

»Gute Nacht.« Justine schenkte sich Kaffee ein und betrachtete das Bild des Klosters. Es war wohl so etwas wie eine kleine Berühmtheit; jedenfalls hatte Will einiges dazu im Internet gefunden. Justine wusste aus ihrer Zeit bei der Schwesternschaft, dass über vielen der magischen Knotenpunkte, die es auf der Welt gab, inzwischen christliche Klöster und Kirchen standen. Aber was hatten Wills Visionen vom alten Venedig mit der ganzen Sache zu tun?

Justine blies gedankenverloren über ihren Kaffee. Der Anblick des Klosters brachte ihr schöne Erinnerungen an Genzano di Roma, an die Nonnen und das Zimmer, das dort wahrscheinlich immer noch auf sie wartete. Sie musste lächeln. *Bientôt, je serai avec vous mes sœurs.*

Inzwischen war es kurz vor Mitternacht. Wenn Justine aus dem Fenster blickte, sah sie den nächtlichen Hamburger Hafen unter sich liegen. Will und Saskia schliefen. Justine genoss Kaffee, Zigaretten und das weltweite Netz, das seit ihrem Verschwinden noch schneller, größer und informationsreicher geworden war. Unangenehmerweise musste sie aber auch feststellen, dass ihr Körper kleinere Aussetzer hatte: kurze Sehschwächen, ein Zucken der Hand oder eines einzelnen Fingers, ein Husten mit orange-silberfarbenem Auswurf. Hoffentlich legte sich das bald.

Justine hatte nach den Consciten gesucht, den *Mitwissenden*, aber nichts gefunden. Nichts Relevantes zumindest, nur lateinische Texte und einen Link zu Turnschuhen, der sie schallend auflachen ließ. Will schreckte kurz hoch.

»Entschuldigung«, sagte Justine schnell – und so weich, dass sie sich über sich selbst ärgerte. Aber der Inder hatte sich schon wieder zurückfallen lassen und war gleich wieder eingeschlafen.

Danach hatte sie der Schwesternschaft vom Blute Christi eine Nachricht mit den neusten Erkenntnissen geschrieben. Kurz bevor sie die Mail losschickte, löschte sie den letzten Satz, den sie über ihren Namen geschrieben hatte, ganz langsam Buchstabe für Buchstabe: *h c u e e s s i m r e v h c i*. Falscher Zeitpunkt.

Die Antwort von Faustitia ließ nicht lange auf sich warten: Die Nonnen arbeiteten mit Hochdruck an der Aufarbeitung der Seiten und des Fotos, hatten aber noch keine neuen Erkenntnisse; außerdem wollten sie mehr über den Maître wissen.

Justine nahm Wills Handy und schlich ins Schlafzimmer. Saskias Kleider lagen auf dem Boden. Sehr gut, das machte es leichter. Behutsam zog sie die Decke von der Schlafenden und fotografierte ihren nackten Oberkörper und das Zeichen darauf, dann legte sie die Decke wieder über Saskia und schlich hinaus. Gleich darauf ging die Aufnahme als E-Mail nach Genzano. Der Orden könnte die Linien auf dem Körper studieren und in den Archiven wühlen, welcher Dämon sich hinter der Maske des Fechtmeisters verbarg.

Justine zog den Ärmel in die Höhe und betrachtete ihr eigenes Mal. *Malsínamsòs*. Ihr ganz persönlicher Dämon. Sie schauderte, dann streifte sie den Ärmel wieder herab und klemmte sich erneut hinter die Tastatur. Dieses Mal wollte sie mehr über die Villa und die Linie der MacKenzies herausfinden.

Zusammen mit dem Namen und der Verbindung *Mentalist* landete sie mehrere Treffer, in erster Linie Hinweise auf Darbietungen im *Varieté Wintergarten* um das Jahr 1900, als Persönlichkeiten wie Houdini, der Clown Brock und der sensationelle Jongleur Rastelli dort aufgetreten waren. Die Namen erregten Justines Aufmerksamkeit. Sie griff sich Wills Notizen zu seinen

Visionen und fand darin die Namen des Clowns und des Jongleurs. Sie las weiter und erfuhr, dass der *Wintergarten* 1944 durch mehrmalige Bombentreffer stark beschädigt worden war, bis er im Juni nach der letzten Vorstellung ganz zerstört wurde. Anscheinend hatte sich der Mann, durch dessen Monokel Will geschaut hatte, in dem Augenblick im Varieté aufgehalten. Nun, letztendlich mussten sie diesem Teil der Vision nicht nachgehen; Wills Auftraggeber hatte gesagt, dass er sich darum kümmern würde. Ihr war es allerdings ein Rätsel, wie man ein Monokel als magische Waffe einsetzen sollte. Bei einem Schwert konnte sie es eher nachvollziehen. Es gab Möglichkeiten, eine Klinge so zu schmieden oder sie zu weihen, dass sie besondere Kräfte erhielt. Glas dagegen ... *Wir sammeln die Sachen ein und sehen, was daraus wird*, sagte sie sich und rief ein weiteres Mal die E-Mails ab.

Nichts Neues.

Es klopfte zweimal an der Tür. Justine stellte den Kaffee ab, sprang auf und zog ihre Pistolen, eine einzige fließende Bewegung, elegant und sicher. Es schwappte nicht ein einziger Tropfen der schwarzen Flüssigkeit über den Tassenrand. Sie positionierte sich schräg neben der Tür und öffnete sie einen Spalt.

Im Gang stand der Professor, eine Aktentasche in der rechten Hand. »*Bonsoir, Madame*. Kann ich reinkommen?«

»Sicher. Ist ja Ihre Wohnung, Professor.« Sie machte einen Schritt zur Seite und steckte die Pistolen erst ein, nachdem er eingetreten war und sie einen Blick hinaus in den leeren Korridor geworfen hatte. Dann folgte sie ihm zurück ins Zimmer. »Haben Sie meinen Reisepass?«

»Wo sind Frau Lange und Herr ...« In dem Moment entdeckte er den Schlafenden.

»Sie ist nebenan. Soll ich sie wecken?«

»Nein, lassen Sie den armen Kerl schlafen«, sagte er und nickte in Wills Richtung, den im Moment wohl nur ein lauter Knall geweckt hätte. Er stellte die Tasche ab, öffnete sie und nahm einen Umschlag hervor, den er Justine reichte. »Bitte sehr. Sie sind ab heute Valèrie Montagne, eine ehrbare Staatsbürgerin der *Grande Nation* mit reinweißer Weste.«

Sie holte einen französischen Reisepass heraus, in dem sich bereits Stempel aus mehreren europäischen Ländern befanden. Der Einband war abgegriffen; kein Zöllner würde ihn für neu und gefälscht halten. Zwei weitere kamen zum Vorschein, die ebenso authentisch wirkten: ein britischer für Will und ein deutscher für Saskia, die von nun an als Anil Smith und Ulrike Langhans auftraten. »Gute Arbeit, *Monsieur le professeur.* Kann man der *union* beitreten?«

»Ich denke nicht, dass Sie gut genug fechten können.« Er lächelte bedauernd.

»Habe ich Ihre Stimme doch richtig erkannt.« Saskia stand im Bademantel in der Tür.

»Es hat etwas gedauert, aber es war machbar. Für Sie beide habe ich auch Pässe anfertigen lassen. Sicher ist sicher. Was haben Sie nun vor? Kann ich Ihnen noch irgendwie helfen, Frau Lange?«

Sie öffnete den Mund und trug einen Teil der Wahrheit bereits auf der Zunge.

»Nein, danke«, entgegnete Justine an ihrer Stelle und bemühte sich, dabei sehr freundlich zu klingen. »Sie haben schon sehr viel getan. Dürfen wir Ihre Auslagen bezahlen?«

»Nur wenn es keine Umstände macht.«

»Aber nicht doch.«

»Nun, wenn Sie darauf bestehen ... Viertausend Euro haben mich die Pässe gekostet.«

»Das ist günstig.« Justine nahm den Koffer, öffnete ihn, holte fünftausend heraus und reichte sie dem Mann. *»Voilà. Pour le service.«*

Er blickte überrascht auf das Geld, fragte aber nicht nach der Herkunft. »Soll ich Ihnen vielleicht noch den Flug buchen?«

»*Non, merci.* Wir bekommen das so hin«, sagte Justine entschieden.

»Vielen Dank, Professor«, bedankte sich Saskia. »Für alles.«

Er verstand den Wink, dass es Zeit war, sich zu verabschieden, und ging langsam in Richtung Tür. »Sobald ich mehr über den Maître erfahre, rufe ich Sie an, Frau Lange«, versprach er. »Sie wissen, dass Sie mich jederzeit kontaktieren und um Beistand bitten können.« Er sah ihr in die Augen. »Ich hoffe sehr, dass Sie die Sache, in der Sie und Herr Gul da stecken, unbeschadet überstehen.«

»Danke. Ich weiß Ihre Anteilnahme zu schätzen.« Saskia schenkte ihm ein ehrliches Lächeln, das er erwiderte. Bevor sie es verhindern konnte, streichelte er ihr väterlich über die Wange; dann ging er. Saskia atmete auf, erleichtert, dass sich ihre Kräfte diesmal nicht geregt hatten. Wer wusste schon, was sie dem hilfsbereiten Mann ansonsten angetan hätte? Ihn explodieren lassen? Wobei, nein, darauf hätte sie sich wohl konzentrieren müssen. Warum hatte sie Will dann aber die letzten Visionen angehängt?

Justine saß schon wieder am Computer und rief die Website eines polnischen Flughafens auf, von dem aus sie zum Baikalsee gelangen konnten. »Hier. Ein Flug nach Moskau und von da weiter nach Irkutsk«, meldete sie zufrieden. »Sieht gut aus. Wenn wir«, sie sah auf die Uhr, »morgen Nachmittag dort sind, können wir in zwei Tagen am Baikalsee ankommen und nach dem Schwert suchen.« Sie lachte. »Ich habe nur Handgepäck: Euroscheine. Aber keine Sorge, Hilfe ist auf dem Weg. Ich sage rasch Bescheid.«

»Den Nonnen aus dem Museum?« Saskia schaute ungläubig. »Was können die gegen Pistolen ausrichten?«

»Oh, glaub mir, sie haben auch Waffen. Ich hoffe nur, dass sie in den letzten fünf Jahren nicht abgebaut haben.« Justine überprüfte ihre Mails; noch keine Nachricht von der Schwesternschaft.

»Tja.« Saskia blickte zum schlafenden Will. »Dann geht es wohl am besten gleich los. Willst du zuerst ins Bad, um dich noch mal frisch zu machen?« Sie setzte sich in den Sessel neben dem Fenster und wartete, bis Justine in der Toilette verschwunden war. Sie wollte ein Experiment wagen, und es sollte unbemerkt vonstattengehen.

Saskia schaute auf die geschlossene Zigarettenschachtel auf dem Tisch. Die Médiatrice, die Öffnerin, musste lernen, ihre Kräfte zu kontrollieren. *Besser* zu kontrollieren. Waren starke Gefühle wirklich immer notwendig oder nur bei sehr großen Aufgaben?

Sie konzentrierte sich auf die Klappe an der Schachtel und stellte sich gleichzeitig den ekelhaften Geschmack, diese grauenhafte, ganz und gar nicht zusammenpassende Mischung aus starkem Essig und Bittermandel, auf ihrer Zunge vor.

Sie starrte und starrte, ohne dass etwas geschah, weder in ihrem Mund noch mit der Schachtel.

Saskia senkte die Lider, stieß laut den Atem aus und lockerte die Nackenmuskeln. So lief es anscheinend nicht. Aufgeben kam aber nicht in Frage.

Sie blickte wieder zum Tisch und versuchte es erneut. Ergebnislos.

Verzweiflung stieg in ihr auf. Sie hatte Angst vor ihrer Gabe, und das war nicht gut. Ebenso gut könnte sich der beste Reiter der Welt vor Pferden fürchten.

»Geh auf, verdammt!«, fluchte sie – und plötzlich war der Geschmack da! Gleichzeitig roch sie heißes Wachs. Alles wurde grau ... und die Schachtel lautlos auseinandergerissen. Tabakkrümel, Filter und Papierfetzen verteilten sich im ganzen Zimmer. Dann bekam der Holztisch mit einem Knacken einen Riss, die Schublade unter der Platte schoss mit hoher Geschwindigkeit hervor.

»Scheiße!« Saskia merkte, dass die Gabe sich nicht so einfach abschalten ließ. Essig, Wachs und Bittermandel fielen über ihre Nase und den Mund her. »Aufhören!«

Will rappelte sich hoch. »Was ...«

Alle Schränke und Schubladen um Saskia herum öffneten sich, der Inhalt der Minibar flog heraus, die Flaschen gingen auf, die Verpackungen der Knabbersachen detonierten stumm. Kissen zersprangen und verteilten ihre Nylonfüllung. Sogar die Fenster schwangen auf, so dass eiskalte Winterstadtluft hereinströmte. Ein Regalbrett schoss aus dem einen Schrank und traf Will am Kopf, der stöhnend zu Boden sank.

Die Tür zum Bad wurde ruckartig aufgerissen, Justine stand auf der Schwelle, die Pistolen in den Händen. Sie sah das Chaos und Saskias unglücklichen Gesichtsausdruck.

»Quelle merde«, konnte Justine gerade noch fluchen, bevor sie aufschrie und auf die Knie sank. Ihre Finger ließen die Waffen los, sie krümmte sich auf dem Teppich zusammen.

Saskia blieb erstarrt sitzen, die Hände nun in die Lehnen gekrallt. Was richtete ihre Gabe an? Sie durfte nicht zulassen, dass Justine etwas zustieß!

Sie schloss die Augen, drängte die Angst zurück, besann und sammelte sich, wie sie es vor ihren Duellen getan hatte; darin besaß sie unerschütterliche Routine. *Ruhig. Konzentrier dich!* Der Geschmack verschwand so schnell aus ihrem Mund, wie er gekommen war.

Saskia öffnete die Augen.

Will hatte sich inzwischen auf die Füße gestemmt und ging gerade neben der Französin in die Hocke. »Justine?« Er hob sie an.

Sie atmete rasch, ihre Augen waren weit aufgerissen, und

sogar Saskia konnte auf zwei Meter Abstand den drohenden Wahnsinn darin erkennen.

»L'enfer«, stammelte Justine immer wieder, *»l'enfer«*, bis ihr Will eine Ohrfeige verpasste, die sie verstummen ließ. Der Blick klärte sich allmählich, ihr Körper entspannte sich. Sie schaute mit Entsetzen zu Saskia hinüber.

»Du ... du hast meine Erinnerung geöffnet«, erklärte sie leise. »Die Erinnerungen an die Qualen. Sie wirkten ... sie wirkten so echt! Als wäre ich wieder bei ihm.« Die Stimme brach, und sie zitterte. »Bei *ihm.*«

Will half Justine beim Aufstehen. Sie wankte unsicher zurück ins Bad und zog die Tür hinter sich zu; gleich darauf hörten sie ein lautes Schluchzen.

Saskias schlechtes Gewissen wurde unerträglich. Diese coole Wandlerin, die abgebrühteste Frau, die ihr je begegnet war, hatte sich durch ihre Gabe in ein Häufchen Elend verwandelt. Sie hätte sie ebenso gut aus Versehen töten können.

Will sah sich im Zimmer um, mit dem Fuß schob er Erdnüsse zur Seite.

»Ich ...«, bekam Saskia noch heraus, dann löste sich die Anspannung in einem Heulkrampf. Sie ließ es zu, dass er auf sie zukam und sie in die Arme nahm; weinend versuchte sie, ihm zu erklären, dass es keine Absicht gewesen war, dass sie hatte üben wollen, dass sie üben *musste*, um solche Vorfälle zu verhindern, aber sie bekam kaum mehr als ein paar zusammenhanglose Worte heraus. Stattdessen genoss sie sein beruhigendes Streicheln über Kopf und Nacken und klammerte sich an ihn.

Levantin schaute aus dem Chrysler und beobachtete, wie der Professor aus dem Haus kam und in das wartende Taxi stieg. Er wusste, dass der Arzt seinen Schützlingen neue Pässe gebracht hatte. Langhans, Smith, Montagne. Anscheinend liefen Vorbereitungen für eine Reise. Das wiederum bedeutete, dass er ebenfalls die Koffer packen lassen musste. Wo das Trio war, wollte auch er nach Möglichkeit sein, um ihnen den Rücken freizuhalten, bis sie die Artefakte für die Erschaffung des Portals zusammengesammelt hatten, eines Blutportals, falls er die Inschrift auf der Tür in der Villa richtig entziffert hatte. Es würde mitten in Bēluas Reich führen; damit besaß er die Gewissheit, dass ihn Hansen beim Verhör nicht angelogen hatte. Es war ein Glücksfall gewesen, dass er sich entschlossen hatte, die Französin selbst zu überwachen. Er mochte sie, weil sie sich von den anderen niederen Kreaturen deutlich unterschied, in ihrer Haltung, ihrer Art und ihrer gesamten Ausstrahlung. Ein Teil von ihr gehörte nicht in diese Welt, das machte sie für ihn interessant. Er hatte immer schon ein Faible für ihre Spezies gehabt und sich hervorragend amüsiert, als sie gnadenlos, souverän und mit schnoddriger Gelassenheit die Leibwächter ausgeschaltet und Hansen deutlich gemacht hatte, was ihr blühte.

Levantin hatte sie eigentlich nur aufgesammelt, um etwas mehr über das neue Objekt seines Interesses herauszufinden – und so die Anführerin der Consciten in die Finger bekommen. Allerdings war er enttäuscht gewesen, als sich herausstellte, dass hinter dem eindrucksvollen Ordensnamen bloß vier armselige Menschen steckten, die glaubten, sie könnten echte Magie wirken, obwohl sie zu kaum mehr als Schutzzaubern und ein bisschen Feuerwerk fähig waren. *Echte Magier heuern keine Söldner an,* hatte er der panischen Frau erklärt, als er den Kopf eines ihrer Muskelpakete vor ihren Augen mit zwei spitzen Fingern durchbohrte. Levantin betrachtete eingehend seine Hände, nahm das Obstmesser aus der Ablage und entfernte getrocknetes Blut aus dem Nagelbett des rechten Zeigefingers. Während er schabte, las er die Vollzugsmeldung auf dem Bildschirm. Er hatte die übrigen Consciten nach Hansens Verrat von einem seiner Teams ausschalten lassen, um die Parteien in diesem Spiel überschaubar zu halten. Zwei von ihnen hatten sich mit ihren Kräften sogar ernsthaft wehren können, waren dann aber doch gefallen. Den angeblichen Auftraggeber hatte es nie gegeben; nur eine lächerliche Lügengeschichte, wie Hansen schnell zugegeben hatte. Es war erstaunlich, wie schnell diese Menschen redeten, kaum dass man ihnen einen einzelnen Finger ausgerissen hatte.

Aus Neugier hatte er ihr sogar noch sein Zeichen eingeritzt. Er wollte sehen, wie sich seine Macht mit menschlicher Magie vertrug. Er war sehr enttäuscht, dass sich bislang gar nichts tat. Mira Hansens geschundener Körper starb unter der Beobachtung seiner Leute weiter vor sich hin, ohne auf die Erhöhung zu reagieren.

Nun waren nur noch die Bēlualiten in der Lage, ihm die Artefakte streitig zu machen. Und die Dämonendiener entwickelten gerade die lästige Eigenart, schneller zu sein als er, beispielsweise bei diesem Freund von Will Gul. Die Bēlualiten hatten sich die Daten von ihm besorgt; damit waren sie für Levantin vorerst verloren.

Er nahm nicht an, dass damit die Attacken auf Lange und Gul enden würden, ganz im Gegenteil. Die beiden waren für die Dämonendiener zu starken Konkurrenten geworden und wurden zudem nicht mehr als Informationsquelle benötigt. Die Bēlualiten würden ihre Attacken zweifellos verstärken und rücksichtsloser vorgehen. Auch wenn Gul und Lange mit der Französin eine starke Beschützerin an ihrer Seite hatten, die nicht gerade zimperlich war, besaß die Gegenseite den Vorteil der Übermacht.

Er rief die neusten Polizeiermittlungen auf. Zeugen hatten gegenüber den Beamten ausgesagt, dass die Französin über einen heranbrausenden Wagen gelaufen war und dabei noch die Ruhe besessen hatte, auf die Fahrer zu schießen. Danach hatte sie sowohl mehrere Schussverletzungen als auch den Zusammenprall mit einem VW Tuareg überstanden. Levantin lächelte. Eine Frau fast nach seinem Geschmack.

Die Polizei fand etwas Blut von ihr auf dem Asphalt und leere Patronenhülsen. Der Untersuchungsbericht der Ballistik war noch nicht abgeschlossen, aber der erste Hinweis brachte Erstaunliches zutage: Sie benutzte *Silbergeschosse!* Der Reinheitsgrad des Edelmetalls lag über dem üblichen Schnitt, und solche Kugeln waren nicht einfach so zu beschaffen. Levantin wusste sehr genau, für welche Art von Wild man Argentum zum Einsatz brachte, um es mit tödlicher Sicherheit zur Strecke zu bringen. Auch das war ungewöhnlich. Sie jagte ihresgleichen also nicht mit Krallen, sondern Kugeln.

Er legte das Obstmesser zurück, lehnte sich zur Seite und schaute hinauf zu dem Stockwerk, in dem die drei untergebracht waren. Saskia Lange dachte wirklich, ihm würde irgendetwas verborgen bleiben, was auch nur am Rand mit der *union des lames* zu tun hatte.

Levantins Computer meldete eine eingehende E-Mail; er öffnete sie. Das Gesicht der Französin blickte ihn an, darunter stand ihr richtiger Name, den er bereits kannte. »Justine Marie Jeanne Chassard«, las er halblaut vor. Daneben reihte sich eine Liste von schwersten Vergehen, wegen denen sie gesucht worden war, bis man ihren Tod offiziell verkündet und sie aus den aktuellen Fahndungslisten gelöscht hatte. Etwas Besseres hätte Chassard gar nicht passieren können: Es ging um Gewaltverbrechen aller Art, Vandalismus, Brandstiftung, außerdem um brutale Morde an diversen Frauen und Männern, die in keinerlei Beziehung zueinander standen, und einige Entführungen. Verblüffend fand er, dass bis auf zwei Ausnahmen sämtliche Entführungsopfer wieder aufgetaucht waren. Unversehrt. Das passte so gar nicht ins Muster. Ging es um Lösegeld?

Wenn Chassard eine skrupellose Killerin war, weswegen ließ sie ihre Opfer nach der Zahlung frei, statt sie einfach zu erschießen und die Spuren zu verwischen?

Der Kontakt zum Orden der Schwesternschaft vom Blute Christi wurde bestätigt. Jeder Tastendruck, jede aufgerufene Website, jede E-Mail, alles, was Justine dort oben am Computer getan hatte, war von seinen Leuten mitverfolgt worden. »Sieh an«, murmelte Levantin belustigt. »Die tapferen Schwestern sind tatsächlich noch immer im Geschäft.« *Das* hätte er wirklich nicht gedacht.

Allerdings musste er auch zugeben, dass er sie in den letzten einhundert Jahren aus den Augen verloren hatte. In ihrem Krieg jagten sie die Fußsoldaten des Bösen. Er suchte nach den Eingangsportalen in deren Burgen.

Justine hatte in der Vergangenheit also Wandelwesen für den Orden gejagt, sie zur Heilung zu den Nonnen gebracht oder getötet. Levantin lachte amüsiert auf. Die Französin und der Orden passten zusammen wie Feuer und Eis. Eine merkwürdige Allianz.

Levantin studierte weiter das Dossier, das man ihm über Justine zusammengestellt hatte. Es gab keine lebenden Angehörigen mehr, Vater und Mutter waren schon vor einiger Zeit gestorben, ihr Bruder, Eric von Kastell, bei einem Unfall vor zwei Jahren in Leipzig. Die Vermögenswerte der Familie waren riesig gewesen. Die Gelder und Besitztümer flossen in eine Stiftung, die wiederum von einem Herrn de Lavall geleitet wurde. Dem gleichen de Lavall, dem das Haus in Hamburg gehörte, in dem Justine, Saskia und Will vorübergehend Zuflucht gesucht hatten.

So viele Zufälle gab es nicht. Levantins Einschätzung nach war Eric von Kastell so tot wie Justine: gar nicht. Diese Familie hielt einige Überraschungen auf Lager.

Levantin hetzte mit ein paar E-Mails seine Informanten los,

um mehr über diesen verstorbenen Bruder und Justines Entführungsopfer herauszufinden. Nur um sicherzugehen und die Fährten nicht aus den Augen zu verlieren. Man wusste nie, wozu es gut sein würde.

Auch das Nonnenkloster ließ er nun überwachen. Sollte sich herausstellen, dass sich die Schwestern in die Auseinandersetzung um die Artefakte einmischten, würde er sie ausmerzen. Er mochte es nicht, wenn seine Großzügigkeit in der Vergangenheit nicht honoriert wurde. Es wäre ihm ein Leichtes gewesen, sie damals schon zu vernichten. Wie war noch der Name der alten Frau gewesen, die er damals traf – eine schrecklich ernsthafte Person, die ihn unbedingt zu dem bekehren wollte, was sie den wahren Glauben nannte. Marai? Satai? Irgendein ungewöhnlicher Name. Levantin sah wieder auf das Obstmesser, an dessen Spitze das getrocknete Blut haftete.

»Wo war diese Zerstreuung in den letzten Jahrhunderten? Es wäre weniger langweilig in diesem Gefängnis gewesen«, flüsterte er. Bēlualiten und Consciten, die Schwesternschaft, zwei Un-Tote, von denen zumindest die eine ein interessantes Geheimnis hatte, und nicht zu vergessen seine kleine Fechtgegnerin, die endlich das ersehnte Werkzeug für sein sehnlichstes Vorhaben sein konnte ... Es war etwas geboten im einundzwanzigsten Jahrhundert!

Levantin beschlich das Gefühl, dass er hier gerade den Schleier von mehr als nur einem Geheimnis lüftete. Es wunderte ihn auch nicht, als in den Radionachrichten davon gesprochen wurde, dass zahlreiche Hamburger Polizeibeamte unter Quarantäne gestellt worden waren und man sie in einer Seuchenabteilung beobachtete. Es wurde von einer »Tropenkrankheit« gesprochen. Der Sender rief im Namen des Senats die Bürger dazu auf, dass sich solche mit Fieber, Kopf- und Gliederschmerzen, starkem Krankheitsgefühl und Benommenheit sowie eventuellen Bewusstseinsstörungen sofort im Krankenhaus einfinden sollten.

Levantin dachte an Ines und ihren spektakulären Tod.

Mit den Tropen hatte das rein gar nichts zu tun.

II.
Buch

TOUCHÉ

XII. KAPITEL

9. November
Deutschland, Hamburg, Sandtorkai

Obwohl Saskia sich inzwischen beruhigt hatte, hielt Will sie immer noch fest im Arm, streichelte über ihr Haar und flüsterte beruhigend auf sie ein. Wenn er ehrlich war, ging es ihm nicht mehr wirklich einzig darum, sie zu trösten. Er wollte sie spüren.

»Danke, Will.« Saskia löste sich vorsichtig von ihm. »Es geht schon wieder. Vielleicht ... vielleicht solltest du dich jetzt doch besser um Justine kümmern?«

Er sah sie nachdenklich an, stand dann aber auf. »Soll ich dir vorher noch ein Glas Wasser holen?«

Sie lächelte ihn dankbar an. »Das wäre nett.«

Will stand auf, ging in die dunkle Küche, tastete an der Wand nach dem Lichtschalter ...

... und stürzte in die Dunkelheit. Gleich darauf fiel er in eiskaltes, schwarzes Wasser. Flüssige Kälte drang in seine Ohren, in die Nase und in den Mund. In der Linken hielt er einen länglichen Kasten, den er zuerst loslassen wollte. Ein heißer, bekannter Schmerz jagte seinen Rücken entlang, er verkrampfte sich und drückte den Kasten dadurch wieder an sich. Etwas war dagegen, dass er ihn verlor.

Er paddelte erschrocken mit nur einem Arm, prustend kam er an die Oberfläche und trieb neben einem langen schwarzen Schatten. Die sanfte Strömung trug ihn neben einer Gondel her, an deren Bordwand er sich instinktiv mit der Rechten festhielt.

Venedig!

Er sah hinter sich und machte am Kanalufer zwei große, hundeähnliche Schemen aus, die neben der Gondel hertrotteten und dabei keinerlei Eile hatten. Dunkelrot glühende Kohle flammte in Augenhöhe auf.

Der Mann, der die Gondel steuerte, hatte die Tiere noch nicht bemerkt – aber dafür Will.

»Du! Weg von der Gondel! Schwimm zurück ans Ufer, oder willst du dir die Pest einfangen? Hier steht alles voll Eiter und Wundwasser.« Er beugte sich vor. »Da vorn kommt eine Treppe, Freundchen. Das bisschen wirst du noch schaffen.«

Will blickte zu den Stufen, dann zu den riesigen Hunden. »Nein. Ich fahre mit dir.« Er versuchte, sich an der Bordwand hochzuziehen; das Gefährt geriet gefährlich ins Schwanken.

Der Gondoliere setzte das Ende seines Stabs auf Wills Brust und schob ihn weg. »Runter, sage ich! Du wirst uns zum Kentern bringen, und ich will ganz bestimmt nicht zwischen den Pestleichen treiben und diese Brühe schlucken.« Der Druck verstärkte sich. »Lass los, oder ich erschlage dich!«

Will tauchte unter der Gondel durch, schwamm in der Schwärze auf gut Glück vorwärts, bis er gegen Widerstand traf und sich an der Mauer nach oben tastete.

Er dümpelte in den sachten Wellen unmittelbar unter einem Steinbogen, in der privaten Anlegestelle eines großen Hauses. Das torähnliche Gitter zum Kanal war geöffnet gewesen, nur deshalb hatte er bis hierher tauchen können. Will konnte die Schatten der Hunde nicht mehr sehen. Sie waren verschwunden.

Er schwamm zu den Stufen und tappte sie, vollkommen durchnässt, hinauf. Leise plätschernd rann das Wasser aus seiner Kleidung, und der schmale Koffer stieß gegen den Stein.

Ein lautes Heulen drang bis zu ihm, das gleich danach von einer anderen Stelle aus erwidert wurde. Die Wandler, wer immer sie auch waren, hatten noch nicht aufgegeben! Was, bei Shivas Avataren, wollten sie von ihm? Will öffnete schnell das Behältnis und schlug den schwarzen Samt auseinander. Er sah erschrocken auf –

– *das Schwert!* Das Schwert aus seiner Vision! Bereits der Anblick der massiven Silberscheide beeindruckte ihn zutiefst. Behutsam und äußerst angespannt zog er die Waffe. Griff und Klinge schienen durchgehend aus einem Stück gearbeitet worden zu sein; allerdings bestand beides nicht aus Metall. Es fühlte sich glatt an und erinnerte ihn in dem schummrigen Licht mehr an Elfenbein oder rauchiges Glas als an Stahl. Nachträglich waren eine stabile Parierstange und ein Eisenkorb angebracht worden, um die Hand des Fechters vor gegnerischen Attacken zu schützen. Mehr konnte er nicht erkennen. Weil es die einzige taugliche Waffe war, die er gegen die Riesenhunde besaß, behielt er sie in der Hand.

Will schlich die Stufen hinauf und trat durch die nicht abgeschlossene Tür in das verlassen daliegende Haus. Er roch den Schwefel und das Pech. Seine Bewohner waren wohl Opfer der Pest geworden und entweder als Leichen zu den Toten oder als Infizierte in ein Quarantänelazarett gebracht worden.

Er wagte es, eine Lampe zu entzünden und sich das Artefakt näher anzuschauen. Schön wäre es, wenn er es aus seiner Vision einfach mit hinüber in die reale Welt nehmen könnte, dann könnten sie sich die Suche sparen ... Will zog die Handschuhe aus, um das Schwert besser untersuchen zu können, drehte und wendete es im Lichtschein. Er hatte sich nicht getäuscht: Es war aus Elfenbein geschnitzt, die Schneide höllisch scharf und die gesamte Klinge mit Symbolen geschmückt, teils eingraviert, teils als Intarsie mit silbrigem Draht geformt. Manche davon glaubte er von der Tür aus seiner Villa zu kennen, andere sagten ihm nichts.

»So siehst du also aus«, murmelte Will und wog das Schwert in der Hand. Es war perfekt ausbalanciert, aber nicht eben leicht; wer längere Zeit damit kämpfen wollte, musste schon geübt sein und über kräftige Muskeln verfügen.

Etwas Schweres rammte gegen die Tür, das Holz knirschte, quietschend sprangen einige der Nägel aus den Balken. Will hörte ein wütendes Schnauben, gleich darauf ein lautes Schnüffeln an der Türritze. Die Hunde hatten ihn gefunden!

Er entschied sich für den einzig sinnvollen Fluchtweg: das Dach. In den Gassen war er zu leichte Beute. Will steckte das Schwert in die Scheide und wollte die Holztreppe nach oben hasten, als hinter ihm mit einem lauten Krachen die doppelflügelige Tür aufsprang. Die beiden Hundewesen schlichen mit der Überlegenheit geübter Jäger herein, hoben witternd die langen Schnauzen – und rannten dann schnaubend auf die Treppe zu.

Will verspürte die größte Furcht seines Lebens. Die glutroten Augen jagten heran, und scharfe Fänge blitzten auf; dennoch blieb er stehen, zog das Schwert und richtete es auf die heranschießenden Angreifer. Nicht, weil er sich wie ein Held fühlte, sondern weil eine Flucht aussichtslos war. Sie würden ihn einholen, bevor er ein Bein aus dem Fenster schwingen konnte. Immerhin hinderte die schmale Treppe sie daran, ihn zu umgehen.

Er besann sich seiner indischen Kampfkunst, packte den Griff mit beiden Händen, so gut es durch den Korbgriff möglich war, und schlug nach dem ersten Hund, der sich eben zum Sprung abgestoßen hatte.

Die Schneide traf das Wesen in die rechte Schulter – und das Silber in der Klinge geriet in Bewegung! Es pulsierte und schien wie aus einer unerschöpflichen Quelle in die Wunde des Riesenhundes zu schießen.

Das Tier stieß einen ohrenbetäubenden Schmerzensschrei aus, prallte gegen das Geländer, wobei der Silberstrom unterbrochen wurde, keuchte und spie Blut, in dem es silbrig schimmerte. Gleich danach brach es zusammen und blieb unter Krämpfen auf den Stiegen liegen.

Der zweite Hund beobachtete mit gefletschten Zähnen, was mit seinem Artgenossen vor sich ging, und schaute zwischen ihm und dem Menschen hin und her.

Will starrte das Schwert an. Ihm war klar gewesen, dass es sich um eine besondere Waffe handelte, aber bisher war er davon ausgegangen, dass es dabei um das Material ging, nicht um seine besonderen Fähigkeiten. Der Griff fühlte sich zudem wärmer an als zuvor, als würde er von innen erhitzt.

Der zweite Hund sprang über seinen verendenden Artgenossen hinweg, machte zwei eher an eine Raubkatze erinnernde Sätze das Geländer entlang und warf sich mit weit geöffnetem Maul auf Will. Im Flug formten sich die Vorderläufe zu Armen mit krallenbewehrten Fingern, die nach dem Schwert griffen! Will ließ sich nach hinten fallen und stieß mit der Waffe nach oben, um der Kreatur den Wanst aufzuschlitzen. Das Tier hatte mit einem solchen Manöver gerechnet und rollte sich zusammen, um nicht getroffen zu werden – aber die Klinge erwischte es an der Flanke und hinterließ einen fingerlangen Schnitt, nicht tiefer, als ein Blatt Papier dick war. Doch auch diese Verletzung und der Sekundenbruchteil, den das Schwert in den Leib drang, genügte dem Metall, in den Wandler zu schießen. Er fiel auf die Treppe, schnappte nach der Stelle und wühlte mit den Zähnen im eigenen Körper, um das Silber herauszureißen; Blut strömte aus der Wunde, und wieder erkannte Will das metallische Glänzen darin. Heulend und knurrend sank der breite Kopf auf das Holz, und das rote Leuchten flackerte nur noch schwach.

Wills Atem raste, Adrenalin und Angst gaben den Takt vor, nach dem Herz und Lungen tanzten. Er starrte erschüttert auf das, was sich vor seinen Augen abspielte: Aus den Tieren formten sich Menschenkörper! Kurze Zeit später lagen eine nackte Frau und ein nackter Mann zu seinen Füßen in ihrem eigenen Blut und Erbrochenen. Silbriges Flackern huschte unter ihrer Haut entlang, kleine Gewitter schienen darunter zu toben und machten die Epidermis durchscheinend, so dass Adern und Knochen zu erkennen waren.

Die Frau hob mit letzter Kraft sterbend den Kopf. »Wir werden nicht aufgeben«, röchelte sie. »Das verfluchte Artefaktum wird nicht lange in deinen Händen sein. Du bist tot, Bēlua-Abschaum! *Tot!*«

»Nein, ich gehöre nicht zu den Bēlualiten!«, rief er. »Ich bekämpfe sie.«

»Zur Hölle, Lügner!« Sie versuchte, eine Stufe nach oben zu kriechen, an der Leiche des Mannes vorbei, und schien ihn wirklich noch einmal angreifen zu wollen, aber dann lag sie nach einem letzten erstickten Luftholen still.

Will richtete seinen Blick auf das Schwert und berührte dann vorsichtig die Silbereinlagen. Sie fühlten sich ... fest an. Fest und sehr warm. Er versuchte zu verstehen, was gerade passiert war: Die Waffe hatte ihm das Leben gerettet – und war gleichzeitig der Grund, weswegen er von den Wandlern angegriffen worden war. Und dazu noch fälschlicherweise. Er war kein Dämonenjünger!

Viele Schritte erklangen auf der Straße, Lichtschein fiel durch den Eingang, und dann betraten mehrere Menschen das Pesthaus.

Will wusste nicht, was er tun sollte, bleiben oder flüchten? Immerhin stand er vor zwei Leichen, die unverkennbare Schwertwunden trugen.

Der helle gebündelte Strahl einer Blendlaterne fiel von unten auf ihn. »Da oben! Bei den Heiligen, seht euch das an! Der Mörder!«

Will hastete die restlichen Stufen nach oben und öffnete das nächstbeste Fenster. Vor ihm erstreckte sich ein Dach, und er sprang erleichtert hinaus in den stinkenden Nebel –

Er hatte springen *wollen.* Aber im letzten Moment packten ihn mehrere Hände, am Nacken, am Rockaufschlag, in den Haaren, und zerrten ihn zurück ins Haus. Er wurde brutal auf den Boden gepresst, jemand stellte sich auf seine Hand- und Fußgelenke, so dass er schließlich das Schwert freigeben musste. Die Männer um ihn herum trugen Pestmasken, die ihre Gesichter unkenntlich machten.

»Nein! Nein, ich bin kein Mörder! Ich musste mich verteidigen!«, rief Will verzweifelt und wand sich. »Sie haben mich angegriffen! Versteht doch!«

Jemand drückte ihm einen harten ledernen Knebel in den Mund. »Schon besser. Jetzt ist er still«, sagte einer von ihnen und ging neben ihm in die Hocke. »Mörder! Und ein Dieb dazu. Ein solches Schwert kann dir wohl kaum gehören.« Jemand reichte es dem Mann, und er setzte es mit der Spitze auf Wills Brust. Die Schneide zerteilte die Kleidung. »Beim allmächtigen Gott!«, rief der Mann aufgeregt und sprang in die Höhe. »Seht! Ich habe es geahnt: ein Diener des Bösen!«

Will blickte an sich herab – und erkannte auf seinem behaarten Bauch ein tätowiertes Zeichen.

»Das haben wir bei ihm gefunden, Magister Lentolo«, sagte einer der Helfer und reichte dem Anführer den Tiegel, den Will unlängst von dem Sterbenden erhalten hatte.

Lentolo öffnete vorsichtig den Verschluss, roch daran und verzog das Gesicht. »Vermaledeiter Teufelsdreck! Es ist Pestsalbe!« Er stampfte Will den Stiefelabsatz auf die Nase, es krachte gleich mehrmals. »Wir haben einen jener Schurken gefangen, denen wir Venedigs Sterben verdanken!« Er beugte sich vor und riss Will den Knebel aus dem Mund. »Wie viele seid ihr, Dämonendiener? Nenne mir Namen, und ich gewähre dir einen schnellen Tod.«

Will konnte nicht sprechen, auch das Atmen ging so gut wie nicht mehr. Ein Stück abgelöster Knebel blockierte seine Luftröhre. Er röchelte und japste, aber es gelang ihm nicht, den Klumpen aus seiner Kehle zu sprengen.

»Gebt acht, Lentolo! Der Dämon will aus ihm entweichen!«, rief einer der Männer.

Fluchend hob Lentolo das Schwert – und stieß es Will durch den Brustkorb! Als hätte die tödliche Verletzung allein nicht ausgereicht, flutete das Silber – oder was immer diese Substanz war – jede Zelle mit Schmerz, mit Qualen und Leiden. Will hatte das Gefühl, in heiße Säure geworfen zu werden, bis sie die kleinste Faser in ihm auflöste und an die Knochen gelangte.

Als der Tod seinen dunklen Mantel über ihn warf, war Will dankbar für diese Erlösung; niemals mehr wollte er derartige Pein erfahren, die den Verstand in winzige Splitter schlug, aus denen sich nichts als Wahnsinn formte. Will ließ sich in die gnädige Dunkelheit fallen ...

... und erhielt einen Schlag ins Gesicht, der ihn erschrocken die Augen aufreißen ließ. *»Bonjour, mon ami«*, sagte eine ihm sehr vertraute Stimme. »Willkommen zurück.«

Mühsam rappelte Will sich auf. Er lag auf dem Boden der Küche. Neben ihm kniete Justine; Saskia stand mit schreckgeweiteten Augen im Türrahmen.

»Sie ... sie haben mich umgebracht!«, keuchte Will.

Justine stand auf, reichte ihm die Hand und zog ihn in die Höhe. »Ein bisschen übertrieben, oder? Ich habe dich nur geschlagen«, sagte sie mit einem sarkastischen Grinsen. »Nicht getötet.«

10. November
Russland, Baikalsee, Irkutsk

»Nicht so kalt, ja?« Justine zog den Zipper des Reißverschlusses bis unter die Nase. *»Merde!«*

Sie saßen in der Vorhalle des Flughafens und warteten darauf, dass sich auf der anderen Seite der Glasscheibe ein Taxi zeigte, aber der Stand war verwaist. Alle anderen Fluggäste der Maschine aus Moskau waren vor ihnen am Gepäckband gewesen, und jetzt mussten sie warten.

Saskia hielt die Blätter aus dem Safe in der Hand und sah, dass Will beim Klang ihrer Stimme aus seinem Schlummer aufschreckte. Sein Gesicht wirkte gequält, und am Ausdruck der Augen erkannte sie, dass sich sein Verstand noch nicht zu einhundert Prozent in der Gegenwart befand. »Alles okay?« Sie legte den rechten Arm auf seine Schulter.

Er nickte hastig und griff sich an den Kopf. »Nein ... doch. Meine letzte Vision ... ich weiß, ich sollte sie inzwischen verdaut haben, aber wann erlebt man schon mal seinen eigenen Tod«, murmelte er und erhob sich unsicher. »Ich brauche was zu trinken.« Er ging auf einen Getränkeautomaten zu und machte sich daran zu schaffen.

Saskia schaute zur Anzeigetafel, auf der die Außentemperatur angezeigt wurde: minus einundzwanzig Grad. Für sibirische Verhältnisse vielleicht harmlos, für westeuropäische weit jenseits des Erträglichen.

Sie packte die beiden Blätter weg. Sie hatte sie studiert, bis ihr die Augen brannten, und war zu dem Schluss gekommen, dass es sich hierbei um die letzte Seite einer Bauanleitung handelte, um genaue Instruktionen, wie die Kammer eingerichtet werden musste. Es fand sich jedoch nichts darunter, was ihnen eine Hilfe war; die Zeichnung war unvollständig, sie würden auch die anderen Blätter benötigen, um irgendetwas daraus ableiten zu können.

Sie betrachtete Justine aus den Augenwinkeln und dachte an den Abend ihres misslungenen Experiments. Die Französin wollte nicht weiter über die Erlebnisse in der Hölle sprechen. Obwohl Saskia ihr unabsichtlich große Schmerzen zugefügt hatte, fanden Justine und Will es dennoch wichtig, dass Saskia ihre Kräfte weiter testete. Sie mussten nur den Sicherheitsabstand zu ihr vergrößern.

»Da kommt ein Taxi!«, rief Justine und sprang auf. Ein kräftiger Mann in einem billigen, braunen Pelzmantel stürmte in diesem Augenblick aus der Gepäckausgabe und lief schnurstracks auf den Ausgang zu. Schon hob er den Arm und beschleunigte, um das Auto zu erreichen.

»Hey!« Die Französin hastete los. »Hey, Towarihtsch! *Stoi!*«

Saskia verfolgte das Wettrennen zwischen den beiden: Der Russe hatte den Vorteil, sich näher am Ausgang zu befinden, Justine dagegen rannte übernatürlich schnell und befand sich zur gleichen Zeit wie der Mann vor der Automatiktür, die sich in Zeitlupentempo öffnete. Der Motor war nicht der stärkste, oder er hatte mit den eisigen Temperaturen zu kämpfen.

Justine drängelte sich vor ihn, aber der Russe dachte gar nicht daran, sich von einer Frau das Taxi wegschnappen zu lassen. Er schob sie mit dem Koffer auf die Seite und wollte sich durch die Lücke zwängen. Sie konterte, indem sie ihm blitzschnell ein Bein stellte und über ihn hinweglief, noch während er sich im Sturz befand.

Als er sich aufstützte, stand sie bereits lächelnd und eine Zigarette rauchend neben dem Wagen, eine Tür für sich geöffnet. »Wir haben ein Taxi«, rief sie vergnügt Saskia und Will zu, der dem Automaten einen Kaffee abgerungen hatte und mit dem dampfenden Becher zurückkehrte.

»Wie hat sie das angestellt?« Will sah den Hünen, der sich eben vom Boden erhob und den Schneematsch abwischte. Er brüllte Justine an. »Nein, sag nichts, ich will es lieber gar nicht wissen. Aber ich gehe davon aus, es war nicht der Charme, für den Französinnen bekannt sind.«

»Ich fand, sie war zu diesem Polizisten Dottke sehr charmant. Na ja, bis auf den Schlag.« Saskia lachte. »Nimmst du den Koffer mit dem Geld? Ich nehme die Taschen.« Er nickte, und sie trugen ihr Gepäck ins Freie.

Justine stieg ein und setzte sich ganz selbstverständlich auf den Beifahrersitz; Saskia und Will nahmen hinten Platz. Um den tobenden Riesen kümmerte sich niemand. Sie verständigten sich mit dem Taxifahrer in gebrochenem Englisch, und er versprach, sie zu einem guten Hotel zu bringen. Er wusste auch, wo das Kloster lag, und würde sie hinfahren.

»Der wittert das Geschäft seines Lebens.« Saskia sah immer wieder aus der Heckscheibe, weil sie damit rechnete, einen Polizeiwagen zu entdecken.

»Werden wir verfolgt?« Justine bot dem Fahrer eine Zigarette an, die er ablehnte; danach zeigte er auf den Aufkleber mit der durchgestrichenen Kippe. *»No smoking«*, sagte er. *»Not inside.«*

»What's your name, Towarihtsch?«

Der Mann sah sie misstrauisch an. *»Eugen.«*

Justine zog den Aufkleber ab, kurbelte die Scheibe nach unten und klebte ihn außen dagegen. *»Look, Eugen, now it's forbidden on the outside.«* Sie zündete den Glimmstengel an und rauchte grinsend.

»That will make you pay the double! Understand? You pay me double!«, rief er.

»Sure, honey.« Sie nickte und zeigte auf die Straße. *»Just keep on driving, Eugenwitsch.«*

Will beugte sich zu Saskia. »So viel zum Thema Charme«, flüsterte er.

Justine hatte ihn gehört, lächelte und sah aus dem Fenster. »Fahren wir heute noch zum Kloster?«

»Je früher, desto besser«, sagte Saskia. »Wir sind ja nicht die Einzigen, die ... ihr wisst schon.«

Justine drehte sich zu ihr. »*Bon.* Ins Hotel, umziehen und raus zum Kloster. Was macht es schon, dass es draußen schon dunkel ist ...«

»Hast du Angst im Dunkeln?« Will sah sie herausfordernd an.

Justine gluckste und drehte sich zu ihm um. »Ich könnte dir einhundert gute Gründe aufzählen, warum *du* die Dunkelheit fürchten solltest«, gab sie zurück und blies Will den Rauch ins Gesicht. Dann wandte sie sich wieder nach vorn. »Ich werde wieder einer davon werden. Bleiben neunundneunzig weitere, die nicht über so ein freundliches Naturell verfügen wie ich.«

Bevor Will antworten konnte, piepste sein Handy. Es war wieder einmal eine SMS von Kapler. Wie immer würde er sie nicht beantworten; was hätte er auch schreiben sollen? Die deutsche Polizei hätte wohl kaum Verständnis dafür, dass er Artefakten nachjagte, um zu verhindern, dass ein Dämon die Welt eroberte. Sie würden ihn direkt in die geschlossene Abteilung verfrachten, wenn er auch nur andeutete, was ihm bisher widerfahren war, und ihm dazu die Morde in der Villa anlasten. Er sah die Schlagzeilen der Boulevardpresse schon vor sich: *Anti-Gandhi mordet bestialisch!*

Der Inhalt dieser SMS brachte ihn jedoch dazu, dass ihm heiß wurde. »Hört zu!«, sagte er hektisch. »Kapler hat mir geschrieben. Er will wissen, was wir in dem Internetcafé gemacht haben ... denn die beiden Polizisten und der Angestellte sind umgebracht worden, genau so, wie ich es vorausgesehen habe!«

Siebenunddreißig Minuten später hielten sie vor dem *Red Star*, einem Hotel mit Hammer-und-Sichel-Emblem, aber in topmoderner Aufmachung und sicherlich kein Relikt aus den Zeiten der UdSSR. Alte Stärke in glänzendem neuen Gewand.

Saskia und Justine stiegen aus, und die Französin steuerte

auf die Drehtür zu, um ihnen Zimmer zu sichern. Saskia ging zum Kofferraum. *»I'm sorry for my friend's behaviour«*, entschuldigte sich Will bei ihrem Fahrer.

»No worry, I know«, radebrechte Eugen zurück. *»She's beautiful woman, they always crazy!«*

Will zog lächelnd einhundert Euro aus dem Geldbeutel und drückte sie Eugen in die Hand, auch wenn es vermutlich zehnmal so viel war, wie die Fahrt gekostet hatte. *»Please wait for us here. We will make it worthwhile for you, I promise.«*

»Yes, yes«, gab er grinsend zurück – und griff nach Wills Hand, um sie zu schütteln.

Es fühlte sich an, als würde sein Verstand blitzartig durch die Finger hinüber in Eugens Körper geschleudert. *Er sah durch die Augen des Mannes, wie er nach Hause fuhr, ausstieg und im Hausflur einem Typen die Euroscheine in die Hand drückte. Er sagte etwas auf Russisch, was Will nicht verstand. Der Typ lachte – und stach im nächsten Moment mehrmals und extrem brutal auf Eugen ein. Der Taxifahrer sackte an der Mauer nach unten.* Will keuchte, er spürte die Schmerzen, als würde *er* abgestochen! *»Njet!«*, schrie er auf, Tränen schossen ihm in die Augen, er warf sich nach hinten – und so unvermittelt, wie die Vision begonnen hatte, befand er sich wieder mit allen Sinnen in seinem eigenen Körper.

»Afraid of my hand?« Eugen sah ihn verwundert an.

»No, sorry …« Will stürzte mehr aus dem alten Wagen, als dass er ausstieg. Er hangelte sich an der Seite entlang bis zum geöffneten Kofferraum und atmete schwer, dabei tastete er sich über den Bauch. Es hätte ihn nicht gewundert, Blut an den Fingern zu haben.

Saskia nahm gerade die letzte Tasche. »Was ist? Wieder …?«

Will nickte nur. »Das macht mich fertig«, gab er leise zurück und wischte sich den Schweiß von der Stirn. Er zitterte, und es war nicht nur wegen der Kälte. »Ich habe gesehen, wie Eugen niedergestochen wurde. Ich ... ich hab's selbst gespürt. Und glaub mir, *daran* gewöhnt man sich nicht.«

»Ganz ruhig, Will. Komm, ich helfe dir.« Sie hakte sich bei ihm ein, und gemeinsam betraten sie das Hotel. »Ist es einfach so passiert?«

»Nein. Er hat mich berührt. Er hat mir die Hand geschüttelt.«

Sie sah ihn an. »Du meinst, es hat etwas mit der Berührung von Haut auf Haut zu tun?« Bevor er es verhindern konnte, streifte sie ihren Handschuh ab und griff blitzartig nach seinen Fingern.

Sein Verstand blieb, wo er war. »Bei dir funktioniert es nicht.«

»Vielleicht, weil ich es war, die die Gabe verliehen hat?«

Will sah zum Concierge, bei dem Justine sie gerade eincheckte, und atmete tief durch. »Werden wir gleich herausfinden.« Als der Mann ihm die Schlüssel überreichte, berührte Will ihn absichtlich mit dem Finger an der Hand.

Und wieder schien ein Teil von ihm den Körper zu wechseln!

Er sah den Mann in ein Hotelzimmer gehen, in dem vier Männer und eine Frau saßen. Sie unterhielten sich lange, dann zückten drei Männer Pistolen und schossen den Concierge einfach nieder! Die Einschläge, das verbrannte Pulver der Treibladungen und das Lachen der Mörder ... Als der Concierge in die Knie brach und starb, kehrte Will zurück und musste sich an den Tresen klammern, sonst wäre er gestürzt. »Er wird auch sterben!«, keuchte er zwischen zusammengebissenen Zähnen hervor. »Verdammt, alle Menschen, die ich berühre und deren Schicksal ich vorhersehe, gehen drauf! Eugen, jetzt der Concierge ...«

»Es sind nur Visionen«, versuchte Saskia, ihn zu beschwichtigen. »Noch ist nicht sicher, dass es so kommt.«

»Und was war in Hamburg? Der Typ in dem Internetcafé, der Polizist ... ich habe gesehen, wie sie starben. Ich ... ich habe sie verflucht!«

Justine führte ihn von der Rezeption weg, um den verdutzten Concierge nicht noch weiter zu alarmieren. »Will, reiß dich zusammen. Jemanden zu verfluchen, ist nicht nur eine Gabe, es ist eine echte Kunst, die *erlernt* werden muss.«

»Aber ...«

»Kein Aber.« Sie hob langsam die Augenbrauen. »Du hast mich schließlich auch angefasst. Und sie.«

»Und wir leben beide noch«, fügte Saskia rasch hinzu, um ihn zu beruhigen. Zu sehen, wie sich Will quälte, versetzte ihr einen Stich ins Herz. »Was du siehst, muss nicht eintreten.«

Sie gingen schweigend zum Aufzug, ein Page brachte das Gepäck nach.

»Schaffst du es, oder sollen wir lieber morgen zum Kloster?«, fragte Saskia Will.

»Wir sollten besser jetzt fahren«, empfahl Justine mitleidlos. »Solange Eugen noch lebt. Aber vorher, Will, kaufen wir dir Handschuhe!«

Zwanzig Minuten später saßen sie wieder im Taxi, und Eugen lenkte – nachdem er Will noch einmal ein paar Scheine abgeknöpft hatte – den Wagen durch die Straßen von Irkutsk. Zu ihrer aller Erstaunen hielt er vor dem Eingang eines Gebäudes an, das unschwer als Bahnhof zu erkennen war.

»What the fuck means this, Towarihtsch?«, fauchte ihn Justine an.

»Must go by train. Too far for me. Half around the lake«, erklärte Eugen. *»Use the TransSib. Travel to Selenginsk and from there to cloister. Or use boat, down the Angara River, and then across the lake.«* Er sah die drei der Reihe nach an. *»Allright?«*

»Schöner Mist.« Will sah hinaus in die Dunkelheit. »Ist bestimmt weit.« Er fragte Eugen, der ihm sagte, dass es in etwa eine Strecke von einhundert Kilometern war, wenn man über den Fluss und über den See fuhr. Will wurde unvermittelt wütend auf den Fahrer, weil er sie hängenließ ... und freute sich auf einmal darüber, dass der Mann bald sterben musste. Sofort erschrak er über seinen finsteren Gedanken. Diese Art von Wut, die aus einer nie gekannten Tiefe seines Ichs eruptionsartig emporgeschnellt kam und sich nur widerwillig zurückdrängen ließ, kannte er nicht von sich. Sogar seine Hände hatten sich unbemerkt zu Fäusten geballt! Rasch entspannte er sie.

»Dann machen wir das morgen«, entschied Justine und trug Eugen auf, sie wieder ins Hotel zu bringen, nicht ohne ihm mit zuckersüßem Gesicht ein paar Dinge auf Französisch zu sagen, die sich zwar allesamt nett anhörten, aber Saskias Meinung nach mit Sicherheit die schlimmsten Verwünschungen waren, die man sich vorstellen konnte. »Wir chartern uns ein Boot und fahren zum Kloster, sobald die Sonne aufgeht.«

Die Rückfahrt verlief in tiefem Schweigen, jeder hing seinen eigenen Gedanken nach. Im Radio dudelte Musik, eine merkwürdige Mischung aus russischer Folklore und asiatischen Tönen; Eugen erklärte unaufgefordert, es sei etwas Mongolisches, das in den hiesigen Charts ganz weit oben stünde.

Will nutzte die Internet-Funktion seines Handys, weil er wissen wollte, ob es Neuigkeiten über den Vorfall in der Villa gab. Es dauerte ewig, bis er einen Zugang über einen internationalen Anbieter gefunden hatte und die Informationen abrufen konnte. Saskia sah auf das Display und las mit. »Sag, dass das nicht wahr ist!«, rief sie.

Justine drehte sich erstaunt um. »Was ist los?«

»Hier steht, dass in Hamburg vierzehn Polizisten an der Pest erkrankt sind.«

»La peste?« Justine lachte auf. »Das ist nicht dein Ernst!«

Saskia hatte Schwierigkeiten, sich zu beruhigen. »Was ist, wenn das die Männer sind, die in der Villa nach Spuren gesucht haben?«

»Reg dich nicht auf«, winkte Justine ab. »Es gibt doch sicher ein Medikament dagegen.

Will schüttelte den Kopf. »Zwei Männer sind schon gestorben. Es ist eine sehr ungewöhnliche Art der Pest, ein ... mutierter Erreger, vermuten die Ärzte, die die Proben untersucht haben.«

Justine runzelte die Stirn. »Das ist allerdings ungewöhnlich ... oder vielleicht auch nicht.« Sie sah Will an. »Was ist, wenn es kein mutierter Erreger ist, sondern ein sehr, sehr alter? Einer, wie er zuletzt im alten Venedig gewütet hat?«

Will wurde bleich. »Willst du damit sagen, dass *ich* etwas damit zu tun habe?«

»Sicher nicht!«, sagte Saskia schnell. »Aber es wäre eine Erklärung dafür, warum es dich immer wieder dorthin zieht.«

»Soll ich mich deswegen jetzt besser fühlen?«, blaffte er sie an; sofort tat es ihm leid. »Das ist alles so verwirrend«, versuchte er sich zu entschuldigen.

»Und dabei geht die Party gerade erst los ...«, murmelte Justine.

Eugen stoppte den Wagen vor dem *Red Star* und ließ sie aussteigen, nachdem er versprochen hatte, sie am nächsten Morgen um neun Uhr abzuholen. Während Will und Saskia vorgingen, blieb Justine auf der Fahrerseite stehen und redete mit dem Russen, bevor sie ihnen folgte. Als das Taxi anfuhr, fragte Will: »Hast du dich für dein Benehmen ihm gegenüber entschuldigt?«

Justine lachte. »Keine Sorge, ich bin nicht krank!« Dann wurde sie schnell wieder ernst. »Ich habe mit ihm gesprochen und ihn ermahnt, auf sich achtzugeben.«

»Aber hast du nicht gesagt, dass wir uns nicht einmischen sollen?«, fragte Will.

»Ich habe gesagt, dass du dich nicht einmischen sollst.« Sie lächelte böse. »Das ist ein entscheidender Unterschied.«

»Was hat er denn gesagt?«, wollte Saskia wissen.

»Dass er nicht weiß, was ich meine, und er auch keinerlei Schulden bei jemandem hätte. Aber ich sah in seinen Augen, dass ich recht habe. Er steht bei jemandem in der Kreide – und er hat Angst.« Justine drehte eine Visitenkarte zwischen ihren Fingern.

»Was hast du dir von ihm geben lassen?« Will schob Saskia durch den Eingang, damit sie endlich dem klirrenden Frost entkamen.

»Die Nummer der Taxizentrale, bei der er arbeitet«, antwortete sie ruhig. »Ich glaube nicht, dass wir ihn morgen noch einmal sehen. Dem Schicksal entkommt man nicht.«

Saskia nahm sich im Vorbeigehen einen Apfel aus der Schale vom Tresen, und sie fuhren mit dem Fahrstuhl nach oben. Ihnen stand eine kurze Nacht bevor.

Die beiden Frauen teilten sich ein Zimmer, Will schlief nebenan. Die Verbindungstür zwischen ihnen hatten sie öffnen lassen, so dass keiner wirklich allein blieb.

Saskia verschwand zuerst im kleinen Bad, putzte sich die Zähne und betrachtete sich dabei in den verspiegelten Türen des Toilettenschranks.

Sie besaß die nötige Disziplin, um die Gabe zu beherrschen, sonst wäre sie niemals beim Fechten so weit gekommen. Sie konnte Gegenstände öffnen, sie konnte Gedanken und Erinnerungen öffnen, sie konnte Portale zu den Höllen aufschließen ... Und sie wollte es steuern können und nicht von der Gnade dieser Fertigkeit abhängig sein! Ein besonderer Ehrgeiz packte sie. Es war der gleiche Ehrgeiz, den sie von der Planche kannte.

Es muss doch möglich sein. Sie wollte versuchen, ob sich die Toilettenschranktüren öffneten, ohne dass sie zuvor einen Tobsuchtsanfall oder eine Panikattacke erleiden musste. Wenn dieses Experiment fehlschlug, blieb das Chaos auf das Bad beschränkt.

Sie konzentrierte sich, fixierte das Schränkchen genau und stellte sich vor, wie es sich vorsichtig öffnete.

Nichts passierte.

Saskia blendete alles um sich herum aus. Es gab nur noch sie und den kleinen Schrank. Wills Stimme aus dem Nebenzimmer wurde immer schwächer, das Rauschen einer fernen Wasserspülung auch, und ...

... ganz langsam schwangen die Türen auf, zuerst der rechte, dann der linke Flügel, bis sie sich ganz geöffnet hatten. Verblüfft schaute Saskia auf die leeren Regale im Innern. Allmählich setzte sich der ungeliebte Geschmack in ihrem Mund gegen die Minznote der Zahnpasta durch.

Es hat geklappt!, dachte sie erregt, legte die Zahnbürste beiseite und spülte den Mund aus. Sie schloss das Schränkchen wieder und versuchte es erneut. Das Erstickungsgefühl, der Farbverlust, die verschwundene Raumtiefe waren ausgeblieben; traten sie nur auf, wenn sie sich an größeren Aufgaben versuchte?

Wieder gehorchten die Türen, und Saskia musste vor Erleichterung lachen. Sie stürmte hinaus und erzählte Justine und Will, was ihr soeben geglückt war. Ihre Mitstreiter sahen nicht weniger erleichtert aus als sie. Saskia machte kehrt.

»Wohin willst du?«, fragte Justine. »Ich muss mal.«

»Ich auch. Üben!«, gab sie überschwenglich zurück und war wieder in dem kleinen Bad verschwunden. »Die ganze Nacht. Ich habe den Eindruck, dass ich allmählich weiß, worauf es ankommt. Ich darf nicht lockerlassen, versteht ihr?«

Justine sah zu Will, der auf der Schwelle stand. »Wo ist dein Bad?«

Er deutete mit dem Daumen über die Schulter. »Geradeaus.«

»Merci.« Justine stand auf und lief in Unterwäsche an ihm vorbei. »Ich setze mich auch hin«, meinte sie im Vorbeigehen, und er musste lachen.

Will und Justine legten sich schließlich in ihre Betten und

schalteten die Lichter aus. Justine sah durch die schimmernden Ritzen der Badtür ihr gegenüber, wie sich Saskia bewegte. Gelegentlich fiel etwas zu Boden, doch die große Verwüstung, wie sie im Appartement der *union* geherrscht hatte, blieb aus.

Justines Anspannung legte sich allmählich, und sie dämmerte ein. Zuerst hatte sie befürchtet, erneut die Folgen von Saskias Gabe spüren zu müssen. Es war ein Horror ohnegleichen gewesen, ein erneuter Ausflug in die Hölle. Nein, sie durfte nie, nie dorthin zurückkehren; die Nonnen mussten einen Weg finden, ihr zu helfen, ohne ihr gleichzeitig die Bestie zu nehmen. Sie *mussten* einfach!

Gegen vier Uhr morgens erwachte sie, weil sie Durst hatte. Im Bad brannte immer noch Licht. Justine ging zur Minibar und nahm sich ein Fläschchen Mineralwasser. Dabei sah sie den Apfel, den Saskia aus der Lobby mitgenommen hatte, auf dem Tisch. »Scheint, als ob sie wirklich dahintersteigt«, murmelte sie.

Er war sauber geschält, geviertelt und entkernt worden. Ohne dass ein Messer herumlag.

11. November
Russland, südöstlicher Baikalsee

Sie saßen dichtgedrängt im Kommandostand des Schnellbootes, das sie mit Hilfe des Taxifahrers gechartert hatten. Die *Amos* schoss über den Baikalsee und hielt auf die Stelle südlich des Selenga-Deltas zu, wo sich das Kloster befand, nach dem die drei suchten.

Ihr Kapitän hieß Herrmann Becker und war deutschstämmig, ohne jedoch ein Wort Deutsch sprechen zu können. Kyrillische Tätowierungen auf den Unterarmen und eindeutige Darstellungen von Kalaschnikows ließen die Vermutung zu, dass er in der Armee gewesen war. Er trug beim Lächeln gern seine zwei goldenen Schneidezähne zur Schau; seine Kleidung, vor allem der Mantel, hatte schon einige Jahre auf dem Buckel. Gegen die Zahlung von zweihundert Euro und der Aussicht auf zweihundert weitere hatte er sich sofort in ihre Dienste gestellt.

Ihr Taxifahrer war nicht Eugen gewesen. Die Zentrale hatte ihn nicht erreichen können, und die drei Fahrgäste glaubten zu wissen, was ihm zugestoßen war. Natürlich gab es immer noch die Chance, dass er verschlafen oder einfach nur keine Lust auf eine neuerliche Begegnung mit der frechen Französin hatte; noch war nicht bewiesen, dass Wills Vision stimmte. Aber die Beklemmung ließ sich nicht so einfach abschütteln.

Über dem See schwebte ein zarter Nebelflaum. Die hochstehende Sonne hatte den dichten Dunst des Morgens zum Verschwinden gebracht. Sie näherten sich dem südlichen Ufer unterhalb des Selenga-Deltas, ihrem ersten Ziel.

»Wir gehen da drüben an Land«, verkündete Will und deutete auf die Anlegestelle. Er kniff die Augen zusammen, weil er einen Bus entdeckt hatte, der dort wartete. »Von da fahren wir nach Posolsk. Ich hoffe mal, der fährt dorthin.«

»Das tut er bestimmt.« Saskia deutete nach Steuerbord, wo sich ein schwerfälliger Kahn mit reichlich Tiefgang näherte. An Deck standen ein paar dick eingepackte, vermummte Gestalten, im Innenraum befanden sich zahlreiche Menschen, die gerade im Begriff waren, aufzustehen, und hinter den Deckfenstern waren Autodächer zu erkennen. »Wir sind vor ihnen da. Und ich wette, dass ein paar von den Passagieren nach Posolsk wollen.«

»Posolsk?«, sagte Herrmann und zeigte auf den Bus. »Da!«

»Très bien«, murmelte Justine und lächelte. »Dann stehen wir ja gleich vor unserem ersten Artefakt.« Sie langte neben sich und nahm die braune Pelzmütze von der Bank. Sie hatte sie vor dem Hotel gekauft, und mit der Mütze auf dem Kopf sah sie noch mehr wie ein Model aus.

Will schwieg und wollte ihren Optimismus nicht laut in Zweifel ziehen. Er starrte nach vorn, auf die Landungsstelle. Aber sosehr er sich auch auf die bevorstehende Aufgabe konzentrieren wollte, immer wieder schweiften seine Gedanken ab – und zu dem Portier in ihrem Hotel, dessen Tod er vorhergesehen hatte.

Saskia sah ihn besorgt an. »Ist was?«

»Nein«, antwortete er rasch und biss sich auf die Lippe. Es klang dermaßen nach einer Lüge, dass er seufzend die Wahrheit hinterherschob. »Doch. Die Schicksale von Eugen und dem Rezeptionisten. Bei Eugen habe ich nichts unternommen, weil ich noch die Hoffnung hatte, nicht die Wahrheit zu sehen. Heute bin ich fest davon überzeugt. Die Frage, die sich damit stellt, ist: Habe ich die Pflicht, diese Dinge zu verhindern?«

Saskia atmete tief ein. »Ich weiß es nicht. Und ... und vielleicht musst du dir noch eine ganz andere Frage stellen: Wenn du ihren Tod verhinderst, wenn du in ihr Karma eingreifst, oder wie man das nennen mag, änderst du dann den Verlauf der Geschichte, wie er sein soll ... und vielleicht sogar sein muss?«

Will drehte sich erstaunt zu ihr um. »Meinst du?« Das hatte er nicht in Erwägung gezogen.

»Es macht Sinn«, schaltete sich Justine ungefragt ein. »Eugen war es bestimmt, zu sterben. Du hattest damit nichts zu tun.« Sie erhob sich, weil sie sich zum Anlegen bereitmachten. »Aber stell dir vor, du hättest ihn gerettet und er ... wäre mit seinem Auto am nächsten Tag in eine Schulklasse gerast?«

Will verzog den Mund.

»Was ich damit sagen will«, fuhr Justine fort, »ist, dass du Besseres zu tun hast. Lass den Dingen ihren Lauf und denk an deine Aufgabe.« Sie steckte sich eine Zigarette an. »Die ist wichtiger als Eugen, der Rezeptionist oder unser netter Herrmann hier.«

Der Russe sah die hübsche Französin erfreut an, als er seinen Namen hörte, und sie lachte. Er stimmte ein.

Saskia legte Will eine Hand auf den Rücken. »Sie hat recht, auch wenn ich es nicht so brutal formuliert hätte«, räumte sie ein. »Es kann sein, dass du die Schicksale vieler Menschen sehen wirst, bis wir den Bann gebrochen haben.«

Will seufzte und blickte in ihre graugrünen Augen. Gern hätte er die Hand ausgestreckt und ihr Gesicht berührt.

Herrmann half ihm dabei, ohne von seinem Verlangen zu wissen: Er steuerte das Schnellboot in eine Kurve, um einen günstigeren Winkel zum Anlegen zu bekommen. Der abrupte Wechsel brachte Saskia aus dem Gleichgewicht, und Will breitete die Arme aus, um sie aufzufangen. Ihre Gesichter streiften sich, er spürte ihre warme Haut an seiner ... ein wunderschönes Gefühl! In einem Reflex hielt sie sich an ihm fest – und verharrte ein paar Sekunden länger, als nötig gewesen wäre, bevor sie sich wieder von ihm trennte.

»Danke«, sagte sie, nicht verlegen – im Gegensatz zu Will.

»Gern geschehen.« Er bemerkte, dass er einen roten Kopf bekam. Es war ein anderes Festhalten gewesen als gestern Abend. Kein Trostspenden.

Justine warf ihm einen süffisanten Blick zu, der eindeutig belegte, dass sie seine Schwäche für Saskia bemerkt hatte. Will hatte das Gefühl, dass inzwischen auch seine Ohren glühten.

Das Boot lag längsseits des Beton-Kais, und Herrmann hielt die *Amos* mit den Motoren in gleichbleibendem Abstand zur Mauer. Sie gingen von Bord. Justine überließ ihm weitere zweihundert Euro, danach trug sie ihm mit Gesten auf, bis zum Abend auf sie zu warten.

Sie gingen zum Bus und fragten den Fahrer nach Posolsk. Zu ihrer Erleichterung fuhr er wirklich dorthin.

»Rückbank«, sagte Justine und lief wie ein übermütiges Kind nach hinten, um die Bank in Beschlag zu nehmen. Will und Saskia folgten ihr ein wenig irritiert und setzten sich in die Reihe davor. Die Irritation steigerte sich zu echter Überraschung, als die Französin mit einem leicht verlegenen Blick sagte: »Kennt ihr das nicht von früher? Nur die Coolen dürfen auf die Rückbank ...« Sie räusperte sich. »Also, wie finden wir das Artefakt, *mon petit Monsieur* Finder-Inder?«

Das war die Justine, die sie kannten.

Will schwieg und versuchte, sich zu erinnern, was ihm nicht sofort gelingen wollte. Also suchte er seine Notizen heraus. Saskia beobachtete, wie das Schnellboot ablegte, um der Fähre Platz zu machen, die ihre Bugklappe bereits zur Hälfte geöffnet hatte.

»Ich kann es nicht sagen«, meinte er und las seine kargen Aufzeichnungen. »Wir werden sehen, was geschieht, wenn wir dort sind.«

»*Sacre Dieu!* Ein wenig genauer wäre schon gut«, nörgelte Justine. »Wie wäre es mit einer hilfreichen Vision?«

»Ich bin kein Automat, in den man einen Cent wirft und das herausbekommt, was man haben möchte«, knurrte Will sie wütend an. Manchmal wollte er diese Frau schlagen, einfach nur zuschlagen, sehen, wie ihr Gesicht zur Seite ... Erschrocken hielt er inne. Justine war eine Nervensäge, ja, aber diese Reaktion war nun doch übertrieben. »Du weißt, dass es nicht so einfach ist, diese neue Gabe zu kontrollieren.«

»Nun«, sagte Justine und deutete auf Saskia, »*sie* kann es inzwischen.«

Saskia sah die Autos auf den Kai fahren, Passanten verließen den Innenraum der Fähre und eilten auf den Bus zu, manche mit Tüten und Taschen beladen.

Justine verzog das Gesicht. »Los, fass ihn noch mal an«, forderte sie.

»*Was?*«, kam es gleichzeitig von Will und Saskia.

»Fass ihn noch einmal an und verpass ihm eine Vision«, verlangte Justine mit Nachdruck. »Das spart uns eine ganze Menge Arbeit und Zeit. Wozu hast du denn die ganze Nacht geübt?«

Will nickte. »Sie hat recht.« Er streifte den Ärmel hoch und präsentierte Saskia nackte Haut, über die sie Kontakt aufnehmen konnte.

Saskia zögerte. »Hier im Bus?«

»*Vas-y*, bevor die anderen eingestiegen sind«, drängte Justine.

Saskia gab nach, zog den rechten Handschuh aus und legte die Finger auf Wills Arm, dann konzentrierte sie sich, um ihre Gabe einzusetzen. »Ich versuche es, aber ich kann nichts garantieren«, warnte sie und schaute Will noch einmal an, um seine endgültige Zustimmung zu erhalten.

»Du schaffst es«, gab er mit einem misslungenen Lächeln zurück; ganz konnte er seine Angst nicht verbergen. Er nickte ihr zu, und sie schloss die Augen.

Auf einmal schien ein Stromschlag durch seinen Arm und durch sämtliche Körperzellen zu schießen, brachte ihn zum Zittern und Schwitzen und steigerte seine Rückenschmerzen derart, dass er laut stöhnte.

XIII. KAPITEL

11. November

Russland, Posolsk, südöstlicher Baikalsee

Pater Atanasios schaute auf die Uhr. In zehn Minuten begann die nächste Führung durch sein Kloster, und er bewegte sich über den von Mauern umschlossenen Hof zum Tor, um die Besucher zu empfangen.

Wie immer wusste er nicht, wie viele es sein würden. Die internationalen Pauschaltouristen suchten sich den Sommer aus, ihre Reisegruppen waren beim Vorsteher angemeldet. Im Winter tauchten höchstens ausländische Individualisten und Menschen aus dem Umland auf.

Die Klosteranlage war eingerüstet, die Gebäude lagen zum überwiegenden Teil hinter Planen verborgen, und von der Schönheit des Ensembles war nicht viel zu erkennen. Aber besser eine Renovierung mit optischen Beeinträchtigungen als der unwiederbringliche Niedergang. Das mussten auch die Touristen akzeptieren, die den weiten Weg nach Posolsk auf sich genommen hatten, um das Kloster zu besuchen. Die Enttäuschung angesichts der Gerüste und Planen tat den Mönchen sehr leid, und so bemühte sich Pater Atanasios bei jeder Führung, den Besuchern besonders viel Aufmerksamkeit zukommen zu lassen, inklusive Wodka, Tee aus dem Samowar und einem kleinen Imbiss.

Er hatte das Tor erreicht und öffnete die Tür, die darin eingelassen war. Er staunte nicht schlecht, als er nicht weniger als zwanzig Männer und Frauen warten sah; schon an der Kleidung und Frisur erkannte er, dass es Ausländer waren.

»Guten Tag«, sagte Atanasios auf Englisch, dessen starker Akzent aber keinen Zweifel an seiner Herkunft ließ.

»Hallo«, antwortete ihm eine Frau, deren rechte Gesichtshälfte von einem abklingenden Bluterguss gelblich verfärbt war. Auf ihrer Stirn klebte ein Pflaster. »Wir sind aus Holland und auf einer Rundreise entlang der Selenga. Wir hätten gern Ihr Kloster besichtigt.« Sie zeigte mit einer Hand hinter sich. »Sind wir zu viele, oder ist das kein Problem?« Sie zückte ein Bündel bunter Euroscheine.

Atanasios freute sich, sowohl über den regen Zuspruch als auch über das Geld. Das waren mindestens zehn neue Fensterbänke! »Nein, das geht ohne weiteres«, versicherte er, trat zurück und vollführte eine einladende Handbewegung. »Kommen Sie. Mein Name ist Pater Atanasios.«

Die Männer und Frauen gingen einer nach dem anderen an ihm vorbei, manche nickten ihm freundlich zu, andere hatten nur Augen für die Türme und anderen Bauwerke; zwei hielten Fotoapparate im Anschlag. Die Verschlüsse klickten in rascher Folge, wobei für den Pater nicht ersichtlich war, was sie da ablichteten.

Er setzte sich an die Spitze der Gruppe, wo die Frau auf ihn wartete. »Ist nicht viel los heute«, sagte sie.

»Nicht im Winter. Sie sind eine Ausnahme. Mögen Holländer die Kälte so gern?«

Die Frau lachte, dabei löste sich das Stirnpflaster an einer Ecke. Eine genähte Platzwunde wurde sichtbar. »Sie macht uns nichts aus.« Sie gab ihm die Euroscheine und sah zur Kirche. »Das ist viel Arbeit. Und sehr teuer, oder?«

Atanasios nickte. »Ja. Ohne die Sponsoren ginge gar nichts. Erst im Jahr 2000 haben die Renovierungsarbeiten begonnen«, erzählte er. »Beinahe wäre die Anlage verfallen. Dank des alten Sowjetregimes.«

»Schrecklich!« Die Frau sah sich um. »Wie viele Mönche leben denn derzeit hier?«

»Wir sind zwanzig.« Er führte sie zum Hauptgebäude. »Folgen Sie mir. Beginnen wir die Besichtigung mit einem kleinen Schluck Tee aus dem Samowar gegen die Kälte.«

»Was machen die Mönche denn so um diese Uhrzeit?«

Er fand die Frage merkwürdig, aber mit Holländern hatte er es noch nie zu tun gehabt. Vielleicht musste das so sein. »Nun, die meisten sind in der Küche und spülen das Geschirr vom Mittagessen, einige andere warten darauf, Sie zu begrüßen, und der Rest wird mit Studieren beschäftigt sein.«

»Wo?«

Er runzelte die Stirn, zeigte dann aber auf das Gebäude, in dem die Bibliothek untergebracht war.

»Ausgezeichnet.« Das war alles, was sie sagte.

Sie betraten die Eingangshalle, wo ein Tischchen mit Wodkaflaschen und einem halben Dutzend Gläschen, Bechern und ein vor sich hin brodelnder Samowar standen. Zwei Mönche sahen die Gruppe kommen und liefen los, um noch mehr Gefäße für Tee und Alkohol zu organisieren.

Atanasios wandte sich zum Tischchen und wollte nach einer Wodkaflasche greifen, da spürte er einen metallischen Gegenstand im Nacken und bekam den Befehl: »Langsam umdrehen.«

Er tat, was die Frau verlangte, und zitterte dabei am ganzen Leib.

Alle Männer und Frauen der Gruppe hielten plötzlich Waffen in den Händen, schwere Pistolen und langläufige Maschinenpistolen, und scheuchten die Mönche zurück in die Mitte. Vier von ihnen rannten wieder hinaus, vermutlich um das Tor zu sichern. Zehn weitere verließen die Halle durch verschiedene Türen.

»Allmächtiger!«, sagte Atanasios erschrocken und starrte auf die Mündung, die ihm gegen die Stirn gepresst wurde. »Was wollen Sie?«

»Wie ich schon sagte«, erwiderte die Frau, nahm einhändig ein Headset aus der Tasche und setzte es auf. Das Kabel führte in ihre Manteltasche. »Wir sind hier, um Ihr Kloster zu besichtigen. Bis in den kleinsten Winkel.« Sie hielt eine exakte Armlänge Distanz zu ihm. »Ist hier in den letzten Tagen Merkwürdiges vorgefallen? Rätselhafte Erscheinungen? Lichtschein? Geräusche?«

»Sind Sie verrückt?«, entfuhr es ihm. »Dies ist ein Haus Gottes, und ...«

Für diese Frage bekam er einen Schlag mit dem Lauf gegen die Nase, so dass Blut herauslief und in seinen dichten schwarzen Bart rann.

»Denken Sie noch mal nach.«

»Ich kann es Ihnen nicht sagen! Es wird von morgens bis spätabends gebaut, die Maschinen sind laut«, antwortete Atanasios, schockiert von der abrupten Gewalttätigkeit. »Was im Namen des Herrn wollen Sie von uns?«

Die Frau sah nicht zufrieden aus. »Wir wissen von der Vergangenheit des Klosters, Pater. Historische Zeugnisse belegen, dass Ihre Vorgänger hier ein Artefakt bewachten.«

»Sie meinen eine unserer Ikonen?«

»Das Artefakt!«, sagte die Frau bedrohlich. »Ich will wissen, wo es versteckt ist.«

»Hier gibt es nichts! Die Bauarbeiter haben so viel herausreißen müssen, dass jeder Hohlraum aufgefallen wäre«, beteuerte er rasch und spürte, wie ihm das Blut den Rachen hinablief. »Glauben Sie mir doch! Und bitte tun Sie uns nichts!«

Sie kniff die Augen zusammen und sprach einige Worte ins Headset; für den Pater klang es nach Deutsch, nicht nach Holländisch. Die Antwort blieb für ihn lediglich ein leises Gemurmel, doch er meinte einen Namen zu erkennen: *Valesca*. »Ich habe keine Bauarbeiter draußen gesehen, und meine Leute sagen, dass wir allein sind.«

»Sie haben Pause und kommen bald wieder.« Atanasios hatte keinen blassen Schimmer, auf was die Frau, von der er vermutete, dass sie Valesca war, hinauswollte. Ein Artefakt gab es hier nicht, nicht einmal eine Reliquie. »Wir sind ein armes Kloster. Bitte, alles, was ich Ihnen anbieten kann, ist das bisschen Blattgold für die Kuppeln, aber es ist nicht viel, um ...«

»Ich glaube Ihnen«, unterbrach Valesca, nahm die Mündung von seiner Stirn, senkte den Arm und trat einige Schritte weg von ihm. Dabei sprach sie erneut ins Mikrofon.

»Ich weiß, was sie meint«, flüsterte ihm Pater Demetrios überraschend zu. Atanasios starrte ihn an. Demetrios sortierte und archivierte die Restbestände der alten Bibliothek. Die Bevölkerung hatte die Bücher teilweise an sich genommen, um sie vor dem Zerfall zu schützen, und sie nach und nach zurückgebracht, als die Mönche eingezogen waren. »Was?«

»Ein Buch. Darin war von einem *artefactum* die Rede, gemacht aus einem Teufel und von solcher Macht, dass es niemals in die Hände des Bösen gelangen durfte«, wisperte Demetrios hastig und verstummte, als sich die Frau zu ihnen umdrehte.

»Aha«, sagte Valesca gedehnt, und es klang hinterhältig. »Da hat jemand doch einen Einfall?«

Atanasios und Demetrios tauschten rasche Blicke.

Die Frau hob den Arm mit der Waffe und richtete sie auf Atanasios. »Ich höre?«

»Er sagte, dass er sich Sorgen um die anderen Brüder macht«, entgegnete er und bat Gott wegen der Lüge um Verzeihung.

»Muss er nicht.« Valesca schoss Atanasios ohne Vorwarnung durch den Kopf; die Mönche schrien vor Entsetzen und Schreck auf. Der Pater brach zusammen und fiel auf die Fliesen, aus dem faustgroßen Loch im Hinterkopf floss Blut auf den Boden.

»Nur wenn einer von euch versucht, mich reinzulegen«, fügte sie hinzu und richtete den Lauf auf Demetrios. »Du verstehst Englisch. Was kannst du mir sagen?«

11. November
Russland, südöstlicher Baikalsee

Saskia, Will und Justine standen vor dem Kloster, dem sie wegen der Planen an manchen Gebäuden und einigen Gerüsten schon von weitem angesehen hatten, dass es renoviert wurde.

»Ich bin mir absolut sicher«, sagte Will. »Das ist es!«

»Wohin müssen wir?« Justine betrachtete die Eingangspforte.

»Ich habe das Schwert in einem Kamin gesehen«, antwortete er und ging auf das Tor zu, das nur angelehnt war. Das Schild mit der kyrillischen Schrift neben dem Klingelknopf konnte er nicht lesen und wunderte sich zugleich über die moderne Gegensprechanlage und die Kameras auf der Mauer.

Saskia öffnete die Tür weiter und sah in den Innenhof. Zwei Transporter standen dort geparkt, auf den Dachgepäckträgern waren Fallrohre, Holzlatten und Plastikrohre festgezurrt. »Keine Spur von irgendwem«, sagte sie und ging hinein. »Schauen wir uns mal um, bis uns jemand rauswirft.«

»Sie hat von mir gelernt«, kommentierte Justine grinsend und folgte ihr. »Welcher Kamin war es?«

Will seufzte, konnte aber nichts anderes tun, als zu ihnen aufzuschließen. »Es muss eine mannsgroße Feuerstelle sein«, erklärte er. »Könnte sein, dass es ein Saal ist. Vielleicht der Speisesaal?« Er hielt sich unbewusst den Arm, genau an der Stelle, an der vor kurzem Saskias Finger gelegen hatten. Die Haut glühte regelrecht, und in seinem Rücken glaubte er die gleiche Hitze zu fühlen. Doch es hatte funktioniert. Saskia hatte die Handhabung ihrer Gabe besser im Griff.

»Das Refektorium«, stimmte die Französin zu und betrachtete den Bau. »Ich sehe schon, die orthodoxen Klöster sind anders aufgebaut als die im Westen.«

Saskia hatte die Hände in den Jackentaschen und spürte die Dolche, die sie im Hosenbund trug. Auch Justine und Will hatten sich Messer besorgt. Ihre Pistolen hatte Justine nicht mit hierherbringen können; die Gegenseite besaß also bestimmt ein wesentlich besseres Arsenal.

Saskia wandte sich um, konnte aber niemanden am Eingang erkennen. Sie hatte inzwischen häufig das Gefühl, verfolgt zu werden. Eine berechtigte Furcht, wenn man bedachte, was sie in den letzten Tagen durchlebt hatte.

Sie spuckte aus, was sie normalerweise niemals tat, doch der penetrante, fast ätzende Geschmack von Bittermandel und Essig lag noch immer auf ihrer empfindlichen Zunge. Es waren Erinnerungen an ihre Gabe, die sie eingesetzt hatte, um Will eine Vision sehen zu lassen. Sie hasste den Geschmack, fürchtete jedoch, ihn bis zum Ende ihres Abenteuers noch öfter schmecken zu müssen. Sie musste sich Bonbons besorgen.

Justine hielt auf das große Gebäude mit der Kuppel zu. »Haben die alle schon Feierabend?« Sie fröstelte und zog den Steppmantel enger. »Keine Handwerker, keine Mönche.«

Will ging die Treppe hinauf und drückte die Klinke herab. Die Tür schwang auf, und eine kalte Wolke aus Desinfektionsmittelgeruch, Putzmittel und sehr altem Gemäuer staubte heraus. »Ich fürchte, wir sind zu spät.«

Er betrat das Bauwerk nachdenklich. In dem Moment schlug eine der Glocken, und er erkannte den Ton: tief, dunkel und voll. Wie in seiner Vision! Das erleichterte ihn.

Die beiden Frauen drängten sich hinter ihm hinein, und Justine schloss die Tür. »Suchen wir das Refektorium.« Sie deutete auf das große Blechschild am Treppenaufgang, auf dem wieder in Kyrillisch ein Stockwerkverzeichnis aufgelistet war. »Wir bleiben im Erdgeschoss. Fangen wir rechts an und arbeiten uns systematisch durch.« Sie zog eines ihrer Messer und hielt die Klinge eng an den Unterarm gelegt, damit man es nicht sofort sah. Saskia tat das Gleiche.

Ihr Weg führte sie durch einen Gewölbegang, in dem die Feuchtigkeit den Anstrich verfärbt und Schimmel gebildet hatte. Teile der kunstvollen Bemalung waren vollkommen unkenntlich, woanders hatten sich Wasserflecken an den Decken gebildet. Auf vielen Steinen zeigten sich große Risse und Salpeterflecken, Stützen verhinderten einen Einsturz. Die Gerüste mit den Arbeitsplattformen standen auch hier, als seien sie eben erst von den Arbeitern verlassen worden.

»Nach links«, sagte Will plötzlich, als sie an einen Quergang gelangten. »Hier muss es sein, gleich da drüben! Ich habe die Umgebung erkannt.« Er stürmte vorneweg und hielt auf eine zweiflügelige, halbrunde Tür zu, vor der er abrupt stehen blieb.

»Will, hast du das gesehen?« Saskia erkannte drei Zeichen wieder und war sicher, sie schon auf der Tür in der Villa gesehen zu haben. Sie waren in die geschnitzte Szene eines Abendmahls eingebettet, als Symbole am Firmament über den Speisenden. Und am Fuß der Tür lauerte die kleine, stark verwitterte Ausgabe desselben Fratzengesichts, das auf dem Wandteppich der Villa zu sehen gewesen war!

Justine hatte sich umgedreht und sicherte ihnen den Rücken. »Ich höre noch immer nichts«, meinte sie angespannt. »Wo stecken die Mönche? *Y'a quelque chose qui ne va pas ici!*«

Will legte die rechte Hand auf den Griff der Tür und schob sie auf.

11. November
Russland, Posolsk, südöstlicher Baikalsee

Demetrios betete in Gedanken ununterbrochen zu Gott und konnte die Augen nicht von der rauchenden Pistolenmündung nehmen, die ihm den Tod verhieß. Er war von dem Anblick gelähmt. Das Frauengesicht dahinter nahm er nur verschwommen wahr.

»Ich warte«, sagte sie und zog den Hahn nach hinten, »nicht mehr lange. Wir werden einen nach dem anderen erschießen, wenn …«

Demetrios hob langsam die Arme. »Nein, ich bitte Sie! Haben Sie ein Einsehen!«, stotterte er.

Die Frau presste ihm die warme Mündung gegen die Nasenwurzel. »Wo ist das Artefakt?«

»Nicht hier. Sie sind im falschen Kloster«, sagte er eingeschüchtert. Er roch das verbrannte Pulver.

»Unsere Quellen sagen etwas anderes.«

»Das Artefakt, das ihr sucht, ist verschollen, doch es heißt, dass es eines Tages zurückkehren wird«, sagte Demetrios. »Aber in das Troizko-Selenginski-Kloster, nicht in unseres. Wir sind nur das Tochterkloster!«

Die Frau stieß einen wütenden Fluch aus und sprach in ihr Headset. Er vermutete, dass sie seine Information überprüfen ließ. Die Pistole bewegte sie dabei nicht. Sie gab ihm mit einem Wink zu verstehen, dass er weitersprechen sollte.

»Das Artefakt, so sagen die Aufzeichnungen, wurde nur hier verwahrt, um zu verschleiern, dass unser Mutterkloster sein eigentlicher Bestimmungsort ist. Ich habe das nie verstanden, fand es aber auch nicht besonders wichtig und glaubte an eine Legende, die erfunden wurde, um die Klöster noch bedeutsamer erscheinen zu lassen.«

»Es ist keine Legende«, lautete der knappe Kommentar der

Frau. »Hol mir das Buch, in dem das steht.« Sie nickte einem ihrer Begleiter zu. »Wenn ihr in fünf Minuten nicht zurück seid, erschieße ich den ersten deiner Brüder.« Sie senkte die Pistole und ging zum Büfett, um sich einen Tee zu nehmen.

»Aber es kann dauern, bis ich es gefunden ...«

Valesca schoss den Mönch neben Demetrios nieder. »Dann würde ich mich beeilen.«

Demetrios marschierte zusammen mit seinem Bewacher durch das Kloster zum Archiv der Bibliothek, wo die unsortierten Bücher darauf warteten, von ihm gesichtet zu werden. Er ging absichtlich langsam, während er fieberhaft nachdachte und auf eine Eingebung wartete. Er hatte keinen Zweifel daran, dass er und seine Brüder dem Tod geweiht waren, ganz egal, ob er der Frau gab, was sie wollte, oder nicht; der Mord an Bruder Stefanos hatte dies eindeutig bewiesen.

Sein Bewacher sagte etwas und stieß ihm ins Kreuz.

Demetrios stolperte voran. Die Quellen hatten davon berichtet, dass mit dem *artefactum* das Ende der Welt herbeigeführt werden konnte: Es war ein Schwert, das die Schranken zwischen den Welten zerschneiden würde, um einem Teufel die Menschheit zu Füßen zu legen. Natürlich hatte er es für eine Legende gehalten! Aber was, wenn nicht?

Demetrios und sein Bewacher erreichten den Zugang zum Archiv. Er ließ sich den Schlüsselbund absichtlich durch die Finger gleiten, um noch mehr Zeit zu gewinnen. Er sah es als seine Pflicht an, den Fremden das Buch zu verweigern.

Er hob die Schlüssel auf, entriegelte die Tür und trat ein. Als der Bewaffnete über die Schwelle schritt, warf sich Demetrios mit seinem ganzen Gewicht gegen die Tür und klemmte den Mann zwischen Tür und Rahmen ein.

Der Bewacher schrie auf, konnte sich aber nicht bewegen. Mit rotem Kopf stemmte er sich gegen den Druck, dabei löste er seine Maschinenpistole aus. Die ungezielten Projektile sirrten an Demetrios vorbei, jagten in die Bücherstapel, zerfetzten Einbände und ließen lose Blätter durch die Luft segeln.

11. November
Russland, südöstlicher Baikalsee

Quietschend öffnete sich die Tür.

Sofort hörten Will, Saskia und Justine das leise, gefährliche Fauchen, das von einem Handgasbrenner stammte. Ein Arbeiter kauerte unmittelbar neben dem Eingang tot am Boden, die Brust aufgeschlitzt und den eingeschalteten Brenner noch immer in der Linken haltend.

Es war nicht die einzige Leiche: Sieben weitere Arbeiter lagen ermordet auf den groben Fliesen des Raumes. Ihre verheerenden Schnittwunden kannten Will und Saskia aus der Nacht in der Villa. Dieses Mal gab es jedoch einen deutlichen Unterschied: Der Mann, der am nächsten an der enormen Feuerstelle lag, hielt das Schwert in der Hand!

»Spürt ihr die Spannung im Raum? Ist das noch ein Schutzgeist?«, fragte Saskia alarmiert und schaute in alle Richtungen, während sie sich mit Will zusammen vorwärtsbewegte. Justine verharrte an der Tür und behielt den Eingang im Auge.

Will war mehr als nervös und hatte ebenfalls sein Messer gezogen. Dazu murmelte er unentwegt alle Gebete, an die er sich erinnerte: Shiva, sein Namensgeber, sollte ihn beschützen und Kali den Geist vernichten. »Es ist das Schwert«, flüsterte er Saskia zu. »Damit hat er mich angegriffen!«

In der Wand hinter der Feuerstelle befand sich ein Loch, ein Schlagbohrer und ein Vorschlaghammer sowie jede Menge Gesteinstrümmer lagen davor. Anscheinend hatte einer der Arbeiter die verfluchte Waffe geborgen.

»Meinst du, es sind Dämonendiener?« Will blieb neben dem

Mann mit dem Schwert stehen. Jemand hatte mit einem Schraubenzieher auf ihn eingestochen. »Es könnte Streit gegeben haben.«

»Möglich. Ich habe kein gutes Gefühl hier, Will. Wir müssen so schnell wie möglich verschwinden.« Saskia stellte sich auf das Handgelenk des Mannes, bevor sie sich nach der Waffe bückte.

In diesem Moment riss der Handwerker die Augen auf und versuchte, sich mit einem Schrei von ihr zu befreien!

Geistesgegenwärtig trat sie ihm gegen den Kopf, der nach hinten schnappte und brutal auf den Steinboden prallte. Dann entwand sie den kraftlosen Fingern den Schwertgriff, erhob sich rasch, machte zwei Schritte zurück und richtete die blutverschmierte Klinge auf den Mann.

»Er müsste ohnmächtig sein nach dem Tritt!«, rief Justine aus dem Hintergrund. »Will, weg von ihm!«

Der Russe hatte sich bereits aufgerichtet und hielt sich keuchend auf den Knien, allerdings ohne Will, der direkt neben ihm stand, zu beachten. Langsam hob er den rechten Arm und streckte bittend die Hand nach dem Schwert aus; dabei murmelte er ununterbrochen.

Will starrte den Mann an: Dass sein Verstand Opfer des Wahnsinns geworden war, erkannte selbst ein Laie. Die Pupillen hatten alle Farbe an den Rand gedrängt. Er rutschte auf Saskia zu und versuchte, die Spitze des Schwertes zu greifen. Sein Gerede wurde lauter und wütender.

»Los, verschwinden wir!«, rief Justine von der Tür. »Wir haben, was wir suchen.«

Saskia zögerte, denn das Schwert hatte sie in ihren Bann geschlagen, schon bei der ersten Berührung. Niemals zuvor hatte sie eine solche Waffe gehalten. Sie war unerwartet schwer, jedoch perfekt ausbalanciert, eine durchgehende Klinge, auf die Korb und Parierstange aufgesetzt worden waren. Kein Stahl, kein Eisen und ganz sicher kein anderes Metall. Aber was war es dann? Elfenbein? Glaskeramik? Geschliffenes Horn? Sie entdeckte Scharten auf beiden Seiten der Klinge.

Die Silbereinlagen weckten ihre Neugier. Sie fuhr sachte darüber und achtete weder auf das Blut, noch vernahm sie Wills warnenden Ruf. Saskia hatte den Eindruck, dass man die Einlagen leicht verwischen konnte und sie danach wieder in die ursprüngliche Form zurückglitten, wie Quecksilber oder flüssiger Lötzinn. In ihren Fingerkuppen prickelte es.

»Macht endlich!«, hörte sie Justine wie durch eine dicke Schicht Watte rufen.

Will wartete nicht länger; er rannte los, packte Saskia fest am Oberarm und zerrte sie, die immer noch voller Verzückung das Schwert anstarrte, hinter sich her.

Der Handwerker schrie auf, gebärdete sich wie toll, heulte und tobte. Die Lautstärke steigerte sich immer mehr, bis er wie ein Tier klang – ein Tier, in dessen Nähe man auf keinen Fall bleiben durfte.

Sie rannten durch den Gang zurück. Unterwegs schnitt Saskia ein Stück Abdeckplane von einem Gerüst ab und schlug das Schwert darin ein.

»Ich will gar nicht wissen, wie es in den übrigen Räumen des Klosters aussieht«, meinte Will, während sie über den Hof eilten. Justine lenkte sie zu einem der Transporter. Der Schlüssel steckte. »Das war einfacher, als ich dachte«, sagte sie und gab Gas.

»Das würde ich nicht so sehen«, entgegnete Saskia und griff sich an die Stirn; sie hatte Kopfschmerzen, die sie auf die merkwürdige Anziehung zurückführte, die das Schwert auf sie ausübte. »Und außerdem ist die Frist, innerhalb derer wir die Artefakte finden sollten, schon beinahe zur Hälfte verstrichen.«

Sie schossen über die verschneite Straße.

»Waren das Handwerker oder Dämonendiener?«, fragte Will erneut und schaute auf die Plane, unter der sich das erste Artefakt verbarg. Wieder hatte es das Blut derer gefordert, die sich in seiner Umgebung aufhielten. »Was denkt ihr, wer die Toten waren?«

»Mir egal«, sagte Justine. »Sie sind uns nicht in die Quere gekommen. Besser konnte es nicht laufen.«

»Wann wirst du endlich aufhören, so zynisch zu sein?«, fragte Will sie wütend.

»Wenn du nicht mehr so naiv bist«, konterte Justine ungerührt. »Die Zeiten sind vorbei, in denen es deine größte Sorge war, ob du einen aufgeregten Kunden mit einer Extrarose beschwichtigen kannst oder nicht. *Jeder,* dem du begegnest, kann der sein, der dich töten wird!«

Saskia teilte ihre Einschätzung nicht, schwieg jedoch. Sie meinte ein Kribbeln zu spüren, das vom Schwert ausging, als stünde es unter Spannung und suche einen Kontakt, um sich zu entladen. Wollte es sich mit ihrer Gabe kurzschließen? Sie achtete darauf, dass die Plane nichts unbedeckt ließ, und vermied jeden weiteren direkten Kontakt. »Wohin müssen wir, Will?«

Er hatte befürchtet, dass diese Frage kam. »Noch habe ich keine genauen Hinweise auf unser nächstes Ziel. Erst mal zum Boot.«

Neben dem Transporter setzte ein Wagen zum Überholen an.

11. November
Russland, Posolsk, südöstlicher Baikalsee

Demetrios bekam eine Leselampe vom Arbeitstisch zu packen und schlug nach dem Mann. Eigentlich hätte der von unten geführte Hieb am Kinn enden sollen, doch der schwere Metallfuß blieb an der Mündung der Pistole hängen und schlug dem Unbekannten die Waffe aus der Hand.

Das Schießen endete, auch der Druck auf die Tür verschwand, und dann erklang der Sturz eines Körpers. Als Demetrios die Tür vorsichtig öffnete, lag sein Bewacher tot am Boden. Ein Querschläger hatte ihn unterhalb der Kehle getroffen!

»Danke, Herr«, murmelte der Mönch, sprang zum Arbeitstisch, zog das Buch aus dem Stapel hervor und rannte hinaus in den Gang.

Er wusste, dass es nicht damit getan war, die Informationen in Sicherheit zu bringen; seine Angst hatte ihn bereits dazu gebracht, den Unbekannten das richtige Kloster zu nennen. Er musste die Brüder dort warnen und das *artefactum* sichern!

Hastig kletterte er aus einem der Fenster, hetzte im Schutz der Gebäude zum Tor und rannte hinaus auf die Straße. Als er vor den Mauern des Klosters stand, erklang ein gedämpfter Knall. Und noch einer. Und noch einer. Nicht laut, doch deutlich wahrnehmbar. Er wusste, was das zu bedeuten hatte. Demetrios rannte über den verschneiten Gehweg hinaus zur Straße und brachte den nächstbesten Wagen zum Stehen.

Er sprang hinein und beschrieb der hilfsbereiten Fahrerin keuchend den Weg zum Mutterkloster. Sie lieh ihm sogar ihr Handy, mit dem er die Polizei informierte, dass Terroristen ins Kloster eingedrungen seien und die Mitbrüder als Geiseln hielten.

Demetrios war aufgewühlt. Er betete, dass niemand mehr zu Schaden kam, und befahl die Seelen der Toten in die Hand Gottes. Während die Fahrerin immer mehr Gas gab, blätterte er in dem Buch hin und her, bis er die richtige Seite wiedergefunden hatte, und überflog die Stelle.

Geschaffen aus dem Körper eines Teufels, gemacht von einem Wahnsinnigen. Seine Bosheit ist derlei, dass die Gesunden und Ungewappneten schon durch seine Nähe ihren Verstand verlieren oder dem grundlosen Hass verfallen.

Wen die Schneide trifft, muss einen grausamen Tod erleiden, vor dem es keine Rettung gibt. Das artefactum wird einen Teufel auf Erden holen, und zu zerstören ist es mit nichts. Was immer ihr versuchen werdet, es bringt Unheil über euch und alles um euch herum.
Bewahrt es vor dem Zugriff des Bösen!

Schon nach wenigen Minuten rauschten Polizeiautos mit Blaulicht an ihnen vorbei in Richtung Posolsk. Schneematsch prasselte gegen ihren Wagen, und Demetrios faltete die Hände und schloss die Augen, um neue Gebete für seine Brüder zu sprechen.

Es dauerte nicht lange, und das Mutterkloster kam in Sicht. Auch hier waren Renovierungsarbeiten im Gang; die Klöster der Region waren allesamt in beklagenswertem Zustand. Sie hielten auf die Gebäude zu, als plötzlich ein Lieferwagen aus dem Tor schoss, in dem Demetrios zwei Frauen und einen Mann erkannte.

Sie fuhren knapp an ihnen vorbei ... und Demetrios fühlte die Macht des *artefactum*: Eine Welle der Abneigung, des Hasses gegen die Menschen in diesem Auto überrollte ihn.

»Hinterher«, befahl er der Frau. »Dem Transporter hinterher, bitte! Die Leute darin haben etwas, was ... was das Kloster nicht verlassen darf!«

Sie tat, was er verlangte, und Demetrios dankte dem Herrn, dass er ihm ein so freundliches Christenkind gesandt hatte. Doch dann sah er, dass sich ihr Gesichtsausdruck verändert hatte; sein Glauben gab ihm den nötigen Widerstand gegen die teuflische Aura, sie dagegen war ihr schutzlos ausgeliefert.

Der Transporter fuhr sehr schnell, zu schnell für die winterlichen Straßenverhältnisse und für die glatte Uferstraße. Demetrios fragte sich, wer diese drei Menschen waren. Sie gehörten offenbar nicht zu den Terroristen, aber was war ihre Motivation? Er hatte keine Ahnung, wie er sie dazu bringen sollte, ihm das *artefactum* zu übergeben; was, wenn auch sie bewaffnet waren?

Er musste handeln. Sofort!

»Überholen Sie den Transporter«, sagte er zu der Fahrerin. »Ich muss ihnen mit Handzeichen klarmachen, dass sie anhalten sollen.«

Die Fahrerin trat aufs Gas.

Als sie sich auf gleicher Höhe befanden, schickte Demetrios ein Stoßgebet zum Himmel – dann griff er ins Lenkrad und riss es herum! Der Wagen rammte den Transporter und schob ihn von der Straße auf die abschüssige Böschung zu.

11. November
Russland, südöstlicher Baikalsee

»Ein todesmutiger Mönch«, meinte Justine schmunzelnd nach einem Blick in den Außenspiegel. »Er scheint es eilig zu haben.« Dann fluchte sie, gleich darauf krachte es, und der Transporter geriet auf der rutschigen Fahrbahn ins Schlingern.

Die Französin riss das Lenkrad herum, steuerte gegen und versuchte, die taumelnden Bewegungen auszugleichen, doch unter diesen Umständen wäre sogar ein professioneller Rallyefahrer gescheitert. Der Transporter schlitterte auf die dünne Absperrung der Küstenstraße zu und durchbrach sie mühelos. Justine strengte sich an, das Fahrzeug vor einem Überschlag zu bewahren – bis das rechte Vorderrad einen Stein streifte und herumgerissen wurde. Will fühlte sich wie ein Wäschestück in einer hochtourigen Waschmaschine, prallte gegen das Wagendach, die Ablage, gegen weiche Körper, ohne zu wissen, ob es sich um Justine oder Saskia handelte, und bekam die Handbremse in die Seite. Als ein Schuhabsatz mit Mordsschwung gegen seinen Kopf knallte, es sehr laut klirrte und sich Schnee in den Innenraum ergoss, wurde er ohnmächtig – aber nicht wegen des Zusammenstoßes, sondern weil ein greller Schmerz sein Rückgrat entlangschoss und die Stelle, an der sich der Schnitt befand, regelrecht zu explodieren schien!

Justine schlug die Augen auf und bemerkte, dass sie eingekeilt zwischen Saskia und Will lag. Wie lange war sie bewusstlos gewesen? Der Transporter war mit den Rädern nach oben zum Stillstand gekommen, der Motor war aus, und es stank nach Öl. Vor ihr glitzerten Scheibensplitter, das Wagendach war eingedrückt.

»Seid ihr wach?« Als sie keine Antwort bekam, schob sie sich fluchend aus dem Frontfenster, rutschte durch den schwarzgefärbten Schnee und kroch neben dem Transporter ins Freie.

Ächzend richtete sie sich auf und sah den Abhang hinauf. Eine breite Bahn im Schnee, aufgewühlte Erde und abgeknickte Bäumchen markierten den Weg, den der Wagen bei seinem Absturz genommen hatte.

Es kostete selbst sie viel Kraft, aber schließlich gelang es Justine, die Seitentür aufzubekommen.

Saskia hing kopfüber gefangen im Anschnallgurt, Will lag ausgestreckt unter ihr.

Justine befreite sie als Erste, was nicht leicht war, danach zerrte sie Will heraus. Als sie die Gesichter mit Schnee abrieb, schlug Saskia die Augen auf; Will dagegen blieb ohnmächtig. Puls und Atmung waren jedoch normal, also machte sie sich keine Sorgen.

»Was ... was ist passiert?«, fragte Saskia benommen. Dann ging ein Ruck durch sie, und sie setzte sich sofort auf. »Wo ist das Schwert?«

Justine spähte in den Transporter, konnte es aber weder dort noch im näheren Umkreis entdecken. *»Merde!«* Sie stemmte die

Hände in die Hüften und deutete auf den Abhang. »Es muss herausgeschleudert worden sein. Oder jemand war hier …«

Saskia erhob sich. Die Welt drehte sich noch immer um sie, und auf der rechten Schläfe bildete sich eine Beule. Sie folgte Justines Blick und sah die Fußspuren im Schnee und der aufgewühlten Erde: Die groben, geriffelten Sohlen von jemandem, der von oben gekommen war. »Hast du irgendwen gesehen?«

»Non.« Justine umrundete rasch den Transporter und suchte nach weiteren Spuren. Saskia kniff die Augen zusammen – und sah einen Mann, der in großer Entfernung am Strand stand und offensichtlich versuchte, nach einem anstrengenden Lauf Luft zu schnappen. In seiner Hand hielt er etwas, das aussah wie ein langer, in eine Plane eingeschlagener Gegenstand …

Die Französin folgte ihrem Blick. *»Merde! C'est l'abbé!«* Sie nahm sofort die Verfolgung auf. Saskia spurtete hinterher, auch wenn sie ein schlechtes Gewissen hatte, Will allein zurückzulassen. Andererseits drohte ihm dort, wo er lag, keine Gefahr – und das Artefakt durfte nicht verlorengehen!

Sie hatten sich dem Mönch schon ein gutes Stück genähert, als er sich umdrehte und seine Verfolgerinnen entdeckte. Sofort lief er wieder los, wenn auch nicht besonders schnell, und hielt auf einen Pulk von Booten zu, die an einem Steg vertäut waren. Er sprang in eines hinein und schob es weg vom Anleger in die flachen Wellen. Der Außenborder röhrte auf, und er fuhr auf den Baikalsee hinaus. Was er ihnen zurief, verstand Saskia nicht.

Justine hetzte die Planken entlang und war bereits damit beschäftigt, ein zweites Boot zu entern, als Saskia schwer atmend bei ihr ankam. »Nimm du ein anderes«, rief sie ihr zu. »Zusammen sind wir zu schwer.« Sie startete den Motor.

Saskia wollte ihr nicht nachstehen, und gleich darauf nahm sie mit tuckerndem Außenborder die Verfolgung auf. Sie hatte schon manche Stunden beim Angeln auf einem See und auf dem Meer verbracht, der Umgang mit der Steuerung bereitete ihr keine Schwierigkeiten.

Der Mönch besaß einen ordentlichen Vorsprung, und sein Boot war schnell. Beständig setzte er sich von seinen Verfolgerinnen ab.

Saskia hörte Justine sogar gegen den Wind fluchen, als sie knatternd einige Meter an ihr vorbeizog; die Französin hatte sich das langsamste Boot ausgesucht. Mit einer Pistole oder einem Gewehr wäre die Sache bereits entschieden und das Artefakt in ihrem Besitz, doch so konnten sie nur hoffen, dass der Mönch noch einen entscheidenden Fehler beging. Saskia fragte sich, was ihn antrieb. Stand er auf der Seite der Guten oder der Bösen – und spielte das überhaupt eine Rolle? *Jeder, dem du begegnest, kann der sein, der dich töten wird,* hatte Justine vorhin gesagt. Und sie schien recht zu haben.

Eine Fähre machte mit einem lauten Tuten auf sich aufmerksam und schob sich in einem Bogen von hinten näher an sie heran; am Heck schäumte das Wasser und schlug Blasen. Die Maschinen liefen auf vollen Touren: Das Schiff beteiligte sich an der Jagd! Bald würde es Justine, die zurückgefallen war, erreicht haben.

Sie hatte sich nicht getäuscht: Am Bug erkannte sie drei Männer, die Maschinenpistolen in den Händen hielten. Einer hob seine Waffe – und sandte eine Garbe in Richtung des Mönchs. Sofort stieß der Außenborder des Geistlichen dunkle Qualmwolken aus und kam mit einem ratternden Geräusch zum Erliegen. Der Mann versuchte verzweifelt, den Motor wieder zum Laufen zu bringen, doch es tat sich nichts; die Kugeln hatten irreparablen Schaden angerichtet. Panisch legte er die Riemen aus und begann mit der Kraft des Verzweifelten zu rudern.

Saskia schätzte, dass sie ihn vor der Fähre erreichte – aber dann? Mit ihren Messern konnte sie auf diese Entfernung nichts gegen MPs ausrichten.

Ein Krachen erklang, und Saskia wandte sich um. »Nein!«, schrie sie auf: Justines Boot war vom Bug der Fähre zertrümmert worden – und von ihr fehlte jede Spur. Aber davon durfte Saskia sich nicht ablenken lassen. *Justine hat sich vor dem Zusammenprall an Bord der Fähre gerettet,* redete sie sich ein. *Sie ist in Sicherheit.* Es durfte keine Alternative dazu geben! Endlich war Saskia auf gleicher Höhe mit dem Mönch und schaltete den Motor auf Leerlauf. Der Mann war aufgestanden und schwang einen der Riemen als Keule über seinem Kopf. »Nein!«, rief sie und hob die Hände. »Freunde! Freunde!« Sie zeigte auf die Plane, die zwischen seinen Füßen lag.

Der Mönch setzte seine Angriffe, von lautem Schimpfen begleitet, fort. Saskia wich dem Hieb aus, was auf einem schwankenden Untergrund keine leichte Aufgabe war, und sprang hinüber in sein Boot. Eigentlich wollte sie dort geschickt landen und ihm die Waffe entwinden; stattdessen prallte sie gegen ihn und wurde, genau wie er, zu Boden geworfen. Das Boot schwankte so stark, dass eiskaltes Wasser hineinschwappte. Der Mönch schnappte sich das Schwert und schleuderte ihr die Plane entgegen. Saskia nahm an, er würde sie damit angreifen – aber er warf das Artefakt einfach über Bord!

Es verschwand augenblicklich in den Wogen, und der Mann lachte erleichtert. Er sah zu Saskia und setzte sich ganz langsam, mit einem breiten Grinsen im Gesicht.

»Idiot!« Sie sah zur Fähre, deren breiter Bug nicht mehr als vierzig Meter entfernt war. Wie kam sie jetzt an das Schwert? Der Baikalsee war der tiefste See der Erde und dazu noch kalt und bald unter meterdickem Eis verschwunden. Sie hatten nur wenige Tage zur Bergung. *Das schaffen wir niemals!* Abgesehen davon, konnte das Artefakt vom Grund des Sees jederzeit auf magische Weise an seinen ursprünglichen Bestimmungsort im Kloster zurückgezogen werden; dort hatten inzwischen sicher schon Dämonendiener Stellung bezogen.

Schüsse peitschten, Kugeln schlugen um sie herum ins Wasser ein, auch das Boot wurde getroffen. Sie duckten sich flach auf die feuchten Planken.

Der Mönch begriff, dass es diesen Verfolgern nicht nur um das Schwert ging; sie wollten ihn töten. Mit schreckgeweiteten Augen sah er Saskia an, als wollte er nun von ihr Beistand. Sie fühlte, wie die Wut in ihr hochschäumte. Und mit Wut erreichte sie mehr, als einen Apfel zu schälen ... *Médiatrice*, dachte sie. *Ich bin eine Öffnerin!*

Ungeachtet der Schüsse erhob sie sich und griff auf ihren heißen Zorn zurück. Sie schloss die Augen, konzentrierte sich und rief den ätzenden Bittermandelgeschmack zu sich. Dabei formte sich ein Bild von dem, was geschehen sollte, klar in ihrem Verstand. Das unsichtbare Wachs schien in ihre Nase zu fließen und sie zu verstopfen, brachte sie zum Husten und schränkte ihre Atmung ein. Sie hielt die Augen fest geschlossen, um sich nicht durch die veränderte Umgebung, ihrem Grau und der Zweidimensionalität, ablenken zu lassen.

Sie hob die Hände und gab ihrer Umgebung einen Befehl.

Und tatsächlich – es geschah!

Das Wasser rechts und links des Bootes bildete Strudel, die größer und größer wurden. Der See strömte brausend und schäumend nach allen Seiten davon und erzeugte Wellen, die sich mit jeder neuen steigerten. Gischtschleier verbargen Saskia und den Mönch vor den Blicken ihrer Verfolger. Es sah beinahe so aus, als befänden sie sich im Mittelpunkt einer Wasserhose, deren Kraft sich sekündlich steigerte und ein Loch in den Baikalsee bohrte.

XIV. KAPITEL

11. November
Russland, südöstlicher Baikalsee

Die Fähre hob und senkte sich heftig; die Männer mit den Maschinenpistolen mussten sich festhalten. Die Macht der Strömung schob das Schiff rückwärts und versetzte es dabei in eine seitliche Drift.

Das Boot mit Saskia und dem Mönch sank dagegen auf einer Wassersäule abwärts. Tiefer und tiefer ging es, der Geistliche betete unaufhörlich und starrte auf die flüssigen Wände um sie herum, die aussahen, als wären sie aus einem merkwürdigen Glas gegossen worden; eiskalter Sprühnebel durchnässte sie beide.

Saskia hatte die Augen geöffnet, starrte in die graue Welt und versuchte, das Erstickungsgefühl zu ignorieren. Ihre Luftröhre schien sich mehr und mehr zuzusetzen, doch noch vermochte sie zu atmen. Wie lange hielt sie durch? Wie lange konnte sie die Konzentration aufrechterhalten? Schweiß lief ihr trotz der Kälte in Strömen über das Gesicht.

Während sie den See Meter um Meter unter sich zur Seite schob, musste sie an die Geschichte aus der Bibel denken – daran, wie Moses das Meer für die Israeliten geteilt hatte. *Geöffnet* hatte. War dies die Erklärung für das Wunder, von dem im Alten Testament berichtet wurde? War Moses auch ein Öffner gewesen – und wenn ja: Wer hatte ihn dazu gemacht?

Saskia schätzte ihre Geschwindigkeit auf mehrere Meter pro

Sekunde. Als sie das Gesicht hob und nach oben in den granitfarbenen Himmel schaute, hatten sie bereits einige hundert Meter über sich gelassen. Pfeifend sog sie die Luft ein und musste husten. Das unsichtbare Wachs in ihrem Hals wurde zäher und dicker.

Um sie herum toste es wie in einem Wasserfall, wie an einer stürmischen Küste. Ein Tonnengewicht türmte sich um sie herum auf. Sie hielt die Wassermassen im Griff, die in ihrer Zweidimensionalität und den verschiedenen Grautönen noch bedrohlicher aussahen als sonst, doch sie verspürte keine Angst … stattdessen warnte sie plötzlich ein anderes Gefühl, und sie fuhr herum.

Der Mönch stand keinen Schritt mehr von ihr entfernt und hatte den rechten Arm zum Schlag erhoben. Noch immer schien er der Ansicht zu sein, dass sie das Artefakt nicht erhalten durfte.

Saskia parierte die Attacke mit dem linken Unterarm. Es war nicht leicht, Entfernungen und Geschwindigkeiten in diesem Sichtmodus abzuschätzen, weil dem, was sie sah, jede Tiefe fehlte, aber der wütende Schrei des Mannes und der Schmerz in ihrem Arm zeigten ihr deutlich, dass sie es geschafft hatte, ihn zurückzudrängen. Mit einer fließenden Bewegung zog Saskia ihr Messer und schlug mit dem Knauf nach ihm. Zweimal verfehlte sie ihn, dann endlich traf sie seine Schläfe. Der Mann verdrehte die Augen und fiel zu Boden.

Die Wassermassen gerieten durch das Abflauen der sie bändigenden Macht in Bewegung. Vom oberen Rand lösten sich Sturzbäche und schlugen auf das Boot ein, brachten die Planken zum Knarren und rissen die Befestigung des Außenborders ab.

Saskia zwang ihre gesamte Aufmerksamkeit auf das Eindämmen des Wassers zurück. Es war anstrengender, viel schwerer als vorher. Immer wieder drückten sich Wasserfälle durch ihre

Barrieren. Der ekelerregende Geschmack schien sich wie Säure in ihre Mundhöhle zu fressen, die Lunge schmerzte, als würde sie von unten nach oben gefüllt, ihr Atem rasselte. Die Anstrengung forderte ihren Tribut.

Noch mehr Güsse trafen das Boot, ein dicker Schwall schleuderte sie nieder. Knirschend zerbrach der Rumpf, Saskia schrie auf, sie fiel –

– und landete hart, aber unbeschadet wenige Meter tiefer auf dem glitschigen, schlammigen und sehr kalten Grund. Sie hatte den See bis auf den Boden hinunter ausgehöhlt!

Saskia stemmte sich in die Höhe und blickte sich rasch nach dem Schwert um. Wenn sie sich nicht sehr getäuscht hatte und es nicht zu sehr von Strömungen im Sinken abgetrieben worden war, musste es ganz in der Nähe sein. Die graue, zweidimensionale Welt würde die Suche nicht einfacher machen.

Doch als hätte eine höhere Macht eine Einsicht, sah sie das Artefakt einige Schritte neben dem geborstenen Boot, neben dem Heck, in dem der besinnungslose Mönch lag. Die Klinge steckte zur Hälfte in der sich auftürmenden Wasserwand, der Griff ragte in ihre Richtung. Es hob sich deutlich von dem alles umgebenden Grau ab, wobei Saskia nicht sagen konnte, woran dies lag, denn es zeigte auch nicht die gleiche Farbe, die sie vorher gesehen hatte.

Saskias Kopfschmerzen verstärkten sich; der Bittermandelgeschmack ließ sie würgen. Ihre Sicht flimmerte, und das Atmen gelang nur mit sehr viel Mühe, wie bei einem Asthmaanfall. So schnell sie konnte, stapfte sie mit schweren Beinen über den tückischen Untergrund zum Schwert. Mehrmals rutschte sie aus und fiel.

Vorsichtig schloss sie ihre Hand um das ungewöhnliche Schwert und zog es langsam aus der stehenden Wasserwand.

Das Boot war zerstört. Sie konnte den See nicht mehr sachte

in das Loch zurückströmen lassen, um sich nach oben treiben zu lassen. Ohne einen Schutz würde sie in den eisigen Fluten innerhalb kürzester Zeit erfrieren.

Saskia blieb nur eine Möglichkeit.

Tief einatmend, gab sie ihrer Gabe neue Kraft und sandte sie in einer geraden Linie von sich weg.

Das Wachs in ihren Lungen begann abzukühlen und hart zu werden.

Lange würde sie diese Anstrengung nicht mehr ertragen.

Das Rauschen steigerte sich. Der See tat vor ihr eine Schneise auf, deren Ränder sich Hunderte Meter über ihr erhoben. Die hellgraue, fast weiße Sonne strahlte schräg hinein und machte einen Teil der Wände durchsichtig. Eine künstliche Schlucht, erschaffen allein durch die rätselhafte Kraft, die ihr verliehen worden war.

Auf einmal fühlte Saskia sich unerreichbar *mächtig!* Die Atemnot, der Schwindel spielten in diesem Moment keine Rolle mehr und lösten sich auf in Euphorie. Archaische Energie pulsierte in ihr, zerstörerisch und erschaffend zugleich, nicht menschlich und nicht von Menschen messbar – doch sie vermochte über sie zu gebieten. Sie spürte auch, dass sich hier gerade nur ein kleiner Teil der Macht offenbarte, die in ihr steckte. Dies alles ließ sie in einen Rauschzustand gleiten; überglücklich lachte sie auf, doch der Klang war seltsam schrill in ihren Ohren und tat weh.

Herabrieselndes Wasser benetzte ihr Antlitz und trübte ihre Sicht. Aus der Begeisterung wurde unvermittelt Furcht. Sie erkannte sich selbst und ihre Empfindungen kaum wieder. Was, wenn sie die Kontrolle verlor über sich und die Gabe? Was könnte sie alles anrichten, und wer würde sie aufhalten?

Mit den Zweifeln kam die Schwäche zurück – und der Schmerz in ihren Lungen. Schnell wischte Saskia sich die Augen frei und sah nach dem Mönch. Wenn sie ihn hierließ, würde er ertrinken. Wenn sie ihn mitnahm, würde sie den Rückweg vielleicht nicht schaffen.

Wieder gab es ein warnendes Flirren vor ihren Augen, sie war zu Schnappatmung übergegangen, die immer wieder von Husten unterbrochen wurde.

Sie konnte den Mönch nicht mitnehmen, es wäre ihrer beider Untergang.

Sie stapfte los.

Schritt um Schritt bewegte sie sich dorthin, wo sie das Ufer vermutete. In der Rechten hielt sie das Schwert; ihre Hand fühlte sich wie elektrisiert an.

Die Gabe offenbarte jetzt ihre negative Seite mit voller Macht. Saskia roch nichts anderes mehr als Mandel und Essig. Würgend übergab sie sich und spürte das Brennen in ihrem Rachen. Ihr Speichel hatte eine undefinierbare Farbe angenommen, war klumpig und trüb. Die Oberschenkel brannten, zitterten, drohten sie im Stich zu lassen. Sie bekam Zweifel, dass sie es schaffen würde. Unvermittelt sah sie Erinnerungen aus ihrer Kindheit vor sich, Szenen voller Frieden und Harmonie, mit ihrem Vater und ihrer Mutter; das herrliche Gefühl, das sich dabei einstellte, hatte sie schon lange nicht mehr empfunden. Die Gabe schien ihr wie zum Hohn zeigen zu wollen, dass es ein solch sicheres Zuhause für sie nicht mehr gab.

Endlich näherte sich Saskia dem Ufer und erklomm die starke Steigung. Sie schwitzte, keuchte und kämpfte sich, dem Erstickungstod nahe, über die glitschigen Steine und andere Hindernisse, bis sie nicht mehr konnte. Ihr Bein rutschte unter ihr weg.

Während Saskia hinschlug, erlosch ihre mühsam aufrechterhaltene Konzentration. Der See war befreit. Sie hörte das Tosen der einbrechenden Schneise, Wasser prasselte auf sie nieder.

Saskia schaute schwer atmend unter ihrem Arm hindurch

nach hinten und sah, dass die Bresche sich schloss – und eine Woge die künstliche Wasserschlucht entlanggeschossen kam!

Sie hatte nicht mehr die Kraft, sich aufzurichten, also klammerte sie sich an den Schwertgriff und wartete darauf, von der schäumenden Welle erfasst zu werden. Schon war der befreite See heran und umschloss sie, schleuderte sie davon und trieb sie vor sich her wie ein Korken. Er schien seine Wut über den ihm auferlegten Zwang an der Schuldigen auslassen zu wollen.

Mal befand sich Saskia unter, mal über der Oberfläche, sie schluckte und hustete, holte Luft, hielt sie an und verlor den Überblick, was mit ihr geschah. Die Kälte raubte ihr jegliches Schmerzempfinden. Schließlich schrammte sie über Steine, wurde vehement eine Böschung hinaufgerollt – und lag auf festem Boden.

Der Bittermandelgeschmack war vergangen, die Nase leicht verstopft, aber sie roch Feuchtigkeit, Schlamm und Blut. In ihrer Hand hielt sie noch immer das Schwert. Saskia konnte sich nicht rühren. Sie zitterte, klapperte vor Kälte und Schock mit den Zähnen und fühlte sich müde, so unendlich müde ... Gleichzeitig ahnte sie, dass sie nicht mehr erwachen würde, wenn sie jetzt einschlief.

Saskia zwang sich dazu, die Augen zu öffnen und sich aufzurichten. Vor ihr lag der Baikalsee. Ihr Eingriff hatte ihn aufgewühlt, die Wellen schlugen noch immer hoch gegen das Ufer. Die Woge hatte sie weit nach oben getragen, und als sie an sich herabblickte, entdeckte sie zahlreiche Schürfwunden durch ihre zerfetzte Kleidung. Das Brennen setzte erst langsam ein, die kalte Haut war noch zu betäubt.

Saskia schaute nach rechts und links, um sich zu orientieren. Sie war etwa dreihundert Meter vom umgestürzten Transporter an Land gespült worden, das Ufer war übersät mit Ästen, Zweigen, zerschlagenen Bootsrümpfen und anderem Treibgut, das aus der Tiefe des Sees nach oben geschleudert worden war. Möwen kreisten aufgeregt über ihr. Auf der höhergelegenen Straße hatten zahlreiche Autos angehalten, Schaulustige säumten die Leitplanken und hatten das einmalige, unbegreifliche Schauspiel verfolgt.

Saskia spuckte aus und stemmte sich auf die Beine. Zu ihrer Linken lag ein alt aussehendes Buch mit kyrillischem Aufdruck. Hatte es dem Mönch gehört? Intuitiv griff sie danach; dann taumelte sie zum Transporter, um nach Will zu sehen.

Immer wieder sah sie sich um, hoffte inständig, eine Spur von Justine zu entdecken, doch sie konnte weder sie noch die Fähre ausmachen.

Saskia fürchtete sich vor dem Gedanken, dass sie mit ihrer Gabe zwar sich gerettet, aber zahlreiche andere Leben genommen haben könnte. In ihrer Vorstellung rasten Riesenwellen die Strände des Sees hinauf, brachten Schiffe zum Kentern und richteten Verwüstungen in Häfen an. War es das wert gewesen?

Will öffnete die Augen und erkannte den prunkvollen Raum, in dem er sich befand, sofort wieder: Es war der aus seiner ersten Vision! In diesem Palazzo hatten sich die beiden Patrizier unterhalten, bevor sie lachend die Pestphiole geleert hatten.

Er sah an sich herab und fand sich im Körper eines offensichtlich wohlhabenden Mannes wieder. Als er den Anhänger um seinen Hals bemerkte, wusste er, dass er auch dieses Mal in einen Dämonendiener gefahren war. *Schon wieder einer von den Bösen.*

Will saß an einem Tisch; auf dem Teller lagen verschiedene gebratene, stark gewürzte Fische. Es roch vor allem nach Pfeffer. Er kostete von dem Wein und verzog das Gesicht: ein herbes und für seinen Gaumen kaum ausgereiftes Getränk.

Es klopfte, und ein Diener betrat den opulenten Raum. »Herr, Capitano Rastani möchte Euch sehen.«

»Herein mit ihm«, befahl Will und merkte, wie er eine Hand an den Rapiergriff legte. Die Waffe, mit der Saskia normalerweise ihre Duelle bestritt. War das eine Ironie des Schicksals?

Durch die geöffnete Tür trat ein Mann in einem schwarzen Gewand, beigen Pumphosen und dunkelgrünen Strümpfen. Seine Füße steckten in Schnabelschuhen mit hochgebogenen Spitzen. Um Brust und Rücken trug er einen polierten Eisenharnisch, unter dem rechten Arm hielt er seinen Hut eingeklemmt. Auch er war sicherlich vermögend, und Will glaubte sich zu erinnern, dass ein Capitano Befehlshaber von Fußtruppen war.

Nach zwei Schritten in den Raum blieb der Besucher stehen und verbeugte sich in höfischer Manier vor ihm. Der Diener schloss die Tür. Dann kam Rastani mit einem Lächeln auf Will zu. Er stand von seinem Platz auf und lächelte ebenfalls, damit dem Capitano nichts auffiel. »Wie schön, Euch begrüßen zu dürfen.«

Kaum standen sich die beiden gegenüber, holte Rastani blitzartig aus und versetzte ihm eine schallende Ohrfeige. »Sagt mir auf der Stelle, was Ihr hier treibt, Partello!«, zischte er wütend. »Es sind Männer des Papstes *und* die Wandler in der Stadt, und Ihr seid so einfältig und lasst das unersetzbare Schwert von einem niederen *Boten* durch die Gassen tragen?«

Bevor der verdutzte Will etwas sagen konnte, erhielt er die nächste kräftige Maulschelle. Er wusste nichts zu entgegnen und beschloss abzuwarten, was der andere ihm noch vorwarf.

Rastani schritt an ihm vorüber ans Fenster und öffnete es; sofort drangen Rauchgeruch und feuchte Kühle herein, man hörte das Plätschern des vor dem Haus verlaufenden Kanals. »Venedig lebt noch immer. Ihr hättet mit Euren Leuten schneller arbeiten müssen«, sagte Rastani etwas ruhiger. »Der Magistrat ist dabei, Maßnahmen zu beschließen, die geschwinder fruchten, als uns lieb sein kann.« Er wandte sich zu Will. »Wie viele Männer könnt Ihr zusätzlich aufbringen, um die Pest zu säen?«

Wills Verstand versuchte, das Gehörte in Einklang mit seinen bisherigen Erlebnissen zu bringen und eine Antwort zu formen, die ihn nicht unverzüglich der Lüge überführte. »Schwierig, Rastani. Ich kann weitere Pfleger im Lazarett bestechen, uns mehr Sekret zu beschaffen.«

»Tut das, Partello.« Er kam auf Will zu. »Ihr seid unser wichtigster Mann. Vergesst nicht, wir sind endlich in der Lage, unseren Herrn auferstehen zu lassen! Wenn wir ihm diese Stadt aber nicht zu opfern vermögen, ist es einzig Euer Versagen. Was Euch damit blüht, könnt Ihr selbst erwägen.« Er setzte sich auf einen Stuhl an die Tafel. »Wo ist das Schwert?«

»Mein Bote ließ mich wissen, dass er zwei Wandler besiegte, die ihn gejagt haben, und danach in eine Falle lief, die ihm ein gewisser Lentolo mit seinen Schergen stellte«, berichtete Will und stellte seinen Stuhl so, dass er dem Capitano gegenüber Platz nahm.

Am Gesicht des anderen konnte er ablesen, dass er den nächsten Fehler begangen hatte. »Beliebt Ihr zu scherzen, Partello? Ein *gewisser* Lentolo?«

Will flüchtete sich in ein breites Grinsen und hoffte, dass Rastani von selbst weitererzählte.

»Das findet Ihr *komisch?«*, brauste der auf. »Partello, wenn Lentolo hier ist, müssen wir alles daransetzen, ihn auf eine falsche Fährte zu locken, die ihn schnellstmöglich aus Venedig führt! Wenn er von unserem Vorhaben Wind bekommt und ihm nur einer Eurer Leute zwischen die Finger gerät, dann dauert es nicht lange, und seine Assassinen klopfen bei Euch an.« Er musterte Will eindringlich. »Was ist mit Euch? So kenne ich Euch nicht. Ihr sitzt da ... furchtsam, behäbig und verwirrt, als ginge es Euch nichts an, was ich berichte!«

»Zu viel Wein«, wich Will aus. »Er nimmt mir die Bedenken, was unseren Plan anbelangt.«

»Für Bedenken ist es zu spät. Venedigs Seelen werden die Rückkehr unseres Herrn ermöglichen. Wir haben alles zusammengetragen, das dazu vonnöten ist. Lentolo und Euer Unvermögen sind unsere einzigen Gegner.«

»Sind die übrigen Artefakte sicher?«, fragte Will geradeheraus und gab seiner Stimme einen leicht angesäuselten Unterton. Ein neuer Fehler.

»Was, bei den Portalen der Hölle, ist mit Euch?«, wisperte Rastani entsetzt. »So besoffen kann Euch der Wein nicht gemacht haben, dass Ihr nicht mehr wisst, dass Ihr sie verwahrt!«

Will lachte meckernd. »Ein Scherz, Rastani. Nur ein Scherz! Natürlich habe ich alle beisammen. *Und* das Schwert.«

»Zeigt es mir.«

Will zögerte nicht eine Sekunde. »Nein.«

»Ich will es sehen, Partello! Muss ich Euch daran erinnern, welchen Rang ich bekleide?«

»Ihr sagtet selbst, dass es vor Lentolo geschützt werden muss. Je weniger wissen, wo es sich befindet, desto besser. Bedenkt die Gefahr, in die Ihr den Plan bringt, wenn Ihr in die Hände der Assassinen fallt …«

»Ja, schon gut«, fiel ihm der Capitano unwirsch ins Wort. »Lentolo, dieser Bastard von einem Kirchenknecht. Was gäbe ich dafür, sein Geheimnis zu erfahren. Er zählt mindestens siebzig Lenze und sieht immer noch aus, als wäre er im besten Mannesalter.« Rastani rieb sich mit dem kleinen Finger am Unterkiefer entlang. »Aber sein Leben wird bald zu Ende sein, wenn der Herr Einzug auf Erden hält. Die Menschen werden sehen und verstehen, dass die Macht der Dämonen größer als die eines jeden anderen Gottes ist. Ungläubige wie Lentolo werden mit feurigen Peitschen zu Sklaven gemacht, deren einziger

Wunsch es bald sein wird, uns zu dienen.« Er erhob sich. »Treibt Eure Leute an, Partello«, schärfte er ihm ein. »Ich kümmere mich um Lentolo und seine Meute. Eine hübsche falsche Fährte wird ihn Euch vom Hals schaffen. Ihr sorgt für die Vermehrung der Pesttoten.« Grußlos verschwand Rastani und ließ Will zurück.

Aufgeregt wanderte er im Raum auf und ab. »Shiva, gewähre mir deine Gnade und rette mich aus dieser Hölle«, bat er und trank sogar den schlechten Wein aus, um seine aufkeimende Angst zu bekämpfen. »Denk nach«, murmelte er und sah aus dem Fenster in den undurchdringlichen Nebel.

Er – genauer gesagt, dieser Partello – hütete die Artefakte? Dann sollte er sie sich anschauen. Es wäre bei der Suche in der Gegenwart sicherlich von Vorteil, zu wissen, *was genau* sie in ihren Besitz bringen mussten.

Will streifte durch den Palazzo, durchforstete jeden Raum, jedes Stockwerk, klopfte die Wände und Böden nach Hohlräumen ab. Wie viel Zeit dabei verging, konnte er nicht sagen, und auch die Blicke der Dienerschaft kümmerten ihn nicht. Doch trotz all seiner Mühen blieb er erfolglos.

Erst in der Küche, unmittelbar vor dem großen Herd, klang der Fußbodenbelag aus kunstvollen Kachelornamenten hohl. Will sah genauer hin – und entdeckte auf einer der Kacheln die bekannte Fratze des Fabelwesens. *Gefunden!* Er scheuchte den Koch und die Mägde hinaus.

Will stampfte fester auf; es gab keinen Zweifel, dass sich unter seinen Füßen ein Raum befand. Er ließ sich auf die Knie nieder und suchte in den Fugen nach einem Öffnungsmechanismus. Er stocherte mit Schürhaken und Messern, kratzte den Dreck aus den Schlitzen – bis es plötzlich klickte. Eine ein Quadratmeter große Öffnung tat sich auf, und eine Treppe wurde sichtbar, die nach unten führte. Für Venedig war das außergewöhnlich.

Will nahm eine Laterne von der Wand, verriegelte die Tür zur Küche und stieg hinab. Die Steine der Wendeltreppe waren feucht, gelegentlich sickerte Wasser durch winzige Risse und tröpfelte zu Boden. Er wusste, dass er sich unterhalb des Wasserspiegels befand. Die Hausbauer hatten einen gemauerten Schacht angelegt, dessen Stufen bis hinab zum Grund der Lagune führten.

Hier fand Will eine eiserne Klappe mit Symbolen, die ihm nur zu bekannt waren; eine Aussparung bot Platz für das Zeichen, das er als Amulett um den Hals trug. Rasch legte er es ein und drückte leicht.

Unter dem Rattern von Zahnrädern fuhr ein etwa hüfthoher, fassdicker Metallzylinder heraus, in dem verschiedene Glaskammern sichtbar wurden. Ein Fach war leer, dort sollte sicherlich das Schwert untergebracht werden.

Im Schein der Lampe umrundete Will den Zylinder. Er sah ein aufgespanntes schwarzes Haar, ein Stück Pergament, auf dem in merkwürdigen Zeichen etwas geschrieben stand, sowie einen Gegenstand, der ihn an eine faustgroße Halbkugel aus verschrumpeltem Plastik erinnerte. In einer weiteren verglasten Kammer lag ein geöffneter Lederbeutel, in dem auf einem Bett aus Kräutern ein schwarzer Stein lag, der in etwa die Größe der Kuppe eines kleinen Fingers besaß. Erst beim zweiten Hinsehen verstand er, dass es sich dabei um einen Zahn handelte, dessen Kante aus vielen kleinen Spitzen bestand.

Wills Aufregung stieg: Das waren die Artefakte, nach denen sie suchten!

»Ach, hier bist du«, sagte eine Frau; Licht fiel von hinten auf ihn.

Will fuhr herum und sah eine junge Frau, die ohne Rücksicht auf ihr teures Kleid den Weg die Stufen hinab gewagt hatte. »Wie bist du in die Küche gekommen?«

Sie lachte ihn aus. »Mit dem Schlüssel, Gemahl. Du warst

unvorsichtig!« Sie kam näher und gab ihm einen wilden Kuss auf die Lippen. »Du bewunderst einmal mehr unseren größten Schatz?«, flüsterte sie andächtig und verneigte sich vor dem Zylinder. »Der Herr wird uns unermesslich entlohnen, wenn er durch uns sein Reich auf Erden errichten kann.«

Will lachte und gab sich Mühe, zuversichtlich zu klingen. Diese Chance musste er nutzen. »Ja, uns wurde große Ehre zuteil.« Er berührte das Behältnis. »Lass mich noch einmal hören, was wir besitzen, damit ich vor Freude erschauere. Es bereitet mir größere Freude, es aus deinem Mund zu hören, Liebste.« Er hoffte, dass sie ihm den Gefallen tat.

»Sehr gern.« Sie tänzelte an ihm vorbei und blieb vor dem ersten Glas stehen. »Ein Haar vom Schopf des Herrn, das er seiner geheiligten Metze schenkte, als er Babylon zerstörte.« Sie ging weiter. »Ein Zahn und ein Stück seines Auges, das er im Kampf gegen Baal verlor und zurückließ, auf dass wir sie benutzen, um ihn herbeizurufen.« Sie blieb vor dem Pergament stehen. »Seine Haut, geschnitten aus seiner Brust über dem schwarzen Herzen.« Sie wandte sich Will zu und küsste ihn erneut, ihre Augen funkelten begehrlich. »Zusammen mit dem Schwert aus seinem Horn sind es seine Geschenke an uns. Die Invokation wird gelingen, Geliebter! Wir haben alles zusammen. Dank dir.« Sie schlang die Arme um seinen Nacken und presste sich an ihn. »Ich bin stolz auf dich.«

Will musste sich beherrschen; der Atem seiner Gemahlin war faulig und stank nach Verwesung. Sicherlich hatte sie von dem Eiterpestsekret getrunken. »Ich danke dir.«

Sie wollte ihn küssen, aber er wich ihr aus. »Was ist?«

»Rastani«, sagte er kurzerhand. »Er hat mir gedroht und hält mich für einen Versager.«

»Kleine Dämonen sollen ihn in Augen und Ohren ficken, diesen Hurensohn!«, fauchte sie. »Wie kann er es wagen? Er weiß, was er dir zu verdanken hat! Ohne dich wäre die Pest in Venedig nicht ausgebrochen und das letzte Steinchen nicht ins Mosaik eingesetzt worden. Er verdankt dir *alles*.« Sie löste sich von ihm. »Aber verrate mir eins: Wieso hast du das Schwert an einem anderen Ort verwahrt? Traust du mir nicht?«

Er lachte. »Nein, ich traue dir. Aber Lentolo ist in der Stadt, und deswegen hielt ich es für besser, das letzte Artefakt zu verbergen.« Die Lügen gingen ihm immer leichter über die Lippen.

»Was ist mit den Wandlern? Carlucci hat mir gesagt, man habe ihre Stimmen im Nebel gehört.« Sie schauderte sichtlich. »Überall in Venedig.«

»Mach dir keine Sorgen. Sie sind tot.« Will nahm das Amulett aus der Öffnung, und klickend fuhr der Zylinder wieder in sein Loch zurück. »Lass uns nach oben gehen. Du machst dein Kleid schmutzig.«

Sie ging vor ihm die Stufen hinauf und drehte sich zu ihm um. »Dann reiß es mir vom Leib«, sagte sie verführerisch und lupfte den Rock weit, so dass er ihren nackten Unterkörper sah. In den Leisten erkannte er Pestgeschwüre, und er machte vor Entsetzen und Abscheu einen Schritt zurück.

Wills Fuß trat ins Leere, und er stürzte rücklings ...

Saskia kam bei dem verbeulten Transporter an. Will saß daneben, den Rücken gegen die Wand gelehnt und aus der Nase blutend. Justine kniete vor ihm und kühlte seinen Nacken mit einem Schneeball.

Die Französin sah zu ihr auf, und für den Bruchteil einer Sekunde war das, was Saskia am meisten an ihr auffiel, nicht, dass sie blaue Lippen hatte, dass sie genauso fror wie sie, sondern das Aufflammen von Erleichterung und Freude, die Justine offensichtlich bei ihrem Anblick verspürte. Dann war der Augenblick vorbei – und das Gesicht der Französin nahm den gewohnten, leicht überheblichen Ausdruck an. »*Très bien!* Ich wusste, dass du es schaffst!«, sagte sie und zeigte durch ein Nicken an, dass sie das Schwert bemerkt hatte. »Die Fähre ist auf Grund gelaufen. Ich habe es mit Müh und Not an Land geschafft, bevor die Riesenwelle hereinschwappte.« Sie wischte sich das Wasser aus den Augen. »Das war deine Gabe, *n'est-ce pas?«*

Will lächelte Saskia zu und stand auf. »Es tut gut, dich zu sehen. Dafür werde ich Kali ewig dankbar sein«, sagte er. Sie hatte das Gefühl, dass in seinen Worten mehr mitschwang als bloße Erleichterung – doch es störte sie nicht. »Was ist mit dem Mönch, von dem Justine erzählt hat? Ist das Buch da von ihm?«

Saskia spürte, wie sich ein Kloß in ihrem Hals bildete. »Ich ... ich musste ihn zurücklassen, sonst wäre ich ...« Das Zittern ließ sich nicht länger eindämmen.

»Du kannst nicht jeden retten«, sagte Justine ernst. »Es scheint dir im Moment vielleicht unerträglich zu sein, dass du ihn geopfert hast, aber glaub mir, es war die richtige Entscheidung.« Sie deutete auf die Straße. »Und nun müssen wir weiter. Jemand wird uns schon mitnehmen. Wenn wir länger in der Kälte bleiben, holen wir uns eine Lungenentzündung.« Sie zerrte einen Arbeitskittel aus der Fahrerkabine und reichte ihn Saskia. »Wickel das Schwert darin ein. Na los, *vite, vite.«*

Sie kletterten den Abhang hinauf und wurden tatsächlich von einem freundlichen Autofahrer mitgenommen. Er drehte für sie die Heizung auf die maximale Stufe und brachte sie nach Selenginsk.

Keiner von ihnen sprach ein Wort; Müdigkeit, Erschöpfung und die Angst, dass ihr russischer Wohltäter womöglich doch verstehen konnte, worüber sie sprachen, ließen sie schweigen.

Saskia und Will dösten immer wieder weg und waren noch im Halbschlaf, als sie vor dem Bahnhof anlangten. Sie wurden von dem Fahrer sehr unfreundlich verabschiedet, der plötzlich froh zu sein schien, sie loszuwerden.

Mit dem nächsten Zug ging es zurück nach Irkutsk. Sie merkten zuerst nicht, dass die Passagiere einer nach dem anderen das Abteil verließen, als würde sie etwas vertreiben.

11. November
Russland, südöstlicher Baikalsee

Valesca hatte sich mit ihren Leuten unter die Schaulustigen gemischt, die immer noch den aufgewühlten See bestaunten.

Die Straße war hoffnungslos zugeparkt, es gab kein Vorwärtskommen. Alle wollten die unerklärlichen Vorgänge beobachten und darauf warten, dass es wieder geschah. Dass sich der Baikalsee benahm wie das Rote Meer. Dafür hielten die Leute auch mitten auf dem Asphalt an.

Valesca wählte mit dem Handy eine Nummer. »Ja?«, meldete sich eine männliche Stimme.

»Hier ist Valesca. Wir haben das Schwert an die anderen verloren«, berichtete sie knapp. »Wir waren im falschen Kloster. Als wir den Irrtum bemerkten, war es zu spät. Unsere Gruppe auf der Fähre konnte nichts ausrichten. Saskia Lange ist viel stärker, als wir angenommen haben. Das wird nicht leicht.«

Schweigen.

»Wir werden die Verfolgung aufnehmen. Sie können nicht weit entfernt von uns sein«, redete sie weiter. »Ich vermute, dass sie sich in Irkutsk befinden und von dort das nächste Ziel ansteuern. Das werden wir verhindern.«

Schweigen.

»Gibt es diesbezüglich Instruktionen?«

»Veranlassen Sie alles, was notwendig ist«, befahl die Männerstimme, »und kommen Sie mit der Hälfte des Teams umgehend nach Berlin. Der Rest soll sich an die Verfolgung machen.

Ein drittes Team ist bereits in Syrien. Sobald Sie in Berlin gelandet sind, rufen Sie mich wieder an.«

Valesca legte auf und winkte ihren Leuten zu. Sie versammelten sich um sie und nahmen ihre neuen Befehle regungslos entgegen. »Ich fahre nach Selenginsk, Walter wird Team zwei anführen und Lange verfolgen. Ihr erhaltet die Anweisungen wie immer per SMS.« Sie schüttelte Walter die Hand und eilte die Straße entlang zu den Wagen, die fast ganz hinten in der Schlange standen.

Walter, ein Mann um die vierzig, stämmig und mit einem durchschnittlichen Gesicht, dem die dicken Augenbrauen einen Hauch von Auffälligkeit gaben, trabte mit zehn weiteren Leuten in die entgegengesetzte Richtung an die Spitze der Schaulustigen. Sein Plan war, ein paar Autos zu requirieren und damit so rasch wie möglich nach Irkutsk zu kommen.

Wie genau er Lange, Gul und die Unbekannte ausfindig machen sollte, wusste er noch nicht. Es würde das Einfachste sein, den Flughafen im Auge zu behalten.

Er näherte sich dem Anfang des spontanen Staus, an dessen Kopf ein ganzer Bus stand. Die Insassen harrten immer noch an den Leitplanken aus und gafften, schauten mit Ferngläsern auf das Wasser und riefen laut, wenn sie etwas entdeckt hatten.

»Wir nehmen uns die ersten drei Autos neben dem Bus. Bereitmachen.« Walter zog seine Maschinenpistole unter der Jacke hervor und hielt sie am langen Arm.

Das Stampfen der Stiefel seiner Leute war nicht mehr zu hören, sie mussten zurückgefallen sein oder hatten sich ohne seinen Befehl verteilt.

Er sah über die Schulter – und blieb abrupt stehen. Er stand allein zwischen den verlassenen Wagen, als hätte es seine Begleiter nie gegeben!

Walter lief einige Meter zurück, blickte hinter die Autos, bis er sich in den Liegestütz begab und unter den Fahrzeugen nachschaute. *Nichts!*

Er nahm sein Handy aus der Tasche und wählte Valescas Nummer, um ihr Bescheid zu geben, dass etwas nicht stimmte und er Unterstützung benötigte.

Es dauerte etwa zehn Sekunden, bevor sie das Gespräch entgegennahm. Doch sosehr sie auch Walters Namen rief, er antwortete nicht.

Ihre Stimme drang aus dem Handy, das mit dem Display nach oben im Schnee lag. Ein paar rote Spritzer im dreckig grauen Weiß ließen darauf schließen, dass Walter sein Telefon nicht freiwillig aus der Hand gegeben hatte.

Aber das konnte Valesca nicht sehen, geschweige denn wissen. So legte sie nach weiteren zehn Sekunden wieder auf.

11. November
Russland, südöstlicher Baikalsee

»Wir haben das erste Artefakt«, grinste Justine zufrieden und sah zu Will. »Und jetzt erzähl uns, was du in Venedig erlebt hast.«

Will berichtete, was ihm widerfahren war, beschrieb den Zylinder und die darin enthaltenen Gegenstände. »Leider habe ich nicht herausfinden können, wo sich die Artefakte vor diesem Zeitpunkt befanden. Aber wenigstens wissen wir jetzt, was wir suchen.«

»Dämonenhaar, Dämonenauge, Dämonenhaut, Dämonenzahn und ein Dämonenschwert aus Horn«, zählte Justine auf. »Lauter Einzelteile. Ein kleiner Dämonen-Bausatz. Und du hattest keine Lust, ein bisschen zu basteln während deines kleinen Ausflugs?«

Er stöhnte. »Sei froh, dass es dir erspart geblieben ist.«

Sie sah auf das Buch, das Saskia zum Trocknen auf die Heizung des Zugabteils gelegt hatte. »Gehörte das dem Mönch?«

»Ja.« Saskia berührte den alten ledernen Einband. »Ich gehe mal davon aus, dass es einen Grund gab, weswegen er es mitnahm.«

»Jetzt brauchen wir noch jemanden, der auf die Schnelle Russisch für uns übersetzt«, meinte Will.

»Der Portier«, schlug Justine vor. »Oder gibt es bessere Vorschläge?«

Saskia rutschte unruhig auf ihrem Sitz hin und her, um eine einigermaßen bequeme Position zu finden. Ihre aufgeschlagenen Knie, Ellbogen und Rippen taten ihr weh, die Narben auf ihrer Brust und dem Bauch fühlten sich immer noch heiß an, nachdem sie ihre Gabe so lange wie niemals vorher benutzt hatte. Und die sehr lebhafte Erinnerung daran, beinahe erstickt zu sein, würde sie bestimmt sehr lange Zeit verfolgen. »Wie wäre es mit der Schwesternschaft?«, fragte sie. »Wir suchen uns wieder ein Internetcafé, scannen die Seiten und schicken sie ihnen.«

»Du willst ein ganzes Buch einscannen? Na, viel Spaß, das kann Stunden dauern.« Will dachte an Schmittis Schicksal. »Andererseits ist es natürlich besser so, als wenn wir noch einmal jemanden mit in die Sache hineinziehen, der sich nicht wehren kann.«

»Das ist eine gute Idee.« Justine hielt die Hand auf. »Gib mir das Handy. Ich frage rasch bei den Nonnen nach, ob es etwas Neues zu den Schriftzeichen gibt – und wenn ich ihnen jetzt direkt ein Bild vom Inhaltsverzeichnis schicke, können sie schon mal überlegen, welche Kapitel wichtig sind«, sagte sie. Will reichte ihr das Gerät, Justine wählte und ließ es klingeln. Und klingeln. Und klingeln.

»Das ist merkwürdig.« Sie sah auf die Uhr. »Weiß jemand, wie spät es jetzt in Rom ist?«

Will war sofort beunruhigt. »Geht keiner ran?«

»Sie werden zu tun haben.« Justine behielt das Handy. »Ich versuche es gleich wieder.«

Saskia schob derweil den Kittel, den sie zum Einwickeln benutzt hatte, so weit nach unten, dass sie den Schwertgriff begutachten konnte. »Was macht man wohl mit den Artefakten, wenn sie zusammengetragen sind?« Sie strich über das Material. »Mit der Klinge durchbohren?« Sie erkannte eine Vertiefung im Griff und eine weitere Aussparung in der Schwertklinge.

Will legte die Hände zusammen, führte die Fingerspitzen gegen die Stirn und tippte sich dagegen. »Ich habe in meinen Visionen sowohl die Artefakte als auch Episoden aus ihrer Vergangenheit gesehen.« Er nahm seine Aufzeichnungen heraus. »Die Harfe ... könnte sie zu dem Haar passen? Das Haar als eine ihrer Saiten?« Er erinnerte sich an den einen grausamen Ton in der Melodie des Harfenspielers, der Wahnsinn verbreitet und die Ritter zum mörderischen Toben gebracht hatte.

»Man hat das Haar in das Musikinstrument eingefügt«, Saskia notierte sich diese Vermutung, »und aus etwas anderem das Monokel gemacht?«

»Vermutlich aus dem Auge des Dämons«, sagte Justine. »Durch diese Linse sieht man etwas, was dem menschlichen Auge sonst verborgen bleibt, oder sie verleiht Macht, wenn man hindurchblickt.«

»Oder Wahnsinn«, warf Saskia ein.

»Bleiben noch der schwarze Zahn und der Hautfetzen mit der Schrift«, sagte Will.

»Deiner Beschreibung nach ist es ein Pergament«, berichtigte Justine. »Auf Pergament wurde früher geschrieben.«

Will erinnerte sich an das Gedicht, das eine Stimme rezitiert hatte. »Ich konnte leider nicht lesen, was darauf geschrieben stand, aber ich nehme an, dass es dieses Gedicht war. Die Symbole sahen antik aus.« Er nahm Saskia Stift und Papier weg und malte ein paar Zeichen. »So in etwa.«

Die Frauen betrachteten sie, konnten aber nichts damit anfangen. »Aber ich habe das Gefühl, dass wir ein bisschen weitergekommen sind. Jetzt müssen wir nur noch diese antike Stadt und die Burg finden«, meinte Justine und drückte die Wahlwiederholung des Handys. Immer noch wurde in Genzano nicht abgehoben. »Wir haben das Schwert, der Sir hat das Monokel. Schnappen wir uns die Harfe und das Pergament. Ich glaube fast, dass der Beutel mit dem Zahn in der Nähe der Harfe ist. In deiner Vision trug einer der Chevaliers den Beutel am Gürtel, oder?«

Will nickte. »Das wäre gut für uns.« Er lehnte sich gegen die harte Holzlehne und blickte auf den Schwertgriff. Zu seinem Erstaunen spürte er das immer stärkere Verlangen, das Artefakt anzufassen und es in der Hand zu halten. Es war ihm durch seine Erlebnisse im Venedig des siebzehnten Jahrhunderts so vertraut, dass er bedauerte, es nicht selbst tragen zu dürfen.

Er neigte sich vor, legte die Hand auf den Griff und erntete einen verwunderten Blick von Saskia und Justine. »Ich musste es einfach anfassen«, erklärte er verlegen. Er hielt inne, weil es in seinem Rücken plötzlich wieder riss; die Wunde schien sich dagegen aufzulehnen, dass er die Waffe berührte, die ihn beinahe getötet hatte. Will rang nach Luft. »Kreuzschmerzen«, sagte er zu den Frauen, die ihn bestürzt ansahen. »Bestimmt vom Unfall.«

Saskia betrachtete ihre aufgescheuerte Kleidung und die geschundene Haut darunter. »Ich bin froh, wenn ich erst mal eine Dusche nehmen kann.«

»Ein Bad wäre mir lieber«, sagte Justine. Sie versuchte ein drittes Mal, mit der Schwesternschaft telefonischen Kontakt aufzunehmen. »Hallo?«, rief sie erleichtert und verfiel ins Französische. Sie sprach fünf Minuten mit einer Frau, so viel verstanden Will und Saskia. »Sie sind noch mit der Recherche beschäftigt«, erklärte sie, nachdem sie das Gespräch beendet hatte.

»Was sie jetzt schon sagen können, ist, dass auf den Seiten ein Ritual beschrieben wird, mit dem eine Seele an einen Ort gebannt werden kann, und zusätzlich eine Bauanleitung. Dein Eindruck, Saskia, hat also gestimmt. Aber wir müssen noch abwarten.«

»Hast du sie gefragt, ob wir ihnen das Buch schicken können?«

»Ja, habe ich. Sie haben gesagt, dass sie im Moment mit einer anderen Sache sehr beschäftigt sind und es hintanstellen müssten – tut mir leid.«

»Hast du ihnen nicht gesagt, wie wichtig das hier für uns ist?« Saskia sah sie erstaunt an.

»Natürlich. Aber ... nun ... Faustitia schien sehr ... angespannt. Irgendetwas scheint nicht zu stimmen, aber sie wollte mir nicht sagen, was es ist.« Justine reichte das Handy zurück und erhob sich. »Ich schaue mich mal im Zug um«, verkündete sie.

»Du bist sicher, dass du allein losgehen solltest?«, fragte Saskia. »Was ist, wenn uns doch ein Dämonendiener gefolgt ist? Wäre es nicht besser, wir bleiben zusammen?«

»Machst du dir Sorgen um mich? *C'est gentil, ma chère,* aber nicht nötig. Wenn mir irgendwelche verdächtigen Typen auffallen«, erklärte Justine selbstsicher, »trete ich ihnen gehörig in den Arsch und schmeiße sie raus.« Mit diesen Worten schlenderte sie davon.

Saskia lächelte Will an und verhüllte den Griff wieder. Danach nahm sie das halbwegs getrocknete Buch und blätterte darin, allerdings ohne die kyrillischen Buchstaben lesen zu können.

Sie schlug vorsichtig um, damit das feuchte Papier nicht riss. Aufschlussreicher waren die Zeichnungen, die sie bald entdeckte. Sie setzte sich neben Will, legte das Schwert auf ihren Platz und legte die Füße darauf. »Hier, schau dir mal die Abbildungen an«, sagte sie und hielt ihm das Buch hin. »Hilft dir das?«

Will beachtete das Buch gar nicht, sondern betrachtete ihr Profil. Sein Herz schlug schneller, und er seufzte leise. Eigentlich hatte er das gar nicht tun wollen, aber nun war sie aufmerksam geworden.

Saskia drehte den Kopf zu ihm und sah ihm genau in die Augen. Offenbar hatte er seine Empfindungen einen Moment zu lange gezeigt.

Sie lächelte und sah dabei zugleich ernst aus. »Will, lass uns nichts beginnen, was wir vielleicht gar nicht ernst meinen. Unter diesen Bedingungen hätte ich die ganze Zeit über das Gefühl, dass wir ...« Ihr fehlten die Worte. »Es käme mir mehr wie Verzweiflung vor als alles andere. Mehr ein falsches Trösten, verstehst du?«

»Für mich ist es das nicht«, sagte er leise. Wie gern hätte er jetzt ihre Hand genommen.

Saskia hob das Buch an. »Wir sollten uns um die Artefakte kümmern«, lenkte sie ab. »Sobald wir unsere Aufgabe erfüllt haben, können wir ... können wir uns auf diesen einen Kaffee treffen, über den wir schon so oft gesprochen haben, und sehen, wie es um unsere Gefühle steht, wenn ich keine Médiatrice mehr bin und du kein ...«, sie grinste ihn an, um die Situation für sie beide zu entspannen, »... kein visionengeplagter Finder-Inder.«

Will nickte. Er wusste, dass sie recht hatte. Er war trotzdem traurig und ... und er war ... wütend? *Wie kann sie es wagen, mich zurückzuweisen,* fauchte ein Gedanke durch seinen Kopf. Er erschrak selbst darüber. Wieder das Unbekannte! Er bat Shiva um mehr Gelassenheit und beugte sich dann zur Seite, um sich die Zeichnungen anzusehen; dabei achtete er darauf, Saskia nicht zu berühren.

Er hatte Angst davor, was er sonst tun würde.

XV.
KAPITEL

12. November
Russland, südöstlicher Baikalsee

Nach etwas Schlaf und einem hastigen Frühstück saßen sie im Doppelzimmer der Frauen. Will hatte sich an der Rezeption einen Laptop ausgeliehen und recherchierte erneut im Internet nach Informationen zu den Orten, an denen die Artefakte verborgen waren.

Ihm erschien die Suche nach der Harfe am aussichtsreichsten, und so jagte er in der virtuellen Welt nach den Begriffen *Harfe*, *dämonisch*, *verflucht*, *Großbritannien* und *Teufel*. Einige Treffer hatte er bereits, doch die Musikinstrumente stimmten nicht mit dem überein, das er in seiner Vision gesehen hatte.

Saskia versuchte derweil, den Professor zu erreichen, um ihn nach Neuigkeiten aus Hamburg und dem Maître zu fragen. Justine zappte mit rasender Geschwindigkeit durch die Fernsehkanäle; das Bild blieb weniger als eine Sekunde lang stehen.

Saskia erreichte den Arzt. »Ah, Professor! Wie geht es Ihnen?« Sie stellte auf Lautsprecher.

»Gut, danke, Frau Lange«, sagte er freudig.

»Was gibt es Neues?«

»Dass in Hamburg die Pest ausgebrochen ist, haben Sie mitbekommen?«

»Ja.« Saskia hatte diese Tatsache bis jetzt wunderbar verdrängt. »Uns geht es gut. Wir sind nicht infiziert, denke ich.«

»Das freut mich zu hören. Bisher sind einhundertzweiundachtzig Menschen daran erkrankt, die Symptome breiten sich rund um die Villa in rasender Geschwindigkeit aus. Die Medien spekulieren bereits, ob das Anwesen nicht der geheime Stützpunkt einer pakistanisch-muslimischen Terrororganisation gewesen sein könnte, die darin Pesterreger züchtete. Der ganze Stadtteil ist unter Quarantäne gestellt worden.«

»Ich bin Inder! Halbinder! Nein, eigentlich Deutscher«, sagte Will entrüstet. »Beschissene Boulevardblätter!«

»Hallo, Herr Gul. Ich kann erahnen, wie Sie sich fühlen.« Der Professor schwieg ein paar Sekunden. »Wo sind Sie?«

Justine gab Saskia Handzeichen, dass sie nichts verraten sollte, doch die schüttelte unwirsch den Kopf. »In Irkutsk.« Sie vertraute dem Professor.

»Das ist interessant. Es gab gestern mehrere heftige Flutwellen im Baikalsee. Haben Sie davon etwas mitbekommen?«

Saskia antwortete mit einem knappen »Ja«.

»Niemand scheint dafür eine vernünftige Erklärung zu haben. Ein Erdbeben wurde nicht gemessen, und die Zeugenaussagen sind sehr wirr ...« Der Professor ließ die Frage, ob Saskia und Will damit zu tun hatten, unausgesprochen im Raum hängen.

»Ja, keiner weiß, was geschehen ist«, sagte sie und hoffte, dass er ihr die Lüge nicht anhörte.

»Bis jetzt hat man über sechzig Tote gefunden, wussten Sie das? Sogar ein Mönch war dabei – was der wohl auf dem See zu suchen hatte.«

Die Nachricht traf Saskia. Es fühlte sich an, als habe der Professor sie auf der Planche mit einem unerwarteten Angriff in die Defensive gedrängt. *Über sechzig Tote,* schoss es ihr durch den Kopf, *und ich habe sie auf dem Gewissen!* Passend dazu hielt Justine mit dem Zappen inne. Ein Nachrichtenkanal lieferte Bilder mit Verwüstungen aus verschiedenen Hafenstädten, ganze Stadtteile waren überspült worden. Die Hilfs- und Aufräumaktionen unter der Leitung der russischen Armee liefen bereits.

Saskia schmerzte dieser Anblick, und die Schuld machte sie sprachlos. Das hatte sie beim besten Willen nicht beabsichtigt!

»Das ist wirklich tragisch, Professor«, sagte Justine laut und sah Saskia dabei fest an. »Das Schicksal kann grausam sein, *n'est-ce pas?* Nur gut, dass wir nicht in der Nähe waren, als es passierte. Aber sagen Sie uns: Gibt es Neuigkeiten über den Maître?«

»Er ist in Rio de Janeiro gesichtet worden«, erzählte der Professor. »Was er dort will, wissen wir nicht. Jedenfalls ist es keine Duellforderung der *union*.«

Saskia räusperte sich; es war gut, sich auf etwas anderes zu konzentrieren als auf die Schuld, die sie auf sich geladen hatte. »Haben Sie mehr über ihn herausfinden können?«

»Nein.« Er machte eine kleine Pause. »In der Datenbank der *union* sind die Mitglieder mit ihrem echten Namen und mindestens einer Kontaktadresse abgespeichert, ebenso ist das Geburtsdatum hinterlegt. Und für die Kämpfer, die in der Rangliste oben stehen, gibt es kurze Dossiers, außer ...«

»... für den Maître«, vollendete Justine grollend. »Und das ist bisher niemandem aufgefallen?«

Saskia hatte eine Erklärung, aber die gefiel ihr ganz und gar nicht. »Er *ist* die *union*. Er hat irgendwann die Macht übernommen und seine Leute in das Komitee gehoben, damit er die Kontrolle ausüben kann.«

»Die Vertuschung der Unfälle hat diesen Verdacht schon nahegelegt«, kam es aus dem Telefon; der Professor klang wütend. »Es wird Zeit, dass ich einige Freunde aus alten Tagen anspreche, die definitiv nichts mit dem Maître zu tun haben. Außerdem muss ich davon ausgehen, dass meine Nachforschungen mittlerweile jemandem aufgefallen sind.«

»Was haben Sie vor, Professor? Es war nicht meine Absicht, Sie in Schwierigkeiten zu bringen!«

»Ich denke eher, dass die *union* in Schwierigkeiten ist«, entgegnete er gefasst. »Sie dient nicht mehr dem Zweck des Duellierens und der Verehrung der Fechtkunst, sondern den ominösen Plänen eines einzigen Mannes. Das muss beendet werden! Ohne Sie, Frau Lange, wäre dieser Umstand vielleicht niemals ans Licht gekommen. Dafür schuldet Ihnen jedes einzelne Mitglied der *union* Dank.«

»Und was haben Sie vor?«

»Ich werde den Maître ausschalten lassen, ganz ohne den Kodex der *union* zu beachten. Danach werde ich das Komitee entfernen und ein neues installieren. Ich werde den Vorsitz übernehmen, und wenn Sie mit dem, was Sie zu tun haben, fertig sind, Frau Lange, würde ich Sie sehr gern darin sehen. Was halten Sie davon?«

Saskia freute sich über diese Ehre, die ihr zuteilwerden würde; ein schönes Gefühl, für das sie umso dankbarer war, weil sie es in den letzten Tagen nicht mehr empfunden hatte. »Lassen Sie mich erst den Titel der Maîtresse errungen haben, Professor. Dann komme ich dem Ruf gern nach. Ich möchte mir meinen Wunsch erfüllen, die Erste und die Beste der *union* zu sein.«

»Wenn ich den Maître ausgeschaltet habe, rücken Sie automatisch an die erste Stelle der Rangliste.«

»Aber ...«

»Keine Widerrede, Frau Lange. Und machen Sie sich bitte keine Sorge: Ich werde einen würdigen Gegner für Sie finden, wenn es so weit ist. Wenn ich Ihnen aber jetzt im Moment bei etwas helfen kann ...«

»Ja, das können Sie. Ich brauche einen vertrauenswürdigen Kontakt, der mir etwas aus dem Russischen übersetzt.«

»Sie sind in Irkutsk, sagten Sie?« Der Mann schien nach etwas zu suchen, sie hörten ein elektronisches Piepsen. »Ich habe tatsächlich jemanden ganz in Ihrer Nähe. In Ulan Bator. Möchten Sie ihn aufsuchen, oder soll er zu Ihnen kommen?«

»Um wen handelt es sich?«

»Soweit ich weiß, ist er Akademiker und arbeitet an einem naturwissenschaftlichen Institut. Sie werden sich auf Englisch mit ihm unterhalten können. Sein Kampfname ist Bebud, wie der russische Artilleriesäbel aus dem zwanzigsten Jahrhundert. Er gehört zu denen, die ich über die Machenschaften des Maître in Kenntnis setzen werde. Ich sende Ihnen seine Nummer per SMS auf Ihr Handy.«

»Danke sehr!«

»Kann ich noch etwas für Sie tun?«

»Nein. Geben Sie auf sich acht.«

»Das Gleiche gilt für Sie, Frau Lange.« Er verabschiedete sich und legte auf.

»Also ziehen wir doch einen Außenstehenden mit hinein?« Will hatte zugehört, ohne die Augen vom Laptop-Monitor abzuwenden.

»Es geht nicht anders.« Saskia bedauerte das zwar auch, aber es ließ sich nicht ändern. Sie rieb das Handy ab, das auf der Heizung über Nacht getrocknet war; ein Wunder, dass es das Seewasser unbeschadet überstanden hatte. »Gibt es Neuigkeiten vom Sir?«

Will schüttelte den Kopf. »Nein.« Er drehte den Laptop, so dass die Frauen den Bildschirm sehen konnten. »Aber ich habe die Harfe gefunden. In Limerick!« Er zeigte ihnen die Website des Museums, das in einer Burg am Fluss Shannon untergebracht war: Sir John's Castle. Er klickte sich durch die verschiedenen Abteilungen des Museums, bis sie einen Raum sahen, in dem unter einer großen Glasvitrine eine schulterhohe Harfe ausgestellt war. »Ich bin mir sehr sicher, dass sie es ist«, erklärte er aufgeregt. »Leider kann man auf den Bildern nicht sehen, ob eine andersfarbige Saite aufgespannt ist.«

»Dann geht es von Ulan Bator direkt nach Irland«, beschloss Justine. »Ich habe mir die Entfernung auf der Karte angeschaut.

Es ist nicht weit von hier aus in die Mongolei. Es wäre mir lieber, wenn wir ein paar Kilometer hinter uns bringen, bevor die Dämonendiener uns finden.«

Will nahm das Schwert in die Hand und führte einen Schlag in der Luft. Es fühlte sich gut, vertraut und richtig an. »Wie bekommen wir das durch den Zoll?«

»In den Koffer werde ich es sicher nicht legen.« Saskia gefiel es nicht, dass Will das Schwert an sich genommen hatte. Sie erhob sich und nahm es ihm ab. Sie hatte den Eindruck, dass er es nur widerwillig hergab. Saskia drehte es, betrachtete den Fangkorb und die Parierstange und suchte nach den Verbindungen und Schmiedestellen, an denen Metall und Schwert verbunden worden waren.

Nachdem sie an den Verzierungen gedreht und gerüttelt hatte, bemerkte sie, dass sich eine Strebe im Korbgeflecht bewegen ließ. Nach mehreren Versuchen löste sich das Stäbchen, und daraus ergab sich ein Dominoeffekt: Der Handschutz ließ sich komplett entfernen und zusammenschieben. Auch die Parierstange konnte sie nun abnehmen. Im Schwert sah sie winzige Bohrungen, die Verankerungen für den Schutz.

»Sehr raffiniert«, kommentierte Justine, die ebenso fasziniert zugesehen hatte wie Will.

»Anscheinend hat ihr Schöpfer damals schon vorhergesehen, dass man die Waffe mitunter schmuggeln muss.« Saskia riss den Stoff ihres Mantelfutters auf und schob die nackte Klinge hinein. Unter den Anweisungen der anderen versuchte sie, das Schwert so zu deponieren, dass es nicht auffiel. Wenn der Zöllner nicht zu genau hinschaute und sie sich etwas steifer bewegte, würde er vielleicht nichts bemerken. Es gab auf die Schnelle keine andere Möglichkeit.

Sobald Saskia die SMS mit Bebuds Nummer bekommen hatte, rief sie den Mann an. Seine Stimme war dunkel und hatte einen harten Akzent. Sie vereinbarten, sich am Flughafen zu treffen.

Ihr Erkennungszeichen sollte die *Times* sein, zusammengerollt unter dem rechten Arm.

Eine Stunde später verließen die drei das Hotel. Was Will beim Auschecken sofort auffiel, war, dass der bekannte Portier nicht an seinem Platz stand. Auf seine Nachfrage hin wurde ihm mitgeteilt, dass der Kollege seinen Dienst heute nicht angetreten hatte.

Will seufzte. Er wusste, dass der Mann nicht mehr lebte. Genau wie der Taxifahrer.

Gegen Nachmittag landeten sie in Ulan Bator.

Sie gelangten zu ihrer eigenen Verwunderung ohne Probleme durch den Zoll; die Uniformierten winkten sie durch und machten den Eindruck, nicht besonders glücklich zu sein, Ausländer zu sehen. Saskia erschien es, als wollten sie sogar vermeiden, dass sie überhaupt stehen blieben. Das war ungewöhnlich – aber es sollte ihr recht sein.

Die drei begaben sich in die Halle, wo ein hagerer, langer Mann in einem schwarzen Mantel und mit einem Hut in der Hand wartete. Unter seinem rechten Arm trug er die zusammengerollte *Times*, in der linken Hand hielt er einen Regenschirm. Er wirkte wie ein waschechter Brite, der sich hierhin verirrt hatte.

Justine übernahm Saskias Flankenschutz und blieb am Zeitungsstand stehen, an dem Saskia ihrerseits eine *Times* erstand. Will beobachtete das Zusammentreffen von der nahegelegenen Galerie aus und hielt nach verdächtigen Personen Ausschau.

Saskia ging auf Bebud zu, tippte sich mit der Zeitung gegen die Brust, so dass er sie sehen musste, und reichte ihm die Hand. Sie trug Handschuhe und würde nichts bei ihm auslösen. »Guten Tag, Bebud. Danke, dass Sie Zeit für mich haben.«

»Willkommen in der Hauptstadt der Mongolei.« Der Mann schlug ein. »Der Professor bat mich darum, Ihnen zu helfen. Es ist mir ein Vergnügen.« Er zeigte auf ein kleines Café. »Wollen wir uns setzen?«

»Ja, aber mir wäre es lieber, wenn wir eine der Ruhebänke dort vorne nehmen. Von da habe ich einen besseren Überblick.« Er willigte ein, und sie gingen ein paar Schritte weiter, um sich auf einer Bank niederzulassen. Sie nahm das Buch heraus, das inzwischen vollständig getrocknet war, und öffnete es. »Können Sie mir übersetzen, worum es hier geht?«

»Ein ganzes Buch?«

»Uns wäre geholfen, wenn Sie auf Schlagwörter wie Artefakt und Ähnliches achten, während Sie querlesen.« Saskia nahm eine Liste mit Begriffen heraus, die sie ihm vorlas.

»Klingt nach Hokuspokus.« Bebud sah sie missgestimmt an. »Hätte mich mein Freund nicht darum gebeten, würde ich jetzt aufstehen und gehen«, sagte er. »Ich halte nämlich nichts von derlei Unfug.«

Saskia lächelte ihn gewinnend an. Er seufzte und begann, den Blick in Windeseile über die Seiten huschen zu lassen. Sein Gesicht sah dabei angestrengt aus, die Handschrift und die sehr oft verwischten Buchstaben machten es nicht leicht, den Inhalt zu erfassen.

Die Minuten verstrichen, ohne dass er etwas sagte. Er brummte nur vor sich hin, blätterte, fuhr mit den Fingern über die Seiten und las immer weiter.

Saskia schaute zu Justine, die ihr mit einem leichten Nicken zu verstehen gab, dass alles in Ordnung war. Will entdeckte sie schräg über sich auf der Galerie, und auch er sah entspannt aus.

Mehr als eine Stunde lang schaute Bebud in das Buch, machte sich mit kleinen Papierfetzen, die er aus der Zeitung riss, Markierungen, um diese Stellen schließlich noch einmal genauer zu lesen. Jedes Mal, wenn Saskia zu einer Frage ansetzte, hob er die Hand und stoppte sie.

Als er es nach einer Stunde und vierundvierzig Minuten immer noch so hielt, war sie gereizt. »Sagen Sie mir, was Sie gefunden haben?«, bat sie freundlich, aber drängend. »Unsere Maschine geht bald.«

»Das ist alles ... interessant. Bedeutsam, wenn man daran glaubt.« Bebud legte das Buch aufgeschlagen auf seine Beine. »Das Büchlein behandelt verschiedene Erscheinungsformen des Bösen, des Dämonischen. Es gibt davon offensichtlich sehr viele Arten. Man kann diese ... diese Wesenheiten in unsere Welt rufen, sofern man die Voraussetzungen dazu erfüllt.«

»Das wissen wir. Werden Artefakte erwähnt?«

Der Mann legte die rechte Hand auf die rechte Buchseite. »Das Buch ist etwa einhundert Jahre alt und sammelt sein Wissen wiederum aus Abschriften aus dem frühen neunzehnten Jahrhundert. Es dreht sich in erster Linie um die Geschichte Posolsks und dass es einst als Dorf gegründet wurde, um das Schwert dort vor dem Bösen zu verstecken und zu beschützen. Dazu wurde das *artefactum* abwechselnd in den Klöstern aufbewahrt.«

Saskia folgte den Ausführungen ungeduldig. Diese Etappe ihrer Suche hatten sie bereits hinter sich gelassen. »Das ist alles? Keine Hinweise auf andere Artefakte?«

Bebud verneinte. »Aber eine Bemerkung zu einer Stadt, in deren antiken Ausgrabungen immer wieder verstümmelte Leichen gefunden werden. Leichen von Archäologen und deren Helfern. Der Verfasser des Buchs mutmaßt, dass es sich dabei um das gleiche dämonische Phänomen handelt, von dem schon die antiken Schriften römischer Gelehrter künden: der Fluch von Alexandria.«

Saskia wählte Wills Nummer und berichtete ihm von Alexandria. »Sieh nach, ob du an einem Internet-Terminal etwas darüber herausfinden kannst. Für mich klingt das, als sei ein Schutzgeist über die Archäologen hergefallen.«

»Ich lasse dich ungern aus den Augen«, antwortete er zögerlich.

»Mach schon!«

»Erst mal muss ich hier ein Terminal finden.« Er verabschiedete sich, und sie sah, dass er sich vom Geländer abstieß und nach hinten verschwand.

Sie schaute zur Anzeige mit den Abflügen. Die Maschine, die sie nach Moskau bringen sollte, flog in zwei Stunden. Von da ging es weiter nach London, und ein Anschlussflug würde sie direkt weiter nach Shannon transportieren; Limerick war von dort nur einen Katzensprung entfernt.

Saskias Blick wurde von einem Monitor daneben abgelenkt, wo neue Aufzeichnungen der unglaublichen Vorgänge am Baikalsee gezeigt wurden. Satellitenbilder machten das ganze Ausmaß der Wellenbewegungen deutlich, einige Aufnahmen zeigten die von ihr erschaffene Wasserschlucht unmittelbar beim Zusammenbrechen. Saskia war erleichtert, dass sie darauf nicht zu sehen war. Und als ein Kamerateam die Statements von Schaulustigen einfing, erkannte sie zu ihrer Verblüffung im Hintergrund jemanden, der ihr vertraut war: den Maître! Es war nur ein kurzes Vorbeihuschen, doch sein Gesicht würde sie unter Tausenden erkennen.

Rasch schaute Saskia auf das Datum der Aufnahme: Sie war gestern gemacht worden. Der Professor musste sich getäuscht haben, als er ihr gesagt hatte, der Maître würde sich in Rio aufhalten. *Oder war das Absicht gewesen?*

Saskia war verwirrt. Warum sollte der Professor sie belügen?

Für wahrscheinlicher hielt sie, dass er von seinen Informanten getäuscht worden war, damit sich der Maître ihnen unbemerkt nähern konnte.

Sie fürchtete, dass der Maître schon mehr über das Vorhaben des Professors, ihn töten zu lassen, wusste, als es diesem lieb sein konnte. Und wenn dies so war, drängte sich die Frage auf, wie sehr sie Bebud trauen konnte. Gehörte er noch immer zu den Freunden des Professors oder bereits zu dessen Feinden? Als sie ihr Schwert im Mantelinneren spürte, wurde ihr plötzlich eine beiläufige Äußerung Bebuds bewusst. Nur eine Kleinigkeit.

Sie versuchte, sich nichts anmerken zu lassen, als sie sich zu Bebud drehte. »Hat Ihnen der Professor noch etwas gesagt?«

Bebud lehnte sich zurück. »Nein. Warum?«

Sie versuchte, in den hellblauen Augen des anderen zu lesen, ob er die Wahrheit sagte oder log, doch er ließ sich nichts anmerken. Saskia lehnte sich ebenfalls zurück und achtete darauf, mit einem schnellen Griff an das Schwert gelangen zu können. »Woher wissen Sie, dass es sich um ein Schwert handelt?«

Sein rechtes Augenlid zuckte. »Es stand in dem Text.«

»Ich dachte, es würde *artefactum* genannt.« Sie schnippte sich mit dem Finger gegen die Nase, als wollte sie sich dort kratzen; tatsächlich war dies ein Zeichen, das sie mit Justine verabredet hatte.

Bebud stand auf und riss eine Seite aus dem Buch, bevor Saskia zugreifen konnte. Achtlos ließ er es danach auf den Boden fallen. »Verhalten Sie sich ruhig, Frau Lange. Ich weiß, dass Sie auf der Liste der *union* weit oben geführt werden, doch ich bin mir sicher, dass ich Sie zusammen mit meinen Schülern besiegen würde.« Sein Auftreten war das eines britischen Snobs, sogar der Tonfall passte. Nur der Akzent nicht.

Justine tauchte halb hinter ihm auf, aber Bebud hatte sie bemerkt. Er schlug aus der Drehung mit dem Schirm nach ihr, die Französin wich aus und packte das Schlaggerät mit sicherem Griff. Es klickte leise, Bebud riss seinen Arm zurück – und hielt einen Degen in der Hand, während Justine verwundert die Bespannung umklammerte.

Bebud stach sofort zu und durchbohrte ihre Schulter. Die

Französin schrie laut auf, Qualm stieg aus der Wunde, und mit einem Grollen sprang sie nach hinten. Zwei Frauen, die auf der Nachbarbank gesessen hatten, schrien auf und liefen davon. Der Fechter lächelte überheblich und wandte sich Saskia zu. Gleichzeitig kamen aus drei Richtungen junge Männer angelaufen, die unter ihren Mänteln Waffen hervorzogen. Säbelklingen blitzten auf. Bebud hatte wohl seine eigene Schule gegründet, um die *union* mit Nachschub versorgen zu können. Es waren zu viele Gegner! Trotzdem zerrte Saskia bereits das Schwert aus dem Innenfutter heraus. Dass ihre Finger keinerlei Schutz vor der gegnerischen Klinge besaßen, weil ihr Schwert weder Fangkorb noch Parierstange hatte, beunruhigte sie. Wenn sie es richtig gesehen hatte, war Bebuds verkürzter Degen dreikantig und schimmerte geschliffen. Eine robustere Version der normalerweise schlanken, eleganten Waffe.

Bebud führte einen Schlag gegen ihren Kopf, sie parierte und stach aus der Bewegung zu. Der Mann blockte; klirrend trafen die Klingen aufeinander. Er machte einen schnellen Schritt auf sie zu und versuchte, ihr den Ellbogen gegen die Brust zu rammen. Saskia wich aus, schlug nach seinem Hals und spürte, wie sich die Narben auf ihrer Brust erwärmten und zu ziehen begannen. Die Wut weckte die Gabe – doch das Schlimmste, was ihr nun passieren konnte, war, wenn die graue Zweidimensionalität ihr einen Teil der Sicht raubte.

Er lenkte ihren Hieb ab, und ihre Schneide prallte gegen die Sitzbank.

Justine schnellte nach vorn und versuchte, Bebud zu packen – doch der Mann war schnell, zu schnell. Er trat ihr gegen das Schienbein und stoppte sie. Die Spitze seiner Waffe fuhr ihr dieses Mal durch die Hand, mit der sie nach seinem Hals greifen wollte. Es zischte und stank verbrannt, und jetzt brüllte die Französin laut.

Zwei Sicherheitsbeamte kamen angelaufen, zogen ihre Pistolen und schrien auf Russisch und Englisch durcheinander, aber sie wurden von hinten von mehreren weiteren Schülern Bebuds überrascht. Die Wachleute hatten keine Chance, sie wurden mit den flachen Klingenseiten nacheinander niedergeschlagen.

Die drei zuerst aufgetauchten Schüler machten Anstalten, ihrem Meister nun beizustehen. »Die gehören mir!« Justine gab einen grollenden Laut von sich und nahm eine geduckte Haltung ein.

Saskia setzte zu einem enormen Schlag an, der Bebud waagerecht ins Kreuz treffen würde. Er parierte den Angriff zwar, aber der stabile Degen zerbrach mit einem singenden Geräusch. Das Schwert hieb Bebud in den Arm – und die Intarsien verflüssigten sich! Das Silber strömte wie von selbst in Bebuds Körper, er brach kreischend zusammen und wälzte sich sterbend auf dem Boden.

Justine warf sich den Schülern in den Weg, schlug den ersten von ihnen nieder, trat dem zweiten in den Schritt und rammte dem dritten ihren Ellbogen ins Gesicht, bevor er überhaupt dazu kam, mit seiner Waffe auf sie einzustechen. Sie spielte mit ihnen, drosch auf sie ein, schleuderte sie mit Hebelwürfen nieder und verteilte Tritte, bis sie alle regungslos auf dem Boden lagen. Danach rannte sie auf die restlichen Schüler zu, ließ sich fallen und rutschte mit viel Schwung zwischen ihnen hindurch, um vor den niedergeschlagenen Sicherheitsbeamten haltzumachen. Sie schnappte sich deren Pistolen und richtete sie grinsend auf die Säbelkämpfer, die sofort vor ihr zurückwichen – aber nicht, um keinen Schuss zu provozieren, sondern um sich auf Saskia zu stürzen, die Mörderin ihres Mentors.

»Lass sie!«, rief Saskia Justine zu, die bereit war, den Männern in den Rücken zu schießen. Sie legte das Artefakt auf die herausgerissene Buchseite, sprang vor, um die Säbel der besiegten

Schüler an sich zu reißen, entbot den Heranstürmenden den Fechtgruß und nahm, zu ihrer Ausgangsposition zurückkehrend und den Fuß schützend auf das Artefakt gestellt, den Kampf an. Sie wollte sich mit ihnen messen und sie in ihre Schranken weisen. Saskia hatte bislang noch nie gegen sechs Gegner gleichzeitig auf der Planche gestanden; es war eine gute Gelegenheit, sich zu beweisen und das eigene Können auszuloten. Nachdem die meisten Flughafengäste sich erst entsetzt zurückgezogen hatten, tauchten nun die ersten Schaulustigen auf, um zu sehen, wie das Mehrfachduell seinen Lauf nahm.

Saskias Fechtintuition führte ihre Hand und ließ sie die Bewegungen mit traumwandlerischer Sicherheit ausführen, während sie ihre Feinde grimmig anlächelte. Sie beschränkte sich darauf, die jungen Männer zu entwaffnen und damit zu demütigen, dass sie ihnen leichte, aber schmerzhafte Wunden an Händen und Armen beibrachte. Dabei bewegte sie sich weder von der Stelle, noch nahm sie den Fuß vom Artefakt. Schließlich schlug sie dem letzten Widersacher die flache Säbelseite mit Schwung gegen den Hinterkopf; er brach sofort zusammen.

»Das war es.« Saskia schleuderte lachend ihre Säbel davon, nahm Buch, Schwert und die herausgerissene Seite auf und rief Will über das Handy an, während sie zusammen mit Justine zum Ausgang und auf den Taxistand zulief. Die Flughafenbesucher wichen vor ihnen zurück.

Ihre Narben schienen in Flammen zu stehen, so sehr hatten sie sich erhitzt. Triumph beflügelte ihre Gabe in größerem Maße als Wut oder Hass. »Komm sofort zum Taxistand«, schrie sie, als Will sich endlich meldete. »Es war eine Falle!«

»Es ist nicht Alexandria«, sagte er. »Wir müssen nach ...«

»Zum Ausgang, Will! *Jetzt!*«

Justine hatte einen der Taxifahrer mit vorgehaltenen Pistolen zum Aussteigen gezwungen und hielt auch die Umstehenden in

Schach. Saskia stieg auf den Beifahrersitz und schaute zum Gebäude. Endlich kam Will angerannt, dicht hinter ihm folgten weitere Sicherheitsleute. Er würde es nicht schaffen.

»Tu was!«, rief Justine ihr zu.

»Was denn?«

»*Mon Dieu:* Du bist eine verfickte Médiatrice!«

Als wollten sie Saskia dies ebenfalls in Erinnerung rufen, loderten die Narben auf ihrer Brust erneut auf; sie warteten darauf, ihre Macht entladen zu dürfen. Aber durfte Saskia die Gabe hier einsetzen? Sie könnte eine Katatsrophe auslösen.

»Saskia! Sie haben ihn gleich!«

Sie konzentrierte sich, bis sich die Bittermandeln auf ihrer Zunge ausbreiteten und sich mit Essig mischten; graue Zweidimensionalität lag vor ihr. Es hatte nicht länger als zwei Sekunden gedauert.

Saskia jagte etwas von ihrer Macht in den Boden unmittelbar vor den Sicherheitsbeamten, um sie in eine Spalte stürzen zu lassen, *nicht zu tief, du darfst sie nicht töten, pass auf, was du tust* ... Vor den Männern sackte der Boden einfach nach unten weg und schuf eine breite Kluft. Zwei der Sicherheitsbeamten konnten nicht mehr rechtzeitig anhalten und fielen hinein. Saskia konnte nicht erkennen, wie tief die Spalte hinabreichte.

Plötzlich begann die Erde, gewaltig zu beben. Das Zentrum lag in der Abflughalle, in der sich mit einem schrecklichen Bersten eine tiefe Spalte öffnete. Die großen Scheiben gingen sofort zu Bruch, Teile des Gebäudes wurden vom Rütteln erfasst und brachen ein, Betonstücke lösten sich aus der Decke, fielen nieder und zerplatzten auf dem Boden. Die Menschen rannten auf die Ausgänge zu, um sich im Freien in Sicherheit zu bringen.

Will hatte den Taxistand fast erreicht. Saskia versuchte, der Gabe Einhalt zu gebieten – durch ihre Wut hatte sie mehr Energie freigesetzt als beabsichtigt. Doch während die Menschen in Panik an ihr vorbeirannten, fühlte sie wieder diesen verhängnisvollen Rausch in sich emporsteigen. Sie war trunken von der Macht, die sie besaß ... und mit der sie zuschlagen wollte! Etwas in ihr reizte und stichelte sie, das Gebäude dem Erdboden gleichzumachen. *Versuch es,* flüsterte eine verführerische Stimme in ihr, *stell sie auf die Probe. Es ist dein Recht, es zu tun – es ist deine Berufung!*

Will warf sich auf die Rückbank des Taxis, Justine klemmte sich hinter das Steuer und gab Gas. Saskia wurde davon überrascht, ihr Kopf gegen die Rückenlehne geworfen; der kurze Schmerz reichte, um sie aus ihrer Trance zu reißen und die Energie, die sich bereits in ihr aufgebaut hatte, mit einer energischen Kraftanstrengung unter Kontrolle zu bringen. Ihre Narben schienen sie für diesen Frevel umbringen zu wollen, so sehr brannten sie, und Saskia biss in ihre behandschuhte Faust, um einen Schrei zu unterdrücken.

»Was jetzt?«, fragte Will atemlos und tastete an seiner Stirn herum. Ein Splitter hatte ihm die Haut aufgeritzt und Blut hervorquellen lassen.

»Zurück nach Irkutsk«, sagte Justine und wich wirr auf die Straße laufenden Menschen aus, während sie das Gaspedal weiter durchgetreten hielt. »Hier wird heute kein Flugzeug mehr starten. Und schon gar nicht mit uns an Bord.« Sie schossen über die breite Straße dahin.

Saskia brachte ihre schwergehende Atmung langsam wieder unter Kontrolle. »Was hast du rausgefunden, Will?«

»Es ist nicht Alexandria«, sagte Will. »Er hat sich getäuscht.«

»Er hat *uns* getäuscht«, entgegnete Saskia bitter und spürte, dass sie innerlich endlich zur Ruhe kam. Die Welt wurde wieder plastisch. »Er gehörte zum Maître. Ich habe den Kerl im Fernsehen gesehen. Er war gestern in unserer unmittelbaren Nähe, am Baikalsee, und hat uns beinahe erwischt!«

Will starrte sie an. »Hat der Professor nicht gesagt, er wäre in Brasilien?«

»*Monsieur le professeur* hat uns verraten«, knurrte Justine.

»Nein, hat er nicht! Er ist ebenso in Gefahr wie wir. Sein Plan, den Maître umzubringen, ist aufgeflogen.« Saskia glättete die herausgerissene Seite, auf der die Radierung einer Ruinenstadt zu sehen war. »Bebud wollte auch auf die Jagd nach den Artefakten gehen, wie es aussieht. Darum wollte er uns auf die falsche Fährte locken. Wahrscheinlich wollte er dies für den Maître tun.«

»Und was will der mit den Artefakten?«, bohrte Justine weiter. »Der Maître ist doch keiner der Dämonendiener ... oder?«

Hilflos zuckte Saskia mit den Achseln. »Wenn ich das wüsste.« Sie wandte sich zu Will um, der ihr das Blatt sanft aus den Fingern nahm.

»Dachte ich es mir doch«, sagte er und tippte auf den Druck. »Es ist Palmyra!«

»Woher ...«

»Als ich nach Alexandria gesucht habe, hat mir die Suchmaschine eines Reiseveranstalters eine Kulturrundreise vorgeschlagen, und als Werbung war eine Aufnahme von Palmyra abgebildet. Es traf mich wie ein Blitz. Ich bin mir absolut sicher, dass wir nach Syrien müssen!«

»Nein, wir sollten bei unserem ursprünglichen Plan bleiben und zuerst nach Irland«, entschied Saskia. Sie nahm das Handy hervor und rief beim Professor an; er meldete sich nicht.

Justine bat Will, für sie bei den Nonnen anzurufen, doch er konnte niemanden erreichen; auch der Sir nahm keine Anrufe entgegen. Obwohl dies alles noch nichts bedeuten musste, hatte Saskia das unangenehme Gefühl, dass sie ihre Verbündeten verloren und sie sich auf eigene Faust durchboxen mussten.

14. November
Republik Irland, Limerick

Saskia, Justine und Will streiften durch King John's Castle, das am behäbig dahingleitenden Shannon mitten in der Stadt lag. Sie hatten sich aufgeteilt; jeder von ihnen machte sich unauffällig Notizen zu Sicherheitsanlagen, Kameras, Bewegungsmeldern, Notausgängen und Personal. Noch in der gleichen Nacht wollten sie zuschlagen und das Haar aus der Harfe stehlen.

Der Flug nach Irland hatte reibungslos funktioniert, und sie gelangten unbehelligt durch die Kontrollen der Billigfluglinie. *Auffällig* unbehelligt. Wieder war es Saskia vorgekommen, als wären die Sicherheitsleute darauf erpicht gewesen, sie nicht lange in ihrer Nähe haben zu müssen. Verströmte sie neuerdings eine negative Aura? Lag es an ihrer Gabe ... oder am Schwert? Justine und Will jedenfalls spürten nichts.

Eingemietet hatten sie sich im Oakwood Arms Hotel in der Nähe des Flughafens; von dort fuhren sie mit einem Mietwagen nach Limerick. Justine erreichte auf der Fahrt eine neue Stufe des Fluchens, da der Linksverkehr sie auf eine harte Probe stellte. Trotzdem konnte sie sich kaum halten vor Lachen, als sie an einem Pub vorbeikamen, der *Furzebusch* hieß. Nach zwei Beinaheunfällen und einem verlorenen Außenspiegel hatten sie es geschafft. Saskia ging gerade aus dem modernen, verglasten Touristenzentrum von King John's Castle in den Ausstellungsraum, in dem verschiedene Musikinstrumente des Spätmittelalters präsentiert wurden. Neben Flöten und Lauten waren auch zahlreiche Harfen zu bewundern.

Im Katalog stand zu ihrer speziellen Harfe zu lesen, dass sich die Experten bis heute nicht einig darüber seien, wie alt sie genau war. Tatsächlich hatten bislang alle Untersuchungen zu verschiedenen Ergebnissen geführt. Die Hölzer stammten aus unterschiedlichen Zeiten. Hinzu kam, dass sich die Motive auf dem Korpus nirgends sonst in Irland oder in Großbritannien finden ließen. Eine sehr spezielle Forschermeinung vertrat daher die Ansicht, dass es sich bei der Harfe um das Vermächtnis einer eigenen Kultur innerhalb der keltischen Welt handelte, die abgeschottet vom Rest der Welt existiert hatte. Der Katalog zitierte zahlreiche Legenden um die Harfe. Es hieß, dass bestimmte auf ihr gespielte Lieder die Zuhörer in ekstatische Zustände versetzen konnten. Laut einer anderen Quelle handelte es sich bei einer Saite um das Haar einer Banshee, einer irischen Todesfee; schlug der Harfenspieler sie an, ganz egal, ob vorsätzlich oder durch Zufall, setzte er eine tödliche Macht frei.

Dicht an der Wahrheit, dachte Saskia und ging auf den mannsgroßen Glaskasten zu, in dem die Harfe stand. Gingen die Banshee-Geschichten vielleicht alle auf den einen Dämon zurück, von dem dieses Haar stammte – oder waren die Todesfeen entfernte Cousinen der Wandelwesen, wie Justine eins war? Sie musste bei ihren Überlegungen leise lachen: Vor zwei Wochen hätte sie nicht im Traum an die Existenz von übersinnlichen Kreaturen geglaubt; heute ließ sie sich von einer von ihnen in einem Leihwagen durch die Gegend fahren. Und auch, wenn es ihr manchmal immer noch schwerfiel, das zu glauben, was sie eigentlich schon wusste: Es brachte nichts, sich dagegen zu wehren.

Sie umrundete die große Vitrine. In ihrem Innern verliefen zahlreiche Kabel, die Harfe war gut abgesichert, was bei ihrem Wert auch kein Wunder war. Danach studierte Saskia eingehend die Bespannung des Instruments. Will hatte gesagt, dass das Haar des Dämons in seiner Vision schwarz gewesen sei – dummerweise gab es sieben Saiten, die dafür in Frage kamen. Durch das Glas hindurch und auf diese Entfernung erkannte Saskia keinen Unterschied.

»Kann ich Ihnen helfen?«, wurde sie auf Englisch angesprochen, und sie schrak zusammen, als sie das gespiegelte Gesicht eines Mannes neben sich im Vitrinenglas sah. Sie hatte ihn nicht kommen hören. »Mir scheint es, als hätten Sie besonderes Interesse an der Harfe.«

Saskia drehte sich zu dem Mann um, der dunkle Hosen, ein weißes Hemd mit einem schwarzen Schlips und ein schwarzblaues Sakko trug. Auf Brusthöhe prangte ein Schildchen, das ihn als *Mr. Smyle* und Personal des Museums auswies. Bemerkenswert fand sie seine langen, dunkelroten Haare, die er zu einem Zopf zusammengefasst hatte. Das glattrasierte Gesicht war männlich-markant, die hellgrünen Augen betrachteten sie intensiv. Er war ein irisches Klischee mit einem unirischen Akzent in seinem Englisch.

»Es ist wirklich ein besonderes Stück«, sagte sie. »Was haben die unterschiedlichen Farben der Saiten zu bedeuten?«

Er trat neben sie, dichter, als ihr eigentlich lieb war. Saskia hatte das Gefühl, dass er absichtlich auf Tuchfühlung ging; offensichtlich war es doch nicht ihre Ausstrahlung, die einen negativen Einfluss auf die Menschen in ihrer Umgebung hatte.

»Eine Legende besagt, dass man die schwarzen Saiten nur bei traurigen Anlässen zupfen soll, sonst bringt es Unglück«, erklärte er mit einer sehr eindringlichen, sanften Stimme, die ohne weiteres einem Radiomoderator gehören könnte. Oder einem Hypnotiseur.

»Die Sache mit der Banshee«, erwiderte Saskia.

Smyle lächelte. »Sie haben den Katalog schon gelesen! Das freut mich. Viele Besucher nehmen sich nicht die Zeit, dabei habe ich mir so viel Mühe gegeben, ihn zu verfassen.« Sein Blick wurde durchdringender, und Saskia spürte ein merkwürdiges Ziehen hinter ihrer Nasenwurzel. Unwillkürlich machte sie einen Schritt nach hinten. »Leider bietet der Artikel nicht genug Platz, um alle Legenden über die Harfe des Teufels aufzuführen. Sie wären erstaunt, wie viele Menschen, die versuchten, sie ihrem rechtmäßigen Besitzer zu stehlen, den Tod fanden. Wenn sich die Harfe entschlossen hat, bei jemandem zu bleiben, verteidigt sie sich auf ihre Weise.« Er legte eine kurze, aber deutliche Pause ein, bevor er ein »Sagt man« hinterherschickte.

Saskia hatte den Eindruck, dass er damit eine direkte Warnung an sie aussprach. »Wem gehört die Harfe denn?«

»Dem Museum natürlich – allerdings muss ich zugeben, dass es sich für mich manchmal so anfühlt, als habe ich es ihm als Leihgabe zur Verfügung gestellt«, sagte Smyle freundlich, doch obwohl der Ausdruck in seinen Augen dabei etwas von seiner stechenden Intensität verlor, fühlte sich Saskia weiter unbehaglich. »Ein Dieb ist erst kürzlich gestorben; man fand ihn auf den Spitzen eines Gatters aufgespießt und vollständig ausgeblutet. Ein Kletterunfall. Der Harfe ist glücklicherweise nichts geschehen.« Er deutete eine Verbeugung an. »Wenn ich Sie nun bitten darf, sich vom Anblick dieser Schönheit loszureißen: Wir schließen bald. Ich wünsche Ihnen einen schönen Aufenthalt in Limerick.« Smyle nickte ihr freundlich zu, ging zur Tür, öffnete ein Kästchen an der Wand mit seinem Sicherheitsschlüssel und betätigte mehrere Knöpfe. Kontrolllampen leuchteten auf.

Saskia schlenderte auf den Ausgang zu und tat dabei so, als würde sie sich für die anderen Instrumente genauso interessieren wie für die Harfe. Bevor sie den Raum verließ, wandte sie sich noch einmal um. Doch Smyle war bereits verschwunden.

Sie hatte den Verdacht, dass der Einbruch ins Museum sie vor eine ganz besondere Herausforderung stellen würde. Und nicht nur wegen der Sicherheitstechnik.

XVI. KAPITEL

14. November
Republik Irland, Limerick

Die Schwachstelle der Burg lag eindeutig an der Flussseite. Es war ein Leichtes, mit einem Boot an die Befestigung heranzufahren und die Mauer an einer selbst bei Tag schlecht einsichtigen Stelle des Nordwestturms zu erklimmen; die Fugen zwischen den Steinen boten auch ungeübten Kletterern genügend Halt. Über den Wehrgang gelangte man auf das Dach des Touristenzentrums und von dort über ein Fenster in den Innenbereich.

»Das hört sich alles zu einfach an«, sagte Will nachdenklich und ging ans Fenster.

»Vergiss nicht, was ich über diesen Mister Smyle erzählt habe«, rief Saskia ihm hinterher. »Mit dem Mann stimmt etwas nicht, das konnte ich spüren.«

»Den überlasst mir«, grinste Justine selbstsicher. »Mit undurchsichtigen Typen aller Art habe ich schon immer meinen besonderen Spaß gemacht.«

»Stellst du dir das alles nicht zu einfach vor?«, wollte Saskia wissen.

»Natürlich mache ich das«, gab Justine ihr überraschenderweise recht. »Aber glaub mir, manchmal ist das der beste Weg, um überhaupt etwas zu erreichen.« Als sich Will kurze Zeit später zu ihnen wandte, fragte sie ihn: »Hast du deinen Sir endlich erreicht?«

Er schüttelte den Kopf. Auch Saskias Versuch, den Professor zu erreichen, war fehlgeschlagen. Die Französin streckte ihm auffordernd, die Hand entgegen; er gab ihr das Satellitentelefon, und sie wählte die italienische Nummer. Zu ihrer großen Erleichterung meldete sich eine vertraute Stimme.

»Die Nonnen haben Bēluas Spuren in der Vergangenheit gefunden«, berichtete sie Will und Saskia wenig später. »Sein Name fällt stets im Zusammenhang mit der Pest. Sieht so aus, als würden seine Anhänger sie im Vorfeld eines Beschwörungsversuchs als Zeichen der Ehrerbietung verbreiten.«

»Also haben sie Hamburg ausgewählt, um es ihrem Herrn zu opfern?«, resümierte Saskia.

»Das kommt mir merkwürdig vor«, gab Will zu bedenken. »Die Pest ist ausgebrochen, nachdem das Schwert verschwunden ist – und ohne Artefakte können sie den Dämon nicht beschwören.«

»Vielleicht ein Unfall? Ein Frühstart?«, mutmaßte Saskia. »Es gibt auch gute Nachrichten: Das Zeichen in Saskias Haut hat keinen Zusammenhang mit Bēlua«, sagte Justine. »Die Nonnen glauben aber, dass sie schon einmal mit dem Wesen zu tun hatten, das dahintersteckt. Es gibt eine Novizin, die sich auf die Geschichte der Schwesternschaft spezialisiert hat, die wird uns mehr sagen können. Doch das kann dauern.«

Will seufzte und trank einen Schluck Tee; er mochte die irische Hotel-Philosophie, zahlreiche Teebeutel und einen Wasserkocher kostenlos zur Verfügung zu stellen. »Es wäre schlecht, wenn die Dämonendiener oder der Maître oder wer auch immer den Sir geschnappt hätten. Damit wären wir das Monokel los.«

»Darüber denken wir erst dann nach, wenn wir es eindeutig wissen«, entschied Saskia. »Bis dahin konzentrieren wir uns auf den Einbruch und die Harfensaiten, danach machen wir uns auf den Weg nach Syrien.«

»Geht das so einfach?« Justine lag auf dem Doppelbett und verspeiste Gingercookies. »Was ist mit einem Visum?«

»Notfalls reisen wir über ein anderes Land ein.« Will hatte sich schon erhoben. »Ich gehe in die Lobby und checke das schnell am Computer.« Er verließ den Raum, eine Hand in den Rücken gestützt.

»Vertraust du dem Professor immer noch?«, wandte sich Justine an Saskia.

»Auf jeden Fall. Jedenfalls bis ich etwas Gegenteiliges gehört habe.«

Die Französin hob ihre Hand; auf deren Rücken war eine dunkle Stelle zu sehen, so groß wie eine Zehn-Cent-Münze. »Das verdanke ich Bebuds Degen. Er war aus reinem Silber, und das macht mich schon sehr nachdenklich. Es ist das beste Mittel gegen Wandler.«

»Du nimmst an, dass man ihn absichtlich geschickt hat, um dich zu töten?« Saskia verwarf den Gedanken. »Viele in der *union* führen sehr extravagante Waffen. Ich habe Griffe gesehen, die mit Diamanten geschmückt waren, und vergoldete Klingen. Ein massiv silberner Stockdegen ist sicher ungewöhnlich, fällt aber nicht aus dem Rahmen. Außerdem hätte Bebud dann wissen müssen, was du bist. Wie hätte das geschehen sollen? Du hast es dem Professor nicht gesagt. Und der Maître hat dich nie gesehen.«

Justine kaute auf dem Keks herum. »*C'est vrai.* Ich war wohl etwas zu ...«

»... paranoid?« Saskia nickte. »Damit bist du schon lange nicht mehr allein.«

Sie musste an die Toten am Baikalsee denken, vor allen Dingen an den Mönch, den sie bewusst zurückgelassen hatte. »Alles verändert sich gerade.«

Justine angelte sich Wills Tasse; der Tee passte perfekt zu den Keksen. »Das scheint mir auch so. Es geht mich nichts an, aber deute ich es richtig, dass unser kleiner Finder-Inder in dich verliebt ist?«

»Ja.« Kaum hatte Saskia die Vermutung bestätigt, merkte sie, wie ihr warm wurde. Eine Reaktion, die sie weder erwartet hatte – noch akzeptieren wollte. »Leider ist es total … unpassend.«

»Unpassend, ja?« Justine lachte.

Saskia fühlte sich herausgefordert. »Ich kann nichts dafür. Und ich habe ihm auch schon gesagt, dass ich unter diesen Umständen nichts mit ihm anfangen werde.«

Justine zwinkerte. »Das klingt zwar vernünftig, aber so läuft das mit der Liebe nicht.«

»Ich diskutiere nicht mit dir darüber.« Als Saskia spürte, dass ihre Narben zu ziehen begannen, fühlte sie sich merkwürdig erleichtert – daher rührte die Wärme, die sie kurz zuvor durchströmt hatte. Eine Erklärung, die ihr weit weniger Sorgen machte als eine andere.

Die Französin setzte zu einer Erwiderung an, da klopfte es. Sie stand auf und sah durch einen Spalt hinaus auf den Flur, dann ließ sie Will herein. »Und?«

»Sieht nicht gut aus. Ohne Visum geht nichts. Und das gibt es nur bei der syrischen Botschaft in Berlin oder dem syrischen Honorarkonsul in Hamburg. Ohne den Wisch müssen wir Syrien mit dem nächsten Flugzeug wieder verlassen. Vielleicht könnte der Professor uns weiterhelfen? Ich meine, wenn er Pässe fälschen lassen kann …«

»Non.« Justine reichte ihm die fast leere Teetasse. »Ich habe eventuell noch Kontakte in der Türkei, die uns von dort aus rüberbringen können. Aber wie unsere Médiatrice gerade so schön gesagt hat: Eins nach dem anderen. Und das heißt: Erst einmal ist die Harfe dran. *Vas-y?* Wir brauchen noch ein paar Werkzeuge und das Reizgas, falls wir es mit Sicherheitsleuten zu tun bekommen. Wir können ja wirklich nicht alle Unbeteiligten umlegen, die uns im Weg stehen.«

Saskia ließ den Blick über ihre Mitstreiter schweifen. »Haltet die Augen offen, ob dieser Smyle uns nicht möglicherweise verfolgt. Wenn ich es nicht besser wüsste, würde ich sagen, er hat versucht, meine Gedanken zu lesen.«

»Wenn er uns angreift, werde ich seine Gedanken auch lesen – aus seinem offenen Hirn«, versprach Justine mit einem wölfischen Grinsen.

Gegen ein Uhr nachts überquerten sie den Shannon mit einem gestohlenen Ruderboot. Sie setzten einen der außenliegenden Strahler außer Gefecht, damit sie nicht an der Mauer zu sehen waren, und begannen den Aufstieg. Das Klettern fiel Justine leicht, Will und Saskia dagegen mussten sich sehr anstrengen; die beiden waren zwar sportlich, aber schon allein die komplexen Bewegungsabläufe waren etwas, womit man weder als Köchin, noch als Florist täglich konfrontiert wurde. Danach schlichen sie sich über die Wehrgänge auf das Dach des Touristenzentrums. Justine öffnete die Luke mit einem Bolzenschneider und einer Brechstange und glitt als Erste hinein. Saskia und Will folgten.

Saskia hatte es nicht über sich gebracht, das Schwert im Zimmer zu lassen; sie trug es in einer improvisierten Scheide auf dem Rücken, so dass sie es jederzeit ziehen konnte. Außerdem hatten sie Messer mitgenommen. Sicher war sicher.

Die Gänge wurden nur durch schwaches Stromsparlicht erhellt. Die Überwachungskameras verfügten trotzdem über keine Nachtsichtfunktion, wie die Schwesternschaft für sie herausgefunden hatte. Aufgrund der anderen Informationen, die Justine bekam, hatten sie sich für eine sehr direkte Vorgehensweise entschieden. Keine aufwendige Überbrückung der Sicherheitsanlage. Sie würden die Vitrine mit dem Glasschneider öffnen und würden mit den Saiten verschwunden sein, ehe die Polizei auftauchte.

Sie kamen voran, ohne gestört zu werden oder unvermittelt

im Strahl einer Taschenlampe zu stehen. Raum um Raum näherten sie sich ihrem Ziel. Die Reibungslosigkeit ließ ein ungutes Gefühl in Saskia aufkommen. Sie wussten von den Nonnen, dass es nur ein kleines Sicherheitsteam in der Burg gab – aber es schien fast so, als gäbe es gar keins.

Auf einmal hörten sie zarte Harfentöne, die durch das Touristenzentrum wehten. Die drei erstarrten. Justine konnte den Schreck zuerst abschütteln, schlich weiter vor und spähte durch die spaltbreit geöffnete Tür, unter der Licht hindurchschimmerte. »Da gibt jemand ein Konzert«, stellte sie flüsternd fest.

»Um diese Zeit?« Saskia schüttelte den Kopf.

Justine deutete nach vorn. »Ich sehe deutlich etwa zwanzig Leute bei Kerzenschein um ein Podest sitzen. Und ratet, wer die Harfe spielt.«

»Mister Smyle.« Saskia hatte es schon gewusst, bevor Justine zu Ende sprechen konnte.

Will kaute vor Anspannung auf der Unterlippe. »Was machen wir jetzt?«

»Warten, bis das Konzert zu Ende ist. Mit etwas Glück ergibt sich so noch eine einfachere Gelegenheit, bei der wir die Saiten stehlen können.« Saskia schob sich an Justine vorbei, um selbst einen Eindruck von der Szenerie zu bekommen. »Ich will wissen, was hier vor sich geht.« Bevor Will sich dagegen aussprechen konnte, pirschte sie in den Raum und lief geduckt hinter den Vitrinen entlang. Justine folgte ihr, ohne zu zögern. Nur er blieb stehen, machte sich Gedanken – und große Sorgen.

Was keine der Frauen ahnte: Sein Rücken und die alte Wunde schmerzten stark. Er hatte die heiße, pochende Wunde tagsüber mehrfach im Spiegel betrachtet und festgestellt, dass sie rot war und stark nässte. Eigentlich hätte sie schon verheilt sein müssen. Nach dem Aufenthalt in Limerick würde er einen Arzt aufsuchen, damit sie sich nicht noch mehr entzündete.

Will war sich nicht sicher, ob seine Nervenbahnen nicht doch durch den Schlag, der ihm in der Villa zugefügt worden war, Schaden genommen hatten. Seit zwei Tagen fühlten sich seine Füße taub an, und das lähmende Kitzeln breitete sich langsam die Unterschenkel hinauf nach oben aus. Bei horizontalen Drehungen des Oberkörpers musste er die Zähne zusammenbeißen, um nicht laut zu stöhnen. Um einen Besuch im Kernspin kam er nicht herum.

Doch der Schaden, den seine Gesundheit genommen hatte, war im Moment ein zweitrangiges Problem. Viel mehr Sorgen bereitete ihm die Faszination für die Waffe, die Saskia bei sich trug; sie wuchs von Tag zu Tag. Manchmal hatte er das Gefühl, dass sie ihm gehöre, vermutlich weil er in seinen Visionen ständig mit ihr zu tun hatte. Wann immer sich die Möglichkeit bot, berührte er sie sachte. Es machte ihn glücklich – ließ ihn aber auch immer mehr zu der beunruhigenden Erkenntnis kommen, dass nur er derjenige war, der das Schwert führen sollte. Und jetzt gerade, in der Nähe der Harfe, begann seine Wunde, noch stärker zu brennen. Saskia schaute aus ihrem Versteck zu ihm zurück und winkte. Will hob den Arm und gab zu verstehen, dass er noch warten wollte.

Was hatte diese nächtliche Zusammenkunft zu bedeuten? Will grübelte – und fand eine Erklärung: Konnte es sich bei Smyle um den Schutzgeist der Harfensaite handeln? Hatte er die Gestalt eines Mannes angenommen, weil es ihm Vergnügen bereitete, sich unter Menschen zu bewegen? Zumindest würde dies seine Anwesenheit hier erklären und Saskias Gefühl, dass er in der Lage gewesen war, ihre Gedanken zu lesen.

Aber wer waren die Zuhörer seines Konzerts? Auch Geister? Wenn dem so sein sollte – dann schwebten Saskia, Justine und er gerade in tödlicher Gefahr.

Um die aufkeimende Panik zu bezwingen, ließ Will sich auf die Melodie ein. Sie klang heiter, wie viele irische Tanzstücke, und ging in die Beine. Von der besonderen Wirkung des Instruments spürte er allerdings nichts. Er sah genauer hin, konzentrierte sich auf Smyles Finger. Tatsächlich ließen die Kuppen die schwarzen Saiten aus. Und mit einem Schaudern stellte Will fest, dass er sich plötzlich wünschte, der Mann würde sie zupfen und ihre gefährliche Macht beschwören.

Er schlich sich in den Raum, kroch den Boden entlang, bis er neben Saskia hinter einer alten Truhe angelangt war, und berichtete ihr leise von seiner Vermutung. Justine war verschwunden, befand sich irgendwo in den Schatten und wartete, bis die Gelegenheit zum Diebstahl kam.

Saskia schaute über die Deckung. Von hier aus hatten sie einen guten Blick auf Smyle, der seine Wächteruniform trug und mit geschlossenen Augen spielte. Die Zuschauer, Männer und Frauen im Alter zwischen zwanzig und sechzig, trugen einfache Straßenkleidung und folgten dem Lied mit erwartungsvollen Gesichtern.

Plötzlich änderte sich die Tonfolge, das Stück wurde schwermütiger. Nun kamen auch die schwarzen Saiten ins Spiel.

Der Gesichtsausdruck der Menschen veränderte sich, sie sahen entrückt und berauscht aus, als würden sie sich an den Tönen laben. Manche von ihnen seufzten, andere sanken in sich zusammen, während ihnen Tränen über die Wangen liefen.

Will blieb von dem neuen Stück unbeeindruckt; was auch immer das Lied mit den Iren anstellte, ihn rührte es nicht einmal. Es hörte sich traurig an, sicher, aber nicht so ergreifend, dass er deswegen weinen müsste.

Saskia hingegen schluckte; es war, als würde ein dunkler Kern in ihr von den Schwingungen erfasst und zum Aufkeimen gebracht. Wie ein dunkles Öl breitete sich die Melancholie über all ihrem Fühlen aus, sie zog alles, was sie tat und getan hatte, in Zweifel. Nichts ergab mehr Sinn für sie, und mit erschreckender Klarheit wusste sie, dass sie sterben wollte.

Nein! Irgendwo in ihrem Unterbewusstsein tönte das ferne Echo eines Schreis wider, ein letzter Rest ihres klaren Verstandes. Saskia wandte sich hilfesuchend zu Will um und öffnete den Mund.

Unvermittelt hielten Smyles Hände inne, er hob die Lider und blickte zum Haupteingang.

Saskias Schwermut verklang mit dem letzten Ton. Von jetzt auf gleich fühlte sie sich wie vor dem Beginn des Liedes. Die Harfe besaß also wirklich eine dunkle Macht über Gefühle! Sie zog leise ihr Schwert. Smyle hatte sie wohl bemerkt.

Krachend wurde die Tür aufgestoßen, und zehn Vermummte sprangen mit schallgedämpften Pistolen im Anschlag in den Raum. Sie leuchteten mit Taschenlampen umher, vor allem in die Gesichter der Zuhörer, und zwei von ihnen schrien Anweisungen, dass sich keiner bewegen sollte.

Will fluchte leise. »Was machen wir jetzt?«

»Abwarten«, sagte Saskia und hoffte, dass Justine ebenfalls stillhielt. Der Schutzgeist hatte in der Vergangenheit bewiesen, dass er es mit einer Überzahl aufnehmen konnte. Mit viel Glück und dem Beistand von Wills indischen Göttern wären sie dieses Mal die lachenden Dritten.

Sie beobachteten, dass die Gäste und Smyle ruhig an ihren Plätzen blieben. Weder schaute einer von ihnen ängstlich, noch gab es Anzeichen für eine Panik. Sie sahen eher ... *verärgert* aus.

Eine Vermummte sprang aufs Podest zu Smyle; Will vermutete, dass sie die Anführerin der Truppe war. »Gut, dass Sie alle vernünftig geblieben sind«, rief sie auf Englisch. »Das Konzert kann gleich weitergehen, allerdings ohne die schwarzen Saiten der Harfe.« Sie richtete die Waffe auf Smyle. »Aus dem Weg.«

Smyle legte die Hände gegen die Saiten, als könnte er sie damit beschützen ... oder müsste sie wie ein scheues Tier beruhigen. Er bewegte sich nicht von seinem Hocker. »Sie würden durch Ihren Raub ein jahrhundertealtes Instrument zerstören«, sagte er vorwurfsvoll. »Was wollen Sie mit den Saiten?«

»Verschwinde«, herrschte sie ihn an und zog den Hahn ihrer Waffe zurück. Zwei ihrer Leute kamen zu ihr, um ihr gegen den widerstrebenden Museumsangestellten zu helfen, der Rest behielt die Besucher im Auge.

Smyle erhob sich langsam, doch selbst diese einfache Bewegung verströmte eine merkwürdige Autorität. Trotz des einfachen, dezenten Anzugs, den er trug, wirkte er wie ein mittelalterlicher Herrscher, dem es nie in den Sinn kommen würde, dass gegen ihn aufbegehrt werden konnte. »*Ihr* verschwindet und behaltet euer wertloses Leben«, entgegnete er bedrohlich. »Kein Dieb ist jemals mit der Harfe entkommen. So war es, und so wird es bleiben.«

»Traditionen sind dazu da, um gebrochen zu werden.« Die Anführerin schoss Smyle zweimal durch die Brust. Das Klirren der leeren Patronenhülsen auf dem Steinboden klang überlaut. Der Mann fiel rückwärts, die Beine blieben auf dem Podest liegen, sein Oberkörper schlug auf den Fliesen auf.

Saskia staunte, wie gelassen die Zuhörer angesichts dieses Mordes blieben. »Wir müssen etwas tun«, raunte Will ihr zu. »Wenn wir nicht handeln, bekommen sie das Haar!«

Saskia wusste, dass sie mit ihren Messern nichts gegen diese Übermacht ausrichten konnte. Ihre wahre Waffe war die Gabe, die sie nicht immer zu einhundert Prozent kontrollierte, die ihr Schmerzen zufügte, die sie glauben machte, am Wachs in ihrer Luftröhre ersticken zu müssen. Die Gabe, die sie größenwahnsinnig werden ließ.

»Ich kann nicht, Will!«, flüsterte sie zurück.

Er sah sie so wütend an, dass sie einen Schreck bekam; einen solchen Ausdruck hatte sie noch nie in seinen sonst so sanften Augen gesehen. Obwohl er kein Wort sprach, verstand sie, was er sagen wollte: *Du musst!* Ihr Blick richtete sich auf die Maskierten. Sie hasste, was man ihr aufgebürdet hatte. Alles an dieser Mission hing von ihr ab. Die Narben würde sie ewig in ihrer Haut tragen und jeden Tag daran erinnert werden.

Die vermummte Frau zog einen Seitenschneider aus der Beintasche und steckte die Pistole unter den Gürtel, dann trat sie einen Schritt vor, um die erste Saite zu entfernen.

Urplötzlich und fauchend sprang Smyle in die Höhe und schlug nach ihr! Seine ausgestreckten Finger stießen in die sanfte Vertiefung, wo Hals und Brustbein aufeinandertrafen; mit einem würgenden Geräusch fiel sie auf die Knie.

Saskia zuckte zusammen. Sie hatte sich doch nicht getäuscht: Er war etwas Besonderes!

Smyle zerschmetterte einem der Männer das Gesicht mit einem brutalen Faustschlag. Will sah, wie sich die Züge des Opfers komplett verformten und die Nase mit einem ekelerregenden Knirschen nach innen geschoben wurde. Der zweite Mann schoss nach Smyle, aber der wich mit übermenschlicher Geschwindigkeit aus, riss ihm die Pistole aus der Hand und rammte sie ihm mit dem Lauf voran durch die Brust ins Herz. Sterbend fiel der Mann nieder.

Vollkommen ruhig und im erstaunlichen Gegensatz zu seinen rasenden Bewegungen sagte Smyle ein Wort in einer unverständlichen Sprache – und seine gerade noch so passiv auf ihren Stühlen sitzenden Zuhörer warfen sich auf die sieben verbliebenen Maskierten. Er selbst beugte sich zu der Frau hinab und zog ihr die Strumpfmaske vom Gesicht.

Will sah mit an, wie die wild um sich schießenden Dämonendiener einer nach dem anderen niedergerissen wurden. Sie wurden von den Angreifern wahllos in Arme, Hälse oder die Brust gebissen. Laut hallten ihre Schreie durch den Raum. »Sind das ... Vampire?«

»Egal. Los, komm!«, befahl Saskia und rannte geduckt in den Schatten zur Harfe. »Wir müssen das Durcheinander nutzen!«

Will hetzte ihr hinterher und zog seine Messer. Jetzt wünschte er sich sehnlichst, das Schwert tragen zu dürfen.

Von rechts tauchte Justine zwischen zwei Vitrinen auf und hielt auf das Podest zu. »Die Anführerin! Das ist die Frau, die Schmitti erledigt hat«, zischte sie. »Ich habe sie gleich erkannt.«

Smyle sah das Trio auf sich zukommen und begab sich mit einem schnellen Schritt schützend vor die Harfe – um von einer Sekunde auf die nächste zu verschwinden.

Gleich darauf schien Will gegen eine unsichtbare Wand zu rennen. Er prallte zurück und ging zu Boden. Saskia erhielt einen Schlag gegen die rechte Wange, der sie von den Füßen holte und gegen eine Vitrine schleuderte. Sie rutschte an dem dicken Glas herab und hob benommen den Kopf.

Justine war stehen geblieben, hatte die Arme vom Körper abgespreizt und drehte sie suchend nach rechts und links. Durch das Schreien der Maskierten hindurch hörten sie Smyles dunkles, fröhliches Lachen. »An einem Abend kommen so viele Diebe? Einen schlechteren Zeitpunkt hätte es für euch nicht geben können. Meine Verbündeten und mich freut es hingegen. Wir haben Durst!«

Die Anführerin der Dämonendiener schwebte in die Höhe – und flog in hohem Bogen durch die Luft, um dumpf zwischen Will und Saskia aufzuschlagen. Dabei verlor sie ihr Headset, es rutschte neben Will. Einer ihrer Männer versuchte, zu ihr zu gelangen, schrie dabei »Valesca!« und wurde von zwei Vampiren niedergerissen, die wie hungrige Löwen über ihn herfielen.

Justine schrie plötzlich auf und hielt sich den Hals; Blut quoll zwischen ihren Fingern hervor.

Der unsichtbare Smyle spie aus, wie sie am Geräusch und den Flecken am Boden erkannten. »Eine Wandlerin!«, rief er angewidert – und erschien einen Augenblick später wieder neben der Harfe. Er wischte sich den Mund mit einem Taschentuch ab. »Sehr schade.«

Justines Selbstheilungskräfte hatten die Wunde bereits wieder versiegelt. »Und mit wem habe ich das zweifelhafte Vergnügen?«, fragte sie herausfordernd.

Smyle sah hinüber zum erlahmenden Kampf. Seine Freunde hatten inzwischen ebenfalls Verluste hinnehmen müssen; fünf von ihnen lagen zwischen den Stühlen, ein weiterer hinter Justine. Doch nur noch zwei Maskierte leisteten ihnen Widerstand, und auch sie waren bereits eingekreist worden.

Valesca starrte Smyle an, dessen rote Haare ihm jetzt offen auf die Schultern fielen. »Ein Kind des Judas!«

Er deutete eine Verbeugung an. »Also gehört ihr nicht zu den Dieben, die meinen, schnell ein Vermögen mit dem Raub der Harfe verdienen zu können? Und das da«, er deutete auf das Schwert, das Saskia trug, »scheint mir keine einfache Waffe zu sein. Ich würde gern verstehen, was hier gerade vor sich geht.« Ein dumpfes Grollen erklang von außerhalb des Gebäudes; ein Gewitter hatte sich über Limerick zusammengezogen. Das einsetzende Rauschen ließ auf einen wahren Sturzbach schließen, der auf die Stadt niederging.

Will und Saskia standen auf und gingen zu Justine hinüber. Valesca kämpfte sich ebenfalls hoch, griff dabei nach ihrem Headset und streifte es wieder über den Kopf. Dann verneigte sie sich tief vor dem Vampir. »Hätten wir gewusst, dass die Harfe einem Judassohn gehört, hätten wir um Erlaubnis gebeten, Euch die Aufwartung machen zu dürfen«, sagte sie schmeichelnd. »Wir sind die Diener Bēluas.«

Smyle sah sie abwartend an; das verunsicherte Valesca, die es wohl gewohnt war, dass der Name ihres Meisters Ehrfurcht auslöste.

»Wir ersuchen Euch in seinem Namen, uns die schwarzen Saiten Eurer Harfe zu überlassen.«

Smyle lachte auf. »Das Haar der Banshee wird diesen Ort niemals wieder verlassen. Ich habe es nicht seit langer Zeit vor Räubern und Dieben beschützt, um es nun den armseligen Dienern eines Dämons zu schenken.«

»Die Herrschaft des großen Bēlua steht kurz bevor. Wenn er zurückkehrt, wird er seine Freunde entlohnen, aber seine Feinde vernichten.« Valesca schaute zu Will hinüber und spuckte aus.

»Dann nehme ich an, dass diese drei dort zu einem anderen Dämon gehören und verhindern wollen, dass ihr euer Ziel erreicht.« Smyle wirkte eher amüsiert als beunruhigt und tupfte sich die letzten Reste von Justines Blut aus dem Mundwinkel. »Wem dienst du, Wandlerin?«

Justine zuckte die Achseln. »Ich habe hier nicht das Sagen.« Will fand sie, angesichts ihrer bisherigen Schlagfertigkeit und ihres großen Mundwerks, überraschend defensiv. Sie zeigte auf Saskia. »Frag sie.«

Saskias Gedanken überschlugen sich. Valesca wusste anscheinend, wen oder was sie vor sich hatte – sie hingegen hatte keinen Schimmer. Was bedeutete *Kind des Judas*? Konnte sie es wagen, dem Vampir die Aufsicht über das Artefakt zu überlassen und ihn kurzerhand zu einem Verbündeten zu machen? Mächtig genug war er ohne Frage. Sie würde einen Verhandlungsversuch starten, um nicht auf die Gabe zurückgreifen zu müssen. »Wir dienen keinem Dämon. Im Gegenteil, wir wollen verhindern, dass Bēlua in unsere Welt zurückkehrt. Deswegen wollten wir die Saite in unseren Besitz bringen.«

»Und zerstören?«, vermutete Smyle. »Nun, so ehrenhaft ich euren Kampf finde: Der Harfe darf kein Leid angetan werden. Meine Verbündeten und ich werden nicht zulassen, dass auch nur ein Splitter von ihr genommen wird.« Er lächelte und zeigte die kräftigen Eckzähne.

Valesca verneigte sich. »Verzeiht unser Verhalten. Wir werden das Museum nun verlassen.« Sie schritt mit hocherhobenem Haupt an den Vampiren vorbei zu ihren Leuten und wechselte ein paar leise Worte mit ihnen. Smyle gab seinen Leuten ein Zeichen; die Vampire machten den Dämonendienern Platz. Ohne sich noch einmal umzudrehen, verließen die drei den Raum.

»Sie haben eingesehen, dass sie ohne Aussicht auf Erfolg waren«, sagte Smyle und deutete auf die Schwerverwundeten, die sie zurückgelassen hatten, »und sie waren bereit, ihren Tribut zu zahlen.« Die Vampire machten sich über die hilflos am Boden Liegenden her und saugten ihnen das Blut aus.

»Wie steht es mit euch?«, wandte sich Smyle an Saskia.

»Ist Ihnen klar, Mister Smyle, dass sie zurückkommen werden?«, fragte sie ihn. »Sie benötigen das Haar um jeden Preis!«

»Nun, vielleicht habt ihr recht …« Kreischend fuhren sechs, sieben Blitze fast gleichzeitig um das Schloss nieder, Straßenlaternen verloschen funkensprühend, und auch die Beleuchtung im Raum flackerte. Ein Blick hinaus zeigte, dass rund um das mittelalterliche Bauwerk Dunkelheit herrschte. Limericks Stromnetz war unter den Einschlägen zusammengebrochen. »… vielleicht auch nicht. Nein, ich denke nicht, dass wir sie noch einmal zu Gesicht bekommen«, erwiderte Smyle, der sich an dem Schmatzen und Schlürfen der Vampire neben sich nicht störte. »Ich habe mich sehr oft gefragt, was die Diebe so besonders an meiner Harfe finden, und jetzt habe ich es endlich zu einem Teil enthüllt bekommen.« Er setzte sich auf seinen Hocker. »Erzählen Sie mir, was ich noch wissen muss, um vorbereitet zu sein.«

Nach einem kurzen Blick zu Will und Justine, die beide nickten, berichtete Saskia in Ruhe von dem Haar und was die Bēlualiten beabsichtigten.

Smyle hörte aufmerksam zu. »Und wenn Sie keinem Dämon dienen, was bewegt Sie dann dazu, sich diesen Menschen in den Weg zu stellen und Ihr eigenes Leben zu riskieren?«

»Sie meinen, abgesehen vom Untergang der Welt?«, warf Justine ein.

Der Vampir lachte wieder. »Ja. Abgesehen davon. Sind Sie so eine Art Freizeitgeisterjäger, die aus Versehen über das wirklich Dunkle gestolpert sind?« Smyle betrachtete Will. »Bei Ihnen habe ich den Eindruck, dass Sie doch sehr von der Existenz der Vampire überrascht wurden – obwohl Sie mit einer Wandlerin durch die Gegend ziehen.«

»Das sieht man mir an?« Will seufzte.

»Ich habe auch lange Zeit geglaubt, Vampire wären reine Erfindung«, schnarrte Justine, betastete ihren Hals und sah zu den Blutsaugern, die ihr Mahl nach und nach beendeten. »Anscheinend sind wir uns immer aus dem Weg gegangen.«

»Es gibt nicht mehr allzu viele von uns. Wir sind zu Beobachtern geworden und bleiben im Verborgenen. Feinde gibt es in den eigenen Reihen. Wer nicht ausgerottet werden möchte, muss erfinderisch sein und sich tarnen können.« Smyle deutete an sich herab. »Sehen Sie mich an.«

Saskia wurde nicht schlau aus ihm. Er plauderte mit ihnen, als seien sie zumindest halbe Verbündete; gleichzeitig traute sie dem Vampir zu, gleich über sie herzufallen. Je länger sie ihn betrachtete, umso mehr Abneigung entwickelte sie gegen ihn – und spürte Bittermandel auf ihrer Zunge. Ihre Gabe lud sich auf und machte sich bereit.

Smyle strich über den Harfenkorpus. »Gehen wir friedlich auseinander, oder werden Sie es auf einen Versuch ankommen lassen, mir mein Liebstes zu nehmen?«, fragte er leise und lauernd zugleich.

Zu einer Antwort kam es nicht mehr: Mit einer gewaltigen Detonation wurden sämtliche Türen des Raums aufgesprengt, die Druckwelle fegte Menschen und Vampire von den Beinen und schleuderte sie meterweit umher. Vitrinen barsten oder fielen um.

Saskia landete rücklings auf etwas Weichem, den Hintern gegen die Wand gedrückt; sie vermutete, dass es sich um die Leiche eines Dämonendieners handelte, und der Ekel, den sie empfand, konnte sich mit dem messen, den ihr der Bittermandelgeschmack in ihrem Mund bereitete. Sie versuchte, sich nach vorn zu drehen und die Gabe zum Einsatz zu bringen – da knallte es ohrenbetäubend. Ein greller Blitz ging damit einher und war stark genug, sie zu blenden, obwohl sie nicht direkt in die Quelle geblickt hatte.

Mehrere Explosionen ließen den Boden erzittern, aber Saskia hörte sie immer leiser, weil sie von einem lauten Piepsen in den Ohren überlagert wurden.

Als sie endlich wieder etwas sah, war der Raum angefüllt mit gräulichem Nebel; es roch penetrant nach abgebrannten Feuerwerkskörpern. Erschrocken griff Saskia an ihre Seite – das Schwert war verschwunden! Und wenn sie es richtig erkennen konnte, stand auch die Harfe nicht mehr auf dem Podest!

Eine starke Hand packte sie im Genick und zog sie ruckartig in die Höhe.

Will stürmte den vier Maskierten hinterher, die eben aus dem Ausstellungsraum gerannt waren und auf den Ausgang zuhielten; zwei von ihnen trugen die Harfe, die anderen flankierten sie.

Er hielt das Schwert in der Linken. Er fühlte sich damit sicher und vor Kraft strotzend. Die Blendgranaten hatten ihm nichts anhaben können.

Raum für Raum schloss er mehr zu ihnen auf, und sobald einer von ihnen nach ihm schoss, tauchte er hinter eine Ecke oder ein Ausstellungsstück ab.

Wo Justine und Saskia waren, wusste Will nicht; es interessierte ihn im Moment so wenig wie der Verbleib von Smyle. Er allein würde die Saiten an sich nehmen, und dabei würde ihn nichts aufhalten!

Die Vermummten trugen die Harfe aus der Burg heraus in den Hof, wo ein Transporter geparkt stand. Der Asphalt zeigte Einschlagspuren der Blitze, dem Auto selbst war nichts geschehen – Faraday sei Dank.

Will stürmte mit erhobenem Schwert auf den ersten Bewaffneten zu, der aus seiner schallgedämpften Pistole auf ihn feuerte und ihn verfehlte. Er sprang, schlug gleichzeitig von oben und nach unten.

Die Schneide hackte seitlich in den Hals des Mannes, und schon wurden die Intarsien flüssig und schossen in die Wunde. Jaulend fiel er nieder und spie silbriges Sekret aus. Will setzte über ihn hinweg und attackierte den zweiten Bewaffneten. Er hatte das Gefühl, dass er übergroß und mächtig war, ein Feldherr, ein Riese, ein Goliath, der seine Feinde zerschmetterte, egal mit welchen Waffen sie gegen ihn antraten.

Die Pistolenmündung schwenkte auf ihn, er sah das rasche Aufblitzen im Innern des Laufs und spürte den Luftzug – aber wieder gingen die Projektile fehl. Das Schwert beschützte seinen Träger.

Will stand eine Armlänge von dem Mann entfernt und erkannte den Unglauben in dessen Augen. Er trat ihm mit dem Bein in den Magen, ein harter Kalari-Kick; der Maskierte wurde ruckartig weggeschleudert und schlitterte mehrere Meter über den polierten Boden des Eingangsbereichs.

Der Transporter fuhr mit quietschenden Reifen an. Will hetzte auf die Straße, mitten hinein in das Unwetter, und rannte neben dem durchstartenden Wagen her. Es bereitete ihm keine Mühe, die Geschwindigkeit zu halten, obwohl der Wagen permanent beschleunigte.

Er schlug mit dem Schwert zu und riss das Metall der Seitenwand auf, als bestünde sie aus Papier. Will stach noch mehrmals zu, die Schneide riss lange Schlitze, doch er traf niemanden im Innern des Transporters. Dann wurde das Fahrzeug doch zu schnell und hängte ihn ab.

Fluchend stand er im strömenden Regen und schrie den Maskierten hinterher. Seine Stimme klang tiefer, dröhnender als sonst, und die Birnen der erloschenen Lampen vor ihm platzten mit hellem Klirren. Überrascht von dieser Wirkung, verstummte er und legte sich die freie Hand an den Hals.

Ein Scheinwerferpaar näherte sich ihm von hinten, ein Wagen hupte und blendete auf. Will sprang zur Seite und blickte zum Fahrer – Justine saß hinter dem Steuer, eine Zigarette im rechten Mundwinkel! Saskia hockte neben ihr. »Waren das die Diebe?«

Er stieg hinten ein, und sie trat aufs Gas. »Ja. Es sind noch zwei. Sie haben die ganze Harfe dabei.«

Abrupt riss Justine das Lenkrad herum, dennoch überrollte sie mit dem rechten Rad das Hindernis auf der Fahrbahn, das unvermittelt aufgetaucht war. Der Wagen hüpfte etwas und war schon weitergefahren.

»Das war die Harfe!«, rief Saskia.

»Smyle will not be amused«, meinte Justine erheitert. »Sie haben sich genommen, was sie brauchten, und den Rest weggeworfen.« Sie kniff die Augen zusammen und sah die Rücklichter des Transporters in einiger Entfernung vor sich. »So einfach wird man mich nicht los!«

»Kann mir jemand sagen, was passiert ist?«, bat Saskia. Sie streckte die Hand aus, um das Schwert zurückzubekommen.

»Valesca kam mit Verstärkung zurück. Sie hatten Blendgranaten und was weiß ich noch dabei«, sagte Will und ignorierte Saskias offene Hand. »In dem ganzen Durcheinander ist das Schwert zu mir gerutscht, ich sah sie mit der Harfe flüchten und habe mich an ihre Fersen gehängt.«

»So etwas dachte ich mir. Ich habe dich losrennen sehen, mir so schnell wie möglich Saskia geschnappt und ein Auto besorgt«, berichtete Justine. Sie ließ das Auto mit einem gekonnten Schlenker in die Kurve gleiten, die regennasse Fahrbahn machte die Bewegung noch geschmeidiger und eleganter. »Wo ist Smyle?«

»Ich habe ihn nicht gesehen.« Saskia wandte sich an Will. »Gib mir das Schwert.«

»Du hast es verloren«, sagte er anklagend. »Wenn ich nicht darauf aufgepasst hätte, besäßen die Dämonendiener jetzt zwei Artefakte.«

Sie starrte ihn an. »Will, gib mir das Schwert. Du kannst damit nichts anfangen. Du kannst nicht fechten.«

»Durch das Kalari kenne ich mich mit Waffen aus«, widersprach er mit fester Stimme. »Ich kann es genauso gut beschützen wie du!«

Sie sah ihm in die Augen und versuchte, seine Gedanken zu ergründen, da sie sich die Vehemenz, mit der er sprach, nicht erklären konnte. Warum war ihm das Artefakt auf einmal so wichtig? Ihre Aufmerksamkeit wurde durch ein verfranstes Loch in seinem Sakko unterhalb des rechten Schlüsselbeins angezogen. »Du bist verletzt!«, rief sie erschrocken.

Will betrachtete den Einschuss und zog den Stoff zur Seite, um von oben unter das Hemd schauen zu können. Die Haut war unversehrt. »Nichts passiert«, verkündete er.

»Aber ... ich sehe es doch ...«, begann Saskia.

»Das Schwert hat mich geschützt«, sagte Will überzeugt. »Es möchte, dass ich es trage, nicht du.«

»Werdet ihr beide jetzt kindisch und wollt euch streiten, wer es behalten darf?«, mischte sich Justine ein und beschleunigte weiter, trotz des Regens. Der Transporter hielt seinen Vorsprung, und das machte sie wütend; es kratzte an ihrer französischen Fahrerinnenehre. »Gib es Saskia«, wies sie Will an.

»Nein«, rief er aufgebracht. »Sie hat es verloren, jetzt bin ich an der Reihe.«

Saskia wandte sich nach vorn. Das war eine Wendung, die ihr nicht behagte. War es möglich, dass das Schwert Besitz von Will ergriff? Bahnte sich dies seit dem Schlag an, den er in der Kammer erhalten hatte? Sie sah zu Justine und glaubte an dem Ausdruck auf ihrem Gesicht zu erkennen, dass sie ähnlich dachte.

Sie rasten am Ortsausgangsschild vorbei und verließen Limerick Richtung Süden. Der Transporter hatte immer noch einen guten halben Kilometer Vorsprung.

»Sie wollen nicht zum Flughafen Shannon«, stellte Justine verwundert fest. »Will er sich ein Rennen mit mir über die Landstraße liefern?« Sie grinste. »Das wird er bereuen.«

»Oder sie locken uns in den nächsten Hinterhalt.« Saskia fühlte sich ohne das Schwert merkwürdig nackt. Sie hatte sich an sein Gewicht gewöhnt, und jetzt saß Will damit hinter ihr. »Wer weiß, was sie noch auf Lager haben.«

»Nach den Vampiren wird mich so schnell nichts mehr überraschen«, versicherte Justine. »Ich glaube es immer noch nicht. Es gibt sie also wirklich! Und dieser rothaarige Bastard hat die Frechheit besessen, mich zu beißen.«

Obwohl ihr im Moment nicht nach einem Scherz zumute war, konnte Saskia nicht verhindern, dass sich ein Lächeln auf ihre Lippen stahl. »Eine Werwölfin kann nicht glauben, dass es wirklich Vampire gibt – was kommt mir an dieser Situation nur so merkwürdig vor?«

Justine lachte und nestelte ein Päckchen Zigaretten aus ihrer Jackentasche.

»Valesca hat ihn *Kind des Judas* und *Judassohn* genannt«, sagte Will. »Was mag das zu bedeuten haben?«

»Vielleicht ... eine besondere Sorte? So wie Justine zu den Wölfen unter den Wandlern gehört, haben die Vampire vielleicht verschiedene Stammväter«, sagte Saskia.

»Einen Judas als Stammvater? *Jamais de la vie*«, antwortete die Französin. Sie war näher an den Transporter herangefahren. Die Kurvenlage ihres Wagens war deutlich besser. »Dann lieber *une loupette.*«

»Wie viele es wohl von ihnen gibt?« Saskia schaute aus dem Fenster. Sie fröstelte und sah Smyles Gesicht vor sich. »Ich hätte ihn nicht von einem einfachen Menschen unterscheiden können, wenn er sich anders benommen hätte.«

»Du hättest auch mich nicht von einem einfachen Menschen unterscheiden können, wenn wir uns auf einer Party kennengelernt hätten und nicht vor einem Blutportal«, grinste Justine. »Was mich viel mehr wundert, ist, dass er sich dir andeutungsweise zu erkennen gegeben hat. Wie hat er spüren können, was wir vorhaben?«

Diese Frage hatte sich Saskia auch schon gestellt. »Ich hoffe mal, dass Vampire nicht die ganzen Fertigkeiten besitzen, die sie in den Büchern haben.«

»Es wird bestimmt schlimmer sein«, unkte Justine und stieß zischend Rauch aus. »Das verspricht spannend zu werden.«

Will dachte bereits über etwas anderes nach. »Was hat er mit der Harfe gemacht? Es sah so aus, als würde sein Spiel auf den schwarzen Saiten etwas bei den anderen Blutsaugern auslösen. Hat jemand von euch etwas gespürt?«

Saskia beschrieb ihre Empfindungen, und auch Justine hatte sich dem Spiel des Instruments nicht entziehen können.

»Dann sollte klar sein, wer ab sofort das Artefakt schützt«, sagte Will leidenschaftslos. »Mich hat das Lied nämlich kaltgelassen.«

Bevor Saskia etwas entgegnen konnte, schrie Justine: *»Merde!«*

»Was?« Saskia war erschrocken und sah nach vorn. Der Transporter gewann wieder an Vorsprung. »Gib Gas!«

Justine stampfte auf das Pedal, das Auto ruckelte. »Kein Benzin mehr«, schrie sie wütend und schlug mehrmals auf die Hupe ein. Mit einem letzten Röhren erstarb der Motor. Sie rollten an einer der unzähligen grauen Mauern vorbei, dann kam der Wagen zum Stehen.

Alle drei sprangen heraus und schauten dem Transporter nach, dessen rote Hecklampen kleiner und kleiner wurden.

XVII. KAPITEL

15. November
Republik Irland, County Kerry

Will, Saskia und Justine gaben nicht auf. In der Nacht hatten sie von einem freundlichen, zufällig vorbeifahrenden Iren einen Reservekanister Sprit bekommen. Will entschied an den Kreuzungen, wohin sie abbiegen mussten, und nach vier Stunden sahen sie den Transporter weit vor sich auf der Straße. »Woher willst du wissen, dass das der richtige Weg ist?«, fragte Saskia misstrauisch, weil die Strecke für sie keinen Sinn ergab.

»Ich weiß es einfach«, erwiderte Will knapp und sah angespannt nach vorne, das Schwert fest umklammert. Wie sollte er den Frauen auch erklären, dass er das Gefühl hatte, das Bansheehaar regelrecht fühlen zu können? Es schien leise nach ihm zu rufen, ihn anzuziehen; es flehte darum, von ihm gerettet zu werden.

Saskias Misstrauen war stummem Staunen gewichen, als sie die Dämonenanbeter schließlich zum ersten Mal wieder sahen. Seitdem klebten sie ihnen an den Fersen und warteten auf einen günstigen Moment, um zuzuschlagen. Die Bēlualiten wechselten zwar die Fahrzeuge, doch das nutzte ihnen nichts. Anscheinend wollten sie sich nicht aufteilen, was für die Verfolger einen Vorteil bedeutete. »Immerhin etwas«, sagte Will grimmig. Der Sir war immer noch nicht erreichbar, und auch alle Anrufe beim Professor waren erfolglos geblieben.

Saskia hatte sich beim letzten Tankstopp Notizen vor dem Fernseher gemacht, der hinter dem Tresen in einer Deckenhalterung befestigt war. Die irischen Nachrichten waren voll mit Meldungen über den tollkühnen Raub und die unverständliche Behandlung der Banshee-Harfe, die man schwer ramponiert und ohne die herausgeschnittenen Saiten am Straßenrand gefunden hatte. Für Hinweise wurde eine Belohnung in Höhe von dreißigtausend Euro ausgesetzt.

»Die Polizei kann den Tathergang immer noch nicht rekonstruieren«, berichtete Saskia. »Sie versuchen immer noch, die Leichen zu identifizieren, und selbst das macht ihnen größere Schwierigkeiten. Aber ratet mal, nach wem sie fahnden – nach einem langjährigen und verdienten Angestellten des Museums, einem gewissen Jonathan Smyle, der vermisst wird.«

»Wenn sie wüssten, was Smyle wirklich ist, würden sie ihn kaum vermissen«, knurrte Justine. »Ich verwette meinen Platz in der Hölle, dass er ganz in der Nähe der Diebe ist. Er will Rache.« Sie ließ den dunkelblauen Lancia, das aktuelle Fahrzeug der beiden Diebe, auf dem Motorway etwa vierhundert Meter vor sich nicht aus den Augen. »*Merde*, wie lange wollen wir ihnen noch folgen, ohne etwas zu unternehmen? Es ist nicht das letzte Artefakt, das wir suchen müssen. Nach Syrien ist es nicht gerade ein Katzensprung, zumal meine Kontakte in Antalya auf uns warten. Sie werden allmählich ungeduldig.«

Saskia wusste, warum die Französin so schlechte Laune hatte: Die Nonnen waren unerreichbar, und das machte der Wandlerin zu schaffen. Der Kontakt zu den Schwestern bedeutete ihr sehr viel. Justines Schale aus Coolness, Schnoddrigkeit und Ironie vermochte Saskia nicht zu täuschen. »Dann sag ihnen, dass wir übermorgen da sind.« Saskia hatte gehofft, dass sich die Diebe mit anderen Dämonenanbetern treffen würden. Die Idee war gewesen, noch mehr von ihnen auszuschalten, am besten alle, bevor sie nach Syrien reisten. Derzeit hatte es jedoch mehr den Anschein, als würden die Bēlualiten einfach nur in Bewegung bleiben wollen. »Du hast recht, Justine. Fragen wir die beiden, warum sie durch Irland fahren.«

»Finalement!« Justine beschleunigte.

Saskias Anspannung stieg. Wie von selbst zogen die Narben, und der Bittermandelgeschmack legte sich über ihre Zunge.

Will hatte sich umgedreht und schaute aus dem Rückfenster. »Ich bin mir nicht sicher, aber ich denke, wir werden verfolgt«, sagte er aufgeregt. »Ein dunkelroter Rover. Mir ist er bei der letzten Rast aufgefallen. Er hat ebenso Gas gegeben wie wir. Er ist seit ungefähr zehn Meilen hinter uns.«

Saskia sah in den Außenspiegel. Will hatte sich nicht getäuscht. »Könnte es sein, dass er den Dieben gefolgt ist und nicht uns?«

Der Rover fuhr dichter zu ihnen auf, schwenkte aus der Spur, kurz bevor er gegen ihre Stoßstange zu prallen drohte, und überholte sie mit einem sehr riskanten Manöver. Im Vorbeifahren sahen sie zwei Männer und zwei Frauen darin sitzen, die sich miteinander unterhielten und nach vorn deuteten. Waffen waren nicht zu erkennen.

»Merde!« Justine machte sich plötzlich hinter dem Lenkrad klein und achtete darauf, nicht gesehen zu werden. »Ich kenne sie«, sagte sie. »Und es ist nicht gut, dass sie aufgekreuzt sind.«

»Du kennst sie?«, fragte Will erstaunt.

»Einen von ihnen, den Fahrer. Sein Name ist Greg. Er ist ein Wandler, der einen Wolfshund in sich trägt«, erklärte sie. »Als er zum Alpha aufstieg, hat sein Rudel begonnen, alle anderen Wandler aus Irland zu vertreiben. Jedenfalls war es so, bevor ich in die Verbannung geschickt wurde.« Erst als der Rover vorbeigerast war, rutschte sie wieder in die richtige Höhe. »Das sind Hardcore-Traditionalisten. Greg und sein Rudel sehen sich als Verteidiger des Keltischen und Gälischen und allem Überlieferten. *Zut alors!* Und ich dachte, ich hätte in der Hölle mit genug Arschlöchern zu tun gehabt.«

»Anscheinend haben sie es wirklich auf die Diebe abgesehen.« Saskia fluchte.

»Sie sind zu viert«, sagte Will ungerührt, »das schaffen wir.« Doch plötzlich erinnerte er sich schaudernd an etwas. *Wolfshunde!* Waren sie es gewesen, die ihn durch die Gassen gehetzt und angegriffen hatten?

»Das sagt der Mann, der ein Schwert trägt. Silberdolche wären jetzt was Feines.« Justine beschleunigte weiter. »Aber da wir die nicht haben, werden wir es mal auf diese Weise probieren.« Sie setzte zum Überholen an, rammte den Rover seitlich und drängte den Wagen von der Straße.

Die Köpfe der Insassen auf der Rückbank ruckten zu ihnen herum. Greg verlor die Kontrolle, der Rover schoss die flach abfallende Böschung hinab und bohrte sich mit der Schnauze voran in den weichen Untergrund. Braunes Torfwasser spritzte in die Höhe, Grassoden flogen durch die Luft.

»*Au revoir,* Greg!« Justine lachte dreckig und schloss zu den Dieben auf, die erkannt hatten, dass es jetzt ihnen an den Kragen gehen sollte.

Es begann eine wilde Verfolgungsjagd, die auf der kurvenreichen Landstraße abenteuerliche Züge annahm. Die Französin beherrschte den Stil einer Rallyefahrerin perfekt. Immer wieder rempelte sie den Lancia der Diebe an und brachte ihn ins Schlingern, während sie sich die nächste Zigarette ansteckte.

Dann senkte sich die Straße leicht – und sie sahen die Schafherde auf der Fahrbahn! Die Menge der Tiere war enorm, und selbst ein Lastwagen hätte seine Schwierigkeiten bekommen, sich durch sie hindurchzuwühlen. Auf der gegenüberliegenden Seite standen bereits zwei Autos und warteten, bis die Tiere die Straße überquert hatten.

Das intakte rechte Bremslicht des Lancia flammte auf; die

Diebe hatten eingesehen, dass sie niemals mit dem Wagen durch die Herde gelangen würden. Die Türen öffneten sich, noch ehe das Fahrzeug zum Stehen gekommen war, dann sprangen sie heraus – und feuerten mit ihren Pistolen.

Es prasselte und klirrte, als die Kugeln durch Blech und das Glas der Windschutzscheibe schlugen. Justine bremste, schrie kurz auf und grollte. Aus ihrem Arm lief Blut. Saskia spürte einen Luftzug an ihrer rechten Schläfe, als sie sich duckte und in den Fußraum fallen ließ. Will hatte sich hinter die Sitze geworfen.

Der Beschuss endete. Krachend fuhr Justine auf den Lancia auf.

»Alles in Ordnung?« Saskia tauchte aus dem Fußraum auf und rollte sich zur Seite aus dem Auto; Will und Justine folgten ihr.

»Nein«, gab die Französin zurück. »Aber das wird sich gleich ändern.«

Sie nahmen unverzüglich die Verfolgung der Diebe auf, die durch die Herde stakten. Es war klar, was sie wollten: zu den Autos auf der anderen Seite gelangen.

Saskia zögerte, ihre Gabe einzusetzen. Will und Justine bewegten sich sehr schnell durch die Schafherde, sie holten immer weiter auf und erreichten die Diebe, noch bevor sie am Ende der Herde angelangten. Doch die Macht schien sie zu locken, sie wollte benutzt werden. Saskia betrachtete es als weitere Übung und benutzte ihre Gabe nun doch, um sich eine Gasse durch die wolligen Leiber zu bahnen. Die Schafe reagierten mit lautem Blöken, als eine unsichtbare Kraft sie einfach zur Seite schob.

Saskia gelang es, die Nebenwirkungen sehr gering zu halten, und so blieb die Welt in ihren drei Dimensionen.

Will hatte einen der Dämonendiener erreicht und malträtierte ihn mit einer schnellen Serie von Tritten. Der Mann ging zwischen den Tieren zu Boden und hob abwehrend die Arme. Saskia fand die Geschwindigkeit, die Will an den Tag legte, ungewöhnlich hoch und beinahe auf dem gleichen Level wie die, die Justine als Halbwesen beherrschte.

Justine machte sich einen Spaß daraus, den Schlägen des Feindes auszuweichen und ihm unmittelbar danach jedes Mal genau auf die Nase zu schlagen. Beim vierten Hieb brach der Mann zusammen, aus seinen Nasenlöchern schoss Blut.

Saskia sah zu den wartenden Wagen. Die beiden Fahrer waren ausgestiegen und verfolgten, was gerade vor ihren Augen geschah. Einer hatte sein Handy gezückt.

Will und Justine durchwühlten die Taschen der Dämonenanbeter, die Schafe sprangen um sie herum. Es fiel Saskia auf, dass sie versuchten, Abstand zu der Französin zu halten; sie witterten die Wölfin in ihr.

»Alles okay«, rief sie auf Englisch zu den Wagen hinüber und hielt ihren Personalausweis in die Luft, als sei er eine Dienstmarke. »Polizei. Gehen Sie zu Ihren Fahrzeugen zurück, wir müssen davon ausgehen, dass die Männer bewaffnet sind.« Sie hatte sich Mühe gegeben, den irischen Akzent zu imitieren, und hoffte, dass ihre Geste die Zuschauer so weit verwirren würde, dass sie sich nicht einmischten. Und tatsächlich: Die Schaulustigen stiegen schnell wieder in ihre Autos.

»Meiner hat die Saiten nicht dabei«, meldete Justine und hielt den Dieb am Kragen.

»Meiner auch nicht«, fügte Will hinzu.

»Wer von euch beiden hat sie?« Als Saskia die verschlossenen Gesichter der Dämonendiener sah, wusste sie, was zu tun war; mit einfacher Gewalt würden sie bei diesen Kerlen nicht weiterkommen. Aber ihre Gabe war begierig, sich beweisen zu dürfen. Die Médiatrice hob die rechte Hand und deutete auf den linken Mann, dessen Augen schlagartig groß wurden. Er ächzte, und Saskia sah, wie sich die Gesichtshaut spannte und eine dünne rote Linie im Fleisch bildete, die exakt in der Mitte der Stirn begann und sich gerade nach unten fortsetzte. »Ich werde dich schälen«, sagte Saskia drohend, »ohne ein Messer, ohne dich anfassen zu müssen. Du wirst deine Haut vor dir liegen sehen, wenn du mir nicht sagst, wer von euch die Saiten hat.«

Der zweite Dämonendiener sah fassungslos, was seinem laut schreienden Kumpanen passierte. Er versuchte, ihm in einer unbekannten, arabisch klingenden Sprache Mut zuzusprechen; Justine versetzte ihm eine Ohrfeige, die ihn zum Verstummen brachte.

Mit jedem Millimeter, die seine Epidermis weiter nach oben und unten aufriss, schrie der Gepeinigte lauter; Blut strömte aus seiner geplatzten Lippe, ein erster Sprung zog sich sogar durch die Zähne.

Saskia wurde sich selbst unheimlich und hielt ihre Gabe zurück. »Hast du mir jetzt etwas zu sagen?«

Will musste sich beherrschen, er war aufgewühlt und ... empört? Wut durchflutete ihn: Wie konnten die beiden es wagen, sich ihnen zu widersetzen? *Der Wille dieses wertlosen Diebes ist nichts gegen mich!* Er spürte, dass seine Gabe sich weiterentwickelt hatte, dass sie sich von ihm steuern ließ.

Will trat vor, zog seinen Handschuh aus – und packte die Kehle des Mannes, den Justine immer noch mit einem Fuß auf der Brust am Boden hielt. Sofort brach ein Bilderrausch über ihn herein, und er musste tief einatmen. Doch nach einem kurzen Augenblick begriff er, dass er die Erinnerungen des Mannes aus dessen Sicht sah; er konzentrierte sich und hatte sie plötzlich wie ein Kaleidoskop vor sich. In einem Prisma erkannte er die Eindrücke des Abends, an dem die Dämonendiener über das Museum hergefallen waren. In einem anderen zeigte sich der Innenraum des Transporters mit der Harfe. Will zog diese Erinnerung zu sich heran – und tauchte in sie ein. Durch die Augen seines Opfers sah er, wie der Mann, den Saskia gerade eben noch gemartert hatte, vollkommen unversehrt die Saiten durchtrennte und sie sich nicht in die Taschen, sondern nach kurzem Überlegen mit einem dreckigen Grinsen in seine Unterhose stopfte; danach wurde die Ladeklappe geöffnet und die Harfe hinausgeschleudert. Will zog sich aus der Erinnerung des Mannes zurück ...

... doch statt wieder das Kaleidoskop vor sich zu sehen, fand er sich im Körper des Dämonendiebes wieder!

Will sah *sich selbst* durch die Augen des Feindes, sein eigenes, vor Triumph und Hochmut verzerrtes Gesicht. Es war ein erschreckender, grauenhafter Anblick, und die Dunkelheit, die ihn auf einmal überfiel, schien für einen kurzen Moment ein Segen zu sein. Doch dann roch Will brackiges Wasser, einen modrigen Gestank, und als er versuchte, nach Atem zu ringen, füllten sich seine Lungen mit dem stinkenden Nass. Er schwebte, nein, er sank in zähem Brei nach unten, Bewegungen fielen ihm schwer und fanden wie in Zeitlupe statt. Er ... er *starb!* Ihm fehlte die Luft, Schwindel packte ihn, er musste husten, wobei er noch mehr Wasser einsog, seine Lunge schien zu platzen ...

Will benötigte mehrere Sekunden, bis er begriff, dass er wieder mitten zwischen den Schafen stand und sich nicht mehr in dem fremden Verstand befand. »Der andere hat sie«, sagte er matt und ließ den Kerl los. »Er hat sie in seine Wäsche gesteckt.«

Saskia und Justine tauschten einen schnellen Blick. Sie hatten gespürt, dass sich um Will herum etwas verändert hatte, dass er etwas ebenso Machtvolles wie Furchteinflößendes ausstrahlte.

Saskia kniff die Augenbrauen zusammen – und Will sah, wie die Kleidung des Mannes aufriss, als sei sie von innen mit einer Schere durchstoßen worden.

Justine ging hinüber. »Mach dir keine Hoffnungen«, sagte sie und griff in den klaffenden Spalt. Der blutende Mann stöhnte gequält auf, als sie ihre Hand zurückzog. »*Voilà!*« Die Französin hob ein Knäuel aus langen, schwarzen Haaren in die Höhe und steckte es in die Hosentasche. Dann wandte sie sich an Saskia. »*Alors?*«

Saskia schaute zu den Wagen der irischen Zaungäste, die inzwischen wieder ausgestiegen waren und hektisch miteinander diskutierten. »Da drüben steht unser Taxi.« Sie ging los. »Wir sperren die beiden zusammen mit den Iren in den Kofferraum des anderen Autos und lassen sie hier.«

Justine nahm sich eine der Pistolen der Angreifer und zielte auf die Iren. »Kofferraum auf«, wies sie den Fahrer des größeren Wagens an. »Und rein mit euch.«

Der Anblick der schallgedämpften Waffe machte genügend Eindruck. Sie taten, was Justine von ihnen verlangte; danach zwang die Französin die Dämonendiener mit hinein. Bevor sie die Klappe schloss, jagte sie zwei Kugeln durch das Metall, damit die Männer noch Luft bekommen würden. »Es wird ein bisschen eng und heiß werden, *Messieurs,* aber zumindest werdet ihr nicht ersticken.« Will sperrte vorsichtshalber ab. Irgendwer würde die Eingeschlossenen sicher finden, aber hoffentlich nicht zu bald.

Justine klemmte sich hinter das Steuer des zweiten Wagens, eines Daihatsu. »*Alors*, wohin?«

»Nach Shannon«, entschied Saskia. »Der Flughafen ist zwar klein, aber wir kommen von dort sicher ohne Schwierigkeiten aufs Festland und können von dort weiter in die Türkei fliegen.«

»Dann ... *merde!*«

Plötzlich stand ein nackter Mann neben der Fahrerseite; er war groß und hager und sehr behaart. »Hi, Justine. Lange her«, rief er, damit man ihn durch das Glas hindurch verstand, und pochte gegen die Scheibe. »Gib mir die Saiten.«

Saskia wusste sofort, dass es sich bei dem Mann nur um Greg

handeln konnte. Da er keine Kleidung trug, ging sie davon aus, dass er die Strecke in seiner Wolfshundgestalt zurückgelegt und sich eben zurückverwandelt hatte. Wie zur Bestätigung richteten sich nun zwei Frauen und ein weiterer Mann auf, die ebenso nackt waren. Als Justine den Schlüssel drehte, bückten sie sich, der Wagen wurde auf einer Seite angehoben und umgekippt, bevor er losfahren konnte.

Saskia versuchte, sich abzuschnallen, was dadurch erschwert wurde, dass Justine halb auf ihr lag. Will schnaufte und richtete sich auf.

»Wenn du mir die Saiten gibst, lasse ich dich und deine Freunde am Leben«, vernahmen sie die Stimme des Mannes.

»Fahr zur Hölle, Greg«, schrie Justine und raunte Saskia zu: »Bereit?«

Will kam ihnen beiden zuvor: Er benutzte das Schwert, um das Dach aufzuschlitzen ... und bog die Enden auseinander, als bestünden sie aus Alufolie! Er sprang ins Freie und schlug sofort nach dem ersten Mann, der sich auf ihn stürzen wollte.

»*Incroyable!* Was hast du mit ihm gemacht?« Justine sah Saskia fassungslos an.

Will hatte den Wandler an der Schulter getroffen – und schon flutete das Schwert die Wunde mit seinem flüssigen Gift. Der Mann kreischte und stürzte zuckend nieder, Schaum stand ihm vorm Mund, der silbrig schimmerte.

Ein mehrstimmiges Heulen erklang, von dem nicht klar war, ob die Meute trauerte oder nach dem Tod des Mörders verlangte.

»Wir müssen ihm helfen, los!«, zischte Justine. Saskia konzentrierte sich und ließ ihre Gabe den Sicherheitsgurt durchtrennen.

Die Wandler hatten ihre Halbgestalt angenommen, waren zu Mischwesen aus Wolfshund und Mensch geworden und sahen furchterregend aus. Sie drangen von verschiedenen Seiten auf

Will ein, der Mann auf allen vieren, eine Frau aufrecht stehend und die andere im Sprung.

Doch als Saskia und Justine sich endlich aus dem Wagen befreit hatten, erkannten sie staunend, dass sie nicht eingreifen mussten. Wills Anblick machte Saskia sprachlos. Während er der springenden Wandlerin auswich, stach er mit dem Schwert gleichzeitig nach dem kriechenden Angreifer und durchbohrte seine Flanke. Dann zog er die Waffe aus der Wunde, wirbelte einmal um die eigene Achse und trat dabei nach dem heraneilenden dritten Feind. Die Sohle traf das Hundewesen in den Unterleib und warf es zwei Schritte zurück.

Das Ganze geschah so rasch, dass Saskia glaubte, die Zeit würde für die Kämpfenden schneller vergehen.

»Du *hast* ihn verändert«, sagte Justine gebannt. »Sieh dir an, wie er mit dem Schwert kämpft! Hast du irgendeinen in ihm schlummernden indischen Krieger erweckt?«

Saskia hatte die Technik, mit der Will kämpfte, noch nie gesehen. Es mochte an dem indischen Kalari liegen; jedenfalls unterschied sich das, was dort vor ihr passierte, von allen traditionellen Formen des Fechtens. Sie war sich sicher, dass sie in einem Kampf gegen ihn in Schwierigkeiten geraten würde. Auch diese Geschwindigkeit hätte sie Will niemals zugetraut. Unangenehme Erinnerungen an den Maître stiegen in ihr empor.

Die Wandlerin sprang ihn wieder an und benutzte ihre langen, klauenhaften Hände, um seinen Schwertarm zu fassen. Will ließ sich von ihr packen, spannte die Muskeln an und zog sie zu sich heran, um ihr die andere Faust gegen die Kehle zu schmettern. Die Wandlerin schnappte nach der heranfliegenden Hand, konnte sie jedoch nicht aufhalten. Will riss sich die Haut auf, doch seine Faust krachte in ihren Gaumen. Es knackte laut, und das Wesen bellte undeutlich auf. Das Schwert stieß vor, durchbohrte die Körpermitte und schnitt mühelos durch die Knochen.

Will stieß die Sterbende, die sich im Tod in eine Frau zurückverwandelte, von sich und lachte dabei. Ein tiefer, satter Laut, der Saskia Angst machte. Sie war sich nicht sicher, ob sie *das* hatte öffnen wollen. Will wirkte entrückt, hochmütig und zugleich unbesiegbar kraftvoll; jede Bewegung zeugte von einer unerreichbaren Geschmeidigkeit. Und obwohl das, was mit Will geschah, sie beunruhigte, konnte sie doch nicht verhindern, dass sie den Anblick, der sich ihr bot, ausgesprochen anziehend fand.

Der letzte Wandler attackierte ihn, unterlief seinen Hieb mit der Klinge und schlug mit beiden Fäusten gleichzeitig gegen Wills Brust. Der wurde mit enormer Wucht gegen den Wagen geschleudert, in dem die vier Männer im Kofferraum gefangen saßen. Das Auto begann, sich selbständig zu machen und die Böschung herabzurollen; der Fahrer musste vergessen haben, den Gang einzulegen.

Saskia wollte in den Kampf eingreifen, aber Justine hielt sie eisern am Arm fest. »Er braucht unsere Hilfe nicht«, erklärte sie. »Und ich will sehen, was er noch alles vermag!«

Will stieß einen undefinierbaren Schrei aus, hielt sich mit einer Hand und schmerzverzerrtem Gesicht den Rücken und streckte im nächsten Moment den Arm mit dem Schwert gegen den Wandler, bei dem es sich um den Alpha des Rudels handeln musste. »Dein Ende ist gekommen!«, sagte er in bedrohlichem Tonfall.

Greg stieß ein lautes Grollen aus und hob die Lefzen.

»Beneidenswert«, merkte Justine seufzend an. »Ich vermisse das Knurren so sehr.«

Im nächsten Augenblick griff er Will an, und der wurde von den schnellen Attacken in Bedrängnis gebracht. Die scharfen Krallen schlitzten seine Jacke und das Hemd darunter auf, dann öffnete sich die Hand mit der Waffe, und das Schwert fiel zu Boden.

Saskia wollte auf ihre Gabe zurückgreifen, um Will beizustehen – aber sie war weg! Sie hatte sich vom Zuschauen so sehr ablenken lassen, dass die Konzentration geschwunden war; der Bittermandelgeschmack kaum mehr als ein Hauch. »Justine!«, rief sie.

Die Französin rannte vor und sprang mit beiden Füßen voran in die Seite des Wandlers, der sich eben mit geöffnetem Maul auf Will werfen wollte. Sie fegte ihn von den Beinen, landete auf ihm, rollte sich blitzschnell ab und langte nach dem Schwertgriff.

Wills Fuß schnellte heran und stellte sich auf die Klinge. »Fass es nicht an!«

»Was soll das?«, schrie Justine und spürte die Hand des Gegners um ihr Fußgelenk. Da wurde sie schon zurückgerissen.

Saskia hetzte los, stieß Will zur Seite, riss das Schwert an sich und attackierte den Wandler, der seine Reißzähne in Justines Hals schlagen wollte. Tief rammte sie die Klinge in den haarigen Rücken, und mit einem Heulen brach das Wesen über Justine zusammen.

»Merci, ma chère.« Fluchend rollte sie den sich verwandelnden Greg von sich herunter, erhob sich und kam wutschnaubend auf Will zu. »Und dir, *mon ami …«*

Will reckte sich kampfbereit – und sank mit einem neuerlichen Schmerzenslaut zusammen und hielt sich das Kreuz. Seine Beine wurden gefühllos und taub.

Unschlüssig blieb Justine vor ihm stehen. Die Selbstgefälligkeit, der Eindruck der Unbesiegbarkeit waren von einer Sekunde auf die andere verschwunden. »Ich müsste dir eine reinschlagen, dass du bis ins Moor fliegst«, fauchte sie ihn an.

Saskia schaute erschrocken an ihr vorbei: Das Auto mit den Eingeschlossenen war im Moor gelandet und versank blubbernd, die Stoßstange schaute noch heraus; der Rest war bereits abgesoffen. »Mein Gott«, sagte sie bestürzt, weil sie an die beiden unschuldigen Iren dachte. *Du musst sie retten!* Doch sosehr sie auch versuchte, die Gabe zu aktivieren – es gelang ihr nicht. Überanstrengung? Vor Hilflosigkeit traten ihr Tränen in die Augen. Ihre Macht hatte sie im entscheidenden Moment im Stich gelassen – und wieder waren Unschuldige wegen ihr gestorben! Justine ging derweil kopfschüttelnd um Will herum zu dem Lancia der Dämonenanbeter, der immer noch auf der Seite stand; sie warf sich mit Wucht dagegen, so dass er wieder auf die Räder fiel. Dann warf sie die Leichen der Wandler ins Moor. Nachdem sie zuletzt Greg dort versenkt hatte, stieg sie in den Wagen. Abgesehen von den Blutflecken, die vom nächsten irischen Regen davongespült werden würden, erinnerte nichts an den Kampf.

»Wir fahren mit dem verbeulten Ding weiter, bis wir was Besseres gefunden haben«, sagte sie, gleich darauf heulte der Motor auf. »*Bien! Ça marche.*«

Saskia wischte sich die Tränen weg und half Will beim Aufstehen. Er hatte das Gesicht verzogen und keuchte bei jeder noch so kleinen Bewegung. »Was ist?«

»Ich weiß es nicht«, ächzte er und sah dabei auf das Schwert in ihrer Hand.

Saskia ahnte, dass er es nicht wagte, sie danach zu fragen. Nicht nachdem er Justines Leben durch seine kindische Tat aufs Spiel gesetzt hatte. Außerdem hätte sie es ihm ohnehin nicht gegeben.

Sie fuhren los. Will rollte sich auf der Rückbank zusammen wie ein verwundetes Tier, Justine zündete sich die erste Zigarette an. Saskia versuchte, den Professor zu kontaktieren, die Nonnen und, Wills schwachen Protest ignorierend, gleich danach den Sir. Doch niemand meldete sich.

15. November
Republik Irland, County Clare,
Oakwood-Arms-Hotel, Shannon-Flughafen

Der Flug, der sie nach London bringen würde, ging um 22.45 Uhr; von dort hatten sie einen direkten Anschluss nach Antalya.

Drei Stunden blieben ihnen noch, um in einem Hotel auszuruhen und zu überlegen, wie sie in Syrien vorgehen sollten, um den Besitzer des Pergaments ausfindig zu machen.

Draußen tobte ein Unwetter und peitschte den Regen über den Landstrich. Er prasselte gegen das Fenster und erzeugte ein gleichbleibendes Rauschen, das von einem Pfeifen begleitet wurde. Sturmböen drückten den Wind durch die Dichtungsritzen.

Justine telefonierte mit ihren Verbindungsleuten in der Türkei und organisierte den unerlaubten Grenzübertritt. Will lag auf dem Bett und starrte an die Decke, nachdem er vier Schmerztabletten genommen hatte. Das Stechen im Kreuz wurde immer heftiger.

Saskia untersuchte die schwarzen Saiten. Sie hatte sie vor sich auf dem Tisch ausgebreitet und versuchte zu erkennen, welche davon die entscheidende war. Sie hielt die Hand mit geringem Abstand darüber und horchte in sich hinein, ob es ein Gefühl in ihr auslöste. Sie hoffte, dass man die negative Schwingung des Dämonenhaars körperlich spürte. Andernfalls würde sie die Haare eines nach dem anderen in einen Rahmen spannen und anschlagen müssen. Die Töne würden die Wahrheit zutage fördern.

Sie meinte ein ähnliches, jedoch viel schwächeres Kribbeln in der Hand zu spüren als beim ersten Kontakt mit dem Schwert. Saskia zog die Hand zurück. Hieß das, dass alle Haare vom Dämon stammten? Oder von verschiedenen Dämonen?

»Ich habe Hunger«, sagte Justine. »Geht jemand mit mir essen?«

»Wir sollten besser zusammenbleiben. Greg hat bestimmt Freunde, die ihn suchen werden«, sagte Saskia.

Justine winkte ab. »Ein Rudel ohne Alpha ist erst einmal mit sich beschäftigt, glaub mir.« Sie stand auf und ging zur Tür. »Soll ich jemandem ein Sandwich mitbringen?« Will entgegnete nichts, Saskia lehnte mit einem Lächeln ab. Die Französin verschwand.

Saskia konzentrierte sich wieder auf die Fäden, die sich äußerlich durch nichts unterschieden. Jeder hätte es sein können. Das Haar der Banshee oder des Dämons stach nicht durch eine besondere Auffälligkeit hervor. Schließlich ließ sie die Haare einzeln zwischen Daumen und Zeigefinger hindurchlaufen, aber auch am Widerstand auf der Haut ließ sich kein Unterschied erkennen. Dann roch sie daran, konnte aber nichts als Staub ausmachen. – Das Böse stank nicht nach Unrat und Schwefel.

Saskia hörte, wie sich Will im Bett umdrehte. Sie schaute zu ihm hinüber. Er lag mit dem Gesicht zum Fenster, das Hemd war nach oben gerutscht, und sie hatte erwartet, die Narbe sehen zu können, die vom Schwerthieb des Wächtergeists herrührte. Stattdessen blickte sie auf eine langgezogene, schwarzrote Linie, von der weitere kleinere Verästelungen abgingen. Anzeichen einer Blutvergiftung. »Will!«

Er drehte den Kopf. »Ja?«

»Du musst sofort zum Arzt.« Sie zeigte auf seinen Rücken. »Das sieht entzündet aus.«

»Ich weiß«, erwiderte er ruhig. »Daher kommen meine Schmerzen. Aber wir haben keine Zeit, zum Arzt zu gehen.«

Saskia blickte auf die Uhr. »Es sind noch zweieinhalb Stunden. Am Flughafen oder in der Nähe gibt es bestimmt so etwas wie einen Arzt oder eine Erste-Hilfe-Einrichtung.«

Will hob ablehnend die Hand. »Das wird schon wieder. Ich

habe mir ein paar Tabletten besorgt. Der Rezeptionist war so nett.«

»Gegen eine *Blutvergiftung?«*

»Das ist keine normale Entzündung, das hat etwas mit der Waffe zu tun, die mich verletzt hat ... glaube ich. Da wird ein Arzt nichts machen können.« Jetzt drehte er sich doch wieder um. »Es wird schon wieder. Es tut höllisch weh, ja, aber ich fühle mich nicht schlecht, ich ... ich habe kein Fieber oder so etwas.«

»Hast du dir das mal in einem Spiegel angeschaut?« Sie stand auf, nahm kurzerhand den Wandspiegel ab und hielt ihn so, dass er seinen Rücken betrachten konnte. Er wurde noch bleicher, sagte aber nichts. »Ich kann dich nicht dazu zwingen, zum Arzt zu gehen ...«

»Mach du es.«

»Was?« Sie senkte den Spiegel.

»Du bist die Médiatrice. Öffne die Stelle, an der du die Entzündung siehst, und lass den Eiter herauslaufen, danach schließe sie wieder.« Will streifte sein Shirt ab.

Saskia schluckte. »Du weißt, dass ich es nicht immer kontrollieren kann?«

»Du hast bewiesen, dass du es kannst. Ich vertraue dir«, antwortete er mit einem angespannten Lächeln und sah wieder zum Fenster. »Die Schmerzmittel sollten wirken. Ich werde nicht zu viel spüren ... hoffe ich.«

Sie betrachtete die entzündete rote Narbe, von der dunkle Bahnen nach oben und unten ausgingen.

Wenn sie es nicht tat und er allen Ernstes nicht zu einem Arzt ging, könnte er wirklich sterben. Aber nur ein einziger gedanklicher Ausrutscher, wenn man so wollte, und ihre Gabe würde quer durch ihn hindurchfahren und ihm die Gedärme zerreißen und die Bauchdecke dazu!

Saskia konzentrierte sich, wollte in die Zweidimensionalität eintauchen und den Bittermandelgeschmack spüren. Langsam verlor alles um sie herum seine Farbe und Kontur. Die nächste Böe, die um das Hotel fegte, war besonders heftig. Saskia spürte den kalten Luftzug, der drei der Saiten vom Tisch wirbelte. Das Heulen schraubte sich höher und höher und wurde immer schriller, während sie den Eindruck hatte, dass die Scheibe in Schwingung geriet ... dann barst das Glas krachend, und ein heftiger Sturm fuhr durch ihr Hotelzimmer!

Mit dem Wind kam ein Mann mit langen roten Haaren hereingesprungen, landete neben Wills Bett und funkelte die beiden Menschen dämonisch an.

Justine bestellte sich ein Cheddar-Schinken-Sandwich und ein *Murphy's*, eines der typisch irischen Stout-Biere. Dabei sah sie sich immer wieder in der Bar um und hielt Ausschau nach möglichen Feinden. Sie hoffte sehr, dass Gregs Verschwinden sein Rudel lange genug beschäftigen würde, bis sie außer Landes waren. Viele Wandler hielten innerhalb ihrer Art zusammen wie eine große Familie. Sie dagegen war immer eine einsame Wölfin gewesen. Daran konnte auch das Zwangsrudel, zu dem sie im Moment gehörte, nichts ändern.

Die Barkeeperin brachte ihr das Bier und stellte das Sandwich vor ihr ab. *»Slainte«*, wünschte sie.

Justine bedankte sich, trank einen Schluck und biss vom Brot ab. Wieder wunderte sie sich, wie schmackhaft das Essen war. Nach ihrem Höllentrip genoss sie jeden Bissen, jeden Schluck, jeden Atemzug. Ihr Hals schien enger zu werden, und das Mal an ihrem Arm erwärmte sich. Immer wenn sie an ihr Martyrium dachte, schien ihr Dienstherr dies zu merken und ließ sie wissen, dass er immer noch Macht über sie besaß. Diese Verbindung musste beendet werden! *Auch wenn es bedeutet, dass ich so ende wie mein Bruder*, dachte sie und sah in das pechschwarze Bier. Schwarz wie der unendliche Raum, durch den sie getrieben war, kaum dass er sie aus dem brennenden Haus gerettet hatte. Ein Raum voller Nichts: kein Licht, keine Sterne, keine Geräusche, keine Hoffnung. Er hatte sie darin treiben lassen, unendlich lange, bis sie dachte, sie verlöre endgültig den Verstand.

Und dann hatte der Spaß erst richtig begonnen. Für ihn jedenfalls.

Doch Justine hatte erfahren müssen, dass es nicht der Schmerz war, mit dem er sie am meisten foltern konnte. Nicht alles, was sie erlebt hatte, war ekelhaft gewesen. Und die Gewissheit, dass sie sich in seinen Fängen wieder und wieder selbst verraten hatte, war die größte Qual für sie.

Hastig trank sie das Bier leer und bestellte mit einer Geste das nächste. Wieder kostete sie von ihrem Essen. Der Geschmack sollte die aufsteigenden Erinnerungen vertreiben. Kaum stand das Bier vor ihr, stürzte sie es schon hinab und orderte das dritte.

Es war nicht klug, in ihrer Lage Alkohol zu trinken. Aber klug war Justine nach eigener Einschätzung niemals gewesen. Clever ja, klug äußerst selten.

Sie versuchte, sich abzulenken, indem sie die Marken auf den fünfzig Flaschen Whisky hinter der Bar las. Es wirkte tatsächlich. Die Namen waren größtenteils zungenbrecherisch, und meistens hatte sie nicht einmal eine leise Vorstellung davon, wie man sie aussprach. Die Barkeeperin erklärte ihr geduldig eine nach der anderen, während sie aß und lauschte. Nur nicht an die Hölle denken müssen!

»Sie sind eine sehr interessante Frau«, sagte eine männliche Stimme in perfektem Französisch.

Justine blieb der Bissen im Hals stecken. Gerade eben hatte sie sich doch noch mit einem Blick versichert, dass es keinen anderen Menschen in ihrer Nähe gab, der sie bei ihrer Nahrungsaufnahme störte. Ein Rest von Wolfsverhalten.

Sie schluckte angestrengt und sah den Mann an, der sich ihr hatte nähern können, ohne dass sie etwas davon mitbekam. Als Werwölfin wäre ihr das nicht passiert, jemanden so einfach zu übersehen.

Justine konnte ihr Erstaunen nicht verbergen, als sie den Fremden betrachtete. *»Merde«*, entfuhr es ihr, und sofort kam ihr ein intuitiver Gedanke: der Maître! Von der Beschreibung her musste es sich um ihn handeln. Das Gelbliche in seinen Augen war das sicherste Indiz dafür. Seine Statur, das Auftreten, das attraktive Äußere – es passte alles. »Finden Sie?«

Er setzte sich ungefragt neben sie an den Tresen. »Schauen Sie sich an: Sie sind tot und haben für eine Verstorbene dennoch ordentlichen Appetit.«

Justine senkte die rechte Hand, in der sie das Cheddar-Schinken-Sandwich hielt, und legte ihr Essen langsam auf den Teller zurück. Da er sie nicht angriff, hatte er offenbar andere Gründe, sich mit ihr zu beschäftigen. Ihre Neugier erwachte.

»Sie sind der Maître«, stellte Justine fest, nahm einen Schluck aus ihrem Glas.

»Sie sind Justine Marie Jeanne Chassard. Ihr Bruder heißt Eric von Kastell und nennt sich nun de Lavall. Sie denken, er wohnt immer noch in München, aber da täuschen Sie sich«, sagte er freundlich, ohne die Augen von ihr zu nehmen. »Seine Münchner Nummer ist auf den neuen Anschluss umgeleitet.« Er bekam von der Barkeeperin – scheinbar unaufgefordert – ein Bier hingestellt. »Außerdem gehören Sie der Schwesternschaft vom Blute Christi an, ohne aber eine Nonne zu sein.« Er prostete ihr zu.

»Aha. Monsieur haben sich kundig gemacht«, gab sie sich gelassen, was ihr schwerer fiel, als es sollte. Sie musste Zeit gewinnen, um ihre Gedanken zu ordnen. »Man sollte sich einer Dame immer vorstellen, bevor man sich zu ihr setzt, meinen Sie nicht?«

»Mein Name ist Levantin.«

»Ist das der Vor- oder der Nachname?«

»Mein *einziger* Name.« Er trank von seinem Bier und verzog das Gesicht. »Ich vergesse immer wieder, dass diese Stout-Gebräue kaum Kohlensäure haben.«

Sie lächelte ihn herausfordernd an. »Und so etwas passiert einem Mann, der meint, so gut informiert zu sein?«

»Ich weiß mehr über Ihre Freunde, als Sie denken, Madame Chassard – aber eigentlich interessiere ich mich vor allem für Sie.« Er schenkte ihr ein Lächeln, und sie fand, dass ihn dies auf eine verwirrende Art noch maskuliner wirken ließ als das bisher ernste Gesicht. Das Gelbliche in seinen Augen erinnerte sie an sich selbst, an das Animalische, die andere Seite, das Böse, das in ihr lauerte. Levantin war attraktiv; höchst attraktiv! »Ich würde es begrüßen, wenn dieses Gespräch unser kleines Geheimnis bliebe. Es geht weder Saskia Lange noch Will Gul etwas an.«

»Warum?«

»Weil ich *Ihnen* einen Vorschlag unterbreiten möchte, nicht den anderen.« Levantin beugte sich langsam vor, damit er in ihr Ohr flüstern konnte: »Sie sind etwas Besonderes, Madame Chassard, nicht nur innerhalb der Menschen, sondern auch ... Ihresgleichen. Ich lasse Ihnen deswegen selbst die Wahl, ob Sie mich zum Feind oder zum Freund haben wollen. Für den Rest der Welt entscheide ich selbst.« Er richtete sich auf.

Nach dem, was sie von Saskia wusste, hätte sie einfach nur auf der Hut sein sollen. Aber dieser Levantin sah nicht nur äußerst gut aus, er hatte auch eine dunkle, besondere Ausstrahlung – und Justine konnte nicht verhindern, dass sie sich zu ihm hingezogen fühlte.

Justine nahm ihr Sandwich wieder auf und aß einfach weiter. *Desinteresse vortäuschen.*

Er brach die Stille. »Ich finde Sie faszinierend, Madame Chassard. Eine Kreatur mit Ihrem Charme, mit Ihrer Vergangenheit und Ihrer Ausstrahlung hat mehr verdient als ein Dasein in dieser Welt.«

»Sie sind nicht der Erste, der mir das sagt.« Sie spülte die Reste des Sandwichs mit Bier hinunter. »Ich frage mich, ob Sie es mit ihm aufnehmen können – oder ob Sie doch nur ein ganz normaler Mann mit einem zu großen Ego sind?«

Levantin bekam ein Ginger Ale gebracht; wieder hatte er kein Wort mit der Barkeeperin gewechselt. »Ich befürchte, Madame, ich werde Sie dies selbst herausfinden lassen müssen.« Erneut beugte er sich vor. »Wenn Sie mir im entscheidenden Moment helfen, wird Ihr Lohn jegliche Erwartung übertreffen.«

»Der entscheidende Moment? Was könnte das wohl sein, Monsieur?« Während ihr Mund noch mit ihm flirtete, nahmen ihre Augen einen kalten Ausdruck an. »Sie geben sich hoffentlich nicht der Illusion hin, ich würde eine Freundin verraten?«

»Sie denken, ich will Madame Lange töten? Ganz im Gegenteil!« Er lachte auf. »Ich will, dass sie die Artefakte findet und verhindert, dass sie den erbärmlichen Dienern Bēluas in die Hände fallen. Allerdings möchte ich, dass Madame Lange mir dann hilft, das Portal in eine andere Welt zu öffnen. Etwas, auf das ich seit dem ersten Tag meiner Existenz auf der Erde warte.«

»Was habe ich dabei zu tun?«

»Verhindern Sie, dass die Artefakte vernichtet werden, bevor ich das bekomme, was ich mir wünsche. Was Sie danach damit anstellen, ist mir egal.«

Justine wischte sich die Hände an der Serviette ab. »Was bekomme ich dafür?«

Er ließ seinen Blick über sie schweifen, über das Gesicht, den Hals, die Schultern. »Ihre Ausstrahlung ist bemerkenswert ... – und bemitleidenswert gleichermaßen. Als würde das, was Sie außergewöhnlich macht, in Ihnen durch eine Wand abgeschirmt.« Levantin schloss die Augen, hob den Arm und legte die Spitze des Zeigefingers an ihre Stirn. Sie hielt still. »Ich kann sie spüren, die Bestie. Sie tobt und geifert, weil sie die Freiheit sieht, aber sie nicht aus eigenem Antrieb erlangen kann.«

Justine fühlte ein Ziehen hinter der Stirn – und ehe sie etwas unternehmen konnte, glaubte sie ein Knacken zu hören. Die Wölfin in ihr war ...

... *frei!* Die Barriere war verschwunden! Justine sog überrascht die Luft ein und erkannte die vielen, vielen Nuancen der Gerüche wieder: alter Tabak aus der Zeit, als Rauchen in den Pubs noch erlaubt war; die flüchtige Erinnerung an Pommes frites und Sandwiches, Burger und Lammhackbraten, die vor Stunden hier serviert worden waren, der Atem der Barkeeperin, nichts entging ihrer feinen Nase. Sie stieß einen lauten Freudenruf aus –

– und schon befand sich die Bestie wieder hinter der Mauer, von wo Justine sie grässlich heulen hörte.

Levantin nahm den Zeigefinger von ihrer Stirn und hob die Lider. Seine Augen waren fast goldgelb und schimmerten. Es sah nicht menschlich aus, und ergriffen musste Justine an einen Gott denken. Was auch immer Levantin war, er stammte wirklich nicht von dieser Welt. »Ich vermag Ihnen Ihren größten Wunsch zu erfüllen, Madame Chassard. Sorgen Sie nur dafür, dass Ihrer Freundin nichts geschieht und die Artefakte nicht zu früh vernichtet werden.«

Justine kämpfte mit dem raschen Wechsel zwischen der Freude über die Rückkehr der Bestie und der ohnmächtigen Wut darüber, sich ihrer Kraft erneut beraubt zu fühlen. »Wenn Sie solche Macht besitzen, dass Sie mich heilen können, weswegen holen Sie sich die Artefakte nicht selbst und tun damit, was immer Sie möchten?«, keuchte sie ihn an. Im gleichen Moment wusste sie, dass dies ein Fehler gewesen war: Wesen wie Levantin durfte man niemals seine Schwäche zeigen.

»Ich vermag vieles, aber nicht alles«, erwiderte er leichthin. »Manchmal benötigt man die Hilfe der Schwächeren, um sich noch weiter emporzuschwingen. Ihre Freundin ist wertvoll für mich – und Sie sind es auch.«

Justine musterte ihn, sein attraktives Gesicht, seinen Körper. Sie spürte seine Macht – und die alte Begierde erwachte, die sie so lange nicht mehr hatte austoben können. Wer wäre dazu besser geeignet als der rätselhafte Levantin? Das Spiel mit dem Feuer lag ihr. »Kann ich Ihnen auf Ihr Angebot antworten, sobald ich etwas versucht habe?«

»Und das wäre?«

Sie beugte sich zu ihm vor – und küsste ihn, lang und intensiv. Damit hatte er offensichtlich wirklich nicht gerechnet, wie sie zufrieden an dem winzigen Zucken erkannte; doch dann öffnete sich sein Mund, und seine Zunge begann überraschend sanft, mit ihrer zu spielen.

Justine fühlte sich von den Gefühlen überwältigt, ein Schauder der Wollust raste durch sie hindurch. In ihrem Schritt wurde es warm, und die Leidenschaft loderte stärker denn je empor. Justine wollte ihn. Auf der Stelle.

Sie zog den Kopf zurück. »Küssen kannst du gut, Levantin. Wie steht es mit dem Rest?«

Er nahm sie bei der Hand und führte sie aus der Bar den Flur entlang, wo sich die Zimmer befanden.

XVIII. KAPITEL

15. November
Republik Irland, County Clare,
Oakwood-Arms-Hotel, Shannon-Flughafen

Saskia erkannte Mister Smyle sofort wieder. Zwischen seinen roten Haaren glitzerten Scherbensplitter im Licht der niederzuckenden Blitze.

Will war aufgesprungen und gab dabei einen drohenden Laut von sich, der nicht menschlich klang; Saskia kniete noch immer vor dem Bett und regte sich nicht.

Smyle richtete sich langsam aus seiner hockenden Position auf und bedachte sie mit einem warnenden Blick. Seine Fangzähne waren deutlich zu sehen, eine Hand hielt er erhoben, die Finger auf sie gerichtet. »Wo sind die Saiten?«

Sie sah zum leergefegten Tisch. »Bis eben lagen sie dort. Durch Ihren Auftritt sind sie davongeweht worden.«

Der Vampir reckte sich. »Suchen Sie sie. Ich möchte sie wiederhaben. Diese Macht gehört nicht in die Hände von Menschen.«

»Aber in die von untoten Blutsaugern?« Saskias Mund füllte sich mit Bittermandel, die Umgebung wurde für Sekunden grau, doch dann flackerte es vor ihren Augen, und sie sah alles so wie immer. »Ich denke nicht.« Sie konzentrierte sich stärker, die Welt wurde vollkommen farblos und flach wie ein Fernsehschirm.

Zu ihrer Verwunderung schrie Smyle sofort auf und tat einen

Schritt zurück. Saskia war erstaunt. Der Vampir war der erste Gegner, der ihre Macht fühlte und sich vor ihr in Sicherheit bringen wollte.

Oder wollte er nur seine Gegenwehr starten?

Eine heftige Windböe brach in das Zimmer ein, wirbelte sämtliche losen Gegenstände umher und bildete einen Sog, der alles nach draußen riss, was nicht befestigt war. Immer wieder flog Saskia etwas ins Gesicht, sie musste zur Abwehr die Arme heben und die Augen bis auf einen schmalen Schlitz schließen.

Smyle nutzte seine Chance: Er sprang aus dem Fenster und verschwand in der sturmgepeitschten Dunkelheit.

Will reagierte sofort und ließ das schwere Rollo nach unten rasseln.

Sofort legte sich der Wind; zwar rüttelten die Böen heftig am Rollladen, aber die Streben hielten. Der Raum kam zur Ruhe.

Saskia besah sich das Chaos. Irgendwo darin lagen die Haare.

Will schrie auf und brach zusammen, wobei er halb auf das Bett fiel. Mit beiden Händen griff er sich in den Rücken.

Sie musste sich unverzüglich um seine Verletzung kümmern. Smyle würde in den nächsten Minuten wahrscheinlich nicht wieder auftauchen. Seine Furcht hatte ihm deutlich im Gesicht gestanden. »Warte, ich bin bei dir.« Schnell hob sie seine Beine auf das Bett und streifte ihm die Kleidung so auseinander, dass der Rücken freigelegt war.

Er ächzte, denn es kostete ihn Überwindung, die Stelle ungeschützt zu lassen.

Saskia war nervös, aufgeregt und hatte tatsächlich Angst, Will mehr zu schaden als zu nützen. Diese beschissene eingeschränkte Sicht! Hier ging es um Millimeter! Ein Ausrutscher konnte ihn schwer schädigen oder sogar töten.

»Tu es, Saskia«, murmelte Will, »bitte!«

Saskia atmete einmal tief ein und aus – dann beschwor sie ihre Gabe herauf. Sie konzentrierte sich auf die dunkle Linie auf Wills Rücken und setzte ihre Kraft so behutsam ein, wie sie konnte.

Es ließ sich nicht mit dem Öffnen des Sees vergleichen. Saskia spürte die Wärme des Männerkörpers und wie sich die einzelnen Schichten der Haut zuerst störrisch dehnten. Es fühlte sich an, als würde sie nicht mit ihrem Geist in Wills Körper eindringen, sondern mit den Fingerspitzen.

Sich langsam vortastend, stieß sie schließlich bis zum Entzündungsherd vor, traf auf heiße Flüssigkeit, viel heißer als Blut und Gewebe. Das Empfinden änderte sich, die Abscheu erschwerte ihr die Arbeit. Sie bohrte weiter wie eine Pfeilspitze, bis sie traf; schwarzrotes Blut und Eiter liefen aus dem bebenden Spalt auf die weiße Bettwäsche.

Will stöhnte auf und vergrub Gesicht und Hände im Laken. Die Schmerztabletten schienen kaum zu helfen.

Doch Saskia ließ nicht locker: Sie öffnete die alte Wunde weiter, verbreiterte den Spalt, bis er weit aufklaffte und sie das rohe Fleisch betrachten konnte, aus dem Blut und stinkendes, gelbliches Sekret liefen. Atemnot befiel sie, das Wachs flutete ihre Lunge und brachte sie zum Japsen.

Es kam immer mehr Blut – zu viel Blut! Sie hatte eine Ader verletzt, und es kam in rhythmischen Schüben hervorgesprudelt! Sie fühlte es durch ihre Finger rinnen, obwohl sie Will nicht physisch berührte.

Saskia rang die aufsteigende Panik nieder und kehrte trotz des Hustens ihre Gabe um; der Eiter war abgelaufen, auch die dunklen Verästelungen verschwunden. Jetzt war es Zeit zum Heilen.

Die Bittermandeln in ihrem Mund wurden weniger und weniger. Gleichzeitig verwuchsen Wills Wundränder durch ihren Willen miteinander, versiegelten den glatten Schnitt, und wie mit einem leisen Flüstern fügte sich auch die Epidermis wieder zusammen. Was blieb, war eine weiße, feine Narbenlinie.

»Geschafft«, krächzte Saskia, räusperte sich und hustete das nicht reale und doch schrecklich echte Wachs aus der Kehle. Es war widerlich. Die Furcht, bei der nächsten Anwendung vielleicht daran zu ersticken, ließ niemals nach. Sie fühlte sich ausgelaugt und am Ende ihrer mentalen Kraft. Für den See hatte sie eine andere Art der Anstrengung unternehmen müssen, die eher physischer Natur gewesen war. Diese geistige Erschöpfung machte ihr ganz anders zu schaffen.

Sie brauchte einige Sekunden, bevor sie sich auf die Füße stemmen konnte. Vorsichtig, Schritt für Schritt bewusst setzend, ging sie ins Bad, um ein Handtuch zu holen und Wills Rücken zu säubern. »Du kannst aufstehen.«

Er rührte sich nicht. Die Schmerzen hatten ihn ohnmächtig werden lassen.

Rasch prüfte sie seinen Puls und stellte fest, dass er gleichmäßig und kräftig war. Kein Grund zu noch mehr Sorge; er brauchte einfach Ruhe.

Saskia wandte sich von ihm ab und begann mit ihrer Suche im Zimmer. Sie wusste, dass es die Suche nach den Nadeln im Heuhaufen werden würde. Sie gab bald auf, setzte sich inmitten des Durcheinanders in den Sessel und betrachtete Will. Unter Umständen konnte er die Haare mit Hilfe einer Vision finden, wenn er wieder aufgewacht war.

Ihr Blick wanderte an ihm entlang. Er hatte sich in den letzten Tagen so sehr verändert. Aus dem freundlichen, charmanten Mann, unter dessen geschickten Händen die schönsten Blumengestecke entstanden, war jemand geworden, der ihr durch seine neuen Kräfte durchaus Angst einflößte; noch dazu schien er auf unheilvolle Art von dem Schwert besessen zu sein. Es konnte seinen Verstand beeinflussen.

Hoffentlich verliert er ihn nicht, dachte Saskia beunruhigt.

Sie wünschte sich den alten Will zurück, mit dem sie scherzen konnte, den sie verstand – und mit dem sie, wie sie auf einmal verstand, inzwischen wohl wirklich deutlich mehr wollte, als nur einen Kaffee zu trinken. *Nach* dieser Sache.

Dass es ihm genauso ging, hatte sie nun oft genug in seinen Augen gesehen. Allerdings hatte sich auch dieser Ausdruck verändert. Zuerst war es unterschwellig und zurückhaltend gewesen, inzwischen zeigte er sein Interesse direkt und beinahe aggressiv. So etwas mochte Saskia ganz und gar nicht. Sie stand nicht auf Machos. Sie wollte den alten Will zurück.

In die Stille nach dem Sturm läutete das Satellitentelefon. Der Sir meldete sich zurück. Saskia brauchte eine Weile, bis sie das Gerät in dem Chaos gefunden hatte. »Ja?«, sagte sie atemlos.

»Ist Herr Gul da?«, fragte die bekannte Stimme mit dem britischen Akzent.

»Wo haben Sie gesteckt? Wir versuchen die ganze Zeit ...«

»Wenn ich mich nicht melde oder unerreichbar bin, habe ich wichtige Gründe. Und jetzt geben Sie mir Herrn Gul!«

»Er ist ohnmächtig. Wir hatten eine Auseinandersetzung mit einem unserer Gegner«, antwortete sie nicht ganz wahrheitsgemäß. »Aber es wird wieder.«

»Die Dämonenanbeter haben Sie gefunden?«

»Nein. Ein Vampir.« Sie wunderte sich, wie selbstverständlich ihr das über die Lippen kam, ohne zu lachen, vor Wahnsinn zu heulen oder zu schreien. »Er hat eins der Artefakte beschützt und wollte es zurück. Wir fliegen in ein paar Stunden weiter nach ...«

»Sagen Sie es nicht!«, fiel er ihr ins Wort. »Die Leitung kann abgehört werden.«

»Sie haben recht. Jedenfalls haben wir zwei Artefakte, das aus Russland und das aus Irland, und das dritte werden wir uns auch schnappen. Wie sieht es bei Ihnen aus?«

»Das Monokel ist nach wie vor in meinem Besitz, und ich

gehe selbst Hinweisen nach, die mich zu einem weiteren Fundstück bringen. Melden Sie sich, sobald Sie Erfolg haben, damit wir einen Treffpunkt vereinbaren, von dem ich Sie abholen lasse. Entweder reisen wir gemeinsam zum Marianengraben oder bergen das letzte Artefakt gemeinsam.« Er klang dabei wieder sehr gehetzt, als müsste er rennen oder eine andere sportliche Aufgabe bewältigen. »Wir haben nur noch ein paar Tage! Denken Sie daran.« Er legte auf.

Saskia stand auf und ging zur Minibar, um sich ein Bitter Lemon zu nehmen. Dabei drückte sie die Wahlwiederholung ihres Handys. Kein Professor, keine Nonnen.

Sie kontrollierte Wills Atmung und seine Herzfrequenz, bevor sie den Fernseher einschaltete und sich durch die Nachrichtenkanäle zappte.

Es gab Berichte über ein starkes Unwetter, das absolut unerwartet über Limerick hereingebrochen war und sich aktuell über Shannon austobte, was mit verheerenden Überflutungen einherging. Der Flughafen hatte den Betrieb einstellen müssen.

Saskia fluchte. Smyle hatte einen Weg gefunden, sie an der Flucht zu hindern. Demnach würde er bald einen weiteren Überfall auf sie planen. Und der Vampir war zu allem Unglück jetzt auch noch vor ihren Fähigkeiten gewarnt und würde sich nicht ein zweites Mal derart offen wie im Hotel zeigen.

Sie stieß auf einen Bericht über die Ermittlungen zum Überfall auf das Museum. Verschiedene Experten wurden dazu befragt, keiner wusste eine Antwort, warum man die Harfe zerstört hatte. Ein Raub, ja, aber die Zerstörung ergab keinen Sinn.

Nach den Kunstexperten kamen die etwas anderen Gelehrten zu Wort, welche die Geschichte der Harfe ausbreiteten und auf ihre tödliche Rolle in der Vergangenheit hinwiesen. Das Wort »übersinnlich« fiel sehr oft, und einer der Männer meinte lapidar, dass eine sehr große Gefahr gebannt worden sei. »Ach ja?«, sagte Saskia wütend. »Du bist ja ein ganz Schlauer!«

Sie schaute auf die Uhr. Wo blieb Justine?

Saskia wurde aufmerksam, als eine Expertin auf den Raub eines Schwertes verwies; es sei unter dubiosen Umständen in einem russischen Kloster aufgetaucht. Ihr lägen Zeugenaussagen von zwei russischen Handwerkern vor, die in dem Gebäude Sanierungsmaßnahmen vorgenommen hatten und von einer rätselhaften Macht gezwungen worden seien, ihre Freunde zu attackieren. Der gleichen Macht, wie sie auch die Teufels-Harfe aus Irland besaß, nämlich aus Verbündeten, Freunden und Angehörigen Todfeinde zu machen. Über den Verbleib des Schwertes konnte die Frau auf Nachfrage des Moderators keine Angaben machen.

Saskia sah zum Schwert, das harmlos auf dem anderen Bett lag. Sie hatte gemerkt, dass die Menschen um sie herum abweisend auf sie reagierten, seit sie die Waffe mit sich trug. Ihre Gabe schien sie vor den Auswirkungen zu schützen und sie nicht wahnsinnig zu machen wie die Handwerker. Ließ sich damit Wills Veränderung erklären?

Ein deutscher Nachrichtensender brachte die neusten Entwicklungen aus Hamburg: Die Pest war offiziell in die Hansestadt zurückgekehrt und breitete sich immer weiter aus. Die Ärzte sprachen nicht mehr von einem Anschlag, sondern von einer unerklärlichen Epidemie und einem Erreger, der sich als schwer eindämmbar erwies. Nachdem sie zuerst von einer Mutation oder einem unbekannten Pest-Bakterium ausgegangen waren, wurde nun darüber spekuliert, ob es sich um einen sehr alten Erreger handeln konnte, der vor Jahrhunderten ausgestorben sein sollte. Saskia beugte sich vor und stützte den Kopf mit den Armen ab, während sie gebannt lauschte. Untersuchungen hätten unter anderem auf die Pestepidemie in Venedig im siebzehnten Jahrhundert aufmerksam gemacht. Zwar habe man keine Erreger aus dieser Zeit zum direkten Vergleich, da sich das Bakterium nicht mehr als hundert Jahre im Boden oder alten Pestgruben hielt, doch die Beschreibungen der Kranken und die sehr besonderen Umstände würden den Schluss erlauben, es mit einem alten Erreger zu tun zu haben. Auf dem Bildschirm wurden Aufnahmen aus Venedig gezeigt, Ausgrabungen von damaligen Pestgruben.

Saskia meinte plötzlich, sich im alten Venedig wiederzufinden; sie roch das Wasser, hörte es tröpfeln, roch den Moder, eilte gleich danach durch die Zimmer eines Palazzos und hörte dabei sogar ihre Schritte! Verblüfft kniff sie die Augen zusammen, riss sie wieder auf und sah sich ... im Hotelzimmer um. Die Eindrücke der Lagunenstadt waren schon wieder verschwunden.

Sie konzentrierte sich wieder auf den Fernsehbeitrag. Mehr als elfmal war die Pest in den letzten Jahrhunderten in der Hansestadt ausgebrochen, und anscheinend hatte sich ein Relikt davon als außergewöhnlich resistent erwiesen. Der Schluss des Reporters war, dass das Bakterium die Medizinermeinungen Lügen strafte. Es hatte überlebt. Im Gegensatz zu den Experten wusste Saskia, warum sie im Garten einer Villa, in deren Umfeld es keine Pestgruben gegeben hatte, ausgebrochen war: Die Pest und Bēlua gehörten zusammen.

Auf die Sondersendung und die Kontroverse, ob die Bakterien nun doch wie Milzbrandviren im Erdreich überlebten, verzichtete Saskia. Sie war einfach dankbar, dass sie bislang davon verschont geblieben waren.

Wieder blickte sie auf die Uhr. Wo steckte Justine?

Will hob den brummenden Kopf – und sah die steile Treppe vor sich aufragen. Seine Gemahlin – jedenfalls in diesem Leben – kam besorgt auf ihn zu. »Hast du dich verletzt?« Seine Vision ging an dem Punkt weiter, an dem sie das letzte Mal geendet hatte.

Will rieb sich die Stelle am Rücken, auf die er gefallen war. »Nichts geschehen«, sagte er und stand rasch auf, bevor sie ihn erreichen und ihm helfen konnte. »Du warst einfach zu überwältigend für mich.« Schaudernd dachte er an ihre pestversehrten Leisten.

Sie strahlte ihn an. »Ich bin dir noch immer gut genug? Auch wenn du bald ein so mächtiger Mann sein wirst?«

»Immer«, erwiderte er mit einem raschen Lächeln und deutete auf die Stufen. »Aber nun lass uns nach oben gehen. Ich muss Vorbereitungen treffen.« Das war natürlich eine Lüge, aber er wusste, dass sie ihm so keine weiteren Fragen stellen würde.

Sie stiegen aus dem geheimen Zugang in der Küche, gingen durch das Haus, und seine Gemahlin, deren Namen er noch immer nicht kannte, verließ ihn vor dem Eingang in ihr Gemach. »Ich erwarte dich, Liebster«, hauchte sie in sein Ohr, bevor sie durch die Tür verschwand.

Er musste sich abwenden, damit sie den Ekel auf seinem Gesicht nicht sah. Geschlechtsverkehr mit einer Pestverseuchten war nicht das, was er sich erträumte. »Ich freue mich«, presste er hervor und schritt hastig weiter.

Will eilte dorthin, wo er sich mit Capitano Rastani unterhalten hatte. Er betrat das hohe Zimmer, setzte sich in seinen Sessel und trank von dem Wein, der auf dem Tisch stand.

Partello, in dessen Körper er steckte, war also verantwortlich für den Ausbruch der Pest. Eine Vorbereitung für die Herbeirufung des Dämons, die fehlgeschlagen war – schließlich existierte Venedig nach wie vor, und die Welt wurde nicht von einem Dämon namens Bēlua beherrscht.

Ruhig. Es wird gut enden. Mach dir keine Sorgen. Will betrachtete seine fremden Hände. *Jemand wird diese Spinner aufhalten.*

Schnelle Schritte und Gebrüll auf dem Gang rissen ihn aus seinen Gedanken. Die Tür wurde aufgestoßen, und seine Frau erschien auf der Schwelle, das Kleid zur Hälfte in Fetzen gerissen. Blutspritzer hafteten in ihrem Gesicht, in der Linken hielt sie einen Dolch, an dem Blut hinablief. »Flieh!«, schrie sie ihm zu. »Ich halte sie auf, Gemahl, bis du ...« Sie bekam einen Schlag in den Rücken, unter dem sie wankte.

Eine rotgefärbte Schwertklinge schaute aus ihrer Schulter hervor und wurde wieder zurückgerissen. Unmittelbar darauf enthauptete das gleiche Schwert sie mit einem brachialen Hieb. Sie stürzte nieder, und über sie hinweg stieg – Lentolo! Ihm folgten zwanzig Bewaffnete in Brustharnischen.

Will war aufgesprungen. Auf der einen Seite war er erleichtert, dass Partello von dem Mann zur Strecke gebracht wurde, gleichzeitig wusste er noch sehr genau, wie weh das Sterben tat.

Lentolo und seine kleine Streitmacht eilten auf ihn zu. »Ihr seid verhaftet, Domenico Partello«, rief er. »Im Namen des *sanctum officium* setze ich Euch auf Geheiß des Papstes und des Magistrats von Venedig unter Arrest, bis Eure Beteiligung an der in Venedig vorgefallenen Häresie und Blasphemie untersucht ist. Euch wird weiterhin vorgeworfen, durch schwarze Magie die Pest über Venedig gebracht und tausendfachen Mord begangen zu haben. Der Prozess wird das genaue Ausmaß Eurer Schuld darlegen.« Zwei Meter vor ihm kam Lentolo zum Stehen. »Wenn Ihr geständig seid und die Namen Eurer Mitverschwörer nennt, wird Euch ein gnädiger, schneller Tod gewährt.«

Will hätte mit Vergnügen alle an die Inquisition ausgeliefert, doch außer Rastani fiel ihm kein weiterer ein. »Capitano Rastani«, rief er und fühlte, wie sich das Bewusstsein des echten Partello gegen den Verrat aufbäumte. Will drängte es zurück, um dem Legatus noch mehr berichten zu können. »Er ist noch in der Stadt. Alle weiteren Namen nenne ich Euch, wenn ich Eure Zusicherung schriftlich erhalten habe«, antwortete er und hoffte, diesen Körper bald wieder verlassen zu können. Aber wie? Indem er Partellos Bewusstsein freiließ?

»Ihr seht mich überrascht.« Lentolo ließ ihn von zwei Männern festhalten, ein dritter band ihm die Hände auf dem Rücken zusammen. »Ich hatte mit Widerstand gerechnet. Mit schwarzer Magie gegen mich, den Legatus des Papstes.«

»Nein. Ich möchte meine Seele retten«, antwortete Will und hoffte, dass es einigermaßen plausibel klang. Er sah das Schwert an Lentolos Seite. Das Hornschwert! »Nehmt auch die anderen Artefakte an Euch, Legatus. Damit sie nicht in die Hände des Bösen fallen. Ich sage mich los davon! Betet für mich!«, schrie er und wand sich, damit es aussah, als bereue er wirklich. »Legatus, betet für mich zu Gott!« Er beschrieb ihnen, wie sie in den geheimen Keller unter dem Wasserspiegel der Lagune gelangten. Der echte Partello, mit dem er sich den Körper teilte, versuchte mit immer mehr Kraft, die Kontrolle an sich zu reißen, und bald musste Will die Schmerzen, unter denen er sich wand, nicht mehr vortäuschen, sondern spürte sie wirklich.

Lentolo und einige seiner Leute tauschten verwunderte Blicke. Sie waren sich nicht schlüssig, ob sie hier an der Nase herumgeführt wurden.

»Glaubt mir, ich flehe Euch an«, rief Will – und ließ die mentale Kontrolle fallen. »Gleich schon fährt der Teufel wieder in mich ein ...«

Überall an ihm kribbelte und stach es. Er spürte die Veränderung. Er wurde nach hinten gedrängt, mehr und mehr übernahm eine andere Macht die Herrschaft über den Körper. Der echte Partello verlangte nach seinem Recht, das zu sagen, was er für nötig hielt. Wie schon einmal wurde Will Zuschauer durch die Augen eines anderen.

»Ihr werdet vergehen!«, hörte er den Mann schreien und toben. Er riss sich los – und sprengte die Fesseln mit übermenschlicher Kraft! Dass er sich durch die Eisenringe an den Handgelenken das Fleisch von den Knochen schabte, störte ihn nicht. Partello raste! Er stieß dunkle Silben aus und streckte den Soldaten die Arme entgegen. Ein schwarzer Nebel löste sich aus den Fingerspitzen, fegte gegen die Häscher und blies ihnen ins Gesicht. Die Getroffenen schrien auf, und Pestgeschwüre entstanden aus dem Nichts auf ihren Zügen und an allen Stellen, die nicht von Stoff bedeckt waren.

»Herr, gib mir Kraft!«, rief Lentolo und zog das Hornschwert. Er war ebenfalls von dem schattenhaften Hauch getroffen worden, doch er trotzte den grässlichen Auswirkungen. »Mit dem Schwert des Bösen werde ich dich niederstrecken! Soll der Dämon das Blut seiner Anhänger kosten, ohne dass er auf die Erde kommen darf!« Der Legatus sprang vor und schlug nach Partello.

Der Venezianer machte einen Satz nach hinten, entriss einem seiner Häscher das Rapier und drang seinerseits auf Lentolo ein. »Ihr werdet sterben und meinem Herrn als Opfer dienen«, schmetterte er ihm lachend entgegen. »Da Ihr mir das verloren geglaubte Schwert gebracht habt, kann ich die Herbeirufung vollenden! Der Boden ist bereitet, die Pest schwärt, und die Stadt vergeht. Bēlua wird kommen, wenn ich ihn durch sein Blutportal rufe.« Er wich Lentolos Stich aus. »Gegen meine Gabe mögt Ihr geschützt sein, gegen das Eisen jedoch nicht«, rief er – und rammte ihm das Rapier unterhalb des Bauchnabels in den Leib! Mit einem Ruck zog die Klinge nach oben.

Erschrocken wollte Will eingreifen, konnte aber nichts ausrichten. Partello hatte ihn dorthin verbannt, wo er selbst vorher gesessen hatte. Er hatte sich übertölpeln lassen.

Die Männer des Legatus und des Magistrats sanken einer nach dem anderen auf die Fliesen, die Körper mit aufbrechenden Pestbeulen übersät. Niemand von ihnen war in der Lage, ihrem tödlich verwundeten Anführer beizustehen.

Lentolo schwankte und sackte auf die Knie.

»Ihr seht, Lentolo, das Böse lässt sich nicht aufhalten.« Partello stieß den Gesandten nieder. »Kam Euch jemals in den Sinn, dass Gott nicht mit Euch sein könnte, Legatus? Dass Ihr auf den falschen Herrn vertraut? Denkt darüber nach, während Ihr zu meinen Stiefelspitzen sterbt.« Er warf sein Rapier weg und bückte sich, um das Hornschwert aus dem Griff des Feindes zu nehmen.

Plötzlich verschwand alles Leid aus Lentolos Gesicht. Er schien in einem einzigen Augenblick gesundet zu sein! Die Hand mit der Klinge zuckte vor, und die Spitze jagte durch Partellos Hand in seine Schulter.

»*Mein* Herr ist mit *mir*«, sagte er wie in einem Gebet, stand dabei auf und stieß den Venezianer nach hinten. »Das *sanctum officium* verleiht seinen Streitern für den Glauben und das Gute mehr als weltliche Waffen, Partello. Seht Ihr mich von Eurer magischen Pest befallen?«

Will wusste, was nun passierte: Die verflüssigten Intarsien würden in den Körper schießen und ihn von innen heraus töten. Trotz der beginnenden Schmerzen verspürte er eine große Erleichterung. Partello brach vor dem Legatus ächzend in die Knie. Silbriges Blut sprudelte aus seinem Mund, er hatte die Augen weit aufgerissen, aus denen ebenfalls das metallisch schimmernde Rot lief. Er versuchte, etwas zu sagen, doch es kamen lediglich rote Blasen von seinen Lippen.

»Die Wege des Herrn sind unergründlich, das werdet Ihr mir zugestehen. Ihr werdet vernichtet von dem Artefakt, auf das Ihr sehnlichst gewartet habt«, sagte Lentolo leise und bekreuzigte sich. »Die Wandler, die Trinker, die Dämonischen – so viele Kreaturen der Dunkelheit trachteten danach, und doch landete dieses Artefakt des Teufels in der Hand des Guten. Nach Eurem Tod wird es sicher sein, Partello.«

Des Legaten Stimme wurde leiser und undeutlicher, und Will löste sich unvermutet aus dem Leib des Sterbenden. Er schwebte dankbar empor – und erschrak: Partello hatte sein menschliches Äußeres verloren! Vor dem Legatus kauerte ein Wesen, das doppelt so breit und hoch wie ein Mensch war. Schwarze, schillernde Haut war unter dem gesprengten Kleidungsstoff sichtbar geworden, die Ansätze von Flügeln stachen aus dem Rücken hervor. Mehrere Hörner ragten aus dem Schädel, und Will glaubte sogar, dass rechts und links des fratzenhaften Gesichts zwei seitliche Gesichter wuchsen. Ein Schweif mit vier Enden schlängelte sich zwischen den Beinen ... dann durchstieß Will die Decke und verließ den Palazzo. Der Legatus und der Dämonenjünger verschwanden. Er sah die Dulcissima ein weiteres Mal aus der Perspektive eines Vogels, der über die Dächer glitt und sich dabei immer weiter in den Nachthimmel emporschraubte.

Will war erleichtert. Er musste nicht mit Partello zusammen sterben, sondern kehrte auf dem sanfteren Weg in seine Zeit zurück.

Im Palazzo des Patriziers ereignete sich eine gewaltige Detonation, die schwarze Staubwolken meterweit aus den Fenstern und den Kaminen schießen ließ. Zugleich erklang ein dunkles, angstmachendes Geräusch, das an einen sehr tiefen Schrei erinnerte, nur viel lauter.

Die Häuser und Brücken um den Palazzo wurden davon in Schwingung versetzt, Ziegel und Steine lockerten sich, fielen in die Kanäle oder auf die Straßen, Menschen und Gondeln wurden von dem Hagel getroffen.

Will beobachtete, wie sich der schwarze Staub zu einer Wolke zusammenschloss und über die Lagune hinwegzog, ehe er sich verwirbelnd auflöste und verschwand.

Dann sah er nichts mehr, schien in geronnener Tinte gefangen zu sein, ehe sich aus weiter Ferne ein helles, weißsilbriges Licht auf ihn zubewegte und verharrte. Wind streifte sein Gesicht, und Will begriff, dass er den vollen Mond anstarrte.

Er kniete auf weichem Gras. Vereinzelte abgestorbene Bäume

verteilten sich über die Ebene, und in einiger Entfernung sah er einen Hügel. Ein Hügelgrab?

Will rieb sich mit den Fingern über das Gesicht, und er roch Erde. Als er an sich hinabschaute, erkannte er die heruntergekommene Kleidung eines einfachen Mannes aus einem lange vergangenen Jahrhundert, der sein Geld ohne Zweifel mit niedriger Arbeit verdiente.

Wo bin ich gelandet?

Seine übrigen Sinne kehrten einer nach dem anderen zu ihm zurück. Zuerst spürte er, dass die Luft angenehm kühl und feucht war, dann senkte er den Kopf und roch fauliges Wasser, und schließlich hörte er das leise Schmatzen um sich herum. Will erhob sich, und sofort schwankte der Boden unter seinen Füßen. Die Reise hatte ihn mitten in ein unbekanntes Moor geschleudert, ohne dass er eine Ahnung davon besaß, wie er lebend hinausgelangen sollte.

Also blieb er, wo er war, tastete an sich herum und durchwühlte seine Taschen, um einen Anhaltspunkt zu finden, wer er war, in welcher Zeit er sich befand, was auch immer. Er fand ein kleines Messer, etwas Proviant sowie einen Beutel mit einem Zahn, den er sehr genau kannte. Der Dämonenzahn!

Schnell blickte er sich um. Niemand war in seiner Nähe, er vernahm keinerlei Geräusche, abgesehen von dem Blubbern und Gären des Sumpfs.

»Ich bin unpünktlich«, sagte eine Männerstimme auf Deutsch zu ihm, in der ein französischer Akzent mitschwang. »Aber nicht zu spät, wie ich sehe.«

Will wandte sich um, die rechte Hand um den Zahnbeutel geschlossen und so gegen seine schäbige Jacke gepresst, dass man ihn nicht sah. »Ja, das seid Ihr«, entgegnete er und versuchte dabei, recht unverbindlich zu klingen.

Der Mann trug einen grauen Dreispitz auf den zum Zopf gebundenen Haaren. Den Kragen seines knielangen schwarzen

Ledermantels hatte er nach oben geschlagen, so dass sein Gesicht gegen das Mondlicht abgeschirmt und nahezu unkenntlich war. Lange, verdreckte Stulpenstiefel schützten seine Füße, die Hose endete über den Knien, er trug weiße Wollstrümpfe. »Führt Ihr meine Habe mit Euch?«

Will hatte keine Ahnung, was er tun oder wie er sich verhalten sollte. »Mir gefällt dieser Ort nicht.«

Der Mann lachte. »Da Ihr ihn selbst gewählt habt, macht Ihr mich staunen. Ich wäre beinahe ersoffen, weil mich das Moor zu sich ziehen wollte.« Er trat einen Schritt vor, und der grüne Pflanzenteppich wogte leicht. Seine rechte Hand glitt in die Manteltasche, und er nahm einen Beutel hervor, dessen Inhalt leise klimperte. »Goldmünzen, wie Ihr verlangtet. Die Prägung ist schon lange Zeit aus der Mode, aber der Wert von Gold vergeht niemals, nicht wahr?« Er hielt ihn Will hin. »Kann ich nun den Beutel verlangen?«

»Marat!«, hallte ein lauter, kehliger Ruf über das Moor. »Dominic de Marat, du wirst uns nicht entkommen!«

Der Mann schaute über die Schulter, dann nach rechts, wo einige Lichter aufleuchteten. »Nehmt endlich die Münzen«, zischte er Will an. »Her mit dem Beutel!«

Schüsse peitschten durch die Nacht, glucksend schlugen die Kugeln um sie herum ein. Hunde bellten wütend, Männer riefen.

Will hatte schreckliche Angst. Gehörten die Männer zu ihm? Hatten sie Marat eine Falle gestellt, um den Dämonenanbeter zu jagen – oder gehörte er selbst wieder zu den Dämonendienern? Einmal mehr wusste er überhaupt nicht, was sich um ihn herum abspielte. Er presste den Beutel an sich.

»Wird's bald, Mann!« Marat stand dicht vor ihm und packte ihn an der Schulter. »Wo ist es?«

Durch seine Bewegung klaffte der Mantel auseinander, und Will erkannte den Korbgriff des Dämonenschwertes an der Seite des Rothaarigen.

»Ihr werdet ihn nicht bekommen!« Will schleuderte das Säckchen weit hinaus ins Moor, verfolgte seinen Flug – und sah, wie es von Marat aufgefangen wurde!

Wie er das Kunststück vollbracht hatte, sich derart schnell zu bewegen, vermochte Will nicht zu sagen. Er starrte den Mann mit offenem Mund an.

»Ihr seid ein Verräter«, schnarrte Marat und verstaute den Beutel unter seinem Mantel. »Verdanke ich es Euch, dass mich die Wandler gefunden haben?«

Will wurde eiskalt. Er sah vier, nein, fünf hundeähnliche Schatten durch das hohe Gras rennen und glutrote Augen leuchten. Es waren keine einfachen Suchhunde gewesen, deren Bellen er vernommen hatte.

Marat kümmerte sich nicht um ihn, sondern zog das Dämonenschwert, und schon war der erste Wandler heran. Sie sahen nicht aus wie die Wolfshund-Wesen in Venedig, sondern erinnerten mehr an echte Wölfe, wenn auch größer und kräftiger.

Das Wesen sprang Marat an, genau auf die ausgestreckte Hand zu. Marat unterbrach den Flug, indem er die lange Schnauze packte; er störte sich nicht an den Zahnreihen, schleuderte die Bestie vor sich auf den Grasteppich und durchbohrte sie mit dem Schwert. Jaulend verging sie.

Zwei weitere Wandelwesen hatten ihre Halbform angenommen und eilten auf Marat zu, der seinen Dreispitz davonschleuderte und sie herausfordernd anfauchte. Mondlicht fiel auf die roten Haare des Mannes.

Er sah, wie aus dem Gebiss des Mannes lange, kräftige Reißzähne wuchsen, der Unterkiefer klappte mir einem Knirschen weiter herab als bei einem gewöhnlichen Menschen. Marat *war* ein Vampir – und die roten Haare ließen die Vermutung zu, dass er auch ein Judassohn war wie Smyle.

Marat hielt jetzt einen langen silbernen Dolch in der linken Hand. Es knallte mehrmals, und die Kleidung des Vampirs zuckte an verschiedenen Stellen. Die Geschosse hatten ihn getroffen, bereiteten ihm jedoch keine Schwierigkeiten. Die Wandler griffen ihn an, sobald der letzte Schuss verklungen war.

Doch Marat war ihnen an Geschwindigkeit weit überlegen: Er schlitzte einem die Kehle auf und rammte ihm das Schwert zusätzlich durch den Kopf. Als der zweite Wandler heranstürmte und ihn ansprang, verschwand Marat plötzlich. Seine Kleidung und Waffen fielen ins Grün.

Der verdutzte Werwolf biss in Halme anstelle von Fleisch. Grollend witterte er um sich herum.

Unvermittelt erschien Marat nackt hinter ihm, packte das Kinn des Feindes und wollte es nach hinten drehen, um ihm das Genick zu brechen. Die Halsmuskeln des Wandlers schwollen an und blockten den Angriff ab. Gleich danach wälzten sich die beiden auf dem Boden. Der Wandler schnappte nach der Kehle des Vampirs, die Klauen rissen tiefe Wunden in seinen Körper, gleichzeitig schlug Marat immer wieder auf den Kopf seines Feindes ein. Dann bekam er den Silberdolch zu fassen und stach zu.

Zischend glitt das Silber durch das Herz der Kreatur, die sich krümmte und mit der Verwandlung in einen Menschen begann.

»Verdammt seist du«, fluchte Marat in Wills Richtung, erhob sich, warf sich den Ledermantel über und tastete im Gras nach dem Schwert. Jetzt konnte Will sein Gesicht erkennen, und wenn er sich nicht sehr täuschte, besaß der Vampir ein helles und ein dunkles Auge. »Dein Leben nehme ich mir als nächstes!«

Will war es egal, was mit dem Schwert, dem Vampir, dem Zahn und den Wandelwesen geschah. Er drehte sich auf den Absätzen herum und rannte ins Moor hinein. Die Angst hetzte ihn.

Er erlaubte dem Bewusstsein des Mannes, in dessen Körper er

steckte, das Gefängnis zu verlassen und den Leib für die Flucht zu übernehmen. Will nahm an, dass er sich hier auskannte. Doch er hielt den fremden Verstand an einer kurzen Leine, um ihn schnell zurück in die Zelle sperren zu können.

Der Boden schwang unter seinen Stiefeln und federte gleich einer weichen Matte, es blubberte und gurgelte. Dann spritzte Wasser auf und gelangte in seine Augen. Er wischte es weg.

Hinter ihm erklangen neuerliche Schüsse. Wandelwesen heulten auf, Marats triumphierendes Lachen erklang in seinen Ohren. Will fühlte sich verfolgt, auch wenn er niemanden erblicken konnte, wenn er hinter sich schaute. Der Boden unter ihm wurde trockener, und bald ließ es sich ganz normal darauf laufen. Er übernahm erneut die volle Kontrolle über den Körper, ohne Widerstand zu spüren.

»Gleich habe ich dich, Verräter!«, vernahm er Marats Stimme dicht neben sich. »Du wirst sterben.«

Will schlug einen Haken und hielt auf den kleinen Bachlauf zu, den er im Mondlicht sah. Hatte man in Venedig nicht davon gesprochen, dass die Vampire kein Wasser überqueren konnten?

Mit einem gewaltigen Satz sprang er über das Gewässer, landete auf der anderen Seite, rutschte aus und fiel auf den sandigen Boden. Hustend wälzte er sich auf den Rücken und zog sein Messer, um sich gegen den Vampir zu verteidigen.

Zähnefletschend verharrte Marat am gegenüberliegenden Ufer. »Bastard!«, schrie er ihm zu. »Ich kriege dich doch!«

Will richtete sich auf, sah den wütenden Vampir – und ein erleichtertes, gelöstes Lachen entstieg ihm. Ein harmloser Bach hielt dieses erschreckende, übermächtige Wesen auf und hatte sein Leben gerettet!

Stöhnend erhob er sich. »Fahr zur Hölle«, entgegnete er. Die Lichter näherten sich ihnen. »Das Schwert wird dir auch nichts nützen. Sie werden dich zur Strecke bringen.«

»Ich habe das Schwert und den Zahn«, erwiderte der Vampir. »Den Rest suche ich mir auch noch. Ich lebe lange genug und kann mir Zeit lassen.« Er schüttelte den Kopf, damit die langen roten Haare nach hinten rutschten. »Du nicht, Mensch.« Blitzschnell warf er den blutigen Dolch.

Der Einstich in Wills Brust fühlte sich wie ein kräftiger Fauststoß an, erst nach zwei Sekunden kamen die Schmerzen und das Brennen. Will knickte ein und starrte auf das Emblem, das auf dem Ledergriff eingebrannt war: drei gekreuzte Dolchpaare, eines oben, die zwei anderen darunter ...

XIX. KAPITEL

15. November
Republik Irland, County Clare,
Oakwood-Arms-Hotel, Shannon-Flughafen

Justine konnte nicht mehr reden und nicht mehr denken. Ein Strudel aus Leidenschaft riss sie davon. Mit halbgeschlossenen Augen steuerte sie dem nächsten Orgasmus entgegen, den ihr Levantin verschaffte. Er steckte tief in ihr, füllte sie aus und ließ sie einen Lustschauer nach dem anderen erleben.

Justine stand nackt und vornübergebeugt neben dem Bett und hielt sich daran fest. Er stieß sie von hinten mit gezügelter Kraft, seine Hände lagen auf ihren Hüften und bewegten sie in immer schnellerem Rhythmus. Ihre Brüste schwangen vor und zurück. Sie stöhnte immer lauter, dann musste sie nach Luft schnappen und aufhören, weil die Ekstase zu gewaltig über sie hereinbrach. Ihre Fingernägel hatten tiefe Rillen ins dunkle Holz gezogen. Bestienkrallen.

Justine ließ sich nehmen, gab sich hin und fühlte, wie Levantin in ihr vor- und zurückglitt und sie immer feuchter machte. »Härter«, raunte sie und schlug die Nägel der rechten Hand in seine Pobacke. »Härter!«

Levantins Finger schraubten sich förmlich um ihr Becken. Er fickte sie hart und erbarmungslos und achtete nicht darauf, dass sie sich nicht mehr halten konnte und aufs Bett fiel.

Er stürzte mit ihr zusammen hin, und beim Aufprall auf das

Laken schrie sie, weil sie ihre Lust nicht mehr kontrollieren konnte. Das Tier hatte endlich eine Lücke in seinem Gefängnis gefunden, um auszubrechen und sich auszutoben!

Justine wollte sich umdrehen und auf ihm reiten, ihn dominieren, wie sie es immer mit ihren Männern tat, aber er hielt sie mit seiner Hand im verschwitzten Nacken nach unten gedrückt. Sie wollte aufbegehren, doch der Druck war zu stark. Niemals hätte sie Levantin diese Wucht zugetraut. Gleichzeitig empfand sie eine unerklärliche Freude, bezwungen zu werden.

Das Bett ächzte, knackend rissen Verstrebungen, während Levantin sie weiter mit viel Kraft und Ausdauer bearbeitete.

Justine kam und schrie in die Kissen.

»Du genießt es, Bestie.« Levantin ließ ihren Nacken los, packte ihre Handgelenke und zog die Arme nach hinten. Sein Unterleib stoppte abrupt, seinen Harten hatte er fast ganz aus ihr gezogen. »Vermisst du etwas?«

»Ja«, stöhnte Justine und wünschte ihn sich zwischen ihre Beine zurück, auf der Stelle. Er bog ihre Arme nach oben, es schmerzte und machte sie gleichzeitig wieder scharf. »Ja«, ächzte sie bewegungsunfähig. »Ich will dich! Ich ...«

Ansatzlos schob er sich wieder in sie hinein; Justine gab einen spitzen Schrei von sich. Ihr Saft lief an ihren Schenkeln herab. So etwas hatte sie noch nie erlebt!

Levantin bewegte seine Hüfte langsam, veränderte die Position, stimulierte Stellen in ihr, die sie verrückt machten. »Was willst du, das ich mit dir tue, Bestie?«

»Egal«, stöhnte sie. Es hörte sich beinahe nach Weinen an, nach Unterwerfung, nach vollkommener Hingabe. »Hör nicht auf! Bitte, hör nicht auf!« Sie konnte es selbst nicht glauben, dass sie um etwas bat. Nicht beim Sex – und nicht *so!*

Levantin lehnte sich nach vorn, und ihre Schultergelenke knirschten leise. Justine stöhnte auf und biss sich auf die Unterlippe. »Ich werde aufhören, wenn es mir passt, Bestie«, sagte er und steigerte den Schmerz noch ein wenig, bevor er ihre Arme wieder senkte und ihre Hände küsste. Danach breitete er sie zu den Seiten aus, legte sich mit dem Oberkörper auf ihren Rücken und raubte ihr fast vollständig den Atem. Wieder achtete er darauf, dass sie sich nicht bewegen konnte. »Du hast Glück«, sagte er.

»Warum?«, keuchte sie.

»Weil mir nicht danach ist, aufzuhören.« Er versenkte sich in ihr, presste sie nach unten und nahm sie erneut.

Justines Umfeld verschwamm vor ihren Augen. Der Sauerstoffmangel, die Lust, alles mischte sich zu einer Erfahrung, die sie noch niemals zuvor gemacht hatte. Sie spürte ihn in sich, spürte den nächsten anrollenden Orgasmus auf eine neue Weise, ehrlicher, direkter und von einer kaum erträglichen Intensität.

Sie war jedoch zu erschöpft zum Schreien und ließ sich von der heißen Welle, die sich von ihrem Unterleib in alle Richtungen ihres Körpers ausbreitete, davonreißen. Sternchen und Punkte flimmerten in der Luft, dann wich Levantins Gewicht von ihr. Er zog sich aus ihr zurück.

Gierig sog sie Luft ein, und die drohende Ohnmacht schwand. Sie drehte sich halb auf den Rücken und betrachtete ihn schwer atmend. Er stand vor ihr, im Gegenlicht nur als Umriss erkennbar, die Arme leicht abgespreizt und eine Kraft verströmend, die sie spüren konnte. Eine Aura der Macht.

Sie realisierte, dass sie ihn bewundernd anstarrte und dass er es genoss. Levantin schien das gewohnt zu sein.

»Hat es dir gefallen, Bestie?«, sagte er mit sanfter Stimme.

»Ja«, antwortete sie, fuhr sich durch die blonden Haare, wischte sich den Schweiß von der Stirn und strich ihn ins Laken. »*Zut alors,* das war der beste Fick meines Lebens!«

Er setzte sich neben sie, das Licht fiel auf sein ansprechendes Gesicht. Die Augen glommen leicht golden, verloren aber allmählich ihren Schimmer. Er legte seinen rechten Zeigefinger auf ihren Bauch und strich behutsam nach unten, wanderte am Bauchnabel vorbei und hielt auf dem Venushügel inne.

Justine hätte es niemals zugegeben, aber sie wünschte sich, dass sein Finger weiterwandern, sie liebkosen und in das Pulsieren eintauchen würde. Ihre Weiblichkeit verlangte immer noch nach ihm. Sie war von einer Bestie im wahrsten Sinne zur Schoßhündin geworden. *Wie macht er das?*

»Wie sieht es nun mit meinem Angebot aus, Bestie?« Er schenkte ihr ein Lächeln, der Finger blieb, wo er war.

Justine versuchte, die Begierde aus ihren Gedanken zu vertreiben. »Ich kann dir darauf keine Antwort geben«, erwiderte sie langsam. »Es steht so vieles auf dem Spiel, und ich weiß nicht, welche Rolle du dabei einnimmst.« Sie sah ihm ins Gesicht. »Was hast du mit Saskia getan? Was bist du, dass du solche Gaben verleihen kannst?«

Er ließ den Finger wieder nach oben wandern, zog ihn über ihre Haut, und sie spürte Enttäuschung. »Ich will dieser Welt nichts Schlechtes«, beteuerte er. »Ganz im Gegenteil: Ich möchte von hier verschwinden, Bestie. Dazu benötige ich die Artefakte *und* Saskia.«

»Verschwinden. Dahin, wo du herkommst?«

Levantin nickte. »Ich bin hier gestrandet. Ich hatte eine Aufgabe zu erledigen, und danach dachte ich, ich könnte zurückkehren. In meine Heimat, in die Gemeinschaft.« Er stand auf und zog sich an. »Aber das Portal, durch das ich gezwungen wurde, kann ich nicht öffnen. Ich suchte nach anderen Möglichkeiten, nach Gehilfen. Menschen, so niedrig sie auch daherkommen mögen, eignen sich unter gewissen Bedingungen dazu.«

»Wie Saskia.«

Er hatte Unterwäsche und Hose angelegt und zog das Hemd über seinen nackten Oberkörper. »Ja. Manche sterben, nachdem ich sie gezeichnet habe, manche verlieren den Verstand, aber ich habe nie die Hoffnung aufgegeben, einen Menschen zu finden, der sich meiner Segnung würdig erweist und mein Werkzeug werden kann.«

Justine richtete sich auf, das Pulsieren in ihrem Unterleib ließ nach, und doch verlangte es sie schmerzhaft nach einer weiteren Berührung dieses Mannes, dieses Wesens. Für einen Kuss von ihm würde sie morden. »Und was bist du?«

Er zuckte mit den Achseln. »Falsch an diesem Ort«, resümierte er. »Wie so viele andere auch.«

Levantin hatte sich fertig angezogen und rückte die akkurat gebundene Krawatte zurecht. »Ich bin nicht der Einzige, wohl aber der Einzige, der zurück möchte, wie es den Anschein hat. Einige von uns fanden Gefallen an dieser Form der Existenz und an den Menschen. Ihr seid einfach zu beherrschen und leicht zu beeindrucken. Für was ihr euch nicht alles tötet – für Metall, das ihr aus dem Boden kratzt, oder für bedrucktes Papier. Aber für die wahren Werte, die ihr selbst propagiert, steht beinahe niemand auf. Und wenn doch, ist er allein. Das macht es einfach. Auch für dich, Bestie.« Er ging zur Tür. »Das alles reizt mich nicht. Nicht mehr. Ich lief Gefahr, selbst zu menschlich zu werden.« Seine Hand legte sich auf die Klinke. »Ich gebe dir Bedenkzeit, Justine. Ich werde in eurer Nähe sein. Und bei unserem nächsten Zusammentreffen muss ich wissen, was ich von dir erwarten kann.«

»Was ist mit den Bēlualiten?«

»Mit ihnen habe ich nichts zu schaffen.« Er öffnete den Eingang. »Bēlua ist ein Moloch, und ich möchte nicht hier sein, wenn er wirklich einen Weg zu euch findet.«

Sie setzte ein schiefes Grinsen auf. »Hört sich nicht an, als ob ich ihn kennenlernen müsste.«

»Oh, das tust du schon, Bestie.« Levantin sah sie fest an, und der Zug um seinen Mund war grausam und verführerisch zugleich. »Du kennst einen seiner anderen Namen: Malsínamsòs.«

Justine glaubte, einen Schlag gegen den Kopf bekommen zu haben. »Das ist nicht dein Ernst!«

Er seufzte. »Dämonen nutzen verschiedene Namen, um ihre Feinde zu narren. Haben dir deine Freundinnen im Kloster das nie erzählt?« Er trat hinaus und zog die Tür zu.

»Warte!« Sie sprang auf und rannte zum Ausgang, riss die Tür auf – doch Levantin war verschwunden.

Malsínamsòs!

Den Namen kannte sie leider nur zu gut. Mit Eis in den Adern kehrte sie zum Bett zurück, rollte sich schutzsuchend in das Laken ein und starrte gegen die dunkle Holzdecke.

Wie konntest du mit dem Feind schlafen? Doch *war* er ihr Feind? Wie viel Wahrheit in dem steckte, was er ihr offenbart hatte, konnte sie nicht ermessen. Irgendetwas in ihr wollte ihm glauben. Er mochte nicht Saskias Freund sein, aber er war auch keiner ihrer direkten Feinde wie die Dämonendiener. Eher ein … ein Puppenspieler, ein Strippenzieher. Sie würde ihm gerade beinahe alles glauben und allem zustimmen, nur um ihn noch einmal in sich zu spüren! »Ich bin ihm verfallen«, flüsterte sie und legte eine Hand zwischen ihre Beine. Sie spürte die Feuchtigkeit, die Wärme. Es würde eine Weile dauern, bis sich ihre Erregung gelegt hatte.

Justine richtete sich auf und schaute auf die Uhr. Sie fluchte. Es war mehr Zeit vergangen, als sie beabsichtigt hatte; Levantin hatte sie eine Stunde lang um den Verstand gebracht. Während sie aufsprang und sich anzog, musste sie an die Schwestern denken.

Levantin wusste also von ihnen. Dennoch kein Grund zur Sorge, wie sie befand. Die Schwesternschaft hatte in ihrer langen Geschichte jeder Gefahr getrotzt, dann sicher auch einem Weltenwanderer.

Schnell eilte sie durch die Korridore des Oakwood Arms und kehrte ins eigene Zimmer zurück, wo Saskia sie inmitten von Chaos erwartete. Der Anblick des blutverschmierten Betts, in dem Will lag, schockierte sie. »*Merde!* Was ist passiert?«

»Wo warst du?«

»Essen.«

»So lange?«

»Ich hatte ... ein ziemlich gutes Dessert. Aber was ist denn ...«

»Smyle war hier.« In knappen Worten berichtete Saskia, was sich zugetragen hatte – und von dem kurzen Gespräch mit dem Sir.

Justine fluchte. »Der Vampir wird wiederkommen.« Sie schaute sich um. »Wo sind diese Haare abgeblieben?«

»Irgendwo hier.« Sie zeigte auf Will. »Sobald er wach ist, soll er sie mit seiner Gabe finden. Ich habe wenig Hoffnung, dass wir sie ohne weiteres auf dem Teppich entdecken. Der Wind war sehr stark. Das entscheidende Haar könnte auch an der Lampe kleben.« Sie betrachtete Justine. »Du siehst anders aus als sonst«, meinte sie dann. »Ist was?«

»Nein«, log Justine und dachte an Levantins perfekten Körper. Sie deutete auf die Uhr am Fernseherdisplay. »Wir haben nicht mehr viel Zeit. Wir sollten ihn wecken.« Sie marschierte ins Bad und kehrte mit einem Glas eiskaltem Wasser zurück. Langsam goss sie es Will in den Nacken.

Ein Zucken ging durch seinen Leib. Ächzend drehte er sich zu ihnen. Beide Frauen sahen den blutigen Fleck auf dem Kissen und die rote Bahn an seinem Kinn.

»Aber du hast doch die ganze Zeit friedlich dort gelegen!«, entfuhr es Saskia. »Wie konnte ...«

»Es geht mir gut«, beruhigte er sie und wischte sich das Blut ab. »Ich muss duschen.«

Saskia half ihm, ins Bad zu gelangen und sich zu entkleiden. Es machte ihr nichts aus, ihn nackt zu sehen, und er schämte sich nicht dafür. Wie Patient und Krankenschwester. Kurz darauf kehrten sie wieder zurück, Will halb angekleidet.

Justine steckte sich eine Zigarette in den Mund, zündete sie an und inhalierte den Rauch. Die verspätete Kippe danach. »Bist du sicher, dass es dir gutgeht?«

Saskia legte eine Hand auf seine Stirn. »Er hat Fieber«, sagte sie erschrocken und musste nicht aussprechen, was sie dachte.

Will hob die Arme, damit sie unter seine Achseln sehen konnte. Sie tastete herum, ohne eine Erhebung oder eine beginnende Verhärtung zu finden. Er fuhr mit einer Hand in seine Hose und untersuchte seine Lenden. »Nein, nichts«, vermeldete er. »Es scheint von der Entzündung meines Rückens zu kommen. Es ist nicht die Pest.«

Justine beobachtete die beiden. *Ein hübsches Paar.* Sie hatte an Wills Augen gesehen, dass er Saskia begehrte. Er ließ es zu, dass man ihm diesen Wunsch offen ablesen konnte. Das war vorher nicht der Fall gewesen und sprach für sein wachsendes Selbstbewusstsein. Er machte Ansprüche geltend. Sie grinste. Vom Blumenmann zum Einzelkämpfer, der sich gegen Wandler und Vampire behaupten musste. Das änderte jedoch nichts daran, dass sie ihm seine Aktion am Moor immer noch übelnahm. Sein Beharren darauf, dass nur er das Schwert führen durfte, hätte sie fast das Leben gekostet. Sie sah immer noch, wie er den Fuß auf die Klinge stellte.

Justine richtete ihre gesamte Aufmerksamkeit nun auf Saskia. Die vermied es, Will in die Augen zu schauen, als könnte sie damit etwas herausfordern. Ihre Gemeinschaft war brüchiger, als ihr bisher bewusst war. Argwohn, Eifersucht, Habsucht setzten ihnen zu. Darum behielt sie lieber für sich, dass sie nun eine noch größere Motivation besaß, Bēluas Ankunft zu verhindern. Wenn er sie in die Finger bekam, bedeutete die Hölle, aus der sie entkommen war, nur einen Anfang. Ihre Lungenzüge wurden immer tiefer. Will nahm sich frische Wäsche, ging zurück ins Bad und schloss die Tür. Nun wollte er doch etwas Privatsphäre.

Justine sah Saskia ernst an. »Es wird Zeit, dass wir weiterkommen.«

»Dazu müssen wir erst den Vampir finden und vernichten«, erwiderte sie. »Er kann anscheinend das Wetter beherrschen. Die Meteorologen haben keine Erklärung für den Sturm da draußen, aber solange er anhält, wird kein Flugzeug abheben.«

»Und da er uns folgen wird, egal wohin wir gehen, haben wir kaum Chancen, einen anderen Flughafen zu finden«, vollendete Justine. »Bleibt uns nur die Fähre. Bis er das Meer derart aufgewühlt hat, vergeht zu viel Zeit. Und absaufen lassen kann er uns nicht.« Sie zog an der Zigarette. »Kinder des Judas«, sagte sie nachdenklich. »Hast du von denen schon mal gehört?«

»Nein. Aber wenn es dich tröstet: Die Schwesternschaft des Blutes Christi war mir bisher auch kein Begriff.«

Justine grinste, aber gleichzeitig brachte sie Saskias Frotzelei auf eine Idee. »Vielleicht gehörte der Vampir wirklich einem Orden an ... oder einer Sekte oder etwas in der Art.«

Saskia nahm sich ein Wasser aus der Minibar. »Ich kann dir da wirklich nicht weiterhelfen, denn ich bin neu im Horror-Geschäft«, sagte sie spöttisch. »Du bist die Fachfrau.«

Justine lachte. *»Touché.«*

Saskia sah sie nachdenklich an. »Das habe ich schon lange nicht mehr gehört.«

»Touché?« Die Französin benötigte eine Weile, bis sie verstand. »Ach ja, deine *union des lames. Alors,* so bald wirst du nicht mehr zum Kämpfen auf einer Planche kommen, fürchte ich.«

»Im Moment kämpfe ich wirklich mehr als genug.« Sie lachten beide und schauten sich danach beinahe ein bisschen scheu an.

Die Badezimmertür schwang auf, und Will stand auf der Schwelle. Er wirkte bleich, auf seiner Stirn waren Schweißperlen zu sehen. »Suchen wir die Saiten«, sagte er matt. »Und danach gehen wir.«

»Zu einem Arzt«, setzte Saskia hinzu.

»Am Flughafen ist einer.« Justine drückte die Zigarette auf der Tischplatte aus. »Antibiotika werden dir helfen.« Sie schaute Saskia auffordernd an, damit sie Will anfasste und seine visionäre Kraft in Gang setzte.

»Nein, lass. Das ... das brauche ich nicht mehr.« Will trat schleppend nach vorn, hatte die Augen geschlossen und bewegte sich dennoch souverän an allen Hindernissen vorbei, die in seinem Weg standen. Er deutete auf den Boden, und als Justine genauer hinsah, erkannte sie tatsächlich eine schwarze Saite. *»Sacré enfer!«*

Will sortierte blind jedes einzelne Haar im Raum aus dem Chaos, und innerhalb von fünf Minuten hatten sie alle sieben Saiten zusammen. Erst dann öffnete er die Augen. »Fragt nicht«, bat er mit kratziger Stimme. »Ich könnte es nicht erklären.« Er atmete durch und hielt sich den Rücken.

Laut prasselte der Regen gegen den Rollladen, ein kleines Rinnsal hatte seinen Weg über das Fensterbrett gefunden und tropfte von dort auf den dunkelroten Teppich.

»Ewig wird er das Wetter nicht manipulieren können«, sagte Saskia entschlossen. »Also auf zum Flughafen.« Sie nahm ihren Koffer, Justine das restliche Gepäck. Will wurde geschont.

Bald danach fuhren sie im Taxi zum Flughafen, und der Fahrer setzte sie vor dem Eingang einer kleinen Arztpraxis ab. Zu dritt betraten sie den Wartebereich, zehn Minuten danach wurden sie hereingebeten, nachdem sie der Assistentin Bargeld gezeigt hatten. Die Behandlung war sichergestellt. Saskia begleitete Will, Justine blieb bei den Koffern.

Der Arzt, Doktor Indrahar und eindeutig indischer Herkunft, sprach Will sofort in einem Dialekt seines Heimatlandes an; Will musste ihn aufklären, dass er Deutscher war, auch wenn er nicht unbedingt danach aussah. Also blieben sie bei Englisch.

Nach einigen Standarduntersuchungen, einem Urintest und dem Betrachten der Rückenwunde, die Indrahar ein nachdenkliches Brummeln abverlangte, wollte er einen schnellen Bluttest machen lassen. Die Assistentin brachte derweil den Analysebogen des Urins.

»Mister Gul!«, rief Indrahar aufgeregt. »Sie haben Dinge in Ihrer Ausscheidung, die definitiv nicht hineingehören: zu viele Salze, Eiweiß und eine leichte Spur von Blut.« Besorgt sah er ihn an. »Kein einziger Wert bewegt sich in der Norm! Da ist mit Antibiotikum nicht viel zu machen. Sie müssen umgehend in ein Krankenhaus, das Sie richtig untersucht.«

»Welche Einschätzung haben Sie?«, wollte er wissen.

Indrahar betrachtete die Werte erneut. »Es sind so viele Symptome und Ungereimtheiten, dass ich überfordert bin, Mister Gul«, räumte er ein. »Jede Aussage dazu wäre vorschnell, außer: Sie sind ein sehr, sehr kranker Mann. Sollten Sie nicht bald Hilfe bekommen, werden Sie nicht mehr lange zu leben haben. Nieren und Leber arbeiten nicht so, wie sie sollen. Sie können sich ausmalen, was das bedeutet.«

Saskia sah Will an. »Wir sind auf dem Weg nach Hause. Haben Sie ein Medikament, das ihm Linderung gegen die Schmerzen verschafft?«

»Ihm unter diesen Umständen etwas zu verschreiben, wäre sträflich«, meinte der Arzt bedauernd. Er schaute zum Fenster hinaus, das Unwetter hatte nachgelassen. »Ich verstehe, dass Ihnen die Schmerzen nicht behagen, aber solange ich nicht weiß, was der Grund für diese Werte ist, kann ich nichts verschreiben. Womöglich wäre ich für eine Verschlimmerung oder sogar Ihren Tod verantwortlich.« Er zuckte entschuldigend die Achseln. »Ich gebe Ihnen den Bogen für die Kollegen mit.«

»Was ist mit Morphin?« Wills Hände klammerten sich an die Liege. »Können Sie mir ein, zwei Tabletten überlassen, damit ich etwas habe, bis ich zu Hause angekommen bin?«

Indrahar verzog das Gesicht und atmete tief ein. »Nun, zwei Stück kann ich Ihnen überlassen. Es sollte genügen, wenn Sie sich in Deutschland sofort in Behandlung begeben.« Er stellte ein Rezept aus, damit sie mit den Medikamenten durch den Zoll gelangten, und gab es Will.

Danach stand der Arzt auf und ging zu einem kleinen Medizinschrank, der stabiler als die restlichen Schränkchen in der Praxis aussah. Er schloss ihn auf, nahm eine Packung heraus und wollte zwei Tabletten aus dem Dispenser reißen. Da stand Will unvermittelt neben ihm und stahl ihm die Packung aus der Hand. »Ich nehme vorsichtshalber alle, Doktor.«

»Das geht nicht!« Indrahar griff nach ihm.

Wills Schlag erfolgte derart schnell, dass dem Arzt keine Gelegenheit blieb, der Attacke auszuweichen. Der Handballen traf ihn gegen die Stirn und schleuderte ihn rückwärts gegen die Wand. Bewusstlos sackte er neben dem Safe zusammen. Will bediente sich und suchte auch die restlichen opiatbasierten Medikamente heraus. »Das sollte reichen, bis wir fertig sind«, sagte er. »So viel Zeit haben wir nicht mehr.«

Saskia sah zum Arzt. »Was machen wir mit ihm?«

Will nahm eine der Tabletten, drückte den Sprechknopf und rief die Assistentin herein. »Das Gleiche wie mit ihr.« Kaum war die Tür aufgeschwungen und die Brünette eingetreten, streckte Will sie mit einem Faustschlag nieder und legte sie neben den Arzt. Er fesselte und knebelte sie, zerrte sie in die Teeküche und sperrte ab. »Das genügt als Vorsprung. Bis man sie gefunden hat, sind wir hoffentlich in Syrien.« Die Rettung der Welt setzte neue Maßstäbe, was Recht und Unrecht anging.

Sie eilten aus der Praxis und brachten das Schild *Closed* an – und starrten dann auf den Mann, der zwischen ihren Koffern saß. Einen davon hatte er geöffnet und blätterte völlig selbstverständlich in den Reiseunterlagen.

Er war einen Kopf kleiner als Will, hatte ein dunkelbraunes Auge, das beinahe schwarz erschien, während das andere hellgrau war. Durch den Kontrast funkelte es wie Eis.

Der Mann trug schwarze Cargohosen, einen langen Fleece-Sweater und ein dickes Wollsakko darüber. Seine Hände steckten in schmutzigen beigefarbenen Handschuhen, an den Füßen trug er Militärstiefel mit groben Sohlen. Auf den kurzen schwarzen Haaren saß eine dunkle Cordschirmmütze, wie sie von vielen Iren getragen wurde.

»Das sind unsere Koffer«, sagte Saskia. »Legen Sie das sofort wieder zurück, Sir.«

Er hob das Gesicht und lächelte. Sie erkannte eine gerade Narbe auf seiner rechten Wange, die von einem Schnitt herrührte. »Sie haben mein Schwert«, sagte er auf Englisch mit irischem Akzent. »Ich hätte es gern wieder.«

Saskias Mund wurde trocken, sie schaute zu Will, der nicht minder verwundert dreinblickte. »Wo ist die Frau, die auf unsere Koffer aufpassen sollte?«

Der Fremde verlor seine Heiterkeit nicht, legte seine Lektüre zurück und hob die Arme kurz an. »Ich weiß es nicht. Als ich hereinkam, war niemand hier.«

Das Rauschen einer Spülung erklang, die Tür zur Toilette schwang auf, und Justine stand im Raum, die Hände mit einem Papierhandtuch beschäftigt. Sie schaute zwischen ihren Freunden und dem Unbekannten hin und her. »Wo kommt der denn her?«

»Das habe ich ihn auch gefragt.« Saskia wusste nicht, was sie mit dem Fremden anfangen sollte. Er wirkte sehr entspannt. »Er behauptet, es wäre sein Schwert.«

»Es *ist* sein Schwert«, flüsterte Will neben ihr. »Sein Name ist Dominic de Marat.«

»Was?« Sie starrte ihn an. »Woher ...?«

»Da hören Sie es«, sagte Marat zufrieden und zugleich verwundert. »Schön, dass Ihr Freund meiner Meinung ist. Auch wenn ich keine Ahnung habe, woher wir uns kennen.« Langsam erhob er sich. Ein Schatten legte sich auf sein Gesicht und ließ es bedrohlich wirken. »Wo ist es?«

Justine begab sich an Saskias Seite und zog eines ihrer Keramikmesser, die sie sich während des Aufenthalts hier gekauft hatte. »Wir haben andere Pläne damit.«

Marat legte einen Arm auf den Rücken, einen Fuß stellte er leicht nach vorn, so dass die Zehen auf sie zeigten. Saskia dachte sofort an die Fechtergrundstellung. »Das kann ich mir gut vorstellen. Aber da wir uns nun getroffen haben ...« Er beließ es bei der Andeutung und lächelte wieder. Dieses Mal konnte man Angst davor haben.

Die neutrale Ausruferstimme verlangte von den Passagieren nach London, unverzüglich an Bord der Maschine zu gehen.

Marat trat plötzlich einen Schritt vor – und Saskia rief ihre Gabe zu Hilfe. Dieses Mal kamen die Anwendung ihrer Macht, der Perspektivwechsel und der schier unerträglich intensive Essig-Bittermandelgeschmack samt Atemnot synchron, es gab keine Vorlaufzeit. Sie wollte Marat in Stücken vor sich sehen, wenn er unbedingt darauf bestand, sie anzugreifen.

Doch was sie erreichte, überraschte alle, Marat mit eingeschlossen.

Sie sahen zu, wie er von etwas Unsichtbarem getroffen wurde, eine Böe brachte seine Kleider zum Wehen und riss ihm die Mütze vom Kopf. Gleichzeitig schrie er auf, sein Kiefer hängte sich mit einem Knacken aus, und lange Reißzähne wurden sichtbar. Das Schwarz seiner Haare verwandelte sich in Kupferrot, die falsche Farbe lief ihm wie dunkle Tinte übers Gesicht und machte seinen Anblick noch unheimlicher.

Kreischend sank er auf die Knie und hob die Arme zur Abwehr, doch es nützte ihm nichts. Aus seinen Händen wurden Klauen, die Nägel wuchsen und wurden spitz, gleichzeitig verformte sich knirschend sein Gesicht – und nahm die Züge einer Frau an!

Justine sprang zu ihm, stieß ihm das Messer ins Herz und drehte den Griff. Die Keramikklinge brach ab und blieb stecken.

Marat heulte auf und schlug nach ihr, Justine wich aus und trat ihm ins Gesicht. Er kippte zur Seite und schien sich auf einmal aufzulösen! Seine Kleider fielen herab.

»Ha!« Justine sah triumphierend zu Will und Saskia. »Keramik ist so gut wie ein Pflock! Wer hätte das gedacht?«

»Und was ist das!«, rief Will erschrocken – denn zwischen den Kleidungsstücken lag das Klingenstück!

Unbemerkt erschien eine durchsichtige Gestalt hinter Justines Rücken, die den Mund weit zum Biss geöffnet hatte. Die Fangzähne waren so lang wie der kleine Finger eines Erwachsenen und würden schreckliche Wunden reißen.

»Nein!« Saskia setzte ihre Macht ein weiteres Mal ein – und traf. Marat brüllte und wurde sichtbar. Justine schlug sofort mit dem abgebrochenen Messergriff zu, gegen seine Schläfe. Das Holz riss die Haut auf und blieb im Schädelknochen stecken.

Der Vampir wankte nicht einmal unter dem Hieb. Aber anstatt selbst zu attackieren, stieß er einen gellenden Schrei aus und fasste sich mit der Linken ins Gesicht, das sich wieder veränderte. Es war in ständiger Bewegung, die verschiedenen Partien fluktuierten, als könnten sie sich nicht entscheiden, was sie sein wollten.

»Merde!« Justine wich zurück. »Was hast du getan?«

Will nahm Saskia bei der Hand und rannte los, Justine folgte ihnen. Sie hetzten quer durch den Flughafen zu ihrem Gate und gelangten gerade noch rechtzeitig in ihre Maschine.

Keuchend warfen sie sich in die Sitze, und Will erkannte die vielen Fragen in den Augen seiner Mitstreiterinnen. »Nicht hier«, sagte er nur schwer atmend und bemerkte, dass das Morphin seine Wirkung tat. Er spürte keinerlei Schmerzen.

»Wer ist Marat?« Saskia klang aufgeregt. »Will, woher kennst du jetzt auf einmal Vampire?«

»Ich habe ihn in meiner Vision gesehen. Aber nicht in Venedig. Vor ihm wurde das Schwert verborgen.« Er dachte nach. »Nein, nicht vor ihm direkt. Vor einem seiner Vorfahren, glaube ich. Sie können nicht übers Wasser.«

»Nicht übers Wasser? *Merde,* Will, Irland ist eine Insel, und drumherum ist nichts als Wasser!«, brach es aus Justine hervor. »Wie soll er denn ...?«

Die Stewardess tauchte neben ihnen auf und bat sie, die Sicherheitsgurte anzulegen.

»Wir reden später«, sagte Will und starrte auf die Kopfstütze des Vordermanns.

»Gut, dass Sie sich melden«, begrüßte die Stimme des Informanten Levantin aus dem Lautsprecher des Telefons. »Es gibt ein kleineres ... Problem.«

»Dann schaffen wir es aus dieser Welt«, erklärte Levantin ruhig. Aber er war bereit, darüber hinwegzusehen; seine Begegnung mit der kleinen Bestie hatte seine Laune beträchtlich verbessert. Er konnte gut verstehen, warum Bēlua sie mit seinem Zeichen an sich gebunden hatte. Auch er hegte seit langer Zeit eine Vorliebe für die Wandelwesen dieser Welt, in der er festsaß – aber diese Justine war *wirklich* einzigartig. Und nicht nur im Bett; ob sie das jemals begreifen würde? Denn letztendlich klebte der Makel des Menschseins an ihr wie an all den anderen Frauen, die er im Lauf der Jahrhunderte gekannt hatte.

»Also, sprechen Sie.«

»Die Observation des Nonnenordens gestaltet sich doch etwas schwieriger, als wir angenommen haben«, erklärte der Mann. »Wir haben nun den Kontakt zu unserem dritten Team verloren. Es scheint so, als wüssten diese Frauen, dass wir sie verfolgen, und hätten entsprechende Schritte eingeleitet.«

Levantin dachte an die Nonne, die er vor langer Zeit geschont hatte, an die fette Frau Resikowa, der er aus einem Anflug von Mitleid heraus hatte helfen wollen. Niedere Kreaturen.

»Dann schaffen wir das Problem aus dieser Welt«, wiederholte er gelassen.

16. November
Syrien, Al-Ládhiqíyah (Latakia)

Die Überfahrt nach Syrien erfolgte mit mehreren Fischerbooten und verlief reibungslos, Justines Kontakte hatten alles organisiert: Auf hoher See stiegen sie mehrmals um und näherten sich unauffällig und ohne Kontrollen ihrem Ziel. Nur Saskia wurde ständig mit feindseligen Blicken bedacht. Sie schwieg und ertrug es, um durch eine Erwiderung nicht noch Schlimmeres auszulösen.

Auf dem letzten Boot bekamen sie Pistolen überreicht, die Justine erst einmal routiniert zerlegte, säuberte und danach wieder zusammensetzte.

Will berichtete ihnen unterwegs noch einmal ausführlich – und diesmal kein Detail aussparend – von seinen neuen Visionen und woher er wusste, wer Marat war. Als er den Dolch mit dem eingebrannten Zeichen auf dem Griff erwähnte, verlor Saskia die Gesichtsfarbe. »Der Seegang«, sagte sie schnell, weil sie befürchtete, sich zu verraten. Aber Will spürte ohnehin, dass sie log – und Justine wusste es: »Ich habe den Dolch gesehen, als ich bei dir in der Wohnung war. Drei gekreuzte Dolchpaare, eins oben, die anderen beiden darunter.«

Will sah Saskia abwartend an.

Sie wurde noch bleicher. »Aber was ...«, sagte sie erschrocken, »... was soll ich denn mit Vampiren zu tun haben? Vielleicht hast du das Zeichen in Wills Vision gesehen?«

»Wie sollte das gehen?«, wollte er gereizt wissen.

»Saskia, niemand macht dir einen Vorwurf«, sagte Justine vorsichtig, die nicht riskieren wollte, dass ihre Gemeinschaft einen weiteren Sprung bekam. »Warum sagst du uns nicht einfach, was das für ein Zeichen ist?«

»Es war das Wappen meines Vorfahren ...« Saskia stockte. Sie hatte gehofft, nicht näher darauf eingehen zu müssen, doch die Ablenkung hatte nicht funktioniert. Dabei stimmte es: Sie war sich sicher, selbst einen Ausläufer von Wills Vision vom alten Venedig gefühlt zu haben. »Tut mir leid, aber ich wollte einfach nicht, dass es eine Beziehung zwischen diesen ... diesen Monstern und meiner Familie gibt. Und es gibt auch keine!«, fügte sie trotzig hinzu. »Es ist ein Zufall.«

Justine sah sie verständnisvoll an. »Niemand hier verurteilt dich – und glaub mir, es ist nicht schlimmer, einen Vampir in der Familie zu haben, als ...«

»... als mit einer Werwölfin durch die Gegend zu ziehen?«, vollendete Will den Satz trocken.

Justine rollte mit den Augen. »*C'est ça!* Aber du darfst nicht anfangen, uns Dinge zu verschweigen. Wer etwas für sich behält, bringt alle anderen in Gefahr.« Kaum hatte sie es ausgesprochen, überfiel sie ein Anflug von schlechtem Gewissen, denn sie musste an Levantin denken. Aber Justine hatte im Laufe ihres Lebens gelernt, sich Gefühle nur dann anmerken zu lassen, wenn sie es wollte.

»Der Name meines Vorfahren war Frans Hohentgar«, murmelte Saskia und fuhr dann lauter fort: »Er reiste viel, war Söldner und Fechtlehrer an den verschiedenen Höfen der Edelleute im siebzehnten Jahrhundert.«

Justine schaute zur Kabinentür. Von draußen war die Unterhaltung der Fischer zu vernehmen. »Ich begegnete Marat irgendwann im ... ich schätze, achtzehnten Jahrhundert«, grübelte Will. »Er könnte ein Schüler deines Vorfahren gewesen sein. Vielleicht hat er ihn umgebracht und ihm den Dolch gestohlen? Nur, wie ist er dann wieder bei deiner Familie gelandet? Das wäre schon ein ziemlicher Zufall.«

»Es geht nicht um Zufälle – es geht darum, dass Saskia eine Beziehung zu diesem Zeichen hat.« Justine rieb die Pistolen mit einem Tuch ab und betrachtete die Oberflächen. »Und es wird einen Grund geben, weswegen du ausgerechnet diese Vision hattest. Sie haben bislang immer einen Zusammenhang zwischen den Artefakten und ihren Besitzern hergestellt, und zwar zu entscheidenden Momenten in der Geschichte der Artefakte.« Sie sah Will an. »Bist du sicher, dass dieser Dolch nicht dazugehört? Zu den Artefakten?«

»Ganz sicher. Sonst hätte ich ihn in Venedig sehen müssen.«

Justine streckte ihm die Hand entgegen. »Gib mir das Satellitentelefon. Ich rufe noch einmal bei den Schwestern an. Vielleicht können sie uns etwas über Dominic de Marat sagen.« Sie lauschte auf das elektronische Klickern, während die Nummer gewählt wurde. »Vielleicht haben die Schwestern auch schon einen Hinweis darauf, wer ... der Maître ist.« Sie lauschte, drückte die Wahlwiederholung, wartete noch einmal. Schließlich streckte sie Will das Gerät wieder entgegen. »Scheinbar haben wir hier keinen Empfang.«

Er sah sie irritiert an. »Das ist ein Satellitentelefon, Justine, damit hat man überall Empfang.«

Ohne Vorwarnung schleuderte sie es ihm entgegen; er konnte es gerade noch rechtzeitig auffangen.

»Bist du wahnsinnig geworden?«, rief Will erschrocken.

»Wenn das Ding funktionieren würde, hätte ich ein Freizeichen bekommen müssen – aber es gab gar nichts, nur ein Rauschen!«, fauchte sie ihn an und widmete sich wieder der Waffe. Ihre Anspannung war ihr deutlich anzumerken.

Will drückte die Speichertaste, über die er den Sir erreichen konnte. Ein regelmäßiges Tuten zeigte ihm an, dass die Verbindung hergestellt war, auch wenn sein Auftraggeber das Gespräch wieder einmal nicht annahm. Doch das sagte er Justine im Moment lieber nicht.

Saskia hing ihren eigenen Gedanken nach. Marat war aufgetaucht, weil er zu einem früheren Zeitpunkt das Schwert besessen hatte, und der Mann, in den Will eingefahren war, verfügte über den Zahn. Sie fand es merkwürdig, dass ihr Familienwappen in diesem Zusammenhang erschien. Justine hatte recht, das konnte kein Zufall sein. Sie würde nach den Kindern des Judas suchen und recherchieren.

Die Rufe wurden lauter, dann stieß der Kahn gegen etwas Massives. Durch die schmalen, verkrusteten Bullaugen sahen sie, dass sie im Hafen von Al-Ládhiqíyah angekommen waren.

Gleich darauf wurden sie an Deck geholt, sie huschten nacheinander von Bord und tauchten in die Gassen der Stadt ein. In Syrien war es heiß und staubig, das genaue Gegenteil ihres russischen Abenteuers. Die drei schwitzten sofort.

Auf ihrem Weg durch die Sträßchen kauften sie sich einheimische Kleidung. Sie wollten sie bei der Suche nach dem Pergament tragen, um nicht auf einhundert Meter als Ausländer erkannt zu werden. Mit Kopftuch und Sonnenbrille fielen sie kaum mehr auf, außerdem half die einheimische Tracht gegen die Hitze. Zum Glück fanden sie auch schnell ein kleines Hotel, das mit englischsprachigem Personal warb. Fremde Devisen, vor allem Euro, waren in Syrien willkommen.

Nachdem sie sich geduscht hatten – eine Wohltat nach der langen Reise –, setzten sie sich in Saskias und Justines Zimmer zusammen, um das weitere Vorgehen zu beratschlagen. Auf dem Tisch lagen die Saiten und das Schwert.

»Ich werde versuchen, über sie eine Verbindung zum Pergament herzustellen«, sagte Will und legte seine Hände auf die Gegenstände. »Da sie alle Teil der gleichen Kreatur waren, sollte es mir ...« Er unterdrückte einen Schrei, der zu einem lauten Stöhnen wurde; die Augen wurden trüb, und seine Atmung beschleunigte sich.

»Hat er eine Vision?« Justine blickte zu Saskia. »Sieht irgendwie anders aus als in Irland ...«

Aus Wills leicht geöffnetem Mund drang noch immer ein Stöhnen, das dunkler und dunkler wurde, vergleichbar mit einem sehr tiefen Hornton. Schwarzrotes Blut sickerte aus seinem rechten Mundwinkel. Aus den Augen sprangen schwarze Tränen, die ihm über die Wangen rollten und auf die Tischoberfläche tropften.

»Will!«, rief Saskia entsetzt. »Will, was ist mit dir?«

Justine hörte das Knistern und schaute zur Wand. Der Putz darauf zeigte Risse, kleine Stückchen brachen heraus und fielen auf den Boden. Auch die Mauer darunter hatte Sprünge bekommen, die Backsteine platzten auseinander. *»Sacré enfer«*, murmelte sie fassungslos. »Sein Blick ist ...«

Wills Finger krampften sich noch fester um die Artefakte, doch der Strom der Tränen versiegte allmählich. *»Es ist ein Mann, der das Pergament bei sich hat«*, sagte er undeutlich. *»Er ist auf dem Rückweg von der Ruinenstadt. Ich sehe, dass er gestohlene Gegenstände bei sich hat ... eine Vase, zwei Schmuckstücke.«* Er schluckte und hustete, das Blut sprühte auf den Tisch. *»Ich sehe ein Geschäft ... es heißt ... Wunderlampe. Er* *betritt den Laden und stellt sich hinter den Tresen ... Es ist sein Laden ...«* Will schloss die Augen und lehnte sich zurück, seine Hände gaben die Artefakte frei.

»Ein Grabräuber. Wir suchen einen Plünderer«, verkündete er erschöpft. »Er benutzt die Macht des Pergaments zum Aufstöbern von antiken Gegenständen.« Er sah betroffen auf seine feuchten schwarzen Finger und bemerkte nun erst sein Blut auf dem Tisch.

Saskia reichte ihm eine Packung Taschentücher. »Tut es weh?«

Er schüttelte den Kopf. Ein Teil seines Verstands schien noch in der Vision zu hängen und sich nur langsam zu lösen.

»Dann ist er jetzt im Laden? Hier in Al-Ládhiqíyah?« Saskia betrachtete ihn gespannt.

Will erhob sich, ging zum Waschbecken, schüttete sich Wasser ins Gesicht und betrachtete, wie das verdünnte Blut durch den Ausguss rann. »Nicht hier. In der Nähe von Tudmur. Ich erkenne die Stadt, wenn ich sie sehe«, sagte er dumpf und trocknete sich das Gesicht ab. Er warf das Handtuch neben sich auf den Boden und ging zur Tür. »Wir treffen uns in zehn Minuten in der Lobby. Ich ziehe mir die anderen Sachen an.« Laut schlug er die Tür hinter sich zu.

»Er bekommt seine Visionen nun also wirklich immer, ohne dass du ihn anfasst«, sagte Justine nachdenklich, steckte die Pistolen ein und warf sich eines der weißen Gewänder über. »Er entwickelt seine Gabe sehr schnell weiter. Du auch?«

»Es fällt mir immer leichter«, bestätigte Saskia und zog sich ebenfalls um. Sie sah die Französin an und musste lachen. »Scheiße, wir sehen jetzt aus wie verkleidete Touristen.«

Justine grinste. »Aber wir sind bewaffnete, verkleidete Touristen. Das ist ein großer Unterschied und wird uns einige Probleme ersparen.« Sie steckte die Haare ein, Saskia nahm das Schwert und verbarg es unter ihrem weiten Kleid. *»Vas-y.«*

Sie nahmen in der Lobby neben einem kleinen Springbrunnen Platz und warteten auf Wills Ankunft. Saskia nutzte die Gelegenheit und ging zum Rezeptionisten, um die Gebühr für einen Internetzugang am Kunden-PC neben dem Eingang zu bezahlen. Zuallererst prüfte sie die Lage in Hamburg. Die Pest war eingedämmt, doch die Ärzte mussten eine Reihe Todesfälle einräumen. Noch immer standen sie dem Bakterienstamm hilflos gegenüber. Mehr gab es nicht, was sie interessierte.

Also surfte Saskia durchs Netz und machte sich auf Informationssuche. Als sie *Kinder des Judas* eingab, entdeckte sie auf obskuren Websites zahlreiche Verweise auf Vampire mit besonderen Merkmalen: rote Haare, ein Biss, der zu totalem, schlagartigem Blutverlust des Opfers führte und es sofort tötete. All das passte sowohl zu Marat als auch zu Smyle. Sie markierten ihre Beute mit drei X, lateinisch für dreißig, die Zahl der Münzen, die Judas für seinen Verrat an Jesus bekommen hatte.

»Meine Güte«, flüsterte sie. Erschütternd fand sie, dass die Vampire ihre Existenz nicht einmal verbargen. Man konnte diese Beschreibungen ohne Mühe im Internet finden. Welche Dreistigkeit!

»Quelle merde«, sagte Justine neben ihr. Sie war leise zu ihr getreten, um zu schauen, was Saskia an Neuigkeiten herausgesucht hatte. »Es gibt sie also wirklich.« Sie fluchte anhaltend auf Französisch. »Ich habe eben noch mal versucht, die Schwesternschaft zu erreichen, aber die Leitung ist tot.«

»Wir sind in Syrien. Es können simple technische Probleme sein«, versuchte Saskia sie zu beruhigen. »Sie waren doch die ganze Zeit schwer zu erreichen, oder? Hast du nicht gesagt, dass sie mit irgendetwas Wichtigem beschäftigt waren? Vielleicht ist das ... also ... noch wichtiger geworden?«

Justine erwiderte nichts. Sie konnte Saskia einfach nicht sagen, dass sie den ihr so verhassten Maître getroffen hatte – und schon gar nicht, was zwischen ihnen geschehen war. Natürlich konnte es wirklich Zufall sein, dass sie – seit Levantin die Schwestern erwähnt hatte – keine Verbindung mehr mit ihnen herstellen konnte, aber ...

»Ich glaube nicht an Zufälle. Darf ich?« Es war natürlich eine rhetorische Frage. Sie schnappte sich die Tastatur und rief im Stehen die Website der Zeitung auf, von der sie wusste, dass sie in Genzano gelesen wurde – und fand dort eine Meldung, die sie bis ins Mark traf:

Es hatte eine gewaltige Explosion gegeben, bei der das Kloster bis auf die Grundmauern niedergebrannt war.

Und es gab keine Spur von Überlebenden.

»Non«, flüsterte sie. Ihre Zigarette fiel auf den Boden.

»Scheiße!«, entfuhr es Saskia, die zwar kein Italienisch sprach, aber die Bilder auf der Website richtig interpretierte. »Heißt es das, was ich ...«

»Chut! Halt den Mund, ich muss ...« Sie las, so schnell sie konnte, und mit jedem Wort wurde ihr übler, kälter. Die italienische Polizei ermittelte in alle Richtungen, wie es hieß, schloss einen Unfall jedoch aus. Selbst die Schächte im Berg, die als Museumsarchiv genutzt wurden, seien vollständig ausgebrannt. Die Zahl der Opfer wurde mit siebenundachtzig angegeben, darunter elf Touristen.

Saskia stand vorsichtig auf und drückte Justine dann mit sanfter Gewalt auf den Stuhl. Sie ließ ihre Hände auf den Schultern der Französin liegen, um ihr Trost zu spenden, doch die schüttelte sie unwirsch ab und gab ihr zu verstehen, dass sie alleine sein wollte.

Saskia ging schnell davon. Justine blieb zurück; eine einsame Wölfin. Ihr war zum Schreien, doch der Schock verhinderte einen lauten Ausbruch. Die Bestie in ihr jaulte schmerzlich auf.

»Je vais le tuer«, sagte sie kehlig und zerbrach die Tastatur zwischen ihren Händen in zwei Hälften.

Fünkchen zuckten in die Höhe, und die Sicherung unterbrach die Stromzufuhr. Knisternd erlosch der Monitor, und damit verschwanden auch die Bilder des zerstörten Klosters.

»Ich werde dich finden«, sagte Justine leise. *»Pour cela, tu payeras.«*

XX. KAPITEL

17. November
Syrien, nahe Tudmur (Palmyra)

Will hatte einen Taxifahrer gefunden, der sie in einem verbeulten und zerkratzten Fiat Panda in Richtung Palmyra fuhr. Dabei spähte er ständig umher, um Ausschau nach etwas zu halten, was er in seiner Vision gesehen hatte. Saskia achtete derweil auf mögliche Verfolger. Zumindest wollte sie das. Aber immer wieder musterte sie die Frau, die neben ihr auf der Rückbank saß, und überlegte, wie sie ihr helfen konnte. Und ob es überhaupt ratsam war, dies zu versuchen.

Justine hatte seit der erschütternden Nachricht kein Wort mehr gesprochen. Sie verbarg ihre Augen hinter einer großen Sonnenbrille; hin und wieder musste sie sich mit der Hand über die Wangen fahren, um Tränen verschwinden zu lassen.

Saskia hatte gewusst, dass die Schwesternschaft – oder zumindest einige Nonnen – Justine sehr viel bedeutete. Trotzdem überraschte sie die unerwartet heftige Emotionalität. Mehr noch, sie bereitete ihr große Sorge. Justine hatte ihre Trauer und ihren Schmerz bisher nie in der Öffentlichkeit gezeigt, sie hatte sich stets zurückgezogen, in einen Höhlenersatz. Doch nun hatte der Schmerz, den sie empfand, ihrer Maske einen irreparablen Sprung zugefügt.

Will dirigierte sie nach Hamáh und dort zielstrebig durch die Straßen und Gassen, so dass der Fahrer nicht ein einziges Mal anhalten musste. Will schien sich schon wochenlang durch diese Stadt bewegt zu haben, er zeigte nie auch nur einen Anflug von Unsicherheit oder ein kurzes Zögern. Die Vision hatte einen starken, nachhaltigen Eindruck hinterlassen.

Das Taxi hielt gegen Mittag vor einem etwas versteckt liegenden Laden an, auf dem in mehreren Sprachen *Wunderlampe* geschrieben stand. Darunter warb ein Schild mit echten Antiquitäten, die direkt aus dem untergegangenen Palmyra stammten. Das Gitter war zugezogen, der Inhaber nicht da. Will ließ den Fahrer aussteigen und fragen, wo man ihn fände. Der Mann nickte und machte sich gegen die Zahlung von weiteren zehn Euro auf den Weg. Sie waren allein im Wagen.

Justine zog die Nase hoch, steckte sich eine Zigarette an, entzündete sie, paffte schnell und blies den Rauch aus dem Fenster.

»Du musst mit uns reden, Justine«, sagte Saskia eindringlich. »Sag uns endlich, wen du für die Schuldigen hältst, damit wir etwas unternehmen können.«

»So viele kommen dafür nicht in Frage«, steuerte Will bei, als Justine weiterhin schwieg. »Es waren die Bēlualiten.«

»Wenn ich das alles richtig verstanden habe, existiert die Schwesternschaft seit langer Zeit«, hielt Saskia dagegen. »Und wenn man bedenkt, mit wem sich allein Justine in ihrem Auftrag schon angelegt hat, muss man davon ausgehen, dass die Nonnen eine ganze Reihe Feinde gehabt haben.«

»Es war der Maître«, sagte Justine mit dünner Stimme, sah starr aus dem Fenster und rauchte weiter; ihre Hand zitterte. »Ich weiß es.«

Bevor Saskia oder Will auf diese Enthüllung eingehen konnte, kehrte der Taxifahrer zurück und verkündete, dass der Inhaber, Shafiq Barakeh, in Palmyra sei, wo er gewöhnlich um diese Uhrzeit Reisegruppen durch die Ruinenstadt führte. Will bat ihn, sofort loszufahren, und so rauschten sie in dem klapprigen Panda durch die Wüste zu der uralten Metropole.

Die Straße dorthin war gut ausgebaut. Touristenmagneten wie Palmyra zogen Geld an, und das konnte ein nicht eben reicher Staat wie Syrien sehr gut gebrauchen. Asphalt wurde zu Gold.

Sie schwiegen wieder.

Justine starrte aus dem Fenster. Offensichtlich wollte sie in ihrem Schmerz allein sein und keinen Trost.

Saskia seufzte, kramte in ihrem Rucksack und verteilte Wasserflaschen und Schokoriegel zur Stärkung. Justine nahm beides stumm entgegen; Will bedankte sich ebenfalls nicht. Er spülte wortlos eine Morphintablette mit einem Schluck aus der Flasche hinunter. Seit er sie nahm, bewegte er sich ohne Einschränkung. Der Preis war offenbar, dass er mehr Visionen bekam und sie wesentlich stärker durchlebte. Saskia war aufgefallen, dass er sich während der Fahrt mehrmals an seinem Sitz festklammerte und tonlos die Lippen bewegte, als redete er mit einem Unsichtbaren oder würde ein Gebet sprechen. Wenn sie ihn darauf ansprach, betonte er, dass es ihm gutginge und die Wunde in seinem Rücken ihm keinerlei Schwierigkeiten mehr bereite.

Saskia machte sich dennoch Sorgen um ihn – und um seine Kräfte. Was würde geschehen, wenn dieser Blick, der Putz und Steine sprengte, einen Menschen traf? Sie hatte bemerkt, dass er zudem einen merkwürdigen Geruch verströmte, selbst nachdem er frisch geduscht war: sauer, vergoren und stechend. Und das war noch milde ausgedrückt.

Als habe er ihre Gedanken gehört, wandte er sich unvermittelt um. Sie lächelte ihn an – und erschrak, als sie merkte, dass sein Blick auf der Stelle ihres Kaftans ruhte, unter der sich das Schwert befand. Noch immer trachtete er nach dem Artefakt, und das machte ihr Angst. Es wurde Zeit, dass sie ihre Gaben, Flüche, was auch immer, zusammen mit den Artefakten loswurden. Die neuen Fähigkeiten veränderten sie zunehmend. Sie spürte, dass sie sich zu sehr an die Macht gewöhnte, die in ihr schlummerte, und auch Will schien es nicht anders zu gehen. Jedenfalls hatte er sich nicht gewundert oder geschämt oder sonst irgendeine Regung gezeigt, als er die zerstörte Wand gesehen hatte. Für ihn war es bereits so selbstverständlich geworden wie sein inzwischen fast immer arroganter Blick.

»Wie finden wir Shafiq Barakeh?«, fragte Saskia ihn, um sich abzulenken und ihn dazu zu bringen, die Augen zu heben. Starrte er nun auf ihren Schoß oder auf das Schwert, das über ihren Beinen unter dem Tuch lag?

»Das ist kein Problem für mich«, bekam sie herablassend zur Antwort. »Dazu benötige ich die Dienste einer Médiatrice nicht. Kümmere du dich darum, dass wir nicht verfolgt werden, und überlass alles andere mir.«

Saskia fasste es nicht: Jetzt wurde er sogar *spöttisch!*

Will bemerkte, dass er sich im Ton vergriffen hatte, und schien sich in einem Sekundenbruchteil wieder in den freundlichen Mann zu verwandeln, als den sie ihn kennengelernt hatte. Dieses Unstete wusste sie nicht zu deuten.

»Entschuldige«, sagte er zerknirscht. »Es war nicht so gemeint. Das Morphin macht mich etwas … überheblich.«

»Schon vergessen«, murmelte Saskia.

Dann sah er Justine an und fragte mit sanfter Stimme: »Wie kommst du darauf, dass es der Maître war, der den Nonnen das angetan hat? Was ist mit den Dämonenanbetern?«

»Oder dem Sir?«, entschlüpfte es Saskia.

Will sah sie verblüfft an. »Der Sir?«

»Na ja, wir wissen nichts über ihn«, verteidigte sie ihren Einwurf. »Wir wissen nicht einmal, wo er steckt. Warum sollte er Mitwisser nicht ausschalten wollen?«

»Nein. Das würde er nicht tun«, sagte er heftig und wollte aufbrausen, atmete tief ein und aus, bis er weniger laut, aber überzeugt fortfuhr: »Ich will ihn nicht in Schutz nehmen, ich kenne ihn nicht einmal persönlich, aber …« Er dachte kurz nach. »Vergiss es. Er kann es ebenso gewesen sein wie alle anderen, die hinter den Gegenständen her sind.«

»Es *war* der Maître«, beharrte Justine und sah aus dem Fenster.

Danach herrschte wieder Schweigen im Auto, bis ihr Fahrer Will einen abgegriffenen Touristenführer hinhielt. Will gab ihn weiter an Saskia, dic ihn aufschlug und laut vorlas.

»Etwa seit dem Jahr 1900 wird das antike Palmyra, vor allem die Bauten aus der Kaiserzeit, methodisch freigelegt. Die Hauptachse der Stadt bildet eine über einen Kilometer lange, elf Meter breite, von hohen Kolonnaden aus korinthischen Säulen gesäumte Prachtstraße aus dem frühen dritten Jahrhundert.« Sie schaute nach vorn, wo die Ausgrabungsstätte zu sehen war. Die Mauern waren schon jetzt ein beeindruckender Anblick.

»Der einzige Knick der Straße wird von einer dreibogigen Toranlage, dem Tetrapylon, angezeigt. An der Straße liegt das Theater, in dem noch immer Aufführungen stattfinden. Daneben liegt der Handelsplatz mit der Karawanserei. Im Ostteil der Stadt stand der geweihte Baal-Tempel auf einem ausgedehnten, von Säulenhallen und Propyläen umgebenen Platz. Zudem wurden ein späterer Baal-Schamin-Tempel, ein Nabu-Tempel und verschiedene andere Heiligtümer ausgegraben. In der nordwestlichen Nachbarschaft der Stadt wurden zahlreiche Grabbauten in Tempel- und Turmform sowie unterirdische Grabanlagen mit reichen Beigaben gefunden.«

Saskia blickte nach vorne, wo Palmyras Reste sich vor ihnen ausbreiteten. Vor der grünenden Oasenstadt erhoben sich die Ruinen aus einer uralten, vergangenen Zeit. Eine Stadt von hoher Bedeutung, ein Schmelztiegel und Machtzentrum, das im zweiten Jahrtausend vor Christus schon besiedelt war.

Sie bemerkte, dass auch Will sich von dem Anblick nicht losreißen konnte. Jetzt beneidete sie ihn fast um seine Visionen; er konnte wirklich durch die Zeit reisen und sich die bedeutungsvollen Stätten oder entscheidenden Momente der menschlichen Geschichte betrachten. Einige Stunden oder Tage in einer antiken Welt zu leben, nicht nur majestätische Überreste, sondern die Originale als intakte Bauwerke zu sehen – das wäre sicherlich einmalig und unvergleichlich. Es musste ja für sie nicht gleich das pestverseuchte Venedig sein.

Ihr Fahrer steuerte auf den Parkplatz und hielt an. Sie gaben ihm wieder eine kleine Anzahlung und versprachen weitere Euros, wenn er auf sie wartete. Er nickte.

Justine, Saskia und Will stiegen aus und waren sofort von einheimischen Kindern umringt, die ihnen lauthals Souvenirs, Snacks und Getränke anboten. »Achtet auf eure Geldbeutel.« Will herrschte die Meute in einer unbekannten Sprache an und scheuchte sie mit hektischen Bewegungen weg; die Kinder wichen auf der Stelle vor ihm zurück und wagten sich nicht mehr näher heran.

»Du kannst Arabisch?«, fragte Justine erstaunt. Wills Ausbruch hatte sie aus ihrer Lethargie gerissen. »Oder was war das für eine Sprache?«

»Keine Ahnung. Die Worte kamen mir einfach so in den Sinn«, antwortete er ohne das leiseste Anzeichen von Erstaunen und ging auf das Kassenhäuschen zu, um den Obolus für das Betreten der antiken Stadt zu entrichten. Es war wieder dieser Tonfall gewesen: herrisch, maßregelnd, abkanzelnd.

Gemeinsam passierten die drei die Kontrollen. Saskia und Justine bemerkten jede Menge Touristen, die sich in kleinen und großen Gruppen bewegten. Einige Einzelgänger streiften auf eigene Faust durch die Ausgrabungen. In unregelmäßigen Abständen standen Soldaten der syrischen Armee Wache.

»Der Mann an der Kasse sagte, dass Barakeh eine Gruppe Amerikaner führt«, teilte ihnen Will mit. »Er sei um diese Zeit bei der Nekropole außerhalb der Stadtmauern. Nordwestlich.«

Er zeigte in die Richtung, wo sich ein Hügel und ein Turm erhoben.

»Wann schnappen wir ihn uns?« Justine schaute in die Sonne und rückte die dunkle Brille zurecht. »Ich bin für sofort. Warum zögern?«

»Nun ...« Saskia sah zu den bewaffneten Männern.

»Sie werden nichts merken.« Will sagte es dahin, als seien die Soldaten nicht mehr als ein harmloses Hindernis. »Sie können mir ... sie können *uns* nichts entgegensetzen.« Er ging los, und die Frauen folgten ihm durch den Sand.

Die turmartigen Bauten, in denen die Bewohner des längst untergegangenen Palmyra ihre Toten bestattet hatten, rückten näher. Die drei kamen an verschiedenen Ausgrabungsstellen vorbei, erklommen den Hügel und sahen endlich ein Grüppchen Touristen vor einem der Bestattungstürme, das sich um einen Mann mit dunkler Hautfarbe scharte. Sie waren etwa zwanzig Meter entfernt und standen etwas unterhalb von ihnen. Saskia nahm an, dass es sich um Amerikaner handelte. Die fünf hochgewachsenen Männer, die Baseballcaps, dicke Turnschuhe und seltsame Shorts trugen, waren allesamt über zwei Meter groß und erinnerten sie an eine Gruppe Basketballspieler, die vor einigen Monaten im *Bon Goût* eingefallen waren.

Justine schüttelte ihre letzte Zigarette aus der Schachtel. »Ich hoffe, dass er das Pergament dabeihat.« Sie lud ihre Pistolen durch und achtete darauf, dass niemand die Waffen sah.

»Wieso haben wir uns das eigentlich nicht früher gefragt? Wir hätten den Laden ohne weiteres durchsuchen können!«, merkte Saskia an und ärgerte sich, dass sie in Hamáh nicht daran gedacht hatte.

»Er hat es dabei.« Will setzte sich in den Schatten, legte die Beine im Schneidersitz übereinander und hob den Kopf. »Ihr werdet es gleich sehen.« Er atmete tief ein – und sprach mit veränderter Stimme: »*Geliebte! Möge der Mond über dich wachen, mögen die Sterne dir den Weg leuchten, der dich zu mir führt.*«

Es war ein Gedicht, das er da rezitierte, und wenn sie genau hinhörte, glaubte sie, es nicht nur auf Deutsch zu vernehmen, sondern eine zweite Sprache leise mitflüstern zu hören. Die gleiche Sprache, in der er vorhin die Kinder angefahren hatte. Sie wagte nicht, ihn anzusprechen und zu fragen. Eine Windböe umspielte die drei und bildete für Sekunden eine Sandhose, in deren Auge sie sich befanden, alsdann legte sie sich wieder. Leise rieselnd landeten die Sandkörner auf der Erde.

Ein paar Amerikaner waren auf das Schauspiel aufmerksam geworden und hatten die Fotoapparate gehoben. Saskia spürte ein Ziehen im Nacken, das den Rücken nach unten und gleichzeitig nach oben über die Kopfhaut wanderte. In ihrem Mund schmeckte es leicht nach Bittermandel: Ihre Gabe aktivierte sich. Und es machte beinahe den Eindruck, als sei Will dieses Mal der Médiateur, der die Dinge in Gang setzte, nicht sie!

Justine hielt die Pistolen in den Händen, ihre Arme hingen locker herab. Sie wartete auf ihren Einsatz und darauf, sich Shafiq schnappen zu können.

Will setzte seinen Singsang fort. »*Entgehe dem Dolch der falschen Freundin und kehre keinem den Rücken. Sie wollen unsere Liebe vernichten, sie wollen unsere Herzen versteinern. Nichts soll von uns bleiben. Doch damit machen sie uns umso stärker.*«

Die Böe kehrte zurück, viel stärker diesmal und mit einem merkwürdigen, brüllenden Geräusch; sie fegte über sie hinweg und brachte ihre Kleidung zum Flattern, dann jagte sie den Hang hinab und warf sich gegen die Amerikaner! Die Frauen in der Gruppe schrien vor Überraschung auf, einige hielten ihre Hüte fest, andere verbargen die Kameras zum Schutz vor dem heranfliegenden Sand unter der Kleidung.

Saskia bemerkte, dass sich der Himmel über der Nekropole

verfinsterte und die Nacht nach Palmyra trug, obgleich es höchstens sechzehn Uhr Ortszeit war. Blitze zuckten von der Turmspitze nach oben in die schwarzen Wolken. Prompt leuchtete es darin auf, und ein anhaltendes Grollen erklang aus der Finsternis.

»Will!« Saskia kniete sich neben ihn und packte ihn an der Schulter. »Will, was tust du?«

»Er sucht das Pergament.« Justine zeigte mit einer Pistole auf die Gruppe, und Saskia schaute hinab.

Der Reiseführer starrte auf seine linke Beintasche, in der ein goldener Stern aufgegangen zu sein schien. Etwas darin funkelte derart gleißend, dass Stoff und Fleisch von der Hüfte bis zum Unterschenkel durchsichtig wurden; man erkannte problemlos Adern und Knochen.

Die Touristen wichen vor ihrem Führer zurück, filmten und fotografierten dabei aber unaufhörlich, um das ungewöhnliche Schauspiel zu dokumentieren.

Shafiq schien keine Schmerzen zu verspüren. Er überwand endlich seine Starre und bückte sich, um den Gegenstand, der das Strahlen verursachte, herauszunehmen. Es war ... ein zusammengefaltetes Stück Papier, das er in einem Klarsichtbeutel aufbewahrte. Jetzt wurden seine Arme bis zu den Ellbogen durchscheinend, wie auf einem Röntgenschirm.

Shafiq hielt das Beutelchen unschlüssig in seinen Fingern, sah zum Turm, aus dessen Spitze noch immer Blitze zuckten, die finsteren Wolken penetrierten und im wahrsten Sinne des Wortes das Unwetter aufstachelten.

»Ich hole es«, sagte Justine und stürmte den Hügel hinab.

»Nein, warte!« Saskia sprang auf, während Will weiter rezitierte: *»Und töten sie uns«*

Jetzt wurde der Bittermandelgeschmack zu stark. Saskia musste sich von einer Sekunde auf die andere übergeben. Das war ihr schon lange nicht mehr passiert! Die Gabe sammelte sich in ihrer stärksten Form, um ihrer Trägerin Beistand leisten zu können. Aus irgendeinem Grund bestand in Palmyra allerhöchste Gefahr.

Shafiq sah die grimmig blickende Justine durch den Sturm auf sich zukommen, bemerkte die beiden Pistolen und drehte sich um. Er flüchtete sich in den Turm.

»sind wir bei den Toten glücklicher als bei«

Saskia hatte das Gefühl, dass dieses Gedicht nicht bis zum Schluss vorgetragen werden durfte. »Will, nein«, schrie sie und schüttelte ihn an den Schultern. Aber seine braunen Augen sahen verzückt an ihr vorbei. Wieder trat dunkles Blut aus Mund und Tränenkanälen.

»den Lebenden.«

Saskia spürte es kommen. Sie warf sich auf den Boden – gerade noch rechtzeitig, denn einen Sekundenbruchteil später flutete ein gewaltiger Stoß unsichtbare Energie aus seinen Augen über sie hinweg, geradewegs auf die Gruppe Touristen zu! Der Sand spritzte hoch, als wäre er Wasser. »Justine!«, brüllte Saskia. Die Französin rettete sich mit einem Satz aus der Gefahrenzone und drückte sich an die Turmwand.

Als Wills Macht die Menschen traf, erinnerte die Wirkung fatal an die einer Atombombe: Kleidung stand plötzlich in Flammen, dann schmolz das Fleisch und fiel von den Knochen; schließlich wirbelten Asche und Knochenfragmente davon. All das geschah innerhalb dreier Herzschläge; die Amerikaner hatten nicht einmal die Gelegenheit bekommen, ihre Schmerzen hinauszuschreien, zu schnell war das schreckliche Ende über sie gekommen.

»Mein Gott«, war alles, was Saskia über die sandigen Lippen brachte.

Will hatte sich erhoben, stieg mit einem Lachen über sie hinweg und ging in aller Ruhe den Hügel hinab, genau auf den Turm zu, in dem sich Shafiq verbarg.

»Was soll ich machen?«, schrie Justine Saskia zu, die sich aus dem Sand stemmte.

»Folge ihm!« Sie rannte den Hügel hinab und sah dabei, wie zuerst Will und danach die Französin in dem Bestattungsturm verschwanden. Der nun überall um sie herum tobende Wüstensturm brachte sie mehrmals aus dem Gleichgewicht. Sie brauchte ihrem Empfinden nach unendlich lange, bis sie endlich durch den Eingang trat.

Die plötzliche Ruhe im Gebäude überfiel sie, bereitete ihr weiteres Unbehagen. Mit zitternden Knien ging Saskia weiter hinein und rieb sich die Augen.

»Justine? Will?«, brüllte sie dabei, um das Tosen des Sturms zu übertönen. Im Turm klang es mehr nach einem anhaltenden Donnern, als stünde sie neben einer Kaskade, die sich aus vielen Metern Höhe in ein Bassin ergoss.

Saskia sah sich im trüben Halblicht um, ohne einen von ihren Mitstreitern oder Shafiq ausmachen zu können. »Wo seid ihr?«

Eine Faust traf sie an der rechten Wange, sie wurde zur Seite geschleudert und musste sich an der Wand abstützen.

Vor ihr stand der Grabräuber und hielt eine Pistole auf ihr Gesicht gerichtet!

»Wer seid ihr?«, schrie er auf Englisch. Er wirkte verängstigt und bebte, ständig sah er sich um. »Los! Wer seid ihr?« In der anderen Hand hielt er das Pergament, auf dem Zeilen silbrig leuchteten. Will hatte es durch sein Rezitieren zum Leben erweckt und vermutlich noch viel Schlimmeres angerichtet.

»Wir suchen Sie, Barakeh«, gestand Saskia. »Sie befinden sich in großer Gefahr!« Langsam zeigte sie auf das Blatt. »Darin steckt eine Kraft, die Sie töten kann.«

»Wie die Amerikaner da draußen?« Shafiq schluckte. »Machen Sie, dass es aufhört!«

»Das kann ich nicht.«

»Was wollen Sie dann von mir?«

»Geben Sie mir das Pergament. Ich muss es untersuchen, und *danach*«, betonte Saskia, »kann ich vielleicht etwas ausrichten.«

Ein Zittern lief durch den Turm, der Sturm rüttelte an dem uralten Monument. Steinchen und Mörtelstücke fielen herab und trafen Saskia schmerzhaft an der Schulter.

»Bitte«, sagte sie eindringlich, »geben Sie es mir, bevor alles einbricht und wir lebendig begraben werden!« Sie streckte vorsichtig die Hand aus. Ihre Gabe hatte sich vollkommen aufgeladen und wartete nur darauf, etwas auslösen oder beenden zu können. Sie würde sie gleich einsetzen, um die entfesselte Macht des Pergaments einzudämmen und weitere Katastrophen zu verhindern – auch wenn sie noch nicht die geringste Idee hatte, *wie* sie das tun sollte.

Shafiq betrachtete sie, sah gehetzt um sich und sprach etwas auf Arabisch. Da es sich monoton wiederholte und mehrmals allâhu akbar fiel, nahm Saskia an, dass es sich um ein Gebet handelte. Und trotzdem hatte er den Arm mit der Waffe immer noch nicht gesenkt.

Der sandige Boden unter ihnen geriet in Bewegung, hob und senkte sich sanft, als würde Wasser darunter fließen und nach oben dringen wollen. Beide mussten sich anstrengen, die Balance nicht zu verlieren.

»Mister Barakeh, *bitte!*«, rief sie laut. »Ich weiß nicht, wie viel Zeit uns noch bleibt, um ...«

Mannsgroße Sandfontänen spritzten um sie herum in die Höhe. Feine Körner stachen in Saskias Augen, und sie musste die Lider schließen. Dann wurde sie auf einmal nach oben katapultiert und stürzte gleich darauf in den weichen Sand zurück.

Sie hörte Shafiqs Schreie, er schoss mehrmals auf irgendjemanden, dann klickte es hohl, das Magazin war leer.

»Justine? Will?«

Der Plünderer hörte nicht mehr auf, vor Entsetzen zu schreien.

Saskia gelang es endlich, sich die Augen freizureiben und nach dem Mann zu schauen: Die Welt hatte sich verändert. Der Raum, in dem sie sich befand, war zweidimensional und in ein vielschichtiges Grau getaucht. Doch dadurch konnte Saskia umso besser erkennen, dass Shafiq umzingelt war – von ätzend grünen Gestalten. Es waren Silhouetten von Männern, Frauen und Kindern, und sie strebten von allen Seiten auf den Plünderer zu. Als die Ersten ihn erreicht hatten, schlossen sich ihre schimmernden Finger um seine Kleidung und das verletzliche Fleisch darunter. Dann zogen sie – und Shafiq kreischte!

Immer schneller grabschten die Gestalten nach ihm, rissen seine schrecklichen Wunden weiter auf. Blut durchtränkte seine Kleidung.

Shafiq hielt das Pergament schon lange nicht mehr. Es lag einen Meter von ihm entfernt, halb von Sand bedeckt und mit Blutspritzern besudelt. Die Schriftzeichen leuchteten noch immer. Die Gestalten kümmerten sich nicht darum. Sie setzten ihr grausiges Unterfangen fort, den Mann bei lebendigem Leib auseinanderzureißen.

Saskia musste die Gelegenheit nutzen, das Pergament an sich zu bringen! Da sich die Gestalten, von denen sie annahm, dass es sich um die Geister der Toten des Grabturms handelte, nicht um sie kümmerten, erschien es ihr möglich. Danach würde sie sich auf ihre Gabe verlassen müssen.

Vorsichtig rutschte sie zwischen den Gestalten hindurch und bemühte sich, bloß keine davon zu berühren.

Das Pergament war nun zum Greifen nah. Sie streckte behutsam den rechten Arm aus, Zentimeter trennten sie noch davon – als sich die Silhouette eines Kindes zu ihr umdrehte. Das Gesicht war eine ebene Fläche, die Augen schwarze Löcher. Und doch hatte Saskia das Gefühl, dass sie sehr genau beobachtet wurde.

Die Kleine hob den linken Arm und deutete mit ausgestrecktem Zeigefinger auf sie, dann öffnete sich ein drittes Loch, das den Mund markierte. Der Ton, den sie ausstieß, ließ Saskia das Blut in den Adern stocken.

Eine Gestalt nach der anderen wandte sich zu ihr um, die Geister ließen vom zerfetzten Shafiq ab, der daraufhin tot zu Boden fiel.

»Du musst sie aufhalten!« Ohne Vorwarnung hechtete Justine an ihr vorbei und schnappte sich das Pergament. »Los, lass sie platzen oder sonst was, bevor sie sich auf uns stürzen!« Sie rollte sich ab, kam sofort wieder auf die Beine und trat an Saskias Seite, als könne sie ihre Freundin mit bloßen Händen gegen die Angreifer verteidigen. Das Grollen aus ihrer Kehle hörte sich fast so an, als habe sie einen Weg gefunden, die Werwölfin in sich zu befreien.

Die Médiatrice erlaubte ihrer Gabe, sich gegen die Geister zu werfen und sie auseinanderzureißen. Sie merkte, wie die Energie aus ihr hinausbrandete, aber einen sichtbaren Effekt hatte der Angriff nicht. Dafür schien sich ihre Kehle auf den Umfang eines Strohhalms zusammenzuziehen. Die Schemen zuckten zusammen, einige wiegten hin und her, doch sie verschwanden nicht.

»Es geht nicht!«

»Gib mir das Schwert. Damit kann ich sie vielleicht so lange auf Abstand halten, bis Will uns gefunden hat.« Justine griff nach der Waffe. Doch kaum hielt sie das Schwert in der Hand, erschallte ein kollektives Kreischen: Die Wesenheiten drängten nach vorn, gegen sie!

»Sie hassen das Schwert!«, rief Justine – und schlug zu. Die Schneide zerteilte die erste grün schimmernde Gestalt, doch die Ränder fügten sich gleich wieder zusammen. Gegen diese Feinde richtete die Waffe nichts aus. »*Merde!* Saskia«, rief sie angespannt und drosch um sich. »Tu endlich etwas!«

Saskia atmete tief durch, sammelte ihre Macht und wollte etwas anderes versuchen. Sie hatte vor nicht allzu langer Zeit ein Portal in verschiedene Welten oder Höllen geöffnet – warum sollte sie dann nicht ein Portal schaffen, durch das sie aus diesem Turm flüchten konnten?

Sie konzentrierte sich auf ihr Hotelzimmer, auf die Sicherheit, die es versprach. Und wirklich: Vor ihr öffnete sich ein Spalt, wie damals im Parkhaus, und in ihm erkannte sie undeutlich die Einrichtung eines Zimmers. Der Fluchtweg stand ihnen offen; nun musste nur noch Will auftauchen, und sie konnten endlich fort von hier.

Justine wurde von einem Arm ergriffen. Mit einem Schrei hackte sie ihn ab und trat gegen das Wesen, um den Rest der Kreatur nach hinten zu schleudern; der Geist machte nur einen Schritt zurück, als würde er lediglich vor ihrer Energie zurückweichen. Drei weitere stürzten sich auf sie und versuchten, sie zu packen. Justine gelang es nur mit Mühe, sich ihnen zu entwinden, und bemerkte dabei den Spalt. »Was ...?«

»Unser Hotel«, sagte Saskia knapp und rang nach Luft. »Aber wir müssen ...«

»*Non!* Komm mit.« Justine sprang durch die Spalte. »Es hat funktioniert!«, rief sie und klang dabei wie aus weiter Ferne. Doch dann wurde sie bleich. »Sie haben mir das Pergament wieder abgenommen!«

Saskia hatte das Gefühl, dass sie kurz davor war, aufgrund des Luftverlustes ohnmächtig zu werden, starrte aber trotzdem in die grüne Menge, die sich nun drohend auf sie zubewegte, und erkannte in einer Geisterhand das Artefakt.

Ein lautes Brüllen erklang, in dem kaum Menschlichkeit steckte, und die Geister wichen vor etwas zurück, das sich Saskia von rechts näherte. Saskia starrte dorthin – und sah Will auf sich zukommen. In der Zweidimensionalität wirkte er aus irgendeinem Grund größer, kräftiger und sehr beeindruckend.

Er hatte wenig mit dem Mann zu tun, den sie kannte. Sein Anblick war respekteinflößend, herrschaftlich.

Er bemerkte sie, dann schaute er kurz auf den toten Reiseführer, dessen Blut den Sand rot gefärbt hatte. »Wo ist mein Pergament?«, tönte er. »Haben sie es?«

Sein Pergament? Saskia gefiel der Ausdruck in seinem Gesicht überhaupt nicht. Es war eine Mischung aus hochgradiger Entrückung und einer Entschlossenheit, die Saskia höchstens von Porträts bekannter Diktatoren kannte. »Da vorne«, antwortete sie knapp. Mit gewaltiger Anstrengung rang sie nach Atem, und der Schwindel legte sich etwas. »Komm durch das Portal.«

Will machte das Wesen aus, das die Schrift mit sich trug. Er war mit vier schnellen Schritten bei ihm und zerschmetterte es mit einem Faustschlag. Dabei färbte sich seine eigene Hand schwarzbraun ein, die Adern dehnten sich um das Doppelte und standen dick hervor. Er bückte sich und hob das Pergament auf. Sofort erklangen aufgeregte Schreie. »Geh!«, befahl er Saskia. »Ich habe es!«

Saskia taumelte nach vorn und durch den Spalt. Zwei Arme reckten sich ihr entgegen und rissen sie hinüber. Ihre Konzentration brach mit ihrem Kreislauf zusammen. Aus dem Augenwinkel sah sie, dass Will die Arme in ihre Richtung hob. Etwas war schiefgelaufen!

Doch es war zu spät: Sie brach neben Justine zusammen. »Will, komm!«, hauchte sie.

Die Umgebung erhielt ihre Dreidimensionalität zurück, die Bittermandel auf ihrer Zunge verschwand, während sie verzweifelt nach Luft rang.

Justine sah, dass einige Geister sich an Will vorbeigewagt hatten und versuchten, durch den sich langsam schließenden Spalt zu gelangen und mit ihnen das Gleiche anzustellen wie mit Shafiq. Die anderen stellten sich Will in den Weg, der sich mit fliegenden Fäusten eine Schneise durch sie freikämpfte.

»Will!« Sosehr sich Saskia anstrengte, sie konnte das Schließen des Portals nicht aufhalten. »Ich ...«

Drei der Geisterwesen zwängten sich schon zur Hälfte durch den Spalt, als Will sie mit beiden Händen ergriff und festhielt. »Kommt zurück!«, schrie er ihnen zu. »Die Artefakte dürfen nicht getrennt ...«

Das Portal schloss sich.

Die Wesen wurden zerteilt, die Stücke lösten sich im Fallen auf und wurden zu einer schleimigen, stinkenden Masse auf dem lehmgestampften Boden.

Zuerst dachte sich Saskia nichts dabei, aber dann begriff sie beim Anblick des ungewöhnlichen Untergrunds, auf dem sich die Lache bildete, dass sie *nicht* in ihrem Hotel gelandet waren. »Verdammt, wo ...«

Justine stand in einem rundbogenartigen Durchgang, der nach draußen führte, und hielt die bestickten Vorhänge zur Seite. Sonnenlicht fiel herein, und ein heißer, trockener Wind wehte Geräusche und fremdartige Gerüche ins Innere.

»Justine, wir müssen ...«

»Das ist nicht unser Hotel.«

»Sind wir ... sind wir nicht mehr in Palmyra?«, fragte sie erschrocken.

»Das schon«, Justine trat beiseite, damit sie an ihr vorbei ins Freie schauen konnte, »aber nicht in unserer Zeit!«

Saskia erhob sich unsicher und ging schleppend nach vorne, die Augen auf die atemberaubenden antiken Bauwerke gerichtet, durch deren Ruinen sie vorhin gestreift war. Nur dass sie sich jetzt vor einem herrlich blauen Himmel als intakte Gebäude in die Höhe erhoben!

Justine versetzte ihr einen Rempler in die Seite. »*Très bien.* Damit kannst du in der Reisebranche groß rauskommen. Ich sehe schon deinen Slogan vor mir: *Erleben Sie die antiken Stätten, wie sie wirklich waren.«* Sie ließ die Vorhänge zurückgleiten. *»Bon, ma chère.* Aber jetzt bring uns nach Hause.«

Saskia konnte es noch immer nicht fassen. Die Gabe hatte ein Portal in die Vergangenheit geöffnet. Eben hatte sie noch geglaubt, einigermaßen damit umgehen zu können, aber jetzt musste sie erkennen, dass sie meilenweit davon entfernt war, diese Macht zu kontrollieren.

Sie sackte neben dem Torbogen zusammen. »Ich bin zu erschöpft«, sagte sie.

Justine setzte sich ihr gegenüber auf den Tisch, der unter ihrem Gewicht knarzte. »Es wird schon gehen. Es *muss* gehen! Wir haben nur noch wenige Tage, um unsere Mission zu erfüllen.« Sie zwinkerte. *»Außerdem spricht hier niemand Französisch. Vas-y!* Dann bin ich dir auch nicht böse.«

Saskia musste es nicht einmal versuchen. Sie spürte, dass die Gabe in ihr Ruhe brauchte. »Ich weiß nicht, wie ich es schaffen soll.«

»Dann machen wir eben eine kleine Pause.«

»Es geht nicht nur um die Pause! Ich habe an unser Hotel gedacht – und wir landen in einem Palmyra, das aussieht, als sei es gestern erst errichtet worden«, fuhr Saskia sie an. »Wie stellst du dir das vor, dass ich ein Portal öffnen kann, das uns genau an dem Tag in dem Jahr zurückbringt, an dem wir verschwunden sind?«

Justines vorgetäuschte gute Laune verschwand ansatzlos. »Du kannst es wirklich nicht? *Merde!«* Wütend warf sie das Schwert auf den Boden und trat gegen ein Schränkchen, dann sah sie aus dem Fenster. »Schau dir das an! Wir stecken irgendwo … *irgendwann.* Ich kann dir nicht einmal sagen …« Sie zerrte Saskia ihren Rucksack weg. »Du hast den Touristenführer! Gib her.« Sie blätterte in dem Prospekt und suchte nach Zeitangaben. »Nicht, dass ich irgendeine Ahnung hätte, aber ich schätze, wir sind irgendwo im ersten Jahrhundert gelandet. Vor Christus.«

Saskia spähte durch einen Spalt zwischen den Vorhängen nach draußen. Es war, als würde sie die Mini-Serie *Rom* schauen, nur dass sie plötzlich zu den Darstellerinnen gehörte: Menschen in Tuniken liefen auf der Agora, dem Marktplatz, umher, Händler boten lautstark ihre Waren feil, Vieh stand umher, angebunden an dicken Stricken. Rings um den Platz erhoben sich wuchtige Bauwerke, alle symmetrisch und perfekt. Der gemeine Bürger von Palmyra lebte sicher an weniger schönen Orten als in diesem prachtvollen Stadtzentrum.

Die Mode der Zeit war leicht und luftig, viel Kleidung benötigte man nicht unter der starken Sonne, die über Syrien schien. Das Land, in dem sie sich befanden, hieß vermutlich nicht mal Syrien.

Saskia fühlte sich an die Mode erinnert, die sie aus römischen Geschichtsbüchern kannte: Tuniken, gewickelte Tücher, Sandalen, Togen. Laut Reiseführer hatten die Römer auch in Palmyra regiert. Natürlich erkannte sie auch gänzlich anders gekleidete Menschen orientalischer Herkunft, die sie in erster Linie an Beduinen erinnerten. Manche der offenkundig Reichen wurden von Sklaven in Sänften umhergetragen und von einem ganzen Hofstaat Diener und Bewaffneter begleitet. Man zeigte in der Handelsstadt Palmyra anscheinend gern seinen Wohlstand.

»Ich denke, wir sind einhundert *nach* Christus«, meinte sie über die Schulter. »Es sieht nach römischer Kultur aus.« Dann lachte sie matt auf. »Du weißt schon, dass ein Historiker dafür morden würde, um mit uns tauschen zu können und die Kultur, die er nur von Ausgrabungen her kennt, zu entdecken.«

»Na wie schön«, ätzte Justine. »Aber irgendetwas sagt mir, dass ein Historiker auch andere Sorgen hat als wir und nicht den drohenden Weltuntergang verhindern muss. Wie sollen wir das machen, fast zweitausend Jahre bevor er sich anbahnt?«

Der Kommentar erinnerte Saskia an eine spannende Frage, die sie sich immer gestellt hatte, wenn in Science-Fiction-Serien Zeitreisen stattfanden: Ab wann veränderte man die Geschichte – und mit welchen Auswirkungen auf die Gegenwart?

»Was immer wir tun, wir dürfen nicht auffallen«, sagte sie zu Justine. »Wir müssen durch die Geschichte huschen, ohne Spuren zu hinterlassen.«

Die Französin hielt ihre Pistolen in den Händen. »Schade. Ich hätte das Zeug dazu, hier eine mächtige Kriegsherrin zu werden – wenn ich mehr Munition dafür mitgenommen hätte.« Sie zwinkerte wieder, um Saskia zu zeigen, dass sie es nicht ernst meinte. Jedenfalls zu etwa siebzig Prozent. »Du bist diejenige, die uns nach Hause bringen kann. Sag, was wir tun sollen.«

Saskia schaute sich um. Sie befanden sich in einem Zimmer mit einer Kochstelle und einem breiten Bett. Eine Leiter führte zu einem schmalen Alkoven, vermutlich die Schlafstatt der Kinder. Die Einrichtung wirkte nicht sehr luxuriös. Sie waren in das Haus eines Menschen oder einer Familie gelangt, die nicht zu den ganz Betuchten gehörte. »Ausruhen. Und danach versuche ich es.« Sie hob das Schwert auf, dachte an Will und betete still, dass er den Geistern entkommen war. Die Situation hatte sich von einem Schlag auf den anderen gravierend zum Schlechten verändert.

»Ich frage mich, was mit Will geschehen ist«, sagte Justine und wühlte sich durch die Schränke. Sie fand mehrere Behältnisse mit Vorräten, gemahlenes Salz, Getreide und Brot, getrocknete Datteln und Feigen. Sie langte zu und machte sich über das Obst her. »Das ist sehr gut«, schwärmte sie und suchte weiter. Sie nahm einen hellen leichten Umhang von der Wand. »Chic! Das ist meiner.« Sie warf ihn sich über. »Jetzt gehöre ich dazu«, sagte sie lachend. »Aber du kannst auch so gehen, wie du bist, Saskia. Du wirst nicht zu sehr auffallen.«

Saskia nickte. Sie passten halbwegs in diese alte Welt, die sie durch den Vorhang sah. Nicht perfekt, aber allemal besser als mit Shorts und Hawaiihemden.

»Meinst du, die Artefakte befinden sich auch hier?« Justine warf Saskia ein Stück Brot zu, sie selbst schöpfte mit einer groben Kelle aus einem Wasserbecken neben dem Herd. »Ich meine, gibt es jetzt *zwei* Schwerter?«

»Woher soll ich das wissen?« Saskia biss ins Brot. Es schmeckte ganz anders als das, was sie kannte. Die Köchin in ihr verlangte, dass sie sich unbedingt das Rezept besorgen musste. Die Gäste des *Bon Goût* würden sich darum reißen!

In dem Menschenstrom draußen bildete sich eine Lücke. Legionäre bahnten einen Weg für eine sehr große Sänfte, auf der im Schutz eines Baldachins ein Mann im Schneidersitz saß. Der Wind brachte die Vorhänge an den Querstangen zum Wehen und verdeckte sein Gesicht. Er trug eine dunkle Tunika mit einem roten Rand, an den Füßen saßen Sandalen. In seinen kurzen blonden Haaren steckte ein geflochtener Kranz aus Goldranken; sogar die Blätter waren aus Gold. Um den Mann herum saßen mehrere berauschend schöne Frauen und sahen gelangweilt drein.

Zehn Legionäre hatten sich um die Sänfte verteilt, davor und dahinter liefen zwanzig Bedienstete, deren Kleidung im Vergleich zu den anderen Sklaven auf der Agora prächtig zu nennen war.

»Zwei Dutzend Träger? Da kommt der König der Angeber«, sagte sie leise, und Justine trat neugierig neben sie. Beide spähten hinaus. »Das ist bestimmt der römische Statthalter.«

Die Sänfte hielt auf den Befehl eines Bewaffneten, die Sklaven setzten sie ab, und zwei, die besonders kräftig wirkten, kauerten sich davor, um dem Hochgestellten eine lebende Trittstufe zu sein.

Der Mann stieg aus, und die Menge auf dem riesigen Platz

fiel auf die Knie oder senkte das Haupt vor ihm. Die Gespräche verstummten. Ein Ausrufer, den sie nicht verstanden, hatte seine Stimme erhoben und verkündete lautstark etwas.

Dann wandte sich der Mann in der dunklen Tunika um, so dass auch sie nun sein Gesicht sahen.

»Merde«, entfuhr es Justine.

Sie hatten den Maître gefunden.

III.
Buch
REVANCHE

XXI. KAPITEL

148 nach Christus
Syrien, Palmyra

Justine erinnerte sich daran, was Levantin ihr gegenüber angedeutet hatte. Nun machte das alles Sinn. Wenn das Datum, das Saskia angenommen hatte, auch nur annähernd stimmte, war Levantin das älteste Geschöpf, dem sie jemals begegnet war.

Levantin hob die Arme. Die Menge jubelte augenblicklich. Er drehte und wendete sich, als wollte er in dem Lärm baden, doch dann genügte eine knappe Geste, um die Menschen wieder zum Schweigen zu bringen. In die eintretende Ruhe hinein hielt er eine Rede.

»Ich war in der Schule nie besonders gut darin, aber es ist Latein«, bemerkte Justine. »Die Nonnen benutzen die Sprache, wenn sie nicht von jedem verstanden werden wollen.«

»Um was geht es?«

»Aucune idée. Aber seinen Namen habe ich verstanden: Levantinus.« Sie verfolgte durch den Spalt im Vorhang, wie der Mann, den sie mehr als jeden anderen töten wollte, seine Rede hielt und von allen bewundert wurde. Und obwohl sie ihn aufrichtig hasste, spürte Justine sie wieder, diese Aura der vollkommenen Macht, der sie sich nicht entziehen konnte. Sie erinnerte sich an die gemeinsame Stunde mit ihm – und in ihrem Unterleib wurde es warm. Dafür hasste sie ihn noch mehr: Er beherrschte sie.

Als er seine Rede beendet hatte, spendeten die Leute auf der Agora erneut Beifall, und er begab sich zurück in seine Sänfte. Gleich darauf marschierten die Sklaven los und trugen ihn samt seiner Gespielinnen zurück.

»Ich folge ihm.« Saskia wollte hinaus und dem Tross folgen. »Und dann sorge ich dafür, dass mir nichts von dem zustößt, was mir zugestoßen ist.«

»Was?« Justine hielt sie am Arm fest.

Saskia zeigte auf Levantin. »Wenn ich ihn jetzt umbringe, wird er mich in der Zukunft nicht zeichnen können. Ohne die Gabe ...«

»... entkomme ich nicht aus der Hölle!«, fiel ihr Justine aufgeregt ins Wort. »Das darfst du nicht! Womöglich werde ich in dem Moment, in dem der Maître stirbt, in die Zukunft zurückgeschleudert und geradewegs wieder in die Verdammnis!« Sie schüttelte den Kopf. »Nur über meine Leiche. Oder«, sie schlug einen bedrohlichen Unterton an, »über deine.«

Saskia sah die Französin entsetzt an. »Ich weiß, dass du eine Egoistin bist, aber kannst du dir ausmalen, was wir alles an Morden und Todesfällen verhindern, wenn wir den Maître *jetzt* vernichten? Vor allem werde ich die Kammer nicht öffnen können, und diese ganze Scheiße mit Dämonen, die zurückkehren wollen, und alles, was damit zusammenhängt, hat sich erledigt!« Sie zog das Schwert.

»Woher willst du das wissen?« In Justine stieg nackte Angst auf.

»Weil ich inzwischen auch nicht mehr an Zufälle glaube. Wahrscheinlich sind wir in der Vergangenheit gelandet, damit wir hier eine Katastrophe für die Gegenwart verhindern.«

»Was ist denn, wenn die Dämonenanbeter in der Gegenwart einen anderen Weg finden, diese Kammer zu öffnen und an das Artefakt zu gelangen, und Will dabei draufgeht?«, mahnte Justine. »Ist das besser?«

»Du hast selbst gesagt, dass Unschuldige sterben, wenn man gegen das Böse kämpft«, sagte Saskia hitzig. »Ich will Will nicht opfern, ganz sicher nicht, aber wenn ich an die vielen Menschen denke, die allein am Baikalsee gestorben sind ... Und was ist mit den Nonnen, Justine? Der Maître hat sie auf dem Gewissen, oder? Willst du sie in der Zukunft zum Tode verurteilen?«

Das Argument saß, verursachte schon beinahe körperliche Schmerzen. Justine taumelte einen Schritt zurück – und gab Saskia, die wild entschlossen war, die Möglichkeit, sich loszureißen und nach draußen zu stürmen.

In Justines Kopf ging es durcheinander. Sie konnte Rache an Levantin nehmen, sie konnte dadurch die Schwesternschaft retten – und wenn sie dazu verdammt war, in dieser Zeit zu bleiben, würde es ihr sicher gelingen, sich zur Herrscherin eines antiken Reiches aufzuschwingen und ein Leben in Reichtum und Luxus zu führen.

Das alles klang so verführerisch. Und zu einfach.

Justine rannte los. Bis sie Saskia gefunden hatte, würde sie hoffentlich wissen, wen sie töten sollte: Levantin – oder die letzte Freundin, die ihr geblieben war.

Es fiel Saskia nicht schwer, der Sänfte zu folgen; die Geschwindigkeit, mit der es voranging, war niedrig. Was sie sehr erleichterte, war, dass ihr niemand besondere Beachtung schenkte. Zwar trafen sie ein paar befremdete Blicke, doch sobald sie das Schwert in den Falten des Gewands verbarg, ließ auch das rasch nach. Das war der Vorteil an einer Handelsstadt, in der viele Völker aufeinandertrafen: Man war den Anblick von Kuriositäten gewohnt. Zudem blieb sie nie lange genug stehen, damit die negative Ausstrahlung der Waffe die Menschen um sie herum beeinflussen und gegen sie aufbringen konnte.

Levantin genoss es sichtlich, im Mittelpunkt zu stehen und sich die Huldigungen der Menschen abzuholen. Saskia hasste ihn aus tiefstem Herzen. Sie war sicher, dass das Wesen, was sie vor sich sah, um keinen Deut besser war als sein Jahrhunderte älteres Ich, das sie in der Gegenwart gezeichnet hatte.

Was sie noch nicht abschätzen konnte, war der richtige Moment fürs Zuschlagen. Natürlich könnte sie ihre Gabe einsetzen, die Legionäre in Fetzen reißen, die Umgebung verwüsten und dabei Levantin gleich mit. Doch das wollte sie nicht. Das Wort Bestimmung geisterte durch ihren Verstand. Sie musste zur Attentäterin werden. Frans Hohentgar, das Siegel mit den drei Dolchpaaren, eine Ahnengeschichte voller Söldner blitzten auf. Sie war hervorgegangen aus einer Linie exzellenter Klingenkämpferinnen und -kämpfer. Möglicherweise war es ihr immer bestimmt gewesen, in die Vergangenheit zu reisen und hier das Vermächtnis ihrer Familie zu erfüllen.

Die Sänfte wurde mittlerweile durch eine engere Straße getragen, Saskia lief an ihr vorbei, ging einige Schritte voraus und blieb stehen. Sie sah sich um, ob sie Justine irgendwo erblickte. Sie war sicher, dass die Französin sie verfolgen würde.

Eine Frau sprach sie an. Sie wandte sich um und stand vor den Auslagen einer Händlerin. Es roch nach frischem, blutigem Fleisch. Auf dem Holztisch waren einzelne Stücke ausgebreitet, sie erkannte eine Schafskeule, Rinderfüße, dazu jede Menge Innereien, ein paar tote Tauben und Tiere, die sie auf den ersten Blick in dem aufgebrochenen und ausgeweideten Zustand nicht zuordnen konnte.

Die Händlerin fuchtelte mit den Armen und hatte einen fordernden Tonfall. Saskia zuckte mit den Schultern und antwortete ihr auf Deutsch, damit die Frau merkte, dass sie nicht aus Palmyra stammte.

Angewidert verzog die Unbekannte das Gesicht – und griff nach dem Hackbeil, das im Tisch zwischen dem Fleisch steckte! Sie spürte die Wirkung des Schwertes. Saskia wollte sich aus dem Staub machen, doch schon schob sich der große, kräftige

Gehilfe der Schlachterin vor sie. Seine Lederschürze war voll getrocknetem Blut, und der Leinensack, den er über der Schulter trug, roch nicht wirklich gut. Die Menschen der Antike mussten über einen gesunden Magen und ein robustes Immunsystem verfügen.

Der Mann streckte die Hand nach ihr aus, und sie hob das Schwert und legte es an seine Kehle.

Die Fleischerin knurrte etwas – und es erinnerte Saskia frappierend an den Laut, den die Wandler in Irland von sich gegeben hatten.

Die Einlegearbeiten auf dem Schwert gerieten in Bewegung, das Artefakt hielt sich bereit, durch den kleinsten Kratzer in der Haut in den Feind einzudringen und ihn zu vernichten. Doch anscheinend genügte bereits der Anblick der Waffe. Der Fleischergehilfe schrie vor Entsetzen auf, ließ seinen blutigen Beutel fallen und ging hinter einem Mauervorsprung in Deckung.

Saskia hörte ein Surren und zog instinktiv den Kopf zurück.

Das geworfene Hackbeil verfehlte sie knapp, prallte mit lautem Klirren gegen eine Säule und fiel scheppernd zu Boden. Sie sah nach der Fleischerin, die sich ins Haus flüchtete.

Saskia war unschlüssig. Was, wenn sie weitere Gesellen zu Hilfe holte? Die Sänfte näherte sich; ein Tumult auf offener Straße konnte ihren Plan gefährden.

Sie beschloss, der Schlachterin zu folgen.

Durch einen kleinen Vorraum gelangte sie in einen tiefergelegenen Raum, in dem es intensiv nach Fleisch roch, für eine Wüstenstadt aber erstaunlich niedrige Temperaturen herrschten. Es musste sich um den Lagerraum handeln, denn an langen Eisenhaken hingen diverse ausgebeinte Kadaver und Fleischstücke von der Decke. Ein Blick reichte, um Saskia für einen Moment übel werden zu lassen.

Man musste von Biologie nicht viel Ahnung haben, um zu erkennen, dass diese antike Metzgerei ganz besondere Leckerbissen verkaufte: Menschenfleisch! Zwischen einem halben Rind und einigen Brocken, die nicht zweifelsfrei zuzuordnen waren, waren hier eindeutig einige Beine und ein Arm zum Abhängen auf Haken gespießt worden.

Saskia hörte das leise Pfotentrippeln hinter sich, fuhr sofort herum und riss das Schwert in die Höhe. Die Angreiferin konnte im letzten Moment stehen bleiben, sonst wäre sie in die Spitze gerannt. Die verflüssigten Intarsien pulsierten gefährlich.

Vor Saskia stand ein Mischwesen aus Mensch und Schakal. Es wirkte wie die ägyptischen Darstellungen des Gottes Anubis: ein schmaler Kopf mit aufragenden Ohren und langer Schnauze auf einem Männerkörper. Glänzendes, glattes Fell schimmerte bräunlich im schummrigen Licht, die überlangen, kräftigen Arme mit den Krallen waren halb zu ihr ausgestreckt. In der rechten Hand hielt die Kreatur einen langen, gebogenen Haken.

Sie belauerten sich, und die Schakalwandlerin knurrte leise.

Als Saskia sah, dass sich die rot leuchtenden Augen auf die Waffe gerichtet hatten, kam ihr ein Verdacht. Will hatte nach seinen Erlebnissen in Venedig berichtet, dass die Wandler offenbar nach der Dämonenklinge trachteten. Wurden auch sie von der Macht des Artefakts angezogen?

Ein dumpfes Löwenbrüllen erklang, dann schob sich eine einschüchternde Silhouette hinter der Schakalwandlerin in den Raum: Ihr Gehilfe war zurückgekehrt, halb in einen Löwen verwandelt; die Bestie musste sicherlich zwei Meter messen.

Fauchend und leise grollend machte das Löwenwesen einen Schritt nach vorn und unterhielt sich mit dem Schakal. Es klang animalisch und guttural.

Saskia wartete ab und verließ sich neben ihren Fechtkünsten auch auf die Gabe. Selbst wenn sie nur einen Bruchteil davon einsetzte, würde es ausreichen, die Bestien auseinanderbersten zu lassen.

Der Löwenwandler wandte ihr den breiten, mähnengeschmückten Kopf zu – und sprach sie an. Es klang nach Latein, was ihr aber auch nicht weiterhalf. »Ich spreche eure Sprache nicht«, sagte sie auf Deutsch, »was ich sehr schade finde. Ich hätte einige sehr dringliche Fragen.« Sie deutete auf den Ausgang.

Der Löwe schüttelte den Kopf und öffnete das Maul, um ihr seine Reißzähne zu zeigen.

Saskia wurde unruhig. Die Sänfte war sicher schon am Haus der Fleischhändlerin vorbeigezogen, und einfach die Leute fragen, wohin Levantin getragen worden war, konnte sie auch nicht. Sie musste hier raus.

Ein drittes Wesen erschien im Eingang, das Saskia zuerst gar nicht richtig wahrnahm. Es bewegte sich nicht auf der gleichen Höhe wie die anderen beiden, sondern kroch geschmeidig über die Schwelle, weil es komplett in seiner Tierform auftrat. Eine Riesenschlange. Und *was* für eine Riesenschlange! Saskia tippte auf eine Anakonda oder etwas Ähnliches. Züngelnd richtete sie ihren Oberkörper auf, die schwarzen Augen betrachteten das Schwert.

Saskia beschloss zu handeln. Wieder deutete sie auf die Tür, und als keiner der drei entsprechend reagierte, suchte sie nach ihrer Gabe. Träge bekam sie Rückmeldung, verschlafen und müde; die Bittermandeln waren kaum mehr als ein Hauch.

Die Schakalfrau attackierte sie mit dem Haken, dabei streckte sie die andere Hand aus und nahm sich einen zweiten, an dem noch ein großer, undefinierbarer Fleischfetzen hing.

Saskia parierte den Schlag, und schon flog der Haken mit dem Brocken heran. Zwar traf sie ihn mit dem Schwert, aber die Klinge zerteilte das Fleisch, und Fetzen davon klatschten auf sie.

Auf diese Ablenkung hatte der Löwe gewartet. Er sprang sie an und schlug mit seinen tatzenhaften Händen zu. Die Nägel waren noch länger und schimmerten schärfer als die des Schakals. Saskia wich aus und bekam dennoch einen schmerzhaften Schlag gegen die Schulter. Die Krallen hatten den Stoff durchschnitten und vier tiefe Schrammen hinterlassen, aus denen Blut quoll.

Die Reflexe und der Ehrgeiz der Kämpferin in ihr erwachten. Sie musste die Gabe nicht einsetzen, solange sie die Klinge führen konnte.

Als die Schakalfrau mit den beiden Haken gleichzeitig nach ihr schlug, lenkte sie die Angriffe um, so dass sich die Spitzen tief in die Brust des Löwenwandlers bohrten. Das getroffene Wesen brüllte laut auf und wollte sich die Haken herausreißen.

Saskia zog die Schneide senkrecht über die ausgestreckten Arme der Schakalfrau, rasierte das Fell weg, ohne der Haut auch nur einen Kratzer zuzufügen, und nutzte die Arme als Rampe, welche die Klinge exakt ins Schlüsselbein führte. Das Schwert tobte sich aus. Das Silber flutete die Wandlerin, die qualmend und kreischend auf die Erde fiel. Rauch stieg aus den Ohren, dem Maul, der Nase und bald aus ihren Poren, während die Flüssigkeit sie von innen zersetzte.

Die Löwenkreatur ließ die Haken stecken und sprang Saskia mit einem ohrenbetäubenden Brüllen an. Sie roch den stinkenden Atem des Feindes, der unter ihrer Finte abtauchte. Er schnellte hoch und wollte sie in eine tödliche Umarmung zwingen, das Maul mit den gefährlichen Zähnen weit aufgerissen.

Saskia tat, mit was er am wenigsten rechnete: Sie ließ ihn gewähren. In letzter Sekunde hielt sie das Schwert dabei senkrecht vor sich und spannte die Muskeln an.

Zuerst dachte sie, ihr Trick würde misslingen, doch der gewaltige Löwenwandler schloss die Arme zu einer Umklammerung und bemerkte in seinem verfrühten Triumph nicht, dass sich ihm die Klinge in den Weg schob. So rammte er sich das Schwert selbst in die Schnauze und teilte sie mehrere Zentimeter tief. Sekunden später strömte silbriges Blut aus seinen Augen, es stank nach verbranntem Fleisch, und dieses Mal lösten sich sogar Teile des Schädels auf, als würde er von innen mit Säure angefüllt.

Saskia wich dem fallenden, sich zersetzenden Kadaver aus, sprang in die Höhe, hielt sich mit einer Hand an der Querstange fest, pendelte zwischen den aufgehängten Fleischstücken und zog die Beine an. Noch fehlte die Anakonda.

Die Fleischbrocken und Extremitäten schwangen mit ihr zusammen vor und zurück, Metall rieb quietschend über Metall. Die Ketten, die als Aufhängung dienten, klirrten und rasselten leise.

So genau sich Saskia auch umblickte, sie konnte die Riesenschlange nicht entdecken. Saskia ging das Wagnis ein, sich auf den Boden herabzulassen, und lief geduckt durch den Lagerraum, immer bereit, mit dem Schwert zuzustoßen. Das Reptil schien es vorgezogen zu haben, sich in Sicherheit zu bringen. Dagegen hatte Saskia nichts einzuwenden.

Sie kehrte ins Freie zurück, hielt schwer atmend vor den Auslagen und schaute sich um. Von der Sänfte war nichts zu sehen.

»Da bist du ja!« Justine stand keine fünf Meter von ihr entfernt und sah erleichtert aus. »Ich habe mir schon Sorgen gemacht, dass ich dich nicht mehr finde.«

Sie hob den Arm, die Pistolenmündung zeigte auf Saskia. Bevor die etwas sagen konnte, erklang der Schuss.

17. November
Frankreich, Chinon

Levantin sah zu der sehr gut erhaltenen, herrlich illuminierten Ruine der Burg Chinon hinauf, die über dem Fluss Vienne thronte. Sie war mal in englischer, mal französischer Hand gewesen; Richard Löwenherz hatte einst in ihr residiert, Johanna von Orleans ritt von Chinon aus in die Schlacht, um ihren König zu retten, und nicht zuletzt hatten die Anführer der Templer im Verlies der Burg auf ihren Prozess gewartet. Eine Festung mit großer Vergangenheit.

Heute gingen in ihr ganz andere Dinge vor.

Sein Netz aus Kontakten hatte hervorragend gearbeitet. Mit einigem Aufwand und nach der Verfolgung zahlreicher Spuren hatten seine Leute das Zentrum von Bēluas Dienern gefunden. Levantin wollte dabei sein, weswegen er Justine, Saskia und Will zwischenzeitlich der Obhut anderer überließ.

Er schlenderte durch den einsetzenden Nieselregen über die Brücke auf den Berg mit der Festung zu und die Straße entlang, als hätte er alle Zeit der Welt.

Er tauchte in die nächtlichen Gassen ein und blieb vor einem mittelalterlichen Haus stehen. Auf dem Sandsteinblock über der Tür erkannte er die Dämonenfratze, welche er schon auf dem Teppich in der Hamburger Villa gesehen hatte. Levantin grüßte sie mit einem Nicken, dann zog er sein Headset auf. Mit langsamen, beinahe andächtigen Bewegungen öffnete er seinen Mantel und zog seine beiden Wakizashi, japanische Kurzschwerter.

Zwei kleine Lieferwagen hielten vor dem Haus, und die Heckklappen schwangen auf. Heraus sprangen Vermummte mit Gasmasken, Kevlarwesten und schallgedämpften Sturmgewehren. Zwei Mann sprengten die Tür mit einem eisernen Rammbock und warfen Gasgranaten ins Innere, andere schleuderten noch mehr durch die Fensterscheiben des Gebäudes. Bald darauf waberten weiße Dämpfe heraus, die sich an der regennassen Luft verflüchtigten.

Die Erstürmung begann. Levantin überließ seinen Männern den Vortritt und folgte der zweiten Welle. Er hörte das unentwegte Ploppen der schallgedämpften Gewehre, sah grüne Laserzielmarker in den weißen Schwaden zucken, hörte Menschen schreien – und dröhnendes Gegenfeuer. Die andere Seite hatte ihren ersten Schrecken überwunden und schlug zurück.

Aus dem Dunst taumelte einer seiner Männer und riss sich die Gasmaske vom Gesicht; an seinen Händen wuchsen tischtennisballgroße schwarze Pusteln, die Haut um Mund und Nase hatte sich schwarz verfärbt und zersetzte sich. Bēluas Diener wehrten sich nicht nur mit Kugeln.

Levantin wich dem Sterbenden aus, der gegen die Wand rannte und niederstürzte. Er hatte die Bēlualiten als schwächer eingeschätzt. Nun beeilte er sich, an die Spitze zu stoßen, und lief über Leichen hinweg; die eigenen Leute waren von Pest und Lepra zerfressen, die Feinde von Geschossen durchsiebt. Levantin hetzte weiter. Sie interessierten ihn nicht.

Das Hauptgefecht konzentrierte sich auf eine Treppe nach unten.

Levantin flankte über das Geländer und sprang in die Tiefe. Nach vier Metern landete er auf den Schultern eines Bēlualiten, der eben sein Gewehr auf ihn richten wollte, und zerdrückte ihn regelrecht unter seinen Stiefelsohlen.

Er setzte seinen Weg durch einen schwach beleuchteten Gang fort und fand noch mehr Tote aus seiner ersten Angriffswelle. Eine Stahltür lag herausgebrochen der Länge nach auf dem Boden. In dem Raum dahinter kauerten Menschen hinter umgestürzten Tischen und richteten die Waffen auf ihn.

Levantin wich aus und drückte sich eng an die feuchtkalte Wand, um den Schüssen kein Ziel zu bieten. Kugeln konnten ihm nicht viel anhaben, aber sie neigten dazu, ihn zu stören.

Es ratterte und knatterte anhaltend, die Geschosse sausten an ihm vorbei und prasselten gegen die Treppe, wo sich der zweite Trupp einfand. Zwei von ihnen wurden getroffen und gingen zu Boden, die anderen zogen sie mit sich die Treppe wieder hinauf.

Es gab ein dumpfes Windgeräusch, dann quoll eine Wolke aus schwarzen Sporen aus der Tür, verdrängte das helle Gas und wand sich die Treppe hinauf.

Levantin wurde von den Pesterregern umspielt, aber sie konnten ihm nichts anhaben. Sie waren dämonischen Ursprungs und wirkungslos gegen ihn; das wussten dessen einfältige Diener jedoch nicht.

Schon kamen die Ersten aus der Deckung. Sie hielten Gewehre und Schrotflinten in den Händen, trugen dazu aber Unterwäsche oder Schlafanzüge. Die Aktion hatte sie wirklich überrascht. Sie stutzten, als sie Levantin bemerkten, rissen dann aber sofort ihre Waffen hoch.

Mehr Lebenszeit gewährte er ihnen nicht.

Unvorstellbar schnell drosch er mit den beiden japanischen Kurzschwertern um sich und schnitt sich so eine blutige Schneise durch ihre Reihen auf den Eingang zu. Jeder Hieb brachte den Tod.

Gleich danach befand er sich in dem Raum, nahm zwei Schritte Anlauf, trat gegen den Tisch und katapultierte ihn mitsamt den zwei Menschen dahinter gegen das Mauerwerk. Die Garben, die ihn hätten treffen sollen, gingen fehl.

Levantin sah, dass sich unmittelbar daneben ein zweiter Raum anschloss, in dem eben eine Frau mit kurzen schwarzen Haaren die Eisentür ins Schloss warf. Es klackte mehrmals.

Wieder nahm er zwei Schritte Anlauf und trat gegen den Eingang. Sein Fuß hinterließ eine tiefe Delle im Metall – aber die Riegel hatten gehalten. Es gab kein Durchkommen. »Wir brauchen Semtex«, befahl er seinen Männern, die nachgerückt waren, »sofort!« Levantin ging zum Tisch und schleuderte ihn zur Seite.

Einer der Menschen war tot, die Tischkante hatte seinen Schädel geknackt. Der andere lebte noch und richtete zitternd die Mündung seiner Waffe auf ihn.

Levantins rechter Arm zuckte herab, das Wakizashi trennte die Hand ab, die eben den Abzug hatte betätigen wollen. Starr vor Entsetzen und Schock, glotzte der Bēlualit auf die Wunde, aus der das Blut strömte; klappernd fiel das Gewehr auf den Steinboden.

»Sag mir, wo ihr eure Aufzeichnungen über das Blutportal verbergt«, fuhr er ihn an. »Dann rette ich dein Leben.«

Der Mann verfluchte ihn auf Französisch, wimmerte und wollte mit der anderen Hand nach der Waffe greifen.

In Levantins Headset knisterte es. »Wir haben einen Tresor und mehrere Computer im ersten Stock gefunden. Eine Festplatte fehlt, ansonsten sind sie intakt. Ich wiederhole, sie sind intakt. Das Semtex ist auf dem Weg zu Ihnen.«

»Danke.« Das Wakizashi schlug dem Verletzten den Kopf ab, ehe der das Gewehr zu fassen bekam.

Fünf Mann kamen den Gang entlang in den Raum; einer brachte souverän die Sprengladung an. Sie zogen sich in den Durchgang zurück und zündeten. Kaum war das Krachen verklungen, stürmten die Männer wieder voran, Levantin an ihrer Spitze.

Der Raum dahinter war leer und führte zu einem abschüssigen Gang, durch den frische Luft hereinwehte. Sie folgten ihm und gelangten ins Freie, ans Ufer der Vienne. An einem kleinen Anleger machten sich drei Dämonendiener bereit, ein Motorboot zu starten, ein zweites befand sich bereits auf dem Fluss.

Levantins Männer eröffneten das Feuer, zwei schossen auf das entferntere Ziel, die anderen deckten die Gegner direkt vor ihnen ein.

Die Projektile zersiebten die Bēlualiten, bevor sie ihre dämonischen Gaben einsetzen konnten. Levantin hatte gespürt, dass die Feinde kurz davorgestanden hatten, eine neuerliche Wolke Pest- und Leprasporen zu manifestieren.

Er hob die Toten mit einer Hand aus dem Boot und warf sie auf den Boden, wo sie von den Kriegern durchsucht wurden. Unter einer Sitzbank fand er einen Koffer. Er öffnete ihn, darin lag die vermisste Festplatte.

»Die Flüchtlinge versuchen, über Funk Kontakt zu ihren Leuten aufzunehmen«, meldete einer seiner Männer.

Levantin ließ sich das Funkgerät geben, das einmal einem der Toten gehört hatte; seinen Blick hielt er auf die Vienne gerichtet, auf der das Boot immer kleiner wurde. Sehr ärgerlich. An diese Möglichkeit hatte er nicht gedacht.

»Ihr seid dem Tod nur vorübergehend entkommen«, sagte er in das Mikrofon.

»Wer bist du?«, fragte eine Frau wütend und voller Feindseligkeit.

»Euer Bezwinger, Valesca«, antwortete er.

»Woher kennst du meinen Namen?«

»Ich habe dich beschatten lassen. Danke für deine Führung. Durch deine Unachtsamkeit habe ich von dem Ort erfahren. Die Daten der Computer werden mir nützen. Bēlua wird niemals auf der Erde erscheinen.«

»Die Computer sind eingeladen«, wurde ihm gemeldet. »Wir sollten verschwinden, bevor die Gendarmerie hier ist.«

Valesca schwieg mehrere Sekunden, bevor sie erwiderte: »Wir finden einen anderen Weg.«

»Oh, da bin ich mir sicher, Valesca«, sagte er mit samtener Stimme. »Aber weißt du auch, wem du dabei immer wieder begegnen wirst?«

»Nicht dir?«, gab sie zurück und lachte auf.

In diesem Moment gab es mitten im Ort eine gewaltige Explosion, der Feuerschein ließ die Burgruine in rotem Licht erglühen, und sofort donnerte es noch mehrmals hintereinander. Ziegel wurden von Hausdächern geblasen, überall zersprangen Scheiben. Ganz Chinon klirrte. Eine Druckwelle jagte pfeifend durch den Gang, den Levantin eben genommen hatte, und brachte grelles gelbes Feuer mit, das Levantin und seine Männer einhüllte.

148 nach Christus
Syrien, Palmyra

Justine zog die Pistole, hob den Arm – und bevor die erschrockene Saskia etwas sagen konnte, schoss sie, ein einziges Mal nur.

Mit einem Loch in der Stirn brach der Mann zusammen, der sich mit zwei Messern von hinten an Saskia herangeschlichen hatte. Er streifte sie, die immer noch wie angewurzelt dastand und Justine fassungslos anstarrte. Erst, als sie von dem toten Körper nach vorne gestoßen wurde, schien sie zu begreifen, was gerade passiert war.

»Lass uns verschwinden«, sagte Justine und verbarg die Pistole. »Suchen wir die Sänfte.«

Saskia musste sich von dem Schrecken noch erholen. »Wandler«, sagte sie und folgte ihrer Mitstreiterin in die Gassen, vorbei an den Bewohnern der Stadt, die sie verwundert anschauten. Niemand hatte so richtig mitbekommen, was sich vor der Schlachterei zugetragen hatte. »Ich hatte es mit einem Löwen und einem Schakal zu tun.«

»Und ich mit einer Riesenschlange. Ich wusste nicht einmal, dass es Wer-Schlangen gibt.«

»Du hast sie gesehen?«, fragte Saskia aufgeregt. »Ist sie ...«

»Entkommen? Ja. Ich habe ein ganzes Magazin in das Mistding gepumpt, nachdem es mir den Arm mit einem Biss zertrümmert hat, aber natürlich haben ihm die verdammten normalen Kugeln nichts anhaben können. Das habe ich aber erst zu spät bemerkt.«

Justine hatte die Sänfte in einer Gasse vor einem großen Gebäude ausgemacht. Als sie die breite Querstraße erreichten, mussten sie mit ansehen, wie sich hohe, schwere Tore hinter der Sänfte schlossen und Levantin hinter einer massiven Mauer verschwand.

Keuchend standen sie auf der vielgenutzten Straße, auf der Wagen, Karren, Reiter und Fußgänger unterwegs waren.

»Ich dachte gerade wirklich, du würdest …«, gab Saskia schwer atmend zu.

»Dich töten?«, fragte Justine spöttisch. »Wenn es jemals so weit kommen sollte, *ma chère,* dann verspreche ich dir, dass ich es mit meinen eigenen Händen tun werde und nicht mit einer Pistole. Aber bis dahin bin ich auf deiner Seite und helfe dir, den Maître zu erledigen.«

Saskia sah sie erstaunt an. »Das ist ein Trick, richtig?«

»Non.« Justine schien, als habe sie ihre Entscheidung erst in diesem Moment getroffen. »Ich schwöre bei meiner Seele, dass ich dich nicht reinlegen möchte.«

»Bist du sicher?«

Justine stieß einen wütenden Laut aus. »Nein, das bin ich nicht! Und ich bin alles andere als scharf darauf, in die Hölle zurückzukehren, aus der ich entkommen bin. Aber …« Sie dachte an Faustitia und die Schwesternschaft, ihre Kehle schnürte sich zu, und sie konnte einen Moment nicht weitersprechen. »Wie gehen wir vor?«, fragte sie dann. »Ich habe noch sieben Schuss.«

»Sondieren wir die Umgebung und überlegen, wie wir ihn töten, ohne die Geschichte noch weiter zu verändern, als wir es wahrscheinlich ohnehin schon getan haben. Ich nehme nicht an, dass du die verschossenen Patronenhülsen eingesammelt hast?«

»Non, je ne l'ai pas fait. Und auch die zweite Pistole nicht.« Justine blieb vollkommen gelassen. »Palmyra wird einst die Stadt der Wunder genannt werden, wenn wir hier fertig sind.

So viele Fundstücke aus einer falschen Zeit ... Da gibt es doch diesen Typen, der behauptet, dass wir auf Außerirdische zurückgehen und ständig von ihnen besucht werden. Däniken?« Sie lachte. »Das wird ihm Auftrieb geben.«

»Mag sein.« Saskia seufzte. »Viel wichtiger ist mir gerade, dass der Maître unter dem Schutz der römischen Armee steht. Er muss also eine bedeutende Persönlichkeit sein.«

Justine betrachtete die Umgebung. »Gib mir noch mal den Reiseführer.« Sie erhielt ihn und suchte die Übersichtskarte der Ausgrabungsstätten. »Laut dem hier sind wir in einem Wohngebiet, da drüben ist das Athena-Allat-Heiligtum. Vermutlich haben sie ihn zu einem Priester oder so gemacht.«

Saskia betrachtete die Mauer, hinter der sie ein Dach erkennen konnte. Das Anwesen war groß, sehr groß. »Das wird ihm nichts nützen«, sagte sie grimmig.

Justine grinste. »Ich bin gespannt auf euren kleinen Zweikampf.« Sie atmete tief ein und fühlte sich gelöst, nachdem sie ihre Entscheidung getroffen hatte. Die Nonnen würden überleben. »Ach, *de l'air pur,* ganz ohne jede Form von Umweltverschmutzung!« Sie gab Saskia einen freundschaftlichen Stoß. »Los, mach es mir nach: So gute Luft gibt es bei uns nicht mehr. Man sollte sie abfüllen und verkaufen. Irgendwelche Reichen würden sicher ein Vermögen dafür ausgeben.«

Aber Saskia hörte ihr gar nicht zu, sondern machte Justine auf die Gruppe von etwa einem Dutzend Personen aufmerksam, die vor dem Tor angehalten hatte. Sie waren in weite schwarze Gewänder gehüllt und ritten auf Kamelen. An ihrer Seite oder auf dem Rücken hingen Schwerter in unterschiedlichen Formen.

Ihr Anführer sprach mit dem wachhabenden Legionär, dann wurde das Tor geöffnet.

»Wenn du mich fragst«, sagte Justine, »sieht es so aus, als hätte der Maître schon zu dieser Zeit seine Duelle ausgefochten.«

»Und heute wird er sein letztes bestreiten.«

XXII. KAPITEL

148 nach Christus
Syrien, Palmyra

Den restlichen Tag verbrachten sie am Rande des Marktplatzes im Schatten der Palmen. Saskia schlief die meiste Zeit, um für den bevorstehenden Kampf ausgeruht zu sein. Justine wachte über sie, stahl etwas Essen und beschränkte sich entgegen ihrer sonst üblichen Art darauf, unauffällig zu bleiben und abzuwarten, dass die Sonne versank. Langweilig wurde ihr dabei sicher nicht. Sie sog die Schönheit der Metropole in sich auf und wusste, dass ihr damit ein ungeheures Geschenk gemacht worden war. Ein letzter Moment der Ruhe vor dem Aufbruch ins Unbekannte.

Justine versuchte, sich auszumalen, was nach Levantins Tod mit ihnen geschah: Würde Saskia ihre Macht verlieren? Dann säßen sie gemeinsam in der Vergangenheit fest. Nun, damit würde sie sich arrangieren können. Behielt Saskia ihre Gabe, konnte sie ihnen ein Portal in die Gegenwart öffnen. Möglicherweise mussten sie dort erneut den Kampf mit den Dämonendienern aufnehmen, aber auch das schreckte Justine nicht. Blieb die Möglichkeit, dass durch Levantins Tod die Geschichte neu geschrieben wurde – das würde Will in seinen Blumenladen und Saskia in ihre Küche zurückbringen ... und sie in die wenig verlockende Umarmung von Malsínamsòs.

Sie grübelte und grübelte, ging verschiedene weitere Szenarien durch, um letztlich zu einem sehr französischen Schluss zu gelangen: *on verra* – man würde sehen. Sie bewegten sich außerhalb der normalen Regeln von Zeit und Raum. Ihre Tat würde Ereignisse über Jahrhunderte hinweg revidieren und gleichzeitig neue auslösen. Justine wusste nicht einmal, ob sie die Gegenwart überhaupt noch erkennen würde. An welchen entscheidenden Stellen der menschlichen Geschichte mochte Levantin eine Rolle gespielt haben? Sie waren im Begriff, ein *sehr* spannendes Experiment vorzunehmen. Aber letztendlich war Justine alles recht, solange Bēlua nicht erschien und die Schwesternschaft überlebte.

In der Nacht schlichen sie sich zurück an die Mauer, hinter der Levantins Palast stand. Sie überwanden das Hindernis mit einiger Anstrengung und eilten über den schmalen Wehrgang bis zu einer Treppe, die sie nach unten in den Hof führte.

Der Palast konnte sich sehen lassen: Er war in der klassischen viereckigen Form errichtet und wies viele beleuchtete Fenster auf. Hinter einigen erklangen lautes Lachen, Musik oder Unterhaltung.

Vor dem Eingang in den Palast standen zwei Legionäre Wache, ansonsten verzichtete Levantin auf Schutz. Die Mauer diente eher repräsentativen Zwecken als der Abwehr; die Menschen hier begegneten ihm wohl ausschließlich mit Bewunderung.

Im Hof war ein großzügiger Garten angelegt worden, in dem Palmen, Sträucher und Blumen wuchsen. Ein Brunnen, von dem aus sternförmig Bewässerungsrinnen verliefen, versorgte die Pflanzen mit Wasser. Dazwischen fanden sich Statuetten und ein nacktes Ebenbild von Levantin – in Marmor.

»Ich muss würgen, wenn ich das sehe«, raunte Saskia.

Justine hatte dazu eine etwas andere Meinung, schämte sich sofort dafür und schaute demonstrativ in eine andere Richtung. Dann hörten sie beide ein Geräusch, das ihnen deutlich machte, wohin sie gehen mussten: Schwerterklirren!

»Es kommt aus dem Erdgeschoss«, flüsterte Justine und zeigte auf den Eingang. »Gehen wir nachsehen, was er mit den Beduinen macht.«

Saskia nickte und lief los, hielt sich im Schatten der Mauer und nutzte die Pflanzen als Deckung. Die Fenster waren geöffnet, und die beiden Frauen konnten sich problemlos hineinstehlen.

Sie standen in einem Saal, in dem Liegebänke um tiefe Tische gestellt waren, auf denen sich noch die Reste eines üppigen Mahls fanden. Es hatte Früchte, Fleisch und Gemüse gegeben; als Beilage dienten Brot und Getreidebrei. Laternen und Kerzen brannten und verbreiteten sanftes warmes Licht.

»Ich habe Hunger«, flüsterte Justine und bediente sich am Essen. »Es schmeckt hervorragend!«, sagte sie leise und winkte Saskia zu sich. »Du musst etwas essen, ehe du in den Kampf ziehst.«

Saskia nahm sich ein paar Bissen Brot, kostete von dem Braten und hoffte, dass er nicht aus der Schlachterei stammte, in der sie heute den Kampf bestritten hatte. Die Gewürze erkannte sie zum Teil, bemerkte aber auch Fenchel- und Anisartiges in der Zubereitung. Es schmeckte nicht schlecht. Ungewöhnlich, aber nicht schlecht.

Dazu schenkte ihnen Justine Wein ein, den Saskia stehen ließ. Stattdessen griff sie zum Wasser. Sie hatte darauf geachtet, nicht zu viel zu essen. Das war vor einem Kampf niemals gut.

Sie versuchte zu ergründen, wie es mit ihrer Gabe stand. Sie konnte es nicht mit Sicherheit sagen, doch sie fühlte, dass sie genug Erholung gehabt hatte. Ob es ausreichte, im Notfall sofort ein neues Portal zu öffnen, durch das sie zurück in die Gegenwart gelangten, würde sie sehen.

Saskia schob den Gedanken zur Seite. Erst der Kampf!

»Wie machen wir ihm klar, was du von ihm willst?« Justine schlug die Zähne in den Braten, den Saskia verschmäht hatte, und kaute. Rötlicher Saft lief ihr am Kinn herab, und sie wischte ihn mit einer Bewegung ihres Ärmels weg.

»Wir sehen uns erst ein Duell von ihm an. Danach kann ich ihn besser einschätzen.« Sie war sehr gespannt, wie *dieser* Levantin focht. Sie begab sich zur Tür, öffnete sie einen Spalt und blickte hinaus in die Eingangshalle, aus der die Kampfgeräusche gekommen waren.

Saskia musste sofort an eine Fechthalle denken. Anscheinend diente der hohe Raum auch als Sportstätte für Wettkämpfe. Gewichte mit Handgriffen standen auf dem Boden, Seile hingen von der Decke, Eimer mit Schöpfkellen ließen vermuten, dass die Kämpfer hier ihren Durst stillten. In einer Ecke erkannte sie Liegebänke zum Ausruhen oder Massieren, in einer weiteren Ständer mit Rüstungsteilen, schweren Schilden, Helmen und Spießen.

Vor und mit dem Rücken zu ihr stand ein Legionär, der sich auf seinen Speer stützte und dem Zweikampf folgte.

Levantin trug einen Lendenschurz, der fast bis an die Knie reichte, ansonsten war er wie sein Gegner unbekleidet und ohne Schutz. Er führte zwei römische Kurzschwerter, sein Gegner ein längeres Schwert und einen kleinen Schild. Während der Mann stark schwitzte, sah man Levantin die Anstrengung nicht an. Saskia bemerkte aber, dass er sich noch nicht ganz so souverän und tänzerisch bewegte wie im Duell mit ihr. Statt eines Meisters stand lediglich ein Fortgeschrittener vor ihr, der von seinem Gegner gerade mit raschen Ausfällen in Bedrängnis gebracht wurde. Levantin rettete sich vor tödlichen Stichen mehr als einmal durch hastige Sprünge rückwärts, die dazu noch unbeholfen wirkten. Der Gegner lachte, weil er selbst wohl nicht glauben konnte, wie Levantin sich verhielt.

Sie lächelte.

Plötzlich aber griff Levantin mit einer Wut und einer Kraft an, die wie ein Sturm daherkamen. Jeder Schlag hinterließ eine

Delle im Schild des Gegners, der Mann schrie auf und ließ den Arm plötzlich nach unten hängen. Saskia vermutete alarmiert, dass er unter der Wucht der Schläge gebrochen war. Als er das Schwert zur Abwehr in die Höhe hielt, zerschellten beide Klingen beim Zusammenprall.

Levantin setzte sofort mit dem zweiten Kurzschwert nach – und verpasste dem Mann einen langen, nicht tiefen Schnitt von der Kehle bis zum Bauchnabel.

»Er tut es schon wieder!«, flüsterte Justine. »Siehst du? Er versucht, seine Feinde zu zeichnen und ihnen diesen Fluch anzuhängen.«

Der Mann hielt sich die Wunde und rief Levantin etwas zu; der aber kümmerte sich nicht um die Worte, sondern stach zu, um dem Feind das Leben zu nehmen. Gleich darauf lag der Gegner zuckend im Sand, sein Blut färbte ihn dunkel.

»Oder auch nicht«, sagte Saskia düster.

Sklaven eilten herbei und zerrten den Leichnam weg, ein anderer streute frischen Sand über die Stelle. Man reichte Levantin ein neues Kurzschwert, und er gab einen Befehl.

Ein weiterer Gegner trat ihm gegenüber, der sich ebenfalls für zwei Kurzschwerter entschieden hatte. Seine Haut war tiefschwarz, die Statur eindrucksvoll und der von Levantin an Muskelmasse überlegen.

Die Kämpfer verneigten sich kurz voreinander, dann begann das Gefecht – und erreichte bald eine beinahe nicht nachvollziehbare Geschwindigkeit.

Levantins Fechtbewegungen waren schnell, wenn auch nicht sauber ausgeführt, wie Saskia bemerkte, er walzte vorwärts und versuchte, seinen Widersacher durch stetes Nachsetzen in Bedrängnis zu bringen. Doch der Nubier wusste die Attacken sehr gut abzulenken, bis er seine Gelegenheit gekommen sah und seinem Gegner den Fuß in den Bauch trat.

Es schien, als hätte er gegen eine Statue getreten. Levantin bewegte sich so gut wie gar nicht zurück, während der Nubier aufschrie und nach hinten stolperte. Nach der Stellung der Zehen zu urteilen, hatte er sich mindestens zwei davon gebrochen.

Levantin lachte und griff wieder an. Zwei Schnitte in seinem Ober- und Unterarm steckte er, ohne mit der Wimper zu zucken, weg, dafür versah er den Gegner mit den typischen Linien, die auch auf Saskias Oberkörper prangten und beim Anblick des Duells schmerzhaft zogen. Als verlangten sie von ihr, in den Saal zu springen und Levantin niederzumähen. Oder als freuten sie sich über das Wiedersehen mit ihrem Schöpfer.

Der Krieger setzte sich tapfer zur Wehr, aber eine Aussicht auf Erfolg hatte er nicht mehr. Die blutenden Wunden setzten ihm zu; schließlich warf er die Waffen weg und sank auf die Knie.

Levantin war mit einem Satz bei ihm und schlug zu. Seine Faust traf das Kinn des Nubiers, der Kopf schnappte weit nach hinten; der Nubier fiel in den Sand. Saskia vermutete, dass der Schlag ihm das Genick gebrochen hatte.

Das bekannte Prozedere begann von neuem: Der leblose Körper wurde an den Rand des Saals gezerrt und neuer Sand gestreut. Diesmal eilten aber auch noch zwei Sklavinnen herbei und wuschen die Blutspritzer des Feindes von der weißen, makellosen Haut auf Levantins muskelglattem Oberkörper. Die Schnittwunden waren bereits dabei, sich zu schließen.

Mit einem überaus zufriedenen Gesichtsausdruck schritt er dann dorthin, wo die Massagebänke standen und sich eine Frau in einem hellgrünen, durchsichtigen Kleid, das bis an die Knöchel reichte, erhob.

Saskia schätzte sie auf Mitte dreißig, was für die Zeit, in der sie sich befand, alles andere als jung war. Trotzdem würde sie jeden Mann wahnsinnig machen, zumal das Kleid wenig Raum für Phantasie ließ. Intimrasur schien bei den römischen Frauen in Mode zu sein, auch den Schädel hatte sie sich kahlgeschoren, darauf saß eine Haube aus leise klingelnden Gold- und Silberplättchen in Form eines Schlangenornaments.

Justine sprach aus, was Saskia durch den Kopf geschossen war. »Ich wette, dass das diese Schlangen-Wandlerin ist.«

Saskia wunderte sich nicht über diese Konstellation. Spannender war die Frage, wie es die Frau geschafft hatte, zu dieser Zeit aus Südamerika nach Palmyra zu gelangen ...

Sie goss Öl in ihre Hand, Levantin legte sich mit dem Gesicht nach unten auf die Bank, und sie massierte seinen Rücken.

»Du hast gesagt, dass sie dich schon einmal angegriffen hat?«, fragte Saskia leise.

»Hat sie. Aber mach dir keine Gedanken, mit der werde ich fertig. Du gehst rein und stellst ihn zum Zweikampf, während ich die Legionäre und anderen Gestalten in Schach halte«, flüsterte Justine in ihr Ohr. »Ich werde wohl eine Kugel opfern müssen, um sie zu beeindrucken.«

»Und danach verschwinden wir.« Saskia atmete tief durch und spürte die Anspannung der Kämpferin erwachen, wie vor jedem Duell, das sie in der *union* ausgefochten hatte. Die Finger der rechten Hand schlossen sich um das Hornschwert.

»Bist du bereit?«

»Alles ist bereit: meine Hand, mein Schwert, meine Gabe.« Sie sagte es absichtlich mit fester Stimme, damit sie ihre eigenen Zweifel übertönte.

Justine zog die Pistole und verhüllte ihr Gesicht. *»Moi aussi, ma chère.«*

Die Schlangenfrau ließ von Levantins Körper ab, er erhob sich kraftvoll, nahm die beiden Schwerter auf und rief etwas. Sofort trat ein neuer Gegner auf den sandigen Boden, der sich für einen langen Speer entschieden hatte.

»Los!« Saskia stieß die Tür auf und schlug dem Legionär den Griff ihres Schwertes in den Nacken, er sackte ächzend zu

Boden. Alle Köpfe ruckten zu ihr herum. Damit jeder verstand, was sie wollte, richtete sie ihre Waffe am ausgestreckten Arm genau auf Levantin, mit der freien Hand zeigte sie immer wieder auf sich. Dann schwang sie das Schwert und ging auf ihn zu.

Einer der Legionäre hob seinen Wurfspeer, doch Justine schrie ihm ein *»Non«* ins Gesicht – und feuerte eine Kugel direkt hinterher. Die Menschen im Saal schraken zusammen, einige duckten sich, andere warfen sich zu Boden, wieder andere starrten ungläubig auf den gefallenen Soldaten, dem das laute Krachen den Tod gebracht hatte.

Justine schwenkte den Lauf, aus dem Rauch kräuselte, und vollführte eine abwehrend-warnende Bewegung zu den Menschen um sich herum. Da sich niemand rührte, nahm sie an, dass sie begriffen hatten.

Levantins Gesichtsausdruck wirkte ebenso überrascht wie neugierig. Er musterte blitzschnell das Schwert, die Pistole, das Gesicht der Angreiferin, sog alles in sich auf, als wollte er es in seine Erinnerung einschließen. Die Schlangenwandlerin sprach rasch und eindringlich zu ihm, und er hörte aufmerksam zu, nickte kaum merklich und lächelte schließlich. Dann sagte er laut etwas, damit es jeder im Saal vernahm.

Saskia vermutete, dass die Wandlerin ihm gerade vom Zusammentreffen mit ihr und Justine berichtet hatte. Sie machte mit einer Geste deutlich, was sie erwartete, und nahm die klassische Fechtstellung ein.

Neugierig musterte Levantin sie und richtete sich auf, seine Augenbrauen hoben sich. Er sah wie ein kleines Kind aus, in dem immense Vorfreude raste, und er schien es für ein Spiel zu halten. Langsam hob er die beiden Schwerter und ging leicht in die Hocke. Die Forderung war angenommen.

Saskia überließ sich ganz den Kämpfersinnen, den Reflexen, mit denen sie in der Vergangenheit an die Spitze der *union* gelangt war. Auch wenn dies, strenggenommen, erst in der fernen Zukunft passieren würde.

Sie ließ Levantin den Anfang machen. Er attackierte sie so stürmisch wie zuvor den dunkelhäutigen Feind, aber es entging ihr nicht, dass er dabei genau auf ihre Bewegungen achtete. Er schien zu ahnen, dass ihm ein nicht alltäglicher Kampf ins Haus stand.

Saskia musste sich anstrengen, aber nicht überanstrengen, um den Schlägen entweder auszuweichen oder sie zu parieren. Die antike Technik unterschied sich von der ihren, sie war rustikaler und mehr auf Kraft denn auf Behendigkeit ausgelegt, oder Levantin verließ sich wegen seiner körperlichen Überlegenheit lieber darauf.

An dem Leuchten auf seinen Zügen glaubte sie zu erkennen, dass er sich freute und seine Erwartungen nicht enttäuscht wurden. Gelegentlich sah sie Justine, die mit ihrer Pistole im Raum auf und ab patrouillierte. Keiner der Anwesenden kam auf den Gedanken, sich zu bewegen; es könnte auch an dem lauten Befehl gelegen haben, den Levantin gerufen hatte. Sollten sie Zeugen seines Triumphs über die beiden ungeladenen Frauen werden?

Saskia fand, dass es an der Zeit war, ihn ihre Fechtkunst spüren zu lassen. Nach der letzten Parade schlug sie zuerst seinen rechten Schwertarm zur Seite, stach mit dem Schwert in seine Seite, zog die Klinge wieder zurück und versetzte ihm einen tiefen Schnitt quer über den Brustkorb bis hinauf zur linken Schulter. Für einen kurzen Moment hoffte sie, dass das Artefakt seine besonderen Fähigkeiten gegen den Gegner einsetzen würde, aber die Intarsien blieben diesmal dort, wo man sie in das Horn getrieben hatte. Anscheinend wirkte es nur gegen Menschen, Wandler und Vampire.

Die Menschen im Raum stöhnten mit Levantin auf.

Er fasste sich an die Seite, dann auf die nackte Brust, wo er

Abdrücke hinterließ, und schließlich starrte er Saskia voller Hass und Angst an.

»Touché«, kommentierte sie lächelnd und hob den Griffschutz des Schwertes bis kurz vor die Lippen. »Wenn du sie schon in der *union des lames* nicht erleben wirst, füge ich dir die Schmerzen, die du verdienst, hier zu«, teilte sie ihm mit lauter Stimme mit. »Bei meinem Angriff wirst du sterben, Maître.« Ansatzlos streckte sie den Arm mit der Klinge gerade nach vorn, machte einen Ausfallschritt und beugte das rechte Knie, um noch näher an ihn heranzukommen.

Levantin wurde durch ihre Geschwindigkeit überrumpelt. Die Klinge fuhr ihm von unten durch die Kehle, und er röchelte würgend. Weil er sein linkes Schwert in einer verspäteten Reaktion gegen Saskias Waffe schlug, beförderte er sich das Hornschwert selbst seitlich aus dem Hals. Blut sickerte aus dem Schnitt.

Saskia lächelte und genoss ihren sich abzeichnenden Sieg. Sie hatte Levantin, den gefürchteten Maître, so gut wie bezwungen und würde ihn in wenigen Sekunden enthauptet vor sich liegen sehen!

Saskia griff wieder an, was sie unter normalen Zweikampfbedingungen nicht getan hätte. Er presste noch immer seine Hand auf die Halswunde, konnte aber die Blutung nicht stoppen.

Einer der Legionäre wollte ihm zu Hilfe kommen, und Justine erledigte ihn mit einem sauberen Kopfschuss. Absichtlich hatte sie ihm durch den Helm geschossen, damit jeder verstand, dass die Panzerung nichts gegen ihre Pistole ausrichtete.

Wieder duckten sich die Menschen und verharrten. Der zweite Tote schien ihre letzten Widerstände gebrochen zu haben, Levantin war auf sich allein gestellt.

Saskias Klinge traf ihn dieses Mal genau in die Brust, dann drehte sie die Waffe in der Wunde und zog sie nach unten, um möglichst viel Bauchdecke zu zerstören und ihm Schmerzen zu bereiten. Dass sie den falschen Levantin für das bestrafte, was der andere ihr angetan hatte, störte sie nicht; sein jüngeres Ich in dieser Epoche würde sicherlich schon genug verbrochen haben, um hundert Tode zu verdienen.

Ächzend stürzte er nieder, seine Schwerter fielen scheppernd auf den Marmorboden, und der Blick schien zu flackern.

Saskia konnte es selbst nicht glauben, dass es ihr so leichtfallen sollte.

Plötzlich schrie der Dunkelhäutige, von dem sie angenommen hatte, sein Genick wäre gebrochen, in der Ecke auf. Er hatte die Augen weit aufgerissen, aus seiner Brust stieg Rauch auf, und aus den Wunden schlugen silbrige Flämmchen, die sich ihren Weg nach unten durch das Fleisch brannten.

Saskia konnte die Augen nicht abwenden. War ihr etwas Ähnliches widerfahren, als sie nach dem Kampf in Ohnmacht gefallen war?

Der vermeintlich Tote sprang schrill kreischend auf die Beine und rannte auf wackligen Beinen zu den Wassereimern, stürzte zwischen ihnen nieder und schüttete sich einen nach dem anderen über den Körper. Das Feuer auf seiner Haut erlosch tatsächlich, aber die Zeichen hatten sich eingebrannt, leuchteten hell und erweckten den Eindruck, eine Sonne wäre in ihm aufgegangen und würde durch die Schlitze scheinen.

Der Mann schrie voller Panik, versuchte, die Helligkeit mit den Fingern zu blockieren, doch es gelang ihm nicht. Dann sah er zu Justine, stemmte sich auf die Beine und kam mit ausgestreckten Armen flehend auf sie zu.

»Er hält dich für ein höheres Wesen, das ihm helfen kann«, meinte Saskia fasziniert.

Justine starrte den Dunkelhäutigen an. »Soll ich ihn ausschalten?«

»Warte«, befahl Saskia.

Der Dunkelhäutige krümmte sich auf halber Strecke zusammen, Blut sickerte aus seinen Wunden. Zwei Blitze zuckten aus ihnen hervor und jagten direkt in Saskias Körper!

Es tat nicht weh, aber es setzte etwas in Gang.

»Merde!« Justine feuerte ihm eine Kugel ins rechte Auge, und er brach zusammen. Doch die Reaktion war bereits ausgelöst worden; in seiner Panik und Unwissenheit hatte der Mann seine Gabe gegen sie geworfen. Augenblicklich wurde ihr Mund mit Bittermandel und ihre Luftröhre mit Wachs geflutet, die Welt um sie herum versank in Grautönen. Ohne dass sie sich dagegen wehren konnte, schuf die Gabe in der Mitte des Raumes einen waagerechten Wirbel knapp über dem Boden, der düster leuchtete, als lauerte darin der Schlund einer Hölle. Den Durchmesser schätzte Saskia auf etwa einen Meter, aber er verbreiterte sich rasch. Das Ganze erinnerte an die Satellitenaufnahme eines Hurrikans. Energiefinger schossen unvermittelt aus dem Zentrum des Wirbels, zuckten gegen die Decke und sprengten große Brocken heraus, andere schlugen einen Bogen und fuhren in die Umstehenden. Wer getroffen wurde, fiel auf der Stelle nieder und zuckte unter Krämpfen. Wind brauste mit immenser Kraft durch die Halle, es pfiff und donnerte wie inmitten eines Unwetters.

Saskia versuchte, ihre Macht zu unterdrücken, doch sie hatte von dem Dunkelhäutigen zusätzliche Energie erhalten, die sich nicht zügeln ließ. Welche Hölle hatte sie dieses Mal geöffnet?

Ein Aufheulen, das nicht vom Sturm herrührte, riss Saskia aus ihrer Trance: Levantin zog sich mit letzter Kraft auf den Wirbel zu. Sie sprang ihm in den Weg und verpasste ihm einen harten Tritt unter das Kinn. »Ich lasse dich nicht entkommen!« Sie holte mit dem Hornschwert aus und wollte ihm den Kopf von den Schultern trennen – als ein Stromschlag durch sie jagte und alles um sie herum in gleißender Helligkeit verschwand wie bei einem extrem überbelichteten Film. Ihre Narben flammten auf; Saskia hatte das Gefühl, bei lebendigem Leib zu Asche verbrannt und aufgelöst zu werden.

Sie schwebte, wurde leicht und verlor jegliches Körpergefühl.

Die Helligkeit wurde immer stärker.

Der Geschmack von Blut lag schwer in ihrem Mund. Zwar glaubte sie, darunter bittere Mandeln wahrzunehmen, doch sie konnte nicht auf ihre Gabe zurückgreifen.

Sie war nichts weiter als Bestandteil des warmen Lichts, ein winziges Teilchen in der Gemeinschaft von vielen.

Sie konnte problemlos atmen.

Was war mit ihr geschehen?

Sah so der Tod aus?

Befand sie sich in dem Strom, der ins ewige Licht führte?

Fuhr sie in eine Hölle?

Das Licht um sie herum veränderte sich, verlor seine Strahlkraft und ging in ein dreckiges Grau über, die Wärme verlor sich, gleich darauf musste Saskia einatmen – und bekam nichts als brennendes Wasser in Mund und Nase.

Justine sah, wie Saskia ansetzte, um den finalen Hieb gegen Levantin zu führen. Doch genau in diesem Augenblick schnellte einer der Blitze aus dem Wirbel in das Hornschwert und hörte nicht mehr auf, durch die Waffe Energie in die Trägerin zu pumpen. Die Vorderseite ihres Körpers leuchtete, dann stand die Kleidung über der Brust in Flammen und verging zu weißen Flöckchen, die vom heftigen Wind weggerissen wurden. Justine erkannte auf der nackten Haut das Zeichen, mit dem Levantin sie geschlagen hatte.

»Saskia!«, schrie sie und lief los.

Ein zweiter Blitz fuhr in den Kopf ihrer Mitstreiterin und hielt sie fest. Der Wirbel kreiste immer schneller und zog Saskia, die sich nicht mehr bewegte und steif wie eine Puppe dastand, in sich hinein. Ein dritter Blitz schloss den Kontakt zu ihrem Rücken, knisternd zogen die Energien sie in das rotierende Auge, das von der Waagerechten ganz langsam in die Senkrechte schwenkte und weitere Entladungen nach allen Seiten feuerte.

Die Menschen rannten schreiend aus der Halle. Hier waren Kräfte im Spiel, gegen die Justines Macht lächerlich wirkte.

Sie wusste nicht, was sie tun sollte. Die Kraft, die von dem Portal ausging, das Saskia erschaffen hatte, erzeugte ein heftiges Kribbeln in ihr. Ameisen schienen ihr Blut ersetzt zu haben und gaben Säure in ihre Organe ab. Sie fürchtete, dass sie in den Strahlen vergehen würde, wenn sie versuchte, Saskia zu retten. Justine trat trotzdem einen Schritt näher und überlegte hektisch, wie sie Saskia schützen konnte.

Eine starke Hand legte sich auf ihre Schulter und drückte zu.

Das Schlüsselbein brach mit einem trockenen Knacken, Justine schrie, fuhr herum und schlug mit der anderen Hand zu.

Der Pistolenknauf traf die Schlangenwandlerin an ihrem schuppigen Hals. Sie hatte diesmal dic Mischform gewählt: Ihr nackter Körper wurde von smaragdfarbenen Schuppen geschützt, die Rüstung und Kleid zugleich zu sein schienen. Während die Gliedmaßen aber immer noch eindeutig humanoid waren, besaß ihr Kopf sehr viel von einer Schlange und wirkte überdimensioniert und fehlerhaft proportioniert.

Justines Schlag hatte nicht viel ausgerichtet. Zischend öffnete sich das breite Maul, die bläuliche gespaltene Zunge fuhr vibrierend heraus, und Justine hörte ein aggressives Zischen. Die geschlitzten Augen funkelten wütend.

Justine langte nach ihrem Dolch, biss die Zähne zusammen, weil sie die gebrochenen Knochen bewegen musste, und wollte die Schlangenfrau damit angreifen.

Die Gegnerin kam ihr zuvor: Viel schneller, als Justine es zu ihrer besten Zeit gewesen war, packte die eine Hand ihren Nacken, die andere krallte sich in ihren Rücken, und dann zogen sie Justine in eine Umarmung, die ihr den Atem raubte.

Die blaue Zunge leckte ihr übers Gesicht, dabei verstärkte die Reptilienwandlerin unerbittlich den Druck, bis Justine ihre Knochen knacken hörte. Sosehr sie sich auch anstrengte, sie konnte den Griff nicht sprengen. Schließlich schnappte sie in ihrer Not nach der sensiblen Schlangenzunge – und biss so fest zu, wie sie konnte.

Fauchend zog die Gegnerin den Kopf zurück, die Umarmung lockerte sich etwas, und Justine wand sich mit einer schnellen Drehung aus den Armen. Dabei schossen unglaubliche Qualen durch ihren Körper, die angebrochenen und gestauchten Knochen schmerzten.

Es kam noch schlimmer.

Bevor der Blitz sie traf, spürte sie seine Hitze von hinten, und die Härchen im Nacken richteten sich auf. Von vorn sah sie die Hände der Reptilienwandlerin auf sich zufliegen, die sich gleich darauf um ihren Hals legten; dann krachte Justine die Energie des Blitzes ins Kreuz und sprang von ihr auf die Wandlerin über.

Sie wurde zurückgerissen, genau in das geöffnete Portal, und zog die Gegnerin mit sich. Es war ihnen beiden unmöglich, sich gegen diese Kraft zu wehren.

Abrupt wurde es dunkel um Justine.

Kälte umgab sie, kroch über ihren ganzen Körper, schlug über ihrem Kopf zusammen und brachte sie zum Frieren, ihre Zähne schlugen schnell aufeinander. Bewegen konnte sie sich so gut wie nicht mehr. Ein Eisklotz, der denken konnte.

Es ist vorbei, dachte Justine, und der Gedanke schien so kristallklar, dass sie beinahe aufgelacht hätte.

Doch die Bestie in ihr revoltierte gegen den nahenden Tod. Aus dem letzten Funken Widerstand machte die Wut der Werwölfin ein Feuer, welches das lähmende Eis schmolz, das Justines Innerstes gefroren hatte. Mit einem lauten Schrei auf den Lippen zappelte und strampelte sie sich frei.

Plötzlich bekam sie Luft! Ihre Beine berührten festen Boden, und sie hörte das Plätschern von Wasser, durch dessen Oberfläche sie eben gebrochen war. Sie rieb sich die Augen, sie konnte nichts sehen ... doch, da war etwas, das blendende Weiß um sie herum war einem dichten Nebel gewichen, und kurz meinte sie, die Sonne zu sehen, die als hellgrauer Ball irgendwo über ihr schwebte.

»Saskia?« Hustend schaute sie sich um, schmeckte das Salz auf den Lippen und hielt das Messer bereit. Möglicherweise war die Wandlerin mit ihr durchs Portal gerissen worden. Wenn sie wechselwarm wie eine echte Schlange war, hatte sie in dem Eiswasser ein Problem.

Justine stand in dem niedrigen Wasser auf und hörte es leise plätschern, Vogelstimmen erklangen aus einiger Entfernung.

Das Wasser unmittelbar vor ihr sprudelte. Sie erkannte die Silhouette einer Frau – und dunkelblonde Haare.

»Saskia!« Justine griff in den Schopf und zog die Ertrinkende an sich. Saskia würgte und ächzte gleichzeitig, spuckte und hustete. Hätte Justine sie nicht festgehalten, wäre sie wieder versunken.

»Saskia, ich bin es«, rief Justine und schlang einen Arm um sie. »Wir müssen raus aus dem Wasser, hörst du?«

Sie wartete nicht auf eine Bestätigung, sondern stolperte los, einfach zur Seite, um durch das Wasser und die Schwaden hindurchzulaufen und hoffentlich auf festes Land zu gelangen. Justine wusste nicht, wo sie waren, in welcher Dimension, zu welcher Zeit.

Saskia rang noch immer nach Atem.

Das Wasser wurde flacher; bald gingen sie eine Böschung hinauf, die sie zu einem unbefestigten Weg führte. Ein Deich?

Noch immer konnte sie nicht sagen, wo sie sich befanden.

»Merde«, sagte sie und schleppte Saskia, die immer wieder das Bewusstsein zu verlieren schien, den Weg entlang. Saskia hörte endlich auf zu husten.

»Frag mich nicht, wo wir sind«, kam Justine ihr zuvor. »Du hast uns hierhergebracht, oder?«

»Nicht absichtlich«, antwortete sie. »Der Mann hat mich ... hat die Gabe einfach ... aktiviert. Es war wie bei einem Stromschlag, der sich überträgt«, erklärte sie stockend.

»Hast du dabei wenigstens an unser Zuhause und unsere Zeit gedacht?« Justine lachte freudlos auf. »Nach Palmyra sieht mir das nicht aus. Und es war Salzwasser. Also sind wir irgendwo am Meer.« Sie schaute Saskia prüfend an.

Die schüttelte den Kopf. »Ich kann es dir nicht sagen, Justine. Ich habe ebenso wenig Ahnung wie du. Vielleicht hat der Mann uns an einen Ort geschickt, an dem er selbst gern gewesen wäre?«

Der Wind brachte Bewegung in das feucht-graue Gespinst um sie herum. Die Schwaden verwirbelten, wichen mehr und mehr vor ihnen zurück und offenbarten ihnen eine fast ebene Landschaft, die aus verschiedenen Grün- und Brauntönen bestand. Dazwischen erhoben sich immer wieder graue Felsen bis in Kniehöhe. Das Rauschen entpuppte sich tatsächlich als Meeresbrandung, die zu ihrer Linken gegen die Küste rollte.

Weit und breit gab es keine Spur einer Behausung oder eines Menschen oder irgendeines Lebewesens.

Justine verzog den Mund. »Saskia?«

»Ja?«

»Bring uns hier weg, *ma chère.*«

XXIII. KAPITEL

18. November
Syrien, Damaskus

Ihr Bruder ist ein sehr kranker Mann«, sagte Professor Al-far Hamsi ben Tibi, Leiter der Inneren Medizin der medizinischen Fakultät der Universität Damaskus, und blickte auf die andere Seite der Glasscheibe, hinter der Will, angeschlossen an zig Schläuche, medizinische Geräte und Kabel, in einem Bett lag. Intensivmedizin. Quarantänestation. »Wir haben den vereiterten Schnitt auf seinem Rücken geöffnet und vollständig ausgespült, ihn desinfiziert und mit Antibiotika behandelt. Aber die Entzündungswerte reduzieren sich nicht. Wir fanden keinen Auslöser für die Sepsis.« Er seufzte. »Wir haben die Werte mehrmals überprüft. Es tut mir sehr leid, aber mein Team und ich sind der Meinung, dass Ihr Bruder innerhalb der nächsten Tage sterben wird. Es sei denn, es geschieht ein Wunder.«

»Ich weiß, Professor«, entgegnete der Mann, der sich als Wills Bruder ausgab.

Professor Tibi wandte sich zu ihm um. Er war ein unverkennbarer Araber, die Nase hatte eine markante Länge und gab seinem Profil etwas Energisches, zu dem die hart blickenden braunen Augen sehr gut passten. Im Sattel eines Hengstes und in anderem Outfit als in dem Arztkittel hätte er auch einen exzellenten Beduinensheik abgegeben. Er las eine beeindruckende Liste von Untersuchungen vor, die innerhalb der letzten

Stunden gemacht worden waren. Andere Patienten mussten darauf ein halbes Leben lang warten. Geld beflügelte, und davon hatte der Bruder des Kranken erstaunlich viel investiert. »Alles, was wir herausgefunden haben, passt nicht zusammen. Einige der Werte sollten sich eigentlich sogar ausschließen«, sagte er.

»Versuchen Sie weiterhin Ihr Bestes, Professor. Solange Sie ihn nicht sterben lassen, ist mir alles recht. Die entsprechende Vollmacht habe ich Ihnen ja bereits bei der Einlieferung erteilt. Mein Bruder muss unter allen Umständen leben! Jeden Tag, den er in Ihrem Klinikum überlebt, vergolde ich Ihnen mit einer Million Euro.«

Tibi nickte. »Wir tun, was unser Haus zu leisten in der Lage ist. Ich würde Ihnen ja empfehlen, Ihren Bruder auszufliegen und woanders behandeln zu lassen, wenn ich wüsste, was ihm fehlt. Einige meiner Kollegen an anderen international renommierten Kliniken, die ich kontaktiert und mit den Befunden konfrontiert habe, sind jedoch ebenso ratlos wie ich. Die Werte sprechen keine klare Sprache. Und wie ich schon sagte«, er fuhr sich durch die kurzen schwarzen Haare, »wir können keinen Verursacher zuordnen.«

»Mein Bruder war schon immer ein Sonderfall«, sagte der Mann und bückte sich nach dem Beutel, in dem die privaten Sachen aufbewahrt wurden, die der Kranke bei seiner Ankunft bei sich hatte.

Früher oder später würden Saskia und Justine erscheinen, um nach Will zu suchen. Sie waren wie vom Erdboden verschluckt, doch er hatte eine Theorie, wo die Frauen abgeblieben waren. Er war schließlich kein einfacher Mensch wie seine Spione oder dieser bemühte, aber letztendlich hilflose Arzt.

Er war ja nicht einmal ein Mensch.

Levantin verabschiedete sich von Tibi und begab sich in das Zimmer, das neben dem von Will lag. Er hatte sich in der Abteilung für Innere Medizin eingemietet, sein Geld machte auch das möglich. Über einen Monitor konnte er verfolgen, was sich in Wills Zimmer tat und wer ihn besuchte. Sogar die Vitalwerte wurden auf einem zweiten Monitor angezeigt.

Levantin setzte sich aufs Bett, schüttete die Tasche aus und betrachtete, was sich da vor ihm ausbreitete: Sand aus Palmyra, ein Ausweis, ein Dolch, ein Satellitentelefon, Geld und – das Pergament!

Er nahm es und strich es vorsichtig auf der Decke glatt.

Wer auch nur einen Funken Feingefühl besaß, musste sofort spüren, dass es keine gewöhnliche, gegerbte Tierhaut war, sondern etwas, das in eine andere Welt gehörte, die einfältige Menschen in Ermangelung eines besseren Wortes oft Hölle nannten. Menschen neigten nun einmal dazu, alles, was sie nicht kannten oder verstanden, schlechtzumachen und zu fürchten. Die wenigen von ihnen, die einen Besuch in diesen Sphären überlebt hatten, verbreiteten darum Geschichten über schreckliche Wesen und Dämonen oder, je nachdem, wo sie gelandet waren, über Götter und andere Gestalten. Die verschiedenen Kulturen und Religionen hatten im Laufe der menschlichen Geschichte unzählige Bezeichnungen gefunden, viele davon einfallsreicher als das ewige Himmel und Hölle, mit dem sich die meisten heute begnügten. Für ihn hingegen bedeuteten sie alle nichts anderes als *Heimat*.

Strenggenommen war er nicht in jeder der Welten zu Hause, sondern nur in einer. Und in diese wollte er nun endlich, nach so langer Zeit, zurückkehren.

Levantin vermutete, dass Saskia ein Portal geöffnet hatte, um ins antike Palmyra zu gelangen. Er wusste nicht, warum sie das getan hatte, und es war ihm auch gleich. Aber dort würde sie auf ihn treffen, vor etwa zweitausend Jahren, als er von den Menschen verehrt worden war. Sie würde ihm im Duell gegenüberstehen und dann durch ein weiteres Portal verschwinden.

Ihm würde nichts anderes übrigbleiben, als darauf zu warten, ihr wieder zu begegnen. Ihr Treffen in der Vergangenheit hatte bei ihm die Hoffnung gesät, die Welt der Menschen eines Tages verlassen zu können. Zwar hatte er nie aufgehört, auch andere Menschen mit seinem Zeichen zu erhöhen, aber sie hatten einfach nichts getaugt.

Alles war so gekommen, wie es kommen musste.

Jetzt blieb ihm nur noch zu hoffen, dass Saskia und Justine den Weg zurück in die Gegenwart fanden. Damit würde sich erweisen, wie gut sie ihre Gabe kontrollierte. Auch das war wichtig für sein Vorhaben. Sie war extrem mächtig, ohne es zu wissen. Sie erstarkte und lud sich immer weiter auf, wie er an ihrer Ausstrahlung merkte. Er dachte an seinen Vergleich mit einem Atomversuchsreaktor und fand ihn passender denn je. Sie konnte ihn in jede Dimension bringen. Unendliche Möglichkeiten standen ihm offen, doch er wollte nur eines: nach Hause. Er hatte genug erlebt.

Die zusammengesetzten Artefakte, das wusste Levantin inzwischen durch die Aufzeichnungen der Bēlualiten, vermochten nur, das Blutportal für Bēlua zu öffnen. Nun, sobald er diese Welt verlassen hatte, konnten die Menschen mit den Artefakten anfangen, was sie wollten. Sollten sie Bēlua, Sekhemt oder einen anderen Fürsten herbeirufen, wenn sie unbedingt wollten. Ihn ging das nichts mehr an.

Er erinnerte sich gut an diese Nacht in Palmyra, als sie in seinem kleinen Palast aufgetaucht war und ihn beinahe geschlagen hatte. Die andere Frau war Justine gewesen, daran hatte er inzwischen keinen Zweifel mehr.

Levantin war außerdem sehr gespannt, was aus Hadriana geworden war, die damals mit den Angreiferinnen durch das Portal gezogen worden war. Würde die Wandlerin auch einen Weg in die Gegenwart finden – und war sein Latein noch gut genug, um sich mit ihr zu unterhalten?

Wobei: Unterhaltungen hatten für ihn und die Schlange nie den größten Stellenwert gehabt.

Er las das Pergament und erfreute sich an dem Gedicht. Eine verborgene Beschwörungsformel. Der Grabräuber, in dessen Besitz es lange Zeit gewesen war, hatte die geheimnisvolle Verbindung zwischen dem Pergament, der Vergangenheit und den unter dem Sand verborgenen Gegenständen aus der Antike lange Zeit für sich genutzt. Levantin vermutete, dass es sich bei Shafiq um einen latent Magischen gehandelt hatte. Andernfalls hätte er weder erkannt, dass es sich nicht um ein einfaches Stück Pergament handelte, noch wäre er in der Lage gewesen, das Artefakt bei sich zu behalten und es daran zu hindern, an seinen ursprünglichen Ruheort zurückzukehren.

Levantin steckte es nun in die Innentasche seines Sakkos und zog den Reißverschluss zu.

Seine Haut spannte noch etwas. Es hatte länger als sonst gedauert, bis sie nachgewachsen war und wieder gut aussah. Vor allem das Gesicht hatte unter dem Feuer gelitten. Chinon war Niederlage und Sieg gleichermaßen gewesen. Die Daten und Erkenntnisse der Bēlualiten hatten ihm alle Geheimnisse erschlossen, doch dafür war ein Großteil seiner Privatarmee vernichtet worden. Sein Ziel musste Levantin nun mit ein paar Kontakten und nur wenigen Kämpfern erreichen. Doch er befand sich im Schlussspurt.

Er nahm einen Rosenkranz aus der Schublade, an dessen Perlen getrocknetes Blut klebte. Ein Andenken, das er Justine bei der nächsten Gelegenheit zum Geschenk machen wollte. Die Ausmerzung der Nonnen war im Vergleich mit Chinon ein Kinderspiel gewesen. Wer gegen Wandler vorging und es verstand, Spione zu erkennen und auszuschalten, verstand sich nicht automatisch auf die Abwehr von sehr irdischen Überfällen, die mit dämonischer Verstärkung einhergingen. Sollte es noch Angehörige der Schwesternschaft vom Blute Christi geben, hatten sie sich zum Zeitpunkt der Attacke nicht in Genzano aufgehalten. Sie würden, wie die entkommenen Diener Bēluas, keine Rolle mehr spielen. Levantin verbuchte beide Aktionen als Erfolg.

Er lehnte sich zurück und legte einen Arm nach hinten, auf den er den Kopf senkte; er wollte einen Moment ausruhen, bevor er sich erneut auf den Weg machen musste. Dabei ließ er die Monitore nicht einen Augenblick unbeobachtet.

Gul durfte nicht sterben.

Noch wurde diese schwache Kreatur gebraucht.

Mit einem Schrei richtete Saskia sich auf und sah sich hektisch in der Dunkelheit um. War sie wieder in der Kammer in der schrecklichen Partynacht, die ihr Leben auf so drastische Weise verändert hatte?

»Saskia?«

Sie kannte die Stimme. Justine befand sich nicht weit von ihr entfernt, und Saskia drehte den Kopf in ihre Richtung.

Die Augen hatten sich an die Finsternis gewöhnt. Sie erkannte einen wunderschönen Sternenhimmel über sich, den sie in dieser Klarheit niemals zuvor gesehen hatte. Um sie herum erhoben sich die Reste monumentaler Bauwerke, und in ihr keimte die Hoffnung, dass sie es durch das letzte Portal tatsächlich an den Ausgangsort ihrer Odyssee geschafft hatten.

Doch zu welcher Zeit?

Es war das vierte Portal, das sie geöffnet hatte. Die anderen hatten sie an Orte geführt, an denen sie nicht lange geblieben waren. Sie waren zu fremd, zu unirdisch gewesen.

Saskia fühlte sich erschöpft und erhob sich, auch wenn sich ihre Beine wie Gummi anfühlten, nahm das Schwert an sich und ging Justine entgegen. Sie machte einen Schritt über umgestürzte Steinsäulen hinweg und kletterte über halb freigelegte Steinquader. Im Licht der Nachtgestirne entdeckte sie in einer

Vertiefung Ausgrabungsutensilien. Die Werkzeuge passten von ihrer Beschaffenheit durchaus ins einundzwanzigste Jahrhundert.

Plötzlich stand Justine vor ihr. »Du hast es geschafft!«, jubelte sie. »Du hast uns zurückgebracht!«

»Warte es lieber ab, bis wir sicher sein ...«

»Nimm dein Handy raus.« Saskia tat es, und Justine deutete darauf. »Du hast Empfang! Welchen Beweis brauchst du noch?«

Saskia gönnte sich nun ebenfalls ein Lachen. »Achtzehnter November 2009, kurz vor vierundzwanzig Uhr.«

Justine streckte sich. »Dann haben wir etwa einen Tag verloren.«

»Und kommen später hier an, als ich wollte.« Saskia hatte sich beim Einsatz ihrer Kräfte auf einen Zeitpunkt konzentriert, der weit vor dem Moment lag, in dem sie Will bei den Geisterwesen zurückgelassen hatten, um ihn warnen zu können. Anscheinend schufen Zeitreisen ihre eigenen Gesetze und erlaubten nicht, dass zwei identische Menschen zur gleichen Zeit am gleichen Ort waren.

»Mach dir keine Vorwürfe. Wenn man bedenkt, was wir zwischendurch erlebt haben ...«

Saskia nickte. »Suchen wir den Turm.«

»Mich wundert es, dass es hier nicht vor Militär wimmelt. Es wird ja in der Zwischenzeit sicherlich etwas wegen der toten Amerikaner in die Wege geleitet worden sein. Vermutlich haben die Amis die Einmarschpläne für Syrien schon aus den Schubladen geholt.« Sie verzog das Gesicht. »Was gäbe ich jetzt für eine Zigarette!«

Zusammen marschierten sie durch das dunkle Palmyra, wo nur an einigen Stellen Scheinwerfer ihren Dienst verrichteten. Aus einer Ausgrabungsstätte entwendeten sie mehrere Stücke Kordel und banden Saskia das Schwert ans rechte Bein.

Je mehr sie sich dem Turm näherten, umso heller wurde es vor ihnen. Es schien so, als würde er mit Scheinwerfern angestrahlt.

»Das sieht mir ganz danach aus, als wäre dort die Polizei im Einsatz, oder das Militär, oder was auch immer«, mutmaßte Justine. »Auf jeden Fall sollten wir denen besser nicht begegnen. Wir gehen zum Ausgang der Anlage und versuchen, unbehelligt davonzukommen.«

»Und wenn uns jemand schnappt?« Saskia deutete auf ihre ramponierte Kleidung.

»Dann sagen wir, dass uns irgendwelche Typen überfallen und niedergeschlagen haben. Wir sind in einem der Grabmale zu uns gekommen und können uns an nichts erinnern.« Justine ging los. »Spiel die Armes-Mädchen-in-Not-Karte aus, so gut es geht.«

»Sehr durchsichtig, oder?«

Justine grinste. »Du willst nicht wissen, wie oft ich damit schon durchgekommen bin, oder?«

Saskia blieb nichts anderes übrig, als ihr zu folgen; sie fühlte sich zu schwach, um einen anderen Vorschlag zu machen.

Sie erreichten den Eingangsbereich der antiken Stätte. Die Schranken waren heruntergelassen worden, so dass es keine Möglichkeit gab, unbemerkt zu verschwinden. »Denk dran, was ich dir gesagt habe«, sagte Justine und klopfte am Wachhäuschen an. Ihnen wurde von einem sehr verwunderten syrischen Soldaten geöffnet, der sie in schlechtem Englisch ansprach. »Wo kommen her?«

»Wir sind überfallen worden«, antwortete Justine mit großen, kugelrunden Augen und sah sich ängstlich um, dabei zeigte sie auf ihre dreckige Kleidung. »Man ... man hat uns ausgeraubt und verschleppt! Wir hatten solche Angst. Bitte, Sie müssen uns helfen!« Sie verbarg ihr Gesicht in den Händen und begann zu zittern. Saskia beeilte sich, sie schützend in den Arm zu nehmen und ihrem Gegenüber ebenfalls einen flehentlichen Blick zuzuwerfen.

Der Mann nahm ein Funkgerät vom Gürtel und gab ihnen mit einem Nicken zu verstehen, dass sie reinkommen sollten, gleichzeitig sprach er mit jemandem auf Arabisch.

Die Frauen nahmen auf harten Bänken Platz, ein zweiter Soldat reichte ihnen Decken, in die sie sich dankbar einrollten, und stellte ihnen Kaffee hin, den sie tranken. Er war stark und mit Gewürzen zubereitet worden, Kardamom und Nelken verliehen ihm eine besondere Note.

Der Soldat, der sie empfangen hatte, setzte sich vor sie und schaltete seinen Computer ein. »Wann geschehen?«

»Heute Mittag«, sagte die Französin.

Der Soldat runzelte die Stirn. »Nicht möglich. Geschlossen.«

Justine reagierte sofort. »Aber das kann nicht sein! Heute ist doch der 17. November, oder?«

Der Mann schüttelte irritiert den Kopf.

»Dann haben wir über einen ganzen Tag bewusstlos in den Ruinen gelegen, ohne dass uns jemand gefunden hat?«, fragte sie entsetzt. »Aber das ist doch unmöglich! Hat man uns Drogen verabreicht?«

Die Tür wurde geöffnet, und ein Mann in einem hellen Anzug, hellen Hemd und dunkler Krawatte betrat den Raum. Er sah müde aus, die Hosen zeigten Spuren von Sand, als wäre er auf dem Boden herumgerutscht. Die beiden Soldaten erstatteten ihm Bericht. »Guten Abend«, sagte er daraufhin in astreinem Englisch. »Mein Name ist Al-Utri. Ich arbeite für den Geheimdienst.« Er zeigte ihnen einen Ausweis, der sie wohl beeindrucken sollte. Saskia beeilte sich, genau dieses Gefühl vorzutäuschen. »Ich hoffe, ich kann Ihnen helfen?«

»Geheimdienst?« Justine hob die Augenbrauen. »Oh, ich bin Ihnen so dankbar! Können Sie uns sofort zu unserer Botschaft bringen?«

Al-Utri warf ihr einen prüfenden Blick zu. Er setzte sich, sagte etwas auf Arabisch und bekam ebenfalls einen Kaffee gereicht. »Was ist geschehen?« Er zog die Tastatur des Computers zu sich heran.

Justine erzählte etwas über eine Gruppe Amerikaner, die sie wiederholt belästigt und danach überfallen hätte. Saskia hörte aufmerksam zu und versuchte, sich jedes Wort einzuprägen, falls sie später ebenfalls eine Aussage machen musste. Dabei fiel ihr auf, dass Justine die Basketballspieler, die auch ihr in der Reisegruppe aufgefallen waren, beschrieb. Für einen kurzen Moment hatte sie ein schlechtes Gewissen den Toten gegenüber.

Al-Utri hörte aufmerksam zu, schrieb gleichzeitig auf der Tastatur mit, bis Justine mit ihrer Erzählung zum Ende gekommen war. »Und Sie?«, sagte er müde zu Saskia; er musste einen langen Tag hinter sich haben. »Gibt es noch Details, die Sie den Ausführungen Ihrer Freundin hinzufügen können?«

Sie schüttelte den Kopf. »Nein. Sie hat alles gesagt.«

»Dann rufe ich Ihnen am besten einen Wagen, der Sie zur Untersuchung in ein Krankenhaus bringt.« Al-Utri sah sie an. »Ihre Beschreibung passt auf vier Männer, über die uns auch andere Zeugenaussagen vorliegen.«

»Ach?«, machte Justine und ließ sich von dem Soldaten mehr Kaffee einschenken. »Haben sie auch noch andere Besucher angegriffen?«

»Das weiß ich nicht. Aber die mutmaßlichen Täter wurden selbst Opfer eines rätselhaften Angriffs. Die genauen Umstände werden im Moment noch untersucht«, sagte Al-Utri. »Wie es aussieht, hat keiner der amerikanischen Touristen, die Sie beschuldigen, und niemand anderer aus deren Gruppe den Angriff überlebt.«

»Das hört sich furchtbar an!« Nun trug Justine langsam etwas zu dick auf, wie Saskia fand. »Aber es gab doch sicher Verletzte, die man retten konnte!«

»Es mag sein. Die Panik nach dem Zwischenfall, der mit einem schweren Sturm und einem Unwetter einherging, war zu viel für die Sicherheitskräfte. Die Leute konnten nicht aufgehalten werden.« Sein Blick streifte kurz die beiden Soldaten im Raum. »Etliche Besucher haben sich selbst in Sicherheit gebracht, bevor eine Evakuierung organisiert werden konnte.« Er nippte am Becher. »Vermissen Sie denn jemanden?«

Seine Frage klang ganz harmlos, aber Saskia meinte zu sehen, wie er sich unmerklich anspannte, wie ein unerfahrener Fechtkämpfer, der noch nicht in der Lage ist, seinen nächsten Angriff besser zu verbergen.

Saskia hatte schon das *Nein* auf der Zunge, aber Justine kam ihr wieder einmal zuvor. »Nicht direkt. Wir haben am Eingang einen netten Deutschen kennengelernt.« Rasch beschrieb sie Will. Sie schaute Saskia unschuldig an. »Wie war der Name noch einmal? Kannst du dich noch erinnern? Ach, ich bin so schlecht darin, mir Namen zu merken. Aber er war wirklich nett! Ich hoffe, ihm ist nichts passiert.«

Al-Utri ließ sich von dem Soldaten eine Liste reichen, die er überflog, und stellte ihm ein paar schnelle Fragen. »Ihre Beschreibung passt auf jemanden, der von seinem Bruder mit einem Hubschrauber ausgeflogen wurde. Allerdings handelte es sich dabei nicht um einen Deutschen, sondern um einen Engländer.«

»Aber natürlich!«, sagte Saskia schnell und schlug sich vor die Stirn. »Er hat uns sogar erzählt, dass er Halbengländer ist, aber in Deutschland aufgewachsen, erinnerst du dich? Und sein Name war …«, sie kramte in ihrer Erinnerung, »… irgendetwas mit Smith.«

Al-Utri nickte. »Das ist richtig. Laut unseren Unterlagen handelte es sich um Anil Smith.«

»Aber ja, jetzt fällt es mir auch wieder ein«, sagte Justine hörbar erleichtert, und Saskia war erstaunt, wie gut sie ihre Anspannung überspielte. »Sein Bruder hat ihn abgeholt, sagten Sie? Ob das wohl dieser kleine dicke Inder gewesen ist, mit dem wir ihn gesehen haben?«

Der Geheimdienstmann wechselte ein paar Worte mit dem Wachpersonal. »Es handelte sich offensichtlich um einen ziemlich großen, blonden Mann.« Diese Beschreibung machte den beiden Frauen deutlich, wer Will mitgenommen hatte.

»Wissen Sie, wo wir ihn besuchen können?«

»In Damaskus. Ich würde Ihnen das gleiche Hospital empfehlen. Es ist eine Universitätsklinik mit vielen Spezialisten.«

»Danke, das werden wir machen. Sie haben uns sehr geholfen, Mr. Al-Utri, und ich werde Ihnen das nie vergessen«, gurrte Justine und versprühte dabei ihren Charme, als sei sie eine übereifrige Parfümerieverkäuferin. »Nun müssen meine Freundin und ich nur noch einen Weg finden, um nach Damaskus zu kommen ...« Ihr Augenaufschlag war waffenscheinpflichtig. Und Saskia dachte bei sich, dass sie von Justine wirklich noch einiges lernen konnte.

Al-Utri nahm sein Handy aus dem Gürtelclip und führte ein kurzes Gespräch. »Wenn Sie möchten, können Sie mit mir fliegen. Ich muss meinen Vorgesetzten über die neusten Erkenntnisse persönlich unterrichten.«

»Um diese Uhrzeit?« Justine tat ungläubig.

»Glauben Sie, meinen Vorgesetzten stört das?«, fragte Al-Utri unwirsch. Er kratzte sich hinter dem linken Ohr und nahm noch einen Schluck Kaffee. »Verzeihen Sie. Wir sind alle nervös, weil es Amerikaner erwischt hat. Amerikaner! Wenn wir noch Ölquellen hätten, stünden die GIs schon hier.« Er stand auf. »Wollen Sie mitfliegen, oder möchten Sie auf die Ambulanz warten, die Sie nach Hamáh bringt?«

Saskia sah ihn ein wenig überrascht an. »Und Sie dürfen

uns einfach mitnehmen? Bekommen Sie deswegen keinen Stress?«

Justine hatte sich schon erhoben. »Das ist so freundlich von Ihnen«, willigte sie rasch ein. »Wir möchten unseren neuen Freund gerne wiedersehen und seinen ... Bruder besser kennenlernen. Aber wenn ich Ihrem Chef jemals begegnen sollte, werde ich ein ernstes Gespräch mit ihm führen.« Sie schenkte ihm ein strahlendes Lächeln, das tatsächlich ein Echo auf den Zügen des Mannes auslöste, und bedankte sich dann bei den Wachleuten, als hätten diese persönlich ihr Leben gerettet. Sie bekamen von dem Soldaten jede noch eine Jacke, damit sie nicht froren, und folgten Al-Utri aus dem Häuschen.

Ein leises, stetig anschwellendes Donnern erklang, das sich als Rotorenlärm erwies. Ein Suchscheinwerfer unter der Nase des großen Hubschraubers flammte auf und zerschnitt die Dunkelheit. Der weiße Strahl bewegte sich und prüfte den Landeplatz auf Hindernisse, erst dann senkte sich der Helikopter. Staub wirbelte auf und prasselte ihnen gegen die Gesichter, sie mussten die Augen zusammenkneifen und näherten sich gebückt dem Eingang, dessen Tür für sie zurückschwang.

Al-Utri gewährte ihnen den Vortritt. Saskia sprang zuerst hinein, dicht gefolgt von Justine, die sich allerdings vorher noch einmal schnell umsah, als würde sie doch noch damit rechnen, dass jemand sie aufhielt.

»Mon Dieu!«, entfuhr es ihr, als sie sah, in was genau sie gerade eingestiegen waren. Es war ein umgebauter Sikorsky-Transportheli, dessen Innenausbau mehr an einen komfortablen Lear-Jet als das Kabuff erinnerte, das Saskia erwartet hatte. Die Wände dieses Hubschraubers waren in Cremefarben gehalten und mit Teppich verkleidet, die Sitze bestanden aus weißem Leder, und auf den zwei Tischchen standen Erfrischungsgetränke bereit, in speziellen Halterungen, damit sie beim Flug nicht verrutschten

oder überschwappten. Es roch nach Blumen, und ein leichter Zitronenhauch weckte die Sinne.

Klackend schloss sich die Tür, Al-Utri schob sich an ihnen vorbei und nahm Platz. »Setzen Sie sich«, sagte er und musste nicht einmal laut schreien; die Schallisolierung war hervorragend. »Schnallen Sie sich an, dann kann es losgehen.« Saskia und Justine kamen der Aufforderung nach. Wenig später hob der Helikopter ab.

»Der syrische Geheimdienst sorgt besser für seine Mitarbeiter, als ich dachte.« Justine nahm sich eine Dose Cola und trank in großen Schlucken. Saskia wertete dies als Zeichen dafür, dass ihr der Luxus der Maschine ebenso merkwürdig vorkam.

»Das ist eine Sondermaschine, mit der normalerweise nur die VIPs geflogen werden«, erklärte Al-Utri. »Nur, weil ich so dringend nach Damaskus muss, sitzen wir drin.«

»Ich freue mich auf einen angenehmen Flug«, sagte Justine und prostete ihm strahlend zu.

Dass sie sich dabei anspannte, als würde sie jeden Moment einen Angriff erwarten, machte Saskia nervös. Deswegen dauerte es auch einen Augenblick, bis sie begriff, woher sie die rhythmische Tonfolge kannte, die sich in die Geräusche des Helikopters mischte. Es war der Klingelton ihres Handys! Schnell nahm sie es hervor – und war erleichtert, als sie die Nummer auf dem Display erkannte. »Hallo, Herr Professor!«, rief sie freudig. »Wo waren Sie ...«

»Hören Sie mir genau zu, Frau Lange«, unterbrach er sie. »Wenn Sie eine Möglichkeit haben, dann verlassen Sie die Maschine auf der Stelle.«

»Was ist denn?« Sie sah zuerst zu Justine, die sich schäkernd mit Al-Utri unterhielt, ohne sie dabei aus den Augen zu lassen, danach zu dem Geheimdienstler. »Wo stecken Sie, und woher wissen Sie ...«

»Ich stehe am Eingang zu Palmyras Ruinen und wollte Sie

eben suchen.« Der Empfang wurde schlechter, seine Stimme klang abgehackt und verzerrt. Er erklärte ihr gerade etwas, doch sie verstand nichts.

Saskia räusperte sich, stand auf, deutete mit einem Lächeln auf die Toilettentür und schloss sich in der kleinen Kabine ein. »Professor, wie kommen Sie denn ...?«

Für einen kurzen Augenblick war der Empfang einwandfrei, bevor die Stimme des Professors wieder im Rauschen unterging. Doch die paar Sekunden reichten, um Saskia erstarren zu lassen: »Der Maître hat Sie in seiner Gewalt!«

Saskia sank auf die geschlossene Klobrille und klammerte sich an das Handy. Der Professor hatte keinen Grund, sie anzulügen. Ganz egal, ob Al-Utri tatsächlich dem syrischen Geheimdienst angehörte oder nicht, er hatte sie für ihren Feind aufgelesen. Deswegen war alles so einfach gewesen.

So viel zu Justines kleinen Spielchen, dachte Saskia bitter und sah sich selbst in dem kleinen Spiegel über dem Waschbecken, ihr müdes, erschrockenes Gesicht. Nun war es an ihr, sie aus der schwierigen Situation herauszuholen. Die aufkeimende Wut, offenen Auges in die Falle gelaufen zu sein, kam ihr gerade recht. Die Narben auf ihrer Brust erwärmten sich. Saskia atmete tief ein, spritzte sich etwas kaltes Wasser ins Gesicht und konzentrierte sich. Sie würde in die Kabine zurückkehren, ein Portal öffnen und dadurch mit Justine entkommen. Sollte Al-Utri versuchen, sie aufzuhalten, würde er Bekanntschaft mit ihren Kräften machen.

Saskia löste die Kordeln am Bein, nahm das Schwert in die Hand, kehrte zu Justine und dem Geheimdienstler zurück und blieb vor ihm stehen. Die beiden starrten die Waffe an, Al-Utri erstaunt, Justine alarmiert. »Ich weiß, für wen Sie arbeiten«, sagte sie mitten in die unterbrochene Unterhaltung hinein und legte die Schwertklinge an seinen Hals. »Wohin bringen Sie uns wirklich?«

Al-Utri starrte auf das Schwert, sein Adamsapfel zuckte auf und nieder. »Bitte, …«

»Nein, nicht *bitte!«,* schrie Saskia und übte mit der Klinge Druck aus, darauf bedacht, ihn nicht zu verletzen, auch wenn ihre Narben brannten und etwas, das sich tief in ihr regte, den sofortigen Tod des Mannes forderte. »Ich will unverzüglich von Ihnen hören, was das Ziel unserer Reise ist und was wirklich mit Will geschehen ist!«

Justine starrte an ihr vorbei, zog ebenfalls ihre Waffe und knurrte einen französischen Fluch.

»Lassen Sie mich es erklären«, sagte eine angenehme Stimme in Saskias Rücken. Sie fuhr herum – und sah Levantin im Gang stehen! Er trug einen hellgrauen Anzug mit einer dunkelgrauen Krawatte aus Seide, elegante schwarze Schnürschuhe und ein triumphierendes Lächeln, wie es Blücher nach der Schlacht bei Waterloo auf dem Gesicht gestanden haben musste.

»Willkommen an Bord! Bevor Sie Dinge tun, die Sie später selbst als töricht betrachten würden: Ihrem Freund geht es den Umständen entsprechend gut. Er bekommt die beste Behandlung, die es gibt. Die Ärzte haben ihn in ein künstliches Koma versetzt, um sicherzustellen, dass er überlebt, bis Sie wieder bei ihm sind. Aber vorher«, er zeigte auf sich, dann auf Saskia und Justine, »machen wir drei einen kleinen Ausflug. Ich weiß, wo das letzte Artefakt verborgen ist.«

18. November
Syrien, Damaskus

Ashlay Askany war Putzfrau in der Inneren Medizin und versah ihren Dienst schon seit vielen Jahren gründlich und zuverlässig. Wie alle anderen Kolleginnen wurde sie nicht weiter beachtet, sondern gehörte zum Inventar. Aber das hatte auch

Vorteile: Ashlay hatte inzwischen einiges über Krankheiten gelernt und den Ärzten Dutzende Male bei der Reanimation zugesehen. Sie wusste, ab wann Blutwerte schlecht waren und mit welchen Befunden es Grund zur Hoffnung gab. Manchmal kam sie sich selbst wie eine Ärztin vor, wenn sie bei Visiten anwesend war und beim Bodenwischen den Gesprächen der Mediziner lauschte. Sie stand mit ihrer fahrbaren Putzstation vor Zimmer 1.83, in dem ein britischer Patient namens Smith lag. Ihrer Ansicht nach war er eines der ärmsten Schweine in der gesamten Inneren. Sie setzte die Schutzmaske auf, die Nase und Mund bedeckte, danach öffnete sie die Tür und trat ein. Da sie als Profi einen Tropfen Minzwasser in die Maske gegeben hatte, roch sie den Eitergestank nicht, der im Raum hing. Der Schnitt, den sie gestern beim Verbandswechsel auf seinem Rücken gesehen hatte, verlangte zwar eher nach der chirurgischen Abteilung, aber der Zustand seiner inneren Organe hatte einen Aufenthalt in diesem Bereich der Klinik dringender gemacht.

Ashlay erledigte ihre Arbeit souverän: Sie vernichtete Bakterien und Pilze mit den chemischen Zusätzen im Putzwasser, sprühte und wischte und näherte sich dabei dem Bett des Patienten. Sie warf einen Blick auf die Monitore, die den schlechten Zustand des Mannes verdeutlichten, wischte unter dem Bett hindurch, ohne hinzuschauen, drückte den Lappen ins Wasser und betätigte die Presse, mit der überschüssige Feuchtigkeit herausgedrückt wurde. Als sie die Augen auf den Eimer richtete, atmete sie vor Schreck tief ein: Das Wasser hatte sich rot gefärbt.

Rasch schaute sie unter das Bett, wo sich eine breite Lache gebildet hatte. Sie sah geronnene Blutfäden aus der durchweichten Matratze herabhängen und bis in die Pfütze reichen; an anderen Stellen tropfte es immer noch.

Ashlay zögerte nicht, sondern drückte den Alarmknopf. Wenige Sekunden später sprangen zwei Schwestern und ein Arzt ins Zimmer. »Er blutet durch«, erklärte sie dem medizinischen Personal aufgeregt und trat einen Schritt zurück, um sie nicht bei der Arbeit zu behindern.

»Weg«, knurrte der Arzt sie an, obwohl sie schon zwei Meter zur Seite gewichen war. Die Schwester schlug das Laken zurück und fluchte: Rund um Smiths Rücken hatte sich die Bettwäsche mit Blut vollgesogen! Gemeinsam drehten sie ihn zur Seite.

Ashlay sah den Schnitt, der auf seiner gesamten Länge aufgebrochen war. Die Drainagen lagen herausgerissen auf der Wäsche, und weißes Gewebe, das denaturiert aussah, quoll aus dem Spalt wie Füllung aus einem Kuscheltier.

Plötzlich und ohne dass sie wusste, wie ihr geschah, sah sie die Wände um sich herum verschwinden. Sie befand sich unbegreiflicherweise auf einer weiten Ebene aus dunklem Stein, über ihr leuchteten goldene Sterne an einem violettfarbenen Himmel ... Ashlay kniff die Augen erschrocken zusammen, öffnete sie vorsichtig wieder – und fand sich in Zimmer 1.83 wieder. Ashlay hatte keine Ahnung, was mit ihr geschehen war; ihr Herz schlug schneller. Sie wollte davonlaufen, aber etwas hielt sie zurück, von dem sie nicht genau wusste, was es war. Wie gebannt schaute sie weiter den Medizinern zu.

Der Arzt wurde hektisch und starrte auf die Monitore, die längst hätten Alarm schlagen müssen. »Was ist das für eine Scheiße?« Er schrie eine Schwester an, dass sie den Oberarzt und Professor Tibi holen sollte. Ashlay ahnte, dass der Mann keine Ahnung hatte, was zu tun war.

Während die eine Schwester wieder verschwand, bettete die andere den Patienten in die stabile Seitenlage, und der Arzt entfernte das merkwürdige Eiweiß mit Lanzette, Pinzette und Skalpell aus der Wunde. Ashlay wollte gehen, konnte sich aber einfach nicht von dem Anblick losreißen.

Wieder blitzte es vor ihren Augen – und auf einmal schwebte

sie in einem dunklen, leeren ... Nichts? Ashlay ruderte mit den Armen, bewegte sich auf der Stelle und drehte sich. »Hallo?«

Rot leuchtende Kreaturen mit vielen Augen und schleimigen Körpern ohne Proportionen eilten unvermittelt von allen Seiten auf sie zu. Mäuler so groß wie Ladeluken öffneten sich und zeigten ihr schiefe, messerartige Zähne, die nach ihr schnappten. Ashlay schrie auf, riss schützend ihre Arme hoch – und hörte das Piepsen der medizinischen Geräte.

Sie zitterte und öffnete die Augen. Zimmer 1.83. Was ging mit ihr vor? Machten die Ausdünstungen eines besonders scharfen Reinigungsmittels ihr zu schaffen?

»Raus«, schnauzte der Arzt sie an und ließ sich von der Krankenschwester verschiedene Spritzen aufziehen. Er pumpte eine nach der anderen in das Fleisch rund um den Schnitt, der auseinanderklaffte, danach tupfte er die Wunde aus und wollte eben eine vierte Spritze in den Zugang an Guls Hand geben. »Haben Sie nicht verstanden?«

»Sofort, Doktor ...« Ashlay legte erschrocken eine Hand vor den Mund und drückte dabei ihren Mundschutz platt: Smith hatte die Augen geöffnet! Das Weiß darin war gegen ein fahles Grün ausgetauscht worden, die Pupillen wirkten wie funkelnder Onyx, und plötzlich schwollen die Adern an Hals und Händen an und färbten sich dunkler, als würde sich das Blut rapide verdicken. »Doktor«, sagte sie erstickt. »Seine Augen!«

Der Arzt warf ihr einen bösen Blick zu und wollte ihren Hinweis ignorieren, doch die Krankenschwester schaute hin und schrie entsetzt auf. Im selben Moment kreischten und pfiffen die Warnsignale der Monitore auf, weil sich die Vitalwerte weit über die Grenzen hinaus beschleunigten.

Ashlay kannte keinen Menschen, der einen Puls von vierhundert hatte, geschweige denn überstand. Smiths Körper schien einen Turbolader eingeschaltet zu haben, doch der Mann selbst lag einfach nur da – und starrte die Pflegerin an.

Ashlay wagte es nicht, den Blick abzuwenden; die erbosten Anweisungen des Arztes ignorierte sie. Und obwohl sie nicht mehr tat, als das Gesicht des Kranken anzustarren, verursachte dies einen stechenden Schmerz unmittelbar hinter ihrer Nasenwurzel, der sich von dort unaufhaltsam in ihrem ganzen Körper ausbreitete. Schlimmer musste es für die Krankenschwester sein, die direkt in seine merkwürdigen Onyxaugen blickte.

Der Arzt griff nach der Schulter der Pflegerin und rief erschrocken ihren Namen, doch die Frau fiel wortlos zu Boden, ohne die geringsten Anstalten zu machen, den Sturz abfangen zu wollen. Mit voller Wucht schlug sie mit dem Kopf gegen den Rahmen des Tischchens, riss es um und prallte auf den Linoleumboden.

Ashlay wartete nicht, bis sie Anweisungen bekam, sondern sprang sofort nach vorne und kümmerte sich um die Ohnmächtige. Kein Puls! Zuerst dachte sie, sie würde ihn wegen der Handschuhe nicht finden, und streifte sie ab. Doch auch ohne sie war nichts zu spüren. »Sie ist tot«, keuchte sie erschrocken und schaute nach dem Arzt.

Dessen Hand baumelte unmittelbar vor ihr vom Bett herab, und als sie sich halb aufrichtete, sah sie ihn über Guls Füßen liegen. Seine Lider waren zur Hälfte geschlossen, aus seinem Mund sickerte roter Schleim.

Purpurfarbene, dicke Ranken brachen plötzlich durch den Boden und wuchsen in rasendem Tempo in die Höhe, schlängelten sich an Ashlay entlang, durchbrachen die Decke und stemmten die sieben Stockwerke über der Inneren in den Himmel, als wären sie aus Kartonage; dann schleuderten die unendlich vielen Tentakel das Gebäude einfach zur Seite. Die Ranken platzten und gebaren weitere Zweige, die an überlange Gliedmaßen erinnerten – und alles durchdrangen, was ihnen im Weg stand. Ashlay spürte, wie sich zwei in ihre Brust und den Unterleib schlugen, sie schrie, bis ihr die Luft ausging – und war wieder in Zimmer 1.83.

»Allah, hilf mir!« Ashlay musste plötzlich husten, ihr wurde schwindlig. Alle Kraft wich aus ihrem Leib, und sie rutschte auf Knien davon, um den Raum verlassen zu können.

Unentwegt hustend, schob sie die Tür auf und wälzte sich hinaus auf den Gang, vor die Füße der zurückkehrenden Pflegerin. »Nicht … hinein …«, würgte sie und hatte das Gefühl, dass sich ihre Lunge zersetzte. Es brannte in ihr, das Atmen fiel ihr immer schwerer.

Doch die Krankenschwester verstand sie nicht! Sie sah durch die Glasscheibe, erkannte ihre leblose Kollegin und den Arzt und stürmte in den Raum.

Ashlay verfolgte durch das Glas, wie sie nach einigen Schritten ins Taumeln geriet und zur Seite wankte. Vergeblich versuchte sie, bis zur Tür zurückzugelangen, brach zusammen, prallte gegen die Putzstation und warf sie um. Das rote Wasser ergoss sich über den Boden und schwemmte die verstreuten Spritzen durch den Raum. Über die Lippen der Schwester lief blutiger Schleim.

Ashlay zog sich die Maske von Mund und Nase und erkannte die roten Spritzer darin. Mit zitternden Fingern zog sie ihr Handy aus der Kitteltasche und rief das Stationszimmer an. Niemand durfte sich ihr oder dem Patienten ohne Schutzkleidung nähern.

18. November

Syrien, Luftraum über Syrien

Saskia starrte den Maître an. Tausend Gedanken schossen ihr gleichzeitig durch den Kopf, aber sie wusste nicht, was sie zuerst tun sollte. Sie bemerkte, dass sie noch immer dem syrischen Geheimdienstmann das Schwert an den Hals hielt, und sah sich zu ihm um. Justine saß wie eingefroren in ihrem Sessel. Der Ausdruck in ihren Augen war eine Mischung aus Hass und Furcht.

»Ich bin nicht euer Feind«, sagte der Maître freundlich.

»Was dann?«, kam es unverzüglich über Saskias Lippen. Sie fühlte sich so desorientiert wie damals, als sie in der Kammer aufgewacht war. *Damals?* Es war erst zehn Tage her! Und doch schien es ihr so, als seien inzwischen Monate vergangen.

Der Mann kam auf die Frauen zu und setzte sich. »Ich möchte Ihnen beiden gern erklären, in was Sie hineingeraten sind, Frau Lange. Und dass Sie mich bald wieder los sind, wenn wir zusammenarbeiten.« Er langte vorsichtig unter sein Sakko und nahm ein gefaltetes Pergament hervor, das er auf den Tisch legte. »Ihr Freund hatte es bei sich. Und wie ich schon sagte: Er bekommt die beste medizinische Versorgung. Machen Sie sich keine Sorgen um ihn.«

Saskia nahm das Schwert von Al-Utris Hals, setzte sich neben Justine und richtete die Spitze auf den Maître. »Wer bist du wirklich?«, sagte sie heiser und beherrschte nur mühsam ihre Wut. »Was hast du mir angetan?«

»Mein Name ist Levantin. Ich nehme an, wir kennen uns inzwischen gut genug, dass ich Saskia sagen darf?« Er lächelte so entspannt, als würden sie sich gerade in einem Café kennenlernen, und faltete die Hände. Dann sagte er etwas auf Arabisch, und Al-Utri ging nach vorn in die Pilotenkanzel. »Dank eurer Kleingeistigkeit bemerkt ihr Menschen in den seltensten Fällen, wenn euch ein kostbares Geschenk gemacht wird«, sagte er bedauernd. »Wir haben uns vor nicht allzu langer Zeit in der Vergangenheit getroffen, korrekt? Ein hübsches kleines Paradoxon.«

Saskia nickte. »Im alten Palmyra, ja. Leider konnten wir dich dort nicht töten.«

Levantin sah sehr glücklich aus. »Dann habe ich mich wirklich nicht getäuscht. Du bist meine Schöpfung – und all das, was in den letzten Jahrhunderten geschah, hatte nur den Sinn, dich zu finden«, sagte er. »Du, Saskia, bist der Grund, weswegen ich die *union des lames* gegründet habe. Deine überragende Fechtkunst in Palmyra verriet mir, wie ich dich zu mir locken können würde.«

»Was willst du von mir?«, fragte sie mit bebender Stimme.

Er betrachtete sie wie ein stolzer Vater. »Ich gehöre nicht in diese Welt, sondern möchte in meine Heimat zurück, aus der ich herausgerissen wurde. Du musst verstehen, dass ich nicht freiwillig hierhergekommen bin – ich bin, wenn man so will, ein Opfer der Menschen.«

»Eine einfache Art, sich zu rechtfertigen«, gab sie verächtlich zurück.

»Ob du die Wahrheit annimmst oder ablehnst, ändert nichts an den Tatsachen.« Levantin öffnete eine Dose und trank. »Menschen haben mich in diese Welt geholt, und Menschen werden es sein, die mich nach Hause bringen werden. Wärst du damals nicht verschwunden, nun, du hättest mir viel erspart – und viele unnütze Tode verhindert.« Obwohl er seiner Stimme einen bedauernden Ausdruck gab, verriet sein Gesicht, dass ihn seine unzähligen Morde wenig berührten.

»Also hast du viele mit diesem Zeichen verflucht.«

»Ich durfte nicht nachlassen und nur darauf hoffen, dir eines Tages wieder zu begegnen. Aber sie taugten nichts. Die wenigen, die in der Lage waren, ein Portal für mich zu öffnen, vermochten nicht, dies zu steuern. Es gibt so viele Welten und Sphären, und nur eine, in die ich gehöre. Du aber«, er strahlte sie voller Selbstgefälligkeit an, »du bist mir am besten von allen gelungen.«

Saskia wünschte sich nichts mehr, als ihm seine Arroganz mit Faustschlägen auszutreiben, doch sie ahnte, dass dies keine gute Idee war. Stattdessen musterte sie ihn eingehend. »So sieht also ein Dämon aus?«

Levantin schüttelte den Kopf und lachte amüsiert. »Ich bin kein Dämon, und die Welt, aus der ich stamme, wird von euch Menschen recht selten mit dem Wort Hölle bezeichnet.«

Er lächelte sie an. »Und doch steht so viel darüber in dem Buch geschrieben, an dem sich die Menschheit seit so langer Zeit mit viel Leidenschaft festhält: die Bibel.«

Justine lachte bitter auf. »Außerdimensionale oder Außerirdische in der Heiligen Schrift? Das ist so albern, dass es mir gefällt.«

»Buch Hiob, Kapitel achtunddreißig, Verse vier bis sieben«, zitierte Levantin. »Der entscheidende Satz lautet: *als mich die Morgensterne miteinander lobten und jauchzten alle Gottessöhne.*«

»Bitte?«

»Plural«, sprach er sanft. »Wenn du deiner Heiligen Schrift glaubst, hat der Gott, zu dem du betest, mehrere Söhne. Den einen, den ihr Jesus nennt, hat er zu euch geschickt. Aber wo sind die anderen? Und wo stecken die anderen Morgensterne? Wenn ich zum Himmel hinaufschaue, erkenne ich nur einen.«

»Sacré.« Justine sah ihn verblüfft an. »Soll das heißen ...«

»Möchtest du noch mehr Beweise aus der Bibel für die Existenz höherer Wesen?« Er überlegte. »Dann lies das erste Buch Moses: *Da sahen die Söhne Gottes die Töchter der Menschen, wie schön sie waren, und sie nahmen sich von ihnen allen zu Frauen, welche sie wollten. Da sprach der HERR: Mein Geist soll nicht ewig im Menschen bleiben, da er ja auch Fleisch ist. Seine Tage sollen einhundertzwanzig Jahre betragen. In jenen Tagen waren die Riesen auf der Erde, und auch danach, als die Söhne Gottes zu den Töchtern der Menschen eingingen und sie ihnen gebaren. Das sind die Helden, die in der Vorzeit waren, die berühmten Männer.*« Levantin lächelte. »Je nach Ausgabe der Bibel variiert der Text leicht, aber der Kern bleibt. Die Heilige Schrift berichtet von uns. Wer will es dann leugnen?«

»Söhne Gottes, und du bist einer davon??«, sagte Saskia verächtlich. »Größenwahn trifft es besser!«

»Lies es selbst nach. Und wenn du das, was geschrieben steht, nicht wörtlich nimmst, sondern die wahre Bedeutung hinter den Zeilen verstehst, findest du genügend Hinweise auf höhere Wesen wie mich. Man muss sie nur erkennen.«

»Und warum glaubst du, dass diese Erkenntnis irgendetwas verändert?«

Levantin seufzte. »Ich möchte, dass du begreifst, dass ich nicht das bin, was du einen Teufel nennen würdest. Auch kein Dämon wie Bēlua. Ich bin ein Gefangener dieser Welt, der in seine Heimat zurückkehren möchte – und dafür deine Hilfe braucht.«

Er hob den Arm, und eine Stewardess, die sie bislang noch nicht zu Gesicht bekommen hatten, trat aus der Pilotenkanzel und brachte ihm einen Laptop, den er aufklappte und mit dem Bildschirm zu ihnen gedreht auf das Tischchen stellte. »Ich habe die Informationen aus dem Hauptquartier der Diener Bēluas, die diese wiederum von Will Guls Bekannten gestohlen haben.« Der Computer fuhr aus dem Stand-by hoch. »Und viele, viele Informationen mehr.«

Saskia und Justine blickten auf eine Fotografie der alten Tür aus der Villa, daneben befand sich eine Zeichnung, darunter eine exakte Aufschlüsselung der unterschiedlichen Sprüche und Zeichen. Hinter jedem Eintrag fand sich die passende Übersetzung.

Levantin trank die Dose leer und drückte sie zusammen, bis aus dem Blech ein massives Kügelchen von der Größe einer Murmel geworden war; es war eine Handbewegung, mit der andere Papier zerknüllten. »Ich stelle euch diese Informationen zur Verfügung.« Er sah auf seine teure Uhr. »Wir haben noch ein paar Stunden, bis wir an unserem Ziel angekommen sind. Mein Helikopter ist zwar schnell, aber es ist recht weit.«

»Wer sagt mir, dass das alles stimmt?« Saskia sträubte sich dagegen, mit Levantin zusammarbeiten zu müssen. Sie richtete das Schwert auf seine Kehle. »Ich könnte dich damit vernichten und die Artefakte selbst suchen.«

Levantin trug wieder sein triumphierendes Lächeln zur Schau. »Für diesen Fall habe ich darum gebeten, dass deinem Freund Will eine tödliche Injektion verabreicht wird, wenn ich mich nicht jede Stunde melde.«

Saskia arbeitete bereits fieberhaft an einem Plan. Sie würde den Professor schicken, um Will zu retten; er befand sich ohnehin in Palmyra. »Du bist eine Bestie!«

Levantin zeigte lächelnd auf Justine. »Nein. *Sie* ist eine.« Er nahm sein Handy, wählte eine Nummer und hielt das Display so, dass sie das Bild darauf erkannten: ein Krankenhauszimmer, in dem ein Mann, an viele Apparate und Schläuche angeschlossen, in einem Bett lag. »Ein Live-Bild von einer Webcam«, sagte er. »Zwar kannst du nicht mit ihm sprechen, aber wenn du einen der behandelnden Ärzte interviewen möchtest ...«

Saskia schüttelte den Kopf.

»Was willst du mit den Artefakten?«, verlangte Justine zu wissen. »Ich dachte, Saskia sei alles, was du für deine Rückkehr brauchst?«

»Wie ich schon sagte: Es ist nicht einfach, das richtige Portal zu öffnen. Aber wenn Saskias Gabe sich mit der Macht der Artefakte vereinigt, sollte es möglich sein. Danach könnt ihr mit den Artefakten machen, was immer ihr wollt. Ich benötige sie nicht und wünsche den Menschen auch nicht den Besuch Bēluas. Das hat niemand verdient.« Levantin sah Justine in die Augen und schenkte ihr ein Lächeln, das Saskia misstrauisch machte. Ein solches Lächeln tauschte nur aus, wer sich kannte. *Sehr* gut kannte. Sie ließ sich nichts anmerken.

Sicher war, dass sie vorerst das Spiel dieses Geschöpfs mitspielen musste. Sobald der Professor ihr gesagt hatte, dass sich Will in Sicherheit befand, und sie das letzte Artefakt gefunden hatten, würde Levantin durch ihre Hand sterben.

Eine Rückkehr würde sie ihm niemals erlauben. Das hatte er nicht verdient.

Sie senkte das Schwert, um ihm zu zeigen, dass sie eine Entscheidung zu seinen Gunsten getroffen hatte. »Wie werde ich dieses Zeichen und den Fluch los?«

»Mein Geschenk, die Erhöhung«, verbesserte Levantin gönnerhaft. »Willst du deine Gabe wirklich aufgeben? Du hast nicht einmal halbwegs erkundet, was du damit zu tun vermagst.«

»Sie bringt mich dazu, Menschen zu töten und durch die Zeiten und Dimensionen zu stolpern.« Saskia lachte böse auf. »Das ist keine Erhöhung.«

»Weil du nicht verstehen willst, wie weitreichend diese Gabe ist, Saskia.« Er beugte sich vor. »Nicht einen Bruchteil hast du verstanden«, sagte er anklagend. »Du hast in deiner eingeschränkten Sicht nur das Schlechte gesehen, das Brachiale, das leicht abzurufen ist. Ich aber habe Menschen mit dieser Gabe zu überragenden Führern von Stämmen, Völkern und Nationen gemacht!«

»Bien sûr«, meinte Justine belustigt.

Sein Mund wurde schmal. Anscheinend hatten sie einen wunden Punkt getroffen. »Was wärt ihr Menschen ohne Autorität?«, fragte er herausfordernd. »Ein Haufen Wilder, der lebt, um zu jagen, zu ficken und zu sterben, der irgendwann einmal zufällig etwas an die Wand schmierte, was man heute für Kunstwerke hält und darin damals wie heute seine Überlegenheit gegenüber den Tieren erkennen möchte.« Er öffnete eine zweite Dose Cola. »Die Gabe öffnet nicht nur Portale. Sie kann

Situationen, Konflikte und Spannungen öffnen, Auswege zeigen, Menschen zum Nachdenken bringen.«

»Manipulieren«, fiel ihm Saskia ins Wort.

»Nein. *Katalysieren«*, präzisierte er. »Wenn sie weise eingesetzt wird, eröffnet sie in Verhandlungen großartige Möglichkeiten und Lösungen, weil sie den Verstand der Menschen öffnet und sie nicht engstirnig auf einer Sache beharren lässt.« Levantins Augen bekamen einen goldenen Schimmer. »Wann immer in der Geschichte vom Charisma berühmter Staatsmänner die Rede ist, kannst du davon ausgehen, dass es nicht von ungefähr kam. Glaubst du wirklich, ein Mensch wie Gandhi hätte es nur wegen seiner Gewaltlosigkeit so weit gebracht?« Er seufzte. »Du hast deine Gabe einfach nicht verstanden.«

»Soweit ich weiß, war Gandhi kein Fechter«, merkte Justine an. »Wie soll er das Zeichen bekommen haben?«

»Wer sagt, dass er Besuch von *mir* hatte?«, gab Levantin lässig zurück. »Ich bin nicht der einzige Wanderer, der in dieser Welt gefangen ist.«

Justine schnaubte. »Lass mich raten: Einer von euch ist ein Tätowierer geworden, richtig? Und hinter diesem merkwürdigen Trend des Brandings steckt etwas ganz anderes?«

Levantin zuckte mit den Schultern. »Gar kein so abwegiger Gedanke.«

Saskia merkte, wie ihre Überzeugungen ins Wanken kamen. Sie rief sich ins Gedächtnis, dass man Levantin nicht trauen konnte, ganz egal, was er nun war und was nicht. »Ich habe keine Antwort bekommen«, erinnerte sie ihn.

Er lächelte sie an. »Wenn du deine Gabe wirklich loswerden willst, sage ich dir das – in dem Moment, in dem ich durch das Portal schreite.«

Er ließ sich von ihr das Buch des Mönchs und die beiden Seiten aus dem Villensafe geben. Dafür stellte er Wills Satellitentelefon auf den Tisch, nickte ihnen zu, erhob sich und ging nach vorn in die Pilotenkanzel. »Falls der Sir anruft«, sagte er im Gehen und war verschwunden.

Justine sah Saskia an. »Und?«

»Wir machen mit.« Sie nahm das Handy und ging zur Toilette, um unbelauscht telefonieren zu können. »Aber wir spielen nach *meinen* Regeln.«

XXIV. KAPITEL

19. November
Unbekannter Luftraum

Als Saskia telefonieren ging, blieb Justine allein mit ihren Gedanken zurück; schreckliche Gedanken, verwirrend und kompliziert. Sie hasste Levantin, durfte ihn jedoch nicht umbringen, obwohl sie kaum einen sehnlicheren Wunsch verspürte.

Justine ekelte sich vor sich selbst. Mit dieser Kreatur hatte sie geschlafen, und es hatte ihr auch noch gefallen! War das vor oder nach dem Mord an den Schwestern gewesen? Nein, sie durfte sich diese Fragen nicht stellen, um sich selbst zu schützen.

Levantin kehrte unvermittelt zu ihr an den Tisch zurück. Er blieb neben ihr stehen, griff in die Sakkotasche und hatte etwas in seiner Faust. »Ehe ich es vergesse: Ich habe ein Geschenk für dich.«

»Steck es dir in deinen ...«

»Du wirst es mögen.« Levantin legte es vor ihr hin.

Justines Mund klappte auf. Vor ihr lag der Rosenkranz von Faustitia. Sie erkannte ihn sofort, jede kleine Perle, jede Riefe, jede Feinheit im Kruzifix.

»Ich habe es reinigen lassen«, hörte sie Levantin sagen. »Und den hier auch.« Dem Rosenkranz folgte Faustitias Siegelring. Niemals hätte sie sich freiwillig davon getrennt. Damit war der letzte Rest Hoffnung auf ein Wiedersehen erloschen. »Es war noch Blut dran. Ich dachte mir, dass es ein schönes Andenken wäre.« Seine Stimme klang ehrlich – und Justine starrte ihn fassungslos an. Er machte sich keinerlei Gedanken wegen des Todes der Nonnen, und er schien nicht einmal im Ansatz zu verstehen, was das für sie bedeutete. Menschen und Gefühle waren ihm einfach nur gleichgültig.

Die Bestie in ihr kreischte vor Zorn, und Justine sprang unvermittelt hoch und über den Tisch hinweg auf Levantin. Sie hatte sich mit genügend Kraft abgestoßen, um ihn trotz seines Gewichts umzureißen. Schreiend schlug sie immer wieder in sein Gesicht, bis er sie mit einem Arm nach hinten stieß. Es war eine lässige, überlegene Bewegung.

Justine fiel auf den Rücken, zog die Pistole – und feuerte die letzten vier Schüsse ab, die ihr noch geblieben waren.

Jetzt schrie Levantin, vor Schmerzen, vor Wut und vor gekränkter Eitelkeit. Die Kugeln trafen ihn in Hals und Kopf, und er verstummte; Blut spritzte durch die Kabine, die Geschosse rissen große Löcher. Er sank zurück.

Bevor sie sich auf ihn werfen konnte, stand Al-Utri in der Kabine, seine Waffe im Anschlag. Ein Schuss in ihre rechte Kniescheibe verhinderte, dass sie sprang. Justine knickte ein.

»Aufhören!«, befahl Levantin, setzte sich auf, wischte sich das Blut vom Hals und betrachtete seine blutige Hand. Die Löcher schlossen sich bereits. Er war regenerationsfähig, wie sie selbst. »Es ist nichts geschehen«, sagte er bebend zu Al-Utri und beherrschte sich. Es war der falsche Moment für eine Strafe.

Saskia war hereingestürmt und schob sich schützend vor Justine, die weinend am Boden saß. »Es ist *zu viel* geschehen«, raunte Saskia und blieb stehen, bis sich Levantin und der Syrer zurückgezogen hatten. Dann half sie Justine auf die Sitzbank und erblickte den Rosenkranz und den Siegelring. Sie ahnte, wem sie einst gehört hatten, und legte den Arm um Justines Schulter.

Justine schluchzte und nahm den Rosenkranz in die rechte,

den Siegelring in die linke Hand. Der schwache Geruch von verbranntem Fleisch durchzog die Kabine. Das Silber wirkte auf Justines Hände und quälte sie, aber sie war nicht bereit, loszulassen.

Der Helikopter landete auf dem Rasen eines kleinen Sportflugplatzes. Saskia schaute aus dem Fenster und hatte keine Ahnung, wo sie sich befanden. Die Nummernschilder der wartenden Transporter verrieten es ihr: Deutschland. Sie waren tatsächlich weit geflogen.

Sie nahm das Schwert und bemerkte, dass sich seine Farbe verändert hatte. Das Material wurde dunkler, verfärbte sich teilweise schwarz. War das eine Reaktion auf die anderen Artefakte in seiner unmittelbaren Umgebung? Schlossen sich bereits erste Energieströme zusammen? Nach wie vor prickelten Saskias Fingerkuppen, wenn sie die Klinge berührte.

Sie hatte die bereitgelegte Wechselkleidung in Anspruch genommen und trug nun bequeme schwarze Jeans, darüber ein weißes Shirt und einen gelben Pullover. Die syrische Armeejacke behielt sie an, auch wenn sie nicht dazu passte.

Justines Augen und Gesicht waren leicht gerötet. Seit sie die Andenken an die Nonnen in die Tasche der Armeejacke geschoben hatte, schwieg sie. Im Gegensatz zu Saskia hatte sie ein schwarzes Outfit ausgesucht, Cargohosen, Cargohemd und ein schwarzes Halstuch. Die dazu passende Armeejacke stand ihr ausgezeichnet.

Levantin hatte seinen blutbefleckten Anzug gegen einen neuen ausgetauscht und sah darin aus wie ein Millionär auf Geschäftsreise. Er war der Erste, der von Bord und die kleine Treppe nach unten ging. »Zieht den Kopf ein«, warnte er sie und eilte unter den schwirrenden Rotoren hindurch zu einem VW Tuareg, der auf sie wartete. Er hatte alles organisiert und für einen reibungslosen Ablauf gesorgt.

Als Saskia und Justine ebenfalls zum Tuareg gingen, fielen ihnen sechs Männer in Straßenkleidung auf, die Sporttaschen mit sich trugen; sie liefen in lockerem Trab auf einen Transporter zu, der in einigem Abstand zum VW gehalten hatte. Justine vermutete, dass sich Levantin noch ein paar Söldner mit Gewehren besorgt hatte. Für alle Fälle.

Sie stiegen in den Fond, Levantin hatte neben dem Fahrer Platz genommen und gab ihr Ziel in das Navigationsgerät ein. *Homburg, Rabenhorst.*

»Wir fahren jetzt zu einem Hügelgrab, in dem wir hoffentlich den Zahn finden«, gab Levantin bekannt. »Die Herrschaften, die uns begleiten werden, übernehmen die Aufgabe des Grabens für uns. Sollte sich auf unserer Baustelle Besuch einstellen, der nichts bei uns verloren hat, werden sie ihn etwas auf Abstand halten.«

Es waren nur wenige Kilometer bis zu ihrem Ziel. Saskia schwieg und sah aus dem Fenster.

»Das Buch des Mönchs war nicht sehr aufschlussreich. Geschmiere über die Herkunft des Schwertes, nichts von Bedeutung«, sagte Levantin beiläufig zu ihnen. »Falls es euch interessiert: Der Zahn gelangte vor nicht allzu langer Zeit erst zurück in das Grab. Er war bis 1979 als Exponat in einem Londoner Museum ausgestellt, von wo er plötzlich verschwunden ist, ohne dass Alarm ausgelöst wurde. Die Bēlualiten haben das Grab als wahrscheinlichsten Punkt errechnet, an dem er auftauchen wird«, erklärte er.

Es war kurz nach 21 Uhr, und viel Zeit blieb ihnen nicht mehr. Bis zum 20. November mussten sie die Artefakte zusammenhaben. Sie schienen auf dem besten Wege dazu zu sein, aber ob der Sir den Fahrplan einhielt, wusste sie nicht. »Gib mir das Satellitentelefon«, sagte Saskia.

Justine reichte es ihr. Saskia drückte die Wahlwiederholung. Das Display blieb dunkel, die Batterie war leer.

Ein Ortsschild huschte in der stärker werdenden Dunkelheit vorbei, und sie meinte *Altstadt* gelesen zu haben, als sie durch ein kleines Dörfchen fuhren. Danach schwenkte der Wagen auf eine breite, gut ausgebaute Landstraße ein, die in gerader Linie auf einen Berg mit beleuchteten Festungsruinen und einem Hotel zuführte.

Saskia hatte darüber nachgedacht, ob sie ein Portal öffnen sollte, um sich nach Syrien zurückzubringen und Will zu retten – doch erstens wusste sie nicht, wo sich das Klinikum befand, und zweitens konnte Levantin sie angelogen haben, Live-Webcam hin oder her.

Regen setzte ein, der heftiger wurde und laut gegen das Blech und die Scheiben prasselte.

Saskia wünschte sich, dass der Professor ihr eine SMS schrieb und sie informierte, dass er Will gefunden und gerettet hatte. Sein Anblick auf dem Bett, gespickt mit Schläuchen und Levantins Handlangern ausgeliefert, hatte sie sehr mitgenommen, doch die erste Sorge musste zunächst ihrem Auftrag gelten. Ihre Hände schlossen sich um das Pergament. »Zeig mir noch einmal die anderen Artefakte«, verlangte sie von Justine.

»Warum?«

Der beleidigte Tonfall machte sie stutzig. »Gib sie mir einfach.«

»Traust du mir nicht?«

Saskia lächelte sie an und hielt die Hand auf. »Mehr denn je, Justine.« Die Französin reichte ihr das kleine Päckchen, und Saskia verstaute es in ihrer Armeejacke. »Danke. Du bekommst es wieder.«

Der Tuareg durchquerte eine Siedlung und bog auf einen asphaltierten Waldweg ein, das Hinweisschild *Zum Rabenhorst* erschien im Licht der Scheinwerfer und verschwand gleich wieder. Dann rollte der Wagen von der Straße auf einen Waldweg, ohne das Tempo zu drosseln. Sie donnerten über die holprige

Strecke, bis der Fahrer auf Anweisung Levantins anhielt. Der Transporter tat das Gleiche hinter ihnen.

»Wir sind da«, meinte Levantin und stieg im strömenden Regen aus. Er zog nicht einmal die Schultern hoch, sondern ging ins Unterholz seitlich des Wegs.

Die Männer folgten ihm. Sie trugen Regenmäntel, Grabwerkzeug und wieder die Sporttaschen. Einige schalteten große Handlampen ein, deren Strahlen grell zwischen die Büsche stachen. Saskia und Justine verließen den Wagen ebenfalls.

Nach einigen Metern durch den Wald erreichten sie eine Erhebung, die ein Laie niemals als Hügelgrab identifiziert hätte; Levantin schon.

Er stellte vier Mann zum Graben ab, die beiden anderen öffneten die Sporttaschen, nahmen Sturmgewehre heraus, luden sie durch und hielten sie im Anschlag. Saskia hatte keine Ahnung, was für Fabrikate es waren, aber sie sahen einschüchternd aus.

Die anderen Männer streiften sich Handschuhe über und legten das Grab frei. Drei von ihnen schippten und wuchteten die Erde aus dem Boden, ein vierter hatte ein tragbares Sieb aufgebaut und durchsuchte damit den feuchten, sandigen Grund.

Die monotonen Geräusche des Schippens und des Regens gingen ineinander über. Gelegentlich fuhren Autos auf der Straße vorbei, die zum Rabenhorst führte, und die Wächter gaben noch mehr acht. In der Ferne bellte ein Fuchs, mal raschelte es im nassen Laub, aber echte Störungen gab es keine.

Die Zeit verstrich quälend langsam.

Die Frauen sahen, wie der Mann am Sieb Münzen, Schmuck und andere metallene Gegenstände in die Höhe hielt, und Levantin gestattete ihm mit einem Nicken, sie einzustecken. Ein kleiner Zusatzverdienst.

»Die Gegend hier ist bekannt für Keltengräber«, sagte Levantin. »Die meisten sind noch nicht untersucht und gut verborgen, damit sie nicht von Schatzsuchern geplündert werden. Ich wusste dank der Koordinaten, wo ich zu such...«

Ein Schuss peitschte, einer der Bewaffneten fiel zu Boden und hielt sich den rechten Oberschenkel. Die vier anderen duckten sich in ihrer Mulde in die nasse Walderde, einer zog die Sporttasche zu sich und verteilte die restlichen Gewehre. Saskia und Justine drückten sich gegen die nächstbesten Baumstämme. Levantin blieb gelassen und schaute in die Dunkelheit.

Ein zweiter Schuss, und dieses Mal sahen sie das Mündungsfeuer. Der Schütze hatte sich aus der entgegengesetzten Richtung ihrer Position genähert. Somit hatte er die Straße und den dortigen Aufpasser umgangen. Levantins nächster Mann ging schreiend zu Boden; die Kugel hatte sein Knie zertrümmert.

»Sucht weiter«, befahl Levantin und ging so gelassen los, als müsse er in einem Pub nur rasch zur Bar. »Ich kümmere mich um ihn.«

Saskia sah Justine an. »Was tun wir?«

»Abwarten.« Sie schaute zu den Männern hinüber, die zögernd die Arbeit wieder aufgenommen hatten, die Köpfe tief eingezogen. »Ohne den Zahn gehen wir hier nicht weg, egal was passiert.«

Mehrere Einzelschüsse erklangen, die Projektile flogen jedoch nicht in ihre Richtung; dann wurden Salven daraus. Schlagartig wurde es zwischen den Stämmen hell, ein unnatürlich rotes Licht erstrahlte. Ein Windstoß wirbelte das nasse Laub auf, warm jagte die Böe durch den Wald. Es roch nach verbranntem Fleisch.

Die Männer in der Grube hielten wieder inne. Justine und Saskia sahen sich an.

Schritte näherten sich, der Aufpasser leuchtete mit der Handlampe und riss einen Mann aus der Dunkelheit. Saskia schätzte ihn auf Mitte fünfzig. Er trug olivfarbene Kleidung, darüber einen Poncho samt Kapuze und wirkte darin wie ein Jäger. Sein Gesicht wies Spuren von Schlägen auf, die Haut am silbrigen Kinnbart war aufgeplatzt und färbte den Bart rot. Er hielt eine automatische Schrotflinte im Anschlag, unter dem Lauf befand sich ein zweiter, dickerer.

»Das ist ein Unterlaufgranatwerfer«, sagte er laut auf Deutsch mit britischem Akzent. Es war der Sir! »Ich werde ihn einsetzen, wenn einer der Gentlemen denkt, er müsste auf mich schießen.« Er schwenkte mit der Mündung über sie. »Legen Sie die Waffen vor sich auf den Boden, und arbeiten Sie weiter. Wir suchen alle den gleichen Gegenstand.« Ohne die Augen von den Söldnern zu wenden, sagte er: »Hallo, Ladys.«

Justine sah sich um. »Wo ist Levantin?« Sie hob ein Sturmgewehr auf, prüfte es kurz und richtete den Lauf auf die Grube.

»Er bekam unerwartete Schwierigkeiten«, gab der Sir zurück. »Sie haben das Schwert, Haar und das Pergament, ich das Monokel. Sobald wir den Zahn in unserem Besitz haben, sind alle Artefakte versammelt. Dann können wir dafür sorgen, dass sie verschwinden.«

»Was ist mit Levantin, Mister MacKenzie?«

»Sie haben meinen Namen herausgefunden?«

»Ja, über Ihre ehemaligen Freunde, die Consciten«, gab sie zurück.

»Ich warne Sie: Wenn Sie mit denen kooperieren, dann ...«

»Nein, das tun wir nicht. Außerdem haben sie sich schon lange nicht mehr blicken lassen.« Saskia sah den Mentalisten an. »Sagen Sie endlich, was Sie mit Levantin gemacht haben?«

»Es gibt Abwehrmöglichkeiten, die sowohl dämonische als auch magische Kreaturen vernichten können. Damit hat der Kerl nicht gerechnet«, erklärte er. »Es dauerte etwas, bis ich erkannte, was er ist. Zuerst hielt ich ihn für einen Menschen.«

»Haben Sie ihn vernichtet?« Justine konnte es nicht fassen. »Das rote Licht eben im Wald ...«

»Davon gehe ich aus.« MacKenzie beobachtete die grabenden Männer ganz genau. »Wo ist Herr Gul?«

»In Syrien«, antwortete Justine. »Er ist schwer verletzt worden, als wir das Pergament geborgen haben. Wir müssen ihn befreien, bevor ...«

»Hey! Ich habe es, glaube ich.« Der Mann am Sieb hielt etwas Schwarzes in die Höhe, reinigte es grob in einer Wasserpfütze und warf es MacKenzie zu, der es mit einer Hand auffing und dann betrachtete. Justine übernahm so lange die Überwachung der Arbeiter, die mit dem Schippen aufgehört hatten.

MacKenzie musste nichts sagen, man sah ihm die Ergriffenheit an. »Geschafft«, flüsterte er und musterte den Zahn eindringlich. »Ich danke den Göttern, dass sie uns beistanden! Das Opfer meiner Ahnen war nicht umsonst.«

Saskia spürte, dass das Schwert seine Ausstrahlung veränderte und stärker wurde. Die Macht dehnte sich weiter aus. Sie hatten die Artefakte in Gänze zusammengetragen. Harmlos in ihrer eigentlichen Gestalt, doch zusammengesetzt gefährlicher als sämtliche Kernwaffen der Welt. Sie verstand, dass sie auf der Stelle zum Marianengraben reisen musste. Gleichzeitig wollte sie jedoch Will aus dem Krankenhaus und den Händen von Levantins Ärzten befreien. MacKenzie steckte den Zahn ein und nickte hin zur Straße. »Wir haben ein neues Ziel, den Pazifischen Ozean.«

Ein Schatten sprang von einem Baum herab, prallte gegen ihn und schlug ihn nieder. Sofort darauf warf er sich auf Levantins Leute und wütete unter ihnen, einer nach dem anderen fiel mit aufgeschlitzter Kehle zu Boden. Zeit für eine Gegenwehr war ihnen nicht geblieben. Auch Justine wurde getroffen, flog etliche Meter durch die Luft und schlug hart auf. Die Strahlen der umherliegenden Handlampen leuchteten wirr in alle

Richtungen, mal senkrecht nach oben, mal schräg, mal flach über den Boden.

Dann schnellte der Schatten vor Saskia hoch und trat genau in einen der Lichtkegel. Sie erkannte – Marat!

Der Vampir hielt lange, blutverschmierte Dolche wie eine Schere gekreuzt an ihren Hals. »Jetzt bekomme ich also nicht nur mein Schwert wieder«, knurrte er. Seine Haare waren noch immer rot, und er zeigte seine langen Zähne, um sie einzuschüchtern. »Nimm die Artefakte langsam aus deiner Jacke. Wenn ich merke, dass du den gleichen Trick versuchst wie am Flughafen, verlierst du deinen Kopf.« Er verstärkte den Druck.

Saskia tat, was er von ihr verlangte, allerdings in Zeitlupentempo, um nachdenken zu können. »Was willst du damit?«

Er lächelte. »Vielleicht Erlösung?«

»Wenn du sterben willst ,..«

»Sicher nicht! Ich werde Ketten sprengen«, grollte er und kam mit seinem Gesicht näher an ihres. »Ich werde ein freies Geschöpf werden, ohne an Herren gebunden zu sein. Du weißt, was ich meine?« Er ritzte ihr die Haut an beiden Stellen der Kehle auf. »Das geht mir zu langsam. Beeil dich.«

Saskia vermutete, dass er ebenso an einen Dämon gebunden war wie Justine. Konnten ihn die Artefakte freikaufen?

»Was sagt dir der Name Frans Hohentgar?«, fragte sie, um Zeit zu gewinnen.

Marat sah überrumpelt aus. »Woher kennst du diesen Namen?«

»Du bist ihm also begegnet?«

Der Vampir lachte schallend. »Nein, so alt bin ich nicht. Aber meine Mutter«, er spie angewidert aus, »kannte ihn und wurde von ihm im Messerkampf unterrichtet.« Er betrachtete sie. »Was hast du mit diesem Mann zu schaffen?«

Sie war sich nicht mehr sicher, ob es klug gewesen war, in ihrer Vergangenheit zu wühlen. »Ich habe seinen Namen gehört, als von den Kindern des Judas die Rede war«, wich sie aus. Aber der Vampir ahnte, dass mehr hinter der Frage steckte.

»Bist du eines seiner Kindeskinder?« Er grinste. »Welche Fügung! Sollte ich meine Mutter jemals finden, werde ich ihr berichten, dass ich eine Nachfahrin ihres Meisters getötet habe.« Mit diesen Worten ließ er die Schere zuschnappen – aber Saskia hatte in der Zwischenzeit das Schwert unbemerkt so manövriert, dass sie es senkrecht nach oben stechen konnte und Marats Schneiden aufhielt. Die Schnitte, die sie erhielt, waren schmerzhaft, aber oberflächlich.

Marat fluchte und sprang zurück. Saskia hielt ihn mit geschwungenen Hieben auf Abstand, um ihre eigene Ausfallserie zu beginnen. Allerdings musste sie feststellen, dass der Vampir viel zu schnell war und sich einen Spaß daraus machte, mit ihr zu spielen. Er umrundete sie und entging dabei stets ihren Attacken. Ab und zu fügte er ihr flache Schnitte in Oberarme und Schultern zu, um sie zu reizen.

Saskia holte aus – und hielt inne, als sie die Veränderung der Hornklinge sah. Das Artefakt war schwarz geworden und schimmerte an manchen Stellen porös. Die Intarsien waren fest, wie es sich für Metall gehörte, aber an einigen Stellen herausgebrochen.

»Nein«, flüsterte sie entsetzt. »Das ist ...«

Marats harter Hieb gegen ihre rechte Wange warf sie auf die Erde, und sie verlor das Artefakt.

Der Vampir griff es sich sofort, wie sie im Liegen sah, und starrte es an. »Was hast du damit gemacht?«, schrie er wütend, während er es in einen Lichtstrahl hielt und genau betrachtete. »Es ist zerstört! Es zersetzt sich.« Er warf es weg und schmiss auch die übrigen Artefakte auf den Boden, dann wandte er sich mit hasserfülltem Blick zu ihr um. »Du hast mir die Freiheit geraubt!« Er setzte zum Sprung an.

Wie aus dem Nichts stand der nackte Levantin neben ihm,

riss das Schwert hoch und rammte es ihm durch den Bauch. Er zog es schräg nach oben, trat dem Vampir gegen die Brust, so dass er nach hinten geschleudert wurde, und sprang dem Stürzenden hinterher. Im Flug holte er zum beidhändigen Schlag gegen den Hals aus; seine Augen strahlten golden.

Das Schwert senkte sich in Marats Adamsapfel, glitt weiter nach unten und hatte den Nacken fast erreicht. Der Vampir wurde durchscheinend, die Kleidung fiel leer herab, und die Klinge stach in den weichen Waldboden. Der Vampir hatte sich in letzter Sekunde vor dem Enthaupten gerettet! Levantin erhob sich, beide Hände um den Griff geschlossen und hochkonzentriert.

Aber der Gegner ließ sich nicht mehr blicken.

Levantin ging zu dem bewusstlosen MacKenzie und trat ihm ins Genick. Es brach auf der Stelle. Dann zerschmetterte er den Kopf des Mentalisten mit einem zweiten Tritt. Knackend barst der Schädel, und die Knochen bohrten sich in den Waldboden. »Du wirst es nicht wieder wagen, mich anzugreifen«, sagte er verächtlich, seine Augen leuchteten noch immer. »Deine Macht genügt nicht, um mich zu vernichten, Mensch!«

Saskia stemmte sich in die Höhe, sah sich um und betastete dabei ihre Kehle und die Wunden. Sie bluteten leicht, aber nicht so sehr, dass der Körper damit überfordert war. Ein paar unsichere Schritte, dann fiel sie neben Justine auf die Knie. Ihre Freundin sah unversehrt aus, auch wenn eine Blutspur an ihrem Kopf zeigte, dass sie schwer verletzt worden war, bevor sie ohnmächtig wurde und ihre Heilungskräfte die Wunde schlossen.

»Was …«, setzte Saskia heiser an und räusperte sich. Sie war sich merkwürdig sicher, dass Levantin ihr nichts tun würde. »Was ist mit dem Schwert geschehen?«

Levantin suchte die Leiche des Sirs nach dem Monokel ab und fand es mit einem zufriedenen Brummen. Er legte es zusammen mit dem Zahn und dem mit den Haaren umwickelten Pergament auf seine Handfläche, um alles zu betrachten. »Ich weiß es nicht.« Er nahm sich einen Mantel von einem der Toten, zog ihn an und steckte die Artefakte in die Tasche. Mit der flachen Hand fuhr er die breite Seite des Schwertes entlang. »Es sieht um Jahrhunderte gealtert aus.«

»Marat hatte recht: Es zersetzt sich.« Sie war froh darüber. Damit war es unmöglich, das Blutportal zu öffnen. Weder für Bēlua noch für sonst jemanden. Und sie, das schwor sich Saskia, würde sich nicht zwingen lassen, ein Portal für Levantin zu erschaffen. Sie würde ohnehin nicht wissen, welche Dimension die seine war.

Levantin hielt die Waffe ins Licht und fuhr mit dem Daumen prüfend die Schneiden entlang, ohne sich zu verletzen. »Ich weiß, was geschehen ist«, sagte er dann erleichtert und ging zu den beiden Frauen. »Noch ist es nicht zu spät.« Ansatzlos schlug er Saskia mit der Faust gegen den Kopf, und sie brach zusammen.

19. November
Deutschland, Homburg

»Wach auf!«

Die schneidende Stimme riss Saskia aus der Schwärze der Bewusstlosigkeit; irgendetwas prasselte nass in ihr Gesicht. Plötzlich wurde sie hochgehoben und ein Stück getragen. Sie riss die Augen auf.

»Na endlich!«, knurrte Justine, die sie aus dem strömenden Regen unter einen schützenden Baum geschleppt hatte, und ließ sie recht unsanft zu Boden fallen. »Was ist passiert? Wer hat uns angegriffen?«

»Zuerst Marat, dann Levantin«, sagte Saskia und rieb sich das schmerzende Kinn. Ihre Kleidung war nass, und langsam wurde ihr die Kälte bewusst, die in ihre Knochen kroch.

»Er ist nicht tot?«, fragte Justine wütend.

»Keiner von beiden«, seufzte Saskia. Sie berichtete, was passiert war, dann warf sie einen Blick auf ihre Uhr. »Verdammt, Levantin hat schon zu viel Vorsprung. Jetzt, da er alle Artefakte beisammenhat, könnte er überall sein.«

»*Alors,* dann gibt es nur einen Weg, ihn zu finden, richtig? Wir brauchen unseren Finder-Inder. Kannst du uns ein Portal zu ihm öffnen?« Justine sah zu, wie Saskia sich konzentrierte, die Augen dabei fest zusammenpresste – doch nichts tat sich.

»Ich schaffe es nicht«, gab Saskia sich geschlagen.

»Hat er dir deine Gabe etwa schon genommen, jetzt, wo er die Artefakte hat?«

»Nein, ich glaube nicht.« Saskia schüttelte den Kopf. »Ich spüre sie noch in mir, aber ... sie scheint im Moment ... blockiert zu sein.« Sie fühlte immense Schmerzen in ihrem Schädel, als versuchte das Gehirn, den Knochen zu sprengen. Es konnten die Folgen des Schlags sein, den sie von Levantin bekommen hatte. Justine begann, MacKenzies Leiche zu durchsuchen, bis sie einen Zimmerschlüssel fand, auf dem *Hotel Rabenhorst* aufgedruckt war. Außerdem hatte er einen Autoschlüssel bei sich.

»Kann nicht weit von hier sein.« Saskia zeigte auf die Straße. »Ich habe einen Wegweiser gesehen. Wenn wir das Hotel finden, haben wir einen Wagen. Das muss für den Anfang reichen.« Sie rannten und stolperten durch den Wald, bis sie auf die Straße trafen, folgten ihr und standen bald auf dem Parkplatz des Hotels. MacKenzie hatte sich einen BMW geliehen. Der PS-starke Wagen verriet sich durch das Aufflammen der Blinker, nachdem Saskia auf dem Knopf der Fernbedienung herumgedrückt hatte.

Saskia stieg zitternd ein und ließ Justine auf den Fahrersitz.

»Lass uns versuchen, am Landeplatz des Helikopters irgendetwas herauszufinden. Ich sage dir, wohin wir müssen.« Dann drehte sie die Heizung auf volle Leistung.

»Ich habe mir den Weg gemerkt«, gab Justine zurück und fuhr mit quietschenden Reifen los. Während sie mit hundertvierunddreißig Stundenkilometern über die nasse Landstraße schossen, suchte sie im Handschuhfach nach einer Zigarette. »Wir hätten ihn in der Vergangenheit töten sollen, ohne Duell. Aber aufgeschoben ...« Sie ließ das Sprichwort unvollendet. »Was machen wir, wenn wir keine Spur finden?«

Saskia sah die Laternenmasten an sich vorbeifliegen. Ein Wunder, dass Justine bei dem Regen überhaupt noch erkannte, wohin sie fuhr. Die Scheibenwischer arbeiteten auf Hochtouren. »Levantin weiß, was mit dem Schwert geschehen ist«, grübelte sie. »Was ist, wenn das etwas mit Will zu tun hat?«

Justine zog die Handbremse, ließ den BMW um die Kurve driften, bog in die nächste Straße ein und überholte drei hintereinanderfahrende, langsamere Wagen. »Dann ist auch er auf dem Weg nach Syrien. Wir brauchen so schnell wie möglich einen Flug dorthin. Wo ist der nächste Flughafen?«

Saskia zog ihr Handy aus der Tasche und bemerkte, dass sie eine SMS erhalten hatte. »Der Professor! Er schreibt, er hat das Krankenhaus entdeckt, in dem Will liegt«, sagte sie erleichtert. »Ich rufe jetzt die Auskunft an und ... Justine, pass auf!«

Sie rasten auf eine Kreuzung zu – und auf der stand ein Lastwagen, der durch seine Länge jedes Vorbeikommen verhinderte! *»Merde!«*, brüllte Justine und stemmte die Füße auf die Bremse, doch bei inzwischen zweihundertelf Stundenkilometern war der Aufprall unvermeidlich. Der regennasse Asphalt verwandelte die Straße in eine Rutschbahn.

»Und das ohne eine Kippe«, knurrte Justine und machte sich für den bevorstehenden Aufprall bereit.

Saskia konnte nicht anders, als sich mit beiden Händen am Sitz festzukrallen.

Der *Homburg*-Werbeaufdruck auf dem Bus, der unaufhaltsam größer wurde, brannte sich in ihren Verstand ein und löschte jeden anderen Gedanken aus.

XXV. KAPITEL

20. November
Syrien, Damaskus

Niemand hielt den gutgekleideten Herrn auf, als er das Siegel mit dem Aufdruck *Biohazard* an der Stationstür aufbrach und die Quarantänestation der Inneren Medizin betrat.

Levantin war auf Schleichwegen ins Gebäude gelangt. Die Medien belagerten die Klinik, weil sich herumgesprochen hatte, dass darin ein Patient lag, der Symptome jener Seuche aufwies, die im deutschen Hamburg ausgebrochen war und dort inzwischen über dreihundert Tote gefordert hatte; weitere zweitausenddreihundert Menschen galten als infiziert. Allerdings, das hatte Levantin im Radio auf dem Weg zur Klinik gehört, warnten erste Labors vor dem Erreger in Damaskus: Er war um das Vierzigfache aggressiver als sein Verwandter in der Hansestadt. Eine Überprüfung des Namens Anil Smith hatte ergeben, dass es diese Person eigentlich nicht gab. Dies führte zu weiteren hitzigen Spekulationen.

Levantin trug das verpackte Schwert in der Rechten, die Linke hielt er in der Sakkotasche um die übrigen Artefakte geschlossen.

Summend schlenderte er den Flur entlang, bis er vor Zimmer 1.83 angekommen war und eintrat.

Will lag nackt auf dem Bett, ein Handtuch über dem Schambereich. Seine Haut hatte sich an vielen Stellen schwarz verfärbt und war aufgeplatzt, darunter sickerte eitriges Blut hervor und rann an ihm herab. Die Adern waren zu schwarzen, geschwollenen Schlangen geworden, die weit hervortraten und pulsierten. Man hatte ihn in eine badewannenartige Konstruktion gelegt, in der die austretenden Flüssigkeiten aufgefangen und abgeleitet wurden. Eine automatische Anlage sprühte in regelmäßigen Abständen Desinfektionsmittel über Will und spülte den Ausfluss weg.

Die Elektroden registrierten jeden Herzschlag, der Puls stand konstant jenseits von dreihundert, und auch alle anderen Werte zeigten, dass Wills Körper jedes menschliche Maß überschritten hatte.

Levantin näherte sich dem Todkranken und beugte sich über das rechte Ohr, dessen Ohrläppchen sich zur Hälfte aufgelöst hatte. »Ich weiß, was dich quält, Mensch. Ich helfe dir zu sterben.«

Er packte Will an der Schulter und schleuderte ihn aus dem Bett. Kabel und Zugänge rissen ab, der schlaffe Körper landete mit dem Gesicht nach unten. Alle Monitore fiepten und meldeten, dass der Patient gestorben sei.

Will hustete und übergab sich. Das, was einmal seine Galle gewesen war, pumpte eine undefinierbare Substanz aus dem Körper. Vergiftetes Blut quoll zäh aus den Löchern, welche die mit Gewalt herausgerissenen Nadeln im aufgeweichten Fleisch verursacht hatten.

Levantin entfernte die Hülle vom Schwert und stellte sich neben Will, einen Fuß auf dem Rücken, um ihn unbeweglich zu machen. »Gleich hast du es geschafft.« Er bückte sich und schob die Rückenwunde mit Zeige- und Mittelfinger auseinander, bis er das Weiß des Knochens sah.

Will wand sich keuchend und schreiend unter ihm, aber Levantins Gewicht hielt ihn fest.

»Da ist, was ich suche.« Levantin hob die Klinge, legte sie auf den Knochen und ließ die Wundränder los, dann drückte er das Schwert nach unten und schnitt dabei tief in die Wirbelsäule.

Es zischte, und Will stieß einen langgezogenen, unmenschlichen Schrei aus.

Das Hornschwert schien sich mit Wills Blut vollzusaugen. Langsam nahm es seine alte Farbe wieder an. Die Intarsien verflüssigten sich und schlossen ihre Lücken, dann riss Levantin die Waffe aus dem Körper heraus.

»Danke sehr«, sagte er zu Will, dessen Kopf auf den Linoleumboden zurücksank. Levantin riss eine Kochsalzinfusion vom Ständer, schnitt sie auf und spülte das Blut von der Klinge, um die Schneide mit einer Hand zu prüfen.

Die größte der Scharten war verschwunden. Der Splitter, der unbemerkt in Wills Rückgrat gesteckt hatte, saß wieder an seinem Platz im Schwert.

Damit besaß Levantin alle Artefakte, die er benötigte. Jetzt brauchte er nur noch einen Freiwilligen, der sie zusammensetzte. Dieses Blutportal trug seinen Namen nicht umsonst und hielt einen großen Nachteil für denjenigen bereit, der die Artefakte zusammenfügte, das wusste Levantin aus den Aufzeichnungen der Bēlualiten. Aber glücklicherweise befand er sich in einem Krankenhaus. Es gab Stockwerke über und unter ihm. Es würde sich rechtzeitig jemand finden.

Saskia befand sich zweifellos auf dem Weg zu ihm, das spürte er. Alles lief bestens.

Levantin entschied sich, seinen Freiwilligen auf Ebene zwei zu suchen, und ging auf die Tür zu.

Eine Hand schloss sich um seinen Nacken – und der Druck brachte seine Wirbel zum Knirschen. *Was* ... Er wollte sich umdrehen und den Angreifer niederschlagen, doch seine Kraft reichte nicht aus.

Noch ehe er sich von seiner Überraschung erholt hatte, wurde er von dem Angreifer durch die Wand geschleudert. Versorgungsleitungen brachen, zischender Sauerstoff blies Staub in den Raum und machte durch seinen Druck aus Wasserstrahlen feinen Sprühnebel. Levantin stürzte, schlitterte über den Boden, krachte gegen ein Bett, riss das Untergestänge ab und wurde darunter begraben.

Ein dumpfes Grollen erklang. Levantin blickte auf – und sah Will Gul!

Oder besser gesagt: Er sah das Wesen, das einst Will Gul gewesen war: Seine Haut hatte sich komplett schwarz gefärbt und schimmerte ölig. Die Adern waren als weiße Linien sichtbar, und die Augen strahlten hell wie von innen beleuchtete Diamanten. Haare besaß er nicht mehr, und als er die schwarzen Lippen öffnete, sah Levantin dahinter Kauleisten, deren Enden sich verjüngten. Stacheln stachen an seinen Schultern und Unterarmen aus der Haut, an den kräftigen Fingern waren zentimeterlange, spitz zulaufende Nägel. *»Du«*, dröhnte es aus dem Mund, *»wirst nichts mit den Artefakten unternehmen!«*

Levantin spürte, dass der Blick des Gul-Wesens seine Substanz angriff und ihn schwächte. Der giftgrüne Atem bereitete ihm dagegen keinerlei Schwierigkeiten. Langsam ahnte er, was der Schwertsplitter mit Will angestellt hatte: Das Dämonische war durch das Blut zum Leben erwacht und in ihn eingefahren. Es hatte ihn verwandelt und ihm etwas von der Macht verliehen, die Bēlua besaß.

Er streckte ihm die Klaue entgegen. *»Her damit!«*

Blitzschnell rollte Levantin zur Seite, sprang auf die Beine und stieß sich ab, um durch die geschlossene Tür nach draußen zu springen.

Will holte ihn im Flug ein und umklammerte ihn. Gemeinsam durchbrachen sie die Tür, prallten auf den Boden und rissen ein Loch, durch das sie ins Erdgeschoss der Universität stürzten.

Levantin stieß einen wütenden Schrei aus und kämpfte sich auf die Beine. Er blutete aus vielen Kratzern, obwohl sein Körper sich bereits mit Höchstgeschwindigkeit regenerierte. »Du wirst mich nicht hindern«, schrie er gellend, während in seinen Augen das goldene Schimmern erwachte. Er würde seine restliche Macht einsetzen, um dieses nichtswürdige Halbwesen aus Mensch und dämonischem Abschaum auszurotten.

Doch schon bekam er den nächsten Hieb verpasst, der ihn senkrecht nach oben durch das Loch schleuderte und ihn die Decke zum zweiten Stock zertrümmern ließ. Geistesgegenwärtig hielt er sich fest, schwang sich in die Etage hoch und schaute durch das Loch hinab.

Will machte mehrere Sprünge, die ihn Etappe um Etappe zu ihm hinaufbrachten. Er fauchte und grollte gleichzeitig. In dem Gesicht, das zusehends seine Menschlichkeit verlor, stand der feste Vorsatz, seinen Gegner auszulöschen.

Levantin bewegte den Kopf, und sein Nacken knackte mehrmals. Noch genügte seine Kraft, um ihn am Leben zu halten und diese Attacken zu überstehen. Aber er wollte den Kampf nicht annehmen.

Das Portal musste geöffnet werden, statt die Zeit mit Spielchen zu vergeuden, die er gründlich satthatte.

Er richtete sich auf, sah einen Schrank neben sich an der Wand stehen und kippte ihn um, genau über das Loch. Dann lief er los, wechselte hastig in die dritte und dann die vierte Etage und öffnete dort eine der Zimmertüren.

Vor ihm saßen ein Junge und ein Mädchen in den Betten. Sie schauten Fernsehen. Die Gesichter wandten sich ihm erschrocken zu.

»Hallo, ihr zwei«, sagte Levantin und hob das Schwert. »Wer von euch möchte ein Puzzle machen?«

Der BMW flog einen sandigen Abhang hinab, ehe er aufsetzte und von Justine mit einem reflexhaften Manöver vor dem Zusammenprall mit einer antiken Säule bewahrt wurde.

»Das ist Palmyra«, stellte sie mit hochgezogenen Augenbrauen fest.

»Wäre dir die Seite des Busses lieber gewesen?«, gab Saskia hustend zurück und wischte sich das Blut unter der Nase weg. In ihrem Mund schmeckte es nach blutiger Bittermandel, die in Essig gesotten worden war. »Mir ist auf die Schnelle nichts anderes eingefallen.«

»Aber das ist großartig!« Justine beschleunigte und sah auf die Uhr. »Oh, *merde*. Wir haben wieder Zeit verloren. Wir waren wohl etwas länger unterwegs. Lass mich raten: Ein zweites Portal, das uns *vite, vite* ans Ziel bringt, ist nicht drin?«

»Fahr einfach so schnell du kannst«, entgegnete Saskia matt.

»Avec plaisir.« Die Französin durchbrach die Sperre, mit der die Zufahrt zu den Ruinen blockiert wurde, und hupte, um die beiden Wächter nicht auf die Motorhaube zu nehmen. Sie sprangen rechtzeitig zur Seite.

Es ging die asphaltierte Straße entlang, und bald fanden sie auch Hinweisschilder auf Damaskus.

Justine sah in den Rückspiegel, konnte aber nur die Staubwolke sehen, die sie hinter sich herzogen. »Werden wir verfolgt?«

»Das werden wir früh genug merken.« Saskias Handy läutete; es war der Professor!

»Frau Lange! Endlich!«, rief er. Im Hintergrund hörte sie Sirenen. »Ich bin an der Klinik, das Universitätsgelände ist abgesperrt. Ich fürchte, Levantin ist hier. Aus dem Innern erklingen Kampfgeräusche. Es hat den Anschein, dass sie das gesamte Gebäude abreißen.«

»Wir kommen zu Ihnen, Professor! Wir müssen zu Will.«

»Wir treffen uns an dem kleinen Imbissstand auf der Südseite des Areals. Bis dahin habe ich einen Weg gefunden, wie wir hineingelangen. Und beeilen Sie sich!«

»Hat er wirklich gesagt, wir sollen uns beeilen?« Justine stieß die Luft aus.

»Hat er.«

Justine schaffte es, trotz des vielen wirbelnden Sands auf der Piste noch schneller zu fahren, ohne dass sie einen Unfall bauten.

»Du kannst also kein Portal öffnen, das uns direkt nach Damaskus bringt?«, fragte sie noch einmal.

Saskia schüttelte stumm den Kopf.

»Nun, wie wäre es dann mit einer kleinen ... Abkürzung?«

»Wie meinst du das?« Saskia sah sie verwundert an.

»Kleine Sprünge. Wir haben hier eine tolle Fernsicht – bring uns einfach immer an den Punkt, bis zu dem du schauen kannst.«

»Ich kann uns nicht durch die Gegend ... teleportieren!«, murmelte Saskia unwillig. »Wir sind hier nicht auf dem Raumschiff Enterprise.«

»Soll ich uns erst wieder einen Lastwagen suchen, in den wir fast rasen müssen?«, grinste Justine.

Seufzend suchte sich Saskia den am weitesten entfernten Punkt am Horizont – und konzentrierte sich.

Levantin sah zu dem Jungen, der auf das Schwert starrte. »Du wirst bestimmt mitmachen wollen.«

Der Junge schüttelte den Kopf und schrumpfte regelrecht unter dem Laken.

»Und wenn ich dir verspreche, dass ich dich vom Krebs heile?« Seine goldenen Augen strahlten auf den Knaben nieder.

»Du bist ein Engel!«, sagte das Mädchen. »Meine Mama sagt, dass der Erzengel Gabriel ein Schwert hat.«

»Das kann man so sagen. Die Engel kommen aus einer ähnlichen Gegend wie ich, nicht weit von mir entfernt. Wie heißt du?«

»Elizabeth Owden.«

»Das ist ein schöner Name.« Levantin ging zu ihr, legte das

Schwert auf die Decke und nahm die übrigen Artefakte hervor.

»Mein Papa arbeitet in der englischen Botschaft«, sagte sie stolz.

»Ich verstehe.« Levantin zeigte auf die Waffe. »Mein Schwert, das ich im Kampf gegen das Böse benötige, ist mir von einem Dämon kaputt gemacht worden. Kannst du es zusammensetzen, wenn ich dir sage, wie?«

Das Mädchen nickte, aber der Junge meldete sich zu Wort. »Warum machst du das nicht selbst?«

»Weil nur die Hände eines unschuldigen Kindes das Schwert eines Engels schmieden können.« Er sah ihn an. »Wie heißt du?«

Der Junge hob die Decke vor die Augen. »Das möchte ich dir nicht sagen.«

Levantin lächelte und ging langsam auf ihn zu.

Aus dem Treppenhaus erklang ein lautes, erschreckendes Brüllen. Will hatte seine Fährte aufgenommen und würde ihn jeden Moment gefunden haben! Die Kinder zuckten zusammen.

»Hört ihr? Das Böse ist hier.« Er warf Elizabeth die Artefakte auf das Bett. »Mach schnell, kleine Dame! Damit ich den Dämon aufhalten kann und er euch nichts tut. Was nützt es euch, wenn ich euch vom Krebs heile und ihr von dem Monstrum gefressen werdet?«

Elizabeth nahm das Schwert und das Monokel, wie Levantin es ihr sagte. Sie suchte die münzgroße Vertiefung auf der breiten Stelle der Klinge, die von Intarsien umschlossen war. Als sie das Monokel darauflegte und sanft andrückte, verflüssigte sich das Metall und schmiegte sich um das geschliffene Hornstück.

»Das sieht schön aus«, sagte Elizabeth fasziniert. »Was jetzt?«

Die Tür und der Rahmen explodierten regelrecht, die Kinder

schrien auf, und durch die wirbelnden Holz- und Steintrümmer kam Gul auf ihn zu. Er bremste nicht ab, sondern packte Levantin, der sich gegen die schallschnelle Attacke nicht zu wehren vermochte, und stürzte sich mit ihm durch das Fenster. Die Kontrahenten verschwanden aus der Sicht der Geschwister.

Der Junge sprang aus dem Bett und blickte durch das große Loch in der Fensterfront, das die Kämpfenden hinterlassen hatten. Der Wind spielte mit den Zipfeln seines blauen Pyjamas. »Sie sind unten auf dem Boden eingeschlagen«, rief er seiner Schwester zu. »Aber ... sie leben beide noch!«

»Ist doch logisch, David«, meinte Elizabeth abgeklärt. »Wie soll denn auch ein Engel so einfach sterben?« Sie schaute auf das Schwert. »O nein! Das braucht er doch, um den Dämon zu töten.« Sie sah auf die übriggebliebenen Artefakte. »Aber ich weiß nicht, wie ich es zusammensetzen soll!«

»Das kann ich dir sagen«, sagte eine freundliche Stimme. Sie schauten zur Tür. Eine Frau stand dort. Sie trug ein Paar schwarze, geschnürte Stiefel, dunkle Kleidung, darüber einen knielangen Ledermantel, unter dem ein kurzläufiges Gewehr hervorschaute. Sie stieg über die Trümmer hinweg und näherte sich Elizabeths Bett. »Ich bin eine Freundin des Engels. Komm, wir setzen das Schwert gemeinsam zusammen, und ich bringe es ihm schnell.«

David musterte sie skeptisch. »Wieso braucht ein Engel denn eine Freundin?«

»Das hast du doch gerade eben gesehen«, gab sie zurück. »Manchmal benötigen selbst sie unseren Beistand.« Sie setzte sich neben Elizabeth aufs Bett. »Gib mir die Haare, Kleines.«

Elizabeth reichte ihr gehorsam das Gespinst. »Schnell, sonst verliert er!«

»Wieso hast du denn ein Gewehr dabei?« David schaute wieder nach unten, wo sich der Engel und der Dämon einen Faustkampf lieferten.

»Es verschießt geweihte Kugeln, die gegen Vampire, Werwölfe und Hexen helfen. Aber der Engel braucht viel dringender sein Schwert.« Sie wählte aus den Strähnen ein Haar aus. »Das müsste das richtige sein. Mit dem Haar wickelst du das Pergament fest um den Griff und machst einen Knoten.«

Elizabeth tat voller Eifer, was die Freundin des Engels von ihr verlangte.

»Und wie heißt du?« David baute sich vor der Frau auf. Sie lächelte ihn freundlich an.

»Valesca.«

Nachdem es Saskia gelungen war, ein Portal für einen kurzen Sprung zu öffnen, der sie ihrem Ziel ein gutes Stück näher gebracht hatte, jubelten Justine und Saskia. Nach dem zweiten wurde die Französin merkwürdig still. Und als der Wagen polternd aus dem dritten hervorschoss, erzählte sie Saskia die Wahrheit über sich und Levantin.

Inzwischen brausten sie durch die damaszenischen Straßen. Das Universitätsgelände war auch auf Englisch ausgeschildert, sie mussten nur den Wegweisern folgen. Noch gab es ein Vorwärtskommen, doch der Strom der Autos, Busse und Krafträder verdichtete sich. Dazu kamen noch die antiquiert wirkenden Karren, die von Kamelen oder Maultieren gezogen wurden.

Saskia beobachtete sie von der Seite. »Sag mir, wie sehr ich dir noch vertrauen kann, bevor wir gegen ihn antreten, Justine.« Sie war nicht so überzeugt, wie sie es gern gewesen wäre. Die Alternative war, Justine jetzt auszuschalten, um nicht mitten im Kampf gegen Levantin einer zweiten Gegnerin gegenüberzustehen.

»Zu einhundert Prozent«, erwiderte sie und presste die Lippen zusammen. »Der Tod meiner Freundinnen darf nicht ungesühnt bleiben. Er wird durch meine Hand sterben. Selbst wenn ich dabei draufgehe. Für immer.«

Etwas an dieser Formulierung ließ Saskia aufhorchen. »Wie meinst du das?«

Justine umkurvte ein Kamelgespann, wich einem Radfahrer aus und touchierte dabei das Heck einer Luxuslimousine. Ungerührt davon, streifte sie einen Ärmel nach unten und zeigte ihr das Zeichen des Dämons. »Ich werde diesmal wirklich sterben, Saskia. Das meine ich damit. Keine Tricks, kein doppelter Boden. Ich werde mich nicht noch einmal retten, in der vagen Hoffnung, dass alles besser ist als der Tod.« Dann bremste sie gerade rechtzeitig vor dem Ende eines Staus. »Dichter kommen wir wohl nicht mehr ran.« Sie stieg aus. »Den Rest laufen wir. Los, *ma chère.*«

Saskia sah ihr nach. Ihre Narben brannten immer noch; es wäre ein Leichtes, Justine für den Verrat, mit Levantin geschlafen zu haben, bezahlen zu lassen. Konnte sie ihr wirklich noch vertrauen?

Sie beschloss, es darauf ankommen zu lassen.

Levantin hatte genug.

Er befreite sich mit einem gewaltigen Schlag von Will, der rückwärtsgeschleudert wurde und durch die Glasscheiben der Eingangshalle krachte.

Der Halbdämon überschlug sich mehrmals, schaffte es dann aber, auf allen vieren zu landen und die langen Nägel zum Bremsen in den Marmorboden zu rammen. Sie zogen tiefe Rillen in den Stein, nicht wenige Platten zerbrachen, und er hielt an.

Levantin fluchte und sprang auf einen geparkten Wagen, dessen Dach sich sofort eindrückte, von dort auf das Vordach des Eingangs, dann hinauf zum Fensterbrett des ersten Stocks.

Er hatte Glück: Die Bänke waren so massiv gebaut, dass sie sein Gewicht aushielten, auch wenn sie sich dabei stark verformten.

Wie eine Eidechse kletterte er in die Höhe und schwang sich schließlich in das Zimmer der Kinder.

Elizabeth und der Junge waren verschwunden.

Auch das Schwert war weg.

Levantin stieß einen lauten, frustrierten Schrei aus.

Polizisten, Soldaten und Kamerateams schwirrten auf dem Gelände herum, die Luft war erfüllt von vielen Stimmen, von Sirenen, vom Knattern der Rotoren. Ein Ameisenhaufen ohne Struktur, ein wildes Durcheinander. Und als dann noch die Muezzins durch die Lautsprecher der Minarette zum Gebet riefen, konnte man fast sein eigenes Wort nicht mehr verstehen.

Endlich fanden Saskia und Justine die Imbissbude, an der der Professor auf sie wartete. Er kam ihnen – im Chaos der Umgebung merkwürdig wirkend – gemessenen Schritts entgegen und reichte ihnen höflich die Hand. »Ich konnte nichts mehr für Herrn Gul tun«, sagte er sofort. »Als ich ankam, hatten die Sicherheitskräfte bereits alles abgeriegelt.«

»Sie können nichts dafür«, keuchte Saskia; der Dauerlauf hatte ihr einiges abverlangt. »Wohin müssen wir?«

Er zeigte auf ein benachbartes Haus. »Von der Tiefgarage aus gibt es einen Verbindungsgang in die Klinik. Er ist dazu gedacht, dass Gäste der Universität, die anderswo keinen Parkplatz gefunden haben, ohne Probleme ins Gebäude gelangen.« Sie gingen los.

»Wo haben Sie die ganze Zeit gesteckt?«, wollte Justine wissen. »Wir konnten Sie viel zu lange nicht erreichen.«

»Anfangs hielt mich die Recherche auf Trab. Und ab einem gewissen Punkt habe ich verstanden, dass mich die Leute des Maître jagen. Ich musste kämpfen wie schon lange nicht mehr. Meine Fechtkünste sind zum Glück weniger eingerostet, als ich gedacht hatte.« Der Professor wirbelte mit seinem Gehstock. »Praktisch, wenn sie aus Hartholz gemacht sind: Man bekommt sie durch den Zoll, und unter der Gummikappe vorn ist ein angespitztes Ende, das ausreicht, um einen Menschen zu durchbohren.«

»Glauben Sie bitte nicht, dass Sie Levantin damit ernsthaft Schaden zufügen können«, sagte Saskia.

Sie betraten das Gebäude, nutzten den Lift in die Tiefgarage und hasteten zu der Tür, die der Professor ausfindig gemacht hatte. Allerdings standen vier Polizisten davor, die schwerbewaffnet waren; sie verteidigten den Durchgang gegen eine Schar Reporter, die mit ihren Kamerateams hineinwollten und mit Geldscheinen wedelten.

Saskia sah Justine an. Sie hatte seit ihrem Aufbruch vom Wagen über eine wichtige Entscheidung nachgedacht und war zu einem Schluss gekommen. »Mag sein, dass es ein Fehler ist, dich vor dem Kampf zu belohnen, aber ebenso gut könnten wir darauf angewiesen sein.«

Justine sah sie erstaunt an. »Trotz meines Geständnisses?«, fragte sie leise.

»Nein.« Saskia schüttelte den Kopf und sah sie ernst an. »*Wegen* deines Geständnisses.«

Einen Moment lang sahen sie sich einfach nur an.

Justine fing an zu grinsen und streckte Saskia ihren nackten Arm entgegen. »Gib sie mir zurück, wenn du kannst.«

Saskia holte noch einmal tief Luft. Gleichzeitig wurde ihr bewusst, dass sie sich nicht mehr vor der schrecklichen Atemnot fürchten musste – denn auf der seltsamen, sprunghaften Fahrt hierher hatte sie das Wachs zwar gespürt, aber es hatte ihr keine Schmerzen bereitet, sondern sich nur wie ein Film in ihr ausgebreitet.

Saskia konzentrierte sich, und sofort wurde die Welt zweidimensional, die widerliche Bittermandel breitete sich in ihrem Rachen aus, doch sie konnte ganz normal weiteratmen.

Sie sah, dass sich in der grauen Gestalt Justines ein weiteres

Wesen befand. Es loderte unterdrückt rot und wild, knurrte und bellte aus weiter Entfernung und verlangte nach seiner Freiheit. Es war eine energiegeladene Bestie.

Saskia erkannte auch die Sperre, die sie unbewusst errichtet hatte und die das Tier in Justine bändigte; sie schimmerte in Rostfarben, umschloss die Bestie und hielt den Ausbruchsbemühungen stand.

Saskia griff nach Justines Arm und ließ ihre Macht in sie fließen, steuerte die Energie aber gezielter als jemals zuvor. Justine bäumte sich auf und schien Schmerzen zu leiden, aber sie zog ihren Arm nicht weg. Ein pulsierender Strahl traf auf die schimmernde Barriere und löste sie allmählich auf. Vor Glück heulend, warf sich die Bestie gegen die geschwächte Sperre – und zerbrach sie! Die Welt bekam ihre drei Dimensionen zurück. An Atemnot litt Saskia diesmal nicht, lediglich der Bittermandelgeschmack begleitete sie. Sie würde bis ans Ende ihres Lebens alles hassen, was diesen Geschmack besaß.

Justine stand vor ihr, blinzelte ungläubig, lauschte in sich hinein, dann grollte sie versuchsweise und es klang, wie es klingen sollte: furchteinflößend, tief und böse! Dann jauchzte sie und umarmte Saskia. »Ich werde dich nicht enttäuschen«, versprach sie und blickte angriffslustig zu den Polizisten und Journalisten vor der Tür. »Ich bin gleich wieder da. Mal sehen, was ich noch draufhabe.«

Valesca beobachtete durch die offene Tür den Flur des obersten Stockwerkes, in den sie sich mit Elizabeth zurückgezogen hatte. David wollte sich woanders verstecken, und Valesca hatte ihn nur zu gerne gehen lassen. Wichtig war nur Elizabeth, ihr Blut, ihr Leben. Ohne sie würde sich das Blutportal nicht öffnen lassen und ihrem Herrn die Freiheit verwehrt bleiben.

Natürlich wäre Hamburg mit seinen vielen Pestopfern der

bessere Ort für sein Erscheinen gewesen, aber in Momenten wie diesem konnte man nicht wählerisch sein.

Das Mädchen versuchte zum siebten Mal, aus dem dünnen Haar einen Knoten zu binden, damit es sich nicht von selbst löste, aber das war nicht einfach. Immer wieder rutschten die Enden auseinander, und Valesca stand kurz davor, die Geduld und damit die Freundlichkeit zu verlieren. Doch die Freundin eines Engels durfte sich so etwas nicht erlauben. Sie zwang sich zu einem aufmunternden Lächeln, als Elizabeth zum achten Versuch ansetzte.

Valesca war sich darüber im Klaren, dass sich Levantin und das, was wohl einmal Gul gewesen war, durch das Gebäude wühlten, um an die Artefakte zu kommen. Zeit spielte für ihre Sekte nach Jahrzehnten des geduldigen Wartens plötzlich wieder eine sehr große Rolle.

Dabei wusste sie gar nicht, wie viele von ihren Glaubensfreunden übriggeblieben waren. Nach einem langen, harten Gefecht in Chinon hatte sie sich zur Flucht aus ihrem Refugium und für dessen Zerstörung entscheiden müssen. Die Geheimnisse auf den Computern waren nicht alles gewesen, besonders die Schriften im Haus durften keinen Ungläubigen in die Hände fallen. Oder den Feinden des Herrn.

Ihre Flucht hatte Rückzug bedeutet, aber nicht die Kapitulation. Da es ihren Hohepriester nicht mehr gab, trat sie an seine Stelle. Die Beschwörung würde stattfinden, und Levantin wäre der Erste, der durch Bēlua sterben musste.

»Es geht nicht«, sagte Elizabeth und fuhr sich über den Kopf. Valesca sah ihr die Erschöpfung an. Chemotherapie hatte das Mädchen geschwächt.

»Streng dich an, Liebes«, zischte sie. »Willst du, dass der Engel gegen den Dämon verliert? Sollen wir beide sterben?«

Elizabeth schüttelte entschlossen den Kopf und setzte zu einem erneuten Anlauf an. Und jetzt, endlich, klappte es. Der

Knoten saß und hielt das Pergament fest um den Griff. »Ich habe es!«

»Fein! Jetzt noch den Zahn.« Valesca zeigte auf eine Lücke am Ende des Griffstücks. »Da muss er hinein.«

Elizabeth setzte das Artefakt an, wollte es festdrücken – da sirrte etwas heran und traf das Mädchen an der Stirn. Bewusstlos brach es zusammen, neben ihr fiel ein prall gefüllter Infusionsbeutel zu Boden.

Valesca richtete ihr Gewehr in die Richtung, aus der das Geschoss gekommen war: Der Halbdämon Gul stand am Ende des Gangs, neben einem Wagen mit Infusionsbeuteln, und er kam auf sie zu. Hinter ihm erschien Levantin.

Valesca spürte die Schritte der beiden überschweren Wesen als Schwingungen im Boden und wusste, dass es keine zweite Gelegenheit mehr geben würde, ihren Herrn durch das Blutportal zu holen. Blitzschnell entschied sie sich zum größten Opfer, das sie zu geben bereit war.

Ihr Daumen drückte den Zahn fest in die Lücke, klickend rastete er ein, und bevor der heranstürmende Gul sie erreicht hatte, rammte sie sich selbst das Schwert durch den Leib. *»Bēlua, venias!«*, schrie sie und flüsterte sterbend die Formel, um die Grenzen zwischen den Welten niederzureißen.

Flüssiges Silber strömte in sie hinein.

Ihr Opfer war angenommen worden.

Das Portal hatte sein Blut bekommen.

»Wie weit noch?«, japste Saskia und hielt sich die rechte Seite. Mit der anderen Hand stützte sie sich am Treppengeländer ab.

Justine hielt den Kopf erhoben, ihre Nasenflügel blähten sich. »Ich rieche Levantin. Er ist ganz oben.« In ihren braunen Augen brannte das Jagdfieber, der gelbe Ring um die Pupille loderte; die Bestie war frei.

»Dann weiter.« Der Professor zeigte für sein Alter ein enormes Durchhaltevermögen. Er war besser zu Fuß als Saskia.

Sie hetzten die Stufen nach oben, gelangten in den siebten Stock und verließen das Treppenhaus. »Da entlang«, fauchte Justine.

Der Anblick, der sich ihnen in dem Raum vor ihnen bot, war grotesk: Auf dem Boden lag die erstochene Valesca, aus der das Schwert hervorragte. Links von ihr stand Levantin, rechts von ihr eine grausam verzerrte Gestalt, in der Saskia erschrocken Will erkannte. Etwas hatte ihn grausam verwandelt. Und zwischen ihnen öffnete sich, als würde es aus der Leiche der Dämonendienerin herausfließen, ein blutrotes Tor!

»Wir kommen zu spät!« Saskia starrte es an; sie sahen Wills schwarze Gestalt durch das Flirren, das sich immer weiter ausdehnte.

»Halt es auf!«, rief Justine entsetzt.

Saskia atmete tief ein und setzte ihre Gabe frei.

Das Portal war auch in der zweidimensionalen Sicht ein beeindruckender Anblick. Die Ränder brannten sich durch die Luft, es wucherte und vergrößerte sich gleichförmig. In seinem Mittelpunkt waberte es nicht rötlich, wie damals bei Justines Auftauchen, sondern milchig golden und mit roten Schlieren durchsetzt.

Saskia versuchte, mit ihrer Macht die Ränder zu fassen, doch es gelang ihr nicht. Das Portal, das inzwischen einen Durchmesser von zwei Metern besaß und an Boden, Wände und Decke stieß, zeigte sich unbeeindruckt von ihrem Können. Im Gegenteil – die Ausdehnung beschleunigte sich sogar! Es blitzte und knisterte.

Ein erstes Wesen kam durch das Portal herausgesprungen, pferdegroß und mit drei Armen; anstelle von Augen hatte es schlangenhafte Fühler. Es stieß einen Ton aus, ein Vibrieren und Klicken gleichermaßen, dann rannte es an Levantin vorbei, genau auf sie zu.

»Das Ding ist für mich«, verkündete Justine und verwandelte sich vor ihren Augen in eine Halbbestie. Zähnefletschend rannte sie der Kreatur aus einer anderen Dimension entgegen, die Arme zum Schlag erhoben. »Schnappt euch das Schwert! Macht irgendwas!«

Saskia und der Professor warteten, bis sich Justine und ihr Feind ineinander verkeilt hatten, dann rannten sie an den Kämpfenden vorüber.

»Wie gelangen wir an dem Portal vorbei?«, fragte der Professor. »Wenn wir durchlaufen, landen wir doch in dieser Dämonensphäre, oder?«

Saskia versuchte noch immer, das Portal zum Innehalten zu zwingen, aber es widersetzte sich ... Nein, es bot ihr nicht einmal eine Angriffsfläche! Es war, als langte sie mit ihrer Gabe in Luft. Durch die Bittermandel hindurch bemerkte sie intensiven Zitronenduft. Bēlua roch für einen Dämon, dessen Spezialität das Verbreiten der Pest war, unpassend frisch und rein.

Levantin sah sie kommen und wandte sich ihnen zu. Da sprang ein zweites Wesen aus dem Portal und warf sich auf ihn, riss ihn zu Boden und biss in seinen Nacken, seinen Rücken, seinen Schädel. Levantin schrie.

Immer schneller flogen Dämonenwesen durch das Portal, landeten und rannten auf den Professor und Saskia zu. Justine war kaum noch mehr als ein flirrender Schatten, während sie wie eine Berserkerin auf die Angreifer einschlug. Lange würde es ihr nicht gelingen, die schreckliche Übermacht zurückzuhalten.

»Mein Gott«, sagte der Professor und hob den Stock zur Abwehr. »Wer hätte das jemals geglaubt?«

In dem milchig goldenen Durchgang wurde eine Fratze von zwei Metern Größe sichtbar, doch noch konnte es nicht in ihre Welt gelangen, wirkte wie ein Abdruck. Bēlua schien sich von seiner Seite des Portals gegen den Durchgang zu pressen, der noch nicht seine volle Ausdehnung erreicht hatte. Sobald dies geschehen war, da war sich Saskia sicher, würde der Dämon sich die Erde untertan machen. Jeder Widerstand wäre dann aussichtslos!

Mit einem schrillen Schrei fiel Justine zu Boden. Ihr Kopf war unnatürlich weit nach hinten geklappt und starrte Saskia voller Angst an, Blut schoss aus ihren zahlreichen klaffenden Wunden. Röchelnd griff sie sich an ihren tätowierten Arm, berührte das Zeichen, mit dem der Dämon sie zu seinem Eigentum gemacht hatte – und verschwand in einem Lichtblitz.

In diesem Moment wusste Saskia: Sie hatte verloren.

Es war vorbei.

Sie hatten das Ende der Welt nicht aufhalten können, hier und jetzt würden sie sterben.

Wie eine kalte Welle spülte die Verzweiflung über sie hinweg.

Die Dämonenwesen hatten sie fast erreicht!

»Weg«, schrie Saskia. Sie wandte sich um und hetzte die Treppe zum Dach hinauf. Es war ihr gleich, ob der Professor ihr folgte oder nicht. In ihrer Todesangst war sie sich selbst die Nächste.

Sie erreichte das Dach, schloss die Stahltür hinter sich – und sah die Ränder des rotglimmenden Portals. Es erinnerte sie an ein gigantisches Riesenrad. Ein elektrisches Surren und Knistern lag in der Luft, der Zitronengeruch reizte sie mehr als ihre Essigbittermandeln.

Das Hochhaus war von der Energie in der Mitte durchgeschnitten worden, die andere Gebäudehälfte brach auseinander und fiel auf die Straßen von Damaskus nieder, wo sie Fahrzeuge, Tiere und Menschen unter sich begrub.

»Nein, das ...« Saskia versuchte schluchzend, gegen das Portal anzukämpfen, aber ihre Gabe ließ sie im Stich. Es war, als würde man mit einem Tennisschläger Wasser aufhalten wollen.

Sie sah über den Rand des Dachs: Feurige Schatten sprangen aus den Fenstern, hetzten die Straßen entlang, gingen in der Stadt auf Jagd und verbissen sich in flüchtende Männer und Frauen. Fliegende Wesen schwangen sich in den Abendhimmel und ließen Damaskus hinter sich. Niemand konnte sie aufhalten.

Saskia sank unter Tränen in den Kies und musste mit ansehen, wie Bēlua durch das Portal trat.

Eine feste Gestalt besaß er nicht, er bestand aus Konturen, die gespenstisch aufflackerten und Teile seines Körpers sichtbar werden ließen. Er ragte vierzig Meter in die Höhe, der Asphalt kochte unter seiner Berührung. Schläge seines Dreifachschweifs brachten Nachbargebäude zum Einsturz. Das triumphale Brüllen des Wesens drohte ihr Trommelfell zum Platzen zu bringen, und sie legte die Hände auf die Ohren. Feuer loderten auf, Qualm stieg auf und kündete vom Untergang der alten Stadt, in der schon die Könige David und Salomon gelebt hatten.

Saskia wusste, dass es bald überall auf der Erde so aussehen würde.

»Nein«, schrie sie gegen das Tosen des Dämons an, sprang auf die Beine, sammelte ihre letzte Energie – sie würde kämpfen, sie würde nicht nach einem Ausweg suchen wie Justine, nicht schwach werden wie ihre Freundin, von der sie nicht geglaubt hätte, dass sie –

Saskia blieb stehen. Sie wusste plötzlich, warum es nichts gab, das sie mit ihrer Macht attackieren konnte. »Was ich sehe, ist nicht real«, flüsterte sie. »*Deswegen* kann ich nichts dagegen tun!« Sie ahnte, wem sie das zu verdanken hatte, aber noch war es eine Theorie.

»DESWEGEN!«

Sie schrie das Wort so laut, dass ihre Kehle zu zerreißen drohte.

Die graue, zweidimensionale Welt erstarrte.

Saskia rannte hinunter, zurück in den siebten Stock, vorbei

an den erstarrten Wesen. Der Professor lag mit zerrissener Kehle auf dem Boden, Levantin war von einer Horde abscheulicher Kreaturen, die aus Mäulern und dornbewehrten Tentakeln bestanden, niedergerungen worden und wurde soeben in Fetzen gerissen. Von Justine fand sich keine Spur.

Aber Will war noch da.

Er stand keine fünf Schritte von ihr entfernt. Und er war außer ihr der Einzige, der sich noch bewegte.

»Hör auf damit!«, schrie sie ihn an. »Befreie uns aus deiner Vision, damit wir das, was du dir hier ausmalst, verhindern können!«

Sein Blick richtete sich auf sie, er hielt die Hände gegen den monströsen Schädel gepresst und stöhnte. »Ich kann es nicht«, gab er gepresst von sich. »Es ist ...«

Saskia handelte: Sie näherte sich dem verwandelten Freund und nahm im Vorbeigehen einen Feuerlöscher aus der Halterung. Sie schlug zu, genau gegen seine Stirn. Dass Will den Schlag nicht abwehrte, kam ihr wie ein Einverständnis vor.

Erst beim vierten Hieb ging er ohnmächtig zu Boden –

– und die Umgebung verwandelte sich.

Die Verwüstungen verschwanden, Levantin, der Professor und Justine standen genau an den Stellen, an denen sie gewesen waren, als die Horrorvision begann.

»Das Portal!«, rief Justine.

Saskia sah, dass ein tennisballgroßes Flirren, das aus der toten Dämonendienerin aufstieg, langsam größer wurde. Da Will samt seiner Visionen ausgeschaltet war, wusste sie: Hier bereitete sich der echte Bēlua auf sein Erscheinen vor!

Saskia sprang zu Valesca und zog das Schwert aus ihr heraus, dessen Griff sich anfühlte, als stünde er unter Strom. Wenn sie gehofft hatte, dass der Vorgang der Portalöffnung damit unterbunden wurde, sah sie sich enttäuscht. Der Durchgang erweiterte sich zusehends.

»Dann eben auf meine Weise.« Sie tauchte entschlossen in die zweidimensionale Welt, ignorierte die Schmerzen in ihren Schläfen und versuchte, dem widerlichen Geschmack im Mund etwas Gutes abzugewinnen. Ihre Gabe flammte auf ...

... und dieses Mal *gab* es etwas zu packen!

Sie spürte den Widerstand, der ihr entgegengebracht wurde. Das Portal selbst oder jemand auf der anderen Seite wollte es nicht hinnehmen, dass sich der Riss fügte und die Welt der Menschen unangetastet blieb.

Saskia verstärkte ihre Anstrengung, doch das Loch erweiterte sich, wenn auch wesentlich langsamer als vorher. Die Öffnung war nun so groß, dass ein Erwachsener leicht gebückt hindurchgehen konnte. Auf der anderen Seite erkannte sie tiefes, glimmendes Rot, wie die Spitze einer glühenden Zigarette unter einem Mikroskop. Nur die Kälte, die aus der Öffnung strömte, wollte nicht recht dazu passen.

Unvermittelt erschien ein Auge vor dem Loch, ein hellblaues mit vier waagerechten, schlitzförmigen Pupillen. Jede Pupille glänzte in einer anderen Farbe, und jede einzelne von ihnen verströmte greifbare Angst. Saskia hätte um ein Haar die Kontrolle über ihre Gabe verloren, doch sie kämpfte verbissen gegen die Angst, die Hoffnungslosigkeit und die anderen Gefühle an, die ihr entgegenbrandeten.

Das Auge starrte sie an, gleich darauf erklang ein merkwürdiges Geräusch, das wohl auf der anderen Seite einem Schrei oder einem Brüllen entsprach. In Saskias Welt klang es wie bremsende, sich ineinander verkeilende Güterwaggons, deren schrilles metallisches Kreischen die Ohren folterte.

Saskia wusste, dass sie von Bēlua beobachtet wurde. Er wusste, wer seine Widersacherin war, die sein Erscheinen verhinderte. Jetzt erkannte sie Wut in den Pupillen, dann verschwand das Auge.

Plötzlich fiel es ihr leichter, das Loch zu manipulieren. Hatte der Dämon aufgegeben? Eine vage, vorsichtige Erleichterung stellte sich ein. Sie hatte Bēlua zurückgeschlagen!

In dem Moment rauschten lange schwarze Flammen aus dem Portal und hielten genau auf sie zu.

Saskia wurde davon überrascht und wusste nicht, was sie tun sollte.

Plötzlich flog etwas an ihr vorbei. Auf einmal stand Levantin vor ihr – und stemmte sich gegen den Angriff, die Arme ausgebreitet, als wollte er die Energien auffangen.

XXVI. KAPITEL

20. November
Syrien, Damaskus

Das Dämonenfeuer prasselte auf Levantin ein und brannte ihm die Kleidung vom Körper. Ein Funkensturm umspielte ihn, die trudelnden roten Pünktchen hagelten auch über Saskia hinweg und stachen in ihre nackte Haut. Doch das war nichts im Vergleich zu dem, was ohne Levantin als lebenden Schutzschild mit ihr geschehen wäre.

Noch während Saskia sich verwundert die Augen rieb, endete die Attacke, und das Brüllen Bēluas erklang, lauter und wütender diesmal.

Das schlagartig einsetzende Fiepen in den Ohren kannte sie noch aus der Zeit, als sie in Clubs gegangen war; die Geräusche um sie herum wurden dumpfer, wie durch einen Filter. Taubheit durch Dämonengeschrei war in ihrer Berufsunfähigkeitsversicherung nicht eingeschlossen.

»Schließ es!«, herrschte Levantin sie an. Sein Gesicht war, wie der Rest seines Körpers, vom Ruß schwarz gefärbt; Verbrennungen hatte das Feuer nicht angerichtet. »Er wird sich gleich etwas Neues einfallen lassen, um mich auszuschalten, nachdem ich mich ihm in den Weg gestellt habe.«

Saskia warf alles in die Waagschale, um die Entscheidung zu ihren Gunsten zu erwirken. Aber der Widerstand hatte sich verstärkt, drängte ihre Gabe zurück und schob sie weg.

»Schließ es!«, brüllte Levantin mehrstimmig.

Emotionen sind der Schlüssel! Sie rief die schönen Erinnerungen ab, um aus ihnen mehr Kraft zu schöpfen.

Das erste offizielle Gefecht auf der Planche.

Patrick und sie am Abend der Restauranteröffnung.

Der Moment, als ihr der Vater den Knopf ihres Vorfahren in die Hand drückte.

Zunächst schien gar nichts zu passieren – doch dann zogen sich die Ränder des Portals tatsächlich zusammen. Saskia hatte die Oberhand errungen, auch wenn ihr Kopf zu platzen drohte. Ihr Hals schien nur noch so dünn wie eine Stricknadel zu sein.

Wieder erschien das Auge, glotzte diesmal Levantin an und verschwand wieder. Dann wurden gleich mehrere Gestalten nacheinander durch das Loch geschleudert: perfekte Menschenkörper, Männer und Frauen, doch ihre Gesichter waren leer. Sie besaßen keine Nasen, keine Münder und keine Augen, nichts, was aus ihnen ein Individuum gemacht hätte.

Die Wesen warfen sich sofort auf Levantin, zwei weitere sprangen auf Saskia zu, die sich anstrengen musste, das Loch weiter zu schließen. Die Waffe in ihrer Hand schien Tonnen zu wiegen, und sie röchelte wie eine Ertrinkende. Gegen diese Dämonenwesen würde sie verlieren.

»Avatare«, rief Levantin über die Schulter und stürzte sich in das Handgemenge.

Unvermittelt sprang Justine in ihrer Halbform an Saskia vorbei und warf sich den anderen Feinden in den Weg. »Du weißt, was du tun musst«, knurrte sie und schnappte einen Avatar an der Kehle, einem zweiten rammte sie die Klauen in die Brust und warf ihn nieder.

Noch mehr schöne Erinnerungen sollten ihr Macht geben. Saskias Kopf dröhnte unter der Belastung, die Bittermandel brannte in ihrem Mund und in der Nase und rottete sämtliche Geschmacksnerven aus. Anscheinend ätzte sie sich durch die Zunge. Warm lief ihr das Blut über die Lippe, und der Druck in ihrem Schädel steigerte sich mit jedem Gedanken an ihre Gabe. Der Widerstand, den ihr der Dämon von der anderen Seite bot, war gewaltig.

Die graue Welt verlor all ihre Konturen, aus ihren Mitstreitern und Gegnern wurden wabernde, zuckende Gestalten, und der kreisrunde Riss überstrahlte alles wie eine explodierende Sonne. Ihre Netzhaut schien sich abzulösen, das Bild bekam Flecken wie ein Film, der vor der heißen Projektorlampe verbrannte.

Saskia hatte das Gefühl, als breite sie die Arme aus. Sie legte den Kopf in den Nacken und ließ all die Angst, den Schmerz, die Schrecken, gegen die sie ankämpfte, in sich strömen, ließ den Bittermandelgeschmack sie einhüllen wie eine brennende Decke. Sie gab den letzten Selbstschutz auf – und ließ die Gabe aus sich hinausströmen, ohne daran zu denken, was mit ihr geschehen würde. Attacke Riposte.

»Achtung«, hörte sie ein schwaches Rufen.

Ein Umriss sprang auf sie zu, doch Saskia wich nicht zurück. Der Umriss gab ein fürchterliches Geräusch von sich, das ein Gemisch aus Mädchenweinen, dem Grunzen eines Schweins und einem tiefen Orgelton war. Es zischte, als der Avatar seine Finger um ihren Hals schloss, und der Gestank von brennendem, fauligem Fleisch kämpfte sich durch den allgegenwärtigen Bittermandelgeruch. Saskia sah noch mehr Silhouetten auf sich zukommen. Gleichzeitig fühlte sie, dass sie das Portal so gut wie geschlossen hatte.

Die Artefakte bildeten eine dauerhafte Gefahr für die Menschheit.

Intuitiv fasste sie einen Entschluss, hob das Schwert mit all den anderen Artefakten daran, die abrupt in der gleichen Farbe strahlten wie der Riss, wuchtete es mit viel Anstrengung in die Höhe.

Die Avatare wichen zurück, boten sich ihr geradezu an, schienen sie anzuflehen, sie zu erschlagen und sich dadurch vor ihnen zu retten – doch Saskia schleuderte das Schwert in den Spalt. Obwohl sofort wieder Hände nach ihr griffen und sie schlugen, ihre Kehle packten und sie an den Haaren zu Boden reißen wollten, konzentrierte sie sich allein auf das Schließen des Portals.

Der Dämon Bēlua brüllte aus weiter Ferne – und verstummte.

Schlagartig wurde die Welt um Saskia farbig und plastisch, sie verlor das Gleichgewicht, fiel nach hinten, schlug hart auf ...

... und schaute sich zu ihrer Überraschung selbst ins Gesicht! Auf ihr lag eine nackte Saskia, die sie unablässig würgte.

Justine erschien in ihrer Bestiengestalt über ihr, packte die Frau und riss sie herunter, brach ihr mit einem harten Schlag der Klauenhand das Genick und schleuderte sie davon. »Diese Avatare können jede Gestalt annehmen«, grollte sie. »Ich habe mich schon zweimal selbst töten müssen.« Sie hielt Saskia die blutige Hand hin, um ihr beim Aufstehen zu helfen. »Du hast es geschafft«, sagte sie und verwandelte sich dabei in ihre Frauengestalt zurück. Es knackte und knirschte, als sich die Knochen umwandelten. Sie verzog mehrmals das Gesicht, aber sie beherrschte sich ausgezeichnet.

»Das Portal ist geschlossen.«

Saskia erhob sich und schaute sich im Flur um. Sie blinzelte, weil sie sich erst an das helle, kalte Licht der Neonröhren gewöhnen musste. Ihre Knie gaben nach, Justine fing sie auf und stützte sie.

Sie zählte zwanzig gesichtslose Leichen, die in den unterschiedlichsten Posen umherlagen. Levantin war ebenso wenig darunter wie der Professor.

Auf dem Boden lag der silberne Griffschutz des Schwertes. Etwas weiter weg stemmte sich Will auf die Beine. Seine Gestalt hatte sich nicht verändert, er sah schrecklich und monströs aus. Eine groteske Figur aus einem Horrorfilm.

»Was ist mit Levantin und dem Professor?« Saskia gab Justine zu verstehen, dass sie sie loslassen konnte, und lehnte sich an die Wand.

»Je n'en sais rien.« Die Französin nahm sich einen weißen Kittel aus dem Stationszimmer und schlüpfte hinein. »Du hast das Schwert durch das Portal geworfen – warum? Jetzt kann Bēlua es sich wieder zusammensetzen.«

Saskia nickte schwach. »Von mir aus. Aber es existiert für ihn keinerlei Verbindung mehr in unsere Welt. Soll er in seiner Dimension herumlaufen, wie er möchte.«

Justine steckte die Hände in die Kitteltaschen, dann grinste sie. *»Très clever,* Madame! Woher wusstest du, dass es ...«

»Ich wusste nicht, ob es funktionieren würde. Ich habe es gehofft und irgendwie ... gespürt.« Sie atmete tief durch. Sauerstoff war etwas Herrliches.

»Dann hoffen wir, dass deine Taktik funktioniert.« Justine ließ Will nicht aus den Augen, der wie betäubt auf seine schrecklich verwandelten Hände starrte und dann begann, in ihre Richtung zu wanken. »Was machen wir mit ihm?«

Saskia fühlte sich unendlich schwach; gleichzeitig wusste sie, dass sie es schaffen würde. Sie nahm Justine bei der Hand und ging Will entgegen. »Das Gleiche wie mit dir: von hier wegbringen.«

Sie öffnete unmittelbar vor Will ein Portal, so dass sein nächster Schritt unweigerlich hineinführte, danach traten sie und Justine hindurch ...

... und standen in der Hamburger Wohnung am Sandtorkai, in der sie sich vor einigen Tagen das erste Mal vor ihren zahlreichen Verfolgern versteckt hatten.

Inzwischen gab es keine Consciten mehr, keine Dämonenanhänger, auch keinen Sir – nichts mehr, was mit dem Blutportal zu tun hatte.

»Hier?« Justine staunte. »Ich hatte mit einem Bunker gerechnet.«

»Nein. *Das* ist das beste Versteck.« Saskia wankte ins Bad. »Ich bin gleich wieder da.«

Justine sah zu Will und schob ihm mit dem Fuß einen Stuhl hin. »Wie fühlst du dich?«

Seine weißen Augen richteten sich auf sie. »Stark«, antwortete er bedächtig. »Übermenschlich. Überlegen. Und trotzdem ... hilflos.« Er betrachtete seine Hände. »Die Verwandlung ist noch nicht abgeschlossen. Ich habe keine Ahnung, was das Dämonische mit mir anstellen wird.« Er sank auf den Stuhl. »Ich spüre, dass es durch mich rinnt, meine Zellen verändert und sich ausbreitet.« Er legte eine Hand auf seine Brust. »Ich müsste tot sein. Mein Herz tut mindestens dreihundert Schläge, und meine Temperatur liegt sicher bei fünfzig Grad.« Will sah in den Spiegel, erschrak über sich selbst und fletschte die Zähne. Klirrend platzte der Spiegel wie von einem unsichtbaren Hammer zerschmettert.

»Gib bloß acht, wohin du schaust«, mahnte Justine. »In dir stecken zu viele dämonische Kräfte.«

»Ich wollte sie nie«, flüsterte er und schloss die Augen. Seine Hände ballten sich zu Fäusten.

Justine überwand ihre Abneigung. Sie legte ihm behutsam die Hände auf den kahlen, heißen Kopf.

Saskia streifte derweil ihre verschwitzten und zerrissenen Kleider ab und setzte sich unter die Dusche, die sie aufdrehte und auf warm stellte. Das Wasser wusch das Blut von ihrem Gesicht, und das Rauschen wirkte beruhigend.

Sie spülte sich den Mund aus, spuckte die Bittermandel auf den Boden und schneuzte sich so lange, bis der Essig und das Wachs nicht mehr in ihrer Nase saßen. Sie genoss die vielen feinen Strahlen mit geschlossenen Augen. Aufsteigende Bilder aus der Klinik verdrängte sie; sie wollte Frieden finden.

Und dann, ganz plötzlich, meldete sich ein Gefühl, das schmerzte und sie gleichzeitig auflachen ließ, weil sie sich dadurch lebendig wie lange nicht mehr fühlte: Saskia verspürte großen Hunger! Sie erhob sich, drehte die Dusche ab und wickelte sich in ein Handtuch, um zu den anderen zurückzukehren.

Justine hatte sich umgezogen und trug Klamotten aus dem Fundus des Kleiderschranks; Will hatte sich ein Laken um die Hüfte gebunden. Er schaute durch die Gardine auf das Wasser des Hafens hinaus.

Justine fläzte sich in den Sessel und zappte sich durch die Nachrichtenkanäle. »Geht es dir besser?«

»Ich muss etwas essen.« Saskia nahm sich eine Packung Erdnüsse aus dem Schrank, riss sie auf und stopfte sich eine Handvoll in den Mund. Sie hatte nicht gewusst, dass ein solcher Snack so köstlich sein konnte. Eine Hand folgte auf die andere, dabei ließ sie das Telefon unentwegt die Nummer des Professors wählen. Erfolglos. »Scheiße«, sagte sie betroffen. »Levantin wird den armen Kerl für seinen Verrat bestrafen.«

Justine fand einen Bericht über die Vorfälle in Damaskus: Das Staatsfernsehen meldete einen terroristischen Anschlag auf das Klinikum und machte Israel und Amerika dafür verantwortlich; westliche Berichterstatter dagegen sprachen von einem Unfall in einem Labor, in dem fragwürdige Experimente durchgeführt worden waren.

Saskia ließ sich neben Justine auf das Sofa fallen und starrte gegen die Decke. »Was grübelst du?«, wollte Justine wissen.

»Ich überlege, ob ich die Gabe nutzen soll, um wieder durch die Zeit zu reisen und mein Duell zu verhindern«, sagte sie leise. »Das Duell gegen Levantin. Dann wäre alles anders.«

Justine schnalzte mit der Zunge. »Wie war das noch gleich mit der Veränderung der Geschichte? Ich würde dir liebend gern zustimmen, schon allein weil ich dadurch den Tod der Nonnen verhindern könnte. Aber was wäre der Preis?«

»Vergiss nicht: Was ist, wenn Levantin in der von dir veränderten Gegenwart jemand anders findet, der ihm das Portal in seine Heimat öffnet, dabei aber eine Sphäre aufschließt, durch die Dämonen eindringen, gegen die niemand etwas unternehmen kann?«, gab Will zu bedenken und betrachtete die Wellen im Hafen. »Ich gebe zu, dass ich erst einen ähnlichen Gedanken wie du hatte, um das hier«, er hob seine Hand und zeigte ihnen die weißen Adern unter der schwarzen Haut, die zunehmend einen schuppigen Eindruck machte, »zu verhindern. Aber ich kann euch nicht garantieren, dass wir damit nicht alles schlimmer machen. Vielleicht würde meine Rettung erst recht das Ende der Welt einläuten.« Er schaute Saskia mit seinen hellen Augen an. »Das dürfen wir nicht riskieren. Du müsstest dein restliches Leben damit verbringen, die verschiedenen Fehler zu korrigieren, die aus deinem Eingreifen resultieren. Eine unmögliche Aufgabe.«

Justine lachte bitter. »Ein Teufelskreis, buchstäblich.«

Saskia erwiderte seinen Blick. Sie sah darin den alten Will, und das fand sie sehr beruhigend. Sein Körper mochte durch den Schwertsplitter verändert worden sein, doch sein Charakter schien nicht mehr unter der dämonischen Macht zu leiden. Justine hatte inzwischen einen Bericht über die Pest in Hamburg gefunden. Das Robert-Koch-Institut hatte auf der Basis von Streptomycin, Chloramphenicol sowie Kombinationen aus Tetracyclinen und Sulfonamiden ein neues Heilmittel entwickelt, mit dem die Infizierten behandelt wurden. Vorsorglich liefen die Impfungen in der Hansestadt weiter, damit ein weiteres Umsichgreifen verhindert wurde.

»Es ging glimpflich aus«, sagte ein Stadtoberer sichtlich erleichtert, dabei wurde *362 Tote, 5383 Infizierte* eingeblendet. »Hamburg hat auch diese Pest überstanden.«

Justine hob die Hand. »Darauf würde ich trinken, wenn ich etwas hätte.«

Will trat neben Saskia. »Kannst du das Fremde aus mir lösen?«, fragte er unsicher. Er schluckte nervös. »Ich weiß nicht, was es aus mir macht.«

Sie schenkte ihm einen mitfühlenden Blick. »Kannst du nicht mit einer Vision in deine eigene Zukunft schauen?«

»Ich glaube, meine Gabe ist verschwunden. Vermutlich, weil sie an den Splitter des Schwertes in meinem Rücken gebunden war.« Er fuhr sich gedankenverloren über die Adern an seiner rechten Hand. »Damit kann ich nicht leben, Saskia. Bitte, versuche es! Oder töte mich.«

Sie berührte seine Wange. »Ich weiß nicht, ob das so einfach ist.«

Er zeigte auf Justine. »Bei ihr hast du das Böse auch ...«

»... eingesperrt und an den Rand ihres Selbst gedrängt«, vollendete sie. »Entfernen konnte ich es nicht. Es war immer noch da.«

»Da hat sie recht«, meldete sich die Französin.

»Besser als nichts.« Will sank vor ihr auf die Knie. »Bitte«, schluchzte er, »ich will so nicht leben. Es verändert sich nach wie vor in mir. Ich spüre es!«

Sie legte ihm die Hand auf den kahlen Schädel, der sich heiß anfühlte, ohne dass sich Schweißtropfen bildeten. Eine glatte, versiegelte Haut, ohne Poren, ohne Haare und nicht menschlich. »Ich kann dir nicht versprechen, dass ich etwas erreiche«, flüsterte sie.

»Sollten wir damit nicht warten, bis wir Levantin erledigt haben?« Justine verließ den Sessel und öffnete den Kühlschrank, in dem sie ein paar Bierflaschen fand. Jemand hatte ihn während ihrer Abwesenheit aufgestockt. »Er ist ja wohl immer noch in unserer Welt und wird wissen, dass du überlebt hast. Da sein Plan, das Artefakt zu benutzen, versagte ...« Die Andeutung reichte. Sie drehte den Verschluss auf und trank von dem Bier.

»Ich wüsste zu gern, warum er mich gerettet hat.«

Justine lachte auf. »Ich schätze mal, dass es sein Ego nicht zuließ, gegen diesen Bēlua zu unterliegen. Und außerdem bist du seine einzige Hoffnung, um in die Heimat zu gelangen. Er musste zwei Jahrtausende auf dich warten, vergiss das nicht.« Sie setzte sich wieder in den Sessel. »Und darum *wird* er zurückkommen, Saskia. Vielleicht brauchen wir dann Wills Beistand in seiner ...« Ihr fehlten die passenden Worte.

Aber Saskia lächelte. Ihr war eine Idee gekommen. »Ich schaffe es ohne euch. Es wird Zeit, dass ich herausfinde, *was* ich alles tun kann.«

22. November
Deutschland, Hamburg, Sandtorkai

Levantin ließ den Professor die Tür zur Gästewohnung der *union* mit dem Zweitschlüssel öffnen, dann schob er ihn freundlich zur Seite und ging durch den Flur.

Er sah Justine im Sessel sitzen, ein glatzköpfiger Will und Saskia hatten es sich auf der Couch bequem gemacht und ihre Hände ineinandergelegt. Gul hatte bis auf die fehlenden Haare sein altes Aussehen wieder, aber Levantin spürte, dass sich etwas in ihm befand, das groß und mächtig war – und lauerte.

Zuerst dachte er, seine Sinne würden ihn täuschen, aber Saskia Lange, sein Geschöpf, sein Werkzeug, seine große Hoffnung strahlte die gleiche langweilige, primitive Aura ab wie der Professor. Sie war wieder zu einem gewöhnlichen Menschen geworden. Ein Schock!

»Et voilà, Monsieur le maître«, sagte die Französin herablassend. »Wir haben früher mit dir gerechnet.«

»Nein«, sagte er entsetzt und blieb vor Saskia stehen. »Nein!«, schrie er dann und verlor die Beherrschung. »Nicht nach all den Jahrtausenden!« Er packte sie mit einer Hand, riss sie auf die

Beine und zog ihr Gesicht dicht vor seines. »Du hast die Gabe abgelegt? Wie konntest du dich nur dieser Erhöhung verweigern?«

Sie lächelte glücklich. »Du weißt es?«

»Ich *spüre* es!«, brüllte er und schleuderte sie hart auf die Couch zurück. »Wie?«

»Es war zu viel Verantwortung«, entgegnete sie ruhig. »Ich habe über deine Worte nachgedacht, Levantin, und du hattest recht: Wer eine solche Macht besitzt, darf nicht untätig herumsitzen, sondern hat die Pflicht, sich einzumischen.« Sie zuckte mit den Schultern. »Aber wie entscheide ich, was das Richtige ist? Wer gibt mir das Recht?« Sie legte ihre Hand wieder in Wills. »Ich habe seinen dunklen Teil in den hintersten Winkel seines Selbst verbannt, wo er bis an sein Lebensende bleiben wird. Das war die wichtige Aufgabe, die ich noch hatte. Was du nicht bedacht hast: Die Gabe machte es möglich, dass ich sie selbst aus mir herauslöste. Wäre ich nur früher darauf gekommen!« Sie lachte ihn an. »Was für ein Ärger, nicht wahr? Ich bin eine ganz normale Frau. Nichts weiter als eine Köchin, die gut fechten kann und die *union des lames* fortführen wird«, Saskia schaute zum Professor, »mit seiner Hilfe und neuen Leuten, die nichts mit dir zu tun haben.«

Levantin ballte die Hände zu Fäusten.

Saskia stand auf und nickte Justine zu, die neben sich griff und ihnen zwei Rapiere zuwarf. »Revanche, Maître.« Sie behielt eine Waffe und reichte die andere an ihn weiter. »Der Professor wird die Punkte zählen.« Sie zog die Hülle von der Klinge und warf sie auf die Couch. »Fröhlich soll die Klinge singen, Schutz und Leib des Gegners durchdringen.«

»Es wird mir ein Vergnügen sein«, sagte Levantin. Innerlich frohlockte er: So bekam er eine zweite Gelegenheit, sie zu erhöhen. War ihr das nicht klar?

Der Professor schob die Möbel zusammen mit Will und Justine zur Seite und schuf eine einigermaßen freie Kampffläche. »Freies Gefecht?«

Beide nickten.

Er wollte etwas sagen, stattdessen zögerte er und sprach die Formel: *»L'union des lames, unique, secrette et éternelle. Ni bonne, ni mauvaise, mais mortelle pour nos ennemis et les traîtres.* Die ehrenwerte, altehrwürdige *union des lames* und ich, das Komitee, grüßen die Kämpfer Maître und Rapier.« Er verbeugte sich vor ihnen. »Die beiden Kontrahenten haben sich einverstanden erklärt, ohne Planche zu kämpfen und ein freies Gefecht zuzulassen. Gewonnen hat, wer seinem Gegner gemäß den Statuten der *union* zuerst fünf sichtbare, blutende Wunden schlägt oder den Sieg von seinem Gegner geschenkt bekommt. Bei einem Unentschieden geht der Kampf weiter. Stets gilt ...«

»Der Tod des Gegners ist kein erstrebenswertes Ziel«, übernahm Saskia mit einem düsteren Lächeln, »mag jedoch geschehen.«

Levantin betrachtete seine Waffe, die neu und hochwertig aussah, während die Klinge seiner Gegnerin Scharten und gealterte Stellen aufwies. »Ein Gelegenheitskauf?«

Saskia nahm die klassische Fechtposition ein und wies ihm ein Zeichen, das knapp oberhalb des Fingerschutzes ins Metall geschlagen worden war: drei gekreuzte Dolchpaare, eins oben, die anderen beiden rechts und links darunter. »Ein Familienerbstück, das ich noch in meiner Vitrine zu Hause hatte. Der Säbel meines Vaters brachte mir kein Glück, jetzt versuche ich es mit dem Rapier eines Ahnen.« Sie grüßte und ließ die Klinge durch die Luft zischen. *»En garde, Monsieur.«*

Levantin grüßte sie ebenfalls und nahm die Fechterstellung ein. *»En garde«*, gab er zurück und erwartete ihren Angriff.

Saskia attackierte ansatzlos mit schnellen Sprüngen und Stößen aus dem geraden Arm heraus. Er wich zurück und wehrte ihre Spitze mit rasanten Hieben ab, um nach einem angetäuschten Stich in Richtung Kopf einen Schlag gegen ihre Waffenhand zu führen. Saskia parierte jedoch mit einem Lächeln. Eine rasche Handbewegung, und die Spitze bohrte sich in seine Brust, zuckte nach unten und hinterließ einen tiefen Schnitt. Blut quoll hervor. Der Professor vermeldete einen Punkt für Saskia.

»Du magst Dämonenfeuer standhalten, aber irdische Dinge können dich durchaus verletzen, wie ich weiß.«

Der Gedanke daran, dass sie ihn um die Rückkehr in seine Heimat betrogen hatte, machte Levantin wütend. Er sprang vorwärts und ließ das Rapier hin und her tanzen, es peitschte die Luft und verschleierte, wohin der eigentliche Angriff gehen sollte. Dann machte er sich lang und stach tief, genau auf ihr Knie zu.

Wieder parierte sie, fälschte die Klinge ab und konterte, indem sie in seine Schulter stach und eine rote Linie über das Schlüsselbein zog.

»Un point pour Rapier«, sagte der Professor.

»Trop tard, n'est-ce pas?«, kommentierte Justine und schlürfte ihren Kaffee. *»Trop lentement.«*

Noch während Levantin versuchte, die Schmerzen zu kontrollieren, griff Saskia wieder an, trieb ihn rückwärts in den schmalen Flur, aus dem es kein Entkommen gab; eine Planche mit Wänden. Es wäre ein Leichtes, durch die dünnen Begrenzungen zu brechen, aber das hatte er nicht nötig. Nicht gegen einen Menschen.

Absichtlich wich er zurück, bis er die Tür hinter sich spürte. Beim nächsten Angriff der Frau lenkte er ihre Klinge dagegen. Das Rapier fuhr durch das Plastik in die Füllung.

Sofort stach er nach Saskia, die ihm gefährlich nahe gekommen war – doch sie zog den Bauch ein, und das geschliffene Ende verfehlte sie. Ein lauter Fluch drang über seine Lippen.

Sie trat ihm gegen die Brust, warf ihn rückwärts gegen die Tür, die unter seinem Gewicht brach. Saskia zog ihre Waffe wieder an sich und griff ihn an, deckte ihn mit schnellen Schlägen ein, die mehr an Bühnenfechten als an einen Wettkampf erinnerten, bis sie ihn ein drittes Mal verletzte. Dieses Mal schnitt sie ihm quer über den Bauch. Sein Hemd und sein Anzug hingen in Fetzen an ihm. Dann zog sie sich mit ausgestrecktem Arm bis ins Wohnzimmer zurück und grüßte.

»Un point pour ...«, setzte der Professor an.

»Ich weiß«, schrie Levantin, rammte sein Rapier in die Wand, warf Sakko, Krawatte und Hemd von sich und stampfte ins Wohnzimmer. Im Vorbeigehen riss er die Waffe heraus. Er fühlte, dass seine Augen golden leuchteten und seinen aufgewühlten Zustand verrieten.

Es lief gar nicht so, wie er es hatte haben wollen. Die Frau kämpfte heute anders. Gelöster und befreiter ... und mit der Unterstützung ihres Ahnen, wie es den Anschein hatte. Das Rapier brachte ihr Glück. Er blutete aus drei Wunden, und sie schwitzte gerade mal ein bisschen. Zwei sehr unterschiedlich wertvolle Körperflüssigkeiten.

Levantin hatte nicht vor, den Kampf nach dem fünften Punkt zu beenden. Er würde sie wieder zeichnen. Wenn sie mit so etwas wie Anstand oder Ehrenhaftigkeit rechnete, würde er sie enttäuschen. Er stand weit über ihr, und sie erfuhr die Gnade der zweiten Erhöhung. Dieser durfte sie sich nicht verweigern. Weder sie noch die anderen minderwertigen Geschöpfe würden ihn daran hindern.

Dieses Mal begann er mit einer Ausfallserie, zwang sie rückwärts auf das Fenster zu. Sie leitete seinen Angriff ab, die Klinge prallte gegen das Glas und rutschte mit einem Quietschen über die Oberfläche, ehe es unter dem Druck barst. Saskia trat hinaus auf den Balkon und lächelte.

Levantin setzte nach, sprang hinaus und spürte, dass das Holz unter seinen Füßen knirschte. Etwas mehr als dreihundert Kilogramm auf der recht kleinen Fläche belasteten das Material sehr.

Saskia stach schon wieder zu.

Er blockte ihr Rapier und rammte seinen Ellbogen gegen ihre Schläfe, woraufhin sie zur Seite taumelte und von der Brüstung aufgehalten wurde. *»Un point pour ...«*, prophezeite er grinsend.

Saskia schoss herum, ging tief in die Knie – und stach ihm von unten durch den rechten Arm. *»... moi!«*

Levantin schrie seinen Ärger heraus. Was war mit ihm, dass er schlechter kämpfte als jemals in seinem langen Leben?

Die Frau hatte sich an seinen Beinen vorbei abgerollt, und er sprang instinktiv in die Höhe, damit die Klinge ihn nicht in den Kniekehlen erwischte.

Noch bevor er landete, wusste er, dass das ein Fehler gewesen war.

Krachend barsten die Latten unter seinen Sohlen.

Levantin schoss abwärts, die Stockwerke und Balkone hinab, ohne seinen Fall aufhalten zu können, bevor er auf dem harten Platz vor dem Gebäude mit den Füßen voraus aufschlug. Es knackte in seinem rechten Bein, und heiße Schmerzen durchzuckten ihn.

Die ersten Neugierigen erschienen auf den Balkonen, Passanten blieben stehen, und die Menschen mit Handys, die alles und jeden fotografierten, um Leserreporter zu werden, waren auch schon da. Einen solchen Sturz sah man nicht alle Tage.

Fluchend zog er sich an einem Betonkübel in die Höhe, setzte sich auf eine Bank, nahm das Rapier in die Hand und wartete, dass Saskia erschien. Sein Handy, das er aus der Hosentasche zog, hatte den Aufprall nicht überstanden.

Die Tür öffnete sich, und Saskia kam heraus, ihre Waffe in der Hand und eine Strumpfhose als Maske über dem Kopf, um von den Schaulustigen nicht erkannt zu werden. Sie hielt geradewegs auf ihn zu, die Spitze der Waffe auf seinen Hals gerichtet. »Mir fehlt noch ein Punkt«, sagte sie eisig und griff an.

Er wich aus, parierte ihre schnellen Attacken und erwiderte sie im Sitzen, so gut es ihm möglich war. Ihre Konzentration schien nachzulassen, während sein geschundener Körper sich bereits regenerierte. Endlich erwischte er sie vor der Brust und setzte den ersten Schnitt für ihre Erhöhung. Saskia schrie auf, schlug sein Rapier zur Seite – und durchbohrte seinen Hals!

Er konnte nichts sagen, denn die Klinge hielt seinen Kehlkopf gefangen. Geistesgegenwärtig ließ er das zweite Zeichen folgen, doch sie schob ungerührt die eigene Klinge tiefer in ihn hinein, bis der Platz zwischen ihnen nicht mehr ausreichte, um seine Waffe zu benutzen.

Levantin zog das dritte Symbol mit dem Nagel des rechten Fingers in ihre Haut, dann ließ er sich nach hinten fallen, um sich den Stahl herauszuziehen.

Aber die Frau folgte seiner Bewegung und stand auf der Bank, den Oberkörper nach vorn gebeugt. Blut rann aus den Wunden und färbte ihr Hemd. »Das schaffst du nicht.«

Sirenen näherten sich ihnen, das Piepsen der Fotohandys ging in ihrem Heulen unter.

»Der Tod des Gegners ist kein erstrebenswertes Ziel«, sagte sie kalt, »mag jedoch geschehen.« Ruckartig zog sie das Rapier zurück und führte einen gewaltigen Hieb von rechts nach links, um ihm den Kopf von den Schultern zu trennen.

Levantins Reaktion war noch gut genug, um den Angriff aufzuhalten. Wieder zuckte sein zweiter Arm vor, der Fingernagel fügte ihr das vierte Zeichen zu, und er setzte zum fünften an – ihren zweiten Angriff mit der anderen Hand hatte er nicht vorhergesehen.

Blitzschnell zerschnitt sie seinen Hals mit einem Dolch, und er spürte, wie die Energie aus ihm wich. Ihm wurde kalt, seine Gliedmaßen fühlten sich taub an ...

Als er seine Kräfte aktivieren wollte, kam nur ein schwacher Widerhall von dem, was er sonst vermochte. Die Selbstheilung misslang, und die Kälte breitete sich weiter aus.

Sie durchbohrte sein Herz mit dem Rapier und stützte sich auf den Griff. Ihr maskiertes Gesicht näherte sich ihm. »So fühlt sich das Sterben an, Levantin«, sagte sie. »Das, was du in den Jahren deiner Existenz tausendfach verteilt hast, kehrt zurück zu dir.« Sie zog die Waffe aus ihm heraus.

Wie gelähmt sah Levantin zu, wie sie zu seinem Chrysler ging, der mit laufendem Motor wartete, einstieg und das Auto gleich danach mit Höchstgeschwindigkeit davonbrauste. Die Schmerzen, die durch ihn tobten, interessierten ihn nicht. Betäubt betrachtete er den Himmel über sich, an dem graue Regenwolken aufzogen.

Levantin hatte sich noch niemals Gedanken über sein Sterben gemacht. Was geschah nun mit seiner Seele? Zog sie wenigstens zurück in die Heimat, oder löste sie sich aus ihm und war dazu verdammt, bis zum Ende aller Tage umherzuirren?

Er bekam Angst.

Mehr als Angst.

Eine Steigerung, die ihm mehr Schmerzen bereitete als das sterbende Herz und die vielen Wunden in seinem Körper. Ein Schmerz, den er nicht verdrängen konnte.

Es ging ihm auf, dass er dabei war, für immer zu vergehen. Seine Unsterblichkeit endete. Hier, unrühmlich, auf einem Betonplatz und umringt von nichtswürdigen Wesen, welche die Frechheit besaßen, sich an seinem Tod zu ergötzen.

Er wollte sie anschreien und sie durch den Laut sterben lassen, ihnen die Köpfe abreißen, sie reihenweise niederschlagen und ihre Leiber mit der bloßen Hand spalten.

Ein blutiges Husten war alles, was er hervorbrachte.

Eines der Insekten schaute ihn an, dann machte es ein Foto und wich hastig zurück. Eine Erniedrigung sondergleichen. Der

Herrscher über Königreiche, der Befehlshaber über Heerscharen – verreckte elendig, ohne zu verstehen, wie das sein konnte.

Nein. Nein, er hatte sich wirklich niemals Gedanken über seinen Tod gemacht. Die Überraschung war Saskia Lange gründlich gelungen.

Und dann hatte er plötzlich eine Eingebung, warum er starb.

Warum er besiegt worden war.

Warum er an einfachen Verletzungen starb.

»Aus dem Weg, aus dem Weg!«, schrie jemand. Schritte eilten auf ihn zu, aber er sah zu den grauen Wolken hinauf.

Von seiner eigenen Schöpfung überlistet.

Ein beschmutzendes Gefühl, abgrundtiefe Erniedrigung und gipfelhohe Peinlichkeit gleichermaßen.

Levantins Herz blieb stehen, und er starb, bevor ihn die Rettungssanitäter erreichten.

Saskia schaute hinter sich, in Richtung Sandtorkai. Sie nahm Wills Hand. »Geschafft«, flüsterte sie.

Ein Krankenwagen und zwei Polizeifahrzeuge rasten mit Sirenengeheul an ihnen vorbei, doch Justine fuhr ganz gemütlich weiter, bog ab und lenkte den Chrysler tiefer in die Innenstadt. »Noch nicht«, sagte sie von vorn. »Wir müssen von hier verschwinden.«

»Vergiss nicht, dass Justine Chassard offiziell tot ist; Valèrie Montagne hat sich noch nichts zuschulden kommen lassen, wenn ich mich nicht täusche«, widersprach Saskia. »Will und ich gehen zur Polizei und stellen uns, aber sie werden uns nicht viel vorwerfen können. Danach wartet ein Restaurant auf mich, das schon viel zu lange geschlossen war.«

Will rieb sich übers Gesicht. »Ich will gar nicht wissen, was aus meinem Blumenladen geworden ist. Es wird alles vertrocknet oder verfault sein.«

Der Professor lächelte. »Das lässt sich regeln«, meinte er vieldeutig. »Die *union* kann Ihnen sicher unter die Arme greifen. Wo sie doch eine neue Maîtresse hat.« Er lachte. »Und einen neuen Vorsitzenden, der umgehend ein Komitee gründen wird. Die *union* wird in eine neue Ära geführt.«

Sie fuhren eine Weile ohne Ziel durch die – wie ihre Bewohner gerne sagten – schönste Stadt der Welt. »Was wohl aus seiner Seele geworden ist?«, fragte Will nachdenklich.

»Komm nicht auf die Idee, für sie zu beten!« Justine lachte böse. »Verdient hat er es nicht. Ganz im Gegenteil, er soll von mir aus zu Bēlua fahren und ihn ein bisschen unterhalten! Und damit hat diese ganze unerfreuliche Geschichte dann doch noch ein gutes Ende genommen.«

Saskia hatte die Minibar gefunden, in der Coladosen verschiedener Hersteller lagerten. Sie öffnete eine und nahm einen Schluck. »Darauf trinke ich.« *Und darauf,* setzte sie in Gedanken hinzu, *dass es Geheimnisse gibt, die besser nicht eröffnet werden.*

Sie besaß die Gabe der Médiatrice noch immer. Aber sie konnte sie verbergen. Wegschließen, zusammendrücken, klein machen, in den hintersten Winkel schieben, so dass sie niemand bemerkte. Nicht einmal Levantin.

Ihre größte Sorge war gewesen, dass er sie durchschauen würde. So aber hatte sie ihn herausgefordert, sein Glück ein zweites Mal zu versuchen und sie zu zeichnen. Sie zeichnen zu *müssen*, um die Erde zu verlassen.

Natürlich hatte sie die Gabe gegen ihn eingesetzt, seine Überlegenheit blockiert und ihn auf die Geschwindigkeit eines gewöhnlichen Menschen gedrosselt. Sie hatte ihm die Unsterblichkeit und seine Unverwundbarkeit geraubt. Levantin hatte niemals eine Chance gegen sie besessen. Dieses Mal hatte *sie* mit ihm gespielt.

Doch das würde auf immer ihr Geheimnis bleiben.

Saskia nahm noch einen Schluck und betrachtete die Dose, ohne den Aufdruck wahrzunehmen. Durfte sie ihre Gabe ruhen lassen? Musste sie sich nicht dort einmischen, wo eine Öffnerin gebraucht wurde? Saskia hielt sich nicht für eine Führerin. Politik interessierte sie nicht, Kriege in anderen Ländern machten sie betroffen, gingen sie aber nichts an. Hatte sich daran vielleicht etwas geändert?

Das Rot auf der Dose ließ sie an die Haare des Vampirs denken. Dominic de Marat. Ein Wesen aus einer vergangenen Zeit, dessen Mutter ihre Ausbildung bei Frans Hohentgar absolviert hatte. Sie glaubte nicht an Zufall, schon lange nicht mehr. Sie würde dem Vampir sicherlich wieder begegnen. Furcht spürte sie nicht. Sie wusste, wie sie sich verteidigen konnte.

»Du hast nicht zugehört«, sagte Will beleidigt.

»Nein, entschuldige. Ich war mit meinen Gedanken woanders«, gab sie zu. »Was sagtest du?«

»Dass ich mich vielleicht Shiva und nicht Will nennen sollte«, wiederholte er.

»*Mon Dieu.* Er leidet an Megalomanie«, murmelte Justine. »Das ist das Dämonische in ihm.«

Der Professor nahm ein Handy heraus. »Ich würde an Ihrer Stelle bei dem Namen Will bleiben. Er passt zu Ihnen. Sollten Sie jemals die Lust verspüren, ein Gott sein zu wollen, ist das wohl das Zeichen dafür, dass das Böse in Ihnen die Oberhand gewinnt und Frau Lange Ihnen den Kopf von den Schultern schlagen muss.« Er klang nicht heiter.

»Das sollte sie wohl.« Will drückte ihre Finger. »Meine Erlaubnis hast du. Aber zuerst gehen wir einen Kaffee trinken. Den schuldest du mir noch.«

»Sehr gern.« Sie lächelte ihn an. Es hatte keine großartigen Worte zwischen ihnen gegeben. Sie hatten sich ganz selbstverständlich die Hände gereicht und einander verstanden.

»Ist es nicht ein merkwürdiger Gedanke, dass noch mehr Wesen wie Levantin in unserer Welt leben?« Justine deutete zum Fenster hinaus. »Die Bibelstellen, die er uns genannt hat, gehen mir nicht mehr aus dem Kopf. Wie viele sind es wohl noch? Sollen wir die Menschheit auf sie aufmerksam machen?« Sie zuckte mit den Achseln und gab sich selbst die Antwort. »Wohl kaum. Wer würde uns glauben?«

»Tja, wer würde das, außer den üblichen Spinnern?«, stimmte ihm Will zu. »Und dem Vatikan?«

»Falls es überhaupt Spinner gibt«, meinte Justine nachdenklich. »Sollte man *sie* nicht lieber Realisten nennen?«

Will, Saskia und der Professor lachten.

Der Chrysler hielt an, und als Will und Saskia aus dem Fenster blickten, erkannten sie eine Polizeiinspektion.

Justine drehte sich auf dem Fahrersitz zu ihnen. »Ihr wolltet doch zu den Flics, *n'est-ce pas?*«

»Wären Sie so nett und würden mich danach noch ein Stück mitnehmen?«, fragte der Professor. »Wenn Sie in Hamburg bleiben möchten, würde ich Sie übrigens gerne als Fahrerin einstellen.«

»*Non, merci*. Ich muss nach Italien und ein paar Freundinnen einen letzten Besuch abstatten.« Sie schaute Saskia an. »Aber ich melde mich bestimmt, wenn ich wieder in der Stadt bin.« Ihr Gesicht hatte die zynische Härte verloren, die sie der Welt so gerne zeigte. »Ich schulde dir etwas: mein zweites Leben. Das werde ich dir niemals vergessen.«

Saskia berührte sie sanft an der Schulter, dann stieg sie aus. Will folgte ihr. Ihre Hände fanden einander, als sie gemeinsam die Treppe hinaufgingen.

Justine ließ die Scheibe nach unten fahren. »Sie soll auf dich aufpassen, Blumenmann«, rief sie und hupte zweimal, dann gab sie Gas. »Niemals würde ich mit einem Mann gehen, der Florist ist«, murmelte sie und sah in den Rückspiegel zum Professor. »Wo darf ich Sie hinfahren?« Sie bog auf eine breite

Straße ein. »Und wollen Sie mir zum Abschied nicht Ihren Namen verraten, *Monsieur le professeur?«*

»Warum interessiert er Sie auf einmal?«, fragte er; ein Lächeln spielte um seine Lippen.

»Alors, ich habe Ihnen nie ganz getraut, und warum hätte ich mir den Namen eines Mannes merken sollen, den ich vielleicht schon im nächsten Moment hätte töten müssen?«, fragte sie mit breitem Grinsen. »Aber wie die Dinge nun stehen ...« Sie hielt an einer roten Ampel.

Der Professor lachte und stieg unvermittelt aus. »Wollen wir es nicht dabei belassen, Madame Chassard oder Montagne, oder wie immer Sie heißen möchten? Ich wünsche Ihnen ein schönes, langes Leben. Halten Sie die Ohren steif, was ich passend finde, wenn man bedenkt, was Sie in sich tragen. Und danke fürs Mitnehmen. Ich habe einen Termin in der Nähe«, rief er in den Chrysler, bevor er die Tür zuschlug. Grüßend hob er die Hand, dann sprang die Ampel auf Grün, und Justine fuhr nach kurzem Zögern los.

EPILOG

Der Professor sah den Chrysler im Verkehr verschwinden, wandte sich um und schlenderte die Straße hinauf zu seinem Büro, dem man von außen nicht ansah, was sich dahinter verbarg.

Er sperrte die Tür auf, ging den schmalen Flur entlang bis zum Aufzug und fuhr in den dritten Stock. Dieses Mal nahm er eine Key-Karte heraus, führte sie in den Schlitz an der Tür ein und gab zusätzlich die Codenummer ins Tastenfeld ein.

Nach dem Gang durch die Zwischenschleuse, einer zweiten Karte und einer weiteren Geheimnummer betrat er endlich die dritte Etage. Sämtliche Wände waren entfernt worden, nur in der Mitte stand ein einsamer Computer unter einem nicht weniger einsamen Schreibtisch, auf dem drei Monitore wie ein Tryptichon angeordnet waren. Durch die mit Folie verkleideten Fenster fiel das gefilterte Sonnenlicht in einem sanften Blauton, das die Illusion schuf, um ihn herum befände sich ein Meer. Nichts als Meer.

Der Professor nahm auf dem Sessel Platz und schaltete zuerst den Computer, dann die Monitore an. Danach rief er die Statusmeldungen ab, checkte die Mails, organisierte die *union* mit ein paar elektronischen Briefen neu und erklärte, dass es eine *Maîtresse* gab: Rapier.

Danach sandte er Mails in die Welt, um sein Netzwerk über die neusten Entwicklungen in Kenntnis zu setzen. Der überwiegende Teil der Vorbereitungen war umsonst getroffen worden. Es wäre vielleicht besser gewesen, Smolskas Tod zu verhindern?

Er lehnte sich zurück, stieß sich ab, damit er Abstand zum Tisch bekam, und drehte sich dann mit der Sitzfläche um die eigene Achse.

Während er so rotierte, drehten sich seine Gedanken mit.

Alles hatte sich geändert. Hatte er zu lange gezögert? Hätte er sich Saskia Lange einfach schnappen sollen, als sie noch die Gabe besaß?

Es war müßig, nachzudenken. Dennoch: dem Ziel so nahe ...

Levantin war Geschichte, und damit gab es auch für ihn keine Aussicht mehr auf Erfolg. Erst musste er einen von ihnen, von den Gestrandeten, finden, die in der Lage waren, diese ganz besondere Gabe an die Menschen weiterzugeben, wie es Levantin zu tun vermocht hatte.

Denn ohne diese Gabe gab es keine Rückkehr.

Nicht unbedingt die einfachste Aufgabe, denn wenn sie sich unauffällig verhielten, waren sie schwer zu entdecken. Er hatte sich so sehr auf Levantin konzentriert, dass es derzeit keinen weiteren Kandidaten gab. Sehr ärgerlich.

Dabei hatte er derart viel in Kauf genommen, sich beim Duell von Levantin mehr als nur anritzen lassen und starke Schmerzen ertragen. Sich ihm als Helfer angebiedert und zu einem Rädchen im Getriebe gemacht, das gleichzeitig sein eigenes Maschinchen antrieb. Saskia Lange gegenüber hatte er erfolgreich den Anschein erweckt, gegen Levantin zu arbeiten. In Wahrheit hatte er ihn über jeden Schritt der Frau informiert und die Observation des Trios übernommen, wenn Levantin dazu nicht in der Lage gewesen war. Es war ein ständiger Verrat an beiden.

Das Pendeln war ihm nicht schwergefallen. Er konnte immer schon gut intrigieren, und der Hochmut seines »Herrn« hatte ihn noch dazu vor jeglichem Verdacht geschützt. Wie hätte ein Insekt wie er Eigeninitiative entwickeln können?

Täuschung war so eine leichte Sache, wenn man sich erst einmal auf diese Kunst verstand.

Der Professor öffnete die Krawatte ein Stück weit. Das Fazit der letzten Tage war, dass das Warten wieder von vorn begann. Schreien, Brüllen, Toben, das würde alles nichts bringen und wäre bloße Energieverschwendung.

Siebenhundertelf Jahre hielt er schon durch, mitten unter den nervigen, jammernden Primitiven, die trotz allem immer wieder liebenswürdig waren, wenn man am wenigsten damit rechnete. Aber der Wunsch, in seine Welt zurückzukehren, hatte sich nicht abgeschwächt; dieser Wunsch hatte ihn mit Levantin verbunden, auch wenn sie nicht aus der gleichen Sphäre stammten. Im Gegensatz zu ihm verbarg der Professor sein eigenes Charisma sehr gut. Er blieb unsichtbar und weckte keine Aufmerksamkeit. Damit konnte man sich viel mehr erlauben, ohne wahrgenommen zu werden. Weder von den Menschen noch von den Verirrten.

Der Professor bedauerte Levantins Vernichtung, die überraschend gekommen war. Doch er hätte sich denken können, dass das Glück nicht ewig mit dem Maître sein würde.

Nun galt es, sich auf andere Ansätze zu konzentrieren, die er weiterverfolgen würde: die Villa des Sirs beispielsweise. Er würde sie sich kaufen. Es gab keine Erben, und vielleicht barg das Haus noch mehr Schätze. Auch aus dem Buch, das Saskia dem Mönch am Baikalsee abgenommen hatte, sowie aus der Bauanleitung für die Kammer in der Villa ließen sich unter Umständen neue Erkenntnisse gewinnen.

Schade fand er, dass Levantin die *Mitwissenden*, die Consciten, ausgelöscht hatte. Echte magisch begabte Menschen, die er lieber Manipulatoren nannte, waren selten zu fassen. Sie konnten mitunter Blutportale öffnen; diese Option hatte Levantin leider in seiner üblichen Hybris vernichtet. Aber der Professor war sicher, früher oder später andere zu finden.

Außerdem würde er Justine nicht aus den Augen verlieren. In ihr steckte Potenzial, von dem sie nichts ahnte – und von dem auch er noch nicht wusste, wann er es brauchen konnte.

Er bremste die Drehung des Stuhls mit den Füßen, so dass er in die blaue eingefärbte Sonne schaute. *Und die Erde war wüst und leer. Und es war finster.* Ein wehmütiges Lächeln huschte über sein Gesicht. Die Erde hatte wirklich etwas Wüstes, Leeres und Finsteres – im Vergleich zu dem Ort, von dem er stammte.

Der Professor schaute in das Blau. So war es in seiner Heimat gewesen, nur wärmer, schöner, und die Luft roch nach etwas, für das es hier keinen Namen gab.

Außer *Zuhause.*

NACHWORT DES AUTORS

Liebe Leserinnen und Leser,

Türen zu öffnen, die nicht geöffnet werden sollen, ist ein Klassiker – von antiken Göttergeschichten bis zu modernen Kinofilmen. In BLUTPORTALE möchte ich eine neue Perspektive dieses altbekannten Themas zeigen und es nicht bei einer simplen Bedrohung zu belassen, die durch das Öffnen in die Welt der Menschen gelangt.

Ich will außerdem anreißen, wie unterschiedlich man die Begriffe »Hölle« und »Himmel« verstehen kann und welche Möglichkeiten es gibt, das darzustellen, was am Ende unseres Lebens auf uns wartet. Eine alte Weisheit lautet: *Es gibt mehr Dinge zwischen Himmel und Erde, als eure Schulweisheit sich träumt.* Das muss auch für das Jenseits gelten, falls es ein solches im bekannten Sinne geben sollte. Der Umstand, dass selbst die Bibel explizite Vorlagen bietet, über die Grenzen der Erde, auf der wir leben, hinauszudenken, macht die Idee besonders reizvoll.

BLUTPORTALE schlägt außerdem eine Brücke. Für diejenigen, welche bereits *Ritus, Sanctum* und *Kinder des Judas* gelesen haben, erschließt sich die Welt der Werwölfe, Vampire und dämonischen Kreaturen nun etwas mehr. Was sich von Buch zu

Buch mehr abzeichnet, wird im Jahr 2010 in einem weiteren Werk entschlüsselt werden.

Wieder gibt es Personen, die mich bei den Arbeiten am Buch unterstützt haben. Mein Dank geht einmal mehr an Sonja Rüther, Ralf Reiter und Timothy Sonderhüsken vom Knaur Verlag.

Markus Heitz
im November 2008

BLUTPORTALE

DAS
BONUSMATERIAL
ZUR
TASCHENBUCHAUSGABE

»Ich lasse den Dingen gerne ihre Geheimnisse«

Ein Interview mit Markus Heitz

Tatort: Ein Verlags-Konferenzraum in München. Markus Heitz sitzt entspannt an einem Tisch und macht sich Notizen in ein kleines Buch; vor ihm steht eine Tasse Assamtee, daneben liegt ein dicker Papierstapel. Was sofort auffällt: Der Mann sieht vollkommen entspannt und sympathisch aus – und das, obwohl sein Roman BLUTPORTALE nicht unbedingt etwas für Zartbesaitete ist.

Lieber Markus Heitz: Der Kölner-Stadtanzeiger schrieb in seiner Rezension zu Ihrem Roman BLUTPORTALE: »Blut steht drauf, und Blut steckt auch drin.« Tatsächlich fließt es in vielen Szenen in Strömen. Warum?

MARKUS HEITZ: »Blut ist ein ganz besondrer Saft«, wie Mephistofeles schon in *Faust I* sagt. Und wenn das ein höllischer Geist spricht, dann ist etwas dran. Außerdem sind die Dunkle Spannung oder Urban Fantasy, wie immer man das Genre nennt, nicht dafür bekannt, zimperlich zu sein. Und dass ich kein Freund von Verharmlosungen bin, dürfte sich inzwischen herumgesprochen haben.

In Strömen fließt das Blut in meinem Roman aber nur dann, wenn einer Figur aus dramaturgischen Gründen die entsprechenden Wunden zugefügt werden – denn Saskia besitzt die Fähigkeit, die genau das auslöst. Am Anfang kann sie diese nicht kontrollieren, und deswegen muss der Schrecken, den sie erlebt, deutlich gemacht werden. Ich setze die Brutalität sehr bewusst ein, um die Geschichte voranzutreiben, und nicht einfach nur, um zu schockieren. Nicht nur Saskia, sondern auch die Leserinnen und Leser müssen ertragen lernen, was passiert, wenn ein menschlicher Körper auf höchst unschöne Weise geöffnet wird.

Davon abgesehen: Unrealistisch sind die Mengen, die in BLUTPORTALE fließen, nicht. Ein menschlicher Körper verfügt über fünf bis sieben Liter Blut, das ist also etwa Einzwölftel bis Einvierzehntel des Körpergewichtes; die Angaben schwanken je nach Literatur, die man zur Recherche heranzieht. Gerade bei der Party, die zu Beginn des Romans unschön zu Ende geht, kommen da einige Liter zusammen.

Mögen Sie es insgesamt gerne etwas deftiger? Schauen Sie sich zum Beispiel auch besonders gerne Horrorfilme an?

Ich stamme aus einer Krankenpflegerfamilie, und ich bin der Einzige, der das Banner diesbezüglich nicht hoch hält. Ich selbst schreibe zwar über Blut und alles, was Chirurgenherzen höherschlagen lässt, meide aber sogenannte Splatter-Filme, wo das Ausbluten und Zerstückeln zum Filminhalt an sich wird.

Sobald ich echtes Blut sehe, wird mir anders. Ich wäre also ein sehr schlechter Vampir oder Zombie oder Massenmörder: Man würde mich direkt ohnmächtig neben meinem ersten Opfer finden. Welch schäbige Karriere.

In BLUTPORTALE können wir einen Blick in die Hölle werfen – oder besser gesagt: In die verschiedenen Dimensionen, die man als Höllen bezeichnen könnte. Glauben Sie selbst daran, dass nach dem Tod der Himmel oder die ewige Verdammnis auf uns warten?

Manche sehen ihr Leben bereits als Hölle an, andere wähnen sich Tag für Tag im Himmel. Die wirklich spannende Frage scheint mir aber doch zu sein: Wie wäre es denn, wenn die Erde wirklich nur eine Art Wartesaal wäre? Man stelle sich das mal vor: Wir alle sind zwischengeparkte Seelen/Existenzen/Was-auch-immer, die nur darauf warten, bis über sie entschieden wird, wie es nach diesem »Zwischenleben« weitergeht ...

Da mir niemand eine Garantie geben kann, was nach der Stunde X passiert, mache ich mir nicht besonders viele Gedanken darum. Ich denke aber, dass es nach dem letzten Atemzug verdammt spannend wird, OB und WIE es danach weitergeht. Vor dem Tod selbst habe ich keine Angst, er käme im Moment nur sehr unpassend. Aber in fünfzig Jahren können wir nochmals drüber sprechen.

Mit Justine kehrt eine alte Bekannte aus Ihren Romanen RITUS und SANCTUM zurück. Wie sind Sie auf diese Idee gekommen – und war das von Anfang an so geplant?

Es hat mir unglaublich viel Spaß gemacht, über Justine zu schreiben, aber es machte trotzdem Sinn, ihr in SANCTUM ein dramatisches Ende zu bereiten – und zwar auf eine Weise, die es mir erlaubte, sie später noch einmal reaktivieren zu können, wenn ich die passende Story für sie finden würde. Lesen Sie sich die entsprechende Szene in SANCTUM noch einmal durch, und Sie werden merken, dass damals schon sehr klar war, dass es ein Wiedersehen mit der ketterauchenden Französin geben würde.

Als ich begonnen habe, BLUTPORTALE vorzubereiten, war mir klar: Das ist die richtige Geschichte, in der Justine wieder auftauchen kann. Und nachdem sie ihrer kleinen Hölle entkommen ist und wieder auf der guten, alten Erde wandelt, kann es durchaus sein, dass sie noch öfter zu bestaunen sein wird oder einen Gastauftritt hat.

Sie stellen mit Saskia, Justine und Will drei sehr unterschiedliche Figuren in den Mittelpunkt Ihres Romans. Welche der drei ist Ihnen persönlich am sympathischsten, und warum?

Ich finde Will sehr nett, weil er im Grunde der Normalste der Truppe ist – zumindest zu Beginn der Geschichte. Saskia wiederum gewinnt enorme Sympathie durch ihren Job. Kochen ist was Tolles und erfordert, abgesehen von Fachwissen, enorme Kreativität und Vorstellungskraft, was das Zusammenspiel von Zutaten und Gewürzen und Geschmäcken angeht. Aber ihr Ehrgeiz in Sachen Fechten und die Vorliebe für schrilles Buntes lassen sie für mich unter Will rangieren.

Justine, o là là, na, das ist natürlich eine Hausnummer! Ob ich sie sympathisch finden würde, weiß ich nicht mal; sie ist zumindest extrem cool und abgebrüht und besitzt einen Unterhaltungswert, der viele andere Figuren schlägt. Ich könnte sie dafür bewundern, aber sie ist eben nicht wirklich nett.

Ihre Urban-Fantasy-Romane spielen stets auf zwei Zeitebenen; auch in BLUTPORTALE kehren die Hauptfiguren in die Vergangenheit zurück. Was reizt Sie daran?

Damit kann ich die Leserinnen und Leser in die Historie ziehen und Einblicke in die Vergangenheit geben, die so existierte *und* gleichzeitig von mir überarbeitet und um einige Besonderheiten ergänzt wurde. Gerade der Ausflug ins alte Venedig war reizvoll: Die besondere Atmosphäre der Stadt und die historischen Fakten über die Vorgehensweisen gegen die Pest passten sehr gut zu meiner Story um die Blutportale und Artefakte. Gleichzeitig erlauben es mir verschiedene Zeitebenen, Handlungsstränge mittendrin oder gegen Ende zu verbinden, von deren Zusammenhang die Leserinnen und Lesern zunächst nichts ahnen. Ähnlich werde ich es in meinem nächsten Roman halten: Auch dort gibt es verschiedene Handlungsstränge zu verschiedenen Zeiten, um einen umfassenderen Blick auf die Figuren und Zusammenhänge werfen zu können. Es bereitet unglaubliches Vergnügen, so etwas vorzubereiten.

Will, Saskia und Justine kommen in diesem Roman ganz schön weit herum. Nach welchem Kriterium wählen Sie die Handlungsorte aus?

Entweder war ich schon mal dort, oder es würde mich reizen, dorthin zu fahren; sobald ich dann mit der Recherche beginne, zeigt sich sehr schnell, ob ein Ort für den Roman geeignet ist oder nicht. Der Baikalsee mit seiner imposanten Tiefe ist eine Besonderheit, die ich mir zunutze machen wollte. Und auf Palmyra machten mich Fotos und Beschreibungen sowie die Bedeutung der Stadt in der Antike neugierig. Dann gibt es noch die grüne Insel Irland, die einen wunderbaren Kontrast zu dem heißen Palmyra und dem eiskalten Baikalsee bildet. Ich war schon mehrmals in Irland und Nordirland und finde das Land phantastisch. Deswegen musste es unbedingt in einem meiner Romane auftauchen.

Außerdem macht die Truppe einen Ausflug nach Homburg/Saar, die Stadt, in der ich geboren wurde. In RITUS gab es dort eine Verfolgungsjagd auf dem Universitätsgelände. Ich habe daraufhin eine E-Mail bekommen, in der stand, dass ich mich verschrieben hätte: Es müsste doch wohl H*a*mburg statt H*o*mburg heißen. Nein, muss es nicht! Und deswegen spielt ein Teil der Handlung von BLUTPORTALE wieder in Homburg/Saar, um diese Stadt bekannter zu machen.

Wie lange recherchieren Sie für einen Roman wie BLUTPORTALE?

Das hängt davon ab, wie hoch der historische Anteil ist und über wie viel Wissen ich bereits verfüge. Historische Beschreibungen über Venedig gibt es reichlich, auch über den Verlauf der Pestepidemien sowie die Behandlungsweisen. Das ist Lese- und Fleißarbeit. Leider kann ich aber nicht mal eben an den Baikalsee fliegen und ein paar Tage dort herumfahren; ist eben doch etwas weit weg und kostet ordentlich Geld, ganz abgesehen von der Sprache. Russisch wollte ich zwar schon immer mal lernen, aber vor Ort und ohne Vorkenntnisse als Crash-Kurs, nein danke. Also greift der findige Autor auf aktuelle Bildbände und Reisebücher zurück plus Web-Cams, sofern vorhanden.

Bisher erwiesen sich die Recherchen zu RITUS und SANCTUM am aufwendigsten. Ich habe mich über ein Jahr durch die ganzen Bücher und Quellen gearbeitet. Und alle auf Französisch. *Mon dieu!*

Nicht nur Justine wird dem erfahrenen Heitz-Leser bekannt vorkommen – auch Ihre Vampirschöpfung, die Kinder des Judas, haben in BLUTPORTALE wieder einen Gastauftritt. Was hat es damit auf sich?

Ich mag es, wenn eine große Idee hinter allem steckt. In BLUTPORTALE wird klar, dass die Welten der Vampire, Werwölfe und Dämonen zusammengehören, und damit sind Berührungspunkte da.

Ich gebe auch gerne Hinweise auf andere Bücher, wie in KINDER DES JUDAS mit dem Porsche Cayenne, der in Leipzig auftaucht und vor dem die Heldin Sia auf ihrem Motorrad fährt. Genau das wird wiederum im nächsten Roman aufgegriffen werden. Man bekommt einen kleinen »Vorgucker«, der im ersten Moment bedeutungslos erscheint, aber einen Roman oder zwei Romane weiter plötzlich eine Gewichtung bekommt.

Es ist also klar, dass in BLUTPORTALE der Vampir Dominic de Marat nicht mal eben so einführt wird, weil ich einen schicken Blutsauger gebraucht habe. Nein, das hat einen tieferen Sinn, der sich übrigens bereits in KINDER DES JUDAS angedeutet hat. Aufmerksame Leserinnen und Leser des besagten Werks können eventuell erahnen, was es damit auf sich hat.

Nun müssen Sie uns aber einen Tipp geben, was Sie damit meinen!

Nur so viel: Marek hat diesbezüglich eine Andeutung gemacht ... Hach, ich mag es wirklich, wenn die Zahnräder ineinandergreifen!

Wir sind hier in Ihrem Verlag, vor Ihnen liegt ein großer Stapel Papier, und Sie haben bereits erwähnt, dass wir uns auf einen neuen Roman von Ihnen freuen können. Verraten Sie uns dazu schon etwas?

Der Arbeitstitel meines neuen Romans lautet JUDASSOHN; er soll im Mai 2010 bei Knaur erscheinen. Jetzt, im August 2009, bin ich mit dem ersten Durchgang fertig geworden. Wie der Titel schon verrät, werde ich die Geschichte der Kinder des Judas weitererzählen. Mit Dominic de Marat wird im Roman ein Gegenspieler näher beleuchtet, der durchaus in der Lage sein kann, Sia existenzielle Probleme zu bereiten. Und – o Wunder – genau das hat er auch vor! Er hat, zumindest aus seinem Betrachtungswinkel, natürlich einen Grund dafür. Nein, er hat genau genommen mehrere und sehr tragische Gründe. Welche das sind, möchte ich aber noch nicht erläutern. Aber es sei gesagt, dass in diesem Roman noch mehr Bekannte auftauchen und Fäden zusammengeführt beziehungsweise aufgenommen werden, die aus RITUS und SANCTUM stammen.

Sie wollen uns noch nicht mehr dazu sagen?
Nein.

Geben Sie uns wenigstens einen kleinen Hinweis?
Sie können einen Namen bekommen: Comte de Morangiès.

Sie sind einer der erfolgreichsten Fantasyautoren Deutschlands. Setzt Sie das unter Erfolgsdruck?
Eines ist im Leben sicher: Es gibt nicht immer nur den Erfolg. Aber um ehrlich zu sein ... ich fühle keinen Druck. Klingt jetzt merkwürdig, ich weiß. Doch es ist so. Und das hat einen sehr einfachen Grund: Ich bin in der sehr komfortablen Position, dass ich meine Geschichten immer noch zu meinem eigenen Vergnügen schreiben kann. Ich mag es einfach, mir Storys und neue Welten auszudenken. Dass ich damit meinen Lebensunterhalt bestreite, hätte ich mir niemals träumen lassen.

Ich schreibe nach wie vor, was mir Spaß macht, und werde das auch nicht ändern. Gelegentlich geschehen in einem Roman daher Dinge, die den Leserinnen und Lesern nicht gefallen: mal stirbt der scheinbar falsche Charakter, mal sind es neue Ideen, die auf Ungnade stoßen, mal ist man mit dem Ausgang einer Geschichte nicht zufrieden. Aber das sind die Risiken, die ich als Autor eingehen muss, um mir treu zu bleiben. Mein Name steht auf dem Cover, die Leute schreiben mir, wenn ihnen etwas nicht passt. Also muss das Buch 100 Prozent so sein, dass ich dazu stehe, ganz egal, ob die Leserinnen und Leser es mögen oder nicht.

Was inspiriert Sie zu Ihren Geschichten?

Inspiration kann mich überall treffen, deswegen schleppe ich immer ein Notizbuch und einen Stift mit mir herum. Kreativität ist ein Fluch, wenn man so möchte, denn sie lässt sich nicht abschalten. Ein Stichwort in einem Gespräch, etwas im Fernsehen, in einem Magazin – es reicht, ein kleines Steinchen zu werfen, und schon schlagen die Wellen hoch und türmen sich bald zu Größerem auf.

Gibt es bestimmte Rituale, denen Sie beim Schreiben folgen?

Meine legale Schreibdroge ist Tee. Ohne schwarzen Tee läuft bei mir gar nichts, und zwar immer nur »harte« Sorten wie englische oder friesische Mischungen und kräftige Assam-Tees. Macht zwar die Zähne unweiß, aber irgendwas ist ja immer. Rotbuschtee, Darjeeling und Schlimmeres überlasse ich anderen.

Räucherstäbchen sind ebenfalls wichtig für mein Wohlbefinden beim Schreiben, dazu schöne CDs (überwiegend Soundtracks), und gut ist's.

Kommen wir nun noch einmal auf BLUTPORTALE zurück – und nehmen wir an, Sie finden in Ihrem Haus plötzlich eine merkwürdige Tür ... würden Sie versuchen, Sie zu öffnen?

Ich habe sogar eine, Sie werden lachen! Es kommt noch besser, denn geöffnet habe ich sie noch nie. Bislang gingen immer nur andere Menschen durch und kehrten überwiegend wohlbehalten zurück. Ein paar haben sich kleinere Blessuren und Schnitte zugezogen, aber keine Gliedmaßen zurückgelassen, da kann ich Sie beruhigen. Ich lasse den Dingen gerne ihre Geheimnisse, und so halte ich es auch mit dem Haus, in dem ich lebe.

Das hört sich ziemlich gefährlich an. Von welcher Tür sprechen wir denn jetzt gerade?

Die zum Dachboden. Ehrlich, ich war noch niemals auf dem Dachboden und kenne ihn nur vom Hörensagen durch Handwerker und Schornsteinfeger. Aber ich selbst habe ihn noch nie betreten. Ich denke, das Haus freut sich über seinen ... nennen wir es Intimbereich. Wenn ich an meinem Arbeitsplatz sitze, befindet sich direkt über meinem Kopf, etwa zwei Meter weit weg, eine Welt, die mir vollkommen fremd ist. Es könnten Goldbarren dort liegen oder Außerirdische ihre Zweitwohnung haben oder ein Tor zu einer anderen Dimension aufgebaut sein, durch die Dämonen oder nette, blaue Wesen geflogen kommen.

Sehen Sie, so entstehen meine Geschichten. Schon wieder denke ich darüber nach und glaube, es wäre eine wundervolle Story: Ein Mann, der einfach nicht auf seinen Dachboden geht und seinen Kindern jeden Abend eine andere Geschichte erzählt, was da oben vor sich geht. Bis eines von ihnen die Treppen nach oben steigt ... Das muss ich mir jetzt sofort aufschreiben!

Ein Blick hinter die Kulissen

BLUTPORTALE

Eine gestrichene Szene

Markus Heitz hat von Anfang an eine klare Vision davon, wie er seine Geschichte erzählen will. Und doch kommt es vor, dass er Szenen schreibt, die später nicht verwendet werden – oder er sie bei einem seiner zahlreichen Manuskriptdurchgänge komplett umarbeitetet. Normalerweise verschwinden gestrichenen Szenen oder alte Fassungen im elektronischen Nirwana. Exklusiv für die Taschenbuchausgabe von BLUPORTALE hat Markus Heitz nun sein Archiv geöffnet.

MARKUS HEITZ: Die nachfolgende Szene sollte ursprünglich kurz nach Saskias und Justines Ankunft im antiken Palmyra spielen, und hatte einige Gags eingebaut. Justine war – im Gegensatz zur entsprechenden Szene in der vorliegenden Fassung von BLUTPORTALE – noch der Ansicht, Saskia notfalls erschießen zu müssen, und sie spielte mit dem Gedanken, in der Vergangenheit zu bleiben. Beim Überarbeiten fiel das jedoch aus verschiedenen Gründen weg, auch wenn es durchaus zu Justines Art gepasst hätte; letztendlich hätte es aber zu viel Ärger mit der Zeitreise-Theorie gegeben, nach der alles, was ein Zeitreisender in der Vergangenheit an Spuren hinterlässt, dramatische Auswirkungen auf die Gegenwart hat, aus der er zurückgereist ist.

Levatin hatte seine Rede zu Ende gehalten, die Leute auf der Agora spendeten erneut Beifall. Er begab sich zurück in seine Sänfte. Gleich darauf marschierten die Sklaven los und trugen ihn samt seiner Gespielinnen zurück.

»Ich werde herausfinden, wo er lebt.« Saskia machte sich bereit, um dem Tross zu folgen. »Und dann sorge ich dafür, dass mir in der Zukunft nichts von dem geschehen kann, was mit mir geschehen ist.«

»Was?« Justine hielt sie am Arm fest.

Saskia zeigte auf Levantin. »Wenn ich ihn jetzt umbringe, wird er mich in der Zukunft nicht zeichnen können. Ohne die Gabe ...«

»...entkomme ich nicht aus der Hölle!«, fiel ihr Justine aufgeregt ins Wort. »Das darfst du nicht!«

Saskia sah die Französin mit Unverständnis an. »Ich weiß, dass du eine Egoistin bist, aber kannst du dir ausmalen, was wir alles an Morden und Todesfällen verhindern, wenn wir den Maître *jetzt* vernichten? Vor allem werde ich die Kammer nicht öffnen können, und diese ganze Scheiße mit Dämonen, die zurückkehren wollen, und alles, was damit zusammenhängt, hat sich erledigt.« Sie zog das Schwert. »Damit werde ich ihn umbringen können. Zudem ist er sicher noch lange nicht der gute Fechter, wie er es in der Zukunft sein wird.«

»Woher willst du das wissen?« In Justine stiegen Panik und nackte Überlebensangst auf. »Vielleicht ist es so, wie es gerade läuft, am besten und nur wir können die Katastrophe verhindern? Vielleicht *muss* es sogar so laufen? So und nicht anders! Was ist denn, wenn diese Dämonenanbeter einen anderen Weg finden, diese Kammer zu öffnen und an das Artefakt zu gelangen, und dabei Will draufgeht? Ist das besser?« Sie atmete tief ein und legte eine Hand an den Pistolengriff. »Du hast gesagt, dass wir nichts ändern dürfen. Halte dich daran!«

»Das war, bevor ich Levantin gesehen habe.« Saskia schien wild entschlossen zu sein, riss sich los und lief aus dem Zimmer.

Justine überlegte fieberhaft. *Was kann ich tun?* Dabei kam ihr ein ganz neuer Gedanke: *Was ist so schlimm daran, in dieser Zeit zu leben?* Sie würde sich an Levantin heranmachen und ihn dazu bringen, sie als seine Gefährtin zu erwählen.

Justine sah sich als neue Herrscherin im antiken Palmyra. Ihr

Konterfei würde auf Amphoren erscheinen, ihr französischer Name würde den Professoren für Geschichte zu allen Zeiten ein Rätsel aufgeben, und sie würde unsterblich werden ...

Ich denke, das gefällt mir!

Es war auf jeden Fall besser, als in der Zukunft eventuell mit ihrem »Chef« zusammenzutreffen und zurück in die Hölle gezogen zu werden. In dieser Zeitebene, in der sie sich gerade befand, wusste der Dämon aber nicht einmal, dass es sie gab. Die Konstellation barg für sie nur Vorteile!

Diese Gedanken gingen ihr recht schnell durch den Kopf, und die Konsequenz daraus zog sie umgehend: Justine zückte die Pistole – und legte an. Saskia bot ihr ein gutes Ziel. Einem Gegner in den Rücken zu schießen war besonders leicht.

Der schlanke Zeigefinger krümmte sich, der Schlagbolzen bewegte sich nach hinten, dann schnellte er nach vorne. Die Zündnadel traf die Patrone und –

KLICK!

Justine verdrehte genervt die Augen und betätigte den Abzug noch zweimal, dann setzte sie fluchend ab und lud durch. Die schadhafte Patrone flog aus der Kammer, die nächste glitt hinein.

Als sie den Lauf eben wieder hob und rasch abdrücken wollte, tauchte Saskia hinter einer Säule ab.

»Zut!« Justine verließ die Wohnung und machte sich an die Verfolgung.

So leicht gab sie nicht auf, sie war eine Wölfin. Mit der Jagd kannte sie sich aus.

Justine rannte los und versuchte, eine Spur von Saskia zu finden. Mit den Bestiensinnen wäre es die leichteste Übung der Welt gewesen, doch ohne die Spürnase einer Wölfin half ihr nur der eiserne Wille, die Beute stellen zu wollen.

Sie hastete über den Markt, ließ die schimpfenden Menschen, welche sie dabei angerempelt hatte, hinter sich und bog in die nächste Querstraße ein, in der Saskia verschwunden war.

Die Sänfte sah sie, auch den Tross, der sie umschwärmte und verfolgte, doch von der Deutschen erkannte sie nichts. Sie folgte Levantin sicherlich im Verborgenen, um nicht zu früh auf sich aufmerksam zu machen.

Justine trabte los, hielt dabei Ausschau nach Saskia und wünschte sich, dass sie nicht unmotiviert auf die Sänfte sprang und versuchte, Levantin vor aller Augen zu ermorden. Was hätte das wohl für Auswirkungen?

Dann musste sie lachen. »Scheiß auf die Zukunft«, sagte sie und blieb an einer Säule stehen. Das Gebäude, neben dem sie stand, kannte sie aus dem Ruinen-Palmyra der Gegenwart.

Grinsend zog sie ihren Dolch und ritzte *Justine grüßt den Rest der Welt und die Zukunft* auf Französisch hinein. Sollten sie ihren Weg durch die Geschichte – aus welchen Gründen auch immer – zurückfinden, würde sie sehen, ob die Gesetzmäßigkeiten der Veränderung durch die Jahrhunderte auch für Inschriften galten.

Sie sah auf das, was sie geschrieben hatte, und ein Einfall kam ihr. Kein sehr angenehmer Einfall, denn er kratzte an ihrem schönen Traum von Macht und Einfluss: Wenn sie Saskia daran hinderte, Levantin in der Antike zu töten, müssten auch die Nonnen in Genzano sterben ...

Ihr wurde schlecht. Sie besaß nun Mitverantwortung am Tod vieler guter Frauen, die gegen das Böse und für die Menschheit antraten. Einige der Mitstreiterinnen aus ihrer Zeit vor fünf Jahren gehörten immer noch zum Orden, und somit war die Bindung durchaus vorhanden.

Glücklicherweise fiel ihr eine Lösung für das Problem ein: Nachrichten. So, wie sie ihre Botschaft in die Säule geritzt hatte, könnte sie einen Hinweis auf den Überfall Levantins für die Nonnen hinterlassen. *Aber wo?* An welcher Stelle konnte sie sich sicher sein, dass ihre Zeilen gefunden und vor allem über die Jahrhunderte hinweg tradiert wurden?

Sie richtete sich auf und folgte der Sänfte, während sie nachdachte. *Hätte ich in Geschichte bloß besser aufgepasst,* ärgerte sie sich. Von der Akropolis wusste sie, dass sie in der Neuzeit noch stand. Aber nur weil sie an jede Wand die Warnung in Deutsch und Französisch schreiben würde, gab es keine Garantie dafür, dass ein Grieche die Schmiererei nicht entdeckte und sie entfernen ließ. *Stehen die Siedlungen in Pompei schon?* Die Lava würde ihre Nachricht konservieren.

Sosehr sie sich ärgerte und wünschte, Saskia mit ihrem Vorhaben nicht unterstützen zu müssen, kristallisierte sich deutlich heraus, dass der einzig effektive Schutz der Nonnen nur durch den frühzeitigen Tod Levantins erreicht wurde. Die Egoistin in ihr gab sich mit viel Selbstmitleid geschlagen und trauerte den unendlichen Möglichkeiten der persönlichen Macht hinterher.

»Merde«, fluchte Justine und schloss dichter zur Sänfte auf, so dass sie knapp hinter dem letzten Sklaven lief.

Sie glaubte, Saskia zu ihrer Rechten vor dem Stand einer Fleischhändlerin ausgemacht zu haben. Die Zeltdächer einiger Stände schoben sich ihr in den Weg und verdeckte ihr die Sicht, und gleich darauf waren sowohl Saskia als auch die Frau verschwunden!

Justine wunderte sich und scherte aus der Menge aus, ging hinüber zum Stand und sah durch die geöffnete Tür in das dunkle Gebäude, aus dem kühle Luft drang, die den Geruch von feuchtem Fleisch, Blut und Zersetzung mit sich trug.

Ein Schatten fiel über sie, und vor ihr stand ein breiter Mann mit einer blutigen Schürze vor dem Bauch und einem nicht weniger dreckigen Umhang um die Schulter; sein Gewand roch zudem sehr streng nach altem, beißendem Schweiß. Er hob ein Hackbeil vom Boden auf und starrte sie an.

»Quid?«, sagte Justine und hatte sich an die Sprüche aus den Asterix-Comics erinnert. Es würde sich zeigen, wie gut der Texter gewesen war. *Quid* sollte so viel wie *Was gibt es?* bedeuten.

Die Antwort kam prompt, und sie verstand kein einziges Wort davon.

»O tempora, o mores«, deklamierte sie lächelnd und sah absichtlich auffällig in das Haus.

Der Mann bedachte sie mit einem Blick, der sie als Wahnsinnige abstempelte, die Hand mit dem Beil hob sich etwas, er ließ das Werkzeug um die eigene Achse rotieren. Eine Warnung für ganz Begriffsstutzige.

Justine hörte ein lautes Brüllen aus dem Haus. *Ein Löwe!*

Der Mann baute sich vor ihr auf und zog die Tür zu, das Beil fuhr demonstrativ in das Holz der Fleischtheke; ein paar Fliegen schreckten in die Höhe und setzen sich danach gleich wieder auf die Auslage. Nach der Warnung für Begriffsstutzige nun eine für restlos Bescheuerte. Das war alles andere als kundenfreundlich.

Justine konterte mit Asterix: *»Alea iacta est.«* Dann schlug sie ihm ohne Vorwarnung beide Fäuste ins Gesicht, und der Mann fiel rückwärts gegen die Tür und brach sie mit Schwung und Eigengewicht für die Französin auf.

Sie spähte in das Halbdunkel hinein. Der Schlachter lag besinnungslos auf dem Boden und rührte sich nicht mehr, während ihm das Blut aus der Nase lief. Vielleicht war es besser, einen Hintereingang zu suchen und das, was sich in der Dunkelheit verbarg, von hinten zu überraschen?

Justine lief los und wollte das Gebäude umrunden, hatte die Ecke schon erreicht, als sie ein Geräusch hörte. Zum Eingang zurückkehrend, sah sie Saskia vor der Auslage stehen. Ihre Kleidung war oberhalb der Schulter zerfetzt, sie blutete aus mehreren Wunden, die Justine sofort als Klauentreffer erkannte.

Also gab es mehr als einen Wandler in Palymra? Die Metzgerei diente ihnen als Treffpunkt, vielleicht erstanden sie auch wirklich ihre Nahrung hier. Wer wusste schon, von welchem Tier das ausgebeinte, zurechtgeschnittene Fleisch stammte – und ob überhaupt von einem Tier ...

»Da bist du ja!« Justine war erleichtert. »Ich habe mir schon Sorgen gemacht, dass ich dich nicht mehr finde.«

Hinter der nichtsahnenden Saskia tauchte der Schlachter auf, dieses Mal schwang er zwei Messer. Justine zog die Pistole, hob den Arm, und bevor die erschrockene Saskia etwas sagen konnte, schoss sie. Ein einziges Mal.

In die Stirn getroffen, brach der Mann zusammen und stürzte neben der Köchin auf den Boden.

»Lass uns verschwinden«, sagte Justine und verbarg die Pistole. Damit blieben ihr noch sieben Schuss. »Suchen wir die Sänfte. Du willst ihn immer noch umbringen?«

»Ja«, sagte Saskia knapp.

»Ich helfe dir dabei.«

Saskia sah sie erstaunt an. »Das ist ein Trick, richtig?«

»Nein. Ich schwöre bei meiner Seele, dass ich dich nicht reinlegen möchte. Ich habe mir Gedanken um deine Argumentation gemacht und eingesehen, dass du recht hattest.« Innerlich weinte die Egoistin regelrecht, als sie das sagte. »Wie gehen wir vor? Ich habe noch sieben Schuss.«

Saskia wollte zu einer Erwiderung ansetzen, schwieg eine Weile und meinte dann: »Sondieren wir die Umgebung und überlegen, wie wir ihn vernichten, ohne die Geschichte noch weiter zu verändern, wie wir es schon getan haben.«

»So gefällt mir das«, sagte Justine grinsend. »Wenn wir schon Vorteile haben, können wir sie auch nutzen.« Dabei pochte sie gegen die Pistole unter ihrer Kleidung.

»Ich nehme nicht an, dass du die verschossenen Patronen eingesammelt hast?«

»Non, je n'ai pas. Und auch die zweite Pistole nicht.« Justine blieb vollkommen gelassen. »Palmyra wird einst die Stadt der Wunder genannt werden, wenn wir hier fertig sind. So viele Fundstücke aus einer falschen Zeit und keine einzige Erklärung. Einmal abgesehen von den Ansätzen dieses ... Däniken.« Sie lachte. »Das wird ihm Auftrieb geben. Wir sind schon so etwas wie Außerirdische, oder?«

Saskia lief los. »Mag sein.«

Und jetzt ...?

Im Internet lehrt Markus Heitz Sie nicht nur das Gruseln, sondern gewährt Ihnen auch einen exklusiven Blick hinter die Kulissen der Dunkelheit:

www.pakt-der-dunkelheit.de

Trailer
Hintergrundinformationen
kostenlose Leseprobe
Audiointerview